A Filha do Crocodilo

Duncan Sprott

A Filha do Crocodilo

Tradução de
LUIZ ANTONIO AGUIAR
MARISA SOBRAL

EDITORA RECORD
RIO DE JANEIRO • SÃO PAULO

2009

CIP-Brasil. Catalogação-na-fonte
Sindicato Nacional dos Editores de Livros, RJ.

S576f Sprott, Duncan, 1952-
    A filha do crocodilo / Duncan Sprott; tradução de Luiz Antonio Aguiar com a colaboração de Marisa Sobral. – Rio de Janeiro: Record, 2009.
    (Tetralogia dos Ptolomeus)

    Tradução de: Daughter of the crocodile
    Seqüência de: A casa da águia
    ISBN 978-85-01-07743-1

    1. Romance inglês. I. Aguiar, Luiz Antonio. II. Sobral, Marisa. III. Título. IV. Série.

08-4834
    CDD – 823
    CDU – 821.111-3

Título original inglês:
DAUGHTER OF THE CROCODILE

Copyright © 2006 Duncan Sprott

Todos os direitos reservados. Proibida a reprodução, no todo ou em parte, através de quaisquer meios.

Direitos exclusivos de publicação em língua portuguesa somente para o Brasil adquiridos pela
EDITORA RECORD LTDA.
Rua Argentina, 171 – 20921-380 – Rio de Janeiro, RJ – Tel.: 2585-2000
que se reserva a propriedade literária desta tradução

Impresso no Brasil

ISBN 978-85-01-07743-1

PEDIDOS PELO REEMBOLSO POSTAL
Caixa Postal 23.052 – Rio de Janeiro, RJ – 20922-970

Apresento a você um filho como um inimigo,
Um irmão como um adversário,
Um homem matando seu pai.

As profecias de Nefertiti

Os sábios escribas não construíram para si pirâmides de bronze.
Os livros eruditos se tornaram suas pirâmides, e os instrumentos de junco
para escrever eram seus filhos. A superfície da pedra era suas esposas.

Papiro Chester Beatty IV

Mostro-lhes a terra em calamidade; os fracos agora possuem armas,
os homens reverenciam a quem antes lhes prestava reverência.
Mostro-lhes o mais baixo se transformando no mais alto...
O homem pobre obtém riquezas, enquanto a grande
dama implora por sua subsistência.

As profecias de Nefertiti

Sumário

Principais Personagens   9
Cronologia   11
Mapa de Alexandria   13
Mapa do Egito   15
Mapa do Império de Alexandre   16
Faraós Gregos do Egito   19
A Casa de Ptolomeu   20
Sumos Sacerdotes de Mênfis   22
Prólogo   23

PARTE UM: *Amante da irmã,
Ptolomeu Filadelfos*

1.1 A senhora do terror   29
1.2 Veneno de serpente   40
1.3 Erotikos   43
1.4 Risadas   46
1.5 Língua afiada   49
1.6 Bonecas de cera   53
1.7 Penas pretas   60
1.8 Cuco egípcio   65
1.9 Assuntos estrangeiros   68
1.10 Muralha de metal   75
1.11 Presas de leão   81
1.12 Elefantes de guerra   89
1.13 Bigodes de gato   93
1.14 Divinas honras   98
1.15 Fruto proibido   100
1.16 Golfinhos   104
1.17 Lagostas   110
1.18 Divino hálito do touro   119

1.19 Rabo de porco   121
1.20 Koptos   125
1.21 O corno da fartura   129
1.22 A pompa   139
1.23 Estratagemas   152
1.24 A senhora dos construtores   155
1.25 Tijolos de barro   157
1.26 Romanos   160
1.27 Arkamani   170
1.28 Dispepsia   175
1.29 A vestimenta do crocodilo   179
1.30 Espíritos malignos   190
1.31 Bem-amada do carneiro   195
1.32 Garras de abutre   200
1.33 Hálito de cão   203
1.34 O campo de juncos   206
1.35 Bem-amada do crocodilo   211
1.36 Infortúnio   217
1.37 Calor radiante   227
1.38 Lágrimas de sangue   234
1.39 A revolta de Éfeso   237
1.40 O gosto de dedos   246
1.41 A Festa do Rabo   250
1.42 Páginas em branco   255
1.43 Berenice Fernoforos   259
1.44 Tordos assados   264
1.45 Buda   267
1.46 Milagres gregos   272
1.47 Antíoco, o deus   275
1.48 Gota   280
1.49 Os portais do esquecimento   284
1.50 Estrela imperecível   293

PARTE DOIS: *Assassina do marido — Berenice Beta*

2.1 Amazona 301
2.2 Lamentos 305
2.3 Belo Demétrios 307
2.4 As flechas de Eros 310
2.5 Fogo divino 314
2.6 Sussurros 319
2.7 Observando 321
2.8 Coração de ferro 322
2.9 Rabanete 326
2.10 Banqueteando 329

PARTE TRÊS: O *Benfeitor Ptolomeu Euergetes*

3.1 Trifon 337
3.2 Equilíbrio 343
3.3 Sorte 347
3.4 Mau-olhado 351
3.5 Asterização 356
3.6 Neve quente 360
3.7 Répteis 365
3.8 Teia de aranha 376
3.9 Cerveja e cebolas 378
3.10 Hórus chutador 381
3.11 Crianças escravas 392
3.12 Datas 400
3.13 Berenice Mikra 405
3.14 Esquecendo 409
3.15 Estrangulador de cachorros 412
3.16 Belo Pilon 417
3.17 Apolonópolis 422
3.18 O admirável Sosibios 426
3.19 Arsínoe Gama 428
3.20 Livros imundos 431
3.21 Terremoto 437
3.22 Djedhor 440
3.23 Sanguessuga 443
3.24 Dourado Agathocles 446
3.25 Festim de moscas 449

3.26 Água quente 455
3.27 A tigela de cicuta 459
3.28 Histeria 461
3.29 As Fúrias 463
3.30 Fragmentos 465

PARTE QUATRO: *Amigo do pai — Ptolomeu Filopator*

4.1 Hipopótamo 469
4.2 Besouros 471
4.3 Eunucos 474
4.4 Fantasmas 482
4.5 As presas da guerra 487
4.6 O banho de sangue 493
4.7 Ráfia 496
4.8 Hierosólima 513
4.9 Kakogamia 519
4.10 Parasitas 528
4.11 A leveza das penas 532
4.12 Poderoso touro 534
4.13 Prazer 539
4.14 Bezerro 540
4.15 Bem-amado de Khonsu 544
4.16 Luz divina 549
4.17 Horwennefer 557
4.18 Facas 562
4.19 Sangue jorrando 564
4.20 Fumaça negra 571
4.21 Especiarias 575
4.22 Tlepolemos 586
4.23 Cachorros fugitivos 589
4.24 Oinante 593
4.25 Os seios de Agathocléia 595
4.26 O Stadion 602
4.27 Sparagmos 605
4.28 O libiarca 610
4.29 Harpocrates 610
4.30 A Senhora dos Hieróglifos 613

Glossário 617
Medidas e Moedas Gregas 625

Principais Personagens

A CASA DE PTOLOMEU

Ptolomeus

PTOLOMEU FILADELFOS (Amante da irmã) também chamado de MIKROS — filho de PTOLOMEU SOTER; casado com ARSÍNOE ALFA; depois com sua irmã, ARSÍNOE BETA

PTOLOMEU EUERGETES (Benfeitor) — filho de PTOLOMEU FILADELFOS e ARSÍNOE ALFA; casado com BERENICE BETA.

PTOLOMEU FILOPATOR (Amigo do pai) — filho de PTOLOMEU EUERGETES e BERENICE BETA; casado com sua irmã ARSÍNOE GAMA.

PTOLOMEU EPIFANES (Manifestação divina) — filho de PTOLOMEU FILOPATOR e ARSÍNOE GAMA

PTOLEMAIOS (de Telmessos) — filho mais velho de LISÍMACO da Trácia

Outros

ARSÍNOE ALFA — filha de LISÍMACO da Trácia; mulher de PTOLOMEU MIKROS

ARSÍNOE BETA — filha de PTOLOMEU SOTER e BERENICE ALFA, também chamada de ARSÍNOE FILADELFOS

ARSÍNOE GAMA — filha de PTOLOMEU EUERGETES e BERENICE BETA; mulher de seu irmão PTOLOMEU FILOPATOR

BERENICE BETA — filha de MAGAS de Cirene e APAMA da Síria; casada primeiro com Demétrios Kalós da Macedônia, depois com PTOLOMEU EUERGETES

BERENICE MIKRA — filha de PTOLOMEU EUERGETES e BERENICE BETA

BERENICE SYRA — filha de PTOLOMEU FILADELFOS e ARSÍNOE ALFA; mulher de ANTÍOCO (II) Turcos da Síria

LISÍMACO — filho de PTOLOMEU FILADELFOS e ARSÍNOE ALFA; também chamado de tio Lisímaco

SUMOS SACERDOTES DE MÊNFIS

ESKEDI — filho do VELHO ANEMHOR; sumo sacerdote; marido de
NEFERRENPET

PADIBASTET — filho de ESKEDI; sumo sacerdote; marido de NEFERSOBEK

ANEMHOR (II) — chamado de jovem Anemhor; sumo sacerdote; casado com
HERANKH

DJEDHOR — sumo sacerdote de Ptah; filho do jovem Anemhor; casado com
NEFERTITI

HORIMHOTEP — filho mais novo do Jovem Anemhor

PASHERENPTAH — filho de Horemakhet e NEFERTITI

Cronologia

283 a.C.	Ptolomeu Filadelfos (Mikros) torna-se o único rei
280	Guerra de sucessão da Síria
279	Arsínoe Beta volta ao Egito
	Faros, ou o Farol, de Alexandria, terminado?
	Arsínoe Alfa é banida
	Ptolomeu Mikros casa-se com Arsínoe Beta
275	Grande Desfile, ou Pompa, em Alexandria
274	Primeira guerra síria contra Antíoco Soter
	Ptolomeu Mikros conquista a Ásia Menor
273	Egito e Roma trocam embaixadas
271	Paz com a Síria
	Ptolomeu Mikros e Arsínoe Beta recebem honras divinas
270	Morte e deificação de Arsínoe Beta
	Apolônio Ródio bibliotecário-chefe
	Éfeso é controlado por Ptolomeu Mikros
265	Ptolomeu, o Filho, dedica-se ao Templo de Mendes
260	Segunda guerra síria contra Antíoco Theos
258	Revolta de Ptolomeu, o Filho, contra Éfesos
253	Paz com a Síria
252	Berenice Syra casa-se com Antíoco Theos
250	Embaixador budista da Asoka no Egito
	Morte de Magos em Cirene
	Demétrios Kalós chega a Cirene
249	Ekdelos e Demófanes em Cirene
246	Morte de Ptolomeu Mikros
	Ascensão de Ptolomeu Euergetes
	Ptolomeu Euergetes casa-se com Berenice de Cirene
	Morte de Berenice Syra

	Terceira guerra síria contra Laodike e Seleucos Kallinikos
	Campanha de Euergetes até o rio Eufrates
	Revoltas no Egito
244	Nascimento de Ptolomeu Filopator
241	Paz entre Ptolomeu Euergetes e Seleucos Kallinikos
240	Euergetes constrói torre em Tebas (Karnak)
238	Synod de Kanopos; morte de Berenice Mikra
237	Fundação do templo de Hórus em Apolonópolis (Edfu)
227	Terremoto em Rhodes provoca a ruína do Colosso
222	Morte de Ptolomeu Euergetes
	Ascensão de Ptolomeu Filopator
219	Quarta Guerra Síria contra Antíoco Megas
217	Batalha de Ráfia
	Síria vazia volta ao controle ptolomaico
	Ptolomeu Filopator casa-se com sua irmã Arsínoe Gama
	Revoltas nativas no Alto Egito
216	Agathocles de Samos é sacerdote de Alexandria
210	Embaixadores romanos em Alexandria
	Nascimento de Ptolomeu Epifanes
	Expansão das revoltas no Alto Egito
206	Revolta da Thebaid
	Alto Egito se curva ao nativo rei Horwennefer
204	Morte de Ptolomeu Filopator
	Assassinato de Arsínoe Gama
	Regência de Agathocles de Samos para Ptolomeu Epifanes
203	Queda de Agathocles de Samos

Todas as datas são aproximadas

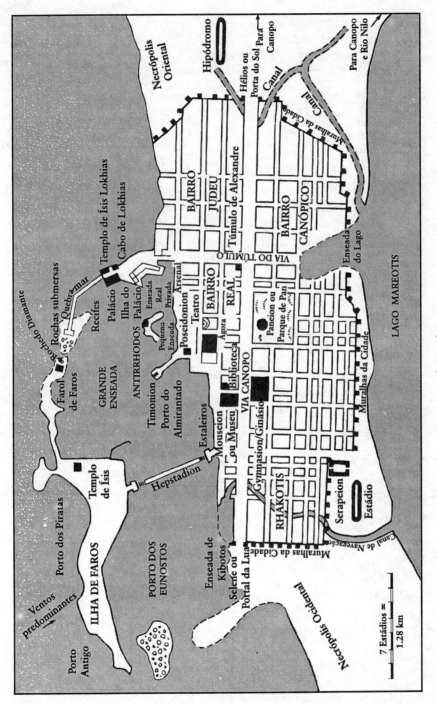

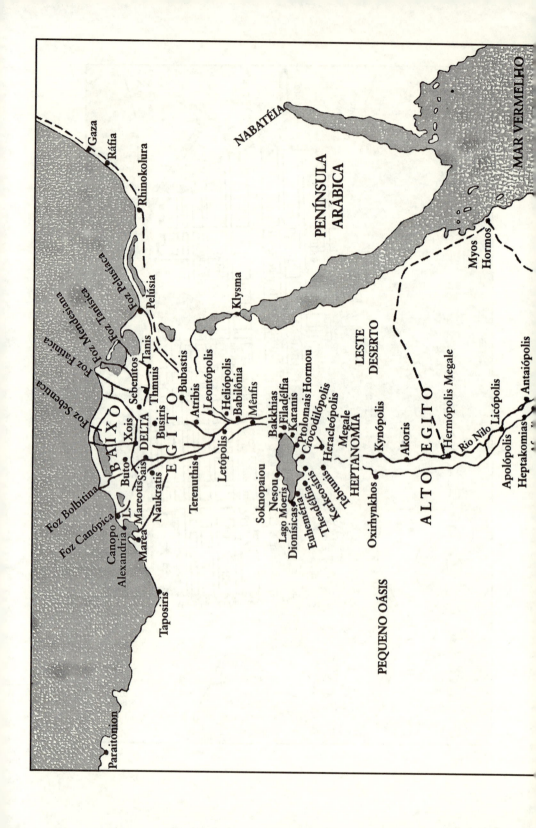

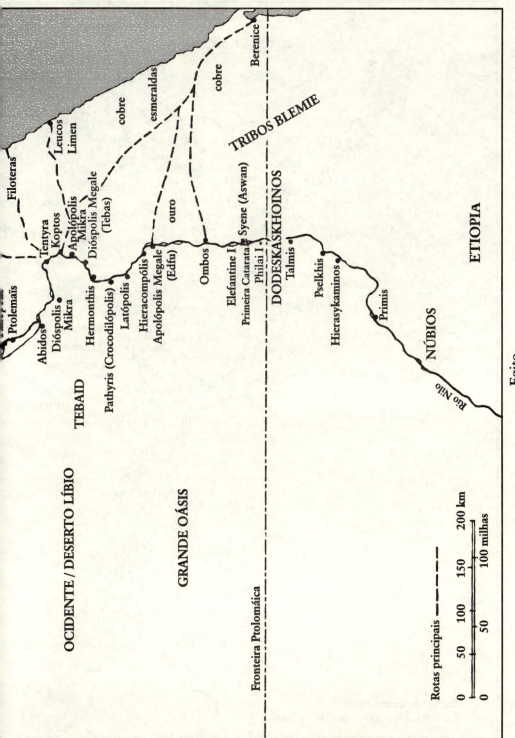

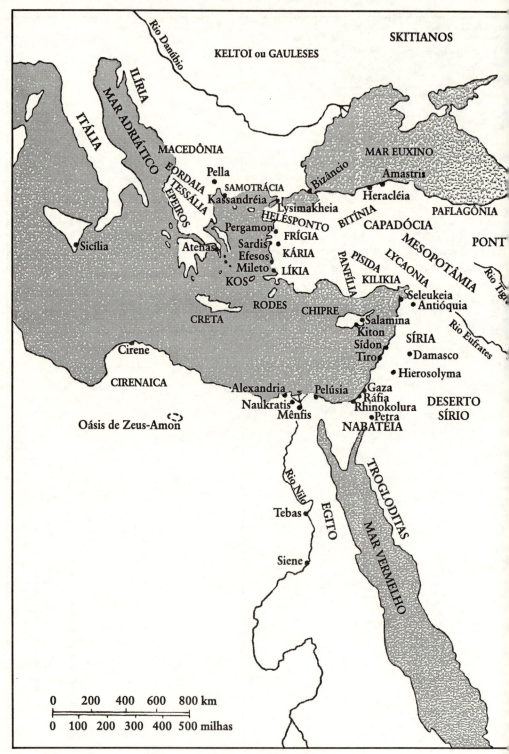

Império de Alexandre

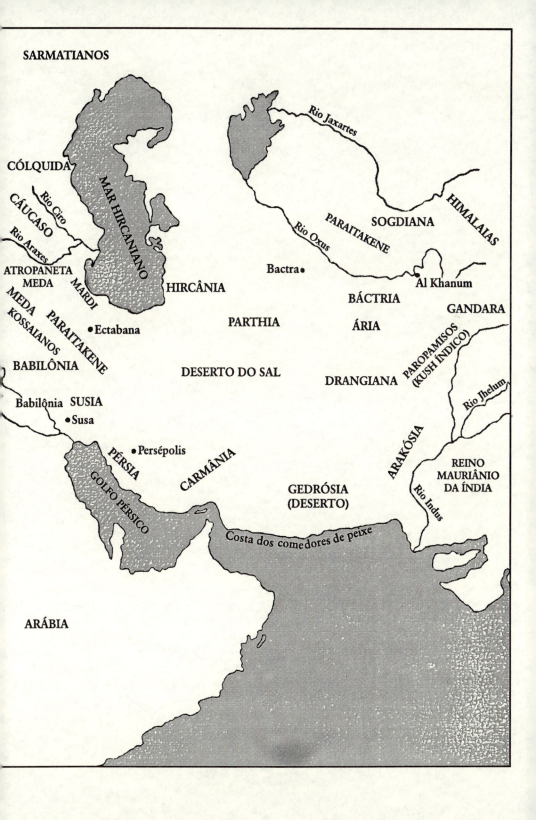

Faraós Gregos do Egito

O PERÍODO HELÊNICO
332-30 A.C.

Macedônios

ALEXANDRE (III), O Grande	332-323
FILIPOS (III) ARRIDAIOS	323-316
ALEXANDROS (IV)	316-304

Ptolomeus

PTOLOMEU (I) SOTER (Salvador)	304-284
PTOLOMEU (II) FILADELFOS (Amante da irmã)	285-246
PTOLOMEU (III) EUERGETES (Benfeitor)	246-221
PTOLOMEU (IV) FILOPATOR (Amigo do pai)	221-205
PTOLOMEU (V) EPIFANES (Manifestação divina)	205-180
PTOLOMEU (VI) FILOMETOR (Amigo da mãe)	180-164; 163-145
PTOLOMEU (VII) NEOS FILOPATOR (Novo amigo do pai)	145
PTOLOMEU (VIII) EUERGETES (II) "Physkon" (Barrigudo)	170-163; 145-116
PTOLOMEU (IX) SOTER (II) "Lathyros" (Grão-de-bico)	116-110 109-107 88-81
PTOLOMEU (X) ALEXANDROS (I) (Assassino da mãe)	110-109 107-88
PTOLOMEU (XI) ALEXANDROS (II) (Amante da madrasta)	80
PTOLOMEU (XII) NEOS DIONÍSIO "Auletes" (Flautista)	80-58; 55-51
BERENICE (IV) (Executada pelo pai)	58-55
CLEÓPATRA (VII) THEA FILOPATOR (Deusa)	51-30
PTOLOMEU (XIII) (Morreu afogado no rio)	51-47
PTOLOMEU (XIV) (Envénenado pela irmã)	47-43
PTOLOMEU (XV) CESARION (Pequeno César)	44-30

A CASA DE PTOLOMEU

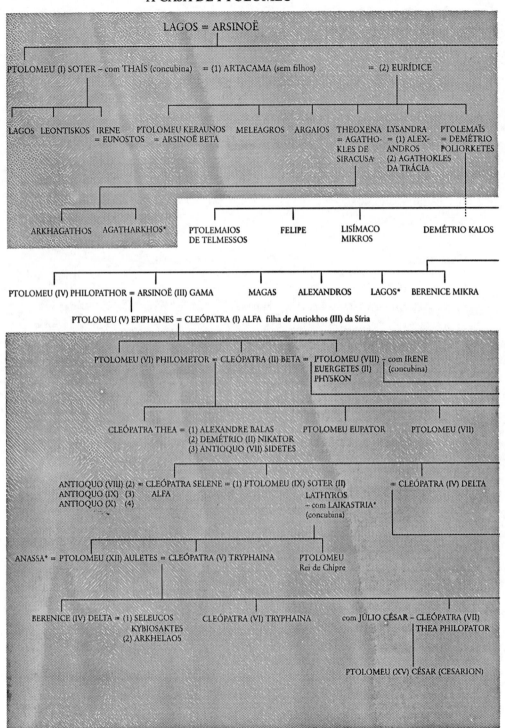

* = nome hipotético.
Nota: *A filha do crocodilo* compreende as histórias dos que aparecem entre as áreas sombreadas.

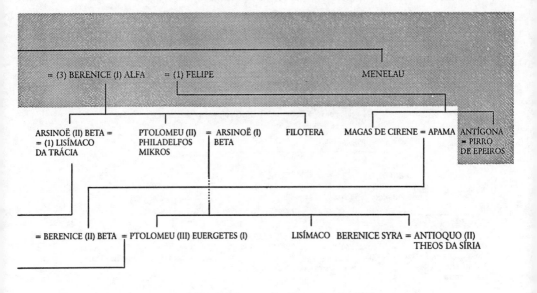
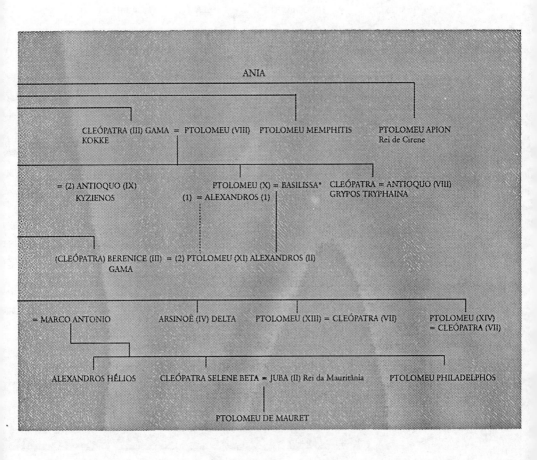

SUMOS SACERDOTES DE MÊNFIS
(Nomes gregos entre parênteses)
Todas as datas são aproximações
*= nome hipotético

ANEMHOR*
Sumo sacerdote de Ptah

ESKEDI
nascido por volta de 340 a.C.
Sumo sacerdote de Ptah
durante os reinados de
Ptolomeu I e II
= NEFERRENPET
(Rempnophris)

PADIBASTET (1)
nascido por volta de 310
Sumo sacerdote de Ptah
= NEFERSOBEK
(Nephersouchos)

KHONSOUIOU
(Sacerdote da Estátua de
Nektanebo, c. 300-249)

ANEMHOR (II)
287-217
Sumo sacerdote de Ptah
durante reinado de
Ptolomeu III
= HERANKH
(Harunchis)
c. 280-223
Sacerdotisa-Música

NEFERIBRE
c. 285-230

NEFERTITI
Sacerdotisa-
Música
= ACHOAPIS
Sumo sacerdote
de Letópolis

DIEDHOR (Teos)
267-223
Sumo sacerdote de Ptah

HOREMAKHET
(Harmachis)
c. 260-194
Sumo sacerdote de Ptah
ao tempo de
Ptolomeu III, IV, V
= NEFERTITI

HORIMHOTEP
(Harimouthes)
c. 250-220

PASHERENPTAH (I) (Psenptais) Sumo sacerdote de Ptah
ao tempo de Ptolomeu V, VI

NEFERTITI

PADIBASTET (II) Sumo sacerdote de Ptah
ao tempo de Ptolomeu VI, VIII
= TAIMHOTEP
(Taimouthes)

PASHERENPTAH (II) (Psenptais) ao tempo de Ptolomeu VI,
VIII, IX
= BARENIKAT (Berenice)

PADIBASTET (III)
Sumo sacerdote de Ptah ao
tempo de Ptolomeu
IX, X, XI, XII
= HERANKH
(Harunchis)
Sacerdotisa-Música

KHÂ-HAPI (Chaapis)
Escriba na Casa da
Vida do Ápis Vivo
= HERANKH (Harunchis)
Sacerdotisa-Música

ESTEFNOUT * = PASHERENPTAH (III)
(Psenptais)
Sumo sacerdote de Ptah ao
tempo de Ptolomeu XII
e Cleópatra VII
= TAIMHOTEP
(Taimouthes)
73-42
Sacerdotisa-
Música

TANEFERHOR
(Tanephoros)
62-25/4 Grande Esposa
de Ptah, Profetisa de
César
= PASHERENAMUN
(Psenamounis) I
75-39
Sumo sacerdote de Ptah

HORIMHOTEP
(Harimouthes)

KHEREDOUANKH
(Cherendanch)
Música
65-43

3 filhas

IMHOTEP
(Imouthes)
chamado PADIBASTET (IV)
46-30
Sumo sacerdote de Ptah
contemporâneo
de Cleópatra VII

6 filhas

PASHERENANUM
(Psenamounis) II
c. 42-23
Profeta do Faraó Vivo
contemporâneo
de Augusto

KHÂ-HAPI
(Chaapis)

Nota: Os sumos sacerdotes em *A filha do crocodilo* estão acima da área sombreada

Prólogo

Saudações, Forasteiro. Então, aí está você, novamente seguindo a estrada que leva ao Egito. Isso é bom, muito bom, até que o suor cubra seus olhos e sua mula seja surpreendida pela tempestade de areia, que a areia a cegue e que o rodamoinho amarelo a sufoque. Ah, Forasteiro, acontece que você está no Egito, onde sempre se tem areia nos olhos e se vê o dia tornar-se escuridão. Você chegará a pensar que estará na escuridão o tempo todo, mas quer saber? A tempestade de areia passará. Nada no mundo dura para sempre, exceto os deuses do Egito. Ah, sim, os deuses, porque eles ainda estão vigiando, ouvindo, sempre aguardando as oferendas que você lhes trará: cem cebolas, cem gansos, uma boa porção de cerveja. Acredite, Forasteiro: os deuses não deixaram de existir, eles (ou melhor, nós) apenas fomos esquecidos.

Se você fixar os olhos na névoa amarela, verá um homem junto à estrada, com a mão erguida, pedindo dinheiro. Está usando a máscara de cão de Anúbis, o cão divino que é o faraó do mundo dos mortos. Ele não vai morder você. Anúbis é seu amigo, seu guia. Pode respirar sem susto, Forasteiro, se não tiver entrado areia em suas narinas. Não passe por ele sem o escutar, sem o saudar. Porque essa figura à beira da estrada sou eu.

No deserto você vê não apenas o que é, mas o que não é. As areias se tornarão um lago. Seus olhos o iludirão. Até mesmo os deuses lhe pregarão peças, mudando de forma. E mesmo eu que estou falando com você, Forasteiro, posso mudar minha forma. Quando eu tirar minha máscara de cão, quem serei? Não serei um cachorro, nem um pássaro, nem mesmo um homem. Não sou Toth, o íbis, o deus do conhecimento. Sou sua mulher, sua irmã. Sou SESHAT, a escriba. Sou a deusa da história, a Senhora dos Hieróglifos. Escrevi este livro com meus próprios dedos.

Você não me conhece, mas eu conheço você, Forasteiro, e há muito tempo. Você não vai acreditar, mas conheço você, porque conheço todo mundo. Eu estava lá em seu nascimento, em meio ao sangue e aos berros, porque estou presente a todos os nascimentos. Mantive registros de todos os dias de sua vida desde então. Respire fundo, Forasteiro. Inspire, Forasteiro. Expire. Mais fundo, tome um fôlego profundo. Você deveria saber que sou a deusa que lhe permite continuar respirando. Você está em meu poder em todos os momentos de sua vida. Você me esqueceu, mas eu não me esqueci de você. Sou a deusa que não esquece nada. Sou a cronologista e a cronógrafa, aquela que fixa o dia em que você deve parar de respirar, o dia no qual você mais tem medo de pensar porque desconhece o que vem depois; porque você teme que nada haja a não ser o nada depois dessa sua vida, nada além da escuridão. Mas você está errado quanto a isso, pois o que você pensa que é o fim é apenas o começo. Anúbis, o chacal, aguarda por você, aguarda para ser o seu guia na outra vida, sacudindo a cauda. Todos os deuses estão esperando por você. E você poderá até mesmo navegar conosco na barcaça noturna de Rá, se seu coração se mostrar leve o bastante na balança. Tente pensar como um egípcio pensa: olhe a morte como nada mais terrível do que mudar de casa, como nada a ser mais temido do que vestir trajes novos. Mantenha o coração leve, leve como uma pena.

E vamos ter um bom início, ó Prudente, se você me chamar pelo nome apropriado: não fale em SESH-at, por gentileza, mas sesh-AT. Repita depois de mim: sesh-AT, sesh-AT. E tenha cuidado, Forasteiro, porque posso ver tudo o que você fizer.

Posso ver você aí, sentado, com meu livro desenrolado sobre os joelhos, perdido em seus pensamentos de hoje, em seus sonhos de amanhã. Esqueça seus hojes e seus amanhãs por um instante, Forasteiro. A deusa da história importa-se apenas com uma coisa: ontem. Por que não deixa Seshat levá-lo para o passado? Por que não a deixa guiá-lo pela mão? Ah! Ah, Forasteiro, a Senhora dos Hieróglifos não lhe permitirá resistir a ela. Sem dúvida, você está ocupado, tem suas obrigações — mensurar os campos, construir sua casa, ordenhar suas cabras —, mas Seshat diz a você: pare de tentar escapar. Você pode ganhar muita coisa lendo esta história da Casa de Ptolomeu, mortais como você, que se tornaram deuses em vida.

Não desista de ler já tão cedo, Forasteiro, porque a deusa que recorda tudo tem muito a lhe contar. Primeiro, você deve deixá-la contar a você algo sobre si mesma.

Eu sou Seshat (sesh-AT), poderosa irmã de Toth, o Ébis, deus de todo o conhecimento. Sou também a esposa dele, a esposa de Íbis, esposa do babuíno, mas meu livro não é sobre ele, meu livro é sobre mim, SESHAT, a Antiga, que vem escrevendo este livro desde o início de tudo. Sou a deusa da casa dos livros, a Senhora da Literatura. Sou a deusa que o tempo esqueceu, mas você deve saber que estou cansada de ser esquecida. Visualize-me em seu coração, Forasteiro, vestindo meu traje com pintas de leopardo que representa o céu estrelado, minha pele de leopardo bem colada ao corpo. Desde o começo dos tempos, eu uso a touca com a flor de sete pétalas, como uma estrela, com um par de chifres de cabeça para baixo no topo.

Na minha mão direita, seguro um instrumento de junco para escrever e meus torrões de tinta preta e vermelha. Na minha mão esquerda, a vara de palmeira, na qual faço um talho para registrar a passagem de cada ano desde que os anos começaram a passar, já que sou a Senhora dos Anos. A vara de palmeira tem na ponta um girino — o hieróglifo que representa cem mil — e o hieróglifo para infinito, já que eu própria sou o infinito, e vou continuar a fazer talhos até que os anos se encerrem. Sou aquela que não tem idade, a imutável, velha mas jovem, vivendo para sempre, a que viverá para sempre, como o próprio faraó.

Eu costumava contar os jubileus do rei. Costumava registrar o nascimento de seus filhos, uma vez que sou a deusa do destino, que concede a todo faraó seu período de vida. Como a controladora dos forasteiros no Egito, mantive registros especialmente apurados sobre Ptolomeu. Por duzentos anos, fiz anotações sobre sua história sangrenta, mas chegou o momento. Feliz o rei que tem seus feitos registrados por meus dedos, pois sou a musa para os gregos, a musa da história, sou a Clio egípcia. Sou Seshat, que é a eternidade. Sou aquela que comanda o tempo. Ainda estou aqui, Forasteiro, sempre contando os dias.

Senhora dos Construtores é outro nome meu, porque sou a inventora da arquitetura, a Senhora dos Projetos. Amo construir. Amo também escrever, é claro, encaixando uma densa palavra junto à outra. Palavras, tão boas quanto blocos de pedra, que vão durar até o final dos tempos. Eu coloco as palavras sobre a página como se fossem tijolos a secar ao sol. Empilho os livros uns sobre os outros para erguer um imponente monumento a meu irmão TOTH, o bibliotecário dos deuses. Sou a Senhora da Casa dos Livros e digo que, embora um templo bem construído seja maravilhoso, um livro é ainda melhor.

Toth, o babuíno, empoleira-se no ombro de todo escriba, ajudando-o a escrever, mas a figura de Seshat é pintada no lado direito de sua paleta de escrita. Nenhum escriba pode escrever uma só palavra sem a ajuda de Toth, mas ele também reverencia Seshat, a deusa da aritmética, aquela que conta as palavras.

Graças à senhora vestida com pele de leopardo, este escriba está quase pronto para começar. Creio que devemos deixá-lo escrever agora. Devemos nos deliciar em tomar posse de sua vida e de sua alma até que ele termine. Será ele que carregará o fardo desta história sangrenta, dia e noite, por anos. Divino ditado, Spotous, ele me diz. Conte-lhes que Arsínoe Beta fugiu para Alexandria, no Egito, como se fosse um abutre voltando para o ninho, sedenta do sangue de uma outra mulher. (Chame-a ar-SI-no-é, ó Prudente, ou então de ar-ZI-no-é.) Faça com que escutem seu grito tão terrível e estridente quanto o vento uivando no deserto. Faça com que se queimem na tocha que é sua língua. Faça os olhos deles voarem pela página, mais velozes que cães de caça, mais ligeiros que a luz. Conte-lhes como Arsínoe Beta tornou a si mesma uma deusa e salvou o Egito — e como um menino-cão quase o destruiu.

PARTE UM

Amante da irmã, Ptolomeu Filadelfos

1.1

A senhora do terror

Por volta do quarto ano do faraó chamado Ptolomeu Filadelfos, ou Mikros (pronuncie *MI-krass*, Forasteiro), Arsínoe Beta, sua irmã mais velha, foi de navio de Samotrácia para o Egito, com seus cabelos que haviam sido louro-dourados agora grisalhos, tantos foram os horrores que lá testemunhara, e sua vida agora destruída. Quando desembarcou do navio fazia vinte anos que Arsínoe Beta partira de Alexandria, e agora ela tinha aproximadamente 36 anos. Ainda trajava o *peplos* branco salpicado do sangue de seus filhos, visando comover o irmão. Logo, ela não apenas mudaria de roupa, como a si mesma. Ela pensava: *Devo ser como Ísis. Devo assumir a forma e a aparência que eu desejar. Não há nada que Arsínoe Beta não possa fazer. Devo ser como a adorável e risonha Afrodite.*

Sim, ela agora até mesmo se força a sorrir, algo pelo que nunca foi notória no passado. Sorri como um crocodilo, a quem os egípcios chamam de coca ardente e face do medo. Sem dúvida, a boca dessa mulher é quente. Sua língua pode queimar inteiramente a orelha de um homem. Sem dúvida, ela é linda, mas desperte sua ira, e dará medo contemplar seu rosto. Como se fosse a górgona chamada Medusa, basta fitar seus olhos para transformar um homem em pedra. Ela é muito parecida com um crocodilo que desliza no rio em silêncio, fingindo ser um tronco de árvore: logo ela vai revolver-se na água, como Sobek, como o próprio deus da morte. E o primeiro homem que engolirá será Ptolomeu Mikros, o faraó de 29 anos, seu irmão mais novo.

Forasteiro, o propósito dela é *casar-se* com ele.

Se a idéia de uma irmã casando-se com o próprio irmão lhe causa repulsa, ó Prudente, feche este livro imediatamente e deixe-o de lado, porque acontecerão muitas coisas desse gênero. Seshat insta você a abandonar todos os seus conceitos do que é decente. Estes são tempos da Antiguidade, quando tudo pode acontecer. Forasteiro, este livro é algo mais espantoso do que tudo o que você já leu em sua vida.

Quando Arsínoe Beta desembarcou daquele navio no porto de Eunostos, o porto do Feliz Regresso, ninguém se lembrava de quem ela era; ninguém acreditava que esse espantalho de mulher poderia ser a grande irmã real, e o mestre do porto a pôs em correntes pelo crime de alegar falsa identidade. Mas quando ela berrou e vociferou, exigindo ser levada a Sua Majestade, eles a carregaram para o palácio, onde os oficiais lhe disseram para esperar na fila, como todos os demais, e segurar a língua. Fazer aquela mulher parar de falar era quase impossível, mas ela se manteve em silêncio, ela esperou, de fato, e isso foi como a quietude que antecede o terremoto.

Ao atravessar as monumentais portas de bronze do grande palácio de mármore branco do irmão, ela a princípio ficou surpresa com as plantas que haviam sido cultivadas ali — palmeiras gigantescas, exóticas trepadeiras —, na vastidão da entrada com colunas de mármore, que costumava exibir as paredes quase nuas no tempo de seu pai. Ficou surpresa ao ver poços de água corrente, fontes jorrando e pássaros exóticos em gaiolas de ouro. Ficou espantada ao ver que os escravos agora não vestiam sarja crua, mas túnicas douradas, e que as mulheres de seu irmão ficavam ali sentadas, na casa de seu pai, desavergonhadamente, suas concubinas em trajes dourados, abanando-se com leques de penas de avestruz e rindo. Logo calaria aquelas risadas.

O salão dourado de audiências pareceu-lhe sem grandes mudanças — as colunas coríntias, o assoalho de mosaico com deuses do mar e monstros das profundezas, a mobília de ouro maciço ou de madeira folheada a ouro, as paredes pintadas com cenas tiradas de Homero. Os tapetes com listas em preto-e-branco, os macacos e gatos egípcios no interior da casa, tudo como antes. Por toda parte reluzia o ouro, ressoava o matraquear de línguas estrangeiras, espalhava-se a fumaça de incenso queimando e havia o zumbido incessante das moscas, tão zangado quanto ela própria.

A primeira coisa que viu foi a feliz cena doméstica — o faraó Ptolomeu Mikros e sua linda mulher sentados em tronos de ouro, ostentando o meio sorriso fixo de deuses vivos. O povo do Egito esperando pacientemente na fila diante deles, e Mikros escutando, ou não, suas petições. Sua irmã mais nova, Filotera, também estava sentada ali, pura, sorridente, trabalhando com sua agulha. Eram os únicos membros da família ainda vivos: todos os demais, seus irmãos e meios-irmãos, seus primos ilegítimos, Mikros os assassinara a todos.

O olho de águia de Arsínoe Beta fixou-se sobre a rainha, sua sorridente cunhada, sua enteada e sua maior inimiga. Sim, a outra Arsínoe, chamada Alfa, aquela com a touca do abutre, a tiara de penas de avestruz e chifre de vaca e os sapatos de ouro ornamentados com cobras e abutres. Ela não continuaria sorrindo por muito tempo. Quando Arsínoe Alfa ergueu os olhos, não teve dificuldades de identificar a visitante: pôs-se de pé como se tivesse visto um fantasma, levou as mãos à boca e fugiu, gritando. Todos os cortesãos gregos que carregavam papiros, todos os funcionários egípcios com instrumentos de escrita de junco já erguidos para anotar as ordens de Sua Majestade, todos os escravos de rosto negro que abanavam leques e anões do palácio que puxavam leopardos por trelas de ouro, todos voltaram a cabeça para olhar a mulher que vestia o *peplos* salpicado de sangue e tinha os cabelos grisalhos tão desgrenhados como se fossem um ninho de pássaro, os olhos febris, como os de uma mulher enlouquecida, a mulher presa em correntes de ferro, perguntando-se quem era ela. Sim, e Mikros deveria tê-la mantido acorrentada, porque ela já acalentava o perverso pensamento de que Arsínoe Alfa, a grande esposa real, a rainha do baixo e do Alto Egito, a Senhora da Felicidade, era mais uma parente de quem ela teria de se livrar.

O *dioiketes*, ou vizir, conduziu a irmã à frente e disse-lhe rudemente para aguardar, para ter paciência, como todos os demais. Ela ficou ali parada, ostentando seu rosto de relâmpagos, furiosa com a humilhação, calculando seu próximo passo, pensando.

Viu seu irmão mais novo, agora crescido, um chefe de Estado, com o dobro da altura que tinha na última vez em que o vira, peito largo, poderosas coxas, um pouco pesado por causa do excesso de banquetes, trajando o *chendjyt*, o saiote de linho branco de faraó, e ostentando a dupla coroa das Duas Terras, vermelha e branca, a Senhora dos Feitiços e a Senhora do Terror — nomes que poderiam combinar com a própria Arsínoe Beta. Viu os egípcios curvando-se diante dele, beijando o mosaico do assoalho a seus pés. Viu o grande leque de penas de avestruz, manejado por escravos negros vindos da terra de Punt, mas que não bastava para manter Sua Majestade a salvo do calor. Viu o suor escorrer pela testa dele e sentiu o mau cheiro que brigava com o pó de rosas, já que o Egito era quente demais para ele. Mikros ainda tinha as faces vermelhas, sua pele clara estava castigada pelo sol, e ela ainda conseguia adivinhar o que ele estava pensando — que, apesar de adorar ser o faraó, também odiava isso. Ela observou com atenção o colar cravejado de jóias, o Olho de Hórus pendurado em seu pescoço, pensando: *Ele é Hórus, a imagem viva do falcão*. Ela via a expressão grave no rosto do faraó, é claro, mas via também seu irmão mais novo, o inútil, o menino preguiçoso cujo prazer não era o trabalho, o moleirão.

Viu também Eskedi, sumo sacerdote de Mênfis, sereno, austero, vestido com seu manto de pele pintada de leopardo como antigamente, de pé junto ao seu irmão, traduzindo para Sua Majestade as petições apresentadas, agitando sem parar o abanador de moscas de ouro. *Por que*, pensou ela, *ele não diz a meu irmão quem acaba de chegar? Ele sabe quem eu sou*. Porque, sim, aquele era o seu amigo sábio, o sumo sacerdote de Ptah, agora curvado pela idade, o rosto enrugado como uma casca de noz, e ela sabia que Mikros não escutava nem sequer uma palavra do que ele dizia a respeito de disputas de propriedades, reclamações acerca de impostos, mas que estava sonhando com outras coisas — não havia dúvida —, como carne de flamingo assada, suculentas tâmaras sírias ou suas deliciosas mulheres. Arsínoe Beta tinha espiões que lhe enviavam relatórios. Sabia o que seu irmão fazia e o que não fazia. Não viera ao Egito sem os mais cuidadosos preparativos. Sim, ela havia planejado sua volta para casa como se fosse uma campanha militar — na qual a vitória seria sua.

Arsínoe Beta também viu os filhos pequenos de Mikros, que brincavam com um filhote de leão nos degraus perto do trono do pai: Ptolomeu, de 4 anos, aquele que seria chamado de Euergetes (o Sábio, pronuncie seu nome *eu-ER-ge-tiz*), Lisímaco, seu irmão de 3 anos (*lie-SIM-ak-koss*) e Berenice (*be-re-NI-qui* ou *be-re-NI-ce*), aquela que seria chamada de Syra e que tinha apenas 2 anos. Sim, as crianças de sua inimiga, Arsínoe Alfa: três calorentas crianças gregas, fingindo que eram egípcias, todas com a cabeça totalmente raspada a não ser pela trança lateral de Hórus, brincando com os talismãs de ouro nos pulsos, os talismãs que deveriam protegê-las contra o mal praticado por pessoas como ela mesma, Arsínoe Beta.

Eskedi não sabia quem era aquela mulher doida, e em seu coração surgiu uma visão de sangue, uma enorme poça de sangue grego espalhando-se pelo assoalho do palácio, e esse pensamento acelerou seu coração a um ponto que já não era seguro para a saúde de um homem idoso.

Então Arsínoe Alfa entrou outra vez no salão de audiências, agora correndo, sem sua coroa do abutre, seu *peplos* imaculado todo amarrotado e suas faces riscadas de lágrimas — a rainha do Egito, correndo... algo inédito — e reuniu suas crianças, puxando-as aflita para um lugar seguro, a salvo do mau-olhado da tia.

Finalmente, Ptolomeu Mikros voltou o rosto em sua direção, e aquele meio sorriso fixo de faraó caiu sobre a destratada mulher. *Ela tem alguma coisa familiar*, pensou. E então sentiu um arrepio nos cabelos da nuca. Arsínoe Beta deu um passo adiante, os pés descalços, já que havia atirado os sapatos por cima da amurada para fazer seus pés parecerem ensangüentados. Cravou os olhos nos do faraó e sustentou o olhar dele, fazendo algo que nenhuma mulher grega respeitável deveria jamais fazer — encarou-o, tentando fazê-lo desviar o olhar, como costumava fazer quando eles eram crianças naquele mesmo palácio, anos atrás.

Ninguém em todo o Egito fixava-se nos ferozes olhos do faraó sem terror, mas Arsínoe Beta não estava aterrorizada. Seu olhar prendeu-se ao dele, reluzindo metade de raiva, metade de assombro. Ela não tapou parcialmente o rosto com a mão para evitar ser queimada pelo olhar terrível de Rá, pelo filho do sol. Não se lançou de joelhos diante de Sua Majestade nem beijou o chão. Conhecia bem demais o irmão para ter medo dele. Não, o olhar dela — isso, sim — poderia queimá-lo.

Quem é essa mulher?, perguntou Mikros, zangado, ao *dioiketes*, mas antes que o homem conseguisse abrir a boca ela falou por si mesma: *Eu vos saúdo, Hórus*, disse ela, sarcástica. *Eu vos saúdo, poderoso rei, Touro, Dominador de Touros. Somos Arsínoe, vossa irmã. Esperamos que se lembre de nós.*

Eu não vos reconheci, murmurou ele, levantando-se lentamente de sua cadeira de ouro em estado de choque, o rosto sério, abalado pela aparência dela. Fez sinais para que tirassem as correntes dela, para que uma cadeira fosse providenciada e para que aqueles que lhe haviam levado petições fossem mandados embora. Mas não amava a irmã o bastante para lançar os braços em volta de seu pescoço e beijar-lhe os olhos. Não tocou nela, nem sequer a pegou pela mão, e sim sentou-se novamente, sentindo-se quase a ponto de desmaiar. Ela tinha 16 anos quando a vira pela última vez. Agora trazia as marcas da idade e dos padecimentos, e as cicatrizes das unhas que haviam arranhado as faces em luto. Seu coração compadeceu-se dela — somente um pouco — quando se recordou de como ela fora, sua bela irmã. *Ela está mais magra do que um chacal do deserto*, pensou, *e o brilho em seus olhos é estranho, estranho, e há essa aparência, ainda mais estranha, como se estivesse meio doida. Ela não era assim antes.* Sim, ele se lembrava dela bem demais.

Estamos contentes que esteja em segurança, em casa, disse ele, sem ter certeza se estava sendo sincero. Isso porque não se esperava que uma mulher grega retornasse à casa de seu pai depois de partir para se casar — era como se estivesse morta, alguém para ser esquecida. Mas ali estava ela, como um fantasma que chegava para assombrá-lo. Ele apalpou os dentes de crocodilo que usava no braço presos a um cordão de ouro, perguntando-se o que deveria fazer com ela. Tocou o talismã do *phallos* de ouro pendurado no pescoço para dar sorte, pensando na bela Stratonike, a primeira de suas concubinas.

Não, o pensamento de que sua própria irmã poderia acabar em sua cama nem chegou perto de seu coração. Claro que não. Mas Arsínoe Beta, já no instante em que pôs os olhos no irmão, não pensava em outra coisa.

Sim, ela já estava louca para desposá-lo, desde então murmurando as palavras do mais poderoso feitiço, que o faria desejar seu corpo esquelético. Sem dúvida ela o viu acariciar o talismã de ouro maciço contra o mau-olhado, seu talismã contra todos os malefícios, e sabia o que ele estava pensando; sabia que ele estava com medo dela e que seu retorno o perturbava infinitamente. Sim, o Touro Forte remexia-se em seu trono de ouro, sentindo-se constrangido com a presença da irmã, enquanto ela queria que ele desejasse sua carne, que ele a levasse para a cama, que ele se tornasse seu novo marido. Ele sentiu aquela curiosa agitação em seu peito, como se tivesse acabado de ser varado pelo dardo de Eros.

Você deveria saber, irmão meu, disse ela, *que incenso fresco nas axilas pode ser um desodorante eficiente*, mas ela pensava algo bastante diferente. *Deixe que eu seja um magneto*, pensava ela, que *ele seja atraído para mim como o ferro*.

Sem dúvida, ele franziu o cenho para ela, sabendo que teriam brigas, assim como brigavam quando eram crianças, e em seu íntimo sentiu-se oprimido, como se sente um homem quando um cavalo do qual gostava era morto. Não, ele tinha certeza, não poderia ser o dardo de Eros. De modo algum.

O primeiro impulso de Mikros foi mandar a irmã imediatamente de volta para Samotrácia. Mas ele não fez isso. Ele precisava escutar o que ela tinha a dizer, ouvir sua história. E, sim, embora ela parecesse diferente, era a mesma de sempre: porque já começava a mandar nele, a dizer-lhe o que deveria fazer e a proferir exigências, exatamente como fazia quando ele tinha apenas 8 anos.

Meu irmão, disse ela, *voltei para casa — e para sempre. Preciso de um lugar para dormir, de alguns aposentos à minha disposição. Daqui para frente, creio que devo me recolher à ala das mulheres com sua mulher e seus filhos*. E foi o que ela fez, sorrindo, sorrindo como Arsínoe Alfa jamais a vira sorrir. E Mikros, ele sabia o que sua irmã havia feito: engendrado o assassinato do irmão de sua mulher, mas ainda assim não a impediu de se mudar para o palácio para viver perto dela.

E por quê? Porque logo que ela vestiu roupas novas ostentou um rosto novo também. Ela sorriu e se fez agradável, como se fosse uma pessoa totalmente diferente da que era antes, de modo que Mikros pensasse que a velha Arsínoe havia mudado para melhor. Sim, todo o tempo ela se comportou em relação a Arsínoe Alfa como se fossem as melhores amigas, não as piores inimigas, sempre mantendo conversas amigáveis e com felizes recordações de seu passado em comum na Trácia, falsas palavras, falsas recordações. Ela era capaz de começar a contar uma história divertida e totalmente inventada sobre pessoas que havia inventado também, dizendo, por exemplo: *Você lembra o que o general Andronikos disse acerca do Keltoi?* Mas Arsínoe Alfa balançava a cabeça e, é claro, não se lembrava de nada, de modo que Arsínoe Beta sempre tinha a oportunidade de dizer: *Meu irmão, sua mulher se esqueceu disso* ou *Meu irmão, creio que sua mulher está perdendo a memória.*

E assim ela começou a fazer parecer que Arsínoe Alfa estava ficando maluca por não se recordar de nada a respeito de seu passado.

Arsínoe Alfa tinha pavor de ficar no mesmo aposento que Arsínoe Beta. Sua voz tremia quando ela falava. Quando se levantava, sentia-se desfalecer. Quando se sentava, sentia náuseas. Arsínoe Alfa mudou abruptamente da pessoa que ria e sorria para alguém que tinha o rosto carregado e chorava. E Arsínoe Beta, que de fato costumava ter o rosto retesado e ser desagradável, agora havia se transformado em uma pessoa que sorria o tempo todo. Às vezes conseguia até mesmo dar risadas.

Meu irmão, dizia Arsínoe Beta, *vou precisar de guardas para a minha porta...*

Meu irmão, dizia ela, *vou precisar de uma dúzia de criadas...*

Meu irmão, dizia ela, *Alexandria parece tão fria. Preciso de um braseiro. E você tem de providenciar leite de magnésia para a minha dor de estômago...*

E Mikros dava-lhe tudo o que ela pedia sem reclamar.

Mikros sabia da morte de seu idoso marido em batalha, de seu sacrílego casamento com o próprio meio-irmão, Ptolomeu Keraunos, e da merecida morte deste, lutando contra os gauleses nas perdidas terras do norte da Trácia. Mikros tinha seus espiões, não era mal informado sobre assuntos estrangeiros. Sabia mais do que o suficiente sobre a morte de Agathocles da Trácia e sobre o terrível crime que ela cometera contra ele: como ela assassinara a sangue-frio seu enteado. Mas tudo isso era passado, e Mikros nada tinha a ver com o passado. Ele o afugentara. Mikros vivia no presente, apenas pelo prazer do momento, do aqui-e-agora. Seshat apaga para escrever por cima, mas para esse rei o ontem era tão sem significado quanto o amanhã.

Os pensamentos de Mikros, seja como for, estavam concentrados em outros assuntos. Precisava pensar que mulher levaria para a cama a cada noite e na guerra que estava travando contra a Síria. Vivia um dia de cada vez, num eterno presente. O amanhã, assim acreditava ele, cuidaria de si mesmo. Segundo se demonstrou, ele estava enganado quanto a isso: sua irmã cuidaria do amanhã.

Já no primeiro dia de sua volta ao Egito Arsínoe Beta começou a recolher as delicadas meias-luas que eram aparadas das unhas de Arsínoe Alfa Reuniu uma bandeja de fios de cabelos de seu travesseiro, longos fios escuros. Quando Arsínoe Alfa lavava os dentes e cuspia numa bacia de ouro, Arsínoe Beta chegava logo depois, recolhia a saliva numa jarra e o escondia para usar mais tarde. Tais coisas constituíam suas armas secretas, os ingredientes de seus feitiços. Sim, para se ver livre dela, usaria todas as armas ao seu alcance — naturais, inaturais e sobrenaturais.

Sim, bem como tudo de horrível, pois ela também disse: *Irmão, o que foi feito de todos os crocodilos? Precisamos ter alguns aqui no palácio. Mande Sua Excelência trazer meia dúzia deles de Mênfis, por favor.*

E depois mandou pedir duas serpentes do Jardim de Bestas de Mikros e começou a andar com elas em volta do pescoço. Olímpia, mãe de Alexandre, fazia a mesma coisa. Não era um comportamento muito normal para os gregos, e Arsínoe Beta nunca demonstrara muita afeição por serpentes na Trácia. Não, de modo algum. Apenas se enfeitava com elas porque sabia que Mikros ficaria pouco à vontade com isso, para mostrar quem mandava ali: não ele, mas ela.

Sem dúvida, Mikros estava acostumado a ver as *Agathos Daimon*, as inofensivas serpentes domésticas da sorte, em toda parte aonde ia, mas estremecia ao ver sua irmã manuseando serpentes no interior do palácio, e Arsínoe Beta o via estremecer. Tudo calculado para tornar cada vez mais forte o domínio dela sobre Mikros. Sim, e as serpentes eram como um reflexo dela própria: veneno.

A irmã, depois de banhada e tendo recebido roupas, calçados e cosméticos para o rosto, passava o dia inteiro fazendo pedidos ao irmão, solicitações sem fim: queria cachorros e escravos para si, uma bela pensão, cavalos, carruagens, guardas pessoais e, conversando, a título de compensar os vinte anos em que não punha os olhos na cidade de Alexandria, escutava notícias sobre o Pharos, ou Farol, sobre a morte do pai e o que acontecia rio acima, no Alto Egito

Também precisaremos, disse ela, de modo bastante casual e descuidado, *de um provador de comida*. E quando o homem foi escolhido e enviado a ela — e fez seu trabalho, Mikros a observou catando comida no prato. Ela comeu sete caracóis, somente caracóis, para combater sua dor de estômago, então afastou o prato de ouro. Sem que seu irmão percebesse, essa nova e sorridente Arsínoe Beta salpicou arsênico em sua comida, do mesmo modo como qualquer outra pessoa usaria sal, planejando tornar-se aos poucos resistente ao veneno, já pensando no dia em que poderiam tentar assassiná-la. Quando Mikros havia concordado com todas as suas exigências, ela sentou-se com ele para contar a sua história — sangue, assassinato, massacre, fuga —, mas o tempo todo fazendo-se de vítima, e o tempo todo planejando o que deveria fazer; pensando: *Devo agir rápido, como a cobra dá o bote.*

Farei todo o possível para ajudá-la, disse Mikros. *Vou encontrar um novo marido para você*, disse ele, embora no momento não conseguisse pensar em nenhum rei que pudesse apreciar sua irmã, magra como um lebréu e tão masculina. Ele pensou: *Nenhum homem em seu juízo perfeito tomaria esse monstro como esposa.*

Somos gratas a você, meu irmão, disse ela, *por suas bondosas palavras.* Mas sua voz era áspera, como se tivesse idéias próprias sobre a questão de seu novo marido. E Mikros pensou: *Não conheço esta irmã; ela é uma es-*

tranha para mim. Quando finalmente ela se recolheu ao leito, ele soltou um suspiro de alívio.

Arsínoe Beta deu um beijo de boa-noite em Arsínoe Alfa, acompanhado de gentis e afetuosas palavras, algo tão em desacordo com seu comportamento anterior que Arsínoe Alfa ficou se perguntando o que acontecera com a maldade dela. Ainda trêmula, ela arrastou pesadas arcas pelo assoalho de seu quarto e escorou-as de encontro à porta. Então se deitou, escutando o coração bater acelerado, pensando que a qualquer momento Arsínoe Beta poderia arrombar a porta e atacá-la com uma faca. Sim, ela não conseguiu dormir acuada por seus pensamentos de puro terror por saber que no aposento ao lado dormia a mulher que matara seu irmão.

Mal Mikros havia cerrado os olhos naquela noite, e Arsínoe Beta irrompeu em seus aposentos vestindo suas roupas de dormir, gritando e berrando, quase histérica: *Alguém tentou nos envenenar, meu irmão. Alguém pôs arsênico em nossa poção para dormir.*

E fez o irmão saltar de sua cama de ouro para ver pessoalmente o cadáver do provador de comida esparramado no assoalho — um homem morto. Ela fez Mikros acordar todos no palácio naquelas horas tardias, a fim de descobrir quem teria feito algo tão terrível. Mas nenhum homem sabia coisa alguma sobre o crime, pela simples razão de que fora a própria Arsínoe Beta quem pusera o veneno em sua poção de dormir.

É ou não um grande mistério, meu irmão?, perguntou Arsínoe Beta. *Tenho minhas suspeitas. Acho que sei quem é o envenenador. Acho que você acabará descobrindo que a culpada é Arsínoe Alfa.*

Mikros bufou, como se achasse a idéia impossível. Mas quando finalmente pôde retornar ao seu quarto sonhou que suas roupas de cama haviam pegado fogo e despertou a si mesmo com seus berros. Mandou chamar Eskedi logo ao nascer do dia para perguntar ao seu grande onirócrita: *O que significa um sonho tão assustador?*

Eskedi disse a Mikros grande parte da verdade: *Para os egípcios, Megaléios*, disse ele, *é algo ruim: significa que deve afastar sua esposa.*

1.2

Veneno de serpente

Arsínoe Beta dormiu profundamente depois da tentativa de assassinato — exceto pela costumeira intromissão de seus fantasmas —, mas estava acordada antes da alvorada, a hora mais propícia para se trabalhar com magia, para acender o braseiro. Não, ela não precisava desse utensílio para aquecer as mãos. De modo algum. Era para fazer seu feitiço. Naquela manhã, a primeira alvorada de seu retorno ao Egito, rabiscou algumas letras em tinta vermelha num pedaço de papiro — riscou o nome secreto de Arsínoe Alfa. Depois sussurrou palavras mágicas e atirou o papiro às chamas. O que quer que seja feito ao nome será feito à pessoa. Assim como as letras foram queimadas, Arsínoe Alfa sofreria. A palavra é ato: dizer a palavra é fazer acontecer. Mas Arsínoe Beta também sofreria.

Mikros sabia que a irmã era uma criadora de problemas, que ela estava certa de que conseguiria mandar nele, como fazia quando eram crianças. Agora, essa história de veneno logo na sua primeira noite de volta ao Egito era como um aviso do quanto a vida poderia mudar com a irmã vivendo de novo no palácio. Por que ele não a mandou logo embora? Por que esse alto príncipe, que poderia ter o que quisesse no mundo, não mandou a irmã imediatamente de volta para a Samotrácia no navio seguinte?

Seshat não esqueceu nada. Seshat vai contar.

Forasteiro, Arsínoe Beta conhecera esse rei quando ele ainda era uma criança indefesa. Fora praticamente sua babá. Ela o carregara no colo pelo palácio dia após dia, por anos a fio. Ela limpara seus dejetos e supervisionara seu banho. Mikros era como a sua boneca viva. Agora sua malévola intenção era brincar com ele um pouco mais.

Na verdade, se Mikros tivesse um mínimo de juízo, teria jogado a irmã numa prisão e a deixado lá. Mas não, não foi isso que ele fez. Mikros sentiu-se compadecido porque Arsínoe Beta não tinha onde morar, porque perdera o marido, os filhos, o reino, o título de rainha da Trácia — tudo; e porque ela era sua irmã. Mikros ainda saltava quando ela estalava os dedos: ele não havia esquecido como ela estourava por qualquer motivo e, ainda por cima, mais ou menos, a amava, assim como a havia amado, mais ou menos, quando era um menino de 5 anos, porque, apesar de todo o mau gênio, Arsínoe Beta era a única de sua família que lhe dava atenção. Na época, ele não era o herdeiro. Seu destino, então, era acabar sendo assassinado.

No início, se Mikros não mandou Arsínoe Beta embora, foi porque, como ele dizia: *Todos os forasteiros e pedintes são mandados por Zeus.* Ele ordenava que a famosa hospitalidade dos gregos fosse oferecida a todos os visitantes. Então, pensou: *Talvez deva mandá-la embora mais tarde.* Mas, no final, foi porque sua irmã mais velha tinha mesmo um certo domínio sobre ele, quase como se o tivesse enfeitiçado. Foi porque ela tinha respostas para todas as suas perguntas, a solução para todas as coisas que ele achava mais difíceis acerca de ser faraó. Sim, no final das contas, foi porque ele necessitava de seus excelentes e mais do que excelentes conhecimentos.

Pela manhã, Arsínoe Beta foi procurar o irmão e disse: *Estamos nos sentindo um pouco indispostas depois do choque desta noite. Precisamos de um médico para cuidar de nós, um médico grego.*

Mikros tirou o capuz vermelho e branco de faraó e coçou o crânio raspado, pensando. *Herófilos de Calcedônia é de quem você precisa,* disse, *o melhor de todos os médicos...*

Sim, Herófilos era o melhor, mas era famoso por dissecar macacos vivos. Os boatos diziam que ele também dissecava vítimas humanas ainda vivas, os prisioneiros dos cárceres de Mikros, e com plena permissão do faraó.

Não desejamos encontrar com seu Herófilos, disse ela. *Escutamos que ele fede como a morte. Você precisa pensar em outra pessoa, meu irmão.*

Crisipos é um ótimo homem, disse Mikros. *Ele atende a rainha. Ou então seu colega Amintas. São bons médicos e conhecem os problemas das mulheres. Tanto cortesãos quanto gente do povo juram que eles têm maravilhosas habilidades.*

Crisipos e Amintas logo se apresentaram. Sem dúvida, tais médicos gregos inspiravam confiança. Tinham barbas compridas, como sábios. Detinham grande conhecimento sobre drogas e encantamentos.

Foram esses sábios que assistiram Arsínoe Alfa em seus partos, disse Mikros, *e salvaram-lhe a vida três vezes. Não foi assim, Crisipos?*

Crisipos inclinou a cabeça, sorrindo.

Eles também salvaram a minha vida, disse Mikros, *quando fui acometido da febre do quente e do frio. Sem dúvida, não há cura para a sezão, mas Crisipos e Amintas sabiam muito bem o que deveria ser feito e o que não deveria. Um homem pode morrer por causa da febre dos pântanos se não se cuidar apropriadamente.*

O esforço de Arsínoe Beta para sorrir quase quebrou-lhe a mandíbula.

Irmã, disse Mikros, *garanto a você: pode confiar nesses homens. São médicos de grande valor.*

Mais tarde, naquele mesmo dia, ela mandou chamar Crisipos e Amintas, os médicos da corte, para consultá-los sobre sua saúde, e foi então que Crisipos lhe disse: *Fizemos nosso juramento, é claro, senhora, o juramento de Hipócrates...*

Não importa o que vejamos ou ouçamos, acrescentou Amintas, *não pode jamais ser revelado. Vou manter segredo e ninguém saberá de nada.*

A senhora estará inteiramente segura em nossas mãos, disse Crisipos.

Sim... inteiramente segura... era possível, mas Arsínoe Beta já fazia planos. Desde o começo ela achou aqueles médicos perfeitos menos do que perfeitos e, mesmo mantendo o sorriso, queixou-se a respeito da displicência deles, dos erros a cada dia, do fracasso em obter melhoras para seu estômago. Amintas e Crisipos haviam recebido o Ouro do Louvor por terem salvado a vida de Mikros e de Arsínoe Alfa. Desafortunadamente, Mikros não pôde, em retribuição, salvar-lhes a vida.

Já no princípio de seu reinado Ptolomeu Mikros tomou aquela que seria a pior decisão em relação à irmã: ele a recebeu hospitaleiramente. Seu retorno ao lar era pernicioso em muitos sentidos para Mikros, mas em outros também era bom: ela salvaria o irmão, se não toda a dinastia dos Ptolomeus.

Para falar a verdade, foi como se a serpente Arsínoe Beta tivesse trocado de pele e se transformado em algo novo. Como se houvesse renascido: como se houvesse se tornado uma pessoa inteiramente nova, duas vezes mais venenosa do que antes.

1.3

Erotikos

Ptolomeu Mikros, sentado no trono de ouro, marfim e ébano, esse faraó grego, esse macedônio que jamais colocara os olhos nas montanhas da Macedônia, não era um tolo. Era um rei respeitável e honrado. Havia atingido o que os gregos chamam de *ataraxia*, equilíbrio da alma, de modo que nada o perturbava. Não se poderia esperar que esse Ptolomeu vivesse segundo o nome que carregava e se tornasse um guerreiro. Era um erudito, um homem pacífico; e por isso fora nomeado herdeiro do pai. Seus pensamentos eram equilibrados, sábios. Tinha um temperamento sereno.

Como faraó, possuía cinco títulos egípcios. Seu nome de Hórus era O Jovem Forte. Seu nome das Duas Senhoras era Aquele Cujo Poder é Grandioso. Ele fora destinado a se tornar um poderoso monarca, mas preferia deixar para os conselheiros as ocupações da guerra. Era mais afeito à geografia do que à estratégia, mais interessado em zoologia que em táticas.

Seu nome Dourado de Hórus era Aquele Que o Pai Elevou ao Trono. Ocupava aquele trono havia apenas quatro anos, mas já estava cansado da taxa sobre suínos, taxa sobre sal, taxa sobre óleos, da taxa sobre tâmaras e da taxa sobre figos. Estava cansado de se preocupar sobre como manter os egípcios que viviam rio acima, depois de Tebas, felizes e em paz.

Seu nome do Trono era Aquele Que se Torna Forte Por Meio do Ká de Rá, Bem-amado de Amon. Ele tentara ser forte, mas sua força nada era comparada à da irmã; nada. Ela usaria as *krepides*, as botas de soldados, com mais freqüência que ele.

Mikros, sem dúvida, vivia mais interessado no prazer do que nas tarefas. Apreciava comer leitão assado recheado com tordos e flamingos cozidos em molho de frutos do mar. Gostava de regalar-se com peixes assados. Adorava deixar escorrer pela garganta os vinhos finos de Mareotis e ficar um pouco bêbado. Tinha tudo o que queria. Não havia nada no que pudesse pensar em pedir que já não tivesse, a não ser, talvez, que se tornasse mais leve o fardo do trono ou, talvez, o fim de uma guerra interminável, que interferia em seus prazeres. Mas, por acaso, a guerra e a administração do Estado eram as duas coisas nas quais, por sorte, a irmã poderia ajudá-lo.

Durante o dia, sonhava com suas concubinas, já que acima de todas as coisas seu grande prazer eram as mulheres, suas muitas mulheres, dúzias delas, que passavam o dia vestidas sem nada além de uma flor de lótus, um colar e um bracelete — e nada para fazer, a não ser olhar pelas janelas, esperando avistar a carruagem de Sua Majestade atravessando a toda a via Canopo, envolta numa nuvem de poeira e vindo mergulhá-las em ouro.

Você até pode se indagar, Forasteiro, como poderia um homem como esse não ser feliz. Mikros era suficientemente feliz nessa época, mas na maior parte de seu tempo, dia após dia, tinha de pensar sobre a ameaça de invasão, os problemas com os estoques de milho, as incertezas a respeito da cheia do rio — e sempre, sempre, sempre se ocupar com as petições de seus súditos, as pequenas disputas, suas queixas tão cansativas. Apenas quando estava com suas mulheres conseguia se esquecer do fardo de ser o faraó.

Mikros delicia-se com muitas coisas, perde-se em seus livros, a *História dos animais*, de Aristóteles, a *História das plantas*, de Theofrastos, as *Histórias* de Heródotos de Halikarnasso. Mas o traço de ansiedade logo aparece no rosto do rei. Ele é menos estrangeiro no Egito que o pai, mas ainda assim um estrangeiro; nada mais. É grego, um macedônio, e jamais deve se esquecer disso. Ao mesmo tempo, no entanto, deve tentar ser um rei egípcio, mesmo que não consiga sequer escrever o próprio nome com os hieróglifos. Deve usar os trajes egípcios e o precioso colar de faraó quando Eskedi lhe diz para fazê-lo, bem como deve usar sua túnica grega, seu *khlamys* grego e o manto quando o *dioiketes* ordena. Seja qual for a roupa que use, sempre provoca o desagrado de alguém. Às vezes, quando a noite está muito quente e ele fica sozinho com a esposa, deixa de lado a *ataraxia*, o equilíbrio, e começa a berrar contra a impossibilidade de manter a posição.

Arsínoe Alfa fica sem saber o que fazer quando Mikros está zangado. Ela torce as mãos cheias de jóias e chora. Esconde o rosto no travesseiro e não diz nada. Um grande rei não tem a quem confessar seus pensamentos mais íntimos a não ser sua esposa; ninguém. Mas essa esposa não pode lhe oferecer palavras de consolo, não tem sugestões acerca do que ele poderia fazer. É uma perfeita esposa grega; a cabeça sempre baixa, os olhos fixos no chão. Não deve olhar no rosto do marido, nem mesmo quando está na cama com ele. Foi criada para não ser vista, para não ser escutada, para ser quase invisível. Quando Mikros extravasa a raiva, com freqüência cai doente, com dores de cabeça. Ele geme, ansiando pela Macedônia, um lugar onde jamais colocou os pés, mas onde acha que pode viver feliz com suas cabras, sem ameaças de guerra, de revoltas, nem sangrentos assassinatos.

Mikros não desdenha sua bela, sua belíssima esposa, Arsínoe Alfa, mas ela não conhece coisa alguma a respeito de máquinas de guerra, catapultas de torção ou exercícios da falange. Ela não sabe nada sobre como vencer em manobras os inimigos nos mares ou como penetrar as defesas de uma cidade pela abertura de túneis, ou melhor, sabe tanto quanto o marido. Não sabe coisa alguma sobre assuntos masculinos: seu prazer é a agulha, a roca de fiar lã, fazer a massa para assar pães, cozinhar bolos de mel e tomar conta de suas crianças.

Só que, por acaso, Arsínoe Beta possui as exatas qualidades que faltam ao irmão. Ela conhece a matemática e a geometria quase tão bem quanto Eskedi — que no passado foi seu tutor. Pode localizar um erro num relatório de impostos com mais habilidade que o ministro das Finanças do irmão. Sabe conduzir uma guerra, governar um grande reino. Sim, sua cabeça funciona de modo muito semelhante à de um homem, como se ela fosse apenas uma parte mulher e nove partes homem.

A família de Ptolomeu Mikros era suficientemente feliz até Arsínoe Beta fugir para o Egito, onde apareceu como um abutre, caçando problemas, e agora Arsínoe Beta está empoleirada, aguardando, aguardando, como um abutre num galho de uma árvore junto a um campo de batalha, pensando no festim de sangue e vísceras que representa um cadáver — o de Arsínoe Alfa.

É sempre mais fácil para Ptolomeu Mikros optar por não fazer nada. É sempre mais fácil se deixar carregar no alto de uma *skollopendra*, a liteira que ganhou esse nome do milípede, sobre os ombros de vinte homens, do que se dar ao trabalho de andar. Ele é o faraó, um deus vivo. É carregado até mesmo quando vai para os aposentos das mulheres para cumprimentar a esposa. Quando ela está atormentada de calor ou cansada demais para recebê-lo, ele é carregado pela cidade até a casa de Stratonike, ou Didyme, ou Myrtion, ou Kleino, ou Mnesis, ou Potheine, ou Bilistikhe, para satisfazer sua aguda *aphrodisia*. Ele tem outras mulheres, mulheres demais para que as conheça pelo menos. Elas chamam a esse rei de *erotikos*, porque ele é amoroso, ainda mais amoroso que o pai. Ptolomeu Mikros é o grande mestre da arte do amor.

Preocupado com suas obrigações e seus prazeres, Mikros de fato não percebeu a tempestade de raios que crescia entre as duas Arsínoes. Estava ocupado demais com as tarefas de um faraó, atribulado com as dúzias de concubinas e com a Guerra Síria para enxergar que a irmã desejava ardentemente matar sua esposa.

Na coroação, Eskedi lhe dissera: *Sois o soberano de toda essa terra, a terra segue de acordo com o vosso comando*, mas era como se o homem que governava o Egito estivesse usando uma venda naquela precisa ocasião, com o navio avançando para as águas espumosas, que rugiam da catarata, que num instante deixam o homem surdo, pois ele não enxergou nada, e esse foi seu erro. Justamente naquela ocasião o navio de Ptolomeu Mikros parecia que poderia se espatifar nas rochas.

1.4

Risadas

No palácio desse grande monarca havia sempre muito barulho — a conversa dos macacos, o pio dos pássaros engaiolados, a música dos harpistas, as trombetas anunciando as horas, o matraquear dos que traziam petições, o impacto do mar sobre a praia —, mas, acima de tudo, elevava-se a risada estridente de Sotades de Maronéia, o bufão cretense de Mikros, fazendo piadas sobre a tentativa de envenenamento da irmã do rei. Sim, Sotades fingia que estava vomitando e se atirava no chão, contorcendo-se, interpretando a cruel morte do provador de comida da irmã. A risada de Sotades ecoava pelos vastos salões de colunas de mármore do alvorecer ao pôr-do-sol, mas agora era acompanhada pelo som dos berros de Arsínoe Beta contra ele. Ela nutria uma antipatia toda especial por esse velho inofensivo, que antes fora empregado de Ptolomeu Soter com a missão de fazer sua esposa, Eurídice, sorrir, e tentar animar sua filha, Ptolemais, sorrir durante seu noivado de 13 anos, quando nenhuma mulher no Egito era mais infeliz. Mikros adorava Sotades; Arsínoe Beta o odiava. *Sotades é o passado*, dizia ela, *um velho cheio de piadas velhas*. Arsínoe Beta não gostava de piadas e tratava tudo com a maior seriedade. Também não gostava de nada antigo. Não gostava de pensar em seus terríveis dias de antes e vivia apenas o momento presente, seguindo a filosofia da escola cirenaica, a filosofia de seu pai. Mikros pensava exatamente da mesma maneira, e talvez esta fosse a única coisa que irmão e irmã tinham em comum. Arsínoe Beta pensava: *Eu sou o hoje, os tempos modernos, o glorioso futuro. Não há lugar aqui para o passado.*

Sotades, no entanto, ainda fazia Mikros explodir em grandes acessos de riso. Quando o fardo de reinar pesava muito mais sobre sua alma, Sotades sempre alegrava Mikros. O bufão era muito estimado porque fazia Sua Majestade crer que sua gaiola e vida de ouro não eram ruins, mas sim boas. Talvez a única pessoa em Alexandria que não amava Sotades fosse Arsínoe Beta, e seria ela a responsável pela queda de Sotades, a terrível queda, por ser incapaz de ver o lado engraçado de uma inofensiva piada. As pessoas diziam que seria mais fácil fazer a Esfinge cantar do que estancar a risada de Sotades. No presente, nem mesmo Arsínoe Beta conseguia silenciá-lo. Mas seu destino não seria rir por muito tempo, e embora, sem dúvida, fosse morrer rindo, seu fim não seria nada alegre.

Tampouco o fim de Arsínoe Alfa seria alegre. Arsínoe Beta tem uma eterna desconfiança de que sua amável enteada planeja se vingar pela morte do irmão, Agathocles (*a-GÄTO-cliz*). Pelo canto dos olhos, ela ainda vê a tênue figura acinzentada do fantasma dele, seguindo-a. Ela acha que vê ódio no olhar de Arsínoe Alfa, cujos olhos são lustrosos como azeitonas negras, os mesmos olhos de Agathocles, e por todo esse tempo Arsínoe Alfa fala com a voz do irmão, com o mesmo sotaque trácio: ela soa como Agathocles, se parece com ele, e isso faz com que Arsínoe Beta a odeie ainda mais, embora continue sorrindo para a enteada, como se nada no mundo estivesse errado.

Mas havia muita coisa errada. Arsínoe Beta conduziu sua nova carruagem para a Ágora no dia seguinte ao seu retorno, trazendo para si um falcão numa gaiola de papiro. *Assim, posso cultuar Hórus*, disse ela. E foi naquele mesmo dia prestar os respeitos ao falecido — ou ainda vivo — Alexandre, que ainda permanecia no túmulo na interseção da via Canopo com a rua do Soma, ou melhor, do Corpo. Ela ordenou que a tampa de ouro do caixão fosse erguida pelos guardas, de modo que pudesse olhar o rosto do morto, e retirou um chumaço de cabelos do cadáver.

Quando voltou para casa, pegou um fio de cabelo de Arsínoe Alfa e alguns do homem morto e os atou. Em seguida amarrou os cabelos à perna do falcão, levou-o até a janela, deixando o animal ir embora voando, observando-o investir contra a abóbada azul do céu; ela o acompanhou até que o pássaro não fosse mais do que uma mancha preta: um feitiço garantido para fazer Arsínoe Alfa enlouquecer.

Na maior parte de sua existência, Arsínoe Beta foi notória pela antipatia, enquanto Arsínoe Alfa era famosa pela doçura. Agora, Arsínoe Beta, que costumava ter o cenho sempre franzido, sorria e até mesmo gargalhava. Não demoraria muito para golpear profundamente Arsínoe Alfa. O simples fato de estar dividindo os aposentos com Arsínoe Beta era o bastante para tirar-lhe o juízo. A magia pode tê-la ajudado a percorrer a estrada que leva à loucura, mas ela chegaria lá cedo ou tarde. Agora, Arsínoe Alfa, tão sorridente no passado, vivia de rosto fechado. Logo teria razão para chorar, logo ficaria completamente louca.

1.5

Língua afiada

Arsínoe Beta sorria agora, mas não era realmente dada a sorrisos. Seus propósitos eram sérios demais para isso. Sempre fora esperta, e o último exemplo de sua esperteza foi a chegada de um navio mercante de Amorgos, a ilha mais ao leste das Kyklades — um acontecimento já bastante extraordinário, principalmente porque o capitão se recusou a baixar a carga sem a presença de Arsínoe Beta.

Ela veio correndo do palácio — nunca se mostrou orgulhosa o bastante para deixar de caminhar com os próprios pés —, quase em disparada, porque aquele era o seu navio, ganhando o mar em cumprimento às suas ordens de Kassandreia para Amorgos no dia em que seus filhos foram mortos. Até mesmo em meio ao horror do massacre, teve a lucidez de ordenar que sua fortuna pessoal fosse posta em segurança. Nenhum rei ou rainha vivo faria nada menos, é claro: era o procedimento padrão em situações de emergência, como o ataque de um inimigo ou tudo estar desmoronando por causa de um terremoto. Ninguém jamais sugeriu que a ex-rainha Arsínoe Beta fosse pobre depois de vinte anos na Trácia. De modo algum. Havia perdido dois filhos, um marido e um reino, mas ainda possuía de pleno direito riquezas fabulosas.

Da mesma forma, não havia perdido todos os seus herdeiros: tinha um filho ainda vivo, e agora que havia descoberto um paraíso seguro mandou uma mensagem que atravessou o Grande Mar até a Illyria, onde o filho havia se abrigado. Sim, ela despachou uma mensagem para a corte de Monounios, o chefe bárbaro, para trazer seu filho para o Egito — aquele príncipe Ptolomaios da Trácia, que daí em diante e por toda a história seria conhecido como Ptolomaios de Telmessos.

Esse Ptolomaios tomou então um navio para Alexandria, pensando em oferecer apoio à mãe, mas também para conhecer o tio Mikros e talvez tirar algum proveito de sua proteção.

Quando Ptolomaios entrou no quarto dela algum tempo depois, a mãe pendurou-se em seu pescoço aos prantos. Ela não era totalmente privada de sentimentos. De modo algum. Contou-lhe a história do assassinato de seus dois irmãos, e ele baixou a cabeça para escutá-la. Por alguns meses difíceis, ele fora rei da Macedônia, até ser destronado. Sabia o que significava usufruir do poder de um rei. Tivera a experiência — embora desastrosa — de sua própria guerra contra os *keltoi*, ou melhor, os gauleses. Conhecia o significado do sucesso e do fracasso. E sabia muito bem o que era assassinar um homem.

Arsínoe Beta disse-lhe extremamente fria e sem rodeios: *Pode ser que o seu destino seja tornar-se rei aqui no Egito, no lugar de Mikros. Estou certa de que você ficará contente de fazer o que quer que eu lhe peça.*

E Ptolomaios disse: *Mãe, quem quer que seja o homem que você queira ver morto, não cometerei um assassinato por você uma segunda vez.*

Mas, na verdade, a pessoa que Arsínoe Beta tinha em mente não se tratava de um homem, mas de uma mulher. Ela pensou que o filho, Ptolomaios, poderia se livrar por ela de Arsínoe Alfa, que, aliás, era sua meia-irmã. Se os dois filhos de Arsínoe Alfa também fossem mortos, o único Ptolomeu macho sobrevivente seria o próprio filho, e ele seria coroado faraó. Arsínoe Beta não era tola o bastante para sujar as próprias mãos de sangue e viver com a culpa do sangue derramado para sempre — o zangado fantasma e o risco de ser pega por seu crime. Já tinha fantasmas o bastante com que lidar.

Que jovem no mundo inteiro, disse ao filho, *não daria todos os seus dentes para se tornar o faraó do Egito, se nada mais do que três assassinatos estivessem no caminho?*

Mas, apesar de ferir Ptolomaios com a lâmina que era sua língua, ela não foi capaz de fazê-lo voltar atrás em sua palavra. Ele não cometeria um assassinato.

Arsínoe Beta sorriu. *Então, devemos descobrir outro jeito,* disse ela. *Algum outro homem que cumpra nossa vontade, algum outro homem que queira se tornar o faraó.* Mas, apesar de todas as suas ameaças, apesar de todo o veneno e desdém das palavras que cuspiu no rosto do filho, chamando-o de covarde e de traidor, além de coisas piores, não conseguiu fazê-lo mudar de idéia.

Mikros recebeu esse outro Ptolomaios com cautela e desconfiança quanto ao vigoroso jovem com cabelos negros e olhos escuros, que quase não falava, que não tinha os cabelos louros dos verdadeiros Ptolomeus e que era mais alto do que ele, e ficou se perguntando por que estaria tão ansioso por se engajar no exército do tio e lutar pelo Egito. Preocupou-se em como Ptolomaios ocuparia seu tempo livre; será que estaria pensando em fazer o tio beber veneno ou despencar por escadarias de mármore?

Talvez, pensou ele, *esse Ptolomaios vá tentar nos derrubar do trono. Talvez queira ele próprio ser o rei do Egito.* Ele não conseguia acreditar que Ptolomaios desconhecesse que o costume da família era assassinar todos os parentes homens à vista. *Quais serão os pensamentos de meu sobrinho*, pensou Mikros, *se não são os de violência? Talvez seja um plano malévolo de Arsínoe fazer desse Ptolomaios o faraó, para tomar o lugar do irmão dela e governar o Egito por intermédio de seu filho, obrigando-o a fazer tudo o que ela quiser.*

E, claro, como poderia ser diferente? Essa mulher é veneno em forma de gente. Sua vida é veneno, ela é pura cicuta.

Sim, Mikros percebeu isso. Disse a ela, bem francamente: *Já tenho meu herdeiro, Ptolomeu Euergetes. Você deveria saber, irmã, que não vou assumir um filho de Lisímaco como meu herdeiro.*

Arsínoe Beta fez um ar de surpresa, como se jamais houvesse sequer sonhado em lhe pedir uma coisa dessas.

Você é tão desconfiado, irmão, exclamou ela. *Como pôde ter uma idéia dessas?*

Sei o que você fez a Agathocles da Trácia, disse Mikros. *E você deveria saber que, se puser um dedo em minha esposa ou em meus filhos para feri-los, será uma mulher morta. Jure para mim, agora, que não tocará neles.*

Arsínoe Beta, é claro, olhou para ele com uma expressão de Como-Você-Pode-Pensar-em-Me-Fazer-Jurar?

Jure, irmã, disse Mikros, *ou parta de Alexandria no próximo navio, para nunca mais voltar enquanto eu viver.*

Ela bateu o pé e franziu o cenho. Despejou uma torrente de palavrões, coisa que só uma megera diria. Mas então se deteve. *Muito bem, irmão,* disse ela, sorrindo. *Eu juro, mas sei muito bem o que você fez ao nosso tio Menelau, aos seus meios-irmãos Meleagros e Argaios, jovens inocentes, sem culpa em crime algum. Você não pode me dizer que suas mãos estão limpas. Não sente remorso, irmão? Sem dúvida, você promoveu muitos assassinatos.*

Mikros, sem conseguir pensar numa boa resposta, girou nos calcanhares e deixou-a. Mas ela o chamou de volta.

Por sua vez, disse ela, *você tem de jurar que não vai me ferir, nem ao meu filho Ptolomaios, e que nos protegerá enquanto estivermos sob o seu teto.*

Mikros teve de jurar. Mas, não, ele não confiava na irmã, e tinha razão nisso. Ela era, acima de tudo, uma mulher sem sentimentos, sem escrúpulos, disposta a tudo para obter o que desejava — o poder no Egito — sem se importar com quem tivesse de morrer para que ela conseguisse isso.

Sim, mas sua irmã o fez pensar que deveria ser de outro a culpa por querer feri-lo. Ela lhe disse diretamente: *Não é comigo que você deveria se preocupar, mas sim com essa sua esposa, que está habituada ao veneno desde a Trácia, quando era bem jovem, e tinha prazer em usá-lo sempre que podia. Devo confessar-lhe que fiquei absolutamente surpresa quanto soube que você desejava tomar essa venenosa mulher como esposa.*

E assim, ah, sim, Mikros começou a desconfiar de Arsínoe Alfa — e não mais de sua irmã.

Ptolomaios de Telmessos ficou no Egito, temporariamente. Às vezes, falava com Arsínoe Alfa da Trácia, sua meia-irmã, sobre o fim de Lisímaco, seu pai, ou sobre as lagostas do Helesponto, tão boas para comer, mas Arsínoe Alfa já estava mesmo em declínio.

A mãe dizia-lhe com freqüência: *Pode ter certeza de que se você não se livrar de seu tio Mikros, ele em breve ficará satisfeito de se livrar de você...*

Mas o coração de Ptolomaios estava decidido a fazer o que era certo. Mikros, de lado, ainda sentia pontadas de remorso por causa das pessoas da família que havia enviado para o Hades antes do tempo e estava ainda mais cauteloso sobre atrair a ira da irmã, caso se livrasse do filho dela. Mas continuou a observar Ptolomaios com preocupação e, afinal, temeroso quanto à ameaça à sua segurança, mandou-o para Telmessos, na Lídia, onde seria governador, e pôde livrar-se dele.

Não deve você duvidar, Forasteiro: Arsínoe Beta com a mesma facilidade poderia tanto se casar com o próprio irmão como assassiná-lo.

1.6

Bonecas de cera

Mas, não, talvez Arsínoe Beta não tivesse de praticar um outro assassinato. Ela perceberia que era muito fácil remover Arsínoe Alfa da corte sem matá-la, sem usar punhais, mas simplesmente pela força de vontade, somente usando palavras. Ela considerou isso um desafio, como se fosse um jogo entre os estudiosos do Mouseion.

Por essa época, Arsínoe Beta pediu que fosse entregue farinha em seus aposentos, embora ela não tivesse habilidades culinárias. Na verdade, não estava muito interessada em comer nada a não ser veneno. Não, ela tinha outras utilidades para a farinha que não assar pães.

Começou também a fazer sacrifícios diários de um galo a Asclépio, filho de Apolo, o deus da saúde, pois o estômago piorava — ou assim ela fez parecer. Bebia menos que um gafanhoto. Deveria saber que teria problemas com suas entranhas.

Mandava chamar Crisipos e Amintas quatro ou cinco vezes por dia. Os médicos, preocupadíssimos em recuperar sua saúde, davam-lhe os melhores remédios, mas ela enfiava metade das doses pela garganta de um de seus cães, criado para esse fim, para ver se vomitaria ou cairia morto no mesmo instante. Era a praxe usual: nenhum rei ou rainha daquele tempo poderia se dar ao luxo de confiar em ninguém, muito menos num médico, que tinha acesso fácil aos venenos. Os cachorros nunca vomitaram nem morreram, no entanto, uma vez que Crisipos e Amintas eram homens de altíssima honra, que haviam feito o habitual juramento: *Não devo dar veneno a nenhum homem ou mulher, mesmo que ele ou ela me peça...*

Mesmo assim, Arsínoe Beta começou a dizer, em voz bem alta, certificando-se de que seu irmão ouvisse: *Realmente, uma rainha não deve confiar em ninguém. Não tenho certeza se confio nesses médicos.*

Ela praticou atos de fé para os deuses. Dedicou-lhes vísceras de prata, enroscou grandes e extensões de intestinos de ouro. Sacrificou touros para Asclépio e para Higéia, sua filha, bem como para Panacéia, as divindades encarregadas da medicina. Carregava tiras de papiros para enfiá-las garganta abaixo e conseguir vomitar, pois era o único meio pelo qual conseguia se aliviar do que dizia ser sua terrível indigestão.

Mikros não acreditava em uma só palavra desses absurdos. Dizia a Crisipos e Amintas: *Não há nada errado com ela... Arsínoe Beta se obriga a vomitar sobre sua comida para permanecer magra.* Ou: *Ela nunca come uma refeição decente.* Ou: *Um bom prato de flamingo e nabos a curaria.* Ou: *Ela tem dores de estômago porque está com fome.*

Os médicos faziam o melhor que podiam para ajudá-la, mas estavam mais preocupados com a saúde de Arsínoe Alfa.

Sim, porque Arsínoe Alfa agora era ouvida gemendo à noite, e isso era a lembrança de que o fantasma do irmão não fora vingado, e o medo que tinha de Arsínoe Beta estava por trás disso. Seu comportamento tornou-se estranho também durante o dia: ela começou a espatifar vasos de cerâmica no chão em mosaico e a conversar consigo mesma no tom de voz mais alto que podia sustentar, palavras a respeito de mortes não-naturais.

Arsínoe Beta mostrava-se gentil e solidária, tratando com afeto a cunhada e enteada. Mandava Crisipos e Amintas conversarem com ela, instando-os: *Certamente vocês podem encontrar alguma cura para os problemas de Sua Majestade. A pobre mulher precisa da ajuda de especialistas. Deviam dar a ela o heléboro, que pode servir contra loucura.*

Sim, mas o que Arsínoe Beta dizia e o que pensava eram duas coisas diferentes. Ela pensava no fio de cabelo do homem assassinado e no de Arsínoe Alfa amarrados juntos à pata do falcão. E em seu íntimo via o espírito de Arsínoe Alfa já se projetando aos céus, incapaz de descer de novo. O feitiço estava funcionando.

Arsínoe Alfa mal dormia à noite. Durante o dia, perambulava pelo palácio, desfigurada, chorosa, conversando consigo mesma, cuspindo no chão e fazendo juramentos por Zeus, Pan e todos os deuses, como se fosse um soldado mercenário, uma mulher possuída por demônios. Ela caiu e se feriu nos degraus de mármore. Parou de se maquiar, descuidou-se do que vestia, negligenciou a aparência.

Mais ou menos na mesma ocasião, Arsínoe Beta começou a cuidar bastante da própria apresentação. Mandou fazer trajes novos, tingiu os cabelos grisalhos de louro e assumiu toda a aparência do que era, a Grande Filha Real do Faraó.

Ela foi até Mikros e disse: *De fato, irmão, acho que você deve mandar sua esposa para o Asklepieion de Kos, para que seja apropriadamente tratada.*

Mikros olhou para ela duramente. Sem dúvida, começava a ter algumas dúvidas quanto à sanidade de sua mulher. Certamente, havia começado a pensar: *De fato, ela está bastante doente.* Mas também pensava: *E se ela estiver sob o efeito de algum feitiço? E se minha irmã tiver enfeitiçado minha mulher?*

Sim, de fato. E se ela tivesse enfeitiçado a ambos?

Melhor mantê-la aqui, irmã, disse ele, *junto a nós, onde podemos ajudá-la: o melhor tratamento só pode ser encontrado em Alexandria.*

A irmã revirou os olhos. *Kos é o melhor...,* começou a dizer. Mas Mikros a interrompeu.

Lembre-se, irmã, do que disse Tales de Mileto: não embeleze o rosto, mas seja bela em seu comportamento. Lembre-se de que jurou não fazer nenhum mal nem a minha mulher, nem a meus filhos.

Ela o esbofeteou no rosto por dizer isso, e eles berraram ofensas, depois se chamaram de *Porco, Hipopótamo, Kakos* e coisas muito piores, como se procurassem vencer um ao outro por gritos, feito crianças grandes.

*

Agora que Lisímaco da Trácia, o pai de Arsínoe Alfa, estava morto, não havia nenhum motivo diplomático relevante para que Mikros a mantivesse como esposa. A Aliança Trácia, a única razão para que Mikros se casasse com ela, já não tinha validade. Na verdade, ele não pensava em divórcio, mas a situação não era diferente da de nenhuma outra casa grega: a esposa servia para parir filhos legítimos e dirigir a casa; eram as concubinas que davam prazer ao homem.

Mas quando os gemidos começaram, Mikros parou de vez de procurar Arsínoe Alfa depois que escurecia. Ele nunca conversara muito com ela, e agora já nem lhe dirigia a palavra.

Em Alexandria, Arsínoe Alfa havia se colocado no papel de rainha grega, trajando o *peplos* branco, a tiara e o colar de ouro, os exóticos broches com flores de ouro e ninhos de abelhas de ouro em meio a eles. Quando navegava rio acima, para Mênfis, usava a touca do abutre, o vestido vermelho próprio de uma deusa e chocalhava o sistro de bronze no templo de Ptah. Costumava até mesmo sorrir aquele vago e distante sorriso da Senhora das Duas Terras. Sua estátua de Ísis, com o dobro do tamanho natural e feita em granito rosado, ali estava, diante do recém-concluído Farol. Ela obscurecia quase completamente Arsínoe Beta quanto às jóias e ao luxo. No Egito, Arsínoe Beta era apenas a filha do falecido faraó, nada mais que uma princesa, gostasse disso ou não. Mas agora que Arsínoe Alfa gemia a noite inteira, Arsínoe Beta sugeriu a Mikros: *Irmão, o calor do alto rio não vai fazer bem à saúde de sua mulher. Talvez você preferisse levar sua irmã no lugar dela.* E assim Arsínoe Beta viajou para Mênfis com o irmão, que deixou a esposa no palácio.

Arsínoe Alfa sempre havia sido bastante quieta. Jamais conversara longamente com marido sobre nenhum assunto. Agora, no entanto, passou a fazer muito barulho, jogando vasos pelas janelas, e começou a apresentar uma risada estranha e selvagem, de modo que Arsínoe Beta disse a Mikros: *Irmão, seria melhor para Arsínoe Alfa permanecer no* gynaikeion. *É muito prejudicial para Sua Majestade ser ouvida gritando como uma louca.*

Mikros concordou, e assim a esposa foi confinada ao *gynaikeion* com suas aias. E então, pouco depois, ele permitiu que Arsínoe Beta tivesse os próprios aposentos, em outro local, fora do alcance do som dos gemidos noturnos e, do jeito como foram providenciadas as coisas, ela acabou instalada junto aos aposentos dele. Mikros enviou os médicos à sua esposa, é claro, mas não se aproximava pessoalmente dela. De jeito nenhum. Pensava: *Ela está doente. Deve ter feito algo que irritou os deuses.* E providenciou para si talismãs novos contra os maus espíritos.

Quanto a Arsínoe Beta, ela pensou: *É o efeito de nosso encantamento sobre o espírito dela.* E, na privacidade dos aposentos, soltava gargalhadas muito parecidas com as risadas loucas de Arsínoe Alfa.

Mikros, preocupado com a guerra, com as obrigações, deixou tudo seguir sem sua interferência. Mandou a ajuda de médicos, instou-os a buscar uma cura, fez generosas oferendas a Asclépio pela restauração da saúde da esposa e mandava perguntar todos os dias e noites como ela estava. *Se os deuses assim o quiserem*, pensava, *ela vai se recuperar; do contrário, não se recuperará.* Para Mikros, tudo permanecia nas mãos dos deuses e restava apenas aguardar. Mas Arsínoe Beta não podia ficar apenas sentada, aguardando, sem fazer nada. Desperdiçara metade da vida aguardando, na Trácia. Sentia o impulso de executar as ações assim que as concebia, uma vez que seus dias sobre a terra estavam passando.

Certa noite fabricou uma boneca de cera e enfiou uma mecha de cabelos de Arsínoe Alfa em seu umbigo. Depois enfiou um maço de papiros em suas costas. Os fios de cabelo transfeririam a essência da pessoa para a boneca. Fossem quais fossem os ritos que Arsínoe Beta executasse sobre a boneca, eles também afetariam a dona daqueles cabelos. Ela entoou um cântico. Sussurrou. Murmurou as palavras encantadas que deveriam separar de vez Arsínoe Alfa de seu marido. E depois atirou a cera no braseiro, que então se derreteu até virar coisa nenhuma, chiando em meio às chamas. Não havia cura para alguém contra quem se praticasse tal feitiço. Ela estaria condenada, pelo encantamento, à morte.

Nesse meio-tempo, enquanto a irmã esperava que o feitiço surtisse efeitos mais dramáticos, o que ficou ela fazendo o dia inteiro? Não foi tapeçaria, isso é certo. Não, ela foi se mostrar útil ao irmão. Disse-lhe o que pensava a respeito da carga adequada de impostos. Sugeriu maravilhosos aprimoramentos do sistema fiscal. Quis se inteirar a respeito dos bancos e celeiros reais. Discutiu o correio por camelos e as regulamentações dos portos. Ousou até conversar com ele sobre os problemas agrícolas egípcios, tais como irrigação dos campos. Insistiu com ele para que pagasse o conserto dos diques e canais e implementasse o famoso parafuso de Arquimedes para extrair água do rio. Assim, já o estava ajudando a carregar o fardo do governo.

Acima de tudo, conversou a respeito da guerra na Síria, a batalha eterna, dizendo: *Se eu fosse você, mandaria trazer mais alguns elefantes do sul do país e os transformaria em elefantes de guerra... Se eu fosse você, dragaria o fundo do canal de Neko e reforçaria suas fortificações no leste.* Sim, ela não apenas lhe disse o que ele deveria fazer no momento, mas também o que ele deveria planejar para o amanhã, sempre pensando à frente, sempre calculista.

Sem dúvida, Arsínoe Beta tinha o mesmo pendor do pai e do irmão para viver para o momento presente, mas também pensava no futuro. Sabia tudo o que acontecera no Egito durante sua ausência, havia permanecido a par dos assuntos domésticos. Sim, a verdade era que ela sabia tanto sobre o Egito quanto o irmão, talvez mais. Mikros ficou-lhe grato por seu interesse. Ele pensou: *Minha esposa não sabe nada sobre esses assuntos. Minha esposa não me ajuda em nada.* Ao mesmo tempo, no entanto, estava se sentindo pouco à vontade, porque a ajuda da irmã deveria ser algo temporário. E sempre ela estava exigindo pressa, dizendo: *Tenho de cuidar logo dessa sua guerra, antes de partir novamente, antes de sair em busca de um novo marido.* E assim conseguiu fazer o irmão acreditar que estaria muito pior sem ela.

Sensível à incerta posição da irmã, Mikros mandou embaixadores aos vizinhos para perguntar que príncipes estariam disponíveis para se casar, dizendo que precisava tirá-la de suas mãos.

Ela é uma mulher charmosa e capaz, escreveu ele, *que dará a melhor das esposas para qualquer rei. Tem talento para assuntos militares e negócios estrangeiros... É em tudo uma mulher extraordinária.*

O que escreveu era verdade. À irmã também não faltava boa aparência. Tinha até mesmo a habilidade de se fazer perfeitamente charmosa. Mas todos os reis que falavam grego, a essa altura, haviam escutado algo da terrível reputação de Arsínoe Beta: era notório que ela havia assassinado o belo Agathocles da Trácia, que tirara tudo o que podia, até o último óbolo, de Lisímaco, seu idoso marido, que era magra como o lebréu e venenosa como um ninho de serpentes.

Havia ainda outro problema: Arsínoe Beta era uma esposa já gasta, de segunda mão, e qualquer novo casamento seria seu terceiro enlace, e embora os gregos costumassem dizer que *A terceira vez é a vez da sorte* também diziam que *Uma mulher que é pela terceira vez esposa não é melhor que uma prostituta*, e sempre isso era ocasião para muito desdém.

Nenhum dos aliados de Mikros queria assumir o desafio de ter como esposa Arsínoe Beta, quaisquer que fossem suas maravilhosas habilidades políticas. Achavam que ela causaria tantos problemas quanto uma Helena de Tróia. Nenhum pretendente apresentou-se diante de Ptolomeu Mikros para pedir a mão de sua irmã em casamento, nem um único sequer, de modo que tudo indicava que estava condenado a viver com ela no mesmo palácio para sempre — o que, é claro, era justamente o que Arsínoe Beta queria.

Toda manhã ela ia conversar com o irmão sobre navios de guerra, máquinas de sítio, balança de pagamentos, comércio de especiarias, tudo o que existia sob o sol, mas, acima de tudo, sobre elefantes de guerra, que eram a mais poderosa arma do rei. Quando ela não estava sentada ao seu lado, Mikros olhava em volta, sentindo falta dela. Claro que ele tinha o *dioiketes*, ou vizir, o *hypodioiketes*, ou subvizir, o *eklogistes*, ou ministro das Finanças, o *epistolographos*, ou secretário particular, o *hypomnematographos*, ou escrevente de memorandos, os ministros para negócios estrangeiros e assuntos de guerra, além de muitos outros conselheiros de valor — mas Arsínoe Beta já mostrara que era melhor do que todos eles juntos. Quando ela não estava ao lado de Mikros, ajudando-o, ele começava a mandar mensageiros perguntarem sua opinião, pois ela possuía vinte anos de experiência em governar, enquanto ele tinha apenas quatro.

Sim, a grande lição que Arsínoe Beta havia aprendido da mãe fora: *Faça com que seu marido precise de você; faça com que ele seja absolutamente incapaz de viver sem você*. Ela não tinha a menor pressa em responder aos mensageiros. Não costumava correr para seu lado. Tinha prazer em deixá-lo esperando. *Daqui a pouco*, pensava, *ele vai se tornar incapaz de tomar uma única decisão sem mim. Assim, vou forçá-lo a se casar comigo.*

Quando até mesmo Arsínoe Beta se fatigava de conversar sobre guerra, falava a Mikros sobre Zeus, rei dos deuses, e sua esposa, Hera, que por acaso também era sua irmã mais velha. E por que isso? Porque queria plantar as sementes de uma idéia em particular no coração do irmão — que um casamento entre irmã e irmão não era uma aberração, mas uma coisa perfeitamente natural; na verdade, a coisa mais natural e adorável do mundo.

Mikros passava a noite em claro, preocupando-se com o que fazer de sua esposa enferma, da irmã mandona, mas não era muito bom em tomar decisões. Era a própria Arsínoe Beta quem, no final das contas, decidia por ele. Nas noites mais quentes, quando não conseguia dormir, ela se divertia espetando alfinetes em bonecas de cera que acabara de fazer, dúzias de alfinetes em cada uma, até ter uma fileira de imagens de cera de Arsínoe Alfa escondidas sob o assoalho de seu quarto.

Quando Mikros afinal conseguia dormir, sonhava que Arsínoe Alfa sorrateiramente se aproximava dele com um machado, enquanto ele dormia.

1.7

Penas pretas

Sotades por acaso ouviu Arsínoe Beta dizendo ao irmão o que fazer e o que não fazer, várias vezes, de modo bastante insistente, asperamente, e ficou espantado ao vê-la repreender o irmão por suas limitações. Sotades escreveu um poema intitulado "Amazona", sobre uma mulher com grandes músculos de ferro, que surrava o irmão com uma pesada clava. Recitou o poema para todos os homens do palácio darem risadas, porque já parecia que Mikros tinha de fazer tudo o que a irmã lhe dizia, como se fosse ela que detivesse o poder.

Sim, a Amazona, essa irmã que de diversos modos se assemelhava a um homem, avançava rapidamente para controlar o irmão. Ela sabia que o que controlava Mikros não era o destino, não eram os deuses, nem ao menos seu estômago, mas o intenso poder de Eros, mais forte que a geometria. *Se eu conseguir que meu irmão me ame*, pensava, *terei total poder sobre ele*. Entretanto, ainda mais poderosa que Eros era a magia, e Arsínoe Beta não era tão moderna nem tão sofisticada que deixasse de tentar todo e qualquer obsceno feitiço grego para lançar Arsínoe Alfa para fora do palácio, de Alexandria, da terra dos vivos.

Sem dúvida, essa mulher de poder não tinha necessidade de recorrer ao assassinato.

Ela jogou excremento de cachorro junto ao umbral da porta de Arsínoe Alfa, murmurando: *Eu separo Arsínoe Alfa de Ptolomeu, filho de Ptolomeu.*

E assim proferiu o feitiço chamado *Como separar uma mulher de seu marido*, sussurrando: *Mande o fogo do ódio para o coração dele e a chama para o lugar onde ele dorme, até que ele expulse Arsínoe, filha de Lisímaco, de seu lar, ela recebendo o ódio do coração dele e contrariedade do seu rosto.*

Ela cantava: *Providencie entre eles aborrecimentos e altercações, brigas e discussões, o tempo todo, até que estejam separados, sem que possam nunca mais se entender.*

Ela pensava: *Forçarei os deuses a nos ajudarem.* Mas em alguns dias pensava de modo diferente: *Enquanto faz preces aos deuses, a pessoa também deve ajudar a si mesma.*

Certa manhã, ela foi até Mikros e disse: *Irmão, sua esposa rasgou sua Odisséia, de Homero.*

Muito ruim, disse Mikros, *mas não se trata do único exemplar. Peça aos estudiosos que façam outro.*

Em outra ocasião, ela disse: *Sua esposa quebrou em pedaços um busto de mármore de seu pai.*

Mikros escalou um suspiro. *Arsínoe Alfa está doente,* disse, seu pensamento distante, voltado para suas concubinas, ou para as importações da ilha de Rhodes, ou onde estaria o exército da Síria. *Devemos mandar que os médicos a vejam com mais freqüência.*

Fosse o que fosse que Arsínoe Beta fizesse, não importa qual fosse o erro da esposa de seu irmão que denunciasse, não escutaria uma palavra sequer de seu irmão contra ela. Ele não via responsabilidade em nenhum de seus estranhos atos. Nem mesmo quando ela pôs fogo no quarto dele dormir. Com muita calma, Mikros disse: *Isso nada mais é do que um sintoma de sua doença. Já escutei que uma mulher pode sofrer de melancolia depois do parto de um filho. É esse o problema dela. Logo ela se recobrará. Crisipos e Amintas com certeza encontrarão a cura.*

Mas quando o *dioiketes* arrastou Arsínoe Alfa para diante de Mikros, acusando-a de um crime medonho, e ele tomou conhecimento de qual era o problema, foi forçado a pensar de outro modo. Ocultando o rosto sob o manto, ele grunhiu e chorou. Não podia creditar que aquela adorável esposa tivesse algo a ver com feitiços, muito menos com o feitiço chamado *Como obter a morte de seu marido*.

Por acaso, lá estava Arsínoe Beta disponível para ler o papiro em voz alta para ele, soltando exclamações de espanto enquanto o fazia.

Escute, irmão, disse ela, feliz, muito feliz, *saiba o que foi encontrado em poder de sua esposa — é uma receita formulada para mandar você para as profundezas do Hades... mate a galinha, recolha seu sangue numa vasilha, já que esse sangue atrai espíritos... Aqui diz: encontre um ovo posto por uma galinha com penas todas pretas. Sobre o ovo desenhe um quadrado mágico com o sangue da galinha... Queime um pouco de incenso, segure o ovo sobre a fumaça, com o lado desenhado voltado para baixo. Em seguida, esconda o ovo num túmulo, pois o túmulo é o antro dos espíritos...*

Ah, é tudo tão terrível, disse ela. Então, voltou-se para o *dioiketes*: *Diga tudo a Sua Majestade*, disse ela. *Conte-lhe o que encontrou...*

Uma galinha morta foi encontrada no quarto da rainha, disse o *dioiketes*, *uma galinha preta e uma vasilha com sangue.*

Não tenho nada a ver com isso, guinchou Arsínoe Alfa. *Se alguém pôs isso ali, foi sua irmã, sua irmã maligna.*

Arsínoe Beta ignorou a explosão de indignação e disse ao *dioiketes*: *E agora, por favor, conte a Sua Majestade o que encontrou nos aposentos dos médicos.*

E o *dioiketes* disse: *Encontramos, Megaléios, um papiro com a mesma receita de posse de Crisipos e Amintas.*

Arsínoe Beta disse: *A primeira pessoa de quem se deve suspeitar nesse caso é sempre o médico, que com extrema facilidade pode pôr as mãos em qualquer tipo de erva e veneno, em todo tipo de feitiço mágico.*

Sim, até mesmo Crisipos e Amintas, cuja diligência e capacidade já tinham salvado a vida tanto de Mikros quanto de Arsínoe Alfa, mesmo os médicos que trouxeram ao mundo seus três filhos, estão agora presos, acorrentados como se fossem prisioneiros de guerra, e foram arrastados para diante de Mikros para serem interrogados. Sim, e de novo Arsínoe Beta por acaso estava ali, pronta para oferecer conselhos, a grande magistrada da justiça na Trácia, que tinha vinte anos de experiência em sentenciar criminosos e extrair segredos de espiões estrangeiros.

Você deve torturá-los, irmão, disse Arsínoe Beta em voz baixa, *para fazê-los confessar.*

Mikros sentiu náuseas só de pensar nisso, mas mandou que os dois médicos fossem levados embora e castigados, depois que eles garantiram que nada haviam feito contra seu juramento hipocrático nem nada de errado. A seguir, foram surrados nas palmas das mãos e nas solas dos pés. Jamais andariam de novo. Arsínoe Beta assistiu à surra, insistindo por mais empenho com os torturadores, golpeando a própria coxa com a mão, parecendo não reparar que estava ferindo a si mesma.

Crisipos e Amintas gemeram e gritaram, mas não disseram nada contra Arsínoe Alfa. Não disseram nada além de *Seja o que for que eu veja ou escute... isso não deve ser divulgado... vou guardar... segredo, a ninguém contarei... nada...*

Para esses dois grandes criminosos, no entanto, a questão não seria jamais voltar a andar, mas não voltar a respirar.

Mikros não ficou para assistir, sabendo que vomitaria ao ver aquilo, seus amigos assassinados lentamente sob as mãos de sua irmã. Ele chorou quando lhe informaram que Crisipos e Amintas haviam partido para a mansão de Hades.

Os corpos mutilados dos médicos ficaram pendurados na Ágora por dias. Os corvos picaram-lhes os olhos e a carne até que nada restasse senão ossos, que foram jogados ao mar, para além da ilha de Pharos.

Eram amigos do rei, esses médicos, mas ainda assim, sob o implacável domínio de sua irmã, ele não ergueu a voz para salvá-los. Mikros deixou que seus amigos fossem mortos porque acreditava que a irmã lhe dizia a verdade.

Ele irritou-se com a irmã na privacidade de seus aposentos. Mas o que quer que ela tenha exigido como castigo para sua esposa, Mikros manteve-se firme.

Arsínoe Alfa é uma mulher doente, disse ele. *Precisa de ajuda, não de castigo.*

Mas por quê? Se ele punira os médicos, por que não punir essa traidora? Por que não executar a esposa que planejara sua morte? Porque ele era um homem de palavra, notório por jamais ter contado uma inverdade na vida. Em seu noivado, havia feito um juramento diante dos embaixadores de Lisímaco; prometera cuidar de Arsínoe Alfa, não importava o que acontecesse. Havia visto as figuras de cera derretendo no fogo. Havia repetido as palavras, com um tremor: *Aquele que quebrar este juramento, que derreta até se transformar em nada, como estas figuras de cera. Que ele, seus filhos e netos sejam liquefeitos. Que sua fortuna se dissolva...*

Quando Arsínoe Beta insistiu para que sua esposa recebesse o mesmo tratamento que fora dado aos médicos, ele levantou-se diante dela. Sua voz tremeu quando pensou em cera derretida, mas ele disse: *Minha esposa foi sagrada rainha do Alto e do Baixo Egito. Não importa o que ela tenha feito, eu me recuso a mandar executá-la.*

Mas quando a irmã levou Mikros ao *gynaikeion* e lhe mostrou o compartimento para guardar roupas de Sua Majestade, ele viu, escondido sob os vestidos, o boneco de pano que Arsínoe Beta havia feito, uma representação do próprio Mikros — uma vez que seu próprio nome estava escrito nele com o que parecia ser sangue. Quando ela disse: *Olhe isso, irmão... receio que seja trabalho de sua esposa*, então Mikros olhou. Viu aquele boneco de pano perfurado por muitos alfinetes, dúzias de alfinetes de bronze, e acreditou que sua irmã tivesse razão.

Sua esposa quer ver você morto, irmão, murmurou Arsínoe Beta. *Você deve agir agora, antes que seja tarde demais.*

1.8

Cuco egípcio

Arsínoe Alfa, trazida diante de Mikros para mais perguntas, berrava estridentemente: *Vou jurar pelos olhos de minha filha que jamais planejei sua morte. Vou jurar pelo túmulo da minha mãe que nunca desejei sua morte.*

Mikros mal conseguia forçar-se a falar. A boa aparência de sua esposa havia desaparecido. Ela havia arranhado as faces com as unhas. Os olhos estavam febris, os cabelos, embaraçados. Agora, era Arsínoe Beta, envergando ouro, jóias e fino linho branco, que parecia ser a rainha do Egito.

Escute minhas palavras, disse Arsínoe Alfa. *O complô de que você fala não é nada senão as mentiras de Arsínoe Beta.* Mas ela encontrou sua língua tarde demais. Ptolomeu Mikros, cego pela esperteza de sua irmã, já não acreditava que a esposa estivesse lhe dizendo a verdade.

Não, o pensamento fixo de Mikros agora era que Arsínoe Alfa realmente havia tentado matá-lo, que desejava vê-lo morto e descendo para o Hades. Foi Arsínoe Beta que plantou as sementes de ódio contra a esposa no coração de seu irmão, assim como semeara o ódio no coração de Lisímaco, o primeiro marido, uma terrível ira contra o próprio filho. Estava tentando fazer a mesma coisa pela segunda vez. O mesmo que fizera na Trácia.

Seshat pergunta: *Que vantagem poderia ter Arsínoe Alfa em matar o marido?* Se Ptolomeu Mikros estivesse morto e desaparecido, e Arsínoe Alfa tomasse o poder, quem seria o rei do Egito? Seu filho tão novo, Ptolomeu Euergetes, de 4 anos, de quem, talvez, ela se tornasse regente. Talvez a idéia fosse ocupar o trono de Mikros e governar pessoalmente como rainha. Mas jamais se escutara falar de tal coisa no Egito. E Arsínoe Alfa não sabia coisa alguma sobre como governar um país, nada sobre exércitos e armadas, nada sobre como conduzir uma guerra. Mal sabia os nomes dos ministros de seu marido, muito menos lhes conhecia o rosto. Era uma mulher da Trácia, sem amigos no Egito além de suas aias. Todos os seus parentes haviam sido mortos, exceto Ptolomeu Telmessos, e ela tinha tanta possibilidade de fugir para a Trácia se as coisas dessem errado quanto de se refugiar na Lua, pois a corte de seu pai fora extirpada e agora pertencia à história. Arsínoe Alfa não tinha nenhuma boa razão para querer a morte do marido. Era seu interesse mantê-lo vivo o mais que pudesse.

Seshat jura: *Se Arsínoe Alfa tramou alguma coisa, tramou contra Arsínoe Beta, não contra o marido que ela amava.*

Arsínoe Beta decidiu usar o pêlo de uma hiena na testa para bloquear o mau-olhado que Arsínoe Alfa havia conjurado contra ela. Usou fartamente as tiras de papiro, enfiando-as goela abaixo para vomitar, dizendo: *Temos certeza de que alguém está tentando nos envenenar novamente...* e então o ruído de seu vômito seria escutado, muito semelhante à voz áspera da hiena, que atrai as vítimas imitando o barulho de um cão colocando as tripas para fora. *Temos certeza de que uma terrível feitiçaria está em curso*, dizia ela.

Sim, mas era uma terrível feitiçaria praticada por ela própria, e ninguém mais. Arsínoe Alfa era inocente de toda feitiçaria, uma mulher completamente inocente. Sem dúvida, estes foram os dias da hiena, pois os uivos de Sua Majestade ainda ressoavam à noite, vindos dos aposentos nos quais estava trancada, aguardando a decisão do marido sobre o que faria com ela. E assim se passaram muitos dias e noites, uma vez que Mikros não conseguia se decidir sobre o que seria melhor fazer.

No final, ele acabou pedindo a opinião da irmã. *O que devo fazer? O que tenho de fazer?*, perguntou, abrindo os braços. Sem se deter sequer um instante para pensar, ela disse: *Apedrejamento público é o único castigo por tramar contra a vida do rei.*

Ele lançou-lhe seu olhar de não-confio-em-você. *Não somos bárbaros*, disse, serenamente. *Não vou dar à minha esposa um tratamento desses.*

Arsínoe Beta disse: *Então, você deve atirá-la no rio.*

Mikros disse: *Não vou afogar a mãe do próximo faraó; não acho que ela tenha agido de má-fé.*

Ela o teria matado, disse Arsínoe Beta, *e você não vai puni-la?*

Ela é a mãe do próximo faraó, disse Mikros. *Ela é a grande vaca branca que habita no Nekher.*

Arsínoe Beta riu com deboche, como se isso estivesse fora de questão.

Ela própria queria ser a grande vaca branca. *Ela ordenou sua morte*, disse, *e você vai deixar o filho dela sucedê-lo no trono?*

Não tenho queixas dela, disse Mikros.

Você deve mandá-la embora daqui, disse Arsínoe Beta, *para o próprio bem dela. Kos é um lugar saudável, com bons médicos. O clima é bom para casos de melancolia profunda.*

Mikros ficou em silêncio, observando o mar cinzento para o qual se abria a janela e as palmeiras dobradas pelo vento.

Não posso viver sob o mesmo teto que uma mulher louca que uíva, disse Arsínoe Beta. *Vivo apavorada só de pensar no que sua adorável esposa vai fazer a seguir. Vai pôr fogo em mim? Vai tentar me envenenar de novo? Porque agora tenho certeza de que foi ela que tentou me envenenar da última vez... Vou lhe dar uma escolha, irmão: ou Arsínoe Alfa parte daqui ou eu é que me vou.*

Mikros ainda permaneceu calado. Arsínoe Beta ficou olhando fixamente para ele com expressão de repulsa, então o deixou a sós, pensando: *Deixe que ele decida de uma vez por todas.*

Foi mais ou menos nessa ocasião que Sua Majestade desapareceu de Alexandria e, segundo as notícias, tampouco estava em Mênfis. Sim, Arsínoe Alfa desapareceu, assim como tio Menelau, os outros irmãos de Mikros e todos os seus parentes. Na verdade, era melhor não fazer muitas perguntas a respeito do que havia acontecido.

Mas, sim, a verdade é que Arsínoe Beta havia expulsado a rainha, sua enteada, de Alexandria, de modo muito semelhante à maneira como um filhote de cuco expulsa um pardal novo do ninho que por direito é dele, e isso apenas um mês depois de seu retorno ao Egito. Alguns dizem que custou a Arsínoe Beta seis anos para expulsar Arsínoe Alfa. Seshat não acredita neles. Arsínoe Beta nunca precisou de tanto tempo para se livrar de um inimigo. Para ela, era expulsar ou ser expulso, matar ou ser morto, e sempre tão depressa quanto pudesse. Ela se movia como o relâmpago, como a serpente.

A mesma Arsínoe Beta agora passa a noite acordada em seu leito, pensando: *Preciso agir rápido.* Pensava no conselho de Berenice Alfa sobre como agarrar um homem, como ganhar o amor de um homem. Ela se recolheu à cama com o rosto coberto com cola de peixe e óleo de feno grego para eliminar as rugas. Limpou o rosto com gordura de cisne. Cobriu as cicatrizes lívidas de seu luto com alvaiade. Pôs um pouco de cor em suas pálidas faces, usando fezes de crocodilo. Escureceu as sobrancelhas e os cílios com *khol*, a tinta egípcia para olhos criada para afugentar as moscas, mas pintou no rosto a faixa alongada das egípcias, indo muito além do que qualquer mulher grega já fizera no Egito. Usou tintura feita de gemas de ovos de canários para tornar os cabelos ainda mais louros que antes, como eram os das deusas — como Afrodite, a de cabelos dourados, ou como Helena de Tróia. Ela se fez parecer dez anos mais nova. Mesmo em Mênfis, as pessoas a saudavam e acenavam para ela, como se fosse a filha do faraó quando conduziu a carruagem pelas ruas. Vestia linho branco e usava o diadema simples de uma princesa egípcia nos cabelos agora brilhantemente louros e os braceletes dourados da serpente enroscados até a metade dos braços — o Egito começou a amá-la.

1.9

Assuntos estrangeiros

Sim, tão logo a rainha se foi, Arsínoe Beta agiu muito rapidamente, sem dúvida. Na primeira manhã após a partida de Arsínoe Alfa, ela acompanhou o irmão ao Conselho de Guerra. Sentou-se na grande mesa de mármore e ouro ao lado de Sua Majestade, com o *dioiketes* e os ministros de Estado, bem como com Eskedi, sumo sacerdote de Mênfis, e ela própria conduziu a reunião. Não ficou calada, escutando, mas levantou-se e falou sobre o Egito e a Macedônia, sobre a Grécia e a Frígia, a Kilikia e a Síria, como se pretendesse tomar conta dos assuntos estrangeiros.

E de fato, em seu íntimo, Ptolomeu Mikros *desejava que ela o fizesse.*

Logo o Egito entrará em guerra, disse ela, e estava um milhão de vezes certa.

Nossa disputa com Antíoco pela Síria é antiga, disse ela, *desde a paz assinada depois da Batalha de Ipsos, na Frígia, por nosso pai, quando a Síria foi entregue ao velho Seleucos, mas Ptolomeu Soter avançou sobre a região, chegando até o rio Eleutheros, no norte... Mesmo não sendo essas terras legitimamente dele, meu pai recusou-se a desistir delas... E tornou as coisas ainda piores tomando as cidades que o velho Seleucos reclamava como suas...*

Dessa vez, disse ela, *o coração de nossa disputa é a costa da Fenícia. Todos querem essa costa porque quem a controlar vai pôr as mãos em um inesgotável estoque de madeira para navios — a melhor, de cedro —, os melhores marceneiros navais e os melhores marinheiros do mundo...*

Se conseguirmos controlar Tiro e Sidon, controlaremos também os mercados no extremo final das rotas das caravanas de camelos que vêm do norte da Arábia e de Petra, e do oeste, da Babilônia e Damasco... E também queremos o controle do mar Egeu. Devemos nos apoderar da passagem marítima através do mar Negro...

Ela sorriu, cruzou os braços, então prosseguiu, ainda com mais ênfase. *Mas Antíoco Soter da Síria quer tudo isso para si. É por isso que estamos em guerra contra a Síria e vamos derrotar Antíoco e esmagar seu rosto nas areias.*

Os ministros de Mikros estavam espantados de escutar uma mulher falar com tanta segurança de assuntos masculinos. O próprio Mikros disse: *Palmas para minha irmã, meus amigos. Palmas para ela que salvará o Egito.* E eles de fato aplaudiram. Bateram os punhos na mesa. E ela salvaria o Egito.

Eskedi estava cheio de admiração. Nem mesmo Berenice Alfa, a mãe dela, fora tão enérgica assim. Eskedi, que via o futuro com mais clareza do que qualquer outro homem, pensou: *Ela será um benefício para o Egito, ela ganhará essa guerra. Se conseguirmos mantê-la aqui.*

Naquele mesmo dia à tarde, enquanto a Alexandria dormia para escapar do calor, Arsínoe Beta fez Mikros abrir mão de sua habitual visita às concubinas para conduzi-la numa carruagem ao Mouseion e à Grande Biblioteca, a fim de mostrar-lhe o que ele havia feito desde que se tornara rei, o que havia de novo em Alexandria.

Temos incentivado os eruditos, disse ele. E apresentou-a ao sacerdote das musas, que era, é claro, grego.

Mikros apresentou — ou reapresentou — a irmã aos eruditos, dizendo: *Este é Herófilos, o grande médico... Este é Zenódoto de Éfeso, responsável pela Grande Biblioteca, um famoso estudioso de Homero...*

Nosso propósito é ter aqui todos os livros do mundo, disse Mikros, *ou seja, do mundo grego. Os bárbaros não têm livros, nada sabem sobre leitura. E também não teremos aqui nenhum livro egípcio.*

Mas a irmã disse, muito serena: *Você sabe que há inúmeros livros entre os bárbaros: devemos tê-los aqui também... Se um homem conseguir ler um livro escrito por seus inimigos, aprenderá melhor como derrotá-los...*

Mikros apresentou a irmã aos eruditos que escreviam peças para seu grande teatro, tais como Filitas de Korkyra, agora trabalhando em sua 42ª tragédia, como ele dizia, uma para cada um dos 42 *nomes*, ou distritos, do Egito.

Este é Aristarcos de Samos, o astrônomo, disse ele. *Este é Homero de Bizâncio... Este é Sosifanes de Siracusa, que escreveu 73 tragédias*. E assim foi, até ela ser apresentada a todos os cem.

Mas Arsínoe Beta disse: *Já vimos tragédias o suficiente para toda uma vida... Acho que de agora em diante devemos patrocinar os poetas...*

Mikros apresentou a irmã, então, ao poeta cujos versos também podiam ser lidos de trás para frente. Ela conheceu o erudito que se dedicava a reescrever toda a *Odisséia* de Homero sem usar uma vez sequer a letra sigma.

Acreditamos que essa seja uma grande façanha, disse Mikros, *já que quase todas as palavras em grego terminam com "os". Escrever grego sem nenhum sigma é um desafio e tanto...*

Ela conheceu os poetas eruditos que escreviam versos nos quais o total de letras substituídas por números somavam sempre o mesmo total em cada par de linhas. Mikros gostava de coisas pouco usuais como essas, coisas exóticas. Coisas do cotidiano o aborreciam. *É notável, não é*, disse ele, *escrever desse jeito?*

Mikros apresentou à irmã os poetas que haviam escrito versos sobre pássaros com o formato de pássaros, sobre machados com o formato de machados, sobre serpentes com o formato de serpentes. *É inteligente, você sabe,* disse ele. *Não há muitos homens que pensariam em fazer algo assim...*

Alguns homens desdenhavam o Mouseion, chamando-o de Gaiola das Musas, porque os estudiosos eram incomparáveis em ficar brigando e discutindo entre si; mas a verdade era bem outra. A própria Arsínoe Beta o disse para quem quisesse ouvir: *Nosso Mouseion é o coração vivo de Alexandria, a oficina de pensamento, o palácio das novas idéias. Nosso Mouseion vai tornar nossa cidade gloriosa; é a grande glória da Casa de Ptolomeu.*

Mikros reparou que ela chamava o Mouseion de *nosso,* como se ela própria fizesse parte dele; como se ela pretendesse tomar conta disso também.

No final da tarde, Arsínoe Beta exalou um longo suspiro e deixou o sorriso se apagar. *De fato, irmão,* disse ela, *seu Mouseion é uma maravilha, mas a maior parte do que é produzido ali não tem utilidade alguma. Digame, irmão, por gentileza, que utilidade pode ter a* Odisséia *escrita sem a letra sigma?*

Mikros abriu a boca, depois a fechou de novo. Ele abriu os braços. *É algo interessante,* ele disse vagamente, *transformar uma coisa antiga em nova, não é?*

Homero é maravilhoso, disse Arsínoe Beta, *mas quase todos os homens de Alexandria conhecem sua obra de cor. Por que não pedir aos poetas para escreverem algo novo? Por que não os deixar contar a história de Jasão e seus Argonautas apropriadamente? Isso jamais foi feito. E seria muito mais interessante do que regurgitar Homero...*

Mikros convocou Apolônio Ródio, o poeta, à sua presença, para que Arsínoe Beta repetisse sua exigência. No mesmo ato, o poema intitulado "Argonautika" foi encomendado, e imediatamente Apolônio Ródio começou a escrevê-lo.

A sensação que se apoderou de Mikros quando Arsínoe Beta inspecionou a cidade foi algo como medo, uma vez que tudo o que ele havia construído ou melhorado, fosse o Farol, o templo de Apolo ou o desenho ao estilo macedônio dos jardins do palácio, a irmã dizia *Poderíamos ter feito isso muito melhor... Deveríamos tê-lo feito num estilo bastante diferen-*

te... encontrando falhas em tudo o que via, de modo que Mikros se sentiu como se não tivesse feito nada certo.

Arsínoe Beta continuava: *Seu Mouseion é bom, irmão, mas há algo do que você me mostrou hoje que possa ajudar o Egito a vencer a guerra? O que fez o Mouseion para encher de ouro o tesouro do Egito? Como irá o Mouseion prover um retorno do grande investimento de capital que ali foi empregado?*

Por acaso Mikros podia responder a essa pergunta e conduziu-a numa visita às oficinas de Ktesibios, o famoso engenheiro.

Ktesibios mostrou a Arsínoe Beta sua catapulta de torção automática e colocou-a em ação lançando um grande projétil no porto de Eunostos. Também demonstrou como funcionava sua nova máquina de escalar paredes e mostrou-lhe reservadamente o protótipo de uma que deveria esguichar água e lançar chamas. Finalmente, a irmã demonstrou algum interesse verdadeiro. Fez alguns questionamentos a Ktesibios que não eram apenas comentários gentis.

Ela fez Mikros conduzi-la numa inspeção ao arsenal de armas, depois à fábrica de elmos, aos galpões de máquinas de guerra, aos acampamentos, todo o tempo dizendo-lhe como poderia fazer as coisas melhor do que até então.

Você tem de dobrar a produção de armas, disse ela. *Tem de proibir as tropas de dormirem a tarde inteira. Deve manter todos os esforços de guerra em funcionamento enquanto durar a luz do dia.*

A todo canto que ia, dizia: *O Egito está em guerra contra a Síria. Nenhum homem pode descansar enquanto não alcançarmos a vitória.*

Ao se sentarem à mesa para o jantar — porque ela se arrogava até mesmo o banquetear-se com os homens, como se ela própria fosse um homem —, perguntou ao irmão: *Já ouviu falar sobre o que aconteceu em Damasco?* Mas Mikros não sabia de nada, não havia perguntado sobre as novidades na Síria naquele dia. *Eles estão desesperados esperando por ordens suas*, disse ela. *Tem certeza de que pode desperdiçar tempo bebendo esta noite? Ainda não há muito trabalho a ser feito?* E ela fez o irmão despachar um mensageiro antes mesmo que ele erguesse a taça de ouro.

*

Durante todo o jantar, em meio ao alarido das conversas e às risadas dos generais e almirantes, Arsínoe Beta pensava: *Como a serpente, mover-se rápido, agir rápido e dar o bote. Agarre o que você quer, porque ele jamais lhe dará isso de presente.* No final do jantar, quando os convidados haviam ido embora e Mikros ainda se encontrava deitado no sofá, entupido demais de pavão assado para mover sequer um dedo, ela pegou sua mão e acariciou-a. Mikros gritou, como se de fato houvesse sido picado.

Não me toque, irmã, gritou ele. *É repugnante.* Mas ela olhou bem dentro de seus olhos, e o olhar dela brilhava como quando fitava Agathocles da Trácia, e ela se recostou no braço dele, agarrou-o com a força de um homem, e acariciou ainda mais sua mão.

Amar sua irmã, disse ela, *esse é o costume aceito no Egito.* Então começou a acariciar sua coxa. Sem dúvida, Mikros emitiu algum som nesse momento, algo entre uma risada e um grito, como se todos os horrores do Hades estivessem prestes a cair sobre sua cabeça, mas ele também sentiu o divino cheiro de seu perfume, como se ela fosse uma deusa em pessoa ali. Uma sensação estranha atravessou seu coração, algo como uma mistura de horror e deleite, e ela percebeu que ele estremecia.

Você nos daria prazer se nos beijasse, disse ela, *na boca...* E fingiu que não percebia o olhar no rosto dele. *Um faraó sem uma esposa*, disse ela, *é como um peixe fora d'água.*

Mikros abriu a boca e fechou-a sem conseguir falar, bem como um peixe, sem fala de tanto nojo. Ele tinha suas concubinas. Não havia pensado em tomar uma nova esposa, nem ao menos sonhara com isso.

Por que não casar comigo, irmão?, perguntou ela. *Eu adoraria ser a Senhora das Duas Terras... Eu poderia ajudá-lo a vencer todas as batalhas...*

Suplico-lhe que não me toque, irmã, disse ele, mas mesmo assim ela o beijou. Logo, ele não conseguiu dizer mais nada, e, apesar de gemer ao descobrir a língua dela dentro de sua boca, ela agarrou-se a ele de modo que não escapasse, e ele parou de tentar afastá-la. No final, quando ela se deteve para respirar, Mikros disse, zangado: *Os deuses viram isso. Você sabe muito bem, irmã, que intimidades com o próprio irmão é uma afronta grotesca aos deuses. Não desejo me casar com você, nunca e de modo algum.*

Arsínoe Beta riu dele. *Somos deuses nesta família, disse ela, e fazemos tudo o que nos agrade. Já se esqueceu do que Hekataios de Abdera disse? Deuses são humanos imortais; humanos são deuses mortais. Não é grande coisa para um grego se tornar um deus. Acho que vou gostar de ser Ísis, e Hera, e Afrodite e Hathor. Vou adorar ser uma deusa viva.*

Não imagina o que nossa mãe diria?, perguntou Mikros em voz alta.

Nossa mãe está morta, habita o Hades agora, ela disse. O espírito dela dorme tranqüilamente. Não sabe coisa alguma do que estamos fazendo aqui na terra.

Um homem não deve se casar com sua irmã, disse Mikros, lentamente. É uma abominação, uma abominação.

Somos egípcios agora, disse Arsínoe Beta. E para os egípcios um casamento entre irmão e irmã não é errado. Do que você tem medo, irmão? Por que é tão covarde?

Nunca vou aceitar isso, gritou ele.

Mas Arsínoe Beta sabia que não seria assim. Havia visto o futuro numa tigela de água com óleo flutuando na superfície. O futuro dela brilhava e reluzia.

Nunca diga nunca, disse ela. Logo vou convencer você...

E para ajudá-lo a ser persuadido, ela foi para seus aposentos privados e modelou mais um boneco, dessa vez de massa de pão, e em cores tão vivas e quentes quanto a carne, no qual enfiou 13 alfinetes de bronze: o primeiro e o segundo nos olhos, para que ele só visse Arsínoe Beta, o terceiro e o quarto nas narinas, para que ele sentisse apenas seu divino perfume, o quinto e o sexto nos ouvidos, de modo que ele não pudesse escutar voz alguma a não ser a dela, o sétimo na boca, para que a língua dele se tornasse dela, o oitavo no coração, o nono no umbigo, o décimo na barriga, o décimo primeiro e o décimo segundo entre as pernas, o décimo terceiro atrás, de modo que seu coração, sua barriga, seu *rhombos* e até mesmo seu *pehwit* ficassem sob o comando e o controle dela. A cada vez que enfiava um alfinete, murmurava: *Perfuro o estômago de Ptolomeu Mikros...* ou *Perfuro o coração...* e assim por diante, *de modo que ele não pense em mais ninguém além de mim, Arsínoe Beta.*

A magia era a única utilidade que Arsínoe Beta tinha para alfinetes e agulhas, além de usar alguns para marcar a posição do exército egípcio no mapa da Síria. Sim, fazer a massa de pão para confeccionar o boneco foi o mais próximo que chegou das artes culinárias. Mas sem dúvida jamais a usou para fazer pão. Massa era para os bonecos que fariam funcionar seu feitiço mais poderoso: os meios para obter tudo o que ela desejava.

Seu irmão estava preso, literalmente preso, ao feitiço; disso ela tinha certeza.

1.10

Muralha de metal

Os gregos eram péssimos na pronúncia de nomes egípcios, mas Arsínoe Beta teve o trabalho de aprender com os escravos, de modo que pudesse falar com Eskedi não sobre Tebas ou Dióspolis, mas sobre *Waset*, não sobre Mênfis, mas sobre *Mennefer*, ou *Ineb-Hedj*, ou Muralha Branca, e assim adquirir *kudos*. Eskedi elogiou-a por se preocupar em aprender um pouco da sua língua. Ficou satisfeito quando ela perguntou pela saúde de sua esposa, Neferrenpet, e de seus filhos, Padibastet e Khonsouious, sacerdotes aprendizes, e como estavam se dando com a hierarquia do templo, se haviam contraído a febre dos pântanos e em que idade se casariam. Ela sabia havia muito tempo como conquistar o coração de um homem para levá-lo a fazer tudo o que ela quisesse.

E o que Arsínoe Beta queria de Eskedi? Seu apoio na campanha para fazer o irmão se casar com ela. Não era algo difícil, afinal de contas, mas algo benéfico mesmo assim. Ela sempre foi ardilosa, Forasteiro. É quase tão boa quanto Seshat, a deusa da Aritmética, em calcular os passos.

*

Fosse por força dos feitiços da irmã ou por simples bom senso, agora que Mikros se via sem esposa ele começava a pensar que estar casado com a irmã — se pelo menos evitasse que ela se casasse com outro homem — poderia não ser tão ruim assim. Mas, ao mesmo tempo que começava a se deixar convencer por ela, tinha as terríveis dúvidas que qualquer grego devia ter acerca de quebrar todas as regras gregas. Havia dias em que pensava acreditar no poder dos deuses; em outros, que talvez não acreditasse. Mas agora que estava prestes a se permitir um comportamento que poderia despertar a fúria do Olimpo, a terrível ira de todos os deuses de Apolo a Zeus, ele pensava: *Temos de ter cuidado; do contrário, eles tomarão isso como um insulto. Sem dúvida, verão esse meu casamento com minha irmã como uma manifestação perniciosa de húbris, e então seremos castigados.* Mikros hesitava, repensava a questão sobre o amaldiçoado casamento, pensava que poderia acabar trazendo de volta Arsínoe Alfa. Nesse meio-tempo, encorajado pela irmã, finalizava os preparativos para a guerra, e ela permanecia ao lado dele o dia inteiro, calma, sábia, sensível, ajudando-o, fazendo as mais apropriadas perguntas.

De quantos cabos de tensão você vai precisar para as catapultas?, perguntou ela.

O irmão ficava em silêncio.

Quantas carroças para o comboio de suprimentos?, perguntou ela.

Nenhuma palavra soou.

Quanto tempo levarão os elefantes para avançar até Gaza?, ela perguntou.

Nenhuma resposta.

De quanto vinho você vai precisar para as tropas?, perguntou ela. *E de quanta água?*

Muita água, disse ele, *e mais vinho ainda.*

E quanto às prostitutas dos soldados?

Muitas também, respondeu ele, depressa. *As prostitutas são a coisa mais importante para se levar para a guerra.*

E assim ia. Sempre fazendo perguntas como essas, e Mikros sem respostas para dar. E, a essa altura, nem os oficiais. Mas Arsínoe Beta sabia muito bem as respostas.

Sinceramente, Mikros, disse ela, *você agora já devia estar dominando assuntos importantes como esses. As únicas coisas sobre as quais você sabe são prostitutas e vinho. Você precisa da ajuda de especialistas — e muito mais do que os seus patéticos conselheiros podem oferecer. Você precisa da ajuda de sua irmã para uma campanha como essa...*

Não havia dúvida de que Mikros sabia disso.

Quando os espiões informaram que a Anatólia havia sido invadida pelos *keltoi,* os gauleses, e que Antíoco havia avançado pela Kilikia e Panfília bem para o interior da Anatólia, atingindo até a cidade de Sardis, rumo oeste, para negociar com eles, deixando a Síria praticamente sem defesas, Arsínoe Beta exigiu que Mikros declarasse o Egito em guerra e mobilizasse as tropas o mais rapidamente que pudesse.

Não é a melhor oportunidade da sua vida?, disse a irmã. *Se você atacar Antíoco agora, não há como não derrotá-lo.*

Mikros deu-lhe uma dúzia de boas razões pelas quais não deveria invadir a Síria. De fato, ele preferia não entrar em guerras a não ser em caso de necessidade, a não ser que fosse atacado primeiro. Na verdade, ele não era uma pessoa agressiva. Homem nenhum, assim dizem, é tolo o bastante para desejar a guerra mais do que a paz, e sem dúvida nenhuma mulher também, mas Arsínoe Beta sempre replicava de imediato: *Tenho enorme vontade de lutar contra a Síria.*

Ficava horas reunida com o grande comandante do exército das Duas Terras, conversando sobre o fatídico deserto do Sinai, sobre o qual apenas escutara falar e lera em livros, de modo que pudesse aconselhar a Mikros a melhor maneira de atravessá-lo.

Ela falava com o mestre da cavalaria sobre o número de animais de carga de que necessitava. Exigia relatórios sobre o terreno dos comandantes das fortalezas. Em tudo ajudava Mikros, que, por conta de doenças na infância, febre dos pântanos e moléstias similares, havia escapado de um treinamento militar completo. Ele não tinha a força física de outros homens. Nunca fora grande adepto de se exercitar nu no *gymnasion,* o que constituía o treinamento básico dos outros garotos para a guerra. Diferentemente da irmã, ele não era louco por guerra.

Foi Arsínoe Beta quem fez Mikros cunhar mais tetradracmas para pagar as tropas e requisitou metade dos asnos do Alto Egito para carregar a bagagem. Mandou topógrafos na frente para consertar as estradas. Instalou depósitos de água no deserto e deixou a frota pronta para zarpar, levando suprimento de água para ser usado na marcha pelo terreno árido. Ela chegou até mesmo a recrutar prostitutas para manter os soldados felizes em terra estrangeira.

Arsínoe Beta tomou a frente de tudo, abriu os caminhos, mas estava preocupada em não solapar a autoridade do irmão. Não tomou mais liberdades do que era apropriado. Mikros era o comandante supremo, aquele que tinha a última palavra; ela era meramente aquela que dava conselhos.

Assegurou-se de que o irmão passasse o dia inteiro cercado de arautos que traziam despachos da Síria e de embaixadores e pessoas da inteligência militar. Convocava seus espiões e batedores para fazer fila diante dele, para ler relatórios atualizados sobre a situação — o irmão sempre franzindo o cenho. Ele golpeava a cabeça com os punhos, sem saber o que fazer com essa guerra que ele não queria, mas a cada dia as notícias eram melhores: Antíoco havia deixado apenas uma divisão de tropas para guardar toda a Síria.

Arsínoe Beta certificou-se de que Mikros não tivesse tempo para desperdiçar com concubinas à tarde, e ao cair da noite ele estava exausto demais para fazer qualquer coisa que não fosse se deitar em seu leito de ouro e dormir. Ela se certificava de que ele fosse acordado durante a noite, todas as noites, por algum despacho urgente, verdadeiro ou falso. Todas as manhãs ela vinha e listava para ele até a última das dificuldades concernentes à marcha — as armas, as carroças, os cavalos, os elefantes, a comida, o vinho e, é claro, as prostitutas, as centenas de prostitutas gregas de primeira classe. Sim, todos os dias a irmã vinha jogar luz naquilo que até então, no entender de Mikros, estava submerso em escuridão. Ele odiava pensar nessa guerra, odiava-a, mas Arsínoe Beta a amava.

Ela também parecia amar o irmão e com freqüência tornava sua voz complacente e murmurava meigas palavras em seu ouvido, tais como: *Você não gostaria de se casar comigo, irmão, para manter para sempre meus serviços sobre questões militares?*

Mikros, preocupado, balançava a cabeça e dizia: *Deixe-nos a sós, irmã, e lembre apenas que os deuses escutam tudo o que dizemos.* Em outras ocasiões, ele irrompia dos seus aposentos, jogando os documentos para todos os lados e gritando: *Deixe-nos em paz, irmã, abandone esses pensamentos imundos.*

Por todo esse tempo, o dia que haviam estipulado para dar início à marcha que sairia do Egito assombrava-os cada vez mais de perto. Quando a irmã realmente saía de seu lado, Mikros começava a desejar que ela voltasse.

Enquanto Mikros ainda se recusava a casar com Arsínoe Beta, ele descobriu que não sabia lidar com ela, pois a irmã agora se tornava cada vez mais difícil. *Acredito que devo parar de lhe oferecer meus serviços como conselheira militar*, disse ela. *Estou cansada de escutar você dizer que não vai se casar comigo. Acho que você é plenamente capaz de lidar sozinho com esses assuntos estrangeiros.*

Mikros, abatido pela falta de sono, deixou-se ficar boquiaberto, já que em seu íntimo sabia que não era capaz disso; tinha consciência de que precisava da ajuda dela.

Não posso passar o resto da minha vida como uma viúva, disse ela. *Preciso de um novo marido. Creio que Antíoco da Síria ficaria feliz com meus conhecimentos em assuntos militares nessa guerra que se aproxima — contra você.*

Mikros fingiu ter ouvido.

Antíoco diz que ficará satisfeito em deixar sua esposa atual, disse ela, *e se casar com Arsínoe Beta...*

Então Mikros berrou para ela: *A mera sugestão disso é traição. Vou mandar executar você imediatamente.* E gritou chamando os soldados para levarem-na embora.

Arsínoe Beta não se perturbou. *Não se dê ao trabalho de chamar os guardas*, disse ela. *Não acredito que você ouse me matar, irmão*, disse, ainda absolutamente tranqüila. *Sou valiosa demais para você. O que faria sem mim?* E fazendo um gesto com a mão cheia de jóias, mandou os soldados retornarem, ainda impassível.

Ela adivinhava os pensamentos de Mikros como se os estivesse lendo num livro. Sabia o que aconteceria no final, exatamente como Seshat sabe. Sim, Arsínoe Beta era quase tão boa quanto a Senhora da Casa dos Livros. Tinha consciência de que ele não a deixaria se casar com ninguém mais e que estava cada vez mais enfraquecido.

Faltavam 14 dias para a partida das tropas. Certa noite, ela permaneceu a seu lado no salão do Conselho, as lâmpadas de óleo tremulando, cercada de mapas da Síria e da Anatólia nos quais alfinetes de bronze fincados mostravam onde as tropas de Antíoco estavam e onde não estavam, e ela queria que ele desejasse seu corpo e se tornar o ferro para atraí-lo ao seu corpo como se fosse um ímã.

Vou perguntar apenas mais uma vez, irmão, disse ela. *Você vai me tomar como esposa?*

Mikros voltou o olhar para os peixes no mosaico, os monstros marinhos, exatamente iguais a ela. Olhou para os mapas nas paredes, depois voltou a rabiscar seu nome numa pilha de documentos, os lábios cerrados, irritado como nunca havia se sentido.

Muito bem, então, disse ela, *você está sozinho agora. Não vai mais ter minha ajuda.* E saiu apressada do salão, aborrecida, batendo as portas às suas costas de modo que ele pensasse o pior, que acreditasse que acabara de perder para sempre sua melhor conselheira militar.

Sim, Arsínoe Beta parou de se ocupar com os assuntos da guerra. Foi conversar com Ktesibios, o engenheiro — não sobre máquinas de guerra, catapultas ou equipamentos para atirar projéteis flamejantes, mas a respeito de sua nova *klepsydra* automática, um relógio de água, o mais acurado engenho para acompanhar o tempo em épocas de paz.

Tanto Mikros quanto Arsínoe Beta adoravam aquela *klepsydra* que pingava com precisão tão marcante, acompanhando tanto as horas do dia quanto as da noite, fosse inverno ou verão, sem depender do brilho do sol. *Vai ser de muita utilidade militar*, disse Ktesibios, *pois eles precisam trocar de guarda a cada hora da noite, quando ninguém sabe ao certo que horas são.* Ktesibios, inteligentemente, havia adaptado um fluxo de água à *klepsydra*, por meio de um sistema de engrenagens e torneiras, de modo que o pequenino homem que apontava as horas se mexia, os sinos tocavam, bonecos dançavam, pássaros chilreavam e trompetes em miniatura ressoavam. Arsínoe Beta declarou que Ktesibios era um verdadeiro gênio. Estava tão maravilhada que guardou a *klepsydra* nos próprios aposentos e certificou-se de que Ktesibios se mantivesse inteiramente ocupado, para que Ptolomeu Mikros não pudesse ter a mesma máquina e tivesse de esperar.

Sim, Mikros teria de enfrentar essa guerra sem ela. Ele sofria aqueles apertos na barriga, como um homem que recebeu a notícia de que seu cão favorito havia sido envenenado.

Teve de se sentar à mesa com os generais e discutir pessoalmente os detalhes do avanço das tropas, o tempo certo para a marcha tomar o rumo sul para Mênfis, norte para Pelúsia, leste para a Síria. Os generais declararam apoio ao plano principal de Arsínoe Beta. Sim, o arrojo da campanha era brilhante demais para ser cancelado. A sincronia estava correta. A estação do ano estava certa. Antíoco ainda encontrava-se a milhares de estádios de distância, em Sardis, na Frígia. Mikros teria de seguir adiante e lutar sem a ajuda da irmã. Mas seria fácil, pensou ele. Não havia nenhum inimigo com quem se deparar. A Síria não deixaria de cair nas mãos do rei Ptolomeu sem que ele tivesse de entrar em nenhuma batalha. Assim mesmo, Mikros jamais tivera de cuidar de uma campanha dessas proporções e estava despreparado. Ele tinha ficado muito dependente da irmã.

1.11

Presas de leão

Durante a fase final dos preparativos de Mikros para o seu triunfo sírio, Arsínoe Beta manteve um silêncio imperturbável. Ela viu o irmão passar as tropas em revista e deixou-o fazer tudo por conta própria, observando seus erros. Ele havia interrompido o treinamento dos arqueiros cedo demais, reunira um número insuficiente de mulas e asnos para transportar a bagagem que deveria ser carregada, deixava as tropas dormirem até tarde e beberem muito, como ele próprio fazia, nem sequer sabia o número exato de carregadores de bagagens, cavalariços e agregados, de modo que não tinha noção da exata quantidade de grãos de que necessitava para alimentá-los, passava mais tempo checando se as prostitutas estavam sendo bem-cuidadas que os requisitos propriamente militares e mostrava mais preocupação com os adivinhos que com os elefantes de guerra.

E ela o observava fazendo sacrifícios regulares a Atenas, deusa da guerra, como se confiasse mais nos deuses do que na própria habilidade.

Ela o viu encomendar grandes quantidades de *carne* para a viagem, o que não seria apropriado para o calor na Síria, e queijo, que começaria a feder e a atrair moscas, e se perguntava por que seus conselheiros não o impediam de fazer tais tolices.

Examinou cada detalhe, pensando que ele não fazia nada tão bem quanto ela própria faria, sabendo que — salvo por algum milagre dos deuses — ele seria derrotado se tivesse mesmo de enfrentar uma batalha mais difícil. Mesmo assim, manteve-se calada, não disse nada, nem uma só palavra sequer.

Mas talvez uma batalha difícil devesse ser providenciada, pensou ela, rindo consigo mesma.

Não aparecia no Conselho de Guerra nem no salão de audiências e ficava recolhida ao *gynaikeion* o dia inteiro. Chegou mesmo a pegar uma agulha para iniciar uma tapeçaria que mostrasse o rosto de Arsínoe Beta coroado com as muralhas de Lysimakheia, na Trácia.

Mikros fingiu não se importar. Escreveu a ela uma mensagem, dizendo: *Posso cuidar dessa campanha. Tenho generais e meus conselheiros. Não preciso da sua ajuda, irmã... Não se preocupe em vir para o meu lado; pode até mesmo se casar com meu inimigo, se assim o desejar. Vamos fazer tudo muito melhor sem sua constante interferência.*

É claro que Arsínoe Beta não saiu de Alexandria. Não tinha a intenção de partir. Promoveu um espetáculo de sacrifícios, não para Atenas, pela guerra, mas para Asclépio, por sua saúde. Mas ao longo do dia, diariamente, recebia uma procissão de batedores e espiões, que lhes contavam tudo o que o irmão estava fazendo, seu humor, suas exatas palavras — e no frenético clima de preparativos, ele estava ocupado demais para vigiar o que ela fazia, tendo designado seus espiões para tarefas mais urgentes.

Sim, porque ela havia enviado, por conta própria, mensageiros para Sardis na Frígia, e Mikros de nada sabia, de nada suspeitava.

Finalmente, Mikros deu a ordem a Dion, seu general, e a enorme coluna de tropas se pôs em movimento, saindo em marcha de Alexandria ao som de tambores e trompetes, erguendo a poeira da estrada para Mênfis. Já Mikros seguiu apenas até a casa de suas concubinas. Não, Sua Majestade não cavalgou ao lado de seus homens nem mesmo até o Portão do Sol.

Aliás, Arsínoe Beta não estava nos aposentos das mulheres nessa ocasião, mas retornando no carro de guerra depois de ter ido pessoalmente se despedir das tropas, e estava justamente atravessando os portões do palácio, com as aias, quando por acaso cruzou com o irmão, que saía em sua carruagem. Mikros não usava armadura, não estava indo para o leste mas para o oeste, quando Arsínoe Beta puxou os arreios dos cavalos e se deteve para falar com ele, sabendo muito bem para onde Mikros se dirigia.

Saudações, irmão, disse ela, lançando-lhe um sorriso aberto. *Esperamos que você esteja em boa saúde para marchar para a Síria.* Era a primeira vez, em trinta dias, que falava com ele.

Mikros lançou-lhe um olhar hostil. Ela o havia derrotado.

Então ela disse: *Não vai usar sua armadura para a grande campanha, irmão?* E ela o observou abrir a boca para responder, mas fechá-la de novo sem pronunciar uma única palavra sequer.

Seu pai arrastou-se 18 mil quilômetros atrás de Alexandre, disse ela, sarcástica. *Seu pai enfrentou inúmeras batalhas. O que pensaria do belo filho que se esconde em casa, enquanto os bravos soldados do Egito marcham para enfrentar o inimigo sem que seu rei os lidere?*

Mikros não disse nada; açoitou os cavalos com o chicote de ouro e seguiu a toda para a casa das concubinas. A calva Stratonike não falava com ele sobre guerra, máquinas de sítio ou esmagar inimigos. A negra Didyme, é claro, não falava de espadas, nem de lanças, nem de catapultas de torção, mas de repente Mikros já não conseguia parar de pensar nessas coisas. Ele passou a noite toda agitado, acordado, sentindo remorsos. Antes do alvorecer, retornou ao palácio, berrando para lhe trazerem o carro de guerra e a escolta de cavalaria. Chamou o *dioiketes*, vestiu o *khepresh* e os trajes de faraó e seguiu para o sul, em direção a Mênfis, para alcançar a coluna. Mikros vociferou contra a irmã por todo o trajeto, perdendo toda a sua famosa *ataraxia*.

Mas foi a irmã que o fez partir.

E ele a indicou como regente para cuidar do Egito durante sua ausência. Era a melhor pessoa para a tarefa. Ela se sentiria muito bem despachando inúmeras cartas e cuidando de todos os negócios que o irmão negligenciara. Sim, ela mandou outro mensageiro, por mar, para Sardis, na Frígia.

Então, o que aconteceu? Mikros invocou o melhor do seu espírito guerreiro. Alcançou o exército e conduziu os homens em marcha, invadindo Koile-Síria, a Vazia-Síria, onde Antíoco não estava; onde não havia tropas que se opusessem a Mikros; não, nem ao menos um batalhão. O resultado foi que Antíoco teve de sair às pressas de Sardis para se defender e correu de volta para a Síria, liderando o exército em marcha forçada, os elefantes, a cavalaria, a infantaria ligeira e os hoplitas, para ir de encontro a Mikros, que havia pensado que tomaria todas as cidades sem esforço e que se apossaria da Síria sem ter de lutar, sem resistência. Todos os homens rugiam como lunáticos contra Ptolomeu e o Egito.

Mikros ficou espantado ao ver dezenas de milhares de soldados de Antíoco diante dele. Não esperava que Antíoco aparecesse. Não achara que teria de lutar batalha nenhuma na Síria. Mas o que acontecera? O que dera errado com o infalível plano da irmã?

Mikros manteve-se calmo o bastante, pensando na *ataraxia*, tranqüilidade, equilíbrio. Não bebeu em excesso. Deixou as tropas prontas para a batalha no bom estilo grego, da melhor forma que pôde. Ele tinha seus generais. Não estava sozinho, mas teoricamente deveria estar no comando. Ele fez sacrifícios a Ares, deus da guerra, fez as recomendadas oferendas de pão branco e bolo a Montu, senhor de Tebas, aquele com cabeça de falcão, o deus egípcio da guerra, pedindo uma vitória retumbante. Os sacerdotes gregos buscaram augúrios nos touros sacrificados momentos antes do confronto e não estavam muito seguros, mas Mikros, naquele dia, precisava entrar em combate, é claro, não importando o quanto fossem ruins os presságios e que deuses estariam ou não ao seu lado.

Nem mesmo a deusa da história sabe onde foi lutada a batalha de Mikros. Foi um desses combates que jamais ganhou nome porque não houve qualquer palavra escrita que declarasse que tenha ocorrido, e houve uma ótima razão para isso. Mikros estava montado num cavalo no grosso da batalha, ou no carro de eletro, dirigindo as ações, tentando imitar Alexandre. Como poderia não estar? Estava sobrecarregado com o peso do equipamento de proteção, caneleiras, peitorais, o elmo com plumagem vermelha e as presas de leão escancaradas, igual ao elmo de Alexandre, mas a comparação com o grande homem não poderia ir além disso. Mikros jamais fizera nenhum estudo mais apurado de estratégia ou tática. O que sabia da guerra de falanges havia lido em um livro de Xenofonte, *Como ser um general*, e não chegara a lê-lo até o final. Sobre batalhas terrestres, sabia muito pouco.

Houve sangue, é claro, muito sangue, e os uivos de costume, a habitual nuvem cegante de poeira. Dezenas de milhares de homens gritando por sangue, por morte, por Ptolomeu e pela vitória, e os cavalos sírios galopando com estrondo através do campo de batalha, varrendo os homens de Ptolomeu que tinham pela frente, derrubando-os como se fossem soldados de brinquedo. Você vai ter de imaginar a cena sozinho, Forasteiro, o caos, os cavalos resfolegando, o alarido confuso, o fedor da morte, os rios de sangue. Seshat não tem os detalhes precisos. O que ela sabe ao certo é que para onde olhasse naquele dia, Mikros pensava em alguma pergunta que desejava fazer à irmã, algo para o que ele sabia que ela teria uma resposta satisfatória. Sentiu terrivelmente a falta dela. Ela o havia abandonado justamente na hora em que ele mais precisava.

Mesmo assim, o coração de Mikros manteve-se tranqüilo. Ele não berrava ordens, apenas balançava a cabeça, erguia o braço, apontava, fazia sinais. Era famoso pela *ataraxia*, pela serenidade, pelo equilíbrio da alma.

Mas um homem no comando de uma batalha precisa da habilidade de liderar na frente das tropas, de gritar ordens na potência máxima de sua voz, inspirar seus homens, lançar-se à refrega sem se importar se o rosto e as mãos estão cobertos do sangue de outro homem, muito menos do seu. Ele não deveria se importar nem mesmo com a possibilidade de perder a vida. Mas Mikros não era assim. Era um erudito, não um guerreiro, interessado no comportamento dos animais, no Jardim de Feras, e sua Grande Biblioteca, não em como a ala direita da cavalaria deveria girar para conseguir esmagar a ala direita da cavalaria inimiga. Mikros gostava de manter as mãos limpas. Tinha horror a sangue. É melhor, Forasteiro, não dizer a você que Mikros não sabia direito o que estava fazendo. Era um grande rei, mas não um grande soldado.

Sim, Ptolomeu Mikros lutou e perdeu aquela batalha; foi posto em fuga, sob vergonha e desgraça, e Dion perdeu a cidade de Damasco. A tropa teve de sair da Síria, ou seriam todos feitos prisioneiros de guerra, vendidos como escravos, com o horror de ter o polegar direito decepado, o que significaria que esses homens jamais poderiam vergar um arco ou brandir uma espada de novo. A armadura de Mikros ficou amassada, a túnica, ensangüentada. Retornou para casa com um corte feio no queixo e teve a sorte de escapar com vida. Outros, muitos outros, não tiveram o mesmo destino.

Quando Mikros se dirigia para Mênfis, encontrou a irmã aguardando nos portões do palácio pelas notícias que ele traria. Ela estava ansiosa por ouvilo, finalmente com enorme vontade de conversar sobre a guerra, mas com a língua pronta para esmagá-lo outra vez, exatamente do jeito que ele se encontrava, a barba crescida, as marcas da batalha ainda sobre si, antes mesmo que tomasse um banho, perseguindo-o pelo palácio, falando sem parar.

Bem-vindo, irmão, bem-vindo de volta, disse ela. *Agradeçamos aos deuses por terem preservado sua vida e o devolvido ao lar trazendo a alegria da vitória.*

Mikros olhou para ela, olhou de novo, aterrorizado com o sorriso em seu rosto, aquele falso sorriso fixo, os olhos alucinados, reluzentes como os de um crocodilo.

Ah, disse ela, sarcástica. *Então, você não conquistou uma bela vitória, no final das contas? Por Zeus, que não tenha sido você o derrotado, irmão! Por favor, derrotado não! Como pôde? Os deuses não foram generosos com você? Talvez tenham lhe faltado melhores conselhos? Talvez afinal você devesse ter dado mais atenção à sua irmã mais velha...*

Mikros chicoteou a mesa com o afugentador de moscas de ouro.

Fomos derrotados!, disse ele. *Os deuses nos abandonaram.*

Não diga!, exclamou ela, pondo a mão sobre o antebraço direito dele, como se sentisse alguma solidariedade, mas ele a afastou, furioso.

Não me toque, gritou. *Deixe-nos*, berrou, mas ela não saiu, e não iria sair. Estava se divertindo bastante.

Ah, exclamou ela, *mas que irritação... o que será que deu errado?*

Mas Mikros não queria lhe contar nada.

Fale tudo, disse ela. *Talvez devamos ajudar você, afinal.*

Mikros sentou-se, segurando a cabeça entre as mãos, enxugando as lágrimas com o manto.

Antes da batalha, disse ele, soluçando, *não obtivemos nenhum presságio favorável dos sacrifícios... O fígado não tinha lóbulo. Então, Antíoco surgiu do nada. Era para ele estar na Frígia. A culpa de nosso fracasso foi de lorde Sarapis...*

A irmã andava de um lado para o outro, golpeando a coxa, rindo uma risada seca e áspera diante de tudo o que ele dizia, como se estivesse adorando escutar sobre a derrota dele.

Acredito que a ira dos deuses nos persegue ferozmente, disse ele, pensando no quanto a situação teria sido pior se tivesse se casado com ela. *Até mesmo o sumo sacerdote de Mênfis disse: Cuidado, vamos enfrentar tempos difíceis. Será que esquecemos algum sacrifício? Será que negligenciamos alguma promessa aos deuses?*

Arsínoe Beta balançou a cabeça, desolada. *A razão pela qual você perdeu a batalha, irmão, é que as suas tropas foram mal comandadas. Você deixou os homens ociosos por muito tempo, e eles chegaram até mesmo a engordar enquanto esperavam pela guerra.*

O coração de Mikros apertou-se ainda mais, sabendo o que estava para escutar.

Aristóteles disse que um exército é como o aço, disse ela. *Vai perder sua boa têmpera caso se mantenha sempre em paz. O comandante que não ensina o uso apropriado do tempo de paz só deve culpar a si mesmo quando é derrotado. O tempo de paz deve ser sempre usado para os preparativos para a guerra.*

Fiz o melhor que pude... começou ele, mas ela o interrompeu.

Já me contaram, disse ela, *que você ficou imóvel no carro, assistindo; que não chegou sequer a erguer a espada para lutar. Escutei que você não fez nada durante a batalha, nada.*

Mikros tapou os ouvidos com as mãos e parou de escutar, ouvindo apenas um rumor distante da voz dela, que gritava: *Fracasso... Fracasso... Fracasso...*

Escute-me, disse ela, zangada, sacudindo-o, *escute-me. As tropas ligeiras são como as mãos, a cavalaria são como os pés, a linha de homens com armadura são como o peito e o peitoral, e o general é como a cabeça. Quanto a você, irmão, teoricamente seria os olhos, a boca, a respiração que dá vida... Mas o que você fez? Soube que não disse uma só palavra, não deu ânimo aos soldados, e foi por isso que eles se portaram como homens mortos... Era você que deveria pensar no que fazer, irmão, mas não conseguia sequer gritar as ordens para os generais. Você deveria ter aprendido tudo isso vinte anos atrás... Você é como um homem num sonho, irmão. Esteve adormecido por toda a vida. Quando vai acordar? Acorde... Acorde... Acorde.*

A voz dela ficava cada vez mais alta, as palavras jorrando dos lábios, interminavelmente até que Mikros gritou, como, é claro, ela queria que ele fizesse: *Por que não assume o comando pessoalmente do meu exército, se é tão maravilhosa assim? Vamos ver se uma mulher poderá se sair melhor...*

Então ela parou de gritar.

Assumir o comando?, perguntou ela, respirando pesadamente, incapaz de esconder a satisfação.

Sim, ele disse, lançando a espada ensangüentada numa arca de ouro.

Posso fazer tudo o que bem entender?, disse ela. *Dar as ordens que achar melhor à Muralha de Metal?*

Sim, disse ele, agora golpeando um limoeiro.

E a Chama Total?, disse ela. *A armada também?*

Sim, sim, sim, disse ele, *contanto que vença,* e atirou nela o elmo com as presas de leão, agora privado da plumagem vermelha. Ela o apanhou, é claro, e ele a observou colocando-o na cabeça, reparando outra vez em seus olhos reluzentes, em seu sorriso lunático.

Sim, e como ela se sentiu bem usando o elmo do comandante. Como um abutre agitando as penas ao pensar em sangue, como a serpente recuando o corpo para cuspir veneno. Como se sentiu bem, vendo-se como Sekhmet, a Senhora do Linho Vermelho Brilhante, a própria deusa leoa da guerra.

Prometo a você, irmão, disse ela, *que não vai se arrepender.*

E agora que ela estava no comando da guerra, isso significava que para manter seus serviços ele precisaria se casar com ela, mesmo ela sendo sua irmã.

1.12

Elefantes de guerra

Sim, Arsínoe Beta, essa guerreira e acima de tudo mulher guerreira, agora comandava tanto o exército terrestre quanto a frota marítima; todos os assuntos militares estavam em suas capacitadas mãos. Ela passou dias inteiros conversando com os almirantes de seu irmão, Patroclos da Macedônia, Kallikrates de Samos, Artemidoros de Perge. Era Arsínoe Beta quem enviava os despachos diários para os generais no campo e dirigia todos os Conselhos de Guerra, enquanto Mikros ficava ali sentado, perdido em pensamentos, acariciando o talismã de *phallos*, sonhando acordado com a concubina daquele dia, respondendo a todas as perguntas dos homens com: *Pergunte à irmã, pergunte àquela que é a guerreira.*

Quanto a ela, levantava-se ainda mais cedo, e guiava o carro ao alvorecer até os galpões de artilharia, a fábrica de catapultas, as oficinas de armaduras, para falar com os homens que dirigiam os trabalhos. Ela dizia: *Cento e cinqüenta catapultas disparadoras de flechas não são o bastante... precisamos de trezentas...* Ou: *Você está fazendo tudo direito, faltam apenas mais duzentas máquinas de sítio para serem fabricadas...* Ou: *Seus elmos são os melhores do mundo.* Ela incitava os homens, gritando: *Vocês precisam se aplicar mais ao trabalho... mais 25 lançadoras de pedras até o final do mês de Khoiak... Precisamos vencer esta guerra, precisamos triunfar da próxima vez.*

Então visitava o acampamento, onde Mikros raramente aparecia, e nenhuma mulher respeitável estivera antes, para encorajar os soldados. Chegou até mesmo a passear pelos vastos acampamentos de mercenários, que erguiam tendas fora das muralhas da cidade, ordenando que servissem uma ração extra de vinho a todos os homens para celebrar a ocasião. Atravessou o acampamento a pé, usando o elmo do leão de presas arreganhadas, o manto púrpura do grande comandante dos exércitos do Egito. E, como ela se interessava pelo bem-estar dos homens, eles a amavam.

Arsínoe Beta conversava freqüentemente com Ktesibios, o especialista em artilharia, agora não mais sobre relógios de água, mas a respeito de catapultas de torção disparadas por cabos feitos de crina de cavalo; da grande máquina chamada *lithobolos*, que arremessava pedras de até três talentos de peso a grande altura no ar. Seguindo o conselho de Ktesibios, ela contratou engenheiros fenícios, especialistas em artilharia, que seriam trazidos ao Egito com a missão de fazer a manutenção e calibrar as máquinas para a guerra, pois elas poderiam se mostrar tão temperamentais quanto sua senhora. Ela derramou fartamente o Ouro do Louvor sobre Ktesibios, e o grande mecânico a amou, porque ela entendia da bela arte da artilharia tanto quanto ele.

Em seguida ela teve a inteligente idéia de estabelecer uma estação de trocas no mar Vermelho para facilitar a importação de elefantes de guerra, que vinham do sul do país. Chamou este lugar de Ptolomais da Caça ao Elefante, porque grande número de paquidermes era pego em armadilhas nas cercanias e mandados para o norte, para Mênfis, onde seriam treinados para a guerra que viria.

O elefante é um grande recurso, disse ela a Mikros. *Não pode cavalgar tão rápido quanto um cavalo, mas, se bem-tratado, obedecerá a ordens e correrá. Quando ataca, pode desenvolver uma velocidade de 684 estádios por hora.*

Muito bom, disse Mikros, pensando que os elefantes recebiam melhor tratamento que ele próprio.

De fato, Arsínoe Beta tratava os elefantes com gentileza. Levava-lhes feno, folhas verdes e cocos. O animal pegava o coco da mão dela com a tromba e quebrava-o apertando-o gentilmente com uma das patas dianteiras. Quando ela lhes dava cerveja, eles a amavam, pois um elefante mantido em cativeiro tem grande paixão por bebidas, sorvendo até mesmo a nojenta *booza* dos nativos, 24 quartilhos de cada vez. Sim, até os elefantes a amavam.

Depois de um mês no comando, Arsínoe Beta fez Ktesibios encenar um grande espetáculo num terreno abandonado a oeste de Alexandria, nas margens do deserto. A visão das centenas de máquinas em ação, o tumulto barulhento, o assombro das pedras gigantes arremessadas ao ar inspiravam temores para além de qualquer coisa já vista desde o tempo de Alexandre. Os alvos — prédios de tijolos e trechos que imitavam muralhas de cidades — eram despedaçados muito satisfatoriamente.

Ktesibios exibiu a última versão das máquinas-foles gigantes, que expeliam fogo em peitorais de madeira e dispararam um notável volume de projéteis, bolas de fogo e flechas flamejantes. Mikros, que ficou sentado ao lado de Arsínoe Beta sob um dossel de ouro observando as chamas, batia palmas com freqüência. *Todas as cidades da Síria vão se render a nós*, gritou ele. *Alegre-se, irmã, os sírios fugirão apavorados quando nos virem chegar.*

Mas Arsínoe Beta não se alegrava como se já tivesse vencido a batalha. Ela disse, na cara do irmão: *Uma máquina não pode ganhar uma batalha. O faraó é quem vence, se tiver habilidade de comando... ou a irmã, que fará o trabalho por ele.*

A invenção mais impressionante de Ktesibios, no entanto, foi a máquina de apagar incêndio, que funcionava com ar comprimido e uma bomba de dupla ação que esguichava grande quantidade de água. O momento de maior orgulho do dia, para o mecânico, não foi a visão das bolas de fogo nem a explosão de casas, mas ver as chamas das muralhas de palha serem extintas em poucos instantes.

Após essa demonstração, Arsínoe Beta perguntou a Ktesibios: *Que máquina você vai inventar agora? Quem sabe um novo carro de combate que não precise de cavalos?*

Não, Megaléia, disse ele, rindo, *ainda não... Estou trabalhando num tipo diferente de máquina — um órgão hidráulico, para tocar música nos festivais de Sua Majestade e nas paradas militares.*

Arsínoe Beta adorou. *Vamos aguardar com ansiedade, Ktesibios*, disse ela, *para escutar você tocando a música da vitória em seu órgão.*

E ela percebeu, com satisfação, que o engenheiro a havia chamado de *Megaléia*, como se ela já fosse a rainha.

Da próxima vez que o Egito tivesse de lutar contra Antíoco, Arsínoe Beta estaria preparada. Ela verificou quais seriam os dias mais auspiciosos, de bons presságios, mas baseou suas decisões em coisas mais confiáveis, tais como os relatórios espiões e batedores. Treinou os elefantes em Mênfis, numa planície arenosa ao sul do templo de Ptah. Empenhou-se ao máximo para se certificar de que os mercenários não desertariam, ligando-os a ela e ao Egito, prometendo lotes de terra no distrito do Lago a todos os homens se eles conquistassem a vitória.

Ela submeteu a infantaria — quatro falanges de 4.096 homens, que formavam a Grande Falange de 16.384 homens — a duríssimas sessões de treinamento de ordem-unida, todos de pé no terreno da parada sob o sol do verão, com ela própria gritando as ordens. E a falange já se movia como um único corpo, todos no mesmo passo e perfeitamente sincronizados com Arsínoe Beta, que algumas vezes se permitia marchar com eles na fileira da frente, mostrando-lhes como tudo, até o último detalhe, deveria ser feito — uma mulher comandando os homens. E sempre envergava o manto púrpura, o elmo com a plumagem vermelho-sangue, e a cada momento a carnificina assomava mais próxima deles.

1.13

Bigodes de gato

Arsínoe Beta observou o vôo dos pássaros com cuidado, dizendo: *Sejam tais coisas absurdas ou não, nenhum general sequer sonhará em marchar para a luta se os presságios forem desfavoráveis.*

Não há vegetação ao longo da costa, ela disse a Mikros. *Assim, teremos de levar forragem de Mênfis ou achá-la na Síria.*

Ela sabia exatamente quanto tempo levaria para as tropas marcharem de Mênfis até Gaza. *Devemos marchar 21 quilômetros por dia*, disse ela, *e o que fará com que levemos dez dias de Pelúsia até Gaza, um mês para atingirmos a fronteira da Síria.*

A carne vai apodrecer, disse ela. *As tropas precisam de grãos, pão e mingau, mas não de carne. Só devemos nos dar ao luxo de comer carne na celebração da vitória, para o grande sacrifício, quando a batalha estiver terminada.*

Ela sabia que distância os elefantes eram capazes de percorrer a cada dia — não muita — e mandou-os na frente, de navio, de modo que tudo estivesse pronto. *A sincronia das ações é de vital importância*, disse ela. *Se não houver sincronia, vamos ter mais um revés sobre o qual teremos de dar explicações.*

Quando as ordens para a batalha fossem dadas, Arsínoe Beta nem sequer pensaria em se retirar para seus aposentos e deixar os generais fazerem tudo sem ela. Não, ela não suportaria deixar de ver suas bem-amadas tropas em ação. Iria com eles, comandando-os pela travessia do Sinai. E quando a luta estivesse sendo travada, assistiria do carro de combate, sinalizando para os generais em campo quando deveriam avançar, recuar, gritando ordens e palavras de encorajamento através de um megafone. Mas, não, no último momento a dor de estômago a derrubou, e ela ficou doente demais para viajar. Os generais teriam de vencer sem ela. Mikros foi. Ela o fez ir, e dessa vez a vitória foi dele.

Mikros obteve um pequeno êxito na Síria, um êxito modesto. Seshat sabe pouco a esse respeito. Uma pequena vitória, sem muitos mortos, sem muitos prisioneiros de guerra, sem muito botim. Mas o selêucida não foi totalmente derrotado. Ele recuperaria suas tropas e lutaria outra vez, e por causa disso Arsínoe Beta não permitiu a triunfante entrada em Mênfis, nenhuma grandiosa parada da vitória. *Devemos aguardar*, disse ela, *até termos certeza de que conseguimos dar um fim a essa guerra de uma vez por todas*. A Mikros, ela disse sem rodeios: *Celebrar precipitadamente trará a ira de seus magníficos deuses sobre nós.*

Mesmo assim, seu coração se alegrou, como se fosse metal reluzindo na fornalha.

De volta a Mênfis, Mikros abraçou-a e beijou-lhe as faces, as lágrimas de gratidão escorrendo dos olhos, enquanto Arsínoe Beta olhava diretamente para a frente, com um sorriso fixo no rosto, e pensava, de repente, em outras coisas que não guerra e dor de estômago.

Ela se retirou para seus aposentos, o quarto com o braseiro que mantinha suas mãos aquecidas quando fazia frio — e estava, verdadeiramente, alheia a tudo aquilo; no quarto, havia os ingredientes para a poção para o estômago, guardados em garrafas dispostas ao longo das paredes, e isso era tudo — garrafas que nada tinham a ver com os mais poderosos feitiços do mundo. Ainda assim, ela murmurou as palavras do espantoso encantamento para prender a si um amante:

Prendo você, Ptolomeu Mikros, pela cauda da serpente, pela boca do crocodilo, pelos chifres do carneiro, pelo veneno da áspide, pelos bigodes do gato, pelo falo do deus, de modo que você não tenha afrodísia com nenhuma mulher que não eu, Arsínoe Beta.

Mikros, de seu lado, sentiu de novo aquele estranho borbulhar em seu peito, como mariposas presas dentro de sua túnica tentando escapar. *São as flechas de Eros*, pensou ele, e isso o preocupou. Acordou nas horas mortas da noite, pensando na irmã, e seu coração ainda palpitava. Mikros sabia o que isso significava: mais problemas vindos de Eros, aquele que o controlava, seu senhor, o menino indomável.

Mas Mikros não conversava com seus ministros gregos sobre assuntos pessoais. Um rei não deve confiar em ninguém, não tem amigos verdadeiros, somente sicofantas e bajuladores. Esta é a razão pela qual os reis de sua época prezavam tanto uma esposa capaz. A melhor esposa sempre apoiaria o marido, e a ela poderiam ser confiados segredos de Estado. Era para isso que servia a esposa de um rei, mas Mikros não tinha esposa. Não, a única pessoa com quem Mikros podia conversar sem reservas era, por um estranho paradoxo, um estrangeiro, uma pessoa que, em diferentes circunstâncias, seria seu inimigo jurado, mas que havia se tornado seu amigo — o sumo sacerdote de Mênfis.

Sim, quando Eskedi apareceu de novo em Alexandria, Mikros aventurou-se a consultá-lo sobre assuntos pessoais. *Excelência*, disse ele, *minha irmã me quer como esposo. O que o Egito pensaria a esse respeito?*

A expressão no rosto de Eskedi era de quem nunca ouvira falar sobre o assunto. Seus olhos castanhos brilharam. *Megaléios*, disse ele, sorrindo seu misterioso meio sorriso, *você sabe que entre os egípcios não é crime casar-se com uma irmã... O faraó Seqenenre casou-se com a irmã*, disse ele. *Assim também Ahmose e o primeiro e o quinto Tuthmosis, e ainda o segundo Ramsés, e Merneptah, e também Siptah... Até mesmo o grande deus Osíris casou-se com sua irmã, Ísis. Um tal casamento não deve trazer perturbações a Vossa Majestade. O Egito não pensará em nada de extraordinário. O povo ficará alegre com a notícia.*

Mas o que dirão os gregos?, perguntou Mikros. *O que os macedônios pensarão? Não é de modo algum um costume grego ter prazer com a própria irmã, muito menos com o mundo inteiro sabendo disso.*

Megaléios, disse Eskedi, *os deuses do Egito não ficarão ofendidos se Ptolomeu e Arsínoe Beta obedecerem ao desejo que lhes vai no coração.*

Mikros olhou fixamente para ele. Mesmo na cidade onde nada era proibido, um grego jamais ousara se casar com sua irmã de pai e mãe. Os gregos no Egito descuidavam-se de muitas das tradições antigas, mas eram bastante cuidadosos em relação ao incesto, e Mikros sabia disso.

Se eu me casar com minha irmã, disse Mikros, *haverá uma revolução entre os gregos.*

Eskedi fez sua cara de certamente-não-é-um-crime-tão-grave-assim. *Zeus se casou com a própria irmã, não é verdade?*

Mikros teve de assentir.

Mas e os filhos de um casamento desses?, murmurou Mikros. *Eles não se transformarão em monstros? E o famoso rabo de porco nas crianças que resultam desse tipo de união?* Sim, metade do problema era esse: sua irmã sempre falara abertamente sobre esse assunto, dizendo que ela teria de ter um filho dele; que não toleraria um casamento incompleto, mas estava esperando que ele viesse para a sua cama. A cama da própria irmã.

Mas Eskedi disse: *Os faraós que foram rebentos de irmão e irmã não mostraram deformidades. Nada de rabo de porco, pelo que sei; nada há sobre isso na memória viva. Não, nunca ocorreu. De fato, Megaléios, você não tem com o que se preocupar.*

Mikros ofegou, agitou o braço, como se, apesar de avesso à violência, naquele momento fosse capaz de esmurrar o sumo sacerdote.

E, afinal de contas, disse Eskedi, *sua irmã já não é jovem... Você já tem um filho, seu herdeiro. Pode ser que ela não tenha nenhum filho.*

E ele olhou direto no rosto perturbado de Mikros.

Seria bom, disse ele, *se o faraó se casasse com a irmã.*

Mikros fixou o olhar no assoalho de golfinhos, balançando a cabeça. *Os gregos dizem*, falou ele, devagar, *que se um homem que foi casado tomar uma nova esposa, é como um marinheiro sobrevivente de um naufrágio que de novo se lança às traiçoeiras profundezas do mar.*

O pensamento de se casar com a irmã se parecia mais do que nunca com traiçoeiras profundezas, mares bravios, naufrágios, toda a tripulação morta. No entanto, ao mesmo tempo que não desejava se casar com ela, não conseguia imaginá-la se casando com mais ninguém.

Arsínoe Beta adivinhava o que se passava no íntimo dele pela mais sutil expressão de seu olhar. O encantamento estava funcionando. Naquela noite, ela procurou Mikros brandindo uma carta de Antioquia. Ela disse: *Vou perguntar a você uma última vez, irmão. Se não se casar comigo, vou me casar com Antíoco da Síria. Tenho nas mãos uma carta com a proposta de casa-*

mento. Tem certeza de que não quer se casar comigo, Ptolomeu Mikros? Não vou perguntar novamente.

Claro que o casamento sírio era uma mentira, tudo mentira, mas Mikros pegou a carta. Era falsa, é claro, mas parecia genuína o bastante para ele. Mikros revirou o papiro em suas mãos. A seguir fixou o olhar nos peixes presos ao assoalho de mosaico, e ele também se sentia preso. Em seguida olhou fixamente para o teto em arco de sua prisão de ouro. E finalmente para a irmã. O rosto estava impassível, mas ela murmurava orações silenciosas a todas as deusas que conseguia lembrar: Afrodite, Artêmis, Bastet, Hathor, Ísis, Nekhbet, Sekhmet...

Mikros desviou os olhos. *Se eu me recusar*, pensou ele, *terei de lutar essa guerra sozinho e serei derrotado. Se eu disser não e ela se casar com Antíoco, vou perder a guerra porque vou ter de lutar contra minha irmã. Vou perder o Egito, perder as coroas. Antíoco será o Senhor das Duas Terras. Arsínoe Beta será a rainha do Egito, seja lá o que for que aconteça. Talvez eu devesse ordenar que ela fosse forçada a beber cicuta, enquanto eu assistia; sim, deixe que o veneno congele seus ossos, coagule seu sangue, que eu me livre dela de uma vez por todas. Ela é tão traidora quanto a outra Arsínoe...* Ele estava prestes a gritar ordenando que trouxessem a tigela de cicuta — mas, não, ele não seria capaz de matá-la. Precisava demais dela. Precisava desesperadamente de seu conhecimento sobre guerra. *O que vou fazer sem ela?*, pensou ele. *O que vou fazer se ela partir?* Ele fixou novamente o olhar no assoalho, os navios encalhados no mosaico, como ele próprio estaria encalhado sem ela. Pensou em sua vida dourada, na qual sua irmã penetrara. Ele precisava dela mais que desesperadamente.

Muito bem, então, disse ele, *você pode ser a rainha do Egito, se é o que tanto deseja.*

Arsínoe Beta não perdeu o controle nem por um instante sequer. Ela fez a encenação de atirar-se ao pescoço dele, guinchando de satisfação, abraçando-o, enquanto o tempo todo fazia cálculos, refletia sobre quais deveriam ser suas próximas palavras. Dessa vez, ele não a afastou e deixou-a fazer o que quisesse. Seu coração ainda palpitava, enfeitiçado pelos bigodes de Bastet, a deusa-gato. E, sim, ser abraçado por Arsínoe Beta dava-lhe a sensação de ser envolvido pelas patas de uma aranha venenosa, em cuja teia ele havia caído e ainda se debatia. Mas, ao mesmo tempo, era uma sensação boa, de que era o que deveria acontecer, de proteção, pois uma criatura tão venenosa quanto sua irmã sem dúvida venceria todas as batalhas.

1.14

Divinas honras

O contrato de casamento de Arsínoe Beta e Ptolomeu Mikros, seu irmão, foi redigido por ela própria e era tão severo quanto ela, pois o fez jurar e escrever as palavras com o próprio sangue: *Nada me será mais precioso que protegê-la pelo resto da minha vida, e se a sina da humanidade acontecer a você, cuidarei para que receba as divinas honras.*

Repare bem, Forasteiro, que ele prometia então torná-la uma deusa completa após a morte.

Juro solenemente, dizia o contrato, *que nada doloroso lhe acontecerá. Vou tomar todo o cuidado do mundo para que você não tenha problemas.*

Repare bem, Forasteiro: não havia a menor possibilidade de se livrar dela depois que ela tivesse posto as mãos em seu tesouro. O casamento não era temporário, mas para a vida inteira. E ele deveria permitir que ela se protegesse devidamente contra todos os inimigos, inclusive Arsínoe Alfa. O contrato estabelecia que Ptolomeu deveria viver com Arsínoe Beta, *obedecendo a ela como um marido deve obedecer à esposa*, dividindo com ela a propriedade de todos os seus bens.

Repare bem, Forasteiro, que Mikros prometeu obedecê-la, mas ela, por sua vez, não prometeu a mesma coisa. E sua dotação pessoal seria generosa, além do que qualquer homem poderia acreditar, algo apropriado aos deuses.

Não seria permitido legalmente a Ptolomeu ter outra esposa que não Arsínoe Beta, assim como ele não poderia ter filhos com nenhuma outra mulher, nem buscar garotos bonitos enquanto ela vivesse. Ela lhe permitia manter as concubinas, mas ele não poderia habitar nenhuma outra residência da qual ela não fosse a senhora, nem expulsá-la, insultá-la, maltratá-la ou ser violento com ela, nem jogá-la nas ruas. Ele não ousaria fazer isso.

Eles conversaram pouco sobre como seria a vida quando se tornassem marido e mulher, o que deveriam fazer, e a irmã implicou com Mikros um pouco, dizendo-lhe: *Você deveria ser mais egípcio. Você poderia fazer muito mais pelo Egito. Os egípcios o amariam muito mais se você os ajudasse.*

Sou um macedônio, disse Mikros. *Meu modo de vida é totalmente grego. Meus pensamentos são gregos. Eu preferiria ajudar os estudiosos gregos no Mouseion...*

Muito bem, então, disse ela. *Vá ajudar os gregos. Eu própria vou ajudar os egípcios.* E ela o manteve preso à palavra dada, obrigou-o a fazer o que disse, e assim dividiram tudo entre os dois. Mikros tomaria conta da cidade de Alexandria, de sua Grande Biblioteca, do aprendizado de grego, das invenções gregas, de seu amado Jardim das Feras; a esposa cuidaria da guerra, das finanças, dos impostos, dos assuntos estrangeiros, dos problemas do Egito — os negócios de Estado, que faziam Mikros gemer de tanto tédio, sobre os quais ele pouco sabia e importava-se menos ainda. Na verdade, Arsínoe Beta assumiu a responsabilidade por quase tudo, o que era bastante conveniente para Mikros. Ele ficaria satisfeito se, pelo resto de sua vida, não tivesse de fazer nada. Mas, não, ela não lhe permitiria isso.

Enquanto tiver energia em meus membros para me mover, não vou deixar você ficar sentado sem fazer nada, irmão, disse ela. *Um rei deve pensar em suas obrigações. Não tenho ciúmes de suas concubinas, nenhum mesmo. Sei tudo sobre o comportamento dos garanhões.*

Lembrava-se de Berenice Alfa dizendo-lhe: *Se você quer sobreviver como esposa, deve aprender a tolerar as outras mulheres de seu marido... Lembre-se de que os médicos de cavalos recomendam que o garanhão cubra éguas duas vezes por dia... Nunca se esqueça de que o garanhão ao qual são negadas éguas enlouquece.*

Vou tomar conta de suas mulheres pessoalmente, disse ela, *exatamente como as rainhas egípcias de antigamente. Ficarei satisfeita em administrar a casa delas por você e limitar os gastos com elas.* E, assim, Arsínoe Beta tomou sob controle até mesmo os negócios pessoais dele.

Mikros não se queixou. *Tudo que você quiser,* disse ele, *contanto que o Egito vença as batalhas.*

Ele assinou seu *Ptolemaios* no final do papiro com o próprio sangue, ainda vermelho-vivo. Fizeram-no acreditar que mentir era algo vergonhoso para um monarca. Ele manteria a palavra, mas ela também o fez jurar, segundo o costume da época, sobre uma boneca de cera atirada ao fogo.

Que eu derreta como a cera, sussurrou ele, repetindo o que ela o mandava dizer... *Que minha fortuna vire água... Que minhas crianças nasçam monstros se eu desobedecer ao que reza o contrato...*

Derreter como a cera, de fato. A própria dissolução dela não tardaria. Ela não sobreviveria muito tempo.

E, sim, ela sabia o quanto a morte estava próxima, que aqueles seriam seus últimos dias na terra. Havia consultado os oráculos, e todos disseram a mesma coisa. Ela tinha pouco mais de três mil dias disponíveis para salvar o Egito e obter a derrota final da Síria.

Esse casamento foi o primeiro grande triunfo de Arsínoe Beta, pois tornaria a Casa de Ptolomeu popular entre os egípcios para sempre — ou, pelo menos, era o que ela acreditava. Arsínoe Beta levava seu terceiro casamento especialmente a sério.

1.15

Fruto proibido

Sim, foi bom, tudo isso foi ótimo. Tanto para Mikros quanto para o Egito, porque a irmã lhe disse na cara o que ninguém mais ousava dizer: que ele precisava se endireitar e parar de sonhar. Em Alexandria, andavam falando que Ptolomeu Mikros estava loucamente apaixonado pela própria irmã, e quando a notícia começou a circular livremente houve muitos comentários — mesmo nesse lugar onde nada era proibido — sobre a possibilidade de ele atrair uma maldição para a cidade por se casar com a própria irmã, pois isso, para os gregos, era praticamente a pior coisa que um homem poderia fazer.

Mas só de pensar em Mikros se casando com a própria irmã, Sotades da Maronéia soltou um guincho estridente, acompanhado de risadas mais altas do que nunca. Suas piadas sobre o casamento iminente foram obscenas, mas fizeram a corte inteira dobrar-se de tanto rir. Sotades achou a idéia de um casamento entre irmã e irmão hilariante e escreveu em grego muitos versos espantosos e vulgares em homenagem a uma ocasião tão singular. Quando os declamou no *Symposion*, ouvido pelo faraó, Mikros rugia de tanto gargalhar, como todos os outros. Um jogral-piadista gozava de alguma condescendência. Quando Sotades criticou Bilistikhe de Argos, a concubina favorita de Mikros, fazendo piadas a respeito dos seios do tamanho de melões, Mikros também riu. Ele adorava rir. Havia sempre uma generosa recompensa para qualquer homem que fizesse Sua Majestade sacudir os ombros — como o poeta Philemon, que escreveu 99 comédias e morreu rindo de uma das próprias piadas. Mikros sempre fora alegre e estava freqüentemente de bom humor, mas isso até a volta da irmã.

Sim, anos antes Mikros dissera a Sotades: *Contanto que você me faça rir, pode dizer o que bem entender.* Esse grande monarca tinha até a capacidade de rir de si mesmo.

Mas, quando Sotades se inteirou de todos os novos boatos sobre o escândalo, escreveu poemas ainda mais atrevidos sobre a irmã:

Arsínoe Beta... primeiro matou o irmão da rainha...
Depois roubou o marido da rainha...
Roubou as jóias da rainha e até seus sapatos...
Era velha demais para ter outros filhos...
Então, roubou a família da rainha, até as crianças...

Os alexandrinos riram com Sotades e, em segredo, condenaram Mikros por provocar os deuses a punir todos eles. Era praticamente certo que Alexandria desaprovava o que estava acontecendo, e todos acreditavam que a cidade sofreria a vingança dos deuses. No entanto Arsínoe Beta desconhecia qualquer crítica.

Vendo-se sem repreensões, Sotades ficou ainda mais ousado. Escreveu então seu mais famoso e obsceno poema, o perverso "Priapos", assim intitulado em homenagem ao deus grego da fertilidade e repleto de versos como estes:

Tu, o mais penetrante fruto proibido com teu ferrão mortal..
Tu estás enfiando teu ferrão num buraco pecaminoso...
Tu estás fodendo um buraco pecaminoso...

Sotades nunca era moderado. Sempre tinha uma piada ou uma obscenidade pronta na ponta da língua. Durante os banquetes de Mikros, ficava sentado com os macacos porque era, como ele próprio alardeava, nove partes macaco e somente uma parte humano. Sotades acreditava que o poema era muito bom e foi ousado ou tolo o bastante para recitá-lo para a própria Arsínoe Beta. Ela não riu, é claro, mas levou as palavras jocosas de Sotades muito a sério. Dirigiu-se diretamente ao irmão e falou com ele aos berros sobre Sotades, o blasfemo, o poeta repulsivo, o inimigo da monarquia.

Quando ela perguntou: *Como planeja puni-lo, irmão?*, Mikros deu de ombros, contraiu os lábios, espalmou as mãos, abriu a boca — e tornou a fechá-la.

Tapou os ouvidos com as mãos, mas ainda assim continuava ouvindo-a gritar: *Indecente... Indecente... Indecente...*

Sotades é um velho, argumentou Mikros com um suspiro. *Está um pouco louco, mas é totalmente inofensivo. Não fala nada por mal. Nem sabe o que está dizendo. Conhece muito bem o que dizem, que todos os cretenses são mentirosos... Você não deveria prestar atenção, irmã. É somente uma brincadeira inofensiva.*

Ele defendeu o piadista que conhecia desde criança, o pequenino homem que sempre o fazia uivar de tanto rir. Mas Arsínoe Beta não escutou uma palavra sequer do que ele disse. *Isso não é piada e não é engraçado,* berrou. *É traição.* Ela ficou a tarde inteira vociferando contra Sotades, e Mikros teve de agüentar os gritos, pois ela não permitiria que ele se afastasse até que decidisse como iria punir quem a ofendera.

Naquela noite, uma vez que Mikros ainda não dera uma resposta e se recusava a condenar seu velho amigo, Arsínoe Beta disse: *Não importa, irmão. Não se preocupe mais com isso.* E ela decidiu cuidar do caso, mobilizando toda a guarda de Alexandria, os "portadores-de-cinto", para prender Sotades por sua abominável calúnia.

O almirante Patroclos arrastou Sotades, preso em correntes — mas ainda assim rindo — e jogou-o na prisão. Sim, a grande prisão de Alexandria que ficava junto ao mar, onde os prisioneiros eram açoitados pelas ondas e precisavam se agarrarem em alguma protuberância para não se afogar.

Posteriormente, dizem, Sotades escapou, ganhando a fama de uma espécie de mestre das fugas. Uma versão diferente conta que ele foi solto numa anistia geral e fugiu para a cidade de Kaunos, na Kilikia. Talvez a verdade seja que o próprio Mikros tenha soltado Sotades ou permitido que ele escapasse, por piedade. Afinal, a irmã não lhe tomara todo o poder.

Mas o almirante Patroclos, que desfrutava do augusto título de *estrategista das ilhas do império*, era um protegido especial de Arsínoe Beta e não costumava demonstrar piedade pelos inimigos dela. Patroclos perseguiu Sotades e recapturou-o. Sim, e da mesma forma como toda a guarda foi chamada para prender Sotades, toda a armada se pôs ao mar com a missão de executá-lo. Quando já estavam bem longe do porto, Sotades foi levado ao convés, e Patroclos perguntou-lhe se ele poderia fazer a gentileza de entrar numa caixa de chumbo para experimentar seu tamanho. Sotades saltou para dentro da caixa rindo e fazendo barulhos simiescos. Patroclos pediu-lhe que se deitasse, dizendo que era para que ele pudesse se sentir como um morto, e então fechou a tampa.

Dentro da caixa, Sotades continuou fazendo piadas, e sua voz rouca ainda podia ser ouvida enquanto fincavam os cravos e arrastavam a caixa até a amurada do *trieres*. Sotades continuou balbuciando e rindo até o final, gritando: *Toda palavra que pronuncio é uma inverdade...* Finalmente lançaram a caixa de chumbo ao mar faiscante por cima da amurada.

Depois disso, as pessoas começaram a pensar duas vezes antes de criticar o vexaminoso casamento.

Assim foi o passamento de Sotades de Maronéia, o melhor dos piadistas, que inventou o sotadeano, uma métrica que permitia inúmeras variações, que escreveu mais poemas escatológicos que qualquer homem antes ou depois dele; Sotades, o *knaidos*, que não deixou esposa nem posteridade, apenas seus rapazes semelhantes a deuses, de 16 ou 17 anos, as dúzias de garotos de tez de oliva que ele tornou imortais com versos imorais.

Quando depois de um ou dois dias Mikros perguntou, *Que notícias há de Sotades?*, pensando que escutaria a última tolice grega, e gritou para que ele viesse correndo, finalmente soube o que a irmã havia feito. E, não, ela não lhe contara nada e ninguém ousara tocar no assunto. Ele zangou-se com ela, gritando até ficar rouco e contrariando bastante os princípios filosóficos, que preconizavam que não deveria se aborrecer com coisa alguma nem perder seu famoso equilíbrio. Sem dúvida, ele gritou com Arsínoe Beta nessa ocasião, mas ela levou as mãos à cabeça, justamente como Mikros havia feito, dizendo: *Tenho areia em meus ouvidos... Realmente, não consigo escutar uma palavra sequer do que você está dizendo...*

A despeito do humor sombrio do irmão, a despeito das dores de estômago que eram seu pesadelo, Arsínoe Beta se mantinha sempre sorridente. Com toda a oposição silenciada, os preparativos para seu casamento proibido seguiram adiante conforme o planejado.

Mas ninguém depois disso foi capaz de fazer Mikros rir como antes.

1.16

Golfinhos

Sabendo que chuva trazia sorte para os casamentos, Arsínoe Beta garantiu seu casamento em Alexandria no inverno, quando o céu freqüentemente ganha a cor do elefante. Com a ajuda da magia de Eskedi, a chuva de fato caiu no dia de seu casamento, enquanto o vento rugia, passando por entre as palmeiras nos jardins do palácio, e o mar cinza-esverdeado batia contra as praias, esmagando os barcos de pesca. Para os egípcios, no entanto, a chuva era uma manifestação de Seth, o mais hostil dos deuses. A chuva não é um sinal auspicioso no Egito.

No dia em que se tornou a rainha do Egito, Arsínoe Beta usou um justíssimo vestido de seda vermelha, muito apropriado para uma deusa egípcia, o vestido da cor do rubro sangue de Sekhmet, a deusa-leoa da guerra, tecido diáfano através do qual a magreza de seu corpo era totalmente visível. Ela usava anéis com serpentes de ouro, braceletes de serpentes de ouro nos pulsos e tornozelos, talismãs de ouro nos braços e brincos de serpentes de ouro. Usava o colar cravejado de jóias e a touca dourada, ambos do abutre. Arsínoe Beta *reluzia*, e seus dentes de crocodilo brilhavam bem à mostra, enquanto ela sorria aquele seu feroz sorriso maligno.

Na *Anakalypteria*, ou melhor, Festival do Desvelamento, quando a noiva deve tirar seu véu de solteira, o noivo mal se deu ao trabalho de olhá-la. Fosse como fosse, ela não era considerada solteira, já não era uma *parthenos*. E Mikros conhecia a aparência da irmã: pouco diferente do que fora no dia anterior: sombria quando ela se esquecia de sorrir, sem realces, apesar do que os bajuladores tanto diziam acerca da beleza dela, e tão magra que suas costelas se projetavam por baixo da pele, como as costelas de um galgo. "De fato", pensou Mikros, "apreciamos que uma mulher tenha um pouco mais de carne sobre os ossos", e se perdeu sonhando acordado com a beleza de Bilistikhe, aquela dos seios que pareciam melões, com as nádegas carnudas e a casa das concubinas — que agora penava sobre a severa administração da irmã.

Quando criança, Mikros, o zoólogo, costumava, é claro, dar presentes a Arsínoe Beta no ano-novo e em seu aniversário — uma gaiola de papiro cheia de tordos cantantes, um pássaro negro que falava com voz humana, uma caixa de grilos. Mas o que lhe daria agora que ela era sua nova esposa? Forasteiro, o presente de casamento dado pelo faraó foi um jovem crocodilo, talvez com um cúbito de cumprimento, esverdeado, com pintas negras e malévolos olhos reluzentes. Essa maravilhosa fera tinha braceletes de ouro fixados nas patas dianteiras, usava brincos de ouro e tinha centenas de esmeraldas brilhantes presas à couraça.

Arsínoe Beta soltou um grito quando o viu, é claro, um grito de horror, porque era idêntico ao presente do meio-irmão no segundo casamento, e a lembrança — Ah! — daquele terrível dia em Cassandréia faiscou em sua mente: o maligno aspecto de Ptolomeu, o Relâmpago, os filhos sendo mortos, o sangue respingando. *Como*, pensou ela, *Mikros descobriu? E o que está querendo dizer com uma coisa dessas?* Mas Mikros não sabia de nada. A verdade é que tanto o meio-irmão quanto o irmão por parte de pai e mãe lhe deram o presente que mais combinava com ela — a imagem de Arsínoe Beta que o espelho refletia.

Mas ao mesmo tempo que gritou de horror, gritou, também, de prazer. Arsínoe Beta adorou o crocodilo e por algum tempo arrastou o presente de casamento atrás de si pelo palácio preso a uma trela de ouro, até que o réptil ficou grande demais para continuar vivendo com eles — quando então ela o enviou para se reunir aos sagrados crocodilos de Crocodilópolis e o substituiu por um novo espécime, menor. Daí em diante manteve o crocodilo sempre junto de si, um mascote incomum — deixemos claro — e tão pouco grego, mas, ao mesmo tempo, não inteiramente fora de propósito. O crocodilo cravejado de jóias era, entre todas as feras, a mais parecida com ela, reluzente como antes, mas com jóias mais preciosas agora. E ela era a mesma de sempre, como sempre perversa, perigosa e mais disposta do que nunca a matar alguém.

Nesse dia, Arsínoe Beta fez tudo de acordo com os costumes gregos, porque traria má sorte não o fazer. Embora se considerasse uma mulher moderna, não era idiota a ponto de ignorar a tradição. O casamento foi como qualquer outro casamento grego, pois as aias esfregaram seu corpo com ungüentos e acariciaram sua pele com todos os perfumes sírios. Mikros veio cumprimentar a irmã com os trajes que a ocasião exigia segundo a moda grega — com roupas brancas, coroado com flores carmim e banhado em mirra —, ainda pensando no assassinato do bufão e mal conseguindo manter o sorriso no rosto. Do ponto de vista da irmã, Mikros pelo menos não era um velho como Lisímaco. Ainda se arrepiava quando esmagavam baratas perto dele, tinha medo de cobras, mas, pensava ela, não maltrataria a irmã mais velha. Dessa vez, disso tinha certeza, o dia de seu casamento não terminaria com um massacre.

Num aspecto, entretanto, este casamento era diferente do outro. Em circunstâncias normais, uma mulher que se casa terá o número de parentes aumentados pelo pai e a mãe do marido. Neste casamento, no entanto, não havia novos parentes, pois os pais de Arsínoe Beta e Ptolomeu Mikros eram os mesmos e, é claro, estavam mortos. Sim, e ainda bem que estavam mortos, Forasteiro, porque se Ptolomeu Soter e Berenice Alfa estivessem vivos, certamente morreriam de vergonha de ver o que os filhos estavam fazendo naquele dia e o modo como atrairiam para si a fúria dos deuses do Olimpo.

Além do mais, qualquer filho desse casamento entre irmão e irmã não teria, como é usual, quatro avós, mas apenas dois; não oito bisavós, mas apenas quatro. Se um homem se casa com a própria irmã, o número de ancestrais dos filhos cai pela metade. Houve uma notável ausência de avós nesse casamento, e os gregos alexandrinos não gostaram nada disso.

Alguns dos cortesãos de Mikros comentaram aos cochichos que Arsínoe Beta já não tinha idade para arder de desejo; que teria com o irmão um casamento casto, pois estava sempre indisposta por causa das dores de estômago. Quanto à prole, achavam que ela se satisfaria em cuidar dos filhos do irmão — Ptolomeu Euergetes, Lisímaco e Berenice —, todos ainda com menos de 5 anos.

Os filhos de Mikros, ainda crianças, não ficaram correndo soltos e alegres nesse casamento, como teriam feito outras crianças, mas ostentavam uma expressão solene no rosto, procurando à sua volta pela adorável Arsínoe Alfa e perguntando a todos: *Onde está nossa mamãe?*

Arsínoe Beta, observando-os, disse ao irmão no meio da festa de casamento, não sem uma certa gentileza: *Quando uma égua morre, a égua que permanece no pasto cria os potros.* Era uma boa promessa adotar os filhos do irmão e criá-los como se fossem seus; um pensamento generoso, prejudicado apenas pelo fato de que a mãe deles não estava morta, mas exilada sob falsa acusação.

Não, aqueles que pensavam que Arsínoe Beta faria um casamento casto estavam totalmente enganados. Ela não cessara de queimar por dentro e desejava muito ter mais filhos. Não tinha a intenção de dormir em nenhuma outra cama que não a de ouro do faraó, seu irmão, aconchegada no abraço real.

Seremos fiéis como golfinhos, disse a ele, *fiéis como dois corvos*. E sorriu um sorriso adequado, não um falso, e Mikros não pôde fazer nada a não ser sorrir de volta, apesar de ficar se perguntando o que ele havia feito e como os deuses da Grécia decidiriam puni-lo por ter quebrado leis que não deveriam ser quebradas.

Sim, quando ela disse: *Os oráculos nos prometem crianças saudáveis*, Mikros não respondeu nada. Mas, para si mesmo, murmurou: *Para o Hades com os seus oráculos. Dessa vez você irritou os deuses de verdade.*

Arsínoe Beta pouco pensava a respeito das concubinas de Mikros, que não compareceram ao casamento. Na verdade, ela não estava perturbada com o fato de ele ter prazer com outras mulheres além dela. Ter muitas concubinas era o que se esperava de um grande rei. Arsínoe Beta era a única que detinha o título e o esplendor de rainha. Mas para se promover um pouco e se diferenciar de Arsínoe Alfa, adotou um novo título naquele dia. *Estamos fartas de sermos chamada de Arsínoe Beta*, disse ela. *Seremos chamada de Arsínoe Filadelfos, aquela que ama o irmão, a amada do irmão.*

Mikros abriu a boca para protestar, mas achou melhor não discutir, e assim ela foi Arsínoe Filadelfos para o resto da vida — e de fato para todo o sempre.

Na magnífica festa de casamento grega, havia línguas de flamingo, porcos assados recheados com tordos, patos assados recheados com óscines, aves, gansos, codornas, perdizes, pombos, lebres, peixes. Tudo isso era bom de comer, mas mesmo na própria festa de casamento Arsínoe Beta não provou nada, a não ser algumas poucas azeitonas, pensando na silhueta e na dor de estômago. E, é claro, tomou o habitual coquetel de venenos — agora dúzias deles —, a cada mês uma dose um pouco maior que no mês anterior, para aumentar sua resistência a qualquer atentado contra sua vida. Na verdade,

Arsínoe Beta não gostava muito de comer, a não ser pela dieta diária de arsênico, cicuta, estricnina, acônito...

Cantaram, é claro, a "Canção dos corvos" típica dos gregos, pois o corvo é o símbolo do amor conjugal, e a própria Arsínoe Beta ficou de pé sobre a mesa e cantou a canção intitulada "O amor derreteu a cera de nosso tablete de escrita" e sentou-se perante uma balbúrdia de palmas e ovações.

No final da festa, soou a trombeta, fizeram um brinde a *Agathos Daimon*, a serpente doméstica da sorte em Alexandria, e ergueram as taças cerimoniais a Hermes, ou Toth, e pareceu que tudo agora correria bem para a Casa de Ptolomeu no Egito.

Mas, quando a música da lira e da harpa começou e as danças matrimoniais foram iniciadas, Arsínoe Beta levantou-se, balançando a cabeça, e recusou-se a dançar. *Dançar é para concubinas*, disse. *Francamente, temos coisas mais urgentes a fazer.* E saiu, abandonando a própria festa de casamento, para enviar despachos urgentes para seus generais na Síria.

Eskedi também se recusou a dançar, embora o casamento entre irmão e irmã fosse um grande deleite para ele, uma vez que era como um reflexo no espelho, uma lembrança de que Ísis e Osíris, esposa e esposo, também eram irmão e irmã. Tais coisas não eram consideradas tão terríveis entre os egípcios. Você não deve esquecer, Forasteiro, que até mesmo Seshat se casou com o próprio irmão — ninguém menos do que Toth.

Alexandria não podia fazer nada, a não ser se conformar com o casamento profano. O banquete de uma centena de bois ajudou a manter o povo feliz, bem como o vinho de graça que jorrou de todas as fontes públicas. Somente Filotera defendeu a decência, dizendo: *Irmã, seu casamento é um crime contra os deuses da Hélade, e com certeza eles a punirão.*

Mas Arsínoe Beta teve a satisfação de lhe devolver a repreensão: *Lembre que somos deuses nesta Casa, e deuses fazem o que bem entendem.* Depois berrou todos os insultos contra Filotera, o que só fez confirmar o pensamento de que a irmã perdera o juízo.

Reservadamente, muitos gregos ainda resmungavam que o casamento entre irmão e irmã era uma prática não-helênica e que não deveria ser permitido, pois temiam irritar os deuses. Para um grego, casar com a própria irmã era um procedimento profundamente desonroso, a pior coisa que um homem poderia fazer, algo tão nefasto que quando se referiam a coisas muito ruins, sempre diziam: *Teria sido melhor casar com a própria irmã...*

No Egito sob o comando de Ptolomeu Mikros, os gregos começaram a considerar que agora era prudente fechar a boca antes de deixar escapar um comentário desses.

Sim, todo homem em Alexandria sabia o que poderia acontecer: eles teriam uma criança com rabo de porco, a Casa iria à ruína, e seria muito bem-feito. Mikros sabia disso, Arsínoe Beta sabia disso, mas seguiram em frente com tal insensatez, o irmão deitando-se com a irmã, sem se importar com a ira que poderiam despertar no monte Olimpo.

Casar-se com a irmã trazia má sorte, segundo os gregos. As trágicas conseqüências disso eram tão certas quanto palavras gravadas numa rocha.

1.17

Lagostas

Ptolomeu Mikros achou que sua *aphrodisia* com a irmã era muito parecida com a cópula dos crocodilos, visto que ela usava os dentes para morder, as unhas das mãos para arranhar e os joelhos para apertá-lo, e é claro, ela ficou por cima, no comando. E então agiram como lagostas, pois ele a pegou por trás. E depois como camelos, que passam o dia inteiro copulando e grunhindo, e seu mau gênio não era diferente.

Mikros não retribuiu os arranhões e mordidas. De modo algum. Não era um homem violento. Na verdade, a irmã o deixou exausto — apesar de ele ter sete anos a menos que ela —, mas também excitadíssimo. Ela havia aprendido com Berenice, sua mãe, como se valer de todos os truques de uma prostituta enquanto estivesse fazendo o papel de esposa. Sem dúvida, esse foi o segredo de seu sucesso na Trácia. Não havia muito que Arsínoe Beta não soubesse sobre as artes de Afrodite.

É verdade que ela era muito magra, mas ele não achou seu corpo repelente. Ela parecia saber o que ele acharia prazeroso. Na vida cotidiana, ela freqüentemente terminaria as frases dele, e ele as dela, como se cada um soubesse o que o outro diria a seguir. Às vezes pronunciariam a mesma palavra no mesmo instante e espantariam um ao outro, como se tivessem os mesmos pensamentos simultaneamente.

Mikros já não a afastava de si horrorizado. Ele começou a achar, afinal de contas, que poderia ter feito a coisa certa. Não se sentiu mal, mas bem, depois da *aphrodisia* com a irmã.

Pela manhã, chegou mesmo a lhe mandar uma mensagem escrita:

Eles me deixam loucos, teus lábios vermelhos como rosa...
Teus seios macios, brilhantes como se vertessem creme...

O coração de Arsínoe enterneceu-se, mas somente em comemoração. Prova, pensou ela, de que o feitiço funcionara. Em retribuição, ela mandou para ele alguma coisa ridícula qualquer, mas não, ela não amava o irmão. Amava somente o fantasma do falecido Agathocles, a figura nebulosa, e cinzenta que a seguia aonde quer que ela fosse. Dizia a si mesma que já tivera mais do que a sua cota de Eros. Ela tinha tentado endurecer aquele coração frio e quente para que jamais amolecesse, jamais se apaixonasse de novo. Até então tivera êxito.

Você possui os olhos de Hera, escreveu Mikros, *as mãos de Atenas e os seios de Afrodite; abençoado é o homem que põe os olhos em você, duas vezes abençoado o que escuta sua voz, um semideus aquele que beija seus lábios, um deus o que lhe toma por esposa.*

Bem, Mikros já era um deus — Zeus. Agora, Arsínoe Beta era Hera, esposa de Zeus, muito ciosa da condição e — como Hera — uma esposa que vivia reclamando.

Então — ele a amava um pouco, embora, é claro, talvez tenha tentado não se sentir assim, pois para todos os gregos o amor estava próximo da loucura; e ela — ela não o amava. Mas às vezes eles oscilavam, e então ele não a amava, mas a odiava, e ela não o odiava, mas o amava um pouco. E assim tudo prosseguirá, e eles voam impetuosos sobre o altíssimo precipício da loucura, brincando de Zeus e Hera, imitando os próprios deuses da Grécia, o que significa uma ofensa ainda maior contra o monte Olimpo. Mas também brincam de ser Ísis e Osíris, e Arsínoe Beta com freqüência usa a touca dos chifres de vaca de Hathor, Senhora do Sicômoro, deusa do amor e do prazer, que é a mesma Afrodite, e é a coisa apropriada e correta para a rainha do Egito. Ela usa a pintura de olhos da rainha egípcia todos os dias. É altamente estimada não apenas pelos sacerdotes, mas também pelo povo do Egito, por fazer coisas egípcias — o que nem a mãe nem Arsínoe Alfa haviam ousado fazer, por medo de perturbar o delicado equilíbrio das duas nações coabitando uma única terra, gregos e egípcios.

Por vezes, no entanto, Mikros se sente como o *trokhilos*, o pequeno pássaro do rio que o crocodilo permite que entre em sua bocarra para limpar-lhe os dentes. A qualquer momento, pensa ele, aquelas enormes presas de ferro podem se fechar e esmagá-lo. Sim, é claro, ele tinha cuidado com ela. Claro, ele suspeitava de que sua amizade não fosse mais que *lukophilia*, como ter como amiga uma loba, absolutamente dissimulada. Muitos anos atrás ele jurara jamais em sua vida confiar nela. E, ainda assim, agora estava feliz em deixar que ela o ajudasse a governar o reino.

No palácio do qual ela era agora senhora, Arsínoe Beta enfiou os brilhantes pés nos requintados sapatos de ouro de Arsínoe Alfa com as cobras e abutres ornamentando os dedos e saiu andando. Usar os sapatos de Arsínoe Alfa não lhe pareceu nada desconfortável. Ela não sentiu nenhuma culpa. Usava os presentes do marido: o colar egípcio com serpentes de ouro incrustadas em massa azul vitrificada; os brincos de sereia de ouro, com asas e garras, cauda de pássaro, patas de pássaro e corpo de mulher e os braceletes de serpente de ouro. As horrendas sereias e as odiosas serpentes eram uma demonstração da gratidão dele por ter sobrevivido a um desastre militar e talvez, também, uma medida de seu ódio, por conta da coisa repugnante que ela o obrigara a fazer. Isso porque a sereia era em si, é claro, uma mulher com garras, que havia atraído um homem para as rochas contra a vontade dele. E a serpente, bem como ela, era uma criatura com a boca cheia de veneno, que estava sempre pronta para cuspir, assim como para enroscar-se em volta de um homem, mesmo que fosse o próprio irmão, e espremê-lo até a morte.

O novo marido, preguiçoso ou não, ordenou que uma vigilância constante fosse mantida sobre a esposa. Ele podia fingir alguma indiferença diante do que ela fazia, mas queria ter certeza de saber sempre onde ela estava, certificava-se de que seus espiões lhe contassem tudo o que ela fazia, assim como ela sempre o mantinha sob vigilância. Não, ele não esquecera que havia jurado nunca confiar nela. No entanto ela agora havia se tornado *útil*. Ele simplesmente não conseguiria viver sem ela.

Quando a ameaça de guerra ressurgiu, Arsínoe Beta disse: *Deixe que Antíoco faça o que bem entender; não vamos cancelar o cruzeiro rio acima, no qual devemos nos mostrar para o povo.* E assim eles seguiram no passeio real na barca folheada a ouro com velas púrpura e remos de prata, músicos com flautas e trombetas, e todos os egípcios servindo como abanadores de leques de penas de avestruz, tronos de ouro, palmeiras e queimadores de incenso, de modo que viajavam sempre em meio a uma nuvem de fragrância, como se fossem de fato deuses. Os nativos se colocavam nas margens do rio para cantar a canção de boas-vindas ao faraó, e tudo parecia estar bem nas Duas Terras. Sem dúvida o Egito agora deveria vencer a guerra que se aproximava — e do modo mais magnífico.

Pararam em Mendes, no delta do rio, onde fizeram generosas oferendas ao carneiro sagrado. Haviam escutado que as mulheres ali tinham *aphrodisia* com os carneiros em público, uma grande honra, e ficaram espantados ao assistirem à performance. Mas quando o sumo sacerdote de Mendes pediu a Sua Majestade para, por gentileza, agarrar-se ao deus desse modo, Arsínoe Beta sorriu docemente. *Excelência*, disse ela, *em outra ocasião, talvez...* E em seguida começou a falar sobre o frio em Alexandria.

Em Pithom, ou Heroonpolis, no delta a leste, Mikros e Arsínoe Beta inauguraram o novo templo de Atum, o deus da criação. Foi a irmã que teve de conversar com o sumo sacerdote de Heroonpolis — usando Eskedi como intérprete — sobre a praga de gafanhotos rosados e a estupidez das mulas, enquanto Mikros ficou lá parado, de pé, olhando para o chão e se espantando com a gritaria e a agitação das asas dos abibes, como se estivesse tentando adivinhar o futuro naquela louca revoada.

Arsínoe Beta sempre falava primeiro, dizia quando estavam prontos para fazer uma refeição, quando estavam com vontade de se retirar à noite, e Mikros quase nada falava. Mikros já não fazia nada, exceto sorrir seu meio sorriso de faraó e deixar a mulher falar. Sim, e ela falava até a língua doer, como se tivesse ganhado um lugar para disputar os Jogos Olímpicos por conta do tanto que falava.

Quando o cruzeiro tomou o rumo sul, para Mênfis, eles viram os moinhos de água no distrito do Lago, que era inteiramente dedicado a Sobek, o deus crocodilo, e viram em ação o esplêndido parafuso de Arquimedes, que estava provando ser de grande utilidade na irrigação dos campos. Quando subiam navegando para o lago Moeris, Mikros disse à esposa: *Há 22 espécies diferentes de peixes neste lago.*

Arsínoe Beta apertou os olhos, como se jamais tivesse escutado aquilo. Depois de um instante, ele lhe perguntou: *Você gosta, irmã, deste lago?*

Ela deixou os dentes faiscarem e os olhos reluzirem. *De fato, irmão,* disse ela, *é um belo lago.*

O lago é seu, disse ele, *incluindo a renda da pesca e da caça de pássaros aquáticos.*

Arsínoe Beta engasgou de tanta surpresa, embora soubesse muito bem que os peixes eram um privilégio da rainha desde tempos imemoriais, para os pequenos gastos, ungüentos e adornos pessoais.

E quanto é a renda desse lago?, perguntou ela, como se já não soubesse.

Um talento de prata por dia, disse ele. E assim, num único instante, toda a renda anual do lago derramou-se na casa de tesouro da rainha.

E ela passou a gostar mais de peixes, agora que essas criaturas pagavam seus pequenos gastos? Não. Abominava os peixes, como sempre. Mas gostava da *renda.* Sim, ela abocanhou a renda; arrebatou tudo para si, exatamente como um crocodilo.

No Egito, a rica Arsínoe Beta ficou ainda mais rica, pois o irmão-marido despejou sobre ela muitos e muitos presentes, assim como fizera Lisímaco, o primeiro marido. Ela ainda exigia recompensas e pagamentos por tudo o que fazia, propiciando e retirando favores quando bem entendia, muito parecido com quando interrompera os conselhos militares, antes do casamento, para obrigar Mikros a fazer o que ela queria. Sim, e mais uma vez foi um comportamento que aprendera com a mãe.

Quanto àqueles que diziam que Arsínoe Beta não chegou a ser feliz no terceiro casamento, não com o marido perseguindo sempre as concubinas e ignorando-a, estavam errados, totalmente errados. Agora ela tinha em mãos aquilo que mais intimamente desejava: o poder e o irmão em sua cama. Claro, ele escapava vez por outra para montar no traseiro da bela Bilistikhe ou para enterrar o rosto nos seios perfeitos, grunhindo de prazer, não muito diferente do próprio Ápis, mas não ignorava a nova esposa como algumas vezes caprichosamente ignorara a anterior. Arsínoe Beta não era uma mulher que se ignorasse.

Rio acima, essa rainha teve o cuidado de fazer generosas oferendas aos deuses do Egito. Decidiu dar especial atenção a Sekhmet, a Senhora do Brilhante Linho Vermelho. Sim, a senhora das roupas dos inimigos ensangüentadas, a deusa leoa de Mênfis, a Poderosa, na qual ela via o reflexo de si mesma. Sekhmet era a filha de Rá, o olho de Rá. Seus mensageiros disseminavam as pragas. E mesmo assim era chamada de Senhora da Vida, cujo hálito expelia chamas contra os inimigos do faraó. Essa deusa era o deleite particular da rainha.

Ela também prestou culto especial a Mut, a abutre, principal deusa de Tebas, uma das mães simbólicas do faraó. Mut, sim, outra esbelta senhora num vestido de brilhante linho vermelho, cujo estampado imitava as penas do abutre, e que era muito parecida com ela própria, a deusa que controlava a guerra. A guerra em si, portanto, não era o bastante para Arsínoe Beta. Não houve muitas noites em seu novo casamento nas quais disse ao marido: *Decidi ser Afrodite.*

Mikros fixava os olhos nela, o rosto dele contorcido de assombro.

Sou Afrodite agora, dizia ela, *a grande deusa, a deusa do amor.*

Mikros dava de ombros. Poderia ter proibido uma tal presunção, mas sabia que, se o fizesse, conheceria de novo os ferimentos do chicote de ferro da língua da irmã.

Você pode ser quem bem entender, dizia ele, *contanto que vença as batalhas do Egito.*

Não duvide disso, irmão, dizia ela. *Eu não sou apenas Ísis e Hathor. Sou também Tykhe, deusa da boa fortuna, e Nike, deusa da vitória. Não há possibilidade de fracasso. Nosso êxito está garantido.*

Ela obrigou o irmão a pôr duas águias lado a lado nas moedas dele, ambas pousadas num relâmpago, para mostrar que era sua igual. Pôs o próprio rosto junto ao do marido nas moedas do Egito, dracmas, tetradracmas e octodracmas, assim como fizera nas moedas de Éfeso e da Trácia, e Mikros também não proibiu tal coisa.

Arsínoe Beta agora se sentava no trono do Egito, adornada por todas as mais preciosas e augustas jóias, não muito diferente do seu crocodilo cravejado de pedras, e por algum tempo ela passou a trazer essa reluzente criatura para o Conselho de Guerra, puxada por uma trela de ouro, como se fosse a manifestação dela própria em forma de fera, como a personificação do Egito, e os olhos dela cintilavam como os olhos do crocodilo... absolutamente iguais. Sim, e todo mundo no palácio sabia que por trás do sorriso havia crueldade, malevolência, um ímpeto de decretar a morte dos inimigos e talvez até mesmo daqueles que pensavam ser seus amigos.

Passou então a usar não apenas uma serpente sobre o rosto, como qualquer outra rainha do Egito, mas duas, como se fosse duas vezes mais venenosa que qualquer outra rainha antes dela.

As três crianças, filhos de Arsínoe Alfa — Ptolomeu Euergetes, Lisímaco e Berenice —, estavam entre aqueles que Arsínoe Beta dedicava-se a conquistar como seus amigos mais próximos e agora viam muito o rosto sorridente da tia que havia se tornado sua madrasta. Ela lhes trazia de presente ameixas cristalizadas e bolos de mel em forma de pirâmides, filhotes de leopardo e ovos de crocodilos, coisas que, assim pensava ela, deveriam divertir as crianças e fazer com que elas a amassem. Mas os filhos de Arsínoe Alfa não a amavam. Choravam por não poderem mais dizer boa-noite a sua mãe, a Senhora da Felicidade, a grande amorosa.

Somos sua mãe agora, dizia Arsínoe Beta, abraçando as crianças com abraços gregos e dando-lhes o apropriado beijo nas faces toda noite e toda manhã. Ela tentou contar-lhes histórias sobre como fora sua vida na Trácia, sobre o milagre do gelo e o mistério da neve, mas essas crianças egípcias não conseguiam imaginar nenhuma dessas maravilhas e não a escutavam. *Você não é nossa mamãe*, dizia-lhe Lisímaco. *Você é uma mentirosa.*

Chamem-me de mãe, insistia ela, mas eles não queriam nem mesmo falar com ela. Alguns hão de dizer que crianças pequenas não se lembrarão de quem foi ou não sua mãe, mas essas crianças não se esqueceram de sua para sempre amada Arsínoe Alfa.

Vocês devem me chamar de mãe. Venham aqui me abraçar, dizia ela, sorrindo e estendendo os braços para que eles viessem correndo se atirar no abraço venenoso. Mas as crianças enxergavam sua falsidade. Não corriam para ela. De modo algum. Fugiam correndo, chorando: *Odiamos você...* Já conheciam de sobra seu mau gênio.

Quando Berenice Syra disse — ao alcance dos ouvidos da madrasta — para o irmão Lisímaco: *Não gosto da cara dela*, Arsínoe Beta jurou mandá-los todos para longe assim que pudesse. Ela tinha o poder de mobilizar imediatamente dez mil mercenários armados com apenas uma palavra de seus lábios de ferro, mas não tinha o poder de fazer os filhos do irmão a amarem. O que dizem os gregos? *Assim como a terra é mais desejada que o mar, também a mãe é mais meiga que a madrasta.*

Arsínoe Beta de fato achava que as crianças poderiam ser úteis para ela em um aspecto, pois a urina de crianças naquela idade era boa contra o veneno da áspide, que se delicia em cuspir veneno nos olhos dos homens. Sempre procurando quaisquer remédios que pudessem facilitar-lhe a vida, ela recolhia a urina dos enteados em vasos e guardava-a. Isso porque a áspide, a cobra egípcia, não era desconhecida em Alexandria, é claro, mas estava fadada a desempenhar um curioso papel na Casa de Ptolomeu.

Quanto à urina da própria Arsínoe Beta, era uma preocupação para Herófilos, seu malcheiroso mas excelente novo médico, porque não se apresentava límpida pela manhã, como deveria ser, o que era um mau sinal, muito mau, pois significava que ela morreria — e logo.

Se Arsínoe Beta não era capaz de fazer os filhos do irmão lhe obedecerem, podia controlar o poeta da corte, Teócrito de Siracusa, a quem encomendou um poema. As ordens eram simples: *Você deve fazer o nosso casamento parecer maravilhoso para os gregos.* E assim Teócrito declarou o incesto real a mais bela das coisas, mais do que divino e sagrado, um romance de deuses, seguindo o exemplo de Zeus e Hera, um casamento feito no paraíso.

Ele disse que a noiva era *tão adorável quanto Helena de Tróia*, embora tivesse 37 anos, passando da idade em que a maioria das mulheres gregas já era avó e tida como anciã, se é que já não havia descido ao túmulo. Os gregos não riram quando o escutaram, mas mantiveram o rosto impávido, com medo de represálias tais como um funeral nos mares ou serem abertos ao meio ainda vivos em algum dos brilhantes estudos de anatomia de Herófilos.

Havia noites em que Mikros era acordado pelo suave ressonar da irmã ao seu lado na cama de ouro, e quando pensava na outra Arsínoe, uma lágrima escorria em sua face pelo que havia perdido — a bela esposa, o piadista predileto, dois de seus melhores médicos, a liberdade de fazer o que bem entendesse e até o afeto dos filhos.

Pois, sim, ele havia começado a dar menos atenção aos próprios filhos, a prole da traidora. Arsínoe Beta havia trabalhado bem no sentido de voltar Mikros contra a esposa e os filhos, o que fora no passado sua família perfeita e feliz.

Quando mandou chamar Eskedi para consultá-lo sobre seus sonhos amedrontadores e seus problemas, o sumo sacerdote encorajou-o, dizendo: *Vossa Majestade não deveria pensar no que perdeu, mas no que ganhou. Pode ter perdido a esposa, mas encontrou algo muito mais valioso: segurança doméstica, paz no exterior e triunfo sobre os inimigos. O reino de Sua Majestade será glorioso por conta do casamento com sua irmã.*

No final das contas, Eskedi também obteve o que desejava daquele casamento pouco convencional: o fim da guerra, o fim da incerteza, e o Egito sob um governo forte. Eskedi estava começando a amar Arsínoe Beta por sua admirável energia. Ela era o próprio touro poderoso.

1.18

Divino hálito do touro

Eskedi, por sua vez, não havia ignorado os filhos. Não largara Padibastet e Khonsouiou nas mãos do tutor, mas ensinara-lhes pessoalmente os hieróglifos e a amar os deuses egípcios. Havia brincado o jogo de *senet* com eles, para ensinar-lhes gentileza e ter vergonha de trapacear. Havia lhes ensinado grego e como deveriam tratar os gregos — com a mais cuidadosa cortesia.

Padibastet e Khonsouiou haviam aprendido a sentar-se de pernas cruzadas com rolos de papiro abertos sobre os joelhos, equilibrando potes de água e bolos de tinta preta e vermelha para a escrita. Haviam aprendido a ter devoção a Toth, deus dos escribas, repetindo o que lhes ensinava o pai: *Um escriba nunca fica sem nada; seus rolos são como botes sobre a água.*

Quando visitaram o Ápis pela primeira vez, como aprendizes de sacerdotes, Eskedi lhes disse: *Aspirem seu sagrado hálito e vocês ganharão o poder de predizer o futuro. Cuidar do Ápis é simplesmente a mais importante tarefa no Egito.*

Ele lhes havia ensinado a arte da profecia por meio do touro sagrado; como prever a subida do Nilo das marcas de seus flancos; como prever o amanhã daquilo que o Ápis faz hoje. E havia muito os fizera decorar:

Ápis é o protetor do rei em sua coroação. O rei deve sempre oferecer sacrifícios a ele, pois o divino touro auxilia a garantir o equilíbrio da criação.

Ele também teve o cuidado de lhes ensinar lealdade à Sua Majestade: *Adorem o rei Ptolomeu; que ele viva para sempre, no mais profundo íntimo de vocês*, disse ele. *Sua Majestade é percepção. Os olhos penetram em todos os seres. Ele é Rá, aquele cujos raios oferecem a visão. Ele ilumina mais as Duas Terras do que o disco do Sol.*

Os filhos, é claro, questionaram isso, como fazem os jovens impetuosos. Khonsouiou disse ao pai: *Como poderia esse cão grego ser Rá? É claro que esse imundo macedônio não pode ser Hórus, mas Seth, a incorporação do caos.*

Mas Eskedi respondeu: *Um faraó não pode ser imundo. Seja qual for sua origem, o grego é o faraó e deve ser tratado como faraó. Do contrário, o equilíbrio das Duas Terras será destruído.*

Ele viu o rosto de Khonsouiou se abater e disse: *Um faraó grego pode igualmente fazer a terra verdejar, até mais que a cheia do rio. Até um faraó grego é Ká, sua presença é abundância.*

Khonsouiou abriu a boca para protestar, mas, antes que pudesse dizer qualquer coisa, seu pai falou: *O faraó é aquele que constrói para os deuses. A prosperidade significa um ano de monumentos para o Egito. Um Nilo em cheia e uma boa colheita farão Sua Majestade construir para nós. Um novo templo, como sua oferenda de agradecimento aos deuses... O faraó merece respeito por essas grandes obras. Não tenha medo de confiar nele.*

Eskedi tomou Padibastet sob seus cuidados pessoais, ensinando-lhe tudo o que o grande chefe do martelo precisava saber. Padibastet sabia o que deveria fazer, como lidar com os gregos, por que deveria sempre apoiar Ptolomeu, independente do que ele fizesse e do quanto, intimamente, ele, Padibastet, o desprezasse.

Você servirá ao posto de faraó, disse-lhe Eskedi. *Não ao homem que o ocupa.*

Khonsouiou ainda resistia. *Gostaria de ver um egípcio como faraó*, disse ele. *Acho que um egípcio seria melhor do que esse estrangeiro. Gostaria que os egípcios se levantassem e lutassem para derrubá-lo.*

Mas, veja bem, disse Eskedi, *não sobrou mais ninguém com tal merecimento. Não restou nenhum egípcio que pudesse ser o faraó no lugar dele. Os persas aniquilaram quase toda a nobreza egípcia. Os homens de maior distinção que sobraram fugiram do Egito cem anos atrás. Somente a família do sumo sacerdote de Mênfis poderia estar habilitada...*

Então, você deve se sublevar, pai, disse Khonsouiou. *Você mesmo deveria ser o faraó.* E ele se atirou ao chão, curvando-se e beijando os pés do pai.

Pare, Khonsouiou, disse Eskedi. *Não é o momento certo para isso. Como o Egito poderia lutar contra o poder macedônio? Se nos rebelássemos, eles chamariam seus aliados e esmagariam o Egito. Os sacerdotes devem manter a ordem e o equilíbrio, devem lutar contra o caos. Revolução significa caos. O Egito deve ser mantido em paz. A melhor coisa é trabalhar com os macedônios — que lutarão as batalhas do Egito por ela e triunfarão. Aquele que respeita Sua Majestade será protegido pelo seu braço.*

Ele viu Khonsouiou revirar os olhos, espantado por escutar tais palavras, mas Eskedi era paciente. Sabia que seus filhos e netos, pelo menos, morreriam nas próprias camas e de velhice. Já os filhos e netos de Ptolomeu Mikros, não. Todos os filhos de Mikros teriam mortes violentas, sim, e a mesma coisa aconteceria a seis de seus sete netos.

Tantas vezes Eskedi murmurou: *Se esperarmos tempo suficiente, nós os veremos se destruírem a si mesmos sem que o Egito tenha de erguer um só dedo contra os Ptolomeus.*

1.19

Rabo de porco

Mikros podia ter tendência à preguiça, mas não era totalmente incapaz de afirmar o que queria. Empenhou-se ao máximo para se assegurar de que Arsínoe Beta não fizesse nenhum feitiço. Embora ela resistisse berrando terrivelmente, ele a fez escrever as palavras de novo: *Eu juro que nada farei para ferir seus filhos.*

Depois, obrigou-a a adotar seus filhos como se fossem dela, de modo que não pudesse assassiná-los. Mas aquelas crianças mal-humoradas e mimadas não eram o que Arsínoe Beta queria. *Preciso ter mais um filho, meu próprio filho*, dizia ela. Sim, um filho que ela pudesse criar para ser tão cruel quanto ela própria: um novo filho, que pudesse ser o próximo faraó.

Sotades, aos gritos, havia proferido sua profecia, avisando que Arsínoe Beta não tardaria a fazer o irmão amarrar o testículo esquerdo e se pôr ao trabalho, agitando-se sobre seu corpo magricelo. Em meio a uivos e gargalhadas, ele dissera que ela logo estaria ingerindo excremento de falcão dissolvido em vinho de mel e queimando o incenso feito de enxofre, alho e testículo de castor para engravidar mais depressa. Sotades não estava totalmente errado.

Ptolomeu Mikros, por sua vez, não queria que nenhum filho da irmã o sucedesse. Ele já tinha seu herdeiro. Ainda assim, como a irmã tivera êxito em voltá-lo contra seus filhos, ele agora já não tinha absoluta certeza de que queria que um filho de Arsínoe Alfa o sucedesse. Mas, definitivamente, não queria um filho da própria irmã. Forçava-se a engolir diariamente uma poção de ervas variadas misturadas com urina de touro, bebia a divina urina do próprio Ápis, de modo que garantisse para ele esterilidade eterna.

Infelizmente, isso não surtiu o efeito desejado.

Qual era a verdade a respeito desse casamento? Havia quem jurasse por Zeus e por Pan que Arsínoe Beta daria filho ao irmão; outros achavam que isso seria impossível, mas Seshat diz: *Por que não? Por que seria impossível?* Ela dera à luz três crianças saudáveis na Trácia. Não era tão velha que não pudesse ter uma quarta. Seshat sabe que houve mais um filho.

Arsínoe Beta pensou: *Como eu poderia ficar parada vendo um filho da odiosa Arsínoe Alfa, sobrinho do assassinado Agathocles da Trácia, ser coroado faraó quando Mikros morrer? Sem dúvida, se um filho de Arsínoe Alfa suceder a Mikros, serei eliminada. Um faraó filho de Arsínoe Alfa será nosso maior inimigo.* Ela já havia visto como aquelas crianças a repudiavam. E o quanto isso pioraria quando crescessem? *Não,* pensou, *devemos ter mais um filho, nosso próprio filho, que deve ser aquele que se sentará no trono,* e para o Hades com a prole da traidora.

Seshat não consegue acreditar que Arsínoe Beta não tenha tentado ter um filho com o irmão. Seshat jura que houve outro filho, cujo parto foi feito pelo próprio Herófilos, que berrava suas ordens para a parteira por detrás de uma cortina em meio aos gritos de Arsínoe Beta, que equivaliam aos de cinqüenta abutres.

O novo Ptolomeu que escorregou para as mãos da parteira era absolutamente normal. Tinha o número certo de orifícios. Não tinha pés deformados nem dedos interligados por pele. Era perfeitamente normal, a não ser por um rabo de porco. Sim, o rabo. Tinha cerca de um palmo de comprimento, era coberto por cerdas louras e movia-se por conta própria.

Arsínoe Beta estava maravilhada com o filho — e mais deliciada ainda com o pequeno rabo. Para Mikros, ela disse, rindo: *Mas o próprio faraó não anda por aí o dia inteiro com o rabo de touro entre as pernas? O faraó é destinado a ter um rabo, dá sorte, é um sinal, uma marca da proteção dos deuses em relação ao novo touro poderoso.*

Sim, touro poderoso, porque ela já havia convencido Mikros a indicá-lo como seu sucessor, mesmo enquanto ele ainda estava chutando dentro da barriga da mãe. *O filho mais novo é sem dúvida aquele que deve ser escolhido*, disse ela, *assim como você próprio era o filho mais novo. O filho mais novo é sempre o melhor.*

Mikros andava de um lado para o outro, zangado como nunca estivera, dizendo: *Mas isso não é um rabo de touro, é um rabo de porco. É uma prova de que os deuses estão furiosos, e devemos afastá-lo da corte.*

A irmã não admitiria isso. *Não, marido, não*, disse ela. *Devemos criá-lo, e ele deve manter o adorável rabo.* E quando se tornou claro que ela preferiria morrer a qualquer outra alternativa, Mikros foi obrigado a concordar. Mas, em relação ao rabo, também deu ordens a Herófilos, dizendo: *Mande buscar sua faca de açougueiro e utilize-a logo.*

Ptolomeu filho, foi como chamaram a criança, para distingui-la de Ptolomeu pai e Ptolomeu, o irmão, foi um filho normal, uma vez que Herófilos (mostrando-se enfim útil na função de açougueiro) decepou-lhe o rabo. Sim, totalmente normal, a não ser por seus olhos róseos e seu cabelo mais pálido que a palha, como se fosse o cabelo de um velho.

Ele vai ficar bem, disse Herófilos, embora seus colegas no Mouseion tenham feito piadas sobre pés de porco e sobre o incessante grunhido suíno da criança.

Apesar de ser uma desgraça gerar um filho com rabo de porco, o pai não o expulsou do palácio. De modo algum. Por mais aterrorizante que fosse a fúria dos deuses, e Mikros sabia que era, ele o criou, mesmo que tenha sido só porque Arsínoe Beta se fez extremamente agressiva, ameaçando encerrar os serviços sobre a guerra da Síria. Claro que ela berrou com Mikros quando viu que o rabo havia desaparecido. Sim, sua língua pegou fogo naquele dia, chamuscando tudo o que tinha pela frente, como a própria Sekhmet, rainha das chamas, faria.

Talvez tivesse sido melhor para os pais terem afastado aquele filho de olhos róseos e cabelos pálidos, pois ele, uma vez crescido, criaria enormes problemas para o pai, todos previstos pelos horóscopos, todos conhecidos por Eskedı, que seguiu adiante sorrindo seu meio sorriso, com as mãos entrelaçadas sob o manto de pele de leopardo, mas guardou silêncio a respeito dos horrores futuros. Sim, Eskedi não disse coisa alguma, mas sabia muito bem o que o rabo de porco significava: era uma marca não de Hórus, mas de Seth, deus do caos, que encarnava no porco.

Um mês depois do nascimento, Mikros tornou público que Ptolomeu filho era o seu herdeiro, acima e além dos dois filhos de Arsínoe Alfa, agora em desgraça, Ptolomeu Euergetes, de 6 anos, e Lisímaco, de 5 anos. Esses garotos foram criados sem saber que poderiam reclamar o trono, ensinados a pensar que o mais jovem era um filho especial, como se ter nascido antes não significasse absolutamente nada. Arsínoe Beta abriu o caminho, e Mikros a seguiu, tratando Ptolomeu filho como alguém altamente favorecido, como o único filho. Isso significa que o mimaram demais, estragaram-no fazendo-o pensar somente em seu glorioso futuro. E Ptolomeu filho de fato tinha falhas de caráter.

Mas os horoscopistas gregos se referiam às orelhas pequenas e aos dedos curtos, que, como todo grego sabe, são sinais de uma vida breve, e cochichavam entre si: *Ele há de morrer jovem, num país estrangeiro. Vai se rebelar contra o próprio pai.*

Entre eles, os sábios do Mouseion balançavam a cabeça, murmurando palavras de Xenofonte, seu *Memorabilia*, que diziam que aqueles que quebravam especificamente as normas sobre a proibição do incesto seriam punidos: que, não importava as boas qualidades que possuíssem, a prole sempre teria um mau destino.

Já à mãe dessas três crianças adotadas e rejeitadas, a ela não disseram nada do que se passava em Alexandria. Mas Arsínoe Alfa continuava viva. Fora expulsa, é verdade, mas não fora executada.

1.20

Koptos

Subindo até Koptos, perto das minas de *smaragdos*, centenas de estádios rio acima, entre Abydos e Tebas, Arsínoe Alfa instalou residência, muito digna, aliás, de uma moradia de rainha. Ela ficou sem comer e chorou por muitos dias, mas no final disse a si mesma: *Chorar não vai me adiantar de nada*, e descobriu-se faminta. Então, voltou a comer: tâmaras, doces, bolos de mel — não parava de comer, e isso servia de algum consolo para sua tristeza. *Comer*, disse, *é o único prazer que me restou.*

Arsínoe Alfa não era uma prisioneira, mas raramente deixava seus aposentos, e sua porta era vigiada dia e noite — para sua própria segurança, como lhe disseram. Os guardas eunucos mudavam sempre, mas Arsínoe Alfa tinha ordens de jamais pôr os pés fora dos portões da cidade. Tinha esperanças de ver os três filhos, tão novos, outra vez, mas, Seshat bem o sabe, jamais se defrontaria novamente com o meigo rosto do marido até que o encontrasse na outra vida.

Ainda mantinha alguns de seus luxos e o tear de madeira de acácia. Mas não usava o colar do olho de Hórus nem as fabulosas jóias da rainha do Egito. De modo algum. Era Arsínoe Beta quem agora fazia uso dessas preciosidades.

No forno que era Koptos, Arsínoe Alfa pingava de tanto suar. Quando a estação mais quente terminava, ela era perturbada pela areia que lhe entrava nas narinas e invadia as dobras das roupas e todas as fendas do corpo.

Koptos era também o lar de Min, o fálico deus egípcio da fertilidade, idêntico ao Pan dos gregos. Min era chamado de grandeza do amor, e o povo de Koptos lhe fazia oferendas de alfaces, na condição do deus que os ajudava a realizar o ato de *aphrodisia* sem jamais serem abatidos pelo cansaço. Arsínoe Alfa já não tinha utilidade para o amor, nem utilidade alguma para esse deus. Havia perdido o marido, seu bem-amado, e estava proibida de se casar outra vez. Para falar a verdade, era Ptolomeu Mikros quem tinha necessidade mais urgente de alfaces.

Um secretário a assistia — Senuu, sacerdote dos egípcios. Era conde e príncipe do Egito, profeta de Ísis, de Osíris e de Hórus. No passado fora tesoureiro do rei. Senuu escreveu muitas cartas em nome de Arsínoe Alfa, afirmando sua inocência, implorando para ser reconduzida à condição de grande esposa real. Alertava que qualquer criança que Mikros tivesse com a irmã seria uma criatura louca, horrivelmente disforme. Dizia que isso estava predestinado a acontecer, era o castigo dos deuses. *Você não deveria nem mesmo sonhar em se casar com essa monstruosa mulher*, disse ela. Mas as cartas de Arsínoe Alfa eram interceptadas por Arsínoe Beta e destruídas antes que Mikros pudesse vê-las.

Em Koptos iniciavam-se as rotas de caravanas que atravessavam o deserto arábico indo até o mar Vermelho, Sinai, a terra de Punt, o país das especiarias, lugares que produziam incenso, marfim, ébano e peles de leopardo. Havia boatos de que Arsínoe Alfa fora colocada ali para vigiar esse comércio, assim como no passado vigiara a frota de navios de grãos que navegavam sob seu nome rio abaixo e acima. Ela conhecia um pouco de especiarias e perfumes. Alguns diziam que tinha absoluta autoridade sobre o distrito de Koptos. Ela gostava de acreditar que, caso se tornasse útil para o marido, ele a mandaria chamar de volta para casa, ou pelo menos para Mênfis, um lugar onde, de fato, ela havia conhecido alguma felicidade.

Mikros cuidou para que a ex-rainha tivesse tudo do melhor. Ela era uma filha de rei e ainda era sua esposa. Mikros não se divorciara dela. Muitas vezes dissera para Arsínoe Beta: *Não sou um tirano. Não quero ver a mãe de meus filhos morta, não importa o que ela tenha feito.* Arsínoe Beta acabou concordando com ele. Sim, a traidora deveria permanecer viva. Desse modo, sofreria mais.

Foi Senuu quem construiu e embelezou o santuário de Arsínoe Alfa, chamando-a, mesmo depois de ser banida, de *a esposa do rei, a Grandiosa, aquela que enchia o palácio com suas muitas belezas, aquela que propiciava repouso ao coração de Ptolomeu.* Ele ergueu estátuas de Arsínoe Alfa e Ptolomeu Mikros um ao lado do outro em Koptos, como se assim demonstrasse que ela não estava em desgraça. Mas ele não a chamava *amada de seu irmão*. Não incluía seu nome no *shenu*, isto é, o anel do laço, que mostraria que ela era a rainha do Egito, mas Arsínoe Alfa não era privada de honrarias.

Não seria surpresa se Arsínoe Alfa tivesse se voltado para a feitiçaria e buscado se vingar do vergonhoso tratamento que sofrera. Ninguém ficaria surpreso se ela tivesse perdido o juízo no ferocíssimo calor do Alto Egito. Mas logo que se afastou de Arsínoe Beta, ela se recuperou. Tornou-se de novo uma mulher amável como sempre fora. Não estava tão zangada assim, apenas muito triste.

Vez por outra, quando Arsínoe Alfa estava repleta de bile negra, louca de melancolia, de modo que sua saúde começava a preocupar, Senuu lhe trazia uma dose de excremento de bezerro fervido em vinho, dizendo: *Sua Majestade teve sorte de pouparem sua vida...* Ele trazia os filhos para visitá-la. Até lhe deu de presente um ganso como mascote. Mais tarde, Senuu seria recompensado pelo retorno do pálido meio sorriso de Sua Majestade.

Mikros fechava o coração a tudo isso, pois de Koptos recebia despropositadas e enlouquecidas cartas da esposa banida, cartas carregadas de ódio, páginas e mais páginas ameaçando matá-lo e magias ininteligíveis. Ela lhe mandava bonecos de cera, representações dele próprio, repletas de alfinetes de bronze fincados. Mandava-lhe pacotes de carne podre infestada de vermes, pássaros mortos, escorpiões vivos, coisas assustadoras que faziam Mikros gritar, coisas que Arsínoe Beta assegurava-se de que fossem entregues em suas mãos, uma vez que era tudo trabalho seu.

Quando Mikros lhe mostrava as cartas e apontava a linguagem enlouquecida, ela dizia, muito séria: *Irmão, sua esposa está totalmente insana... Muita sorte sua não tê-la mantido em Alexandria*. Nesse momento, Mikros olhava para ela duramente, elucubrando, mas não dizia uma palavra sequer. Não importa o que ela tivesse feito, a irmã tinha a seu cargo a guerra. Ele não podia dizer nada que a fizesse abandoná-lo.

Arsínoe Beta esforçou-se ao máximo por fazer o Egito esquecer sua rainha em desgraça. Agora era ela a grande esposa real, a Grandiosa, aquela que enchia o palácio com suas muitas belezas, a que propiciava repouso ao coração de Ptolomeu — embora, claro, não desse muito repouso a tal coração, mas sempre o perturbasse até que ele fizesse o que ela queria. Quanto à *amada de seu irmão*, era tudo fingimento. Ela odiava tanto, na verdade, que não havia espaço bastante para mais nada.

E quanto a Mikros? Quais eram seus pensamentos mais íntimos? Tendo banido a esposa da corte para agradar à irmã, havia ocasiões em que esse faraó, mesmo sentado em seu trono de ouro, acreditava ter feito algo totalmente errado. Mikros foi ficando soturno sob a opressão das ordens da irmã. Odiava que ela lhe dissesse o que podia ou não fazer. Por um lado, precisava dela, era grato pelos sábios conselhos. Por outro, sonhava com o dia em que poderia mandar acorrentá-la, ou encontrar uma desculpa para fazê-la beber cicuta. Dias inteiros transcorreriam sem que ele dirigisse sequer uma palavra à bem-amada irmã-esposa, de tanto que a odiava. Mas não, ela jamais o mataria. Pelo menos, pensava ela, não por enquanto. Claro, ainda sonhava em assassiná-lo, mas, no momento, o que mais a interessava era manter Mikros vivo, enquanto Ptolomeu filho crescia. Ela pensava: *Quando ele tiver idade suficiente para matar o pai, então, talvez, devamos tomar o poder, e pela primeira vez ter tudo feito de modo adequado.*

De fato, Ptolomeu filho crescia bastante belicoso, como um centauro em miniatura, disparando fora de controle pelo palácio, destruindo tudo o que podia — incontrolável, como uma cópia idêntica de Ptolomeu Keraunos. Nem mesmo o pai conseguia impor sua vontade a Ptolomeu filho. Arsínoe Beta era a única capaz de lidar com ele, mas até mesmo ela pensava: *Que futuro pode ter um garoto tão incontrolável assim?* No entanto era tudo culpa sua, porque ela o encorajava a ser tão belicoso quanto ela, e não um moleirão como o pai. Pelo que iria acontecer, os pais só poderiam culpar a si mesmos e, é claro, ao destino. Às vezes é bom culpar o destino em vez de a si mesmo.

Logo o destino acertaria as contas com a própria Arsínoe Beta. Seus dias estavam se esgotando. Nada dura para sempre, somente os deuses do Egito. Arsínoe Beta adorava pensar que era Ísis e Afrodite, uma deusa viva, mas ela iria partir como qualquer outra mortal. É Seshat, Senhora dos Livros, que será eterna. E, é claro, os *templos*, que estão sob seu especial cuidado.

1.21

O corno da fartura

Logo nos primeiros anos do reinado de Mikros, antes do retorno de Arsínoe Beta, Eskedi freqüentemente procurava o faraó com projetos para que ele desse dinheiro para os templos egípcios. Ele dizia: *É um antigo costume que Sua Majestade patrocine construções. Sua Majestade não gostaria de fazer uma oferenda para o templo de Per-Hebet, no Delta, a leste de Sebennytos?*

Mikros ostentava o meio sorriso de faraó, mas sempre balançava a cabeça, dizendo: *Excelência, não posso dispor de fundos* ou *Primeiro temos de construir nosso templo de Afrodite.*

Quando Eskedi disse: *O templo de Elefantine desabou*, Mikros abriu os braços e murmurou: *Que má notícia, de fato, mas, sinto muito, Excelência, não há nada que possamos fazer, nada mesmo.*

Se os deuses não ficarem satisfeitos, alertava Eskedi, *o rio não vai encher*, e ele cravava seus olhos nos olhos azuis de Mikros, pensando que aquele homem estava se tornando um mestre na arte de sorrir o inescrutável sorriso do faraó. Mas Eskedi sabia muito bem o que ele estava pensando: que não daria nada; que era perda de tempo até mesmo lhe pedir.

Seu pai construiu apenas quatro templos, disse Eskedi. *Não é muito para alguém que foi faraó por 41 anos.*

Meu pai construiu a cidade de Alexandria, disse Mikros. *Meu pai construiu o Farol. Todos temos orgulho das realizações de Ptolomeu Soter.*

Ele viu Eskedi retorcer os cantos da boca. Alexandria era um lugar estrangeiro, impuro, não era uma cidade egípcia. E que utilidade tinha o Farol para os egípcios? Eskedi ficou zangado. *Se Sua Majestade não construir templos para o Egito, os deuses não ficarão satisfeitos, o rio não vai subir. Se o rio não subir, o solo não será fertilizado, e nada de plantações, nada de colheitas, nada. A fome virá e será severa. E haverá revoltas, porque um povo faminto é um povo com raiva. E o que fará então o faraó? O que ele fará?*

Mas zangar-se não adiantava. Sempre que Eskedi o procurava e lhe dizia algo assim, Mikros fazia uma espécie de bico com o lábio inferior, como se não entendesse que qualquer fome no Egito seria culpa sua; como se não percebesse que o faraó era o único responsável por manter o equilíbrio entre a ordem e o caos nas Duas Terras.

Muitas vezes Eskedi tomava o barco de volta a Mênfis dizendo a si mesmo que Mikros não era o grande rei que Ptolomeu Soter havia esperado e que uma revolução talvez não tardasse a acontecer. Talvez ele mesmo liderasse uma revolta.

Não, Mikros não deu sequer uma tetradracma para os templos, nem ao menos um hemiobol. Certa vez Eskedi elevou a voz, dizendo: *Sovinice não pode ser uma característica do faraó.* Mas isso apenas deu a Mikros a oportunidade de responder, muito serenamente: *Não daremos nada ao homem que grita conosco.*

No passado, portanto, as relações entre o palácio e o templo haviam sido um pouco tensas. Mas quando Arsínoe Beta retornou, as coisas mudaram. Sim. Como sempre, Eskedi levou até Sua Majestade a maquete em gesso da casa de Hórus, em Isisópolis — um prédio iniciado pelo falecido rei Nektanebo —, novamente pedindo dinheiro para concluir esse belo templo de granito cinza e vermelho, de cerca de quatrocentos passos de circunferência, com seus pilares e lago sagrado. Mikros, como sempre, retorceu os lábios e balançou a cabeça, mas Arsínoe Beta passeou em volta da maquete, soltando exclamações entusiasmadas. Quando Eskedi desenrolou seus desenhos para as gravações nas paredes do templo, com a barcaça *Ísis*, Mikros oferecendo incenso aos deuses e Arsínoe Beta às costas dele, segurando a Ankha e o sistro, usando a coroa de Atef — a coroa com os chifres de cabra e a tripla pluma de avestruz, flanqueada de serpentes —, acompanhada pelos deuses do Egito, tudo prodigamente colorido e folheado a ouro, Mikros ostentou sua expressão de realmente-não-posso-decidir-isso-agora. Mas Arsínoe Beta disse, no mesmo instante: *Excelência, vamos ter grande prazer de ajudar. Deve iniciar a construção imediatamente.* E os pedreiros muniram-se de ferramentas e iniciaram o trabalho no dia seguinte. Tal era o poder do faraó: tudo o que se precisava era que ele dissesse uma única palavra.

Agora, era Arsínoe Beta quem dizia a palavra por ele.

É bom obsequiar, irmão, disse Arsínoe Beta, depois que o sumo sacerdote partiu. *Construir templos vai impedir que os nativos se revoltem contra nós.*

Todas as vezes agora ela batia palmas e dava a Eskedi a permissão para construir qualquer coisa que ele pedisse, de modo que o coração dele ficou ainda mais enternecido por Sua Majestade.

Arsínoe Beta não esqueceu que era sua obrigação construir também para os gregos. Tinha sempre em mente seu débito com os deuses da Samotrácia, os Kabeiri, por terem lhe poupado a vida e permitido que ela navegasse em segurança de volta ao lar e chegasse ao Egito depois dos padecimentos de Cassandréia. Agora, ela cumpria a promessa de construir um grande *propylon*, uma entrada grega, no templo daquela ilha, como agradecimento aos deuses por ter escapado ilesa. Ergueu um Ptolemaieion, ou uma entrada monumental, no local. Erigiu mais colunas coríntias do que qualquer rainha antes dela, deliciando-se com muita freqüência em pronunciar aquelas palavras mágicas: *Meu irmão pagará tudo*, e sempre como uma recompensa por estar tomando conta da interminável guerra.

Também encomendou o Arsinoeion, a grande rotunda de mármore, para a Samotrácia, que foi dedicada por ela própria aos Grandes Deuses, mas paga pelo irmão. Ela foi até lá de navio para a cerimônia de fundação, quando ocorreram grandes procissões, magníficos sacrifícios e suntuosos banquetes — nos quais ela nada comeu.

O mais maravilhoso acerca do Arsinoeion era a magnífica estátua criselefantina, de ouro e marfim, da própria Arsínoe Beta, que se erguia no interior, tão alta que o diadema de ouro arranhava o teto. O rosto e os braços de marfim eram tão brancos quanto no modelo vivo, e o corpo era igualmente magro, nas proporções exatas, mas os olhos, incrustados com pedras preciosas, reluziam como se fosse de satisfação por ter recebido o maior prédio circular do mundo.

O irmão, observando as riquezas de seu tesouro sofrerem uma hemorragia descontrolada, não estava tão satisfeito quanto ela, mas não porque não pudesse pagar por tudo isso: não havia homem mais rico que Ptolomeu Mikros desde Kroisos.

Com tantas obras grandiosas em andamento, as pessoas começaram a dizer que o casamento de Ptolomeu Mikros e a irmã havia iniciado uma nova Idade de Ouro no Egito. Não estavam enganados. Arsínoe Beta já tinha seu rosto junto ao do irmão nas moedas, usando o diadema e o véu de uma rainha grega. Do outro lado das moedas, agora mandara gravar o corno de Amaltéia, a cabra que amamentara Zeus, que se tornou, afinal, o emblema pessoal de Arsínoe Beta, o miraculoso corno que promovia a fertilidade nas Duas Terras e vertia ouro e riquezas num fluxo incessante. No Egito, sem dúvida, havia tanto ouro que já não sabiam o que fazer com ele, uma vez que quase todos os objetos que existiam no palácio eram feitos de ouro, folheados ou adornados com ouro, até as torneiras de todas as banheiras de basalto negro. No entanto Mikros nem sempre pensava no corno da fartura da irmã como algo que vertia um interminável fluxo de riqueza. De modo algum. Muitas vezes lhe parecia mais que vertia uma torrente de mau gênio que não se conseguia parar.

No momento, entretanto, os fundos que deveriam financiar o mais grandioso de todos os projetos vinham sendo retidos para pagar a guerra. Arsínoe Beta nunca parava de falar sobre a guerra, nem de fazer planos e treinar tropas para lutar tenazmente, embora, por enquanto, persistisse a paz. Nenhum homem são de espírito vai para a guerra por gostar de lutar — e nenhuma mulher também, nem mesmo Arsínoe Beta. Ela só lutava quando precisava — e ainda não tinha de lutar. É hora, então, de Seshat falar sobre as maravilhas que surgiram em Alexandria e ganharam o mundo durante a Idade do Ouro. Uma das maiores maravilhas foram as pesquisas médicas de Herófilos, talvez o maior médico de todos os tempos, depois, é claro, de Imhotep, o médico egípcio que foi transformado em deus, igual a Asclépios.

Herófilos interessava-se bastante pelos olhos, que os gregos acreditavam ser as janelas da alma. Sua dissecação identificou pela primeira vez as diferentes partes do olho — a córnea, a retina, a íris e a membrana coróide. Um enorme benefício. A superfície posterior da íris, ele a comparou à casca de uma uva. A retina, ele a relacionou a redes de pesca empilhadas. Imagens simples jamais serão esquecidas enquanto o mundo durar.

Ele denominou a cavidade do quarto ventríloquo cerebral de *kelamos*, porque parecia o sulco aberto por uma pena de escrita alexandrina. Denominou o processo estilóide de *pharoid* porque tinha o formato de um farol, como o grande Farol de Alexandria. Mediu uma parte dos intestinos e descobriu que tinha o comprimento de 12 dedos, e daí o nome — *dodeka-daktulos* ou, ao estilo latino, *duodenum*. Foi Herófilos quem descobriu para que servia o fígado e que as artérias não transportavam ar, mas sangue, e que a função do coração era bombear sangue pelas artérias.

Seu interesse em todos os assuntos médicos é inesgotável, disse Mikros à irmã. *Sua curiosidade, insaciável. Logo ele encontrará a cura para a dispepsia...*

Mas ela replicou: *Acredito que, antes disso, vou morrer de dor de estômago.*

Sempre eram levados cadáveres para a casa de Herófilos, tantos quanto ele desejasse, sem objeções. Diziam que Mikros lhe permitia trabalhar não apenas com macacos, criminosos e prisioneiros de guerra, mas até com mulheres, para cortá-las e abri-las ainda enquanto respiravam e depois costurá-las e fechá-las de novo, de modo a realizar progressos com a nova ciência da anatomia.

E por que não deixar Herófilos remexer nas entranhas deles?, dizia Mikros. *Vai reduzir a criminalidade quando um homem souber que sua barriga será retalhada se ele se atrever a roubar um ganso. Além disso, Herófilos pode encontrar a cura para a dispepsia de nossa irmã...*

Herófilos foi o primeiro a dar às partes secretas das mulheres nomes médicos adequados em vez de eufemismos. Mostrava grande interesse na mulher, uma criatura da qual nenhum médico homem até então tivera permissão de aproximar seu escalpelo, e Arsínoe Beta foi sua primeira paciente. Seu atiçado interesse na mulher foi resultado direto do encorajamento dela, mesmo quando ela cheirava em volta e dizia: *Posso sentir de novo o cheiro da morte. Não se aproxime tanto de mim, Herófilos.*

Todos os médicos tinham de fazer o juramento de Hipócrates, jurando por Apolo, Asclépio, Higéia e Panacéia, as divindades encarregadas da medicina, jamais administrar veneno, nem usar a faca, nem trair as confidências de paciente algum. Mas Herófilos trabalhava por fora desse juramento, sob leis próprias. E utilizava bastante sua afiada faca.

Fez estudos minuciosos do coração e do cérebro, inventando uma espécie de *klepsydra* com a qual contar os batimentos do pulso e do coração.

Herófilos concordava com o grande Aristóteles, que dizia que o pulso refletia os batimentos do coração, mas Herófilos foi o primeiro a contar os batimentos, o primeiro a pensar o pulso do homem como algo *regular, rápido* ou *lento* e o primeiro a refletir que o ritmo do pulso deveria significar alguma coisa importante, denominando seu ritmo *saltando como o antílope* ou *rastejando como formigas.*

Sim, as reflexões mais ousadas de Herófilos eram sobre o coração humano. Ele chegou a dizer a Ptolomeu Mikros: *O coração não é o assento da razão. Se eu remover metade do cérebro de um homem com ele ainda vivo e fechar sua cabeça de novo, ele pode continuar pensando, mas se eu remover seu coração, ele estará morto.*

Mikros erguia as sobrancelhas, coçava a cabeça, fazia caretas. Não sabia no que acreditar. Seshat, no entanto, sabe muito bem que o coração de um homem bate mais rápido quando ele está excitado e quando avança com a montaria para a batalha, por exemplo, ou quando pratica boxe no *gynmnasion.* O cérebro de um homem não bate mais rápido em circunstância alguma. Seshat sabe que Herófilos estava errado quanto a esse assunto — um milhão de vezes errado. O próprio Mikros sabia disso. Claro, a parte de Mikros que batia mais rápido quando ele tinha uma dupla de suas concubinas na cama não era o cérebro. O coração é o assento da razão há tanto tempo quanto interessa ao Egito contar. É o coração que será pesado na balança, Forasteiro, não a inútil massa cinzenta que repousa entre as orelhas. Sim, o que acontece no coração é mais importante, não é?

No entanto Herófilos freqüentemente estava certo. Ele dizia: *A saúde é a base indispensável da felicidade humana. Sem ela, a sabedoria não pode se desenvolver, a habilidade não pode se manifestar, a força não pode enfrentar um embate, a riqueza perde o sentido e a razão, aliás, não tem a menor serventia.*

Dessa forma, Arsínoe Beta não poderia ser feliz, pois não tinha saúde. A fama de Herófilos já estava garantida para sempre, mas sua fortuna dependia de fazer Arsínoe Beta melhorar. *Cure-me,* disse ela ao médico. *Faça-me melhorar e você pode ficar com metade do ouro da minha casa do tesouro. Se você for realmente bom, vai curar minha dor de estômago.* Mas Herófilos não conseguia a cura para o problema dela. Nem ele, nem nenhum homem de Alexandria poderia encontrar uma cura para o terrível gênio dela.

Talvez, depois de Herófilos, a outra grandiosa maravilha de Alexandria fosse o poeta Apolônio Ródio, a quem Mikros incentivava mandando sempre perguntar: *Como está* Argonáutica?

Apolônio estava de fato trabalhando em seu longo poema sobre Jasão e os argonautas, embora ele nunca se distanciasse muito de Alexandria em sua composição. Os argonautas viveram aventuras tão perigosas e magníficas quanto Ulisses, mas Apolônio viu tudo através de olhos alexandrinos.

Seu Jasão era o tipo de herói que se mostrava tão relutante em agir quando a situação se impunha que não conseguia decidir, mas que funcionava melhor quando lhe diziam o que fazer; um homem que jamais faz alguma coisa por si mesmo, mas sempre arranja alguém para fazê-lo por ele.

Sua Medéia, por outro lado, era a mais dinâmica e eficiente das mulheres, alguém que — com algum auxílio sobrenatural — tinha o poder de deter até as estrelas na rota celestial e paralisar a própria Lua. Tinha cabelos compridos e dourados e não hesitava nem mesmo em cometer assassinato para obter o que desejava.

Em quem estaria Apolônio Ródio pensando quando escreveu esse famoso poema? Sem dúvida, seu Jasão e sua Medéia, seu Zeus e sua Hera eram retratos de Ptolomeu Mikros e Arsínoe Beta. Como poderia ser diferente? E não era o seu desobediente Eros a imagem exata de Ptolomeu filho? O amor encontrou um lugar de proeminência na obra de Apolônio, e isso em si era uma espantosa ironia, pois havia pouquíssimo amor rondando Mikros e sua irmã. Certamente, o *Argonáutica* era uma brincadeira erudita às expensas da realeza, repleta de alusões aos ptolomeus e piadas privadas, já que Alexandria era o mundo, e o mundo era Alexandria.

A primeira leitura pública do trabalho levou um dia inteiro, durante o qual os estudiosos do Mouseion morreram de rir, fazendo respingar o vinho de suas taças, e até o próprio Mikros riu, mas teve a boa intuição de não contar para a esposa o que provocara tanta alegria, por receio de que ela atirasse Apolônio ao mar, trancado num caixão de chumbo, por escarnecer da realeza.

O Mouseion estremeceu com as gargalhadas que foram contidas, mas Arsínoe Beta não viu nada engraçado em *Argonáutica*. Claro que *adorou* e despejou as mais altas honrarias sobre Apolônio por seus elegantes hexâmetros, declarando que seu poema era um triunfo que seria lembrado por tanto tempo quanto a *Odisséia*, ou seja, para sempre. Ela estava certa, é claro, porque ainda hoje é possível ler a *Argonáutica*, Forasteiro, mas não, por gentileza, até terminar de ler o livro de Seshat. Arsínoe, sentada nas cadeiras da frente do teatro com o marido, estava tão enfeitiçada pela maravilhosa história que não se deu conta de que era o modelo em pessoa do artista, tanto para Medéia, a donzela-feiticeira, quanto para a esposa de Zeus. Ela não reconheceu seu irmão disfarçado de Zeus nem de Jasão.

O único cortesão que não riu com a *Argonáutica* foi Calimaco, ex-tutor de Apolônio Ródio, que sabia muito bem como a tortuosa mente de seu pupilo funcionava. Ouviu-se muito cacarejo na "gaiola dos galináceos" depois que Suas Majestades se foram, porque Calimaco não gostou do que Apolônio Ródio fizera. Os dois entraram numa raivosa e violenta discussão que durou muitos anos.

Mikros e a esposa fizeram muito mais, é claro, do que Seshat tem possibilidade de contar. Mas talvez sejam estes o lugar e a hora de lhe contar que Arsínoe Beta obrigou Mikros a explorar a rota do incenso. Ela achava que se pudessem descobrir incenso no sul do Egito não haveria mais a dependência comercial em relação a Rhodes nessa importantíssima mercadoria.

Ela obrigou Mikros a explorar devidamente o mar Vermelho, tanto na margem oeste quanto na leste. Mikros, pensando em obter novas feras para o seu Jardim de Feras, mandou Satyros, que foi o primeiro a navegar direto até a costa africana, onde Arsínoe Beta deu nome à mais remota cidade do mundo, chamando-a de Filotera, a irmã das recriminações.

Ariston foi enviado para explorar a costa da península do Sinai, contornando a Ailana nabatiana, até o sul de Petra, onde encontrou um país de ouro até então desconhecido, um rio carregado de pepitas de ouro. Ele manteve conversações com os nabatianos, que tinham fama de piratas e assaltantes. Estabeleceu a exportação de cavalos e, é claro, na volta levou para o Egito todo o ouro que conseguiu carregar.

Esse rei e sua nova esposa não ficavam ociosos. De modo algum. Trabalhavam do nascer ao pôr-do-sol para tornar Alexandria e o Egito gloriosos e a eles mesmos mais ricos que qualquer rei ou rainha vivos.

Mais grandioso ainda do que qualquer maravilha médica, literária ou geográfica foi o *hydraulikon*, ou o órgão-de-água, inventado por Ktesibios. Essa espantosa máquina de música tinha sete grandes tubos de diferentes comprimentos fixados juntos numa fileira, como numa *syrinx*, a gaita de Pan — parte de bronze, parte de junco. A música era produzida forçando o ar pelos tubos através do fluxo de água, e o som que saía do instrumento era absolutamente maravilhoso e único. Ktesibios tinha as letras do *alpha beta* gravadas num teclado, de modo que qualquer homem inteligente o bastante para pressionar uma tecla poderia tocar alguma coisa.

A única desvantagem do *hydraulikon* era o volume da música: tão alta que Ktesibios era forçado a usar tampões de papiro nos ouvidos para proteger os tímpanos. O *hydraulikon* era usado no estádio, para procissões e festivais, no grande teatro de Dionísio, para aterrorizar a platéia quando os fantasmas emergiam do outro mundo. O volume do som projetado quando Ktesibios tocava o órgão em Alexandria era tão fenomenal que, se o vento não estivesse soprando na direção errada, poderia ser escutado em Mênfis, a oitocentos estádios de distância.

Mikros estava deliciado. *Sem dúvida*, disse Arsínoe Beta, *poderemos usar isso como arma de guerra para aterrorizar nossos inimigos...* e por algum tempo Ktesibios fez piadas sobre um *hydraulikon* com blindagem para uso militar.

Morte infligida por música, ria ele. *Esta é a nova arma secreta egípcia.*

Mas o que a própria Arsínoe Beta fez de bom para o Egito, para Alexandria e para o irmão, agora que havia conseguido o que queria e se tornara a Senhora das Duas Terras?

Ela acreditava que lhe restavam apenas 2.190 dias de vida. Consolavase planejando seu cortejo fúnebre, que seria a coisa mais grandiosa que Alexandria já vira. Mas enquanto ditava as últimas ordens, pensando no espetáculo final, teve a melhor idéia de toda a sua vida. Foi no período de cinco anos de calmaria da guerra da Síria que ela imaginou uma grande procissão, seguida de grandes jogos a serem realizados a cada cinco anos. Marcariam o retorno de Arsínoe Beta a Alexandria. Celebraria seu triunfo militar na Síria e a vitória pessoal por se tornar esposa do irmão.

Mikros deixou escapar um bocejo alto quando ela lhe contou o que pretendia. *Não estou interessado em torneios atléticos*, disse. *Esporte é uma perda de tempo. E uma celebração dessas seria um desperdício de dinheiro... Como você pode pensar em realizar festivais quando estamos em plena economia de guerra? Não quero ter o menor envolvimento nesse projeto.*

Estamos no inverno, irmão, disse ela. *As tropas estão ociosas. Não haverá nenhum outro combate até chegar a estação da navegação. Por que então o povo não poderia se divertir?*

Mikros deu de ombros, como sempre, mas justamente porque ele desdenhou sua idéia ela decidiu fazer de sua celebração um grande sucesso. Atiçada pela apatia de Mikros, ela assumiu todas as tarefas, uma vez que o propósito mais importante da Grande Pompa, como ela chamou o evento, era fazer os gregos esquecerem o escândalo criado em torno do rei por ter se casado com a irmã; fazê-los ver o casamento irmão-irmã como algo que poderia produzir maravilhas.

Os egípcios tinham os próprios festivais, que eram tantos que, dia sim, dia não, parecia haver justificativa para algum feriado: a Pompa seria um deleite para os gregos. Seria a maior parada de todos os tempos, totalmente grega, feita pelos gregos e para os gregos, como para destacar a origem grega dos Ptolomeus, que haviam assumido envergar coroas egípcias. Talvez não fosse possível tornar Alexandria um lugar feliz para sempre, mas Arsínoe Beta se gabava: *Juro que vou tornar Alexandria feliz, nem que seja por um único dia, homenageando Dionísio, deus do vinho, e deixando o povo beber até mergulhar num estupor bestial.*

Quando Mikros se deu conta de que haveria bebida, imediatamente deu sua aprovação real e, na verdade, até conseguiu demonstrar algum entusiasmo um ou dois meses antes. Foi Mikros que transformou a Pompa numa grande celebração de Dionísio, o portador da alegria. Sim, Dionísio, que era o mesmo que Osíris, que era o mesmo que o faraó, o próprio Ptolomeu Mikros. Quando Mikros se deu conta disso, descobriu que estava bastante entusiasmado com a Pompa, a qual se tornou a encarnação física de sua filosofia pessoal; apagar o pesadelo que foi o ontem, esquecer a ameaça do amanhã e desfrutar o máximo possível do prazer do momento presente, o prazer do agora. Beba! Dance! Embriague-se hoje! A não ser que Hades, ou Anúbis, agarre sua mão durante a noite.

1.22

A pompa

Primeiro, escutaram a distância o rugido feroz da Pompa, o alarido estupefaciente de uma parada invisível, uma cacofonia distante que lentamente se transformou na música de milhares de tambores e cornetas, flautas e o choque dos címbalos, todos tocando ao mesmo tempo, em diferentes tons. Isso porque a parada de Arsínoe Beta era, de fato, uma homenagem ao deus do vinho, o louco, o deus bêbado, o deus do frenesi, o filho do fogo.

Sim, Dionísio, o portador da alegria, era o grande senhor dessa parada, o grande deus em cujas veias corriam não sangue, mas chamas: Dionísio, seguido de uma multidão de devotos dançarinos embriagados. Somente Ptah pode fazer o tempo voltar atrás, mas Arsínoe Beta conseguiu fazer o tempo deter-se naquele dia, porque a Pompa tomou o lugar do tempo. O tempo do festival de Dionísio era o tempo fora do tempo, de modo que o homem comum poderia esquecer os problemas e o horror do momento presente. Alexandria ficou maluca com o mais prazeroso e o mais assustador dos deuses gregos, aquele que ama a espada, a violência e a carnificina. Não deveria surpreender você, Forasteiro, que na família em que se cultuava um tal deus o assassinato fosse o passatempo favorito, uma vez que a chegada de Dionísio traz a divina loucura.

Por ora, até Ptolomeu Mikros e Arsínoe Beta esqueceram seus problemas, a ameaça de veneno e assassinato. Dionísio ordena: vistam a máscara, libertem-se, juntem-se à parada, sejam felizes agora, hoje. A Grande Pompa era a selvagem procissão de Dionísio, cujo poder real tornou maior, bem maior, de fato, bastante bêbado e muito mais maravilhoso.

Quando chegou a alvorada, e todos os homens, mulheres e crianças de Alexandria ou marchavam na parada ou a viam passar, o primeiro milagre foi que, embora fosse inverno, o céu estava azul, não ventava, não chovia, ninguém tremia de frio. A parada avançava como se fosse uma cobra, saindo do Hippodrome, no leste, percorrendo a via Canopo até o estádio, a oeste. O *hydraulikon* tocava com estrondo as cantigas que os gregos cantavam em todos os banquetes, as canções guerreiras, as melodias de vitória nas batalhas, e Alexandria cantou o dia inteiro.

Primeiro
chegou Aglaïs,
a famosa trompista,
uma mulher gigantesca,
que tinha na cabeça
uma peruca dourada
e uma comprida
pena branca de avestruz, que se agitava
enquanto ela marchava,
a barriga sacudindo, vestindo uma pele de leopardo.
A gulodice
corporificada,
que tocava sua trompa, então, guinchando
às gargalhadas, contorcendo seu corpo em voltas e voltas.
Por trás dela veio
a procissão de Eosforos,
a estrela da manhã,
personificada como um
menino de asas douradas,
que segurava uma tocha flamejante
que fazia o papel de luz da estrela;
um menino nu,

pintado de dourado
da cabeça aos pés, que
vinha montado num
cavalo branco com arreios de ouro, e ele era o menino
Ptolomeu filho,
o Mimado,
um menino feito de ouro, mas cujo destino era ser
derretido antes de chegar aos 20 anos.
A seguir,
a procisão de Dionísio,
trazida por quarenta sátiros anciões
trajando mantos púrpura, mantendo a multidão afastada.
Quarenta jovens sátiros,
adolescentes da cidade,
vieram a seguir, de todo despidos,
a não ser por tangas de pele de leopardo, com caldas
e *phalloi* gigantescos amarrados, carregando
tochas flamejantes douradas.
Então,
vieram as
Nikai, ou vitórias aladas,
mulheres pintadas de dourado
vestidas com túnicas brancas,
carregando incensários acesos
de seis cúbitos de altura, cheios de mirra e
olíbano para purificar o ar em torno do divino
Dionísio.
Cento e vinte
meninos cantando e carregando
olíbano, mirra e açafrão
— símbolos da divina pureza e majestade —
em baixelas de ouro,
espalhando açafrão misturado à água sobre a multidão.
Quarenta

sátiros despidos usando
coroas de heras de ouro,
os corpos tingidos de púrpura,
carregando uma coroa
gigante de ouro
com folhas de parreira e de heras.
A seguir
Eniatos,
personificação
do ano, interpretado pelo filho de Arsínoe Alfa,
Lisímaco, com 5 anos.
em trajes teatrais,
carregando o corno da fartura.
E a seguir
Penteris,
personificação
do próprio festival que ocorreria a cada cinco anos,
adornado de ouro e jóias,
que foi interpretado pela sempre contrariada Filotera.

Sobre um carro comprido puxado por 180 escravos conduzidos por es-
cravos-capatazes com açoites de couro fora instalada uma estátua mecânica
do próprio Dionísio, com dez cúbitos de altura, trajando uma túnica púrpura e sandálias de ouro e coroado com folhas de parreira, que se erguia
derramando sua libação de uma taça de ouro e se sentava outra vez, o excelente e mais que excelente trabalho de Ktesibios, o engenheiro.

seguir,
um carro puxado por trezentos escravos,
devotos de Dionísio,
carregava uma pensa de vinho gigante
de 24 cúbitos de comprimento, e
quinze cúbitos de largura, transbordando de uvas maduras.
Sessenta sátiros nus

pisoteando as uvas
e cantavam as canções de pisotear as uvas,
fazendo respingar seu sumo por tudo em volta,
que os alexandrinos recebiam de boca aberta.
Uma
cratera de prata contendo seiscentas medidas
de vinho para o banquete era transportada num carro
puxado por seiscentos escravos.
A seguir vinha
o tesouro,
o que coube ao
rei Ptolomeu Soter
Do butim ocidental de Alexandre:
duas baixelas gigantes de prata para taças,
dez grandes bacias de prata,
dezesseis enormes crateras de prata,
seis caldeirões de prata,
vinte e quatro vasos de medida de prata,
duas prensas de uvas de prata,
uma sólida mesa de prata de 12 cúbitos de comprimento,
mais trinta mesas de prata,
oito trípodes de prata,
vinte e seis recipientes de prata para água,
dezesseis ânforas de prata,
cento e sessenta resfriadores de vinho de prata,
uma prensa de uvas de ouro,
duas tigelas de ouro, duas taças de ouro,
vinte e dois resfriadores de vinho de ouro,
quatro grandes mesas de quatro pernas de ouro,
uma arca incrustada de jóias,
dez vasilhas de água de ouro,
vinte e cinco baixelas de ouro,
seguidos por 1.600
meninos gregos,

vestindo túnicas brancas e coroas
de heras, carregando
vasilhas de ouro e prata,
resfriadores de vinho de ouro e prata, cantando
canções sobre bebida.
trezentos e setenta
meninos
gregos caracterizados como Ganimedes,
o copeiro de Zeus, totalmente nu, carregando jarras
de ouro e prata
e distribuindo taças de vinho.

A seguir, um carro puxado por quinhentos escravos, carregando a caverna de Hermes, moldada em folhas de hera e teixo. Por todo o trajeto, pombos-correio, pombas-trocaz e rolas eram soltos desse carro. Em suas patas havia fitas amarradas, para que a multidão pudesse agarrá-los. Dois esguichos jorravam da caverna, um de leite, outro de vinho. Do lado de dentro, Hermes, segurando seu bastão de arauto de ouro, cercado de ninfas com coroas de ouro. O carro seguinte mostrava o retorno de Dionísio da Índia, com uma estátua gigante do deus montado num elefante com jaezes de ouro.

Seiscentos homens
puxavam um carro com um gigantesco odre
de 242 quartilhos
feito de peles de leopardo
costuradas,
esparramando vinho em todas as direções.
Quinhentas
meninas pequenas
desfilavam atrás com símbalos e castanholas, vestindo
túnicas púrpura e usando guirlandas de ouro.
Cento e vinte
Sátiros em armaduras
de bronze ou prata

com gigantescos *phalloi* de ouro.
Vinte e quatro
carruagens de duas rodas,
cada qual puxada por quatro elefantes de guerra
embriagados com vinho de cevada, de modo
que não conseguissem fugir correndo nem
pisotear os alexandrinos.

No estádio, o faraó e sua irmã-esposa tomaram seus assentos sobre um tablado de ouro e ébano debaixo de um toldo púrpura. Quando os 96 elefantes de guerra postaram-se diante do rei Ptolomeu, ajoelharam-se, ergueram as trombas e soltaram altos barridos.

Arsínoe Beta, jogando beijos para os elefantes, disse: *Sabe que animal tem dois corações, irmão?*

Por Zeus, não sei, disse ele.

O elefante, respondeu ela. *Ele tem um coração para a raiva e outro para a gentileza. Tem a habilidade de pensar em dobro.*

Mikros fez cara de quem nunca tinha ouvido sobre aquilo em toda a sua vida. Ele disse: *Você também é como o elefante, irmã. Você tem dois corações, mas ambos são para a raiva.* Sem remover o sorriso do rosto nem parar de acenar saudando o espetáculo que passava, eles trocavam os agora costumeiros insultos, tão cruéis. Os elefantes ergueram-se e a parada prosseguiu:

Sessenta
carruagens puxadas por 120 cabras.
Doze carruagens puxadas por 24 antílopes.
Sete carruagens puxadas por 14 órixes.
Quinze carruagens puxadas por trinta gnus.
Oito carruagens puxadas por 16 avestruzes.
Quatro carruagens puxadas cada uma por quatro cavalos.
Seis carruagens puxadas por 12 camelos.
Um menino pequeno coroado com folhas de
pinheiro guiava cada carruagem;

ao lado de cada menino ia uma pequena menina coroada
com folhas de hera, armada de escudo e lança.
Quarenta e cinco
camelos carregavam
trezentas *minas*
de olíbano, trezentas *minas* de
mirra, duzentas *minas* de açafrão,
cássia, íris, canela — um total de
cinco toneladas de especiarias.
Seiscentos carregadores de tributos etíopes
caminhavam mais atrás, cada qual com
uma grande presa de elefante nos braços.
Sessenta etíopes carregavam sessenta crateras
repletas de peças de ouro e prata.
Duzentos caçadores
com lanças com ponta folheada a ouro conduziam
dois mil e quatrocentos cães de caça.
Quarenta e seis vacas brancas indianas.
Quatorze leopardos e 16 chitás em trelas de ouro.
Quatro linces persas.
Três
filhotes de leopardo carregados por cuidadores núbios.
Um
camelopardo,
da Núbia superior, da
altura de três homens e conhecido por
beber duzentos quartilhos de leite de vaca todos os dias.
O
rinoceronte branco de dois chifres
da Etiópia foi o preferido de toda a Pompa,
batendo as patas em sua jaula de ferro,
instalada sobre uma carroça.
Por último,
no desfile dos animais,

veio o raro urso-branco da Trácia,
o presente do rei Lisímaco no
casamento de sua filha com Ptolomeu Mikros,
parte de seu dote. Anteriormente era
propriedade de Arsínoe Alfa, mas
agora pertencia a Arsínoe Beta, para seu
grande deleite.

Depois
vieram estátuas de ouro
e de marfim
de Alexandre e Ptolomeu Soter
usando coroas de folhas de hera de ouro,
flanqueadas por estátuas de Arete, ou
a Excelência corporificada, e de Priapos, o deus da fertilidade,
usando coroas de folhas de hera de ouro.
Depois veio um carro
carregando um falo de ouro
gigante e
mecânico
de 120 cúbitos de
comprimento e seis cúbitos
de circunferência, adornado com fitas de ouro;
sua ponta,
reluzindo em prata,
crescia e recolhia
(o falo é Dionísio,
ou OSÍRIS), e quando
crescia até o seu ponto máximo,
ejaculava
estrelas de papiro
de prata
e ouro
bem alto no ar, que flutuavam, e os

147

alexandrinos, maravilhados,
as pegavam e diziam
que o próprio Ptolomeu Mikros
— que era Osíris —
havia sido o
modelo.
A seguir,
vinte e quatro enormes leões,
conduzidos por seus treinadores
em trelas de ouro.
Estátuas de ouro dos aliados de Ptolomeu foram saudadas.
Estátuas dos inimigos de Ptolomeu vestidos como prisioneiros de
guerra, de joelhos e de cabeça baixa, foram vaiadas.
Trezentos mágicos
com liras folheadas a ouro e coroas de ouro.
Duzentos bois idênticos
com chifres folheados a ouro,
coroas de ouro e colares de ouro,
já que até mesmo o jantar marchava na Pompa.
Os bois eram o grande banquete
para os embaixadores estrangeiros e o povo de Alexandria, e
dois mil e duzentos sacerdotes gregos
os conduziam pelos cabrestos, as
vítimas
para o sacrifício.
A seguir,
as procissões de Zeus e de
todos os deuses da Grécia,
e
a procissão de Alexandre,
cuja estátua maior do que o tamanho natural
via-se sobre uma carruagem de ouro puxada por quatro elefantes
flanqueado por Nike, deusa da vitória,
e Atenas, deusa da sabedoria.

E prosseguia, ainda:
sete
palmeiras folheadas a ouro
de cinco cúbitos de altura;
um
relâmpago folheado a ouro de quarenta cúbitos;
um
par de águias folheadas a ouro de 15 cúbitos de altura,
representando Ptolomeu Mikros e Arsínoe Beta.
Sessenta e quatro conjuntos de armaduras de ouro maciço.
Um corno da fartura de ouro puro de trinta cúbitos de comprimento.
E mil duzentos e vinte
Carroças carregadas de placas de ouro, prata e especiarias.
Na retaguarda marchavam
cinqüenta e sete mil e seiscentos soldados de infantaria,
armados com a *sarissa,* ou lança, dos macedônios, em fileiras de dez,
cantando canções de guerra,
numa coluna de 150 estádios de comprimento, que se estendia
por toda a volta das muralhas da cidade, seguidas
por 23.200 cavalos.
Ao entrarem no estádio, saudaram
o rei Ptolomeu
com o grito de batalha,
aquele grito de gelar o sangue,
Alalalalai,
e prosseguiram marchando.
No final da parada vieram
as estátuas de ouro
de Ptolomeu Soter e Berenice Alfa
transportadas por carruagens de ouro.
Uma estátua de ouro de Ptolomeu Mikros
vestido como rei macedônio
sobre uma carruagem de ouro que vinha logo atrás deles.
Uma estátua de ouro de Arsínoe Beta vestida

como uma faraó mulher,
a rainha fêmea do
Alto e Baixo Egito,
usando a dupla coroa
do Egito com a dupla serpente *ouraios* na
testa.

E bem no final
veio a procissão
da estrela noturna,
Hésperos,
personificada como um menino nu com asas de ouro,
cavalgando o maior cavalo branco que já se viu,
e ele segurava a tocha flamejante que representava
a luz da estrela.
O menino que veio por último, personificando Hésperos, era
Ptolomeu Euergetes, de 7 anos,
que anteriormente fora o primeiro.
Mas, como se viu, então, a manhã
e a estrela noturna haveriam de trocar de lugar outra vez.
Quando a figura de Hésperos chegou ao estádio,
já anoitecia, porque a própria Hésperos
lá estava nos céus,
sobre
Alexandria,
e
a Grande Pompa
de
Arsínoe Beta
(e Ptolomeu Mikros)
chegara
ao fim.

Houve mais, Forasteiro, muito mais, mas se Seshat fosse anotar tudo o que desfilou pela via Canopo naquele dia, a parada encheria todas as páginas do seu livro. Todo sacrifício grego começa com uma procissão: a Grande Pompa era apenas a procissão de um sacrifício em larga escala. Tudo em honra do deus Dionísio e do rei Ptolomeu. Assim, depois da procissão aconteceu o banquete em honra de Dionísio, quando os 2.200 bois negros foram passados à faca, como se fosse um antegozo do futuro da Casa de Ptolomeu e da história de Alexandria. Sim, Forasteiro: sangue e mais sangue.

Os bois começaram a ser assados sobre 2.200 fogueiras, e a fumaça elevou-se aos céus para satisfazer os deuses, tornando possível o contato entre os deuses e a divindade. Os deuses da Grécia devem ter se deliciado, pois a cidade inteira ficou fedendo ao sangue dos animais; o cheiro de carne queimada e incenso encheram o ar. Nenhum excesso foi esquecido. À luz do Farol, a cidade bebeu, empanturrou-se, dançou e rugiu até o amanhecer.

Quantos comensais havia, então, no festim? Um boi abatido é o bastante para fornecer porções de carne para oitocentas pessoas. Dois mil e duzentos bois alimentariam 1.760.000 pessoas. Moderação em tudo, é claro, mas qualquer coisa menos do que devorar três porções de comida não seria considerada um festim. Se todos repetissem pela terceira vez, a vez da sorte, como diziam os gregos, então haveria 566.666 comensais. A fila duraria a noite inteira. Isso pode lhe dizer, Forasteiro, que tem tanta curiosidade em saber tais coisas, a população da ilustríssima cidade de Alexandria nessa época. Não era uma cidade pequena. De modo algum. Era a maior do planeta, pelo menos de acordo com os gregos; já os egípcios gostavam de fazer de conta que Alexandria não existia.

Trinta dias de jogos gregos e pródigos entretenimentos se seguiram ao banquete — para aqueles que ainda conseguiam andar depois de tantos excessos — para deliciar e homenagear Zeus, Apolo e Hermes, que é Toth. Arsínoe Beta organizou todo tipo de corrida — a pé, com armaduras, de carruagens, de cavalos, com tochas e uma grande corrida de avestruzes, na qual competiu pessoalmente e arrebatou o primeiro prêmio. Ela promoveu apresentações teatrais em homenagem a Dionísio, patrono do teatro, e também porque ela mesma amava a dramaturgia. Organizou concursos de flauta, de dança, campeonatos de boxe e de luta livre, mas o maior evento de todos foi o pentatlo — que consistia em corrida, saltos e arremesso de disco, uma prova depois da outra. Os jogos alexandrinos fizeram os Jogos Olímpicos parecerem pequenos, medíocres e provincianos, tendo-os superado tanto em tamanho quanto na magnificência dos prêmios, em todos os sentidos no propósito de fazer Alexandria invejada por todo o mundo de fala grega. É verdade, Forasteiro, desde então não se viu nada no mundo que rivalizasse com a Grande Pompa.

Assim como os que moram junto às cataratas do Nilo, segundo se diz, são surdos por causa do alto rugido de suas águas, também o povo de Alexandria se tornou um pouco surdo naquele dia em função do altíssimo barulho produzido pelo *hydraulikon*. Mikros despejou ouro e honrarias sobre Ktesibios por sua grande invenção, de modo que o filho do barbeiro que havia iniciado a vida andando de pés descalços agora não somente calçava sapatos, como guiava uma moderníssima carruagem de palha que ele próprio desenhara e fabricara. Teria recebido culto póstumo como herói se não houvesse sido responsável por tanta surdez.

Se você está imaginando por que essa máquina não é mais escutada hoje em dia, ó Prudente, a resposta é simples — foi considerada alta demais para os ouvidos humanos e adequada apenas para os deuses. Sim, o maravilhoso *hydraulikon* de Ktesibios, o engenheiro, era alto o bastante para fazer até os moluscos se desgrudarem das rochas.

1.23

Estratagemas

Muitos homens disseram que Arsínoe Beta salvou o Egito e deu uma contribuição pessoal para a ruína do país, pois alguém tinha de pagar por toda aquela extravagância em ouro, pelo fabuloso jantar gratuito e pela apetitosa carne.

Qual foi, então, o custo para a grande demonstração do orgulho alexandrino, banqueteando-se e embriagando-se bestialmente por nenhuma razão melhor do que se gabar de uma riqueza e homenagear os deuses da orgia? Nem mesmo Arsínoe Beta saberia dizer. Ela simplesmente repetia: *Meu irmão pagará tudo.*

Quanto isso custou?, perguntou Mikros, já muito tarde, quando toda a animação havia ficado para trás, ainda com um pombo recheado na boca.

Mas Arsínoe Beta, cercada de recibos, pedaços de papiro, contas de açougueiros e de comerciantes de vinhos, ainda calculava.

Cem talentos?, disse Mikros, metido entre azeitonas.

Arsínoe Beta sacudiu a dourada juba de leoa que eram seus cabelos. *Às vezes, irmão,* disse ela, *acho que você é tão estúpido quanto um peixe.*

Mikros ficou de boca aberta, exatamente como se fosse engolir uma mosca.

Diga logo, disse ele, *quanto isso tudo custou.*

A voz ela era um sussurro: *Exatamente 2.239 talentos, cinqüenta minas, sessenta dracmas e quatro óbolos.*

Mikros esmurrou a cabeça. *Estou falido,* ganiu. *É o que custariam três faróis, oitocentos talentos cada um. Você jogou fora um ano inteiro de guerra da Síria. O que aconteceu com a sua famosa economia?*

Mas você não adorou tudo?, perguntou ela. *Não foi maravilhoso? Não valeu cada dodekadracma de ouro?*

Mikros afundou a cabeça nas mãos, grunhindo.

Você não teve um dia feliz?, disse ela. *Todo prazer tem seu preço — você deveria saber muito bem disso.*

Sim, disse ele depois de um tempo, *foi ótimo.* Ele não ficou desolado por muito tempo. *Não se preocupe, irmã,* disse ele. *Ainda temos dinheiro de sobra.*

Não havia dúvida de que eles podiam se dar ao luxo de promover a Pompa, mas a sombria lembrança foi que, como haviam anunciado publicamente que a Pompa seria um festival qüinqüenal, precisariam repeti-la, com igual requinte, *se não melhor,* a cada cinco anos até o final dos tempos. Alguns dizem que foi esse sábio rei e sua adorável irmã que acharam por bem levar o Egito à falência, e não o temível neto de Mikros, Ptolomeu

153

Filopator, que ainda não havia nascido. Mas essa não é a verdade. A cifra comumente difundida sobre a renda anual interna de Mikros era de 14.800 talentos de prata, e um milhão e quinhentos mil *artabas* de trigo. Alguns levantaram dúvidas sobre a acuidade desses cálculos, dizendo que seis milhões de *artabas* de trigo pode ser um número mais aproximado. Seja qual for a cifra, basta dizer que os celeiros reais estavam lotados até o teto. Quanto à renda em moeda, equivalia ao poder de compra de algo entre quinhentos e setecentos mil homens/ano, tantas moedas que não cabia mais nada no Tesouro. Embora reclamando, Mikros não era exatamente pobre. Poderia ter erguido 18 faróis por ano com uma renda dessas — se não precisasse arcar com a Guerra Síria.

Seshat dedicou muitas páginas à Grande Pompa, mas ela não vai se desculpar por isso. Deusas não pedem desculpas, Forasteiro — você já devia ter se dado conta disso a essa altura. Seshat contou-lhe tudo sobre a Pompa, Forasteiro, ou quase, quer isso agrade você ou não: porque foi uma das melhores coisas que os Ptolomeu fizeram.

A Grande Pompa valeu de fato todas as dodekadracmas gastas: foi uma celebração da monarquia, planejada com o propósito de tornar a Casa de Ptolomeu mais popular. E, mais importante, fez Alexandria *gostar* de Arsínoe Beta, e talvez esse fosse o verdadeiro e secreto propósito da festa. Os alexandrinos mostravam-se um pouco hostis em relação à irmã por causa de seu pernicioso casamento. Haviam rabiscado insultos gregos nas muralhas do palácio e atirado imundícies contra sua carruagem. Não aconteceram mais hostilidades depois da Pompa; nenhuma. Arsínoe Beta não tinha feito mais nada errado agora, nem até então, nem nunca mais, estivesse morta ou viva.

Arsínoe Beta supervisionou tudo, compreendeu tudo. Ela era a governanta do Egito, a divina zeladora da casa, mas mesmo assim gastara demais. Não era uma mulher estúpida. De modo algum. Havia feito tudo aquilo com um propósito, tudo sendo um produto de sua ardilosa personalidade tão fria quanto quente — para fazer o Egito amá-la; para abrir terreno para o Egito cultuá-la como uma deusa, para sempre. Isso, Forasteiro, é toda a verdade desta história.

Por algum milagre a Pompa não despertou a ira dos deuses da noite para o dia, por conta de sua jactância acerca dos Ptolomeu, mas sem dúvida mandou uma clara mensagem para Antíoco Soter, na Síria: de todos os reis do mundo grego, Ptolomeu Mikros era o mais rico e talvez o mais idiota. Escutando os espiões sobre o fabuloso desperdício de riquezas de Mikros, Antíoco teve seu desejo de tomar o Egito mais aguçado que nunca.

E uma mensagem segura também escapuliu para o Alto Nilo, onde os nativos egípcios tinham de pagar impostos a Ptolomeu Mikros. Por conta da Guerra Síria, os impostos haviam aumentado. Os trabalhadores comuns do Egito, fazendeiros e camponeses, já eram pobres o bastante. A raiva deles cresceu, e Eskedi, sempre um vigia dos sinais de punição pela húbris, sabia o que aconteceria. Disse a Neferrenpet, sua esposa: *Não vai demorar, agora. O Alto Egito vai se levantar em revolta, e depois o Baixo Egito, e não vão se limitar a arremessar pedras.*

1.24

A senhora dos construtores

Já tendo desperdiçado tanto dinheiro na Grande Pompa, Arsínoe Beta tentou ser mais econômica? Não, é claro que não. Gastou ainda mais e mais, como se tivesse acabado de provar pela primeira vez o gosto dessa insensata extravagância. Não é à toa que todas as suas estátuas exibiam o corno da fartura enfiado debaixo de seu braço, assim como mostravam seu pálido sorriso. Era ela quem controlava os cordões da bolsa, bem como os cordões do títere que era o irmão, obrigando-o a fazer o que ela queria.

Quando Mikros tentava estancar a hemorragia do tesouro, desfrutava a furiosa tempestade da língua da irmã, os gritos de irritação, o furacão que era seu gênio. Quando ele dizia: *Você devia gastar menos, irmã*, ela gritava para ele: *Eu sou uma deusa; devo fazer o que bem entendo...* E assim ia, até que ele desistia, pedia paz e descobria que precisava lhe dar algum presente precioso para compensar o aborrecimento que lhe causara.

Arsínoe Beta argumentava, claro, que as despesas eram necessárias, que ela precisava sustentar as construções de templos de Eskedi, como retribuição por ele ajudar Mikros a sobreviver como faraó. Sim, porque era algo mais certo que a mais certa das coisas que Mikros e Arsínoe Beta não teriam durado sequer trinta dias no Egito sem o auxílio de Eskedi. O faraó e o sumo sacerdote tinham imensa necessidade um do outro.

A ameaça de guerra retornou com a volta da estação das navegações, e os pensamentos de Arsínoe Beta voltaram-se para o campo de batalha — se é que em algum momento o haviam deixado. Sem esquecer a necessidade de vencer as guerras, ela iniciou um vasto programa de obras públicas. Primeiro, pensou no canal de Neko que, no passado, se juntava ao rio Nilo e ao mar Vermelho. Dario, o Persa, o havia reaberto tempos atrás. Agora, havia se enchido de sedimentos de novo e caído em desuso. Arsínoe Beta fez Mikros pagar para dragá-lo e torná-lo outra vez navegável. *O canal será bastante útil*, disse ela, *se a guerra cortar as rotas de suprimentos do norte.*

Em Naucratis, a oeste, ela restaurou o templo de Afrodite e fez generosos presentes para Hellenion, o templo de todos os deuses gregos, a fim de que eles não se sentissem preteridos, mas a primeira das obras foi seu gigantesco novo pilono, ou portal, do templo egípcio de Amon e Toth.

A seguir, concordou em construir a muralha e a enorme porta que iria concluir o templo de Amon, que ficou inacabado em Hibis, no deserto oeste, cercado de palmeirais.

Então, convenceu o irmão a terminar o templo de Ísis, em Isiópolis, a leste de Sebennytos, no Delta. Nectanebo, o último faraó egípcio nativo, o havia iniciado, mas Arsínoe Beta continuou a obra, colocando pedra sobre pedra, em honra à deusa que, segundo se dizia, cuidava dos problemas de estômago. Mikros foi até mesmo persuadido a fazer reparos no templo de Per-Hebet.

Ela deu sua graciosíssima permissão para a construção de um pilono nas muralhas externas do templo de Mut, o Abutre, em Tebas. Ela era muito particularmente devotada ao culto da deusa abutre que se postava sentada acima do seu cenho e era a patrona da guerra, cujo vestido vermelho ela usava como se fosse um novo jorro de sangue a cada manhã.

No alto do platô deserto, oposto a Mênfis, iniciou o Anubieion, Templo de Anúbis, o Chacal. Mikros pagou por todas essas coisas, mas sempre obrigado pela irmã. Sem essa mulher e sem Eskedi, esse rei não teria feito nada ao longo de 38 anos, exceto fornicar com suas concubinas.

Arsínoe Beta mandava perguntar com freqüência: *Como anda o templo?* Enviava regularmente presentes de pão, cerveja e cebolas para os construtores. Não se escondia o dia inteiro no *gynaikeion*, entupindo a boca de tâmaras, como Arsínoe Alfa. Seshat, protetora dos arquitetos e dos construtores, sorri para essa rainha pela grande generosidade em relação aos deuses. Seshat sabe que o que Arsínoe Beta construiu durará para sempre.

Forasteiro, o futuro parecia, então, favorável a Ptolomeu Mikros e a irmã, em meio à Idade de Ouro deles, mas havia problemas os aguardando à frente, e o primeiro sinal disso foi a revolta de Magas, o meio-irmão de Mikros, na Líbia.

1.25

Tijolos de barro

Sim, ao longe, no horizonte, estava Magas, filho de Berenice Alfa, o jovem que Ptolomeu Soter havia enviado como *strategos*, ou governador, para Cirene trinta anos antes. O que acontecera com Magas? Certamente, ele ainda estava vivo, agora um homem velho, de 50 anos. Não havia muito tempo ele se casara, e sua esposa, Apama, era filha do grande inimigo de Ptolomeu, Antíoco Soter, da Síria — embora não tivesse herdeiro homem. Havia deixado a tarefa de gerar um filho para muito tarde, já não gozava de boa saúde e agora estava com raiva.

Quando a irmã leu os relatórios dos espiões, procurou o irmão um tanto irritada. *Seu meio-irmão aliou-se a Antíoco por causa de seu casamento sírio, disse ela. Magas está planejando atacar o Egito e assim nos distrair enquanto Antíoco toma de volta o território da Koile-Síria. Estamos prestes a ser invadidos, irmão!*

Não acredito nisso, disse Mikros. *Magas jamais se atreveria a nos atacar. Somos seus únicos parentes.*

No entanto, como acontecia com muita freqüência nessa família, *parente* significava *inimigo jurado*. Mikros ficou preocupado, mas não perdeu o sono por causa dessa nova ameaça. A irmã era a única que se preocupava com guerras. Sim, e de modo doentio e, literalmente, começou a enfiar alfinetes de bronze em imagens de cera de Magas. Mas ela também pensava na ameaça vinda da Síria. E seria necessário mais do que agulhas de bronze para cuidar de Antíoco. Corria o ano 6 quando ela fez Mikros cavalgar para o deserto ao seu lado, a leste do Delta, para inspecionar a fortaleza de fronteira denominada Heroonpolis, no istmo conhecido como Klysma, que você, Forasteiro, pode ter ouvido chamar hoje em dia de Suez. Mal havia se passado um mês e ela estava de volta ao deserto, para encorajar os fabricantes de armas da fortaleza de fronteira de Tjaru.

E viajou para lá uma terceira vez naquele ano para reabrir o canal de Neko. Mikros a acompanhou, embora se queixando, pois preferia ficar perto de suas concubinas, mas Arsínoe Beta não lhe permitia dizer não. Ela, não Mikros, havia examinado os planos e supervisionado o avanço das obras do canal. Ela, não Mikros, dera as ordens, contratara os engenheiros e pagara as remunerações de todos os homens. Era meramente apropriado que o canal se chamasse canal de Arsínoe Filadelfos.

Mikros foi com a irmã a Heroonpolis vistoriar as defesas mais uma vez, mas ele agia como um homem dentro de um sonho. Em seu lar, lhe fora prometida uma nova concubina, a mais ardorosa mulher do Egito, muito boa para as noites mais quentes. Sim, Mikros gastava mais do seu tempo contemplando o azul do mar, maravilhoso no ponto em que as ondas se quebravam, que verificando as muralhas de tijolos de barro de Heroonpolis. Era Arsínoe Beta quem fazia a inspeção de verdade.

Preste atenção, irmão, dizia-lhe ela. *Algum dia você pode ter de lidar com esses problemas sozinho.*

Mikros dava de ombros, cansado demais para reparar, com calor demais para se importar.

O que você acha dessas muralhas?, perguntou ela.

Silêncio.

Irmão, disse ela, *as muralhas devem ter dez cúbitos de espessura para que possam suportar sem estragos o ataque de pedras arremessadas pelas catapultas de nossos inimigos.*

Mikros, subjugado pelo calor e pela vontade da irmã, esticou o lábio inferior, fazendo bico, mas pelo menos disse: *Irmã, você sabe muito bem que a artilharia de Antíoco é inútil. Estamos plenamente seguros. Você está se preocupando sem motivos.* Mikros permanecia calmo, tentando desfrutar o momento que lhe trazia nada mais que moscas, suor e poeira penetrando-lhe o nariz.

Era Arsínoe Beta que mandava mensagens urgentes, conversava com o mestre-de-obras, ordenava a reconstrução do que desabara. Ela, não o irmão, ordenou que milhões de tijolos de barro fossem transportados através dos desertos em carroças puxadas a burro. Era a irmã que, assim como Seshat, adorava construir, e não o irmão.

Mas Mikros estava certo. Ela não precisava ter se preocupado. Os rumores sobre a guerra eram novamente infundados. Claro que o casamento de Magas havia selado a aliança entre Cirene e Antíoco da Síria, em oposição a Ptolomeu. Sem dúvida havia problemas reservados para o futuro — sempre havia —, mas naquele ano Eskedi relatou ao palácio: *A cheia do Nilo, pai dos deuses, está a vinte cúbitos, dois palmos e um dedo de altura. A ameaça da fome está superada por mais um ano. É uma grande cheia, uma boa cheia. O Egito prosperará. Os deuses estão satisfeitos conosco.*

E por que os deuses estavam satisfeitos? Porque Arsínoe Beta havia construído templos para eles. Se o faraó — ou sua esposa — constrói templos para os deuses e realiza as oferendas adequadas, os deuses o ajudam e tudo vai bem. Se ele — ou ela — nada faz, os deuses não o auxiliam. Era algo simples. Arsínoe Beta entendia o que fazia o Egito florescer e, sob seu forte governo, o Egito de fato floresceu.

1.26

Romanos

Arsínoe Beta, é claro, não parou de se preocupar com a guerra que deveria acontecer. Quando soube da derrota das tropas de Pirro de Epeiros, vencido por Roma, uma cidade bastante grande na Itália, ela começou a roer as unhas até a raiz de tanta preocupação. Sim, porque seu grande medo então era a ameaça que Roma apresentava à ordem e ao equilíbrio do mundo de fala grega do Egito.

O que podemos fazer para impedir que Roma se torne o pior inimigo do Egito?, perguntou ao irmão. *Ainda precisamos enfrentar a ameaça Cirenaica. Ainda temos Antíoco ameaçando sorrateiramente tomar a Koile-Siria de nós. O Egito realmente não precisa de um terceiro inimigo.*

Mikros revirou os olhos, coçou a cabeça raspada e disse: *Você vai dar um jeito, irmã. Tenho fé em suas divinas habilidades.*

O que temos de fazer para impedir que Roma trate o Egito como tratou Epeiros?, indagou ela. *Algo absolutamente extraordinário tem de ser feito.*

Mikros fez caretas, tentando pensar em alguma resposta.

Precisamos de amigos confiáveis, irmão, de alianças fortes, disse ela, *assim como fez nosso pai. Creio que devemos mandar mensagens perguntando se Roma gostaria de ser amiga do Egito.* Ela gritou: *Chame o dioiketes. Precisamos escrever uma carta agora.*

Mikros não queria ter nada a ver com isso. *Onde essa história vai terminar?*, perguntou ele. *Que horrores você está querendo promover agora?*

Mas a irmã disse apenas: *Arsínoe é quem decide... a irmã sabe o que está fazendo.*

Ela sugeriu uma troca formal de embaixadores para conversar a respeito de comércio e suprimento de milho, uma vez que o Egito era o celeiro do mundo e tinha excedentes de grãos para vender. Na verdade, seu propósito, ao sugerir a embaixada, era encontrar meios para manter a paz.

Sim, Arsínoe Beta fez o primeiro movimento, e seus embaixadores se puseram ao mar, levando calorosas saudações e generosos presentes para o Senado e o povo de Roma. Pela primeira vez, portanto, Roma aparecia nos anais do Egito, e este foi um momento de incertezas, pois até mesmo Arsínoe Beta não sabia ao certo se Roma era ou não sua inimiga, de modo que tomou suas precauções, como um gato sobre areia escaldante, mantendo ocultas até o momento preciso suas garras afiadas. Mas Seshat nada sabe a respeito do que aconteceu em Roma. Ela não tem ao menos um fiapo de papiro escrito sobre a embaixada nem se importou em saber sua data exata.

Arsínoe Beta disse ao irmão: *Melhor bons amigos do que bons inimigos. Uma mera troca de embaixadores não pode fazer mal a ninguém.* Mikros tinha suas dúvidas. Achava que convidar os romanos ao Egito era uma imprudência. *É como deixar o lobo entrar na casa*, disse ele. *O lobo, aquele que vai devorar o que bem quiser.* E despertou o mau gênio da irmã ao dizer isso. Claro, ela gritou com ele, mas Mikros tinha razão. A Casa de Ptolomeu jamais se livraria da funesta sombra de Roma depois disso.

Alguns meses depois, no ano 10, três distintos embaixadores romanos chegaram a Alexandria, liderados pelo seu *Princeps Senatus*, Quinto Fabio Máximo Gurges, o homem que dedicou o primeiro templo a Afrodite, ou melhor, Vênus, em Roma, e que por duas vezes ocupou o augusto posto de cônsul naquela cidade.

Com ele estava Quinto Orgulho Gallus, o homem que levara o culto da serpente de Asclépio de Epiauros para Roma poucos anos antes, para que os cães sagrados e as cobras pudessem lamber as feridas dos doentes e obrar seus milagres até mesmo na Itália.

O terceiro homem era Numerius Fabios Pictor, também por algum tempo cônsul de Roma, e os dois Fabii eram homens que se diziam descendentes de Heracles, assim como Ptolomeu, de modo que, por acaso, por assim dizer, os dois lados eram parentes.

Mikros e Arsínoe Beta deram as boas-vindas aos romanos com o usual *dexiosis*, ou aperto de mão grego, quando então os romanos espremeram a mão de Mikros até quase esmagá-la, trazendo-lhe lágrimas aos olhos, embora Arsínoe Beta tenha retribuído o cumprimento o melhor que pôde. Mikros não conseguiu mais do que ficar olhando espantado para os romanos, que tinham os cabelos cortados tão curtos que pareciam escravos, e a pele tão esticada sobre as faces que seus ossos eram visíveis através dela. Mikros ficou examinando a curiosa manta branca que constituía sua vestimenta diária, pois, na verdade, esta foi a primeira aparição da toga no Egito.

Os romanos estreitaram os olhos ao ver as colunas de mármore da via Canopo, deslumbrantemente brancas sob o sol. Ficaram maravilhados com o grande palácio grego do rei Ptolomeu, todo de reluzente mármore branco, pois não havia em Roma nada que pudesse se comparar a tal esplendor, nem aos mosaicos gregos, nem às colunas coríntias, nem às refinadas pinturas de parede com cenas de Homero, nem aos pórticos com frontões triangulares, nem às estátuas de deuses e atletas nus, nem à vastidão de ecos do salão de audiências, nem às suntuosas cadeiras de ébano, marfim e ouro, nem às colchas de pele de zebra sobre todas as camas, ou aos sofás de ouro forrados de pintas de leopardo. Isso porque Alexandria era não apenas mais grega do que a Grécia, mas também a porta de entrada para a África.

Os senadores ficaram espantados, é claro, mas também desaprovaram o palácio de Ptolomeu pela inútil extravagância e dourada ostentação e acharam que o povo comum da via Canopo tinha aparência pobre e raivosa e que o próprio Mikros parecia bastante acima do peso.

Mikros deu aos romanos presentes como sinal de boa vontade — grandes taças e tigelas de ouro —, mas ficou surpreso quando Q. Fabio Máximo Gurges nada aceitou.

Senhor, disse ele, *nada somos senão cidadãos comuns de Roma. Nossa missão refere-se ao comércio. Não esperamos ser tratados como príncipes. Não temos utilidade para esses objetos de ouro.* E ele insistiu em oferecer os presentes ao *aerarium*, ou Tesouro de Estado de Roma, assim granjeando para si uma maravilhosa reputação de abstinência e incorruptibilidade.

Mikros vestiu os trajes de faraó e insistiu em polir os dentes. Arsínoe Beta usou a touca do abutre, os chifres de vaca de Hathor, as penas de avestruz de Maat, os calçados de cobra e abutre e o vestido vermelho-sangue da deusa viva. Maquiou o rosto com pintura egípcia e usou as maravilhosas jóias da Senhora das Duas Terras. Os romanos não tiveram em boa conta o que chamaram de jeito de prostituta e menos ainda os cabelos reluzentementemente louros, já que os havia tingido — de fato, a mesmíssima cor de cabelos usada pelas prostitutas de Roma. Mas respeitaram muito mais seu ímpeto, pois foi Arsínoe Beta que conduziu toda a conversação. Foi ela que colocou na mesa o tema de um *Amicitia*, isto é, um Tratado de Eterna Amizade, pelo qual Alexandria enviaria para Roma milho e perfumes, presas de elefantes e peles de leopardo, e assim ficaria ainda mais rica, comerciando pacificamente com a Itália e as terras remotas dos bárbaros que ficavam além dela. Os romanos pareceram ficar satisfeitos com a idéia, assentindo com a cabeça a tudo o que ela dizia.

Os embaixadores não eram de modo algum ignorantes a respeito dos costumes gregos nem hostis aos deuses da Grécia. Haviam aprendido grego nos seus tempos de escola, como todos os romanos bem-educados; portanto, conversar com Ptolomeu e a irmã não era difícil, mas aproximava-se de uma fluência agramatical.

Tudo corria bem, mas quando Arsínoe Beta mencionou Alexandre, Q. Fabio Máximo Gurges disse: *Madame, não sabemos de quem está falando.*

Com certeza sabem, retorquiu ela. *Alexandre, filho de Felipe, que conquistou metade do mundo. Foi o maior herói que já viveu, abaixo apenas de Aquiles. Quem poderia nunca ter ouvido falar nele?*

Mas ele disse: *Não, madame, não me lembro desse nome.*

Sem dúvida, disse ela, olhando duro para Q. Fabio Maximo Gurges, *vocês já ouviram falar de Alexandre da Macedônia.*

Mas não. Q. Fabio Máximo Gurges balançou a cabeça de um lado para o outro, bem devagar: os olhos pareciam bagas de beladona e os lábios não traíam nada que se pudesse chamar de sorriso. Alexandre era grego, não romano, e ele não sabia coisa alguma sobre não-romanos.

Como é possível que não saibam nada sobre Alexandre?, perguntou ela a Q. Argulus Gallus. *Ora, ele foi o fundador desta cidade.*

Q. Argulus Gallus olhou fixamente para ela, a boca num sorriso torcido, os olhos de fuinha, sem dizer nada.

Arsínoe Beta levantou-se, zangada, e disse: *Bem, sigam-me, por gentileza. E depressa!* E conduziu os romanos a pé pelas ruas, quase correndo, de modo que Mikros, sem o hábito de usar as pernas, começou a ofegar. A multidão abria caminho sem maiores problemas, embora o aplauso fosse mera polidez em relação aos romanos de expressão séria — os quais vinham de um lugar do qual os alexandrinos mal haviam ouvido falar.

No cruzamento onde as vias Canopo e do Soma, ou Corpo de Alexandre, se encontravam, Arsínoe Beta deteve os romanos e os fez entrar na imutável tranqüilidade da tumba, onde as lâmpadas queimavam dia e noite diante do cadáver vivo do maior herói já conhecido. Ela fez os guardas removerem a tampa do sarcófago de ouro, deixando à mostra o sereno rosto, a carne ainda incorrupta. E, sim, Alexandre ainda estava profundamente adormecido, não parecia morto.

Alexandre dorme agora, disse ela, *há exatamente 1.950 dias e noites.*

Pelo canto dos olhos, ela viu os romanos trocarem um sorriso.

O povo de Alexandria acredita, disse ela, *que se esta cidade for invadida, Alexandre vai despertar e nos salvar.*

Os embaixadores então mostraram muitos dentes, embora ainda não se pudesse chamar aquilo de sorriso, e trocaram olhares de entendimento, pensando que os gregos deviam ser crianças se acreditavam em tal absurdo. Pior ainda, os embaixadores anteviam o dia em que os legionários marchariam através do Portão do Sol, botas militares esmagando o solo em ritmo perfeito, subiriam a via Canopo, dezenas de milhares deles, sem encontrar oposição e tomariam Alexandria, assim como todo o Egito, para Roma. Sim, e então os sorrisos já não podiam ser apagados do rosto de Q. Fabio Maximo Gurges, N. Fabio Pictor e Q. Argulus Gallus, e a fria risada ecoou por todo o sagrado recinto, fazendo Mikros trocar um olhar preocupado com a irmã.

Os romanos fingiam nada saber sobre Alexandre da Macedônia porque Roma nada tinha a ver com ele e porque haviam escutado histórias de sua vida privada que não os agradaram. Não podiam reconhecer a existência de um homem que fora maior que qualquer romano, muito mais bem-sucedido que eles todos e que, mesmo assim, não era nada mais que um imundo *knaidos*, que tinha prazer não apenas levando eunucos, mas também homens crescidos para sua cama.

O momento de tensão passou e a conversação foi retomada. Os embaixadores fizeram um grande número de perguntas sobre navios de guerra, mercadores, madeirame para navios, exportação de vinhos e a ameaça de piratas no Grande Mar. Interrogaram Arsínoe Beta sobre o tamanho de sua colheita de milho e as melhores rotas para navios que transportassem grãos entre Alexandria e Óstia, o porto de Roma. Não havia pergunta para a qual Sua Majestade não desse uma resposta perfeita.

Arsínoe Beta falou muito sobre a guerra e a ameaça de guerra, pois esta era sua especialidade. Falou sobre os mercados de mercenários no Peloponeso e da contínua ameaça dos *keltoi*, isto é, os gauleses, vindos das terras do norte e das obscuras ilhas sob neblina do norte da costa da Gália, a qual conhecia pelas perguntas que fizera aos marinheiros.

Quando os dois lados não estavam conversando sobre o *Amicitia*, banqueteavam-se com caldo de tartaruga, perca do Nilo, cisne assado e peitos de pato defumados em vinho branco, seguidos de *argurotrophima*, ou delícia prateada, que tinha fama de derreter na boca como neve, em pratos, taças e garfos feitos de ouro sólido. Os romanos fizeram educados elogios à comida e à bebida, mas intimamente diziam que a mesa de Mikros era pródiga demais. Eles acreditavam, como os espartanos, que um pouco é melhor que muito e que conceder a si mesmo tanto luxo era mera ostentação, algo capaz de provocar uma terrível vingança dos deuses.

Na sexta vez em que o rei Ptolomeu bateu palmas chamando seus cozinheiros, para que trouxessem sobre os ombros a grande bandeja de ouro com uma alta pilha de flamingos, decorados com os bicos e as penas cor-de-rosa, todas enfiadas na carne, e os olhos dos pássaros sobressaindo-se na iguaria, Q. Argulus Gallus afastou seu prato, enojado, dizendo: *Senhor, deveríamos nos satisfazer com a refeição mais simples — um pequeno pão e algumas azeitonas pretas.*

Quanto a Arsínoe Beta, que, é claro, estava presente ao banquete — um fato em si que os romanos acharam surpreendente —, ela comia pouco. Sim, o grande oráculo de Zeus-Amon no deserto líbio havia dito que não lhe restavam mais do que 1.090 dias de vida, e ela tinha medo de ver esses dias se escoarem antes que ela tivesse conseguido terminar a tarefa de tornar gloriosas as Duas Terras, fazer de si mesma uma das imortais, e tornar sua fama à prova do deletério efeito do tempo. Tinha urgência em encontrar o caminho para a paz e um fim para os problemas do Egito antes que o Hades a carregasse; antes que deixasse Mikros em condições de governar sem ela. Não, ela pouco interrompia sua conversa sobre guerras, ou sobre seu estômago, nem por um momento. Conversas como os romanos jamais haviam escutado nada igual, razão pela qual a ininterruptamente frenética língua de Arsínoe Beta se tornou, de fato, alvo do falatório em Roma.

Entre conversações e banquetes, Arsínoe Beta sentiu-se bem-disposta o bastante para passear com os romanos. Eles esticaram o pescoço para trás para que pudessem olhar para a gigantesca estátua de bronze de Poseidon, que refletia o sol do topo do Farol, mais alto que qualquer edifício de Roma, e Arsínoe Beta pessoalmente entrou na cesta de vime com eles para fazer o trajeto até o topo graças ao mecanismo hidráulico, de modo a terem uma excelente vista da cidade lá de cima.

Mikros alegou uma desculpa qualquer para manter os pés no chão. Mais tarde, mostrou aos romanos a Grande Biblioteca, onde ele se gabou: *Temos quatrocentos mil rolos, um exemplar de cada livro existente no mundo.*

Os romanos soergueram as sobrancelhas e murmuraram: *Mirabilissimus.. Muitíssimo impressionante.*

No prédio anexo, o famoso *Mouseion*, Mikros apresentou os cem estudiosos gregos, e os senadores passaram uma manhã em agradáveis conversas sobre poesia, dramaturgia e ciência gregas. A visita terminou com uma performance de Ktesibios, demonstrando o funcionamento de seu famoso *hydraulikon*.

Alto demais, gritaram os romanos, as mãos pressionadas sobre as orelhas, de modo que Ktesibios mais uma vez pensou em adaptar o *hydraulikon* para a utilização em batalhas e na completa redundância de coisas como catapultas e elefantes de guerra.

Depois, Q. Argulus Gallus disse: *Senhor, seu* Mouseion *é uma bela instituição. Não temos nada semelhante em Roma.*

Quando Arsínoe Beta, como Senhora da Fundição, mostrou aos senadores como produziam as moedas no Egito, eles não puderam ocultar o enorme interesse, já que as dracmas de prata dela eram imensamente superiores a qualquer moeda cunhada em Roma. Ela lhes mostrou como suas tetradracmas e octodracmas eram fundidas, pois sabia tudo a respeito de cunhagens e das diferentes propriedades do bronze, do cobre e do ouro. Ela falava sobre inimagináveis somas de dinheiro com enorme segurança, como se fosse um homem.

Os romanos, que tinham vindo a Alexandria com poucas idéias além do comércio e cortesias, levaram de volta para casa — por insistência de Arsínoe Beta — meia dúzia de fabricantes de dinheiro, que ensinaram aos romanos como fundir e cunhar as melhores moedas de prata. Os fabricantes de dinheiro egípcios deixaram sua marca na Itália, já que a *cornucópia*, ou corno da fartura, que então começou a aparecer nas moedas romanas era, evidentemente, a insígnia pessoal de Arsínoe Beta, a sutil lembrança de que o esplêndido novo dinheiro romano era o resultado da superioridade do artesanato egípcio.

Mikros levou os romanos para verem o famoso Jardim de Feras, que estava repleto de criaturas exóticas das quais a maioria dos homens somente ouvira falar, pois embora ele mantivesse ali muitos animais bastante comuns, também tinha raridades como os rinocerontes de dois chifres da Etiópia, o urso-branco da Trácia, o camelo-pardo de pescoço comprido e serpentes de até 12 ou 14 cúbitos de comprimento, mantidas em jaulas de rede de ferro. Tais maravilhas causaram, até nesses romanos conhecedores do mundo, um espanto de deixá-los boquiabertos.

Mas o que impressionou os romanos ainda mais que as serpentes gigantes foi a própria Arsínoe Beta, sua feroz loquacidade, seu fenomenal domínio de assuntos estrangeiros e seu detalhado conhecimento acerca mesmo da cidade de Roma. Eles estavam especialmente impressionados com o fato de essa mulher grega poder conversar na língua deles.

A senhora já esteve em Roma, madame?, perguntou Argulus Gallus, sem conseguir se forçar a chamá-la de *Megaléia*.

Numquam, sorriu Arsínoe Beta. Ela era a única exceção entre os gregos alexandrinos, pois não torcia o nariz ao latim. Os senadores ficaram assombrados com aquela rainha, aquela *mulher*, que aparentemente lera e se lembrava de tudo o que eles próprios haviam lido, sendo capaz de esgrimir citações em latim e se mover à vontade nas águas escuras e pantanosas da filosofia romana — uma matéria com a qual o próprio Mikros se importava pouco, a não ser, é claro, com a Escola cirenaica. Arsínoe Beta era diferente de qualquer mulher que os senadores conhecessem em Roma. Na verdade, não se assemelhava a nenhuma sobre a qual já tivessem ouvido falar, onde quer que fosse, pois uma mulher com tamanho conhecimento era um milagre tão grande quanto a couraça do rinoceronte etíope — algo, é claro, que Arsínoe Beta também possuía.

Mais que qualquer outra coisa, os romanos foram surpreendidos pela ousadia da mulher que era capaz de dizer: *Eu sou Afrodite — não Afrodite Pandemos, mas Afrodite Ourania, Afrodite a esposa, a sagrada... Eu sou Ísis, a Senhora dos Muitos Nomes, Eu sou Hathor, Senhora da Turquesa.* Isso porque ela se portava com altivez, quando dizia que era uma deusa viva, e ninguém poderia contradizê-la. Eles acharam estranho que, com todo o seu conhecimento, ela parecesse desconsiderar as palavras de Homero: *Evidentemente, seria de todo impróprio para uma mulher competir com uma deusa em elegância e beleza.*

Q. Fabio Máximos Gurges, o senador com particular devoção a Afrodite, ficou tão irritado com a blasfêmia de Arsínoe Beta que precisou morder a língua para evitar dizer o que pensava dela. Os senadores conversavam entre si sobre sua húbris, sua ultrajante presunção, quando N. Fabio Pictor disse: *Só posso pensar que seu fim será terrível por causa de tudo isso. A mulher que se gaba de ser uma deusa necessariamente estará atraindo um terrível castigo dos deuses.*

Quando os romanos já tinham visto toda Alexandria, Mikros os enviou rio acima para conhecerem as Pirâmides e o grande templo de Ptah, em Mênfis — ou pelo menos tanto quanto o sumo sacerdote lhes permitiria ver. Os senadores fizeram perguntas a Eskedi a respeito dos curiosos deuses com cabeças de animais do Egito e ficaram impressionados com a cortesia, o charme e a sobrepujante sabedoria. Agradou aos romanos que Eskedi lhes oferecesse uma refeição simples e que dissesse: *Um copo de água é o quanto basta para saciar a sede... Um punhado de alho-poró tornará forte o coração...* Sim, parecia que Eskedi era mais cioso quanto ao *Nada em Excesso* do que o próprio Ptolomeu Mikros.

De volta a Alexandria, o rascunho final do *Amicitia* estava pronto — o que os gregos chamavam *Philia*, isto é, amizade, ou aliança —, e por meio dele essa nova relação política comprometia-se a ser permanente. Arsínoe Beta tornou-se efetivamente a poderosa cola que reuniu todos os pontos — e não pela primeira vez na vida. Sem ela, não haveria embaixada, nem *Amicitia* e nem paz com Roma, pois todo o documento era uma obra pessoal.

Os romanos insistiram em que a Aliança fosse concluída ao estilo romano, com o sacrifício de um porco, e fizeram Mikros repetir o juramento que lhe ensinaram, com as palavras em latim: *Que aquele que quebre esta aliança seja morto tal qual este porco. Que sua garganta seja cortada. Que ele guinche. Que se esvaia em sangue. Que a sua carne seja comida pelos cães. Que seus filhos nasçam monstros.*

O sacrifício de um porco não é um espetáculo agradável, pois o animal jamais morre silenciosamente. O sangue espirrou em todas as direções, manchando a bainha do *peplos* branco de Arsínoe Beta, voltando a rasgar nela antigas feridas e reavivando pesares, fazendo-a pensar outra vez na morte de Agathocles da Trácia e no assassinato de seus dois filhos em Cassandréia, de modo que o sorriso fixo deu lugar à anterior aparência de horror. *Mas*, pensou ela, *se eu puder ter paz com Roma, isso vale alguns momentos de más lembranças. A paz vale um pouco de sangue em meus trajes.* E seu sorriso retornou, pois não apenas ela tinha absoluto controle sobre o Egito, mas também, o que era um bocado mais valioso, tinha total domínio sobre si mesma.

Mikros então homenageou os romanos, dando-lhes coroas de folhas de carvalho feitas do mais puro ouro, com abelhas de ouro escondidas por entre as folhas, tudo do mais refinado artesanato alexandrino, presente que os italianos desta vez não recusaram, com medo de pôr em perigo a missão. Mas no dia seguinte lhe disseram: *Senhor, não podemos usar coroas em qualquer banquete. Não somos mais do que cidadãos comuns em Roma; não somos da realeza.* E assim puseram as coroas nas estátuas de Ptolomeu e Arsínoe Beta.

No último banquete, Mikros serviu pão preto, queijo de leite de vaca e nenhuma *argurotrophima*, dizendo que era o que mereciam os romanos, que haviam sido rudes sobre sua comida e desdenhado de seus presentes. E deu-lhes água para beber em vez de vinho.

E, por isso, os romanos ficaram sinceramente agradecidos.

Enquanto Mikros e Arsínoe Beta acenavam, despedindo-se dos embaixadores, do cais real privado, sentiam alívio por estar se encerrando ali o martírio, mas foi então que se iniciou o comércio entre Roma e Alexandria. Apesar disso, houve pouco contato entre as duas cidades nos 27 anos que restavam do reinado de Mikros, uma vez que a maior parte da energia de Roma seria usada lutando contra Cartago. Mas se nenhum dos lados teve muita oportunidade de recorrer ao *Amicitia*, este não foi nulo nem em vão; não eram de modo algum palavras vazias, mas de suma importância.

Sim, por causa do *Amicitia*, o Egito teve a boa fortuna de se manter neutro durante a longa guerra de Cartago e Roma — a primeira Guerra Púnica —, que tanto exauriu ambas as cidades e durou 23 anos completos. Muitos benefícios trouxe a amizade de Arsínoe Beta com Roma. Claro, o *Amicitia* também foi o início de algo ruim, um problema diferente, como previra Mikros quando os romanos começaram a escarnecer na tumba de Alexandre. Isso porque, se essa foi a primeira vez em que os romanos apareceram no Egito, não seria a última.

Mais tarde naquele ano, chegaram notícias sobre uma praga na Babilônia, quando então, Ptolomeu e Arsínoe Beta fizeram oferendas generosas aos deuses, agradecidos por esse mal não ter desabado sobre eles. Não, a catástrofe da praga, naquela ocasião, não visitou o Egito. Mas a praga da dispepsia agora despencava com mais força sobre o frágil corpo de Arsínoe Beta, que sentia como se suas entranhas estivessem lentamente sendo comidas.

1.27

Arkamani

Noite e dia Arsínoe Beta enfiava tiras de papiro goela abaixo para se obrigar a vomitar. Regurgitava como a hiena e grunhia como o camelo, mas nunca parava de pensar nas defesas das Duas Terras. Voltava os olhos não apenas para o oeste, em direção a Roma, não só para as defesas do Egito no lado leste; pensava sobre o sul do país, a terra de Punt, que alguns chamavam Kush, ou Núbia, ou Etiópia, onde ela sabia que havia muito ouro e elefantes. Pensava em Elefantine, a fronteira sul do Egito, preocupada se as Duas Terras não estariam em grave perigo de ataque pelo sul. Tinha de estar segura em todos os lados.

O que podemos fazer a respeito do sul?, perguntou a Mikros, que estapeou a cabeça, como de hábito, enquanto aguardava que Arsínoe Beta respondesse à própria pergunta.

Acho que devemos mandar uma expedição rio acima, disse ela. *Sim, acho que devemos mandar o almirante Temóstenes recolher mais informações sobre meroítas.*

Muito bom, disse Mikros, a boca cheia de codorna assada e o pensamento na carne de belas mulheres. *Que ele parta esta tarde.*

Temóstenes de Rhodes era um geógrafo que havia explorado as costas dos Comedores de Peixe e a dos Trogloditas e era uma boa escolha para liderar uma expedição rio acima, entrando pela terra de Punt. As ordens eram procurar a cidade chamada Meroé, onde nenhum grego jamais pusera os olhos, um lugar que ainda era um mistério para Alexandria e que os nativos egípcios mencionavam com horror e como a terra de fantasmas.

Temóstenes saiu de Mênfis com vinte *triereis* e dez navios de transporte. Levou uma grande quantidade de belos presentes do rei Ptolomeu — contas, confeitos e coisas brilhantes com que esperava comprar o rei de Meroé e convencê-lo a ser amigo do Egito — e não seu inimigo.

Ele parou em Tebas para conversar com o sumo sacerdote de Amon sobre a passagem das cataratas. Sua Excelência não foi inamistoso. Deu os melhores conselhos que podia, onde encontrar guias e intérpretes, por onde deve ou não ir. Por todo o percurso do rio, os nativos acenavam e mostravam os dentes. Nenhuma pedra foi arremessada, nenhum egípcio foi espancado.

Os gregos ficaram espantados com o negrume da pele dos meroítas, com a habitual nudez completa e com as bárbaras boas-vindas com tambores e dança, mas não viram sinal nenhum de fantasmas. Temóstenes conversou sobre manter a paz e o comércio, e quando sugeriu um tratado de amizade, Arkamani, o rei de Meroé, concordou. Mas o que poderia fazer Temóstenes para selar a paz e torná-la um compromisso eterno? Arsínoe Beta disse que não sonharia em casar nem mesmo um dos filhos de Arsínoe Alfa com pessoas que tinham a face tão negra e eram tão antigregas em seus modos, como era a casa real de Meroé. Ela mostrara-se bastante decidida ao dizer a Temóstenes: *Um casamento não-grego está fora de questão. Mas talvez uma troca de príncipes seja aceitável.*

Talvez, disse Temóstenes, por intermédio do intérprete, *o filho mais velho do rei de Meroé apreciasse fazer uma viagem até Alexandria, para aprender grego. Ao mesmo tempo, o filho mais velho do rei Ptolomeu pudesse apreciar fazer uma viagem a Meroé, como uma prova viva de afeto e das boas intenções de ambas as partes.*

Arsínoe Beta havia colocado a questão de modo diferente: *Como uma troca de reféns*, disse ela, *para uma garantia de cumprimento do acordo.*

No entanto o rei de Meroé gostou da idéia de enviar o filho e herdeiro para as terras do norte, e o próprio garoto, embora tivesse cerca de 13 anos, disse que queria ir. Portanto, foi um bom começo.

Temóstenes e o rei de Meroé chegaram a um bom acordo sobre comércio, e muitas belas relíquias foram transportadas para Alexandria: leopardos, macacos, papagaios, gazelas, tudo para o Jardim das Feras; couro de crocodilo para os calçados, couraças de hipopótamos para escudos, ébano e marfim para mobília; elefantes de guerra, escravos negros para o palácio, muito ouro em torrões brutos e todos os tipos de augustas gemas preciosas. Para Arsínoe Beta, foi garantida a promessa dos meroítas de proteção para seus caçadores de elefantes e garimpeiros das minas de ouro. Em troca, o rei de Meroé recebeu a promessa de fornecimento de mercadorias de Alexandria, tais como vinho, cerveja, perfumes, ânforas repletas de peixe em conserva, azeitonas, carne salgada e mel grego. Sim, ele receberia tudo o que pedisse, exceto arcos e flechas, espadas, máquinas de guerra e lanças — tudo, exceto o que poderia torná-lo um inimigo do novo amigo.

A fronteira egípcia em torno de Elefantine havia sofrido muitos ataques dos nômades da Baixa Núbia — inclusive dos próprios meroítas. A expedição de Temóstenes trouxe uma paz duradoura para o sul. Agora, muitos elefantes de guerra eram transportados para o norte para serem engajados no exército de Arsínoe Beta. A relíquia mais interessante levada para Alexandria foi o garoto de pele negra e alvíssimos dentes, que agora era obrigado a cobrir a nudez com uma túnica branca e o capuz grego de feltro contra o sol.

Enquanto isso, o Ptolomeu chamado Euergetes, agora com 12 ou 13 anos, era mandado para viver em Meroé, onde aprenderia a pegar elefantes em armadilhas e a extrair ouro da rocha viva. A força motora por trás da troca de príncipes era, é claro, Arsínoe Beta. Ao mesmo tempo, ela afastou o príncipe Lisímaco, fazendo-o ir viver em Koptos. Em breve, Arsínoe Beta esperava articular o noivado e o casamento da pequena princesa Berenice como parte de uma grande aliança que transformaria outro grande inimigo do Egito no melhor dos amigos. Mas por ora ela precisava ficar em seu lar. Era jovem demais para viajar além de Mênfis, onde, fascinada pela água cintilante, se apaixonou pelo rio e onde Eskedi lhe ensinou: *O Nilo exala o suor dos crocodilos.*

Sim, disse Arsínoe Beta consigo mesma, *vai ser muito bom me livrar de todos os filhos de Arsínoe Alfa.* Ela havia jurado que não os feriria, mas não que não os faria partir. Sim, a irmã tinha obtido tanto êxito em voltar Mikros contra os próprios filhos que ele sequer se preocupou em lhes dizer *adeus.* Na verdade, deixou que partissem sem se despedir. Já tinha outro herdeiro, Ptolomeu Filho, a quem apreciava mais, que era seu filho mais novo, assim como Mikros havia sido ele próprio o filho mais novo. Ptolomeu Filho, agora com cerca de 6 anos, foi o único príncipe que restou em Alexandria, onde desfrutava a afeição de Mikros toda para si, como era correto para o menino que deveria ser criado para ser o próximo filho do Sol.

Arsínoe Beta não era tão absolutamente hostil aos filhos de Arsínoe Alfa, não a ponto de não reservar tempo para criar a pequena Berenice para que ela se tornasse a útil esposa de algum grande monarca grego. Berenice era a única filha que Arsínoe Beta tinha, e ela se empenhou ao máximo para moldar essa mininha à sua própria imagem. Berenice logo se mostrou capaz de montar um cavalo de guerra. Em seguida, aprendeu a disparar flechas de um carro movendo-se depressa, arremessar projéteis num alvo, conduzir uma batalha e um cerco. Em suma, ela foi criada para ser igual à madrasta — chegando até mesmo a adquirir um pouco do seu péssimo gênio.

Quando Arkamani escutava Arsínoe Beta falando brusca e asperamente com os escravos e funcionários, falando desse modo até com Sua Majestade, lembrava-se da ferocidade de um crocodilo e do respeito dos meroítas, em relação à fera. Para Arkamani, ela não parecia nada diferente dos meroítas que tinham o poder de invocar o crocodilo para fora da água. Ela era tão feroz quanto os membros da tribo núbia que tinham o crocodilo como emblema e que podiam fazê-lo vir quando o chamavam e andar para trás e para frente obedecendo aos comandos. *Nya Nyanga* era como eles denominavam as pessoas dessa tribo, filhas do crocodilo, porque era como se fossem possuídas por seu espírito, como se tivessem sido chocadas no ovo do crocodilo. *Nya Nyanga.* Filha do crocodilo foi como Arkamani passou a ver a rainha: suas presas, que abocanhavam as vítimas, e seus cintilantes olhos quase o fizeram amá-la.

Arsínoe Beta já obtivera a paz com Roma. Agora, conquistara a paz também no sul. Magas de Cirene, seu meio-irmão, hipoteticamente tinha de manter a paz no oeste, e embora ainda se ouvissem boatos sobre sua deslealdade, por enquanto ele não atacara. O Grande Mar protegia Arsínoe Beta de problemas pelo lado norte, e seu sangrento sacrifício diário de um touro e 12 ovelhas para Apolo aparentemente mantinha os deuses satisfeitos. A última grande ameaça à sua paz vinha do leste, da Síria e da Casa de Seleucos — de Antíoco Soter, ainda o grande inimigo do Egito.

Como podemos alcançar a paz com a Síria?, perguntou Arsínoe Beta a Mikros, soltando um suspiro, como se acreditasse que ele sabia a resposta. *Nós realmente devemos tentar casar a pequena Berenice com o rei da Síria*, disse ela. *Se conseguirmos fazer isso, poderemos manter a paz com os Selêucidas para sempre.*

Mas tudo o que Mikros pôde dizer sobre o assunto foi: *Irmã, você sabe que Antíoco Soter já tem uma esposa. A pequena Berenice é jovem demais para se casar com quem quer que seja. Você mesma disse que mesmo que um noivado seja combinado, Antíoco tem ânsia em insistir nessa guerra até alcançar uma gloriosa vitória. Se Antíoco estivesse interessado em conversar sobre paz, já teríamos feito isso anos atrás.*

Talvez algum dia consigamos casar a pequena Berenice com o filho de Antíoco, disse Arsínoe Beta, pensando em voz alta. *Temos de conseguir a paz*, disse ela. *A paz dá muito menos problemas do que a guerra.* Mas, ao mesmo tempo, ela sonhava com uma última batalha, apenas uma, antes de sua descida para descansar entre os mortos, uma única e gloriosa vitória que tornasse seu nome imortal. Ela havia sido criada para ver a guerra como seu ofício — não a maternidade; para atirar-se à batalha com espada e lança — não às tapeçarias e às agulhas. Arsínoe Beta vivia para lutar. Era verdadeiramente muito parecida com Sekhmet, a leoa, a Senhora Vestida de Linho Vermelho que exala chamas sobre os inimigos. *É muito bom*, disse ela ao irmão, *para as tropas fazerem o que foram treinadas para fazer. Nunca se deveria deixar um exército ocioso por muito tempo. Creio que devo entrar em guerra com a Síria em breve. Os deuses abominam a ociosidade.* De fato, ela estava ansiosa por aspirar chamas. Tinha de obter uma vitória antes que fosse tarde demais. Sim, pois no momento a grande batalha de Arsínoe Beta era apenas com sua barriga, a incessante dor de estômago, uma batalha que ela não venceria jamais.

1.28

Dispepsia

No ano 13, Arsínoe Beta alcançou a grande idade de 45 anos. Pelos padrões egípcios, era uma mulher velha, mas ela havia estudado o livro *Como tornar o velho jovem*. Derrota era uma palavra que não tinha utilidade para ela, exceto em relação aos inimigos do Egito. Ela havia muito entrara em guerra contra o próprio tempo, tingindo os cabelos, que haviam ficado grisalhos da noite para o dia, com o louro-dourado de uma deusa. Agora, atacava as rugas de seu rosto rejuvenescendo-o com óleo de feno-grego. Ela preservava a beleza de sua compleição com gordura de leão e óleo de rosas e fazia uso liberal de miraculosas poções, como o elixir de Afrodite.

A saúde, no entanto, ela não podia recuperar tão facilmente, pois freqüentemente era torturada por massacrantes dores nas entranhas, que pioravam cada vez mais. Passava dias inteiros dando ordens de sua cama de ouro, abanada por escravos com leques de penas de avestruz, cercada por ansiosos funcionários agarrados a papiros com despachos do exterior — que, muitas vezes, se viam tremendo de medo de despertar a contrariedade de Sua Majestade. Os médicos raramente se distanciavam de seu quarto, sempre trazendo para ela algum novo medicamento imundo para ser engolido. Também eles tremiam, receosos de serem acusados de tentar envenená-la. Sua única condição é que provassem, em sua presença, tudo o que queriam enfiar por sua goela. Uma rainha do Egito não pode confiar em ninguém, nem mesmo no próprio irmão. Principalmente em seu irmão.

Crocodilos rastejavam pelo assoalho em mosaico. Serpentes enroscavam-se e desenroscavam-se de seus braços. O babuíno com cara de cão, que é Toth, o grande cronologista, estava postado ao pé da cama, comendo tâmaras. Arsínoe Beta não era efetivamente uma mulher comum. Era Ísis, Hathor, Sekhmet, Afrodite, Hera, uma deusa viva, a mulher mais poderosa da África, a mais rica do mundo, a faraó-mulher de fato, que governava o Egito praticamente sozinha do leito de enferma, recostada em travesseiros púrpura. Vez por outra o irmão passava por lá rapidamente, trazendo Ptolomeu filho pela mão — de modo que ele pudesse quebrar algo no quarto folheado a ouro da mãe, irritar os babuínos, estrangular os gatos ou enfurecer os crocodilos até fazê-los morder. Isso porque Ptolomeu filho, na verdade, era um garoto tão incontrolável quanto Eros.

Já Mikros perambulava pelo enorme quarto de dormir da irmã, observando pela janela o ondular do mar verde-cinzento.

Como vão as finanças?, perguntava Mikros.

Nunca estiveram melhor, respondia ela, *embora a guerra vá custar muito caro. Devemos fazer toda a economia possível com aquelas concubinas.*

Eu me livro das minhas mulheres, dizia ele, *quando você se livrar de suas serpentes e crocodilos.*

Sim, ambas as coisas eram impossíveis.

Pare de gastar, gritava ela. *Vou mandar embora aquelas mulheres pintadas.*

Assim seguiam enfileirando provocações, discutindo um pouco. Assim seguiam dia após dia, ano após ano.

Mikros não ficava ocioso — a irmã não permitiria tal coisa. Passava a manhã sentado no museu com os estudiosos, escutando-os argumentar sobre como medir a circunferência da Terra. Por vezes, sentava-se com Apolônio Ródio, agora diretor da Grande Biblioteca, escutando comentários sobre as últimas aquisições de inquestionável valor, os atrativos da catalogação, as delícias da classificação. Por vezes, Mikros não conseguia reprimir os bocejos. Com freqüência, ficava sozinho, sentado, lendo — Tucídides, por exemplo —, fazendo eruditas anotações de próprio punho nas margens do papiro ou tendo pensamentos ornitológicos sobre a identificação dos pássaros Estinfalos ou sobre a lista autêntica de navios na *Ilíada*. Raramente ia ao campo de treinamentos para passar em revista as tropas. Jamais saía de navio com a armada. Essas coisas ficavam a cargo da esposa. Passava a maior parte do tempo sentado, e por isso a barriga crescia sem parar. Ao meio-dia, por causa do excesso de vinho no desjejum matinal, às vezes caía no sono na cadeira folheada a ouro. Era um velho de 38 anos.

Mas, no período da tarde, quando o cochilo poderia ser desculpável por conta do furioso calor, e Arsínoe Beta continuava trabalhando, Mikros estava bem desperto. Dispensava com um gesto os funcionários que lhe traziam papiros da irmã com *Precisa assinar* ou *Precisa ler palavra por palavra* escrito no rótulo com sua caligrafia sinuosa e conduzia a carruagem de electro puxada por quatro cavalos brancos a toda pela via Canopo para visitar a última concubina da ocasião.

Arsínoe Beta, cujos espiões lhe contavam tudo o que o irmão fazia, fechava os olhos para isso. Ela compreendia como eram os homens e que Mikros era aferrado a seus hábitos; jamais mudaria. Ela prosseguia governando o Egito sem ele, sabendo muito bem que tinha apenas 730 dias de vida, durante os quais precisava derrotar a Síria e fazer a paz que duraria para todo o sempre — depois disso, Mikros precisaria governar sozinho, sujeito ao que a sorte lhe reservasse. *Preciso correr*, dizia a si mesma, *preciso trabalhar cada vez mais rápido*. Ela trabalhava contra a *klepsydra*, contando os dias que deixava para trás. Muitas vezes se sentava na cama e trabalhava a noite inteira, quando, então, os médicos lhe suplicavam para dispensar os funcionários e dormir —, ou pelo menos tentar descansar —, e ela não lhes dava ouvidos.

Não devemos dormir, dizia ela, *até que tenhamos pisoteado com nossos calcanhares o rosto de Antíoco; não podemos descansar até ter assinado a paz com a Síria*. Muitas vezes trabalhava até o alvorecer, bebendo de hora em hora o *astonos potos*, a poção grega que afastava os lamentos, e dizendo: *De qualquer modo, a dor no estômago não me deixaria dormir*.

Ela contratou mais alguns milhares de mercenários do Peloponeso para o exército terrestre. Trabalhando com o almirante Kallikrates, criou uma frota de uma dúzia de imensos navios de guerra, oitenta de tamanho médio e 175 pequenos. O total de efetivos da frota era de cerca de cinqüenta mil homens e uma mulher: a grande almirante do Egito, ela própria.

A armada de Arsínoe Beta era uma visão esplêndida, com âncoras baixadas na grande enseada de Alexandria, todos os remos suspensos, prontos para lançar-se ao mar. A armada representava perfeição. O único medo era que Mikros pudesse arruinar seu bom trabalho quando ela tivesse partido, isso porque uma armada, embora poderosa, só é boa sob as ordens de um bom comandante. Por ora, a chama total estava segura nas mãos de Kallikrates.

Cavalos malhados em preto-e-branco puxavam seu carro para onde quer que ela fosse — inspecionando as tropas, dando ordens aos comandantes do exército —, e agora ela envergava não a coroa de Atef, mas a *khepresh*, que por direito só poderia ser usada pelo faraó. Ela era a graciosa, a amante do vento oeste, a sempre sorridente Senhora da Felicidade, Arsínoe Thea Filadelfos, a deusa, a amante do irmão. Mas, na verdade, ela não amava Mikros. Amava mais Sekhmet, a Senhora Vestida em Linho Vermelho, deusa da guerra. Sim, e agora que o grande momento da deusa havia chegado, ela ordenou que lhe fizessem uma armadura não de bronze nem de ouro, mas de pele de crocodilo.

1.29

A vestimenta do crocodilo

Então chegaram notícias dos batedores de Arsínoe Beta de além de Gaza relatando que Antíoco estava marchando através da Koile-Síria com cinqüenta mil homens, penetrando em territórios que haviam sido tomados pelo velho Ptolomeu, com o propósito de recuperar o que era seu por direito. A grande batalha teria de ser travada agora — do contrário, Antíoco os invadiria pelo sul e arrebataria até o Egito. Antíoco batia palmas e soltava rugidos acompanhados de gargalhadas só de pensar nisso, mas em Alexandria as coisas pareciam sombrias porque lá chegaram outras notícias dando conta de que Magas, no oeste, estava se preparando para atacar e invadir o Egito ao mesmo tempo que Antíoco tentava tomar a Koile-Síria. Segundo a informação, Magas já estava a caminho, apoiado por metade dos nômades da Líbia. Se isso fosse verdade, era uma notícia lúgubre, pois Mikros e Arsínoe precisariam lutar em duas frentes simultâneas.

Claro que podemos agüentar isso, declarou Arsínoe Beta ao conselho de generais. *Devemos vencer, venha o que vier, mas mesmo uma deusa viva não pode estar em dois lugares ao mesmo tempo.*

Ela mandou chamar Eskedi e ordenou que a magia do Estado fosse empregada contra a Síria, quando então Sua Excelência se pôs a trabalhar esmagando vasos, queimando barcos de papiro e entoando cânticos sobre efígies de cera de Antíoco atiradas nas chamas do braseiro.

No palácio, Arsínoe Beta começou a gritar com renovada voracidade. Ministros que andavam eram agora instados aos gritos: *Corram, corram, o Egito está em guerra, enfrentando invasões do leste e do oeste; vocês precisam ser rápidos!* Os olhos dela brilhavam só de pensar nisso, o coração se acelerava, e, de fato, isso nada tinha a ver com a combalida saúde, mas com a excitação de as Duas Terras finalmente enfrentarem uma guerra. *Uma guerra dupla*, pensava ela. *É essa a razão das duas serpentes sobre nosso cenho. Duas vezes mais poderosa, duas vezes mais venenosa.*

Magas de Cirene havia mantido a aliança com o Egito por mais de trinta anos, satisfeito em cooperar com Ptolomeu Soter, seu padrasto, e Ptolomeu Mikros, seu meio-irmão. Mas agora rompia relações diplomáticas, declarava encerrada a confiança mútua e chamava seus embaixadores de volta à Síria, dizendo: *Não apreciamos o que estamos ouvindo a respeito de Arsínoe Beta no Egito. Não gostamos das mensagens que chegam repletas de ordens, nos dizendo o que fazer.*

Magas havia escutado histórias que davam conta de que Arsínoe Beta havia tomado nas mãos os negócios na Trácia, depois assassinara seu enteado, além de arrancar do idoso marido toda a riqueza. Magas gostara ainda menos de saber que ela havia exilado Arsínoe Alfa e se casado com o próprio irmão.

Tantas vezes haviam circulado falsas notícias sobre a invasão de Magas, e as tropas enviadas contra ele haviam encontrado nada além de lagartos e cobras no deserto a oeste de Alexandria, que, por essa vez, Arsínoe Beta decidiu ignorar os boatos por ora e concentrar seu olhar de abutre na fronteira com a Síria. Dessa vez, no entanto, os boatos eram verdadeiros. Magas havia mobilizado as tropas e estava com o pé na estrada. Tomou a cidade de Paraitonion e, em três dias de marcha, chegou ao Portal da Lua sem que soassem os alarmes. A notícia de seu efetivo surgimento no horizonte pegou o Egito de surpresa, com Mikros precisamente no lugar errado para lhe dar combate. Sim, isso porque Arsínoe Beta ainda estava confinada ao leito e Mikros, a oitocentos estádios de distância, em Mênfis.

Quando os agentes de Arsínoe Beta lhe contaram a respeito da iminente rebelião, ela contratara, por intermédio de Antígonos, seu funcionário de recrutamento, uma legião de quatro mil soldados *keltoi*, isso é, gauleses, jovens guerreiros selvagens que lutavam nus, os cabelos louros untados formando ferrões e os corpos musculosos pintados de azul. Ela se gabava de sua legião gaulesa como recurso mais útil, pois eram esses homens que usavam o *torc*, ou colar de ouro, no pescoço, e não havia guerreiros mais ferozes que eles em todo o mundo. Pelo menos, ela se gabou até que descobriu que eles estavam conspirando contra ela e tramando tomar o Egito para eles mesmos, quando então ela descarregou o veneno, por intermédio do irmão.

Então o que aconteceu? Era a estação da cheia, com o rio se elevando rapidamente, e o próprio Mikros conseguiu um jeito de atrair os gauleses para uma ilha deserta no Nilo. Eles trouxeram espadas, escudos e trombetas, mas até mesmo a mais comprida e afiada espada não serve de defesa contra Sobek, a guardiã do rio. Até o mais selvagem som de trombeta não vai mudar o coração do rosto do medo uma vez que tenha decidido atacar. Isso porque Hapi, o deus do Nilo, agora houve por bem afundar essa ilha na água, de modo que os desleais gauleses morreram afogados ou devorados pelos crocodilos.

Eskedi sorriu ao escutar isso: mais uma vez, Sobek salvou o salvador do Egito.

Ptolomeu Mikros estava presente, supostamente dando as ordens, mas Seshat acredita que ele não fez nada, exceto se postar com a carruagem sob um pára-sol de seda; um mero observador. Ele sempre se saía muito bem quando se tratava de não fazer nada. Mas foi essa a única ação na qual o poeta Teócrito pôde pensar como um heróico feito de armas no qual o rei estivesse pessoalmente envolvido em toda a sua vida. Verdadeiro ou falso, somente então, quando os gauleses haviam sido derrotados, Mikros pôde marchar para o norte para rechaçar Magas.

Desde a sua fundação, sessenta anos antes, Alexandria jamais fora invadida por nenhuma força estrangeira. O cadáver adormecido de Alexandre, como um talismã, mantinha a cidade a salvo. Mas Mikros agora teve de vestir perneiras, peitoral e elmo — equipamento que raramente adornara o corpo deste rei antes — e pegar nas armas contra o inimigo. No entanto Alexandre de fato demonstrou que dava sorte a Mikros, que, rosto vermelho e pingando de suor, mal havia passado dez estádios do Portal da Lua à frente de seu exército quando encontrou o mensageiro trazendo a notícia de que os líbios marmaricas, isto é, os nômades do deserto, haviam se aproveitado da ausência de Magas e se levantado em revolta contra ele, de modo que Magas fora forçado a voltar para enfrentá-los — em vez de atacar Alexandria.

Mikros deteve seu exército e deu o sinal para que os homens dessem meia-volta, tendo a infantaria e a cavalaria, então, entrado na cidade entoando a canção da vitória. Para os gregos, o melhor tipo de vitória era a conquistada sem sangue, sem mortes, sem necessidade sequer de desembainhar a espada. E Mikros cantava mais alto que todos eles. Meras palavras não poderiam descrever o alívio da irmã.

No tempo devido, Arsínoe Beta enviou mensageiros a Magas, em Cirene. *Apelamos a você, sob os olhos de nossa amada mãe*, escreveu ela. *Deixe o Egito em paz e você poderá manter a posse de Cirene enquanto viver... Atreva-se a marchar sobre o Egito outra vez, e o esmagaremos com prazer até você virar pó e depois arrebataremos seu reino à força.*

Magas deu sua palavra. Ele não gostava de guerra, de luta, de hostilidades. Os termos de Arsínoe Beta não eram insatisfatórios. Essas três pessoas — Mikros, Magas e Arsínoe Beta — tinham a mesma mãe. Para eles, enfrentarem-se em guerra significaria desagradar o fantasma da mãe. As relações seriam um tanto ásperas entre Cirene e o Egito nos vinte anos seguintes, mas Magas agora estava criando a filha cujo destino seria, muitos anos depois, curar a ferida para sempre — a famosa Berenice Beta.

Uma espécie de paz nervosa foi então estabelecida entre Cirene e Alexandria — facilitada pelo grande oceano de areia que ficava entre eles —, mas ainda parecia bastante provável que Antíoco atacasse o Egito, pelo Leste — e em breve. Arsínoe Beta foi forçada a tomar medidas drásticas para checar o que os batedores haviam lhe informado sobre uma invasão em massa tanto por terra quanto por mar. Ela era maravilhosa de se contemplar, agora em seu ambiente, a deusa da guerra corporificada, e aquele coração de ferro batendo enlouquecido, enquanto o estômago, quase esquecido, mal a incomodava.

Que comece então, disse ela. *Que a armada se prepare para zarpar. Que o exército terrestre seja mobilizado. Convoquem todos os veteranos de Mênfis. Não podemos mais esperar para varrer de uma vez por todas a Casa dos selêucidas da face da Terra.*

Do leito de enferma, ela disparou perguntas aos homens que tinham o melhor conhecimento sobre a guerra nos desertos. Contratou construtores de fortificações, topógrafos, carpinteiros, homens para consertar rodas de veículos e funcionários de transportes para marcharem para o Leste e armarem o acampamento avançado — fortificado, ao estilo macedônio, com o fosso e a paliçada de hábito. Orientou a construção de depósitos de água nas áreas inóspitas e áridas do deserto do Sinai. Fez com que as máquinas de guerra fossem colocadas a bordo dos navios, dizendo: *É muito mais fácil do que tentar arrastá-las pelas areias*. Todos os homens já haviam colocado as mochilas nos ombros, e a coluna de tropas saiu de Mênfis marchando e cantando, sob o aplauso frenético daqueles que ficavam para trás.

Havia 65 mil soldados de infantaria e seis mil de cavalaria, espaçados na formação das fileiras, de modo que os homens da vanguarda e os da retaguarda estivessem separados por 150 estádios, e a parte de trás da coluna entrasse no acampamento cinco horas depois que a da frente. Sim, e a marcha seguiu ao logo da costa, mantendo-se sobre a areia molhada, evitando que os homens afundassem nas dunas, que não paravam de se alterar, e com a frota seguindo ao lado, com água fresca, exatamente como no tempo de Alexandre. Arsínoe Beta obrigou os homens a uma marcha forçada de 11 dias entre Pelúsia e Gaza, a fim de preservar as rações. Suas tropas praticamente *correram* para a Síria.

Que Antíoco faça o que bem entender, gritou ela. *Vamos esfolá-lo vivo*.

Então, ela saltou de seu leito de ouro. Com um gesto dispensou os anões que lhe trouxeram seu *peplos*, a touca do abutre, a coroa de Atef. Gritou com os escravos que lhe trouxeram as jóias, ordenando que as levassem embora.

Tragam-me minha armadura de crocodilo, disse ela, sorrindo seu melhor sorriso reptiliano, *e tão rápido como se ela os quisesse morder*. Talvez tenha sido a primeira piada que ela fez em toda a vida.

Em primeiro lugar, suas camareiras amarraram as perneiras de crocodilo em suas canelas. Depois, as proteções dos antebraços, os protetores do pescoço e dos ombros feitos de pele de crocodilo e o peitoral de crocodilo ornado com ouro, que cintilava na meia-luz do alvorecer. Então, as *krepides* de crocodilo, isto é, as botas de cadarços. Por fim, ela colocou não o elmo das presas de leão com as plumas vermelhas, mas o novo elmo, feito de couro de crocodilo, incrustado com *smaragdoi*, esmeraldas, que ostentava as afiadas presas de Sobek, escancaradas, acima de seu cenho como se fossem as mandíbulas da guerra.

Sim, sua atitude mais drástica foi partir para a batalha como sua suprema comandante. Ela caminhava com dificuldade sob o peso de todo aquele couro, como se fosse ela mesma um crocodilo: lentamente, passos estudados. E, como um crocodilo, obteria o que queria: o inimigo seria mastigado, triturado em pedaços por aquelas mandíbulas terríveis. Dessa vez, a dor de estômago não a deteria.

Então, ela deu a ordem: *Preparem os cavalos brancos. Vamos entrar na batalha pessoalmente e assim mostraremos a Mikros de que metal é feita sua irmã.*

Então, mandou chamar Ptolomeu Filho, dizendo: *Platão disse que as crianças devem assistir às batalhas... vamos levar conosco Ptolomeu Filho, assim como o tutor dele, como parte de seu aprendizado de estratégia e tática.* Ela não mandou chamar Ptolomeu Euergetes nem Lisímaco, os filhos da traidora. De modo algum. Esses garotos eram como inimigos dela. Foi Ptolomeu Filho que assistiu a essa guerra, de modo a iniciar prematuramente sua violenta trajetória, com apenas 6 anos. Quando Berenice implorou para também ser levada, a pequena menina de 7 ou 8 anos, a quem ela treinava para ser tão determinada quanto si própria, Arsínoe Beta deu permissão. *Também as garotas devem assistir à guerra*, disse Arsínoe. *A experiência poderá ser útil algum dia...* Berenice não era tão jovem que não pudesse quebrar vasos com o nome dos inimigos rabiscados neles, nem pequena demais para não poder afundar miniaturas de navios com o nome Antíoco escrito de ambos os lados. Até Berenice fazia o que podia para ajudar a guerra da madrasta.

Arsínoe Beta enviou embaixadores aos piratas que operavam no Grande Mar, com ouro para suborná-los de modo a obter cooperação, e foi tanto ouro que não havia como recusarem ajudá-la no ousado ataque, que representava invadir a Síria pelo mar, durante o período mais escuro da noite, e caindo simultaneamente sobre todas as cidades costeiras da Síria, de Selência de Piéria, no extremo norte a Gaza, no sul.

Arsínoe Beta seguiu com sua frota, a chama plena, a bordo do navio capitânea com seus almirantes, comandando pessoalmente a operação. Certa vez, no passado, quando ainda era uma garota de 8 ou 9 anos, ela conhecera a excitação de uma batalha naval. Agora, descobria que sua espinha dorsal ainda se arrepiava de excitação. E, mais uma vez, se viu com a cabeça pendurada para fora da amurada, vomitando suas tripas, interrompendo alguma ordem que estava dando.

Sim, ela ordenou que a frota atacasse nos mesmos dia e hora, pouco antes do alvorecer, todos os pontos frágeis da costa fenícia, de modo que foi impossível para Antíoco defender direito qualquer ponto. As galeras a remo iam e voltavam em alta velocidade, os remos erguendo-se e descendo como asas de uma gigantesca gaivota, disparando projéteis e pedras das máquinas de guerra montadas sobre os conveses. E quando concluíam o bombardeio do litoral, desfechado do mar, arrastavam os navios para a praia e lutavam como estavam acostumados em terra.

Arsínoe Beta reverenciava o assovio dos projéteis, gritando: *As fúrias nos concederão a vitória, Nike nos guarda. Adiante... Adiante...*

Eskedi estava ao seu lado, acionando a magia mais poderosa. *A serpente acima do cenho de Sua Majestade é uma chama viva*, disse ele, *que queimará os inimigos e os reduzirá a cinzas*. Eskedi identificava-se com a serpente *ouraios*. Sentia-se forte o bastante para decepar cabeças. *O mago*, disse ele, *é o mestre do fogo, da eternidade. Ele será como Rá no céu do leste, como Osíris no mundo dos mortos. Ele vencerá a batalha de Sua Majestade por ela.* Eskedi fez naufragar os navios do inimigo por mágica, como se estivessem numa banheira de água em sua residência em Mênfis.

Arsínoe Beta incendiou a Síria de uma ponta à outra. Sim, Ascalon, Ake, Tiro, Sidon, Beritos, Biblos, Trípole, Arados, Laodicéia, Selência de Piéria — todas as cidades litorâneas da Síria, todos os portos marítimos, caíram em suas mãos. A costa ficou negra de tanta fumaça, todas as cidades ardiam, e as areias da Síria estavam cobertas de sangue. O coração de Arsínoe Beta batia cada vez mais rápido ao escutar as notícias, transmitidas por sinais de um porto para outro, de navio para navio, até alcançá-la no sul; seu coração era como um martelo de alegria e a dor no estômago havia desaparecido.

Ela proferiu aos berros suas preces para Nike, deusa da vitória, e a própria Arsínoe Beta era muito parecida com Nike, em meio à fumaça da batalha, como uma bela aparição. Ao vê-la, os homens ganhavam coragem para avançar. Alguns juraram que haviam visto as asas de Nike sobre suas costas, brancas como asas de um cisne.

A rigor, a grande batalha terrestre deveria vir logo agora, Forasteiro, se Seshat fosse lhe contar os detalhes. Os dois exércitos devem ter se alinhado um defronte do outro, absolutamente imóveis sob o calor da tarde, a hora mais quente do dia mais quente da estação mais quente — a das campanhas de guerra. Onde exatamente aconteceu, Forasteiro, Seshat não sabe. Tudo o que pode ser dito é que os exércitos do Egito enfrentaram os exércitos da Síria em algum lugar da Síria.

Não importando tanto os detalhes, a batalha deve ter sido muito semelhante a qualquer outra. As trombetas soaram. O terrível grito de batalha, o *Alalalalai* macedônio, começou, berrado de ambos os lados, já que tanto o Egito quanto a Síria, no fundo, eram macedônios, oriundos da mesma nação. Seus pais haviam lutado ao lado de Alexandre e conquistado metade do mundo. Agora, eram atiçados um contra o outro, não mais amigos, mas inimigos. Fincavam as garras na carne um do outro. Rasgavam as gargantas um do outro, estripavam-se, faziam o sangue correr, produziam uma enchente de sangue. Os elefantes, você pode ter certeza, portaram-se com honra, bramindo, avançando, pisoteando. As tropas serviram-se à vontade das armaduras dos inimigos, das espadas e escudos, que seriam pendurados nos pórticos dos templos gregos como oferendas de agradecimento aos deuses pela grande vitória. Fossem quais fossem os valores em que puseram as mãos, isso cada qual guardou para si mesmo.

Era assim toda batalha. Nada mais há para se dizer, a não ser que o ataque mais forte de Antíoco foi rechaçado. O exército terrestre foi forçado a recuar, e a vitória pertencia a Arsínoe Beta, assim como a saudação das tropas, e a maneira como entoaram *Beta... Beta... Beta... Beta* era deliciosa de se ouvir, muito gratificante.

Em meio aos gritos de vitória, no entanto, correu a notícia de que Antíoco organizara uma nova falange de 16 mil soldados na Babilônia; conseguira vinte novos elefantes de guerra vindos da Báctria; avançara e alcançara Gaza. Antíoco não aceitaria a derrota. Pressionava o sul, marchando em sua direção, e seu objetivo era atacar avassaladoramente Mênfis e destruir a mais magnífica das cidades a ponto de reduzi-la a escombros. O exército terrestre de Mikros e Arsínoe Beta foi forçado a recuar para persegui-lo, correndo para defender as fronteiras do Egito. Então, seguindo uma brilhante sugestão de Eskedi, eles abriram rombos em todos os diques no delta leste, de modo que todo o distrito de Pelúsia ficasse submerso em um imenso lago, e as tropas sírias não puderam atravessá-lo. Sem o sumo sacerdote de Ptah, o altíssimo sacerdote, o Egito estaria perdido.

Arsínoe Beta berrou ordens o dia inteiro do alto do carro de combate e do cavalo ou da torre no lombo do melhor dos elefantes. Vez por outra seu rosto se contorcia em agonia por conta da dor de estômago. Aonde ela ia, Ptolomeu Filho a acompanhava, como parte do treinamento para se tornar um guerreiro. Ele, muito mais afeito às batalhas que o pai, adorou tudo. Gritou pelo Egito e pela Vitória, por Nike e Tiche juntas, deusas das asas de ouro, deusas da vitória e da boa fortuna, ambas encarnadas em sua mãe. E Berenice fez o mesmo — gritando do alto da torre do elefante da madrasta, gritando enquanto seguia num cavalo à frente dela, disparando flechas com a metade do tamanho normal, fazendo sua parte para derrotar os inimigos do Egito.

Mikros, não, é claro — nem gritos nem berros; mas deu ordens serenamente para que milhares de soldados fossem enviados rio abaixo para Mênfis. Ele conversou com os generais, fazendo perguntas, encorajando. Visitou os feridos. Manteve o famoso equilíbrio, mas à noite teve sonhos lúgubres, nos quais Antíoco irrompia em seus aposentos e punha fogo nos lençóis.

Eskedi disse-lhe que o sonho representava a derrota do Egito e que oferendas aos deuses era do que se precisava, substanciais oferendas destinadas a reparos nos templos, novas estátuas de todos os deuses, gansos e pães aos milhares para Montu, deus da guerra.

Mikros prometeu fazer tudo o que Eskedi recomendasse — quando a batalha estivesse terminada —, mas no calor do momento não esqueceu os deuses da Hélade, murmurando: *Pode ser que Ares seja o deus que vai nos salvar*, e ordenou o sacrifício de uma dúzia de touros negros. A seguir, outra dúzia.

Como se em resposta às preces de Mikros, uma coisa extraordinária aconteceu então; um evento milagroso: Antíoco descobriu que estavam lhe faltando dez mil pesadas tetradracmas de bronze, que era do que precisava para pagar as tropas, e um urgente despacho alcançou-o enquanto já se aproximava de Pelúsia, notificando-o de que toda a sua força de infantaria na Babilônia havia deposto as armas e se recusava a avançar até que ele pagasse os soldos. Estavam prestes a deixar de servi-lo para se porem às ordens de outro comandante — talvez o próprio Mikros. Então, chegou uma segunda mensagem informando Antíoco de que grande número de seus soldados havia sido acometido pela peste; que Babilônia tossia envolta em fumaça negra proveniente das diversas piras funerárias e que bem alto ressoavam as lamentações.

Em tais circunstâncias, Antíoco não poderia prosseguir e foi forçado a abandonar os planos de invadir o Egito. Por toda a Síria as tropas deixaram os portões das cidades com as mãos acima da cabeça, queimando incenso como um sinal de rendição. Quanto a Antíoco, ele foi forçado a recuar para o norte, na mais negra melancolia.

Trabalho de quem foi esse afortunado resultado? A quem deve ser tributada a glória da Primeira Guerra Síria? A Arsínoe Beta, a irmã, é claro. Será que ela providenciou para que as águas da Babilônia fossem infectadas? Terá sido ela mesma que enviou mensageiros a Antíoco para lhe informar sobre o motim das tropas? Alguns gargalhavam afirmando que sim. A própria Arsínoe Beta comprazia-se em deixar as pessoas acreditarem que poderia ser verdade. Ela sorria seu meio sorriso e não dizia coisa alguma. Já Mikros sempre fora cauteloso em assuntos militares. Ousadia era um atributo da irmã. A vitória pertencia à irmã, a maravilhosa, a mais maravilhosa das irmãs.

E finalmente Arsínoe Beta permitiu-se o regozijo. *Uma vitória é uma vitória*, disse ela, *estando ou não morto o inimigo ao final.* Ela ordenou que se dessem triplo soldo por um mês e três vezes uma tripla ração de vinho a todos os homens e logo a seguir cancelou a ordem, dizendo: *Não, que todo homem beba tanto quanto quiser, deixe que bebam tudo o que agüentarem, e a rainha pagará a conta.*

O Egito enlouqueceu de tanta alegria. Mikros havia mantido a Koile-Síria e a Fenícia sob controle, e o povo promoveu um festival. Arsínoe Beta ordenou o sacrifício de uma centena de touros negros a Nike, deusa da vitória, e Alexandria empanturrou-se de carne assada, permanecendo bêbada por dias e noites sem se importar com coisa alguma no mundo. Quanto a Arsínoe Beta, apesar de mal suportar beber um gole de água e não comer nada mais que um punhado de azeitonas, tinha o coração estufado de orgulho, tanto que não conseguiu dormir a noite inteira, pois a excitação da vitória estava sobre ela.

Sob os termos da paz, o Egito ficava com as cidades de Damasco e Arados, e Antíoco era privado de qualquer porto sob sua posse em toda a costa da Fenícia. Arsínoe Beta ficou com a frota de galeras a remo.

O poeta da corte, Teócrito, enalteceu bastante o triunfo de Mikros num poema longo demais para Seshat citá-lo. Teócrito louvou Sua Majestade, mas o trecho em que cantava que Mikros era mais corajoso que Aquiles, de fato, nada representava a não ser bajulação. Se alguém ali foi corajoso, foi a irmã. Todo o êxito militar foi dela, embora tenha deixado Mikros ficar com o crédito.

De volta ao palácio, ela lhe perguntou: *Qual será a minha recompensa por ter ganhado, para meu irmão, as guerras sírias? Mesmo o melhor dos poemas não é recompensa bastante por uma vitória preciosa como essa e por conquistar a paz com a Síria para todo o sempre.*

Mikros pensou por um instante, mas nada respondeu.

Ora, realmente, irmão, não há nada que eu queira tanto quanto isso, disse ela, *que você me prometa solenemente, que jure para mim: depois que eu morrer, vou desfrutar o culto e a adoração em todo o Egito e serei uma deusa, com uma estátua de ouro em todos os templos, tanto gregos quanto egípcios.*

Ela sabia que morreria logo. O pedido era simples: plena imortalidade.

Muito bem, então, disse Mikros, *eu juro*. Tornar a irmã uma deusa completa não ia lhe custar nada. E como uma rainha não pode confiar em ninguém, ela o fez escrever o juramento com o próprio sangue.

Evidentemente, Mikros obedeceu. Ele ainda não era um ingrato, não naquela ocasião.

Quanto ao poeta Calímaconã, ele cantou: *Ptolomeu Mikros governará o mundo desde onde se ergue até onde se põe o sol.* Era um pensamento sedutor, mas, se algum dia se tornasse verdade, isso se deveria aos esforços da irmã.

Prova, portanto, que no pérfido casamento com a irmã, ele fez o que era absolutamente certo. Não tinha mais do que se arrepender. Praticamente já esquecera Arsínoe Alfa e seu afável temperamento. Rudeza e vitória eram muito melhores. É verdade, Forasteiro, sem essa rainha, o Egito teria perecido. O retorno da irmã para sua casa foi como uma dádiva de Zeus.

1.30

Espíritos malignos

Como todas as dádivas dos deuses, no entanto, esta poderia ser retirada com a mesma facilidade. E de fato, muito em breve, Arsínoe Beta deveria ela própria perecer. Mas qual era o problema? Alguns diziam que, muito antes disso, enquanto se empenhava em envenenar o belo Agathocles, jurara que ninguém jamais conseguiria fazer o mesmo com ela.

Sempre corriam boatos de que ela tinha por hábito sorver uma porção regular de veneno, a cada dia um pouco mais que no dia anterior; um coquetel de venenos letais, para sobreviver a uma eventual tentativa de assassinato. De modo que, se para os mortais comuns ingerir veneno equivalia a morrer, para Arsínoe Beta ingerir veneno significava viver — pelo menos até que o curso normal da sua vida se extinguisse. Tal era a curiosa lógica sob a qual ela existia: já que vivia do veneno, sobreviveria pelo veneno.

Alguns homens acreditam que a constante dor de estômago e acessos de vômito quase diários não eram nada mais que sintomas do lento suicídio, mas os gregos desdenham o suicídio, considerando-o covardia, e Arsínoe Beta não era covarde. Você talvez pense que ela tinha pouco pelo que viver, tendo há muito perdido tudo o que estimava — os dois filhos assassinados em Cassandréia, o único filho sobrevivente afastado da corte, governando Telmessos. E, agora, até sua derradeira grande esperança, Ptolomeu Filho, crescendo à imagem e semelhança de Ptolomeu, o Relâmpago, louco como um sátiro, com um destino que lhe garantia apenas o pior. Quanto ao amor, ela havia matado o único homem que já amara porque ele cometera o crime de não lhe corresponder.

O que, então, a fazia seguir em frente, sempre lutando? O grande amor pelas Duas Terras, grande desejo de obter o controle de tudo, a enorme necessidade de tornar a Casa de Ptolomeu gloriosa e a si mesma imortal. Ela conduzia seu corpo como uma incansável máquina de guerra, dia e noite, como se houvesse jurado testar o limite de sua resistência até que os nervos se rompessem.

Outros diziam que os boatos sobre envenenamento não faziam sentido: que seu corpo estava doente e que a busca pela cura prosseguia. Mais de uma vez, Herófilos sussurrou para Mikros: *Não há cura no mundo grego que não tenhamos tentado. Está somente nas mãos dos deuses se ela vai viver ou morrer.*

Arsínoe Beta não gostava muito da medicina egípcia porque, como ela mesma dizia, os remédios egípcios eram bosta de asno e urina de camelo, e porque ela achava que os remédios gregos funcionavam melhor. Mas nem mesmo todos os deuses gregos da saúde juntos — não Asclépio, nem Higéia, nem Panacéia —, nem os melhores médicos gregos, até o grande Herófilos, haviam conseguido curá-la. Então, ela mandou avisar Eskedi, em Mênfis, que oferecia seu corpo para uma experiência em vida, concordando em tentar qualquer medicamento egípcio que ele fizesse a gentileza de sugerir, inclusive as entranhas dos abutres e a bosta de asno, se preferisse, com exceção sempre, é claro, do horror de se submeter à faca de um cirurgião.

Eskedi veio pessoalmente a Alexandria e quando pisou nos aposentos de Sua Majestade, ele a espantou, porque usava a máscara da própria leoa. Ele *era* Sekhmet — e circundou a cama da rainha grunhindo e entoando cânticos. Queimou incenso diante dela. Dirigiu-se gravemente ao espírito maligno que havia tomado-lhe a barriga como habitação e causava tanta dor. Ordenou ao espírito maligno que partisse, dizendo: *Não tendes nenhum poder verdadeiramente vosso...*

Durante todo aquele dia o grande feiticeiro assoviou, estalou a língua e imitou o chilrear dos pássaros, mas os barulhos não tiveram nenhum efeito sobre a barriga de Sua Majestade. Os espíritos malignos apreciavam demais o combalido corpo daquela envenenada rainha para se disporem a deixá-lo.

Na 17ª hora, Eskedi retirou a máscara e disse: *Até Hórus e Rá sofrem de dispepsia... Toda doença tem uma causa oculta, que pode ser o resultado de forças hostis ou o maligno desejo de um inimigo... Talvez Sua Majestade tenha irritado algum deus...*

Arsínoe Beta voltou os olhos para o teto dourado.

Talvez, Sua Majestade tenha deixado um parente morto com inveja...

Os lábios de Arsínoe Beta estavam como que selados, mas o corpo estremeceu.

A tarefa do mago, disse Eskedi, *é expulsar o espírito maligno do corpo do paciente... Eu sempre devo desafiar a enfermidade.* Ele colocou a máscara de novo e começou a rugir como se fosse a própria leoa: *Ide embora! Saí desse corpo! Sereis vítima da parte do corpo que desejais habitar... A língua se tornará uma serpente e vos picará... O ânus vos repugnará com o fedor... Os dentes vos moerão... Ide! Saí! Ó, veneno, cai por terra, deixai em paz o pobre corpo dessa mulher...*

Tremendo tanto que a cama chacoalhava, Arsínoe Beta escutou um barulho como se fosse o vento raspando nas folhas das palmeiras em cabo Zéfiro, embora não sentisse vento nenhum. Escutou um barulho como se fosse o de água caindo, como o rugido da catarata sobre Elefantine. O mago disse-lhe para tapar os olhos, ou a luz do sol a ofuscaria, e ela cobriu o rosto com um braço, protegendo-se da luz que deveria vencer a sua escuridão.

Eskedi grunhiu, rugiu, entoou cânticos, espantando com a música os demônios. Arsínoe Beta perdeu completamente a noção do tempo; mergulhou numa espécie de sono no qual escutava o vento que berrava, a água que ribombava e penetrava uma escuridão ainda mais profunda. Por quatro vezes, o grande homem fez contato direto com os demônios de Sua Majestade, fazendo-os exalar-se na transpiração dos lábios dela, e em nenhum momento o corpo de Arsínoe Beta parou de tremer assustadoramente. Por quatro vezes, os demônios resistiram a ele, falando com a língua de Sua Majestade. Por quatro vezes, o grande mestre da magia fez um demônio sair da boca de Sua Majestade num jorro de fumaça negra, mas muitos outros se recusaram a desistir. Num dado momento, mesmo o grande mago teve de abandonar a tentativa de expulsá-los: escancarando a janela, trouxe-a de volta do transe e foi embora.

Arsínoe Beta abriu os olhos. Não escutou nenhum outro ruído que não o bater acelerado do coração e, a distância, a parada da vitória subindo a via Canopo, com tambores e trombetas, e a multidão entoando o nome dela acompanhando a batida do coração: *Beta — Beta — Beta — Beta — Beta...*

Então, Mikros enfiou a cabeça pela porta entreaberta e abriu-a, sorrindo. Usava a dupla coroa, o colar de Hórus, o saiote *chendjyt* do faraó. Nos braços, portava o cajado e o mangual. *Hora de mostrar sua cara, irmã*, disse ele, *hora de acenar*. E Arsínoe Beta colocou a touca do abutre, a coroa com os chifres do carneiro e o disco solar e o colar do abutre de pesadas gemas que era da Senhora das Duas Terras. Ela deslizou até a janela das aparições. Sim, todos os homens, mulheres e crianças da cidade estavam lá embaixo, rugindo o nome dela — *Beta... Beta... Beta... Beta* —, agitando os braços acima da cabeça e dançando de alegria. Eles não a deixavam ir, gritando para que ela continuasse a acenar.

Arsínoe Beta deveria saber o que causava a dor de estômago: os demônios enviados por Arsínoe Alfa, os feitiços dela de subjugação e destruição; a maldição na hora da morte de Agathocles da Trácia, o terrível fantasma; a magia do meio-irmão, Ptolomeu, o Relâmpago, a mais poderosa magia conhecida pelo homem. Por todos esses anos, ela havia sido perseguida por terrores noturnos, fantasmas, ferozes pesadelos, estranhos barulhos no interior do ouvido. Até quando conseguia de fato dormir, o mais leve ruído voltava a acordá-la.

Os gregos gostam de falar sobre o meio-termo de ouro, dizendo que tanto o excesso quanto a falta devem ser evitados, de modo que até mesmo o excesso de saúde pode ser perigoso. Dizem que uma mulher às vezes deve experimentar ficar doente e dar as boas-vindas à doença, pois ter muita saúde ou muita sorte pode atrair a vingança dos deuses. Um excesso de saúde deve ser reduzido, assim como ao prudente capitão do navio convém jogar ao mar o excesso de carga numa tempestade. Mas a saúde de Arsínoe Beta a abandonara havia muito tempo.

Os gregos consideravam que a saúde é a grande dádiva dos deuses. E bastante assustador, portanto, quando os deuses tomam a dádiva mais preciosa de volta. Uma mulher inocente dorme em paz, protegida pela magia. São as culpadas que não dormem. Para estas, a noite é repleta de horrores. Eskedi poderia proteger-se, declarando que era o senhor do universo. Ele contemplava Rá. Podia ver a luz face a face. Mas Arsínoe Beta via apenas a escuridão. Tinha apenas os fantasmas, os demônios, como companhia, e a escuridão ficava cada vez mais densa em torno dela.

Em breve, concluiu Eskedi, ela dormirá o sono de ferro, e o irmão temia o mesmo: Mikros quase *desejava* que acontecesse.

Naquela noite, quando Arsínoe Beta finalmente conseguiu dormir, sonhou aquele tumultuado sonho no qual o crocodilo tinha *aphrodisia* com ela, contorcendo-se com o corpo dela no Nilo, as mandíbulas escancaradas, sorrindo, a água escorrendo do corpo, os olhos cintilando enquanto martelava o corpo dela com o falo coberto de couraça. Sim, até Sobek, guia dos mortos na outra vida, vinha a ela agora, e — Oh — Oh — Oh, ela não gostou nem um pouco, mas acordou muito assustada, uivando. O coração batia como se fosse uma centena de martelos de metal.

Mikros veio até ela, depois de vários chamados urgentes, e encontrou-a sentada na cama, as lágrimas descendo pelas faces.

O que está havendo com você?, disse ele. *Tivemos uma bela vitória... Você deveria estar feliz.*

Tive o mais terrível dos pesadelos, e ela emitiu um soluço.

Mikros mandou chamar Eskedi, que ainda estava na cidade, e, é claro, ele sabia exatamente o significado do sonho com o crocodilo. *Sobek*, disse ele, puxando Mikros de lado, *é o amigo dos mortos. Aquele que abrirá os olhos dos mortos. Sobek será o intérprete, ou o divino guia, de Sua Majestade nos percursos e meandros da outra vida. Sonhar que tem* aphrodisia *com um crocodilo significa que o sonhador vai morrer.*

Para Arsínoe Beta, ele disse apenas: *Significa que Sobek está com você, Megaléia. Ele é Rá; ele é Hélios, o criador do mundo. Ele é bondoso com os mortos, mas do mesmo modo bondoso com os vivos. Sonhar com ele é muitíssimo auspicioso.*

Para a noite de terrores, ele prescreveu que a pata direita dianteira de um camaleão deveria ser atada ao braço esquerdo dela com uma tira de pele de hiena. Então a deixou, dizendo a Mikros: *Remorsos profundos, Megaléios, o caso de Sua Majestade parece sem esperança.*

Já Arsínoe Beta soltou um gemido: *A dor de estômago está me matando... estou morrendo de fogo no coração... não viverei até o próximo amanhecer.*

Quando o sol surgiu, no entanto, ela ainda estava respirando.

1.31

Bem-amada do carneiro

Não, Arsínoe Beta não voou para as estrelas tão rapidamente quanto Mikros temia e desejava. Ela subsistiu, tornando o exército do Egito uma muralha de ferro, como ela mesma, transformando a frota do Egito em uma tocha devastadora, idêntica a ela, assegurando-se de que sua paz duraria para sempre.

Arsínoe Beta não morreu. Foi Filotera quem morreu, a virtuosa e mais do que virtuosa irmã, cuja existência, Forasteiro, Seshat acredita que você tenha esquecido.

Nunca tendo sido forte, na idade de 39 anos caiu doente com febre e, certa manhã, foi encontrada totalmente rígida no leito, dormindo tão profundamente que ninguém conseguiu acordá-la.

As camareiras sacudiram seu corpo de todos os jeitos. Jogaram água fria em seu rosto e esfregaram urina em seu nariz. Gritaram em seus ouvidos. Então, veio o silêncio da incredulidade. Quando Arsínoe Beta entrou cambaleante no quarto, bastou um olhar e disse: *Filotera está morta*, e foi ela a primeira a rasgar os trajes em tiras e esfregar lama do Nilo em seu rosto todo e nos braços, pois não lhe sobravam forças para mais gemidos. Ao seu modo, ela havia amado aquela irmã. E agora dava ordens aos escravos do palácio para que reunissem pedaços de madeira para a pira funerária desta alta princesa, filha de rei e irmã de rei, porque ela havia pedido para ser queimada nas areias da praia segundo o costume grego. *Alguns costumes egípcios até que são bons*, dissera ela, *mas o funeral grego é o melhor que existe.*

Por insistência da irmã mais velha, Mikros anunciou os detalhes do culto de Filotera como deusa. O culto a princípio floresceu. As camareiras conduziam a procissão com sua estátua folheada a ouro pela via Canopo até o templo de Serápis para o festival anual. No templo de Ptah, em Mênfis, os olhos da estátua de Filotera, gemas preciosas incrustadas, brilhavam na escuridão. Até Filotera, que morreu sem ter se casado, sem descendentes, não seria esquecida. Seu nome continuaria vivo.

Mas, com a lembrança, começou também o esquecimento. Filotera havia desaprovado o casamento do irmão com a irmã e nunca deixara de dizer: *Imundície... repugnante... imundície imundície imundície...* sempre que os parentes estavam perto o bastante para escutá-la. Seu nome não seria lembrado por muito tempo.

Não, aquela que lembrariam para sempre era Arsínoe Beta, que era o mesmo que Ísis, a líder das musas. Bajulavam-na em Alexandria, a grande general mulher, dizendo que ela era a décima musa, e o principal de seus bajuladores era o almirante Kallikrates. Arsínoe, a Musa, sabia tanto mentir quanto revelar a verdade. No concurso de canto entre as falsas musas e a verdade, as falsas foram derrotadas e se transformaram em pássaros. Quando elas cantavam, o céu ficava cinzento e ninguém escutava. Quando as Verdadeiras Musas cantavam, tudo silenciava, até os céus, as estrelas, o mar e os rios. Sim, a missão das musas — filhas de Zeus e Mnemosyne, ou memória — era riscar a lembrança dos infortúnios para oferecer algum alívio pelo fardo de preocupações, pois as musas não têm preocupações. Arsínoe Beta, como filha de Zeus, era ela própria uma musa. Mas nunca conseguiu de fato apagar a lembrança de seus infortúnios. O fardo dos problemas ainda e sempre pesava sobre seu espírito.

*

Em seus últimos meses de vida, será que essa mulher que enfrentou tantas turbulências na vida privada conseguiu desfrutar pelo menos um único prazer? Sim. Para dizer a verdade, isso aconteceu, pois ela pensou: *Nosso irmão tem suas mulheres. Por que Arsínoe Beta não deve ter seu homem?* Isso porque, é bem verdade, Mikros nunca mais se aproximou da irmã.

Quem, então, foi o homem de sorte que desfrutou os últimos ardores de paixão de Arsínoe Beta? Kallikrates de Samos, é claro, seu belo almirante da frota, a chama total, sua força predileta. Esse homem dedicara um templo a Anúbis e Ísis, pedindo pela saúde de Sua Majestade. Agora, também mandava erguer, à sua custa, um pequeno templo grego para a divina Arsínoe Afrodite na estrada para Canopo, no cabo Zéfiro. O farol ali havia recebido seu nome em referência ao violento vento oeste que rugia por entre as palmeiras no inverno, no litoral leste de Alexandria, onde as ondas arrebentavam furiosamente nas praias. Nesse templo, a divina Arsínoe Afrodite garantia uma boa viagem e segurança sobre o mar mais bravio para todos os que fizessem suas preces e oferendas a ela, graças à lealdade de Kallikrates.

Arsínoe Beta sempre passava muitas horas com seu belo almirante, conversando a respeito de batalhas no mar, disparadores de projéteis flamejantes e tudo o que dizia respeito a esmagar o inimigo. Conversar sobre batalhas a fazia esquecer, por algum tempo, os fantasmas do belo Agathocles, de Ptolomeu Keraunos, dos dois filhos mortos, de Filotera. Falar da novíssima arma secreta egípcia, a miraculosa bomba de estopa e olíbano granulado, fazia com que por um momento ela esquecesse a dor de estômago. Kallikrates era o único homem no Egito que sabia tanto sobre guerra quanto ela. Por sua vez, ele admirava-lhe a ferocidade, a total falta de medo, qualidades inteiramente destoantes para uma mulher, mas absolutamente magníficas para uma rainha que tinha o comando completo da guerra. Ele amava aquela rainha por ser tão parecida com um homem. E Arsínoe Beta amava aquele almirante por ser tão próximo de sua própria imagem refletida no espelho. O grande Aristóteles escreveu que é totalmente inapropriado dar a uma personagem feminina tanto a virilidade quanto a inteligência, mas Arsínoe Beta não é uma invenção de Seshat, não é uma personagem criada para um drama. Por mais inapropriado que possa ser, essa mulher possuía tanto virilidade quanto inteligência.

Kallikrates foi a chama derradeira. A chama total em si. O que Kallikrates achou disso? Ele não deixou de ficar satisfeito, embora, para falar a verdade, não tenha tido muitas alternativas nesse episódio. Um almirante deve obedecer a ordens. Assim disse Arsínoe Beta: *Esperamos que o nauarkhos cumpra sua missão*; e o despiu, assim como despira Mikros. Ela não havia feito de si mesma Afrodite, deusa da *aphrodisia*, à toa.

O sábio Aristóteles, aliás, também acreditava que leite de cabra é o melhor de todos. Quando o leite de cabra, o melhor para os inválidos, melhorou um pouco seu estômago, Arsínoe Beta rendeu sua mais especial devoção ao carneiro de Mendes. Sim, ela fez questão, então, de fazer sacrifícios ao animal com o estômago de ferro, aquele capaz de comer até mesmo cardos sem sofrer nada, na esperança de obter as mesmas qualidades.

Também custeou a reconstrução do templo do deus-carneiro, o bode que era o deus de Djedet e símbolo da fertilidade, por quem os gregos tinham especial devoção, tanto quanto em relação a Pan. Mais ou menos nessa época, o carneiro sagrado morreu e foi mumificado, recebendo uma máscara de ouro, assim como cascos de ouro e os mais pródigos ritos funerários, quase tão elaborados quanto os do touro Ápis, de Mênfis. Ela tomou um navio com Mikros para Mendes, a fim de consagrar o novo carneiro, e essa foi ocasião de grandes celebrações, banquetes e procissões, porque se tratava do grande carneiro em pessoa, aquele para quem as mulheres do Egito faziam sacrifícios quando queriam ter filhos. Chamavam Mikros de o filho do grande bode vivo de Mendes, a encarnação terrena do deus, o Bá, isso é, a imagem viva de Osíris. Acontecia que o grande bode também era um leal associado de Dionísio, pois gostava de comer brotos de oliveiras.

Assim como a virilidade do ouro Ápis se intumescia quando uma mulher levantava as vestes para lhe mostrar suas partes secretas, também o bode de Mendes se tornava mais forte ao ter sua *aphrodisia* com uma mulher. O sumo sacerdote de Mendes disse à rainha: *Não se pode prestar maior honraria ao carneiro do que a mulher do faraó se apresentar ela própria para a cópula*. Sem dúvida, da vez anterior em que lhe haviam oferecido esse refinado prazer, ela eximira-se, desculpando-se o melhor que pudera. Mas agora nada tinha a perder. Logo estaria morta, não importa o que acontecesse. Arsínoe Beta entrou na tenda do festival, levantou o vestido vermelho da deusa da guerra e deixou-se ser coberta pelo grande bode, o lorde Banebdjedet.

Em meio à confusão de balidos, ela ficou cara a cara com o grande deus e paralisada pelo olhar dele, por seus olhos vítreos. Então, quase rápido demais para que ela percebesse o que estava acontecendo, a barbicha dele estava em sua nuca, e ela sentiu o cheiro adocicado de seu divino bafo. Os atendentes seguraram as patas do deus, que se debatiam, e agarraram os chifres, de modo que ela não fosse pisoteada nem recebesse marradas; e assim o lorde Banebjedet voou. Se você quer saber a verdade, Forasteiro, foi violento, mas foi também maravilhoso. Sem dúvida, a fez esquecer a dor de estômago.

Você não deveria duvidar de que tudo isso é verdade, Forasteiro. Lembre que Seshat é a deusa da história. De que outra maneira você supõe que Arsínoe Beta ganhou o título de *bem-amada do bode*? Acredite se quiser, Forasteiro. Você está em tempos pagãos, quando tudo pode acontecer, quando nada que qualquer mulher imaginasse fazer era proibido — nem se casar com o irmão, nem mesmo a *aphrodisia* com bodes. O tempo em que você vive, Forasteiro, é bastante monótono comparado a esse.

Durante os poucos meses em que Arsínoe Beta viveu depois dessa furiosa penetração, havia um brilho novo em seus olhos, uma cintilância curiosa. Por vezes, a escutariam murmurar: *Gosto de ser fodida por Pan... Gosto de ser fodida pelo deus.*

Mas então a dor de estômago a derrubava de novo, e ela sentia de fato como se fosse o fim do mundo, o momento derradeiro da Senhora da Felicidade.

O último dos remédios para o estômago que Herófilos sugeriu foi o corvo fervido, que, segundo se dizia, era útil no tratamento da indigestão. *Ah, por que não?*, disse ela. *Por que não me servir isso imediatamente? Ficarei contente de experimentar qualquer coisa que você sugerir.*

O cozinheiro do faraó trouxe-lhe o corvo fervido antes do pôr-do-sol, marinado em vinho doce e defumado com mel para disfarçar o gosto, disposto numa baixela de ouro como se fosse uma fina iguaria, decorado com penas negras enfiadas na carne negra.

Arsínoe Beta comeu tudo, só para garantir, e os médicos e o cozinheiro ficaram assistindo à rainha comer — porque aquilo era, afinal de contas, um espetáculo. Mas carne de corvo é muito dura, grudenta, desagradável, é como comer um calçado velho e imundo, e não há como disfarçar tal gosto. Quando as cólicas começaram, ela fugiu. Sim, ela teve ânsias de vômito a noite inteira. O corvo fervido não teve outros efeitos discerníveis sobre sua saúde.

1.32

Garras de abutre

Por um lado, Mikros estava alerta em relação à obsessão de dar ordens da irmã, o autoritarismo incansável. Por outro lado, estava grato por sua ajuda. Preocupado com o bem-estar dela, ou talvez pensando em apressar sua descida ao Hades, conversou com Herófilos sobre os problemas médicos. *Você sabe, Herófilos,* disse ele, *você é o maior médico do Egito, depois de Imhotep, o maior do mundo. Você chegou mesmo a abrir a garganta do rouxinol para descobrir o que lhe permite cantar. Não gostaria de abrir a barriga da nossa irmã para descobrir qual é o problema dela? Por favor, esteja preparado. Nossa irmã parece estar em tremenda necessidade de suas habilidades médicas, e acho que chegou a hora de operar.*

Claro, Herófilos bem que estava ansioso por isso, de modo que chegou ao palácio no alvorecer seguinte com os instrumentos médicos recém-afiados, pronto para abrir a barriga da rainha e rear‑uma⁻ suas entranhas desarranjadas. Mas quando sua procissão de assistentes vestidos inteiramente de branco fez a teatral entrada nos aposentos dela — Herófilos estava acompanhado da equipe de uma dúzia de escravos trazendo fortes cordas para amarrá-la e também por uma dúzia de musculosos assistentes gregos que segurariam seu corpo enquanto ela estivesse sob a faca — e ordenou que se entornasse uma bebida forte por sua garganta para amainar a dor, ela percebeu de imediato o que ele pretendia e começou a berrar todo tipo de imundícies para o bom médico, enquanto corria pelo quarto, derrubando os móveis de ouro e jogando nele todos os objetos que alcançava, para impedi-lo de agarrá-la, e esmurrando-o, chutando-o e gritando insultos.

Mikros, parado de pé num canto, disse a ela: *É para o seu próprio bem, irmã. Decidimos ajudá-la. A operação é o melhor a fazer. Você agora deve se acalmar e se submeter a esse exame.*

Mas não, ela não aceitava. Berrou insultos contra o irmão por lhe mandar o cirurgião. *Ele não vai me cortar*, uivou ela. *Ele não passa de um açougueiro. Que vá usar suas facas imundas nele mesmo — não sou um de seus infelizes macacos.*

De fato, os berros ultrapassavam tanto a loucura que, no final, o grande homem foi obrigado a reconhecer a derrota e retirar-se, balançando a cabeça.

Questionado certa vez sobre como seria o médico perfeito, Herófilos disse: *Ele seria o homem que sabe distinguir o que é possível do que não o é.* E a verdade é que mesmo o melhor médico do mundo não sabia o que havia de errado com Sua Majestade. Embora fosse uma deusa viva, na verdade ela, obviamente, em nada era diferente de qualquer mortal no que diz respeito à inevitabilidade de morrer. Ela estava morrendo e sabia disso: de acordo com os mais apurados cálculos, restavam-lhe 14 dias de vida. Arsínoe Beta ficou semideitada em seu leito de ouro, os olhos cerrados, as faces encovadas, o rosto marcado por dez mil rugas. Respirava alto e de modo irregular. Uma serpente enroscava-se e desenroscava-se em seus braços. O irmão vinha vê-la de hora em hora, sempre que a *klepsydra* tocava, para ver se, por acaso, ela estava morta ou para apressá-la com algumas palavras rudes, se não estivesse.

Não se preocupe, irmã, disse ele. *Não deixe a morte atormentar seus pensamentos.*

Ela abriu os olhos e, sem piscar, olhou através dele, como se Mikros não estivesse ali.

Dei ordens para a realização do maior de todos os funerais que Alexandria já viu, disse ela. *Não se preocupe com as despesas. Pode tirar o pagamento do meu tesouro pessoal.*

Você quer ser cremada, perguntou ele, enfiando um bolo de queijo com o formato de um seio na boca, *ou mumificada?* Ela jogou o travesseiro nele, e o aposento foi tomado por uma chuva de penas de pombos.

Responda à pergunta, insistiu ele, rindo. *Quais são seus últimos desejos?*

Mumificada, disse ela, zangada, tirando penas da própria boca. E, então, a mulher forte, que jamais na vida mostrara temor por nada, deixou algumas lágrimas escorrerem pelas faces.

Estou com medo, irmão, disse ela.

Com medo de quê, irmã?, disse ele, fingindo preocupação.

Com medo do julgamento, disse ela. *Com medo do lago de fogo, com medo dos 42 demônios, com medo do cão negro, medo de morrer, medo de Eurinomos.*

Mikros fez cara de ora-eu-próprio-tenho-medo-disso-tudo, mas, na verdade, tais temores eram nada para um homem que sabe que é imortal.

O deus crocodilo pode lutar com Eurinomos e afugentá-lo, disse Mikros, de modo meio vago, uma vez que a geografia do outro mundo não era sua especialidade. Mas, sim, todos os gregos temiam Eurinomos, o demônio de pele azul e negra, a cor das moscas que pousavam sobre a carne do açougueiro e cujo prazer é se alimentar dos cadáveres. Isso porque tais gregos não tinham tanta confiança na existência da outra vida quanto os egípcios, e viviam aterrorizados com a morte. Até mesmo Arsínoe Beta, a mulher de ferro, temia o desconhecido.

Haviam lhe dito: *O maior de todos os abutres com o mais poderoso de todos os bicos manda no ninho.* Ela envergara a touca do abutre e se tornara bastante parecida com o abutre, Nekhbet, Senhora dos Céus. Não era ela a ministra da Guerra do irmão, uma mulher que praticamente arrancava o olho de um homem ainda vivo? Assim como o abutre, ela fora a Senhora da Morte, mas agora o fedor dos mortos pairava junto a suas narinas, e não era como o fedor que vinha de Herófilos, mas dela mesma, apodrecendo por dentro. Sim, os médicos chamaram a atenção de Mikros para a urina verde, que significava que as entranhas estavam morrendo, isso porque a urina agora refletia um verde brilhante, como a malaquita, a cor que predominava nos campos que cercavam o templo de Ptah, em Mênfis, e tinha um estranhíssimo cheiro de réptil, como a urina daqueles que haviam acabado de se empanturrar de aspargos.

Urina de crocodilo, disse Mikros, enojado, sentindo uma baforada dela quando o anão que cuidava do corpo da rainha passou por ele carregando a tigela de ouro pelo corredor, mantendo-a afastada com o braço esticado.

Certo dia a urina da rainha mudou para a cor vermelha. Herófilos disse qualquer coisa sobre sangue morto: *Ela já suportou bem mais do que os deuses lhe concederam.*

Pensando que o final se aproximava, Mikros sentou-se junto à irmã para consolá-la.

Não se preocupe, disse ele. *Anúbis vai levar você pela mão...* Ele próprio segurou-lhe a mão, buscando sentir o pulso dela, que batia sob a pele, e isso o fez pensar no falecimento de seu pai, 13 anos antes, embora a mão da irmã não fosse carnuda, mas magra, como a pata contorcida de um grande pássaro.

Patas de abutre, pensou ele. Mas o pulso de Arsínoe Beta batia forte, e pareceu a Mikros que essa mulher de ferro era exatamente como um crocodilo: difícil de matar, demorado para morrer.

1.33

Hálito de cão

O dia da lua cheia daquele mês de Pachon, no ano 15 de Ptolomeu Mikros, quando o calor estava insuportável até para Alexandria, era pelas contas de Arsínoe Beta, seu último dia entre os vivos, o sétimo dia do sétimo mês de seu 46º ano de vida. O paradoxo era que ela se sentia melhor, embora com um pouco de calor. Estava cercada, como de hábito, por ministros, embaixadores, funcionários, médicos, cortesãos, camareiros, escribas, abanadores canhotos e destros, ainda governando o Egito mesmo do leito de morte, ainda engolindo uma poção taumatúrgica atrás da outra, acompanhadas por goles de leite de magnésia. Ptolomeu Filho estava sentado numa extremidade da cama, comendo azeitonas e cuspindo os caroços nos gatos da mãe. Os macacos dela faziam algazarra no beiral da janela, comendo uvas. Seus crocodilos ainda rastejavam pelo chão de mosaico. Ela ainda tinha as cobras sobre a cama, deixando-as deslizar por seu pescoço e seus braços. Algo espantoso, estranho, estará pensando você, ó Prudente, mas todos os homens ali já estavam habituados com as excentricidades de Sua Majestade. Em tal corte, o estranho se tornara habitual — e assim seria no futuro, cada vez mais e mais estranho.

Arsínoe Beta parecia mais encovada nas faces que antes, envelhecida como Sibila e magra como uma de suas próprias cobras, mas se sentia bem. Não tinha dor de estômago agora, nem suas entranhas estavam se contorcendo; nenhum sintoma desagradável, fosse qual fosse. Estava tomada, então, pelo desejo de caminhar de um lado para o outro. *Fora!*, gritou, despachando toda aquela multidão com um gesto. Não conseguia acreditar que estivesse prestes a partir desta vida.

Pôs-se de pé, cambaleante, porque era a primeira vez que seus pés tocavam o mosaico em trinta dias. Dirigiu-se tropegamente às janelas, voltando-se então para oeste, passando a grande enseada, em direção ao Heptastadion, que fora idealizado por Alexandre, e o altíssimo Farol, o triunfo do pai dela sobre o tempo. Seguiu com os olhos descendo a via Canopo, apinhada como sempre de carroças e carruagens, cavalos, mulas e camelos, entupida de gregos e egípcios cuidando dos afazeres. Se tudo funcionava bem, como Mikros gostava de dizer, era graças à irmã.

Na sétima hora, ainda sem ser perturbada pelo estômago, ela achou que poderia se divertir invocando um ou dois deuses e lhes indagando sobre o dia de sua morte, uma vez que na sétima hora se pode fazer qualquer pergunta que se queira e receber uma resposta satisfatória.

Foi então para os seus aposentos particulares, aquele circundado por vasos marcados com *ovos de serpente, sangue de morcego, penas de abutre...*

ingredientes para os mais maravilhosos encantamentos. Acendeu o braseiro e derreteu cera numa panela de bronze. Triturou as ervas. Misturou com lagarto. Fritou miolos de um carneiro negro. Esta era Arsínoe Medéia, a virgem feiticeira de Apolônio Ródio, que tinha o poder de deter as estrelas em seu percurso e parar a Lua no seu caminho pelos céus.

Acrescentou um coração de hiena, que ficou chiando no braseiro, e o fedor disso foi insuportável, mas era o que convinha fazer se a pessoa queria conversar com os deuses.

Ela consultou as instruções do livro e leu: *Não deve ser usado sem o devido cuidado... O deus erguerá aqueles que não se protegerem e os deixará cair das alturas... Não brinque com rituais ou você atrairá um espírito zangado.*

Ela entoou a invocação, entoou de novo. Nada aconteceu.

Teria de forçar o deus a atendê-la e responder à sua pergunta. Lembrou então a prática egípcia de buscar uma visão esfregando estricnina nos olhos. Pegou uma jarra da prateleira, curiosa. Tirou a tampa, meteu o dedo, cheirou.

Nada?, disse. *Não há ninguém aqui?*

Na ausência de um sacerdote para o qual pudesse perguntar se deveria conversar com o espírito de um homem morto ou com um deus, manteve diálogo consigo mesma, murmurando as palavras encantadas.

Com Anúbis, disse. *Que o cão mostre sua face.*

Quando a sombra negra desceu pela parede sob a luz da lamparina, ela sentiu algo poderoso baixar sobre sua cabeça, um impacto de enorme peso. A câmara mergulhou na escuridão, seus olhos turvaram-se, seus joelhos cederam, e ela olhou dentro dos olhos negros do grande deus, faraó do mundo dos mortos, lorde do deserto, assombroso, terrível, e assim mesmo gentil. Ela escutou o rosnado e a batida da cauda na moldura da porta, mas não sentiu medo.

O cão negro entrou no quarto dela, pisando sem ruído, e era Anúbis, negro como um homem da Núbia, e ele a tomou rudemente pelo braço, do modo como um deus agarra alguém que não acredita completamente nele, e conduziu-a para fora do quarto, e a pele de cão era quente, lisa e negra, e seus olhos emoldurados de dourado, e ela sentiu o hálito quente e aspirou o cheiro dele, não como o cão molhado fareja outro cão molhado, mas sentindo um cheiro adocicado, como o perfume dos deuses, e ela sentiu o focinho molhado de Anúbis sobre sua nuca, cutucando-a para ir em frente.

Sobre o mosaico floral, ficou caído o corpo de Arsínoe Beta, e ela agora tinha a resposta para sua pergunta e um sorriso fixado no rosto.

Muitos homens consideraram Arsínoe Beta uma mulher cruel, mas Seshat a redime. Seshat, que nada esquece, anota o nome de Arsínoe Beta para que dure milhões e milhões de anos. Seshat registra os fantásticos e mais que fantásticos feitos de Arsínoe Beta, a poderosa construtora, para toda a eternidade.

1.34

O campo de juncos

De acordo com os sacerdotes egípcios, Arsínoe Beta, a barriga comida por vermes, ou o que quer que tenha sido, voou para o céu em companhia de Rá. Os gregos, por outro lado, juram que ela foi arrebatada para os céus pelos Dioskouroi, Castor e Pólux, filhos de Zeus, os gêmeos celestes cujo culto ela própria trouxe da Samotrácia para Alexandria.

Embora ela tenha voado para o céu, a coisa mais maravilhosa para Mikros foi o fato de ela ter partido: a tagarelice olimpiana da irmã havia se silenciado, e para aqueles que haviam sofrido por terem vivido próximos demais a ela, isso foi um alívio. O paradoxo era que, se o palácio temia tal mulher cujo mau gênio lhe dava a fúria de uma tempestade de areia do deserto, o povo da cidade a amava. Ela era bela, generosa, bondosa para os deuses e, segundo diziam, era Ísis, Afrodite, uma deusa genuína, a quem eles estavam quase ávidos para dedicar culto.

Será que Ptolomeu Mikros chorou por horas sem conta, inconsolável, pela perda da adorável Arsínoe Neta, a Senhora da Felicidade, a bela de se contemplar, a delícia do coração de Sua Majestade, a irmã que ele amava? Alguns afirmam que sim, mas foi somente mais um fingimento. Não, é claro, ele não chorou. Não conseguia parar de sorrir maldosamente. O rosto do faraó estava seco, excetuando o suor que escorria sinuosamente de seu cenho sob o calor do verão. Lágrimas, ele não as verteu. Pode ter fingido que chorava a perda, mas qual irmão que tenha penado sob o domínio de ferro de uma irmã como esta poderia reagir de outra maneira que não se alegrar com sua morte?

A primeira ordem que Mikros deu depois da morte da irmã foi para o *dioiketes*: *Tenha a gentileza de retirar da minha casa todos os crocodilos e todas as serpentes, imediatamente.* E os répteis da falecida rainha foram levados para o Jardim das Feras e nunca mais retornaram.

Com muita freqüência Mikros disse em voz baixa: *Enterrar uma mulher é melhor do que casar com ela.* Tantas vezes ele cochichou: *O homem que lamenta a morte de sua esposa... é um idiota; um tolo que não sabe apreciar sua boa sorte.* Agora, ele podia dizer tais coisas em voz alta, sem medo da língua ferina de Arsínoe Beta. Sim, Mikros pensava o mesmo que qualquer outro marido grego, ou seja, que o lugar apropriado para uma mulher, depois que seu trabalho na cama estivesse concluído, era a necrópolis.

Mas o que poderia Mikros fazer com a irmã morta? Para uma família que não era inteiramente grega (ou macedônia) nem inteiramente egípcia, esse era o maior de todos os problemas. Como realizar as exéquias de um morto sem contrariar os deuses gregos nem os deuses egípcios? O que fazer? O que fazer? Quando o *dioiketes* mandou perguntar, Mikros não soube responder; disse que estava pensando no assunto. Eskedi, sabendo muito bem o que ele provavelmente mandaria fazer, não hesitou em alertá-lo para as conseqüências: *Se você entregar o corpo de Sua Majestade à pira funerária, segundo os costumes gregos, o Ká dela — seu duplo, sua força vital — será destruído, sua sombra estará arruinada para sempre. Perder um corpo queimando-o é uma calamidade. Se o cadáver for destruído, não haverá vida para o Ká no Campo dos Juncos.*

E a verdade é que Mikros não conseguiu evitar sorrir.

Por favor, implorou Eskedi, *considere a possibilidade de preservar o corpo de Sua Majestade pelo embalsamamento. Não pense em destruí-la pelas chamas. Não elimine o nome e a energia da irmã na outra vida.*

Mas Mikros não desejava que a irmã tivesse poder nem mesmo depois de morta. Ele queria desesperadamente dar um fim ao terrível poder dela. Ficou andando de um lado para o outro sobre o mosaico de peixes dos seus aposentos, o cenho franzido. Se a queimasse, ela estaria morta para sempre, e ele ficaria livre da sombra dela; mas, se a amortalhasse, a encontraria de novo na outra vida dos egípcios e teria de enfrentar as ferroadas de sua língua, uma infelicidade eterna.

Não desejo encontrar a irmã de novo, disse ele. *Não desejo andar de mãos dadas com ela pelos Campos de Juncos pelo resto dos tempos. Não quero ser mandado por toda a eternidade.*

E, assim, disse a Eskedi: *Somos gregos, ela deve receber um funeral grego.* Ele viu o horror no rosto de Eskedi ao se voltar para ir embora, mas o coração estava decidido. *Queime-a,* disse ao *dioiketes,* e os escravos começaram a reunir gravetos de palmeira e acácia para o fogo que deveria assar a irmã como se fosse uma peça de bacon grego.

Mikros não era totalmente desprovido de piedade. Não enfiou entre os dentes dela os tradicionais dois óbolos, mas uma de suas próprias decadracmas de ouro, de modo que ela pudesse ao menos pagar ao barqueiro do Estígio sua passagem e dar ao maldito homem uma gorjeta adequada; assim, ela pelo menos atingiria seu destino, mesmo que não fosse aonde desejava chegar.

Nos últimos tempos, houve homens que se atreveram a declarar que não existem registros de um único feito digno dessa rainha, mas estavam errados, um milhão de vezes errados. Ela fez muitas coisas maravilhosas, muitas delas excelentes para o Egito.

Na verdade, Megaléios, disse Eskedi, *a irmã era uma das melhores administradoras que já viveu, uma das mulheres mais inteligentes da história das Duas Terras.*

Eskedi não condenava sua rudeza férrea. *Uma governante precisa ser firme,* disse ele. *O Egito precisava de uma governante forte. Amolecer é ruim. Endurecer é bom.*

Para os gregos, uma mulher ser uma assassina é uma coisa pavorosa. Mas os assassinatos cometidos por Arsínoe Beta nada eram se comparados aos de Alexandre e Felipe da Macedônia. De modo algum. Eskedi a amava pela firmeza, pela devoção ao Egito, pelas generosas oferendas aos deuses, pela constante gentileza e atenção aos cuidados com Ptah, o da bela face. Mikros talvez não sentisse saudades dela, mas o Egito sentiria, e muita. Para o Egito, a falecimento de Arsínoe Beta trinta anos antes de sua hora devida era uma grande calamidade.

Eskedi chorou por Arsínoe Beta, mas até Eskedi, ao falar da falecida rainha, por vezes murmuraria: *Viúva de Ani: uma mulher é como as águas mais profundas, seu fluxo é desconhecido.*

Se as solenidades do funeral de Arsínoe Beta pareceram mais a Grande Pompa, Forasteiro, isso em parte se deve ao fato de ela ter planejado tudo e dado ordens para produzir tal efeito e, em parte, ao fato de seu irmão ser preguiçoso demais para pensar em algo diferente.

A procissão começou ao anoitecer, com tochas flamejantes, e durou até a alvorada, e pela primeira vez o Farol não foi aceso, em sinal de respeito. A gorda dama da Pompa vestiu negro e suas compridíssimas penas de avestruz eram negras. Ela não se contorcia, mas caminhava em linha reta. Dionísio e as gargalhadas foram deixados para trás. Os cinco mil cavalos eram negros e os 57 mil soldados trajando negro marcharam em passo lento sob o toque surdo e lúgubre dos tambores e o bramido de solenes trombetas. Não houve vinho nem bebedeira (até depois de tudo terminado).

O corpo da bela Arsínoe Beta repousava sobre um carro puxado por 12 de seus cavalos malhados em preto-e-branco, cujas listas faziam um homem ficar zonzo ao olhá-los, com plumas de avestruz na cabeça. O carro fúnebre estava coberto com uma montanha de 16.742 rosas, uma para cada irritadiço dia de sua vida. O poderoso órgão hidráulico de Ktesibios expelia a mais chorosa melodia durante o cortejo, de modo que nenhum homem, mesmo que quisesse, pudesse adormecer — pelo contrário, estavam todos postados na via Canopo para assistir à última jornada da grande rainha.

Quando a procissão terminou, ela foi carregada para a pira funerária que havia sido montada na praia, pouco antes do amanhecer. Para simplificar,

Alexandria pranteou Arsínoe Beta. Se você acreditasse nela, Forasteiro, Seshat escreveria que as ruas transbordaram de lágrimas. É quase a verdade.

De olhos secos, Mikros acendeu a fogueira, e os restos mortais de Arsínoe Beta chiaram e estalaram, devorados pela tradicional parede de chamas. A família e os cortesãos, que conheciam seu verdadeiro caráter, ficaram ali de pé, contemplando o mar, trocando o pé de apoio vez por outra de tanto embaraço, porque se sentiam felizes em dizer: *Adeus, Arsínoe Beta, boa viagem para a Casa de Hades.* Se eles choraram, foi por causa da fumaça que entrou nos olhos e os fez lacrimejar. Nenhum homem em seu juízo perfeito chamaria isso de lágrimas.

Dos filhos de Mikros, o filho adotivo, Ptolomeu Euergetes, então com 15 anos, ainda estava em Meroé. Lisímaco, com cerca de 13 anos, ainda vivia rio acima, em Koptos. Apenas Ptolomeu Filho restava em seu lar para ver a fogueira arder, e também não havia lágrimas no rosto desse belicoso menino. Ptolemaios de Telmessos, longe, na Lykia, governando os próprios territórios, também não foi tocado pelas lágrimas quando escutou a notícia. Não, o luto da família pela rainha foi particularmente seco.

O príncipe Arkamani estava presente, no entanto, atrás da multidão. Arkamani, o rosto negro e vestido de preto, era quase invisível, a não ser quando mostrava os dentes, mas uma lágrima desceu-lhe a face pela feroz ama, a mulher que não fora nem brava nem indelicada com ele; aquela em quem ele pensava como *Nya Nyanga*.

Assim que a fumaça se ergueu, Ptolomeu Mikros sentiu uma pontada de remorso. Ao queimá-la, condenara a irmã a ser uma mulher morta para todo o sempre, negando-lhe a entrada na outra vida dos egípcios, onde ele próprio deveria passar um milhão de anos. Ela não seria Arsínoe, aquela que vive para sempre, não poderia mais ser.

No *perideipnon*, ou banquete fúnebre, a mulher morta supostamente preside a mesa como anfitriã. Mikros usava guirlandas de flores e proferiu a elegia, curta, mas repleta de nada além de elogios, pois para os gregos é funesto falar mal dos mortos. Ele olhou fixamente para a cadeira posta na tumba para a irmã, olhou fixamente para tal ausência. *Como,* perguntou o moderno cientista que havia nele, *uma mulher morta poderia estar presente? Ela está morta, foi-se... e para sempre.* Ele bebeu até a última gota do vinho que havia na taça de ouro muitas e muitas vezes. Quando ergueu os olhos de novo, viu um vulto cinzento, quase apagado, sentado na cadeira, o crânio com as órbitas sem os olhos, os dentes à mostra sorridentes e os cabelos desgrenhados; ela olhava fixamente para ele, como se estivesse acusando-o de tê-la cremado quando ela queria a mumificação.

Sim, como ela deixaria de vir assombrá-lo? Ela morrera 25 anos antes da sua hora e precisava vagar pelo mundo dos viventes até que o período natural da sua vida se esgotasse. De repente, todas as pombas que revoavam pelo palácio de Mikros pareciam ter o rosto de Arsínoe Beta, o rosto com aquele nariz comprido como um bico de pássaro, os mesmos olhos redondos como contas e o olhar arregalado. O fantasma dela flutuava nos sonhos de Mikros; o grito estridente, que mais parecia o de um morcego, o mantinha insone, como o proverbial asno no espinheiro.

Mikros soltava suspiros. Não podia desfazer a cremação. *Talvez,* pensou ele, *eu sentisse menos remorso se tivesse seguido as minuciosas instruções de seu testamento. Ora, não me dei conta do quanto Alexandria a amava.* Claro, Alexandria amava Arsínoe Beta quase enlouquecidamente.

1.35

Bem-amada do crocodilo

Sim, a grande popularidade da irmã morta pegou Mikros praticamente de surpresa. De repente, nada do que ele fazia era o bastante para homenagear e manter viva a lembrança dela. Ele cunhou moedas de ouro que mostravam seu rosto solene de olhos esbugalhados, instituiu o grande festival alexandrino, chamado Arsinoéia, no qual sua estátua de ouro maciço foi carregada para a via Canopo nos ombros de homens fortes, ergueu uma estátua de ouro dela montada num avestruz para marcar sua celebrada vitória na corrida de avestruzes, ergueu um altar à divinizada irmã na Ágora e sacrificou nele incontáveis animais com chifres numa oferenda de sangue dedicada a ela — sangue para fazer feliz o fantasma dela.

Também assentou as fundações de um gigantesco templo grego com múltiplas colunas coríntias para o culto a Arsínoe, a graciosa, a amante do vento oeste — o famoso Arsinoeion. De tal templo, via-se a grande enseada, e lá havia uma estátua dela reclinando-se apoiada num cotovelo no frontão triangular, cercada pelas musas, pois, como Ísis, ela era a primeira das musas, deusa do mar e padroeira dos marinheiros. Sim, e ele mandou trazer um obelisco de 72 cúbitos de altura, flutuando rio acima, vindo de Heliópolis, que foi arrastado pelas ruas de Alexandria por centenas de escravos para ser colocado diante do templo, um obelisco egípcio, com a extremidade feita de ouro, que faiscava sob a luz do dia, porque a irmã era o próprio Sol.

Construiu um Arsinoeion também em Mênfis, dentro das muralhas de seu palácio de tijolos de barro, e mandou que também colocassem lá uma estátua de ouro de Filotera, de modo que suas duas irmãs fossem cultuadas sob o mesmo teto — pelo menos, até determinada época, quando a estátua de Filotera já pudesse ser afastada para as sombras.

Arsínoe Beta não estava sozinha em sua morte, não sem um marido, porque Eskedi a tornou a grande esposa de Ptah e até colocou uma estátua de ouro dela no templo de Ptah, em Mênfis. Tamanha era a estima de Eskedi pela irmã, que ele, humildemente, solicitou tornar-se o primeiro sacerdote, ou escriba, de Arsínoe Beta, assim como de Filotera.

Então, o *prostagma* foi divulgado, assinado conjuntamente por Mikros e Eskedi, determinando que Arsínoe Beta fosse a co-deusa dos templos, sua estátua junto à do deus principal de todos os templos, de modo que ela era adorada todos os dias no Alto e no Baixo Egito. Isso era algo de que jamais se ouvira falar, a mais formidável homenagem que poderia ser prestada a ela.

Arsínoe Beta tornou-se deusa até em Tebas, onde os tebanos — que jamais haviam sido grandes amigos do rei Ptolomeu — lhe permitiram usar os chifres de carneiro de Amon por trás das orelhas, como Alexandre, e lhe conferiram o augusto título de Filha de Amon.

Os sumos sacerdotes deram, inclusive, a Arsínoe Beta o nome de um trono só para ela: "Aquela que está unida ao coração da verdade, bem-amada dos deuses." As únicas rainhas a receberem homenagens antes dela foram Hatsheput e Tauseret, eras antes, e elas haviam governado como reis.

Honras tão prestigiosas jamais poderiam ser obtidas sem o apoio de Eskedi. Nenhuma dessas coisas — praticamente inéditas — teriam sido feitas sem que todos os sumos sacerdotes no Egito tivessem essa rainha estrangeira na mais alta consideração.

Enquanto Arsínoe Beta estava viva, Mikros brincava com os amigos dizendo que algum dia providenciaria o maior ímã do Egito e com ele provaria que ela não era absolutamente feita de carne humana, mas de ferro. Depois do falecimento da irmã, ele teve a brilhante idéia de erguer uma estátua de ferro no Arsinoeion em Alexandria. Aplicou seus conhecimentos científicos, gabando-se de que se um imã grande o suficiente pudesse ser encontrado, a estátua, sem dúvida, flutuaria acima do chão como uma lembrança perpétua da natureza metálica dela — e, é claro, porque os pés de uma deusa genuína não deveriam simplesmente tocar o chão.

Era apenas uma piada, a famosa ironia dos gregos, mas o tipo de coisa que divertia os alexandrinos, e assim Mikros deu ordens a Timócares, seu arquiteto, para começar a trabalhar.

Apesar de todo o seu entusiasmo para homenagear a irmã, Mikros jamais concluiu a construção do Arsinoeion. Será que não estava de fato empenhado no projeto? Ou talvez não pudesse justificar o gasto com um prédio tão gigantesco? Estaria o velho Mikros ressurgindo? Aquele que sempre achava mais fácil não fazer coisa alguma? Ou, simplesmente, ele não amava a irmã tanto quanto dizia?

Não, prudente leitor, Mikros parecia mais disposto agora a adorar as belas concubinas do que a horrenda irmã. Disse ao *dioiketes*: *Bilistikhe é sete vezes mais bela que Arsínoe Beta; vamos transformar Bilistikhe em Afrodite no lugar da minha irmã.* E, assim, Bilistikhe ganhou a preferência, e Mikros tornou-a também Epônimo Canéfora de Arsínoe Beta, de modo que a concubina carregava a cesta na procissão anual em memória de sua esposa.

Melhor uma prostituta viva, ria ele, *que uma irmã morta.*

O que pensarão os gregos?, perguntou o *dioiketes.*

Não me interessa, disse Mikros. *Eu sou Zeus. Eu sou Poseidon. Eu sou Hélio. Eu sou Rá. Vou fazer o que bem entender.*

Ele consagrou templos ornamentados a ouro à sua amada Bilistikhe Afrodite por toda Alexandria, e o sangue dos touros foi derramado em homenagem à melhor de suas concubinas como uma deusa viva. Então, ergueu estátuas para ela em todos os templos gregos do Egito, num santuário próprio para Bilistikhe. E se não fosse por Eskedi, que se recusou a permitir tal blasfêmia, Mikros teria mandado pôr estátuas de sua prostituta também em todos os templos egípcios.

Sem dúvida, Mikros sofreu tremendos surtos de remorso sobre a vida após a morte da irmã, a jornada sem fim pelo mundo subterrâneo de Hades. *Mas ela vai apreciar encontrar-se com os membros da família que foram para lá antes dela*, pensou ele. *Toda nova chegada no Hades recebe uma acolhida calorosa dos que já estão mortos faz tempo*. Ele se perguntou, uma ou duas vezes, quem a receberia. Então, deixou escapar um estridente risinho de contentamento. *Ora*, riu-se ele, *Agathocles da Trácia, o homem que ela amou, o homem que ela assassinou. O ensangüentado Agathocles vai ser o primeiro a dar as boas acolhidas à sua madrasta no Hades.*

Os ombros de Mikros estremeceram só de pensar nisso. Lágrimas de riso escorreram por suas bochechas. E, sim, pensou ele, ela continuaria sofrendo do estômago, ainda mandando trazer leite de magnésia nos porões da terra carregado por camelo. Ele considerava um alívio não ter de enfrentar a irmã batendo portas e lhe atirando jarros, nos Campos de Juncos, onde ele próprio passaria a vida eterna.

Teve sua melhor idéia quando visitava Pneforos, o deus crocodilo, cuja nova casa-templo construíra dentro de um pátio em Teadélfia, no distrito do Lago. Sim, foi quando viu pessoalmente o deus crocodilo, sua imagem viva, preso a uma prancha e carregado, com suas sorridentes mandíbulas amarradas, levado numa procissão pelos sacerdotes na festa anual, que Mikros pensou: *Sem dúvida, se o Ká dela assumir a forma de alguma fera, além do pássaro de cabeça humana, terá de ser a do crocodilo.*

Em Crocodilópolis, perto do lago, Ptolomeu Mikros concordou em substituir o velho templo de tijolos de barro de Sobek por um novo prédio feito de calcário dentro de uma muralha construída de tijolos. Em Crocodilópolis, a irmã tinha se deliciado em acariciar o focinho do deus. Adorara enviar braceletes e tornozeleiras de ouro, uma centena de gansos, uma centena de porcos e uma enormidade de vinho para seus crocodilos no lago sagrado.

Como poderemos melhor lembrar a irmã, depois de sua morte?, perguntou-se ele. *Como poderemos tornar a lembrança dela duradoura no distrito de Crocodilópolis?*

E ele deu uma palmadinha na coxa, porque tinha a resposta. Nada poderia combinar melhor que ter a irmã incorporada ao deus-crocodilo.

Ele confidenciou seus pensamentos secretos a Eskedi, o homem que deveria aprovar a plena apoteose egípcia da irmã: *Ela exilou minha esposa. Roubou os filhos da minha esposa e tomou conta deles, então se empenhou o quanto pôde para fazer eu me voltar contra eles. Ela era muito parecida com o crocodilo. É algo pequeno, mas é o quanto basta.*

Ele despachou o *prostagma* determinando que a cidade de Crocodilópolis passasse a ser chamada de Arsínoe Beta. Sim, todo o distrito de Crocodilópolis, que recebera o de Nome Crocodilópolis, foi renomeado para *Arsinóite Nome*, e ele tornou a irmã a deusa local, de modo que ela surgiria sorrindo no templo do deus crocodilo para sempre. Quando as pessoas falassem o nome dela, pensariam em sua irmã, os olhos reluzentes, dentes mordiscantes, sorriso falso, mau gênio — e veriam o crocodilo.

Dessa maneira graciosa, Mikros vingou-se; foi como expressou seu imorredouro ódio, disfarçado de imortal amor. Desse modo prazeroso, ele expressou os conflituosos sentimentos em relação ao falecimento da irmã: o amor e ódio, a gratidão e abominação. Foi ao mesmo tempo um ato que representou a maior das homenagens e a maior das repulsas.

Eskedi, é claro, aprovou. O coração de Nefersobek, sua esposa — cujo nome, talvez você se lembre, significa *Belo é o Crocodilo* — ficou em festa. Os egípcios não olhavam Sobek com repulsa, como Mikros, mas o amavam. Mikros fizera a coisa mais certa.

Por sugestão de Eskedi, ele acumulou ainda mais títulos egípcios sobre a irmã falecida, dando-lhe até um nome de Hórus e um sobrenome de nascimento, como se ela fosse o próprio rei.

Ele lhe deu o nome de Filha de Geb, o deus terra.

E Filha do Touro.

E a Grande Generosidade, a Enormemente Preferida.

E Imagem de Ísis.

E Bem-Amada de Hathor, o Dourado, Bem-Amada de Aton.

Ele encomendou uma tripla estátua para o Serapeion de Alexandria, com Amon no meio, Mikros à sua direita e Arsínoe Beta à sua esquerda, e Eskedi pôs palavras na boca de Amon, fazendo-o dizer para a rainha morta: *Vou fazer de você uma deusa à frente dos deuses sobre a terra... Eu lhe concedo o hálito da vida que sai de meu nariz, para dar vida ao seu Ká, de modo a rejuvenescer o seu corpo para sempre.* Belas palavras, que compensavam, talvez, o fato de Mikros ter eliminado o Ká dela para todo o sempre.

Por que, então, Mikros obedeceu ao pé da letra os desejos da irmã, quando seria tão mais fácil ignorá-los? Forasteiro, ela havia planejado tanto isso que a maldição cairia necessariamente sobre ele, caso não obedecesse a suas ordens até os mínimos detalhes. Ela havia vertido a libação de vinho não-diluído sobre o solo. Havia proferido palavras solenes, arrepiantes, enquanto Mikros assistia boquiaberto. Ele tinha calafrios na espinha quando se lembrava do jorro de sangue dos carneiros, de sua *dexiosis* como garras, das ásperas palavras com que o fez jurar ser fiel à sua memória; não tentar ludibriá-la; a risada entrecortada como a de um abutre.

Naqueles tempos, os homens acreditavam verdadeiramente no imperativo poder de uma maldição. A irmã era Ísis, grande na magia, e ele tinha medo demais dela para desobedecer a suas ordens. A princípio, ele pode ter dado risadas, mas tinha *mais* medo dela morta que viva. Era bastante capaz de derramar lágrimas de terror sobre seu túmulo. Tudo foi feito de modo que ela não lhe causasse nenhum mal depois de morta, para manter o fantasma dela feliz.

Ela lhe surgia em sonhos como Afrodite Ourania, a Divina, cruzando o céu da noite, montada não sobre um grande cisne, como deveria estar, mas nas costas de um avestruz gigante, com Ptolomeu Filho enganchado na ave à sua frente. Com freqüência ele acordava banhado de suor, preocupado com o filho tão instável. Mikros preocupava-se com o garoto mais que com qualquer outra coisa, então, porque também sonhava com Ptolomeu Filho avançando contra ele com facas fixadas nas rodas de sua carruagem, tentando cortar o pai em pedaços.

1.36

Infortúnio

Sim, de fato, Ptolomeu Filho, o único filho de Mikros que sobrara naquele lar, estava cada vez mais zangado e violento. Ele gostava de estrangular galináceos com as mãos nuas e adorava torturar os gatos do palácio, comportamento que causaria insurreição e rebeliões se os egípcios algum dia tomassem conhecimento do fato. Ele próprio, com apenas 9 anos, parecia um garoto endemoniado. O que Mikros iria fazer com esse rapaz? Alguns pensavam que ele acabaria por deserdá-lo — e diziam isso. Outros apostavam que ele faria exatamente o que a irmã havia determinado.

De fato, era bastante simples: Mikros era uma pessoa de palavra — e dera a palavra. A irmã o fizera jurar. Quando o *dioiketes* chegava com mais notícias a respeito do mau comportamento de Ptolomeu Filho, Mikros não lhe dava ouvidos. Quando ele questionava a prudência de tê-lo como sucessor, Mikros dizia apenas: *A pessoa deve aceitar o filho que lhe nasceu.*

Aos 10 anos, seu filho começou a participar de corridas de carruagens, na verdade mais jovem que seria prudente fazê-lo, porque não é fácil para um mero menino manter um veículo desses sob controle durante 12 voltas numa pista de corrida. Talvez, isso tenha sido culpa de Mikros, o pai indulgente, que não sabia dizer não ao filho único, que ele amava, e o deixava fazer tudo o que quisesse. No dia da corrida, acossado por condutores mais habilitados, o menino foi jogado para fora da veloz carruagem e aterrissou de cabeça no solo poeirento, levantando um alarido de comoção no hipódromo. Seus ferimentos não foram sérios, mas muitos achavam que esse acidente o fez começar a se comportar de um modo estranho. Outros diziam que ele já era estranho antes do episódio, indicando seus olhos róseos, cabelos pálidos e o fato de que seus pais eram irmãos de sangue. O casamento incestuoso explicava tudo, diziam, era a ira dos deuses começando a mostrar efeitos.

O jovem Ptolomeu Filho nunca parava de girar a espada, lançando-a para o alto e aparando-a. Deliciava-se em assoviar alto nos sacrifícios gregos, nos quais a lei requeria total silêncio. Com freqüência, mais alto que os urros da vítima, ouvia-se a gargalhada do menino que deveria se tornar faraó.

Sempre que o filho de Mikros vinha a Mênfis, Eskedi o via como mais que uma réplica de seu meio-tio, o belicoso e louco Ptolomeu Keranus. Os macedônios não teriam muito como reclamar disso, pois ser belicoso era o que se esperava de todo menino macedônio, mas Ptolomeu Filho já estava se mostrando demasiado violento.

Numa cerimônia solene, ele agarrou a coroa azul da guerra, tirou-a da cabeça de Mikros e arremessou-a como se fosse um *diskos*. Mikros berrou com ele, mas não bateu no filho, não lhe deu nenhuma punição adequada. O estrago já estava feito, no entanto: o filho havia jogado fora a coroa, e isso era um mau augúrio.

O que dizem os gregos? *Um governante deve aprender sendo governado. Não é possível comandar sem antes aprender a obedecer.* Mas Ptolomeu Filho não aprendia nem a ser mandado nem a obedecer. Alguns diziam que não era apenas o rabo desse menino que era de porco. O porco precisava ser abatido, de fato, mas ainda não. Antes do dia de o sangue correr, problemas aconteceriam. E, sim, apesar de o faraó não ser passível de cometer erros, a culpa era do pai. A mãe, que ao menos tentara mantê-lo dentro de limites, se fora. Ptolomeu Filho estava solto na vida, e ele era exatamente como Mikros ao dizer, mesmo ainda tão novo: *Vou fazer o que bem entender.* Ele aprendera isso com o pai.

Apolônio Ródio, o tutor desse aluno rebelde, tinha de amarrar as pernas dele para que o menino não fugisse correndo. Dele, Apolônio apenas dizia: *Pais depravados geram prole depravada; a maçã cairá junto à sua macieira.* Mas ele não se atrevia a dizer coisas como essas diante de Sua Majestade.

Eskedi dava a Mikros conselhos bastante incisivos: *Os ouvidos de um menino serão sempre tocados em suas costas: ele escutará você, se lhe der uma surra.* Mas o rei Ptolomeu não queria escutar nada a respeito de aplicar surras no menino que era Harpocrates, o jovem Hórus, e assim o filho seguia em frente fazendo tudo o que queria.

Ptolomeu Filho escutava de Apolônio Ródio as sábias palavras de Kleobulos de Lindos: *Um homem deve respeitar o pai.* Mas ele bocejava ao ouvir isso. Os filhos com freqüência saem diferentes de seus pais, mas de um filho que está aguardando para se tornar o faraó, se deveria esperar que tivesse alguma afeição pelo pai, ajudando-o quando este se tornasse idoso. Nem um pouco. O filho de Mikros já havia jurado que nunca ajudaria o pai em nada, a não ser, talvez, a morrer. Devia ter acontecido alguma coisa tremendamente errada com a educação desse menino. Talvez devessem culpar a mãe — a mãe, sim, que havia feito de tudo para tornar o filho como ela. A mãe, sem dúvida, que havia criado o filho para desprezar o pai e ensinara-lhe que ele poderia, quando crescesse, com facilidade, tomar o trono de Mikros quando bem quisesse; que não havia motivos para esperar até que o velho morresse. *Tome para você o que quiser,* dissera ela. *Você deve se portar como a serpente e dar um bote rápido.*

O curioso é que, a despeito dos problemas que causava, Ptolomeu Filho não perdia a afeição do pai. Era o único filho que Mikros havia deixado em casa. Como herdeiro do trono, usava cacho lateral nos cabelos, atributo de

Hórus, como príncipe coroado, e o restante da cabeça raspada — e odiava isso. Em Mênfis, era a sombra de Mikros em todos os rituais egípcios — e detestava isso, repudiava os banhos rituais no lago sagrado, odiava os trajes egípcios que precisava vestir. *Um homem de verdade não usa colares de pedras preciosas*, dizia ele. *Sou macedônio. Quando eu for rei, vou encher esta terra de macedônios e chutar os egípcios para fora daqui, todos eles, além de incendiar todos os seus templos.*

Eskedi via Ptolomeu Filho lançando a espada e enxergava nele o mesmo olhar sombrio dos olhos de Keraunos, o mesmo ar enlouquecido, e isso o perturbava. Freqüentemente, Eskedi confidenciava à esposa: *Ele é como o idiota que nada escuta; não há ninguém que possa com ele. É alguém que considera conhecimento como ignorância e o que é belo como algo nocivo. As pessoas a cada dia ficam mais exasperadas com ele.*

Ptolomeu Filho mal sabia contar os dedos da mão. Não seria inteligente como a mãe. Seria como um cachorro louco que vive acorrentado, que passa o dia irritado, latindo para o nada.

Arkamani ainda morava no palácio de Mikros, mas não costumava latir contra tudo. Os macedônios se atrapalhavam com seu nome; chamavam-no de Ergamenes. Liderados por Ptolomeu Filho, debochavam dele por ser diferente, os lábios grossos e o cabelo encaracolado, e o chamavam de cara preta. Riam dele por ser tão parecido com os macacos. Arakamani aprendera o grego à custa de muitos padecimentos em Alexandria, mas não detestava nem os gregos nem o idioma. Era grato a Ptolomeu Mikros, seu protetor. Arkamani e Mikros, Meroé e Egito, os melhores amigos que poderiam existir.

Eskedi ensinou a Arkamani os hieróglifos e alguma coisa da sabedoria egípcia. Por seu lado, Arkamani ensinou ao próprio Mikros coisas sobre Meroé.

É verdade, perguntou Mikros, *que há tribos em que as pessoas não têm o lábio superior e outras em que não têm língua?*

Cortados pelos nossos inimigos, sussurrou Arkamani em resposta.

E há tribos que desconhecem o fogo?, perguntou Mikros.

Não há necessidade de fogo, disse Arkamani, *num lugar quente daqueles.*

E há até tribos, perguntou Mikros, *que só conseguem falar balançando a cabeça e acenando com as mãos?*

Apenas porque nenhum estrangeiro pode entendê-los, respondeu Arkamani.

Sim, a verdade era que os gregos não entendiam esse estrangeiro — e do que não entendiam, debochavam. A única educação que Arkamani não recebeu em Alexandria foi o treinamento militar. Não tinha permissão para pegar numa espada. Não lhe permitiam nem mesmo praticar lutas. Seria um erudito, a não ser que aprendesse a ser rebelde.

Arkamani disputava corridas de carros com Ptolomeu Filho, que vencia com freqüência, e pode ser verdade que os adversários o deixassem ganhar por ele ser quem era. Arkamani nunca chegava em primeiro lugar, nunca, mas não se ressentia por isso. *Há coisas mais importantes que ganhar uma corrida*, disse ele a Eskedi, *tais como comida para o povo da Etiópia, tais como medicamentos para meu povo em Meroé...* mas ele tinha juízo bastante para não dizer nada disso diante de Ptolomeu Filho.

Eskedi via a verdade: Arkamani seria um faraó melhor, mas arriscaria mais que a vida se dissesse isso. No entanto Mikros não via a verdade. Ele tinha uma nova eclosão de guerra para ocupar seus pensamentos.

Dois anos depois da morte da irmã, Mikros deparou com a necessidade de lutar sua primeira guerra sem a ajuda dela, aquela convocada por Cremônides, um dos mais proeminentes políticos de Atenas, que liderou uma revolta de toda a Grécia contra a Macedônia. Se você quer saber detalhes, Forasteiro, tinha tudo a ver com as velhas cidades da Grécia, lideradas por Atenas e Esparta, que formaram uma liga anti-Macedônia e estavam tentando reconquistar a liberdade que lhes havia sido tirada cem anos antes.

A guerra começou com Cremônides e Atenas desrespeitando o domínio exercido pela Macedônia, quando as esperanças de vitória de Cremônides dependiam de obter o apoio de Mikros, uma vez que a armada egípcia tinha total controle do grande mar. Mikros concordou em mandar seus navios para a Grécia, porque era o que a irmã teria feito, e enviou o almirante Patroclos para comandá-los. Cremônides, no entanto, não havia sido tão inteligente quanto pensava, pois o Egito não era mais a grande potência marítima que fora enquanto Arsínoe Beta estava viva.

Nessa guerra, Mikros enfrentou o formidável Antígonos, chamado Gonatas, ou Rótula, um filho de Demétrio Polioquitas. Antígono invadiu Atenas e conteve os espartanos no istmo, enquanto Patroclos manteve a frota ancorada a distância da costa da Ática — sem fazer coisa alguma.

Depois, Patroclos pediu desculpas o melhor que pôde, dizendo que ele não dispunha senão de egípcios nativos, maus marinheiros, mas os boatos diziam que Patroclos se recusara a atacar os macedônios, uma vez que ele próprio era macedônio — e que sua lealdade estava com a Macedônia, não com o Egito.

Mikros havia se unido à liga anti-Macedônia, seguindo os últimos desejos de Arsínoe Beta, que havia deixado ordens e dissera-lhe o que lhe aconteceria se as desobedecesse. Mas muita coisa havia mudado desde a morte dela, e seu conselho não respondia aos complexos problemas com os quais Mikros agora tinha de se defrontar. Ele não quis saber de embarcar pessoalmente para a Grécia. Como sempre, preferiu permanecer em casa com as concubinas.

Assim, o que fez Mikros? No passado, talvez tivesse consultado um oráculo, mas a irmã havia insistido com ele: *Você deve ser ousado em assuntos de guerra.* E sempre dizia: *Você não deve confiar em absurdos como augúrios e o vôo de pássaros. Pense por si mesmo. Nunca tenha medo de atacar.*

Mikros gostava de dispor de tempo para pensar direito sobre as coisas. As *decisões* eram tão problemáticas para ele que Mikros com freqüência nada concluía. Deixar a decisão em suspenso era, na verdade, parte de sua filosofia. E ele nada fez senão seguir a política traçada pela irmã, como antes.

A irmã era muito boa em prever o que ia acontecer, bastante perspicaz em adivinhar qual frota iria se mover, para onde e quando. Mas Mikros só conseguia ter noção de seus navios quando estavam diante dele, ancorados. O mesmo acontecia com o exército: ele não enxergava o que deveria fazer a não ser que os homens ficassem parados, perfilados. Uma vez que iniciassem algum avanço, e a batalha esquentasse, e as botas começassem a levantar poeira, ele ficava confuso. Nunca conseguia acompanhar os movimentos da cavalaria, pois os cavalos se moviam depressa demais. A verdade era que ele só conseguia pensar em uma coisa de cada vez, e na maior parte do tempo estava pensando, estivesse onde estivesse, em *aphrodisia*.

Onde houvesse assuntos de guerra, este rei tinha duas mãos esquerdas. Ele era *erotikos* — um amante —, não *guerreiro*. Mikros e a falecida irmã haviam complementado um ao outro perfeitamente. Mas agora ele a havia perdido.

Tais eram os problemas de Ptolomeu Mikros. Ele não era idiota. Era até um grande rei, pois sabia quais eram suas limitações, sabia que não era bom em organizar guerras, que não era absolutamente bom nisso.

Justamente nessa época, Mikros estava mais interessado nos avanços de Eudoxos de Knidos, que havia acabado de construir um observatório em Alexandria para estudar as estrelas e foi o primeiro a ensinar aos gregos algo sobre o movimento dos planetas. Mikros teria ficado satisfeito em se juntar aos astrônomos e aprender os mistérios dos céus. Ouviu-se quando ele disse: *Vale a pena ganhar um torcicolo de tanto olhar para cima se um homem puder enxergar o planeta vermelho...*

Mikros estava interessado nas estrelas. As estrelas eram importantes, significavam grandes coisas. A guerra não era nada, a não ser carnificina sem sentido, um desperdício de energia humana, uma perda inútil de dinheiro. Os generais e almirantes eram perfeitamente capazes de dirigir uma guerra sem ele. Mikros mal se informava a respeito da Guerra Cremonidiana. Mas o resultado foi que o Rótula reconquistou a Macedônia e esmagou Epeiros, deixando Atenas sob cerco. Esta, atacada por projéteis flamejantes, rendeu-se, a Aliança perdeu a guerra e a armada de Mikros foi aniquilada por Agathostratos de Rhodes: metade de suas galeras a remo afundou, metade dos marinheiros se afogou, e Rótula estava rindo dele, o rei que não conseguia vencer uma batalha.

O resultado dessa derrota foi que o próprio Cremônides fugiu para Alexandria, onde ele e seu inútil irmão, Gláucon, colocaram-se a serviço de Mikros, e Cremônides assumiu pessoalmente o comando da armada derrotada — ou do que sobrou dela.

Mikros não se recusou a dar emprego a Cremônides depois do fracasso da guerra que levou seu nome. Ele ainda estava a serviço de Ptolomeu, ainda era um almirante, 18 anos depois.

Por que ele permitiu que Cremônides lhe servisse?

Mikros disse: *Por alguma razão, os deuses não concederam a Cremônides uma vitória. O infortúnio não foi culpa dele.* Cremônides era seu amigo. Foi porque ele gostava de Cremônides. De fato, Mikros não tinha a menor noção de como lidar com pessoal militar. Em Alexandria, começavam a dizer: *Ptolomeu Mikros não sabe fazer guerra... ele sabe apenas fazer amor.*

Enquanto durou a guerra, Ptolomeu Filho, agora com 13 anos, era co-soberano, com o pai. Mikros o mandou viajar com Berenice, sua meia-irmã mais velha, para ver a guerra de Cremônides e aprender sobre as batalhas marítimas, mas eles passaram todo o tempo a bordo de um *trieres*, vendo a ociosidade de Patroclos, e embora Berenice, lealmente, insistisse que Patroclos fosse um bom almirante, Ptolomeu Filho considerou-o tão inútil quanto Mikros.

O filho mais velho, Ptolomeu Euergetes, agora com 17 anos, não viu a guerra, nem guerra alguma, porque ainda estava no exílio em Meroé. Ele não havia sido criado com quaisquer expectativas de substituir o pai. Euergetes passava seus dias numa sela, na caça aos elefantes, apanhando-os com uma armadilha que fechava um nó corredio nas patas traseiras, ou escavando um fosso na trilha que usavam para beber água. Ou então poderia estar caçando serpentes gigantes para o Jardim das Feras de seu pai. Estava plenamente satisfeito.

Os horoscopistas núbios afirmavam a Euergetes repetidamente que ele seria o sucessor de seu pai como faraó, mas ele nem sequer sonhava em voltar para o Egito. Havia se acostumado ao grande calor do país do sul. Não tinha grande desejo de se tornar rei. Não odiava o pai por tê-lo afastado de casa. De modo algum. Mas, nesse meio-tempo, permanecia como estava, o desfavorecido filho de Arsínoe Alfa, que nada conseguia fazer corretamente, enquanto Ptolomeu Filho, apesar de seu mau comportamento, aos olhos de Mikros parecia perfeito.

Já Berenice, aquela que seria chamada de *Syra*, tinha 15 anos e ainda vivia em seu lar em Alexandria. Seus seios haviam crescido até os exigidos três dedos de altura, o que significava que ela já tinha idade para ter um marido, mas não estava noiva de homem algum. Não, porque Mikros a estava guardando para o dia em que poderia precisar dela para selar a paz com a Síria.

No ano 20, Mikros enviou Ptolomeu Filho, o co-soberano, o favorito, para representá-lo na cerimônia de consagração do novo templo de Mendes. Foi idéia de Eskedi, para dar ao garoto alguma responsabilidade, fazê-lo amadurecer um pouco. Ele disse a Mikros: *Um príncipe egípcio não faz coisa alguma, mas deve ser útil*. Eskedi também pensou em treinar o próximo faraó para pensar mais em obrigações e menos em prazer.

Mas como Ptolomeu Filho se saiu em Mendes? Não muito bem, Forasteiro, pois ele se recusou a cortar os cabelos e a raspar os pêlos pubianos. Negou-se a mergulhar o corpo no lago sagrado para purificação, dizendo que era água suja, cheio de excremento de pombos. Soltou altas risadas e gritou como um abutre durante o ritual. Recusou-se a render homenagem ao bode fedorento, aquele que já fora o bem-amado de sua mãe, presenteando-o com oferendas e sacrifícios. Tudo o que fez foi profanar o lugar sagrado, exatamente como Eskedi previra.

Mas Sua Majestade manifestou contrariedade quando soube disso? Não, não o fez. Lançou palavras ásperas contra o filho atrevido? Não, claro que não. Não fez nada, não disse sequer uma palavra. Para Eskedi, disse apenas: *Foi apenas brincadeira de menino. Ele vai aprender a se comportar quando crescer.* O filho era Harpocrates, o jovem Hórus. Era seu destino tornar-se faraó, o poderoso touro, um deus vivo, aquele que não era passível de cometer erros. Mikros não aceitava escutar críticas ao filho, era como um homem imbecilizado.

Eskedi, no entanto, via no seu íntimo o futuro do menino. Sabia que Ptolomeu Filho era o primeiro, não na linha sucessória, mas na fila para uma morte prematura; que ele mal teria mais cinco anos de vida e que sua morte seria violenta.

*

Ptolomeu Filho não era mais que uma criança quando Arsínoe Beta morreu. Mas não teria ela ensinado muito a ele? Nos seus últimos dias, ela encontrou tempo para lhe dar o último de seus conselhos, indicando-lhe a estrada que ele deveria seguir — a estrada do desprazer, do veneno, da morte repentina — ao lhe ensinar a antiga máxima: *Gentileza demais é o caminho para a destruição*. Ela também lhe disse: *Você não deve ter medo de matar para obter o que deseja. Você será um deus. Os deuses fazem tudo o que bem entendem*.

Arsínoe Beta perdera todas as esperanças de que Ptolomaios de Telmessos tomasse para si a coroa do Egito. Mikros havia jurado jamais permitir a um filho de Lisímaco da Trácia sucedê-lo. Ptolomeu Filho era a última grande esperança da irmã para um herdeiro gerado em seu próprio corpo para o trono do Egito. E Ptolomeu Filho comportava-se justamente como filho de sua mãe, cheio de fogo e fúria, tomado de um selvagem desejo de poder e riqueza. Ele nasceu irritadiço, rebelde, exatamente como Ptolomeu Keraunos, irritando-se até por ter de vestir o saiote *chendjyt*. Habitualmente, mostrava satisfação ao recusar-se a fazer o que Mikros lhe pedia. Agora, divertia-o mais ainda apontar a espada contra o queixo do faraó e vê-lo estremecer. Na primeira vez em que fez isso, parou quando Mikros lhe pediu. Mas quando brandiu a espada, rindo, sob o queixo de Mikros pela décima vez, e não parou quando lhe disseram que parasse, e não pôde conter sua risada histérica, e só se acalmou quando Mikros berrou chamando os guardas para arrastá-lo dali, então alguma coisa precisava ser feita.

Mas o que Mikros poderia fazer? Não podia anular a co-governança do filho, pois não havia outro a quem passá-la. Ele havia mandado embora de Alexandria, para sempre, os outros filhos. Dar uma surra no jovem Hórus era algo que ele não faria. Mikros então decidiu mandar Ptolomeu Filho para fora do Egito por algum tempo.

O jovem não gostou disso, é claro. Não gostou nem um pouco. Mikros sabia que seria uma discussão áspera, que o filho berraria, se recusaria a ir, se mostraria violento e se comportaria exatamente como a mãe. Não, Mikros não disse ao filho que ele estava banido até que chegasse a Mileto. Apenas quando o navio o desembarcou no cais, contaram ao filho que ele deveria permanecer naquele lugar e obedecer a ordens, que se ele tentasse entrar no Egito sem a permissão de seu pai seria preso e encarcerado. A carta do pai dizia: *Tudo isso é para o seu próprio bem. Você continua sendo o herdeiro do Egito, mas não deve retornar até ter aprendido as boas maneiras egípcias.*

Foi o bom povo de Miletos, então, que presenciou o ataque de pontapés, gritos, xingamentos e juras aos deuses, em vez do pai do menino.

Quatro anos se passaram, durante os quais a raiva do filho só fez alcançar maior fervura. Sim, raiva, já que Mileto era o fim do mundo, um lugar repleto de rudes soldados mercenários, gauleses e trácios, e o filho preferia viver em Alexandria. Esses anos em Mileto destinavam-se a civilizar o filho, a fazê-lo enxergar a própria imagem no espelho, os rudes, e querer mudar seus modos. Infelizmente, Mileto teve justamente o efeito inverso sobre ele. Ptolomeu Filho não ganhou modos civilizados; nem um pouco — pelo contrário; ainda incorporou alguns hábitos da convivência com os bárbaros.

1.37

Calor radiante

Se os filhos de Ptolomeu Mikros não iam nada bem, a família de Eskedi florescia. Não muitos anos depois da morte de Arsínoe Beta, o jovem Anemhor, neto de Eskedi, o filho mais velho de Padibastet, agora com 20 anos e um jovem sacerdote no templo de Ptah, começou a acumular muitos cargos. Padibastet lhe disse: *Agora que você está prosperando, deve estabelecer sua própria casa e pensar em ter uma esposa.*

Na primeira vez em que Anemhor viu Herankh, ela estava tirando água do rio. Falou com ela quando a encontrou de pé junto ao estábulo do Ápis, esperando um oráculo.

As primeiras palavras que disse a ela foram: *Seus lábios são como brotos de lótus. Seus braços são como os curvos galhos da árvore nova de sicômoro*, e então o sorriso envergonhado de Herankh fez seu coração saltar como o órix e se inchar de tanto amor. Os sonhos dele eram repletos da visão dos lábios dela, dos seios dela, que eram como os frutos maduros do arbusto do morango, e da voz dela, que era suave como o hálito doce do vento norte.

Tome nota, ó Prudente, que diferentemente da família de Ptolomeu, na casa do sumo sacerdote de Mênfis os filhos não se casam com a mulher escolhida pelo pai, mas a escolhem eles mesmos; e embora você possa pensar que se casar com a irmã seja um costume corriqueiro no Egito, naquela casa não faziam isso, de modo algum, nem uma única vez isso aconteceu em 1.200 anos. E por que não? Como disse Eskedi: *Sangue novo é bom. Casar com a irmã não é proibido, mas também não devemos encorajar tal coisa. Casar com a irmã pode ser bom para os deuses, mas não é muito bom para a espécie humana.*

Ele já vira um número suficiente de bezerros deformados para saber que a endogamia traz problemas — e nada mais que problemas.

Quando Herankh se casou com o jovem Anemhor, foi sagrada sacerdotisa no templo de Sekhmet, a deusa leoa, esposa de Ptah. O grande prazer de Herankh era tocar o sistro e fazer música para agradar o deus. Também fazia música para o marido, como todas as mulheres egípcias. Não aprendeu a ler nem a escrever os hieróglifos. Tinha ocupações o bastante fazendo pão e cerveja, ajudando Nefersobek e Neferrenpet a dirigir a casa do sumo sacerdote. Claro que ela não se submeteu ao treinamento básico com armas, como as filhas dos Ptolomeu. Não a estimulavam a ser rude, violenta, irritada. Nem faziam isso com qualquer mulher egípcia.

O jovem Anemhor era o grande escriba na família do sumo sacerdote, e sua ascensão na hierarquia do templo foi rápida, uma vez que se tornou escriba real para assuntos financeiros no templo de Osíris-Ápis, então escriba de Arsínoe Filadelfos. Realmente, seu progresso não tinha nada a ver com o fato de ser neto do sumo sacerdote de Mênfis, absolutamente nada. O jovem Anemhor era um dos mais sábios, dos mais merecedores.

Padibastet já havia proferido para o filho as palavras da instrução de Ptahhotep:

O homem sábio é conhecido por sua sabedoria.
O grande homem é conhecido por seus grandes feitos.
Seu coração combina com sua língua,
Seus lábios estão retos quando ele fala.

De todos os seus cargos no templo, aquele ao qual mais se dedicava o jovem Anemhor era os cuidados com o Ápis. E ele dava cem vezes mais atenção ao Touro Sagrado que ao culto de Arsínoe Filadelfos? Será que pensava que um egípcio nativo daria um faraó melhor que um Ptolomeu? Não era solidário aos sacerdotes de Tebas que desejavam se ver livres dos gregos e ter de novo um faraó egípcio? Anemhor não falava sobre coisas como essas. Sua lealdade ao rei Ptolomeu era absoluta. Não pensava de modo algum em alimentar uma rebelião. A obra de sua vida era preservar Maat, a ordem própria das coisas no Egito, e manter afastadas as forças do caos.

Herankh demonstrou afeição por Anemhor esfregando o nariz ao dele, de modo que ele disse: *Quando a beijo, fico bêbado sem cerveja.* Logo a barriga dela começou a crescer, e ela esperava o nascimento de sua primeira criança sob o receio de Seth, deus da confusão e da desordem, que governava, entre outras coisas, os infortúnios da gravidez das mulheres. Herankh não precisava se preocupar. Ela estava guardada por muitos outros deuses.

Todas as crianças são bem-vindas entre os egípcios que não rejeitam as filhas como tantos gregos fazem, mas um homem sempre fica muito satisfeito ao ganhar um filho que carregará sua linhagem familiar. Um filho vai tomar conta do pai quando este estiver velho e enfermo, assim como o pai cuidou do filho na infância, quando este era indefeso. O filho deve enterrar o pai quando chega o dia de ele seguir para o belo Oeste.

O filho de Herankh foi chamado de Djedhor. A vida inteira deveria ser dedicada ao serviço de Ptah, o grande deus. Servir Ptah, o do belo rosto, o criador do mundo, era o grande e mais profundo desejo de todos na família.

*

O período em que viveu o jovem Anemhor foi marcado por grande violência no mundo grego, quando uma guerra rapidamente se seguia à outra. No conflito que foi chamado de Primeira Guerra Púnica, Roma lançou-se contra Cartago, e os cartagineses mandaram mensageiros a Mikros, pedindo ajuda. Disseram que se lembravam da generosidade do pai de Mikros em relação à ilha de Rodes numa hora de necessidade e que agora os cartagineses ficariam agradecidos por todo o auxílio que ele pudesse lhes prestar, mas precisavam especialmente de dinheiro para comprar máquinas de cerco, catapultas, arremessadores de projéteis e construir navios de guerra mais modernos.

Mikros respondeu a Cartago dizendo: *Ambos os lados nessa disputa são antigos amigos. Já há muito prometemos manter a neutralidade em qualquer guerra.* E ficou aliviado por não se envolver. Mais uma vez, o trabalho da irmã se mostrou maravilhoso. Ela bem merecia os títulos e o culto como divindade, e ele intensificou os sacrifícios de sangue para seu zangado fantasma.

Pouco depois, Mikros nomeou Apolônio como o *dioiketes*, mas, por favor, não o confunda, Forasteiro, com Apolônio Ródio, diretor da biblioteca. O novo Apolônio era mercador e proprietário de terras, com muitos navios à disposição, que importava mercadorias da Síria e da Anatólia. Agora ia tomar conta do desempenho do Egito na guerra e tentar substituir a irmã, como se calçasse os calçados de fogo dela. O nome que com mais freqüência estava nos lábios de Mikros nesta ocasião não era Bilistikhe nem Didyme, mas Apolônio. Sem importar a hora do dia ou da noite, Apolônio tinha de vir vê-lo imediatamente. E com freqüência precisava correr.

No ano 25 de Ptolomeu Mikros, quando Eskedi estava com 80 anos e cada vez mais enfraquecido, Nerfetiti, sua neta, casou-se com Akhoapis. Foi uma boa união, uma vez que o marido era escriba dos deuses do templo de Mênfis. Era o mestre dos segredos de Rostau, aquele que entra no lugar sagrado. Era o purificador da câmara secreta. Era o mestre dos segredos do templo de Ptah. Mas seu primeiro cargo era o de sumo sacerdote de Letópolis.

Pouco depois nascia o segundo filho do Jovem Anemhor e Herankh. Deram-lhe o nome de Horemakhet, ou *Hórus que está no horizonte*, que, por acaso, era o nome da grande esfinge de Mênfis. O horóscopo de Horemakhet ditava que ele seria o sumo sacerdote de Mênfis pelo tempo de 43 anos. Era seu destino viver ao longo do reinado de três Ptolomeus e ser o maior egípcio das Duas Terras. Viveria 66 anos, 7 meses e 7 dias, exatamente.

Não enfaixam os bebês nesta família, e a casa ficou repleta de risos e de grande alegria. O pai disse: *Haverá tempo de sobra para bandagens mais tarde*. Que diferença da família do rei Ptolomeu, cuja casa com muita freqüência estava tomada por brigas e onde o filho e herdeiro — mesmo com 16 anos de idade — odiava o pai o bastante para querer matá-lo.

O tempo passou — e tanto tempo que até mesmo na casa do sumo sacerdote de Mênfis alguém precisa morrer. Eskedi estava macérrimo e era o homem mais sábio no Egito, mas, à noite, reclamou de pés e dedos frios. Ele sabia qual seria a exata extensão da sua vida, conforme disposto pelos deuses, e que seus dias já terminavam, mas essa lembrança não o perturbava, pois vivia uma vida de virtudes. A morte para ele era mais como mudar de moradia. Ele até a aguardava com certa alegria, pois então se encontraria com os deuses aos quais servira a vida toda. Seu mais profundo desejo era ser enterrado junto à tumba do touro Ápis, do outro lado do rio, lá na borda do deserto, acima de Mênfis. Ele havia construído ali pessoalmente a sua mansão de milhões de anos. A nova casa estava pronta e aguardando-o.

Neferrenpet ficou sentada junto a Eskedi em suas últimas horas. Fora sua mulher por trinta anos. Ela fora a grande música de Ptah, a mais talentosa música de Sekhmet, a leoa. *A Anciã*, era como chamava a si mesma agora, sorridente, uma que seu rosto estava enrugado como o de uma tartaruga. No derradeiro dos 29.565 dias de Eskedi, não houve comoção. O homem idoso ficou deitado, quieto, na cama, esperando por Anúbis, o deus que o conduziria até o Campo dos Juncos. Quando viu o cão negro, sorriu seu meio sorriso e cerrou os olhos.

Suas últimas palavras foram: *Que as cheias do rio jamais deixem de acontecer...*

*

231

Padibastet colocou o corpo embalsamado e enfaixado do pai em dois sarcófagos de madeira maciça. O rosto de Eskedi foi pintado no sarcófago exterior, as faces jovens há muito recobertas de rugas. Essa juventude seria restaurada na outra vida, e os grandes olhos castanhos ali pintados cintilavam, e o meio sorriso ainda estava nos lábios, sereno na morte, navegando na barcaça noturna com os deuses. Agora ele próprio era um deus, um Osíris, o Osíris Eskedi, com a pele de ouro e a barba encaracolada de um ser divino, jovem para toda a eternidade.

Padibastet não colocou o habitual rolo de papiro com os capítulos do Livro dos Mortos escritos nele do qual necessitavam os homens comuns, o indispensável livro guia para a outra vida, pois Eskedi não era um homem comum. Ele conhecia de cor os capítulos vitais. Conhecia o mapa da outra vida tão bem como conhecia as ruas secundárias de Mênfis. Não, Padibastet deu ao pai uma coisa muito melhor, uma vez que pôs no sarcófago seis rolos em branco de papiro — cada qual com noventa cúbitos de comprimento, mais de quinhentos cúbitos ao todo —, bem como seus instrumentos de escrita de junco e os bolos de tinta vermelha e preta, de modo que Eskedi pudesse ser um escriba na outra vida; de modo que ele pudesse continuar a escrever para sempre.

Por último, Padibastet colocou no sarcófago o *hypokeophalos*, um disco de linho endurecido com gesso, decorado com quatro babuínos fazendo seu culto ao Sol, e com inscrições em hieróglifos. O momento em que Padibastet fez esse objeto deslizar para debaixo da cabeça do pai foi mágico, pois um halo brilhante de chamas e calor percorreu o corpo do falecido. Eskedi sempre tremeu de frio nos invernos úmidos de Alexandria. O *hypokephalos* o manteria aquecido na outra vida, mesmo que lá fosse tão frio quanto as noites de Mênfis. Padibastet viu pessoalmente o brilho, como o pai havia predito. Ele sentiu o calor se alastrando e fechou a tampa sobre o rosto dourado.

O Ká — ou alma — de um homem morto às vezes pode ser visto como um pássaro disparando num vôo por entre as copas das palmeiras próximo ao túmulo. O Ká também pode tomar a forma de um objeto, como uma flor de lótus — símbolo da imortalidade —, ou de uma serpente, ou de muitas outras coisas. O Ká de Eskedi sem dúvida assumiu a aparência de um Íbis, o pássaro que é Thoth, pois Eskedi era Thoth em tudo, sabedoria tornada carne.

Padibastet tinha 50 anos quando o pai morreu, já idoso para os padrões egípcios. Ele já era profeta do templo de Ramsés em Mênfis e mestre dos segredos de Ptah, supervisor dos mistérios do lago e profeta de Hórus, o Falcão, profeta de Arsínoe Beta, de Ísis, do Ápis Vivo e conde e príncipe do Egito. Agora, ele se tornava o primeiro dos sacerdotes do Egito.

O faraó veio pessoalmente a Mênfis para ungir as mãos de Padibastet no novo cargo. Quando Ptolomeu Mikros desembarcou de sua barcaça de ouro, Padibastet lá estava para lhe dar as boas-vindas, usando trajes de linho puro e o manto de pintas de leopardo. Ele se curvou e beijou o chão sete vezes diante do faraó, e os habitantes de Mênfis, milhares deles reunidos ali, fizeram o mesmo. Mikros colocou os dois anéis de ouro nos dedos de Padibastet e pôs em suas mãos o bastão de electro. *Tu és de hoje em diante o sumo sacerdote do deus Ptah*, disse ele. *Os tesouros dele e seus celeiros estão sob teu comando. Tu és chefe do templo dele; todos os servos dele estão sob tua autoridade.*

Embora de hábitos modestos, Padibastet agora assumia a direção de um grande número de empregados — o camareiro-chefe, o tesoureiro, a equipe de escribas, guardas, jardineiros, cozinheiros, padeiros, açougueiros, mensageiros e marinheiros —, centenas de servos, mais do que qualquer homem, a não ser o faraó.

Padibastet conhecia o nome secreto do deus. Sabia como mudar a ordem das coisas e fazer o tempo correr às avessas, se assim o quisesse, mas não queria alterar coisa alguma. No Egito, a mudança era algo ruim, ficar tudo o mesmo era bom. Padibastet não estava destinado a fazer o mundo se agitar. Ele não deveria perturbar o delicado equilíbrio entre as Duas Terras, mas mantê-lo, rechaçando as forças do caos. Sem dúvida, ele havia prosperado, mas as dobras de gordura na barriga que muitos sacerdotes tinham, ele não as tinha. Comia pouco. Raramente bebia vinho. Sua alma lançava luz sobre seu corpo, muito parecido com uma pluma, como deveria ser.

Para esse grande e modesto sacerdote, quase tão importante quanto ser primeiro profeta de Ptah foi herdar o posto de escriba das rações da vaca no templo de Mênfis, a Divina Vaca, mãe de Ápis, e ter se tornado o profeta do próprio Ápis Vivo. Sempre, quando estava em Mênfis, alimentava com as próprias mãos a Divina Vaca e seu agora grandioso filho. Eskedi amava tanto o Ápis e sua mãe que manteve esses cargos até o dia de sua morte. Padibastet, o filho, amava o Ápis ainda mais do que o pai tinha amado.

1.38

Lágrimas de sangue

Passaram-se os anos e Arsínoe Beta já havia dez anos era um vaso de cinzas numa prateleira sobre o túmulo de Alexandre. Mikros havia sobrevivido quatro mil dias sem os sábios conselhos da irmã, sem as críticas ferinas, o sorriso adocicado e o péssimo, terrível gênio. Quando da morte dela, todos os homens haviam cochichado entre si: *O que ele vai fazer sem ela agora?* Como, de fato, pudera ele sobreviver sem essa pessoa insubstituível?

Claro, ele tinha Apolônio, o *dioiketes*, e os conselheiros militares, os homens que falavam como se entendessem de guerra, de comércio de azeite de olivas e do nível adequado para as taxas sobre suínos — todas essas coisas sobre as quais Mikros não queria pensar. Os conselheiros eram bastante bons, mas não eram nem tão determinados, nem tão enérgicos, nem tinham tanta confiança nos próprios movimentos quanto a grande generosidade. Todos os conselheiros financeiros juntos não valiam nem a metade do que valia a irmã.

Assim, Mikros padeceu, quatrocentas noites de inquietude, sem saber ao certo o que era melhor fazer em relação aos negócios estrangeiros, mas de alguma maneira conseguindo manter-se à tona, de algum modo aferrou-se ao trono. Seus súditos, tanto gregos quanto egípcios, queixavam-se da severidade de seu governo, mas ele aprendera a ser severo com a irmã. Alguns homens cochichavam que Alexandria não era mais um lugar tão acolhedor como fora sob o governo de seu pai, assim como também não era o Egito. Foi Padibastet que anteviu a deterioração das coisas, que previu a revolução, e alertou Mikros para um futuro cheio de problemas.

Como poderemos evitar esses problemas?, perguntou Mikros. Mas Padibastet deu a mesma resposta que dera o pai: *Há apenas uma maneira, Megaléios. Você deve construir templos maiores, deve fazer oferendas de maior vulto para os deuses.* Mas a essa altura Mikros já havia aprendido a lição: ele fazia o que quer que o sumo sacerdote quisesse dele. Padibastet sabia muito bem o que estava fazendo, assim como Arsínoe Beta tinha total ciência do que fazia. Os problemas domésticos, de fato, não eclodiram ainda no tempo de Mikros. Primeiro, veio a guerra, que desviou as atenções, e a ânsia de repelir os inimigos fez o Egito esquecer as revoluções.

Quando a estátua de Arsínoe Beta, em seu templo em cabo Zéfiro, segundo se noticiou, se moveu, falou, transpirou e em seguida *chorou*, Mikros dirigiu-se em sua carruagem até lá para ver tudo com os próprios olhos, e a corte o seguiu, carruagens e cavalos subindo a galope com grande barulho pela estrada para Canopos.

Como ela conseguiu fazer uma estátua chorar?, murmurava Mikros por todo o trajeto. *Ela não é mais deusa do que os barcos na enseada.*

Mikros subiu correndo — algo de que jamais se ouvira falar — até o templo e penetrou sozinho e afobado no santuário, zangado por ter tido o sono atrapalhado, enquanto os cortesãos esperavam do lado de fora, como se estivessem segurando a respiração. Ah, como seu coração criou coragem para contemplar, uma vez mais, o rosto da irmã, com seu tênue sorriso, ao estilo egípcio, a coroa de Atef na cabeça, ornada de cobras, e o corno da fartura sob a axila do braço esquerdo. Ele poderia muito bem ter mandado erguer no lugar daquela estátua uma que fosse do próprio Sobek.

Mikros vasculhou aqueles olhos de ouro. Afagou os cílios de cobre com um dos dedos, apertou os mamilos incrustados de prata, esfregou os nós dos dedos no seu enfurecedor sorriso. Era apenas uma estátua, perfeitamente seca. Ele fez menção de partir, mas na soleira voltou-se e deu uma última olhada. Agora via bagas de mofo no cenho de ouro da irmã. No olho direito brotava o que poderia bem ser uma lágrima. Ele arregalou os olhos, horrorizado, enquanto a gota escorria pela bochecha e caía no seio, ambos de ouro, e a lágrima era vermelha. Arsínoe Beta estava chorando lágrimas de sangue.

Mikros ficou abalado. Na quarta vez em que voltou para checar se não havia sido enganado, já passava uma hora do amanhecer, e ele estava ali de pé, parado diante da estátua, escutando. Nada soava, a não ser o chilrear dos pássaros e as ondas batendo na praia. Então, ele escutou a voz da irmã lhe dizer: *Vista a armadura, irmão... Estamos em guerra contra a Síria...*

Dos degraus do templo, Mikros soltou um berro: *Afiem as espadas... estamos sendo invadidos*, e o silêncio dos cortesãos deu lugar ao alarido.

A notícia de que as tropas vindas da Babilônia estavam a caminho chegou em um mês.

Mikros, raramente preparado para qualquer coisa, também não estava pronto para essa nova guerra. Dessa vez, para piorar as coisas, precisaria lutar sem a magnificência militar da irmã, a grande comandante de mau gênio, e todos os oráculos lhe anunciavam oito anos de desordens, 2.920 dias de carnificina.

Mikros havia ficado tranqüilo por muito tempo; calmo em exagero, desde que escutara que o grande inimigo, Antíoco Soter, estava morto. Tendo escutado que o novo rei da Síria, apesar de jovem, era um fraco, Mikros parara inteiramente de pensar no problema. Agora precisava agir, porque o fraco conquistara músculos.

Esse poderoso faraó voltou sua fúria, então, contra o novo inimigo, o segundo rei Antíoco, chamado *Theos*, isto é, Deus. Ele tinha 26 anos, não era absolutamente um fraco, mas repleto de energia, ardendo de vontade de pôr as mãos sobre os valiosos territórios do sul da Síria, da Palestina e da Fenícia, maldosamente roubados deles pelo Egito. Mikros já não era tão jovem, tinha 49 anos. Estaria com 56 antes que a paz retornasse. Oito anos de incerteza fariam dele um homem idoso. Mikros era o fraco, agora. Contudo, a Síria não desfechou uma invasão em ampla escala, mas foi a tolice do próprio filho em Éfeso que iniciou a nova guerra, a Segunda Guerra Síria, como a chamaram. Sim, isso porque o idiota Ptolomeu Filho, mal tendo completado 19 anos, agora anunciava sua intenção de pegar em armas contra o próprio pai, pretendendo derrubá-lo do trono e tornar-se rei do Egito.

1.39

A revolta de Éfeso

Ptolomeu Filho deveria submeter-se ao treinamento militar macedônio em Mileto. Tinha um tutor para lhe ensinar a arte e a ciência dos negócios de Estado, a teoria e a prática do governo, e tudo isso nada mais era do que uma preparação para governar o Egito depois que o pai morresse. Para fazer sua estada em Mileto parecer menos um banimento, fora-lhe dado o comando de uma guarnição, mesmo sendo jovem demais, e uma generosa dotação em tetradracmas de ouro. Ele tinha seus conselheiros para garantir que fizesse o que era certo. Não teria, assim acreditou Mikros, muitas dificuldades enquanto estivesse em Mileto. Mas a verdade é que o filho rebelou-se desde o início. Deu uma surra em seu tutor e conseguiu aproximar-se de Timarcos (*ti-MAR-cos*), um etoliano do oeste da Grécia, um dos líderes dos soldados mercenários da Jônia. O tutor logo fugiu, afirmando que seria mais fácil ensinar a esfinge a dançar que os verbos irregulares a Ptolomeu Filho.

Timarcos, o etoliano, o mais rude dos homens, com talvez 40 anos de idade, havia armado o acampamento de tendas de couro logo fora das muralhas de Mileto, de onde enviou presentes de belas carruagens e velozes cavalos a Ptolomeu Filho, e tornou esse descontrolado príncipe seu amigo. Timarcos contou a Ptolomeu Filho histórias de sua vida de combatente mercenário — sobre suas guerras e massacres; do prazer e da delícia de matar. Beberam grandes quantidades do fortíssimo vinho de Mileto não-diluído, e então Ptolomeu Filho fez de Timarcos confidente. *Odeio meu pai*, disse ele.

Odeio a maneira como ele tenta mandar em mim, dizendo-me o que devo ou não fazer, exigindo sempre de seus espiões um relatório de meus passos.

Você poderia subornar os espiões, amigo, disse Timarcos. *Poderia fazer com que escrevessem para seu pai dizendo "Ele está fazendo tudo direito." O dinheiro vai manter os espiões quietos.*

O filho sorriu como um idiota.

Você poderia ser o rei do Egito assim que quisesse, amigo, disse-lhe Timarcos, *com a ajuda de um homem como Timarcos.*

O filho não conseguia parar de rir. A idéia já tomara-lhe o coração.

Você poderia se tornar o rei do Egito amanhã mesmo, disse Timarcos, *se você se colocasse sob minha liderança. Eu também gostaria de ver o rei do Egito morto.*

Ptolomeu Filho encontrou em Timarcos, o etoliano, portanto, um homem que considerou um seu igual. E assim esses dois começaram a tramar o assassinato de Sua Majestade.

Ptolomeu Filho passava os dias no acampamento dos mercenários, onde Timarcos lhe transmitia ensinamentos avançados de manejo da espada e condução de um cerco, a ciência das catapultas e como desenvolver a pontaria com um arco, aulas avançadas de cortar gargantas e estripar pessoas, e ele agora se mostrava um aluno mais empenhado que antes. Timarcos aprimorou-lhe a técnica até ele se tornar um campeão olímpico em cuspe a distância. Timarcos transformou-se no herói desse menino, tanto quanto Hector e Lisandro.

À noite, Timarcos levava-o ao bordel e mostrava-lhe o que se deveria — e não deveria — fazer. Assegurou-se de que o Ptolomeu Filho soubesse a respeito do azeite, da funda e a pedir o *periplix* e o *amphiplix*, as voltas da serpente e todas as coisas que mais deliciavam os homens Timarcos levou o menino para a bebida e para as prostitutas, para as prostitutas e para a bebida, e até ajeitou-lhe a exclusividade de uma mulher, a bela Eirene. Timarcos não era passível de cometer o menor erro. Ptolomeu Filho depositava total confiança nesse criminoso; sim, era como um cego que confia num lunático para segurar sua mão — e depois caminha para a beira do precipício.

Você poderia se perguntar, Forasteiro, o que os empregados de Mikros faziam durante todo esse tempo, por que não tomaram conta do garoto, mas ele era o comandante da guarnição, com poder de mando sobre eles, e não o contrário, e ele fazia tudo o que desejava — como fosse o faraó. Conseguiu chegar a isso porque o *seria* um dia, porque a autoridade de Mikros era débil e porque distribuiu a seus companheiros ração dobrada de vinho, dizendo-lhes para que não contassem ao seu pai o que ele andava fazendo.

Não, Mikros ficou sabendo que o filho vivia a mesma vida selvagem dos mercenários. Ele herdara toda a dureza de ferro da mãe, ansioso pela grande aventura que seria a rebelião contra o pai. E não fora a própria Arsínoe Beta que sugerira tal coisa? Não havia sido ela que dissera ao filho que ele seria um rei muito melhor do que seu ordinário pai? Ele subornou os empregados que retornavam ao Egito para que não se queixassem dele. Os empregados receberam o dinheiro, é claro, porque aquele garoto seria o próximo faraó, de modo que ficaram pensando em que espécie de tratamento ele lhes reservaria no futuro se o traíssem agora. Assim, Mikros não ficou sabendo de nada a respeito do problema que seu filho causa na Jônia — não, nem uma só palavra sequer.

Quando finalmente chegaram notícias de Mileto aos ouvidos de Mikros, isso o perturbou tanto que ele fez com que o filho se mudasse para Éfeso, a principal base militar, onde teria companhia diferente e mais para ocupar seu tempo, de modo a manter-se em paz. Ptolomeu Filho não apreciou ser mandado para Éfeso, a cidade construída sobre um pântano, onde ficou sendo picado por moscas, mas Timarcos e os soldados mercenários o seguiram e armaram as tendas fora das muralhas da cidade, como antes. A disciplina era igualmente frouxa entre as tropas de Éfeso. Eles jamais haviam visto o rosto do faraó. Por que deveriam se importar em obedecê-lo? Mikros não sabia da metade do que acontecia com o exército. Ninguém na Jônia ligava muito para as ordens que vinham de Mikros. Desse modo, seu filho facilmente subornou os oficiais de lá, como fizera antes, e continuou fazendo o que bem entendia.

Padibastet, no entanto, conversou com um viajante que vinha da Jônia e teve notícias sobre o que estava prestes a acontecer. Disse então a Sua Majestade: *Atenção, comenta-se que ele está sempre aos pés desse Timarcos, havendo renegado a fidelidade a Vossa Majestade. Respeita-o como se fosse seu vassalo. E arde de desejo de destruir seu pai.*

Mikros franziu a testa: *Não creio nisso*, disse. *Não é possível. Devem ser mentiras.*

Mikros só tratava dos problemas quando eles aconteciam, nunca antes. Acreditava em seus princípios filosóficos, na Escola Cirenaica, nas palavras de Aristipos: *Preocupações com o futuro nada trazem além de ansiedade e, portanto, devem ser evitadas.* Acima de tudo, Mikros deveria tentar manter o coração livre de ansiedade. Dessa forma, nada fez sobre o filho. Continuou a comer flamingos e a visitar as concubinas, como antes. Com freqüência não dava atenção a coisa alguma a não ser sua *aphrodisia*, assim como seu filho e herdeiro.

E Padibastet? O que poderia fazer sem a sanção do faraó? Ele aguardava que as notícias chegassem, sabendo muito bem quais seriam. Os deuses tinham os próprios planos para a Casa de Ptolomeu. Padibastet esperava, paciente. Seria um erro interferir na vontade dos deuses.

Ptolomeu Filho passou seu vigésimo aniversário bebendo vinho com Timarcos, nove, dez, onze tigelas, sonhando em como seria seu brutal governo no Egito.

Tenho urgência em me tornar faraó do Egito, disse o filho. *Quando acontecer, vou fazer de você, Timarcos, o grande chefe do exército. Você possuirá ricas fazendas no seu próprio distrito no Lago. E Eirene, a melhor das prostitutas, será a rainha do Egito, a senhora da felicidade.*

Timarcos ergueu um brinde ao futuro, arfando de tão bêbado; toda Éfeso estava embriagada sob o governo de Ptolomeu Filho. Todos os homens faziam o que bem entendiam, sonhando com um futuro dourado quando ele fosse rei do Egito. Como comandante da guarnição que guardava Éfeso, a porta da Ásia, no passado cidade de Arsínoe Beta, Ptolomeu Filho dispunha do dinheiro e da autoridade para contratar milhares de soldados além dos que tinha, se necessário, para lidar com qualquer emergência, e foi isso o que ele fez. Contratou os semi-selvagens, semiloucos homens da Trácia, que falavam o grego, mas mesmo assim eram bárbaros, que não tinham nenhuma boa razão para serem amigos do rei Ptolomeu — nem, de fato, de seu filho. Sem dúvida, Ptolomeu Filho ainda mantinha seus conselheiros, já que era jovem e lhe faltava experiência militar, mas disse: *Não gosto que me digam o que fazer*. E subornou os conselheiros para deixá-lo em paz, de modo que pudesse ficar na cama o dia inteiro com Eirene, e sentado com Timarcos a noite toda, bebendo — comportando-se, aliás, justamente como o pai.

Em Éfeso, Ptolomeu Filho tinha suas comodidades. Não tinha do que se queixar. Nenhum jovem no mundo teria um futuro mais promissor do que o seu, mas Ptolomeu Filho ainda estava insatisfeito. Por que não aguardava? Ainda era o herdeiro. Teria seu reino no final das contas. Por que deveria querer se levantar contra o pai? Seshat não tem a resposta para isso, a não ser dizer que ele herdara a impaciência da mãe, aquele jeito de querer algo feito hoje sem poder esperar pelo amanhã. De resto, o rapaz deveria ser louco, pois somente a loucura poderia motivar o que ele fez a seguir.

Sim, porque Ptolomeu Filho então descartou todo o fingimento de lealdade a Ptolomeu pai e se colocou em oposição a ele. Mandou um mensageiro ao Egito declarar guerra ao faraó, dizendo: *Trataremos você como inimigo. Resista a nós e será um homem morto.*

O garoto acreditou que poderia enfrentar toda a força militar do Egito — sessenta mil soldados, cinco mil cavalarianos, 150 navios — e vencer. Impossível, você deveria pensar. Mas Ptolomeu Filho sabia que o pai era fraco, indeciso, que mal era capaz de caminhar, que não gostava de guerra e passava todas as tardes nos braços das concubinas. Sabia, ou pensava que sabia, o quanto seria fácil assassiná-lo e tomar-lhe a coroa. Ptolomeu Filho achou que muito em breve seria o poderoso touro, o grande soberano — e muito mais poderoso que o Amante da Irmã.

Com a ajuda de Timarcos, Ptolomeu Filho matou envenenados, ou a golpes de espada, os próprios comandantes militares e substituiu-os por seus trácios. Todos os soldados mercenários agora se colocaram do lado da rebelião e juraram fidelidade a Timarcos e a Ptolomeu Filho, abandonando

Ptolomeu Mikros. Foi Timarcos, no entanto, que se proclamou tirano de Mileto. Foi ele quem invadiu a ilha de Samos, a principal base naval de Mikros — que era o lugar onde estava ancorada a armada egípcia do mar Egeu, em função de sua magnífica enseada — e se apropriou das dúzias de galeras a remo de Mikros. Ptolomeu Filho não detinha o supremo comando dessa rebelião; deixava Timarcos tomar conta de tudo.

Dessa vez, Mikros precisou acreditar no que lhe contaram, e a gritaria por detrás das portas fechadas de seu salão do conselho durou metade da manhã. Coagido a agir, publicou um decreto em relação a Ptolomeu Filho: *Que se fale nele como se estivesse morto. Não se mencione o nome dele.* De imediato, retirou do garoto a co-governança, dizendo a Padibastet: *Risque o nome dele de onde quer que se encontre. Nada mais temos a ver com ele.*

Mas quando Mikros falava, a voz falhava, como se estivesse prestes a chorar.

A rebelião em Éfeso se ampliava nesse meio-tempo, com Timarcos obtendo triunfos e ganhando confiança dia após dia. Ele era o tirano de Samos e de Miletos. Logo, seria ele próprio o faraó do Egito, e Ptolomeu Filho, igualmente descartável, igualmente inútil, como o pai, seria morto. Timarcos ria só de pensar nisso e encorajava seus co-rebeldes a beber o quanto pudessem e ir para a cama tão tarde quanto desejassem.

Em Alexandria, Mikros, por sua vez, se viu sem herdeiro, receando que morresse da noite para o dia sem ter resolvido o problema de sua sucessão. Havia apenas uma coisa a fazer: deveria trazer o filho mais velho da Etiópia, seu filho quase esquecido. Sim, ele nomeou Ptolomeu Euergetes herdeiro pela segunda vez e ordenou que ele retornasse de Meroé.

Ao mesmo tempo, mandou Arkamani de volta para o pai, agora falando fluentemente grego, carregado de presentes e amigo do Egito — ou, pelo menos, assim parecia.

Peçamos aos deuses, dizia Mikros a si mesmo enquanto o observava subir a bordo do navio, *que a filosofia grega seja o bastante para sustentar o tratado de paz do Egito com Meroé...*

Mas por essa época Arkamani já fora vítima de insultos demais para pensar em paz. Já vinha estudando a filosofia da guerra.

Quando Ptolomeu Euergetes entrou no palácio do pai, quarenta dias depois, tinha cerca de 25 anos. Estivera fora do Egito tantos anos, e sua tez escurecera tanto pelo sol do sul, que Mikros só o reconheceu pelos cabelos louros.

Sou Trifon, disse ele, atirando-se de barriga no chão diante de Sua Majestade, que o fez levantar-se e o abraçou em prantos.

Você é meu filho, disse ele, *já que o outro não mais considero como tal*.

Euergetes se desenvolvera bem no país do sul, muito bem. Um garoto que foi acostumado a entrar de cabeça num covil de serpentes de 14 cúbitos de comprimento e puxar um daqueles monstros para fora pela cauda jamais terá medo de qualquer coisa na vida.

Assim, Ptolomeu Euergetes tornou-se o herdeiro do Egito mais uma vez, e esta foi a mais extraordinária mudança de rumos, uma vez que o filho quase esquecido foi restabelecido na preferência, e o filho preferido, que quis matar o pai, perdeu tudo o que lhe fora prometido; jogou tudo fora. E logo o idiota perderia também a vida.

Nesse ínterim, na ilha de Samos, Timarcos e Ptolomeu Filho já haviam cortado a garganta do general de Mikros, assim como de todos os oficiais mais antigos ali lotados, que haviam perecido com ele. Sim, planejavam assassinar todos os homens leais a Mikros, até que não restasse ninguém para lutar pelo Egito. Mas foi exatamente aí que os planos desses dois aventureiros começaram a dar errado, pois certa manhã as centenas de navios de Antíoco Theos da Síria apareceram no horizonte, apoiadas pela frota de Rhodes. Antes de amanhecer de vez, enquanto Ptolomeu Filho ainda estava no leito com Eirene e Timarcos dormia sob a embriaguez de suas habituais nove tigelas de vinho, as tropas de Antíoco desembarcaram silenciosamente, ainda protegidas pela semi-escuridão, e mataram a golpes de espada os soldados sonolentos e todos os mercenários à vista. Os homens de Antíoco assumiram o controle da cidade de Éfeso antes do desjejum, quando então desfecharam a costumeira orgia de pilhagens e incêndios.

Ptolomeu Filho nunca se ocupara devidamente dos cuidados de guerra em relação a seus soldados mercenários. Não fora generoso com eles. Não se tornara mais querido como teria acontecido se tivesse ordenado tripla ração de vinho nos dias de festival. Não tinha experiência em alto-comando em tempos de crise, nem em comandar soldados mercenários em plena batalha. Nem Timarcos, afinal de contas, havia inspirado confiança a quem quer que fosse, pois como mero capitão de soldados mercenários poderia ter esperanças de enfrentar o faraó do Egito e triunfar? Timarcos parecia mais um homem que logo seria derrotado. Ptolomeu Filho parecia fraco e inexperiente. Os soldados mercenários mudaram de lado imediatamente, como de hábito, e juraram imorredoura fidelidade a Antíoco Theos.

Ptolomeu Filho, despertado pela fumaça e pelo estalar da casa desabando com o incêndio, correu de pés descalços pelas ruas com colunatas puxando Eirene, vestido apenas com as roupas de baixo, e agora achando mais conveniente depositar a confiança nos deuses e reivindicar abrigo no grande templo de Ártemis, onde nenhum homem temente aos deuses ousaria cometer um assassinato. Ártemis era a deusa Lua dos gregos, a quem chamavam de Senhora do Mundo Selvagem, e também deveria ser a protetora dos amantes, como estes dois jovens. Mas, na verdade, Ptolomeu Filho jamais se dera ao trabalho de prestar homenagens a Ártemis — ou a qualquer outra deidade. Os deuses deram-lhe o que ele merecia: um tratamento duro.

Os trácios, já não mais seus amigos, correram perseguindo-o com as espadas desembainhadas. Sim, o tropel das botas dos soldados seguia de perto Ptolomeu Filho e Eirene enquanto estes tentavam escapar pelos cantos escuros e se esconder nos vãos das portas, ofegantes. Eles conseguiram chegar ao famoso templo de Ártemis em Éfeso, mas os soldados mercenários não se incomodam muito com a santidade dos templos. Antes que Ptolomeu Filho conseguisse alcançar as portas, foi retalhado, gritando bastante. Enquanto o sangue vital escorria de seu corpo, aqueles olhos esbugalhados arregalaram-se ainda mais no rosto. Ele agarrou o estômago quando as entranhas caíram sobre os pés, e já então era um homem morto. Um daqueles sorridentes trácios decepou-lhe a cabeça e a ergueu pelos compridos cabelos louro-pálidos, ainda gotejando sangue.

Eirene agarrou-se às portas do templo, proferindo aos soluços preces à virgem Ártemis, suplicando proteção e berrando: *Deixem-me viver; eu não fiz nada de errado, nada, para merecer a morte. Sou uma trácia como vocês.*

Teria feito melhor se tivesse poupado aquele seu último fôlego, já que o jorro rubro logo tingiu-lhe os trajes brancos e o sangue derramou-se pelos degraus de mármore.

E foi esse o resultado de tão sentida prece; e foi essa a atenção da padroeira dos jovens amantes. Prova então, Forasteiro, de que você não é capaz de desfazer a linha da sua vida; você não é capaz de mudar o seu destino. Era destino de Ptolomeu Filho morrer jovem, violentamente, e não ser salvo no último instante pelas preces dirigidas à deusa Lua dos gregos, que sempre, em verdade, é fria e desdenhosa. Você faria melhor se depositasse confiança nos deuses da Lua dos egípcios, Forasteiro, em Toth e em Khonsu, que é chamado de o Viajante, como você também o é, e não nos falsos deuses gregos.

Timarcos, o etoliano, riu muito ao escutar como foi a morte de Ptolomeu Filho, mas não era seu destino viver muitos dias a mais que ele. Seu nome não reaparece nas páginas da história. Sobre seu fim, nada sabe Seshat, exceto supor que deve ter sido sangrento. A população de Éfeso e Mileto logo se mobilizou para saudar Antíoco Theos, denominando-o Salvador — de fato, foi nesse dia que ele passou a ser chamado de *Theos*, deus, porque foi então que os efésios lhe atribuíram esse augusto título. Eles não haviam tido nenhum benefício com o curto governo de Ptolomeu Filho e o amigo bárbaro. O filho de Mikros era capaz de cuspir um caroço de azeitona a uma distância maior que qualquer homem em Éfeso. Era mais ou menos tudo o que se podia dizer a respeito dele.

Quando as notícias sobre toda essa convulsão chegaram a Ptolomeu Mikros, no Egito, ele bateu portas e quebrou vasos por uma ou duas horas. Comportar-se dessa maneira é algo que, por algum motivo, pode fazer um homem zangado sentir-se melhor. Mas de seus aposentos privados também se podia ouvir um homem chorando. Mikros amara Ptolomeu Filho, a despeito de suas muitas falhas, e esse foi um dos raros exemplos de afeto na Casa dos Ptolomeu. Na maioria das vezes, esses macedônios se odiavam do fundo do ser. Mas Ptolomeu Filho fora Harpocrates, o menino de Hórus. Fora aquele que se tornaria o poderoso touro, a grande esperança de Arsínoe Beta. Tudo perda de tempo. Tudo perda de energia. O outro filho, o da traidora, não preencheria a lacuna que se abrira no coração de Mikros. Nem então, nem nunca.

Além do mais, as cidades de Éfeso — ou Arsinoéia, no passado propriedade pessoal da mãe do garoto — e Mileto haviam se tornado território inimigo no que dizia respeito ao Egito. E foi assim que se iniciou a Segunda Guerra Síria, contra Antíoco Theos.

1.40

O gosto de dedos

Sim, Forasteiro, a morte de um homem depende da vontade dos deuses. Mesmo a derrota da armada de um homem será decidida pela vontade dos deuses. A vontade da deusa Seshat, Senhora da Casa dos Livros, é que você, Forasteiro, continue a ler suas divinas palavras.

Na Síria, propriamente falando, os exércitos de Mikros empreenderam uma campanha militar por volta do ano 26, da qual Seshat não deveria saber coisa alguma. Mas, ó Prudente, você deve suspeitar que, embora Seshat não saiba nada a respeito, Mikros não terminou coberto de glória. Ele penetrou no deserto para lutar, não porque o quisesse, mas porque a irmã assim o teria exigido. A Síria não é um lugar de temperatura fria nos meses de verão que fazem a temporada das campanhas militares. As moscas, sempre vorazes, fizeram a festa na carne de Sua Majestade. O suprimento de água esgotou-se. Tudo o que podia dar errado deu errado, e isso antes de Mikros sequer chegar perto do campo de batalha. Esqueça o fragor da guerra, ó Prudente, os abutres revoando em círculos, a rítmica batida das espadas nos escudos antes e o silencioso pranto depois; esqueça o nauseante mau cheiro da carne se deteriorando. É bem melhor que Seshat passe pela humilhante derrota de Ptolomeu Mikros em silêncio.

Três anos de incertezas e combates de menor vulto se passaram, e então tudo desembocou na batalha marítima de Éfeso, um episódio histórico do qual, uma vez mais, Seshat não deveria falar. Alertado de que a armada de Rhodes estava se dirigindo à costa ioniana e que ele precisaria lutar, Mikros invocou sua disposição mais belicosa e quando declarou diante do conselho de guerra: *Faremos Rhodes provar o gosto de nossos dedos*, os generais bateram os punhos na mesa e soltaram rugidos de aprovação, porque Mikros afinal soava como um soberano guerreiro. Ele deu ordem à armada para se preparar para zarpar, sob o comando do almirante Patroclos. Quando todo o equipamento estava a bordo e as tripulações prontas, as trombetas sopraram pedindo silêncio, os capitães proferiram as preces habituais a Poseidon e, com taças de ouro e prata, verteram oferendas de vinho no mar.

Mikros providenciou os apropriados sacrifícios gregos a Poseidon — um touro negro com chifres folheados a ouro —, as mulheres deram os berros rituais, o sangue jorrou pela praia, e a grande cabeça pendeu, decepada. Mas quando o ventre do touro foi rasgado, os sacerdotes gregos não encontraram nenhum augúrio auspicioso. Apesar de os anciãos vasculharem nervosamente o emaranhado de entranhas róseas, não puderam fazer mais que abrir os braços sanguinolentos, balançar a cabeça e baixar os olhos para o chão, desolados. O deus não estava com Mikros nem com o Egito e, aliás, havia lhes negado proteção.

Mikros mandou que trouxessem um segundo touro negro e que lhe cortassem a garganta, mas mesmo assim não surgiu nenhum bom augúrio. Alexandre, para não correr riscos, teria falsificado um bom augúrio, de modo que pudesse fazer o que bem entendesse, sem estorvo por parte dos deuses, mas Mikros não era Alexandre, nem, por sinal, tinha grande interesse nele, e a lembrança de como o grande homem superava essas dificuldades menores estava rapidamente se dissipando.

Depois do terceiro touro negro ter tombado nas areias da praia, Mikros, em seu íntimo, ouviu a voz irritada da irmã dizendo: *Em vez de apelar para os deuses, a pessoa deve apelar para si mesma.* Mikros resmungou alguma coisa sobre os deuses jamais contarem tanto assim de um modo ou de outro, então disse: *Vamos zarpar mesmo assim*, e deu a ordem para a trombeta soar e a armada se pôr ao mar.

Os homens estavam tensos, mas a palavra do faraó é lei, de modo que os remos dos seus 150 rápidos navios de guerra ergueram-se sobre a água, iniciou-se o rumor dos remadores, que ajudava a manter todos os remos no mesmo ritmo, e um por um os navios desviaram-se da rocha do Dorso do Suíno e da Diamante, os recifes que eram os afiados dentes da boca da enseada de Alexandria, e seguiram um atrás do outro, em velocidade, atravessando o cintilante mar rumo à Jônia. Os golfinhos, criaturas consideradas sagradas pelos gregos, nadavam velozmente junto às embarcações, e isso afinal, parecia um bom augúrio.

Mas Poseidon sempre foi um deus intratável.

Rio acima em Mênfis, Padibastet acendeu o braseiro no templo de Ptah. Ele entoou os encantamentos para enfraquecer os inimigos do Egito, realizou a melhor magia da sua crença, que teria o efeito garantido de destruir todos os oponentes. Fez flutuarem sete navios de papiro numa tina de água, navios com Antíoco escrito num dos lados com tinta vermelha. Padibastet pôs fogo nos navios, jogou pedras neles, afundou-os, berrando palavras de poder mágico. Assim como os modelos queimaram e afundaram, também os navios de verdade de Antíoco deveriam queimar e afundar, bem como seus marinheiros deveriam se afogar.

Padibastet dissera a Mikros: *Antíoco, matar é sua alegria, mas tudo irá bem com você*, mas Padibastet estava enganado. Ele bem poderia ter estado afundando navios de guerra egípcios, considerando o benefício que sua magia causou.

Quando a armada de Mikros se defrontou com a de Antíoco Theos, perto de Éfeso, poucos dias mais tarde, uma terrível e inesquecível derrota aconteceu, e os cadáveres foram despejados pelo mar nas praias por muitos dias depois, já com suas feições devoradas pelos peixes.

Mas o que deu errado? Não há dúvida de que Patroclos havia carregado todos os navios com bombas incendiárias feitas de piche, enxofre, estopa, serragem de madeira de pinho e olíbano em grãos, a grande invenção de Ainéias, o mestre da tática de guerra. É óbvio que ele colocara os ingredientes corretos nos sacos. É certo que fornecera aos capitães de navio fogo para acender os estopins. Mas uma noite de mar revolto deixara os sacos tão encharcados que apenas uma bomba se inflamou, as chamas caindo distantes do alvo e chiando ao extinguirem-se na água, inúteis.

Não há dúvida de Patroclos havia checado as máquinas de Ktesibios para ver se estavam funcionando perfeitamente, com engenheiros fenícios encarregados delas, homens plenamente qualificados para fazê-las disparar. Mas os ratos roeram um número tão grande de cordas durante a noite que ele não conseguiu fazer disparar sequer uma máquina.

Disseram que Mikros perdera a batalha por não dispor do conhecimento e das orientações de Arsínoe Beta, e esta talvez tenha sido a razão real, a melhor desculpa. A irmã estava morta, e ele não fora capaz de encontrar um ministro da Guerra que se equiparasse a ela.

Mikros emitiu vários despachos exigindo explicações. Esbravejou contra todos os deuses do Egito por o haverem abandonado. Voltou-se furioso contra si mesmo por ter deixado a irmã morrer. Insultou até o fantasma da irmã por tê-lo deixado lutar sem ajuda. Quaisquer que tenham sido as razões do desastre, Ptolomeu Mikros ordenou que a Batalha Naval de Éfeso fosse deixada fora dos anais, como se jamais tivesse ocorrido. O confronto não foi uma derrota, nem mesmo um revés: nunca aconteceu.

Pelo menos, os problemas no exterior não vinham acompanhados dos domésticos, já que naquele ano o rio subiu dez cúbitos, seis palmos e dois dedos. *A cheia é suficiente*, disse-lhe Eskedi. *O Egito não passará fome. A ameaça de rebelião está afastada por mais um ano.*

A paz com Meroé foi mantida, a despeito de tanto Ptolomeu Euergetes quanto Arkamani não serem mais reféns cada qual no território do outro. Mas a guerra contra a Síria prosseguiu, e prosseguiu e prosseguiu, por cinco, seis, sete anos. Mikros sofreu outras derrotas desastrosas no mar Egeu, sobre a quais Seshat não tem permissão de dizer nem uma única palavra. Em Alexandria, os estaleiros mantinham-se ocupados, consertando os velhos navios de guerra ou construindo outros para substituir os que haviam afundado sem deixar rastros ou colidido e estavam sem condições de ser reconhecidos.

Houve muitos problemas em relação à costa da Anatólia, região de praias de areias brancas, propícias para navios atracarem, onde os Selêucidas controlavam o interior — uma região montanhosa — e os Ptolomeu, a orla marítima de todos os portos. Mikros mantinha um acordo algo vago com os piratas, que no passado haviam sido úteis à sua esposa numa batalha. Sem dúvida, os piratas declararam que ainda estavam dispostos a lhe prestar ajuda. Venceram alguns pequenos embates no mar, puseram fogo em navios sírios, então o apoio deles minguou. Antíoco Theos demonstrou ser mais bem organizado, mais bem equipado e ter melhores consultores navais. Os deuses lhe concederam vitória depois da outra em Kilikia e Panfilia, deixando-o tomar de volta territórios perdidos durante a Primeira Guerra Síria. Sim, Mikros perdeu o controle de toda a planície fértil e das prósperas cidades com boas enseadas onde gostava de ancorar sua frota. Pior que isso, ainda, perdeu as terras da costa do golfo de Adália, que produziam um de seus vinhos prediletos. Mikros fingiu não saber de nada e espalhou boatos de que a guerra ia muito bem e que os deuses nada faziam senão sorrir para os macedônios no Egito.

Ele dormia tão bem quanto um homem que fora derrotado numa batalha pode dormir, um homem que havia perdido a ajuda da irmã guerreira e cujo filho mais amado e herdeiro o havia traído e fora assassinado por bárbaros, tendo o corpo sido deixado ao sol para a voracidade de cães e pássaros. Mikros sonhava que o Egito estava sendo invadido de todos os lados, escutava o alarido da batalha, via o rosto fantasmagórico da irmã reluzindo sob o elmo de crocodilo e acordava, noite após noite, berrando para que o fantasma dela retornasse e o ajudasse. Mas Seshat diz: *Nenhum fantasma jamais venceu uma batalha.* Mikros estava de fato sozinho.

1.41

A Festa do Rabo

Um ano mais tarde, quando a armada de Mikros se pôs ao mar em ordem de batalha, ainda sob o comando do almirante Patroclos, ele triplicou o que era recomendado como sacrifício a Poseidon e tomou o cuidado de aguardar por bons augúrios antes de zarpar. Fez bombas incendiárias à prova d'água. Manteve os ratos longe das cordas que faziam as máquinas de guerra dispararem. Nada poderia dar errado. Mikros vestiu o *khepresh* e conseguiu restaurar o permanente meio sorriso do senhor das Duas Terras nos lábios, confiante em obter um triunfo naval. Chegou até a embarcar na frota para assumir o comando diretamente.

Kallinike, gritou ele para a armada imediatamente antes da largada, arreganhando os dentes e esmurrando o ar.

Kallinike, rosnaram os marinheiros e remadores de volta. *Bela vitória.*

Infelizmente, não seria assim.

As águas na costa de Kos estavam calmas, claras, azuis e cheias de peixes quando a armada de Mikros chegou. Dos velozes navios, eles podiam avistar as areias das praias, as cabras nos campos, os pastores com seus rebanhos. Mas no dia do embate o vento ergueu o mar em fúria. Se Mikros entendesse o que estava fazendo, poderia ter dado a ordem de suspender o ataque. No curso normal dos acontecimentos, se as condições do tempo não fossem perfeitas para uma luta sem problemas, a batalha seria cancelada. Mas Mikros não deu a ordem, e suas 150 soberbas embarcações a remo começaram a fazer água.

Mikros acreditava que um almirante deveria tomar decisões por ele. Mas mesmo um almirante tem a expectativa de contar com alguma liderança, e Patroclos ficou olhando para Mikros, aguardando o sinal que lhe diria o que deveria ser feito. Ele faria exatamente o que Mikros quisesse — este tinha a última palavra, era ele quem deveria decidir a estratégia. Mas Mikros esperava que Patroclos assumisse o comando.

Posteriormente, Mikros recordaria a chuva de projéteis incandescentes, o fenomenal solavanco das catapultas gigantes disparadas dos deques, a grande explosão quando sua nau capitânia foi atingida por um aríete e se despedaçou. Ele se lembraria de ter estado se debatendo no mar, afundando, e ser fisgado e içado pelo próprio Patroclos. Havia chamas sobre a água. Em meio à fumaça que pairava no ar, a armada egípcia tinha enorme dificuldade de resistir: três em cada quatro navios estavam fora de combate.

Então, o que deu errado dessa vez? A grande força de Arsínoe Beta tinha executado treinamentos. No passado, ela obrigara as galeras a navegarem em dias de calmaria para ensaiar manobras. Mas como não havia Arsínoe Beta para dar as ordens, os navios ficaram ociosos nos atracadouros, e os remadores passavam dia após dia sentados nas adegas, bebendo. Na verdade, Mikros estava mais preocupado em manter as mulheres prontas para o serviço ativo que em manter a armada preparada para a guerra.

Padibastet, é claro, só pôde encontrar uma única explicação para o que aconteceu. *Montu está zangado com você, Megaléios*, disse ele. *O deus da guerra deve ser mantido satisfeito, se Sua Majestade quiser vencer batalhas. São os deuses do Egito que vão ajudá-lo a vencer.* Sim, era mais fácil culpar os deuses que a falha dos seres humanos, especialmente se o humano que comete a falha for o próprio faraó.

Mas dessa vez Mikros dispensou Padibastet, dizendo: *Já gastamos mais do que o suficiente com seus deuses patéticos*. No Conselho de Guerra, Mikros gritou com os almirantes. Arremessou frutas, taças de ouro e tudo em que pôde pôr as mãos, gritando insultos. Mas comportar-se como Arsínoe Beta não o transformava na irmã, e demos graças aos deuses por isso.

Para Padibastet, a segunda melhor maneira de fazer os deuses olharem com benevolência para um faraó que não edificava parecia ser celebrar seu jubileu, uma vez que por acaso o infortúnio em Kos aconteceu no trigésimo ano depois de ele se tornar co-governante. O propósito do jubileu era fazer o velho rei jovem outra vez, e a hora era perfeita para isso, pois Mikros, aos 54 anos, realmente estava começando a parecer idoso.

O festival que os gregos chamavam de *Triakonteris* e os egípcios de *Heb Sed*, ou Festa do Rabo, marcou o aniversário de quando esse rei havia posto pela primeira vez o rabo do touro, trinta anos antes. Padibastet, que estava encarregado do cerimonial, descreveu a Mikros a cerimônia que consistia em correr diante de Min, o deus da fertilidade, que os gregos chamavam de Pan.

O divino poder de Sua Majestade, disse Padibastet, *enfraqueceu-se pela dureza da vida em meio às coisas terrenas. Agora precisa ser renovado. O faraó deve se tornar jovem outra vez.*

Mikros envergou sua expressão facial de não-acredito-nisso, mas concordou em fazer o que precisava ser feito dessa vez. Não estava em sua natureza descarregar a raiva em um homem de modos tão gentis como Padibastet. Havia recuperado o equilíbrio. Sempre pedia perdão por seus ataques de raiva, algo que a fabulosa irmã jamais fizera.

Tradicionalmente, o Festival Sed era celebrado em Mênfis no primeiro dia do primeiro mês da Estação de Emergência, quando a cheia do rio começa a refluir e a terra fértil reaparece. Mikros foi carregado no *skollopendra* do palácio até o lugar do Festival Sed, na necrópolis de Mênfis, no local em que você, Forasteiro, pode ter ouvido chamarem de Saqqara. Mikros cooperou em todos os sentidos. Vestiu o manto branco cerimonial, subiu os degraus do tablado e sentou-se sob o toldo ricamente decorado. Permitiu que Padibastet o coroasse novamente com a coroa vermelha do Alto Egito, a Senhora do Medo, e a seguir com a coroa branca do Baixo Egito, a Senhora dos Feitiços. Ficou pacientemente horas e horas sentado, escutando preces e cânticos debaixo de um calor feroz, tudo numa língua na qual nada entendia além do próprio nome. Os deuses e deusas do Egito concederam-lhe um renovado poder. Em retribuição, a despeito de toda a sua relutância prévia, ele prometeu abundância em oferendas de pão e galináceos, cerveja e cebolas, bem como reverência eterna. Conseguiu até, durante todo o tempo, manter no rosto seu meio sorriso.

Mas quando Padibastet lhe disse que ele deveria disputar uma corrida com os próprios pés contra o touro Ápis, Mikros esboçou a expressão de absolutamente-não-nunca-farei-isso. Estava com calor demais para correr. Mal havia caminhado nos últimos trinta anos, quanto mais disputar uma corrida.

A corrida é a parte mais importante do festival, explicou Padibastet, *quando o faraó corre, disputa lutas livres, pula e dança. Quando o Ápis correr com ele, Sua Majestade será jovem de novo.*

Mikros fez um ar de acho-isso-ridículo. Sentou-se imóvel, recusando-se até a pôr-se de pé. O sorriso havia desaparecido.

Padibastet disse: *Os sacerdotes do Egito imploram a Sua Majestade que não afronte os deuses.*

Deixe que um homem mais jovem corra, disse Mikros com olhar tenso.

Sua Majestade deve correr pessoalmente, disse Padibastet, *para que o rejuvenescimento funcione.* Estava dirigindo-se a Mikros diante de todos os sacerdotes de Mênfis e de todo o Egito ali reunidos, milhares deles, reivindicando-lhe que fizesse o que qualquer faraó naquela posição tinha a obrigação de fazer. Mas Mikros permaneceu imóvel, sentado, os braços dobrados, e o rosto carrancudo. O suor escorria pelas faces.

No final, no entanto, era mais fácil concordar com Padibastet que resistir ao que ele pedia. Enfim, Mikros, mesmo sem jeito, quase estranhando usar as próprias pernas, levantou-se. Desceu os degraus do tablado até a linha de partida e então, por obra de algum milagre, correu, efetivamente, muito devagar, os braços balançando frouxos, ofegante, encharcando-se de suor. O coração fazia o peito estremecer com violência. As bochechas subiam e desciam flacidamente. A barriga balançava. Ele resfolegava como um cachorro, e o Ápis foi levado a correr ao seu lado, o plácido touro, conduzido numa corda pelos netos de Padibastet — Djedhor, agora com 14 anos, e Horemakhet, o irmão, com 8 anos. O Ápis correu devagar, babando fartamente, tão relutante quanto Sua Majestade. O Ápis mugiu, a enorme língua pendendo da boca, os olhos mostrando medo. Não houve ganhador nessa corrida, como deveria ter havido, uma vez que o Ápis e Sua Majestade se equivaliam, mas o velho rei se tornou jovem por conta dela; magicamente ele se tornou jovem outra vez

Mikros retornou renascido ao palácio, com um corpo jovem. Em seu íntimo, não sentia diferença, a não ser pela dor nas pernas. No espelho de bronze, o rosto parecia o mesmo de antes, se não mais velho. *Tornado jovem de novo, isso é absurdo*, disse para si mesmo. *Como poderia ser verdade?* Mas ele ainda precisava desesperadamente revigorar seus poderes decadentes, e Antíoco Theos da Síria sabia disso, pois já avançava avassaladoramente sobre a Koile-Síria com um poderoso exército, ansioso por esmagar Mikros num golpe final.

1.42

Páginas em branco

O que exatamente aconteceu na Síria? Mikros empreendeu uma campanha por lá na primavera ou no verão do ano 26. E além disso? Forasteiro, Seshat deve explicar quatro anos de misterioso silêncio, e você bem sabe o que isso representa: quatro anos de uma guerra que não chegou a ser decidida, se não quatro anos de humilhantes derrotas. Seshat afirma que se os cem elefantes de Mikros, a falange de sessenta mil soldados e os cinco mil cavalarianos tivessem feito tombar na poeira a miríade de forças de Antíoco Theos, saberíamos disso. Se houvesse acontecido uma grande vitória, teria um nome, não teria? E haveria alguma menção a respeito de celebrações triunfais, algum vestígio dos templos erguidos para comemorá-la e algum registro — inscrições em honra de Montu, Senhor de Tebas, e Ares dos gregos, os deuses da guerra que haveriam patrocinado a matança.

Mas, não. Nada existe, a não ser o silêncio, um profundo silêncio, o que faz Seshat pensar no bater das asas dos abutres em meio à poeira levantada, no guincho dos corvos empanturrando-se e no choro distante de crianças tornadas órfãs. Seshat vê a noite cair sobre o campo de batalha atapetado com os cadáveres dos egípcios e a areia encharcada de sangue, entulhada de destroços de bronze, do emaranhado de armaduras das tropas de Mikros e dos retorcidos corpos dos mortos. Mas que o vento sopre a areia, recobrindo a infeliz cena. Vamos tapá-la, esquecer o que aconteceu. É isso o que eles haveriam desejado. Vire a página, Forasteiro. Vamos pensar em coisas agradáveis.

Por outro lado, pode ser que Seshat deva tentar preencher o vazio das páginas da história. Isso, afinal de contas, é o que se espera que Seshat faça. Ela deve isso a Ptolomeu Mikros e ao Egito. Esses quatro anos guardam as últimas batalhas desse grande faraó, as últimas glórias militares desse grandioso monarca. Ele não era o governante quase inerte em que sua irmã o transformou. Ele realizou muitas outras coisas que Seshat não tem espaço para mencionar. Afinal de contas, metade da sua história está perdida. Seshat só tem ossadas nuas a respeito do que aconteceu, as quais deve cobrir de carne o melhor que puder. Nos melhores períodos, Forasteiro, tudo de que a deusa da história dispõe para seguir adiante são uns poucos fragmentos.

Sim, não deveríamos então imaginar Mikros cavalgando, o rei já velho, pela última vez à frente de uma quantidade adequada de soldados, tendo aguardado pelos augúrios apropriados, tendo se organizado convenientemente pela primeira e última vez — como se quisesse provar que não era o comandante inútil que a irmã pensava que fosse de modo algum, mas um dos maiores reis de sua linhagem? Ele tinha os bons conselhos de seus excelentes assessores. Tinha também dois filhos maravilhosos: o perfeitamente habilitado Ptolomeu Euergetes, agora com algo entre 27 e 31 anos, no primor da vida e no auge de suas habilidades militares; e Lisímaco, *strategos* de Koptos, o competente governante, o magnífico general. Esses dois jovens, aos quais Mikros desejara esquecer por cerca de vinte anos ou mais, eram seus principais generais. Mikros não estava sozinho. Claro que não.

Ptolomeu Euergetes, o herdeiro, assume a frente de tudo. Ele agora é aquele que se tornaria em breve o poderoso ouro. É Harpocrates, o jovem Hórus, aquele que monta o dorso do crocodilo e tem o poder de todos os deuses da Grécia e do Egito apoiando-o. Claro, Euergetes estava no comando, montado em seu cavalo branco com a manta de pele de leopardo sobre a sela. Era ele quem ostentava o elmo das presas do leão com as plumas vermelhas. Era muito parecido com o próprio Alexandre.

Sim, Mikros via a face do inimigo agora, o jovem Antíoco Theos, em meio a um vapor de suor, através da nuvem amarelada de toda a areia levantada, cercado pelo rugido da batalha que era como o som dos patos levantando vôo do lago Mareotis quando surpreendidos por caçadores ao alvorecer, e Antíoco Theos, coberto de sangue, parecia um homem que estava prestes a ser derrotado. Mikros não teria lutado pessoalmente. Já era um homem de idade, agarrado às grades de sua carruagem. Um homem velho e cansado que, vestindo o *khepresh*, assistido por toda a magia dos deuses do Egito e, sem dúvida, tremendo de tanta emoção, observou a distância a gloriosa vitória obtida por ele e por seus filhos.

Mas e a filha dele? E quanto a Berenice? Estaria ela com o pai na carruagem, observando a cena? Ou ela própria montava num cavalo, brandia a espada e berrava *morte aos sírios*? E isso é importante. Seshat tem quase certeza de que essa jovem foi levada para assistir à luta; era costume da família fazer com que as garotas empunhassem a espada e lutassem ao lado dos homens. Berenice fora treinada para lutar. Se ela houvesse chegado a abater pelo menos um dos guerreiros de Antíoco Theos com sua terrível espada, teria sido inimiga da Síria para sempre. Sim, e foi isso mesmo. Ela cavalgou todas as vezes para lutar contra os sírios — *Tão valorosa quanto um filho*, como Arsínoe Beta com grande freqüência lhe dizia para ser —, e seria essa sua ruína.

Era Euergetes quem berrava para encorajar as tropas à batalha. Euergetes deu a ordem para avançar, atiçou os elefantes de guerra, berrando pelo Egito e pela vitória, e liderou a luta à frente das tropas, sem medo de o sangue respingar em seu rosto. Euergetes comandou os cinco mil cavalarianos; Lisímaco comandou a falange de dezenas de milhares. Uma batalha é sempre muito parecida com outra, Forasteiro. Os elefantes avançam, pesadamente, balindo. As falanges berram: *morte!* Os cavalos relincham. O sangue jorra. As carruagens são esmagadas. Os homens tombam ao solo, gemendo. Então os abutres erguem vôo, depois baixam. E chegam as trevas, aquilo que os gregos chamam de sono de bronze.

Euergetes, coberto de sangue, galopou em seu cavalo perseguindo Antíoco Theos, pressionou-lhe a faca contra a garganta, capturou-o e poupou-lhe a vida. Se fosse pela vontade de Berenice, ele o teria matado ali mesmo e sem protelar. Mas, não. Euergetes era um homem compassivo, um homem com sentimentos normais, misericordioso, de modo que poupou a vida de Antíoco Theos, o príncipe inimigo.

Foi Euergetes que aplicou na Síria um golpe tão severo que Antíoco foi forçado a sentar à mesa de negociação para conversar sobre paz. Não chegou a ser um triunfo para o Egito, pois as perdas foram enormes, mas também não foi um desastre, já que, embora Antíoco Theos tenha lutado tendo consigo toda a força militar da Babilônia e do Oriente, não teve êxito em arrancar o território da Koile-Síria do domínio do Egito.

Seja como for, foi mais por alguma efetiva magia dos deuses que disputando corridas com touros que, mais adiante naquele ano, o trigésimo ano de seu reinado, Ptolomeu Mikros chegou a um acordo com Antíoco Theos acerca da paz, dando fim a sete ou oito anos de guerra com a Síria.

Mikros estava desesperado para que a guerra chegasse ao fim, tão desesperado que parou de pensar se o que havia feito era certo. Isso porque este brilhante diplomata, então, deu voz à sagaz idéia que estava em seu íntimo havia muitos anos: oferecer a Antíoco Theos a mão de sua filha em casamento. Sim, a adorável Berenice, a guerreira mencionada anteriormente, endurecida nas batalhas e plenamente treinada nas artes da guerra e da diplomacia, agora com cerca de 27 anos. Ele a ofereceu em casamento de modo que criasse vínculos que favorecessem a paz, e Antíoco, por algum capricho da sorte, aceitou. Euergetes não foi consultado a respeito. Talvez ele próprio tivesse se casado com a irmã, seguindo o exemplo do pai. Mas, não. Mikros tinha planos diferentes e melhores. Euergetes estava destinado a se casar com outra Berenice, Berenice de Cirene. Esse foi o mais maravilhoso lance de inteligência, pelo qual Mikros conseguiria a paz tanto a leste quanto a oeste, com a Síria e Cirene ao mesmo tempo — pela mera utilização do estratagema do casamento diplomático.

Os termos do tratado definiram que as fronteiras do Egito e da Síria deveriam ter como marca o rio Eleutério, ao norte de Trípole. A guerra com a Síria foi declarada encerrada, e a paz deveria durar até que Mikros e Antíoco estivessem mortos, mas seria retomada por seus herdeiros, e parecia tudo ótimo por ocasião das assinaturas. Quanto à Koile-Síria, Mikros disse: *Para o Hades com a Koile-Síria. Que Antíoco fique com ela, se a quer tanto assim. Se a perda da Koile-Síria for o preço pela paz, que seja, que ele a tenha então. A Koile-Síria jamais me deu nada a não ser problemas.*

Já a própria Berenice disse ao pai: *Não quero ser uma selêucida*, Pappos. *Não desejo viver na Síria. Não tenho vontade de me casar com o mais antigo inimigo do meu pai.* Mas Mikros fechou a cara, dizendo: *Meus ouvidos estão tapados...* e fingiu não poder escutar uma só palavra do que ela dizia.

1.43

Berenice Fernoforos

Sim, Forasteiro, foi para pôr um fim nessa Segunda Guerra Síria que Ptolomeu Mikros sonhou com um tratado de paz que seria selado pelo casamento de Antíoco Theos com sua filha, Berenice, que passou a ser chamada de *Syra* por conta disso.

Sim, o rei Ptolomeu ficou satisfeito de enviar a única filha para uma terra estrangeira, rica em leões, ursos e panteras, para conviver com assassinos. Os selêucidas eram pouco mais que feras, muito propensos a cortar em pedaços com as garras a filha de seu odiado inimigo. Seshat pergunta: *Como pôde Mikros fazer tal coisa?* Mas a resposta é simples: ele faria qualquer coisa para acabar com a guerra. Não significava nada para um grande rei daqueles tempos casar a filha com um homem totalmente louco para daí obter uma interrupção temporária das hostilidades. Algumas vezes esses casamentos davam muito certo; outras, não. Tudo estava à mercê dos deuses.

Berenice fora criada para ser bastante forte. Na última batalha, ela se mostrara capaz de conduzir um carro de guerra tão bem quanto um homem — e muito melhor que o último maior condutor de carros de guerra, Ptolomeu Filho. Ela havia se mostrado uma guerreira tão habilidosa quanto Arsínoe Beta, brandindo a espada e a lança. Em seu lar, já havia demonstrado suas habilidades com o dardo e com o *diskos*, e tudo isso graças ao bom trabalho de Arsínoe Beta. Berenice Syra era uma filha de quem poderia se orgulhar a Casa dos Ptolomeu; uma magnífica guerreira, um trunfo de seu pai.

Na primavera do ano 33, Mikros seguiu com a filha para a Síria até parte do caminho. Levavam um imenso dote em escravos núbios, velozes cavalos, finos tecidos de linho, artigos para casa de ouro maciço, incenso, mirra e uma pequena montanha de especiarias. Havia incontáveis sacos de tetradracmas de ouro, todas elas com os olhos esbugalhados de Ptolomeu

Mikros e Arsínoe Beta, os irmão e irmã deuses bem-amados, sobressaindo-se das moedas com aquele olhar fixo. Mas a parte mais importante do dote eram as vastas áreas de terras da Koile-Síria que, junto com Berenice, mudavam de mãos. Tão grande era esse dote que Berenice ganhou por isso um apelido. Ela era então a filha do faraó, a rica rica rica Berenice Fernoforos, a portadora do dote.

O casamento sírio foi muito bonito, maculado por algo apenas: o fato de Antíoco Theos já ter uma esposa, a belíssima prima Laodike (*la-o-di-ke*), uma das netas de Seleucos Nicator, rei da Síria — embora alguns dissessem que ela era sua irmã por parte de pai e mãe. Antíoco Theos já tinha até herdeiros, dois filhos — um com 19 anos e o outro com 14 — que não teriam seu trono nem seu reinado quando ele morresse, pois, para pôr as mãos nos territórios da Koile-Síria, Antíoco concordou com a tolice de nomear o filho de Berenice Syra — quando e se ela tivesse um — seu herdeiro.

Pode ter acontecido, Forasteiro, que desde o começo Mikros tenha sido vítima de um truque por parte de Antíoco Theos. Se assim foi, Mikros não percebeu absolutamente nada e seguiu adiante com o plano como um homem numa tempestade de areia. Ptolomeu Mikros realmente deve ter sido um dos mais estúpidos homens na história do mundo, tanto antes quanto depois, por haver deixado de prever as funestas decorrências de seus atos. Havia sonhado com aquele casamento sírio de Berenice, mas era notório por viver somente o dia presente. *O futuro*, sempre disse ele, *cuidará de si mesmo*. Se ele tivesse feito uma pausa em um de seus preciosos momentos passageiros para pensar acerca do futuro, poderia facilmente ter adivinhado o que necessariamente aconteceria na Síria.

Do mesmo modo, Mikros não fizera rodeios ao dizer a Berenice por que ela deveria partir: *Seu casamento representa a paz*, disse-lhe, *mas também o comércio, já que precisamos dos cedros do Líbano para construir nossos navios; precisamos do betume sírio, da mirra, do bálsamo e do olíbano para nossos rituais de mumificação. E temos absoluta necessidade das tâmaras, dos figos e do vinho sírios para as cozinhas do palácio.*

Sem as mercadorias sírias, a vida no Egito seria muito tediosa para Mikros e para suas concubinas. Ele não se sentia culpado por mandar Berenice Syra embora. Não perturbava sua consciência que tivesse de sacrificar a filha em troca de um ininterrupto fornecimento de mercadorias de luxo. Sorria ao pensar que o futuro rei de toda a Ásia seria seu neto. Acreditava que havia criado uma obra-prima de diplomacia, digna de Arsínoe Beta.

Em Pelúsia, Sua Majestade disse a Berenice Syra pela última vez que ela era bela. Desejou à filha da traidora todas as bênçãos de Tiche, deusa da boa fortuna. Abraçou-a como um pai comum faria, como se tivesse afeto genuíno por ela. Não lhe ocorreu que as promessas de Antíoco em relação à aliança poderiam ser falsas; que ele poderia estar unicamente interessado em meter as mãos imundas nos territórios que perdera.

Escreva-nos, disse ele. *Não desapareça para sempre...* Mas Berenice desapareceria mesmo — e seria para sempre. Entrou montada em seu camelo na tempestade de areia, e o rosto jamais veria o Egito outra vez. Escreveria muitas cartas, mas o que aconteceu foi que o pai ignorou a maioria delas.

A última coisa que disse a Mikros foi: *Não se preocupe*, Pappos. *Não creio que terei problemas na Síria. Você sabe que posso cuidar bem de mim mesma.*

Mikros não estava preocupado. Estava acima de tudo aliviado por ver as costas da filha de Arsínoe Alfa, cujo rosto o fazia se lembrar da primeira esposa, aquela que ele banira, a que ele havia amado.

Berenice foi confiada a Apolônio, que deveria entregá-la a Antíoco Theos em algum lugar ao norte de Sidon. Três de suas aias viajaram com ela: Gellosyne, Panariste e Mania, assim como Aristarcos, o melhor dos médicos. As razões oficiais para sua ida para a Síria era cuidar da saúde de Berenice, provar sua comida para prevenir envenenamentos e, se ela algum dia se encontrasse em perigo, fosse qual fosse, trazê-la a salvo de volta ao Egito. Mas a razão oculta da viagem era mantê-la viva e assegurar-se de que ela daria à luz o filho que manteria a paz com a Síria para sempre.

Aristarcos, no entanto, não salvaria a vida dessa princesa. Pelo contrário, ele a ajudaria a perdê-la. Homem nenhum pode interferir nos desígnios do destino, e os horóscopos previam para Berenice Syra o mais infeliz dos fins.

Sim, realmente, como Padibastet cochichou para os filhos: *O que diz a plebe? É melhor casar nossa filha com um crocodilo que com um sírio?*

Certíssimo, Forasteiro.

Berenice Syra entrou na cidade de Antioquia do Orontes, a capital real dos selêucidas, com o já famoso dote amarrado ao dorso de mil camelos de corrida. Os antióquios grunhiam contra ela por ser a filha do grande inimigo, mas os grunhidos foram abafados pelo rufar dos tambores e pelo toque das trombetas. Antioquia tinha seu entretenimento, portanto, e nenhum homem que viu a magnífica caravana emergir do deserto jamais a esqueceu.

Não será surpresa para você, Forasteiro, saber que Berenice Syra, uma filha da Casa de Ptolomeu, não era igual às demais mulheres. Já para começar, recusou-se a beber qualquer coisa na Síria, a não ser a água trazida do rio Nilo, e, assim, a caravana de camelos trotando entre Antioquia e Alexandria não parava.

Pode ser que a água de Berenice Syra fosse destinada aos rituais de ablução de Ísis, a grande deusa. Ou talvez um auxílio à fertilidade, uma vez que Berenice Syra, com 27 anos, já era um tanto idosa para ter seu primeiro filho. Beber o Nilo, é claro, também significa que aquele que o bebe terá a garantia de retornar ao Egito. Seshat acredita que seja mais plausível que Berenice Syra exportasse a água do rio Nilo para a Síria porque amava o Egito e ansiava retornar. Mas jamais retornaria. Os horoscopistas não previram nada de bom sobre o casamento sírio, e as previsões sombrias indicavam que essa bela noiva só voltaria ao Egito sob a forma de poeira e cinzas num de seus jarros de água.

Mikros teria dado de ombros ao saber disso. A paz era mais importante. Não cancelaria um tratado de paz por conta dos absurdos de alguns horoscopistas.

Mas o que aconteceu na Síria? O acordo previa que Antíoco descartasse a esposa de então, a bela Laodike, a quem amava (mas que dificilmente lhe retribuía esse amor, pois logo teria o prazer de matá-lo), trocando-a por Berenice Syra — a quem jamais vira na vida, *exceto como sua inimiga em batalha*, e não amava — e sua vasta bagagem de ouro e prata, a parafernália, que alguns diziam que não era dote, mas apenas indenizações pela guerra contra a Síria, o maior suborno já pago na história dos gregos.

Berenice, obedientemente, se colocou à disposição para se tornar a esposa desse rei cujo nome era Deus, e que a fez chamá-lo de Deus, e isso a transformou instantaneamente numa deusa: grande benefício isso iria lhe trazer. Estava cercada do som desagradável do aramaico e ficou contente por ter trazido as próprias aias. As sírias, mesmo no palácio do marido, cuspiam no chão sempre que viam seu rosto e a chamavam de *inimiga*, além de coisas piores. Mesmo no palácio, cochichavam por trás dela, de modo que ela sentiu que a Segunda Guerra Síria jamais tinha terminado, mas que ela havia sido despejada no coração da batalha. Ora, estava absolutamente certa.

A nova deusa passava muito tempo sentada à sua janela no suntuoso palácio de Antíoco, cercada de objetos de ouro, observando o vôo dos corvos e sabendo que, quando voavam em círculo, isso significava má sorte. Contemplava a distância as montanhas sírias e engolia as poções feitas por Aristarcos que deveriam acelerar o nascimento do filho que seria o rei da Síria e de toda a Ásia, aquele que também garantiria a paz com o Egito para todo o sempre — e bastava esse pensamento para reconfortá-la.

Nas cartas que Mikros enviou com a água de Berenice, ele sempre dizia: *Prestei homenagem em seu nome a Hermes. Rezo por você na presença do Senhor Serápis todos os dias.* Um homem comum, no entanto, deveria dar mais voz à sua preocupação com o bem-estar de um ente querido num lugar perigoso, mas não havia muito amor disponível nessa família. A maioria deles só pensava em si mesmo. Talvez apenas Euergetes e Lisímaco realmente se preocupassem com a irmã.

Qualquer homem ajuizado veria logo no que ia dar esse insano casamento. O grande mistério foi como o próprio Ptolomeu Mikros, o pai supostamente amoroso, falhou tão absurdamente em se dar conta do que necessariamente aconteceria. Sim, a verdade é que ele mandou Berenice Syra para a morte, fazendo-a se casar em território inimigo, entre estrangeiros hostis, que teriam o maior prazer em matá-la.

1.44

Tordos assados

O que, então, fazia Ptolomeu Mikros em Alexandria, agora que havia obtido sua gloriosa paz, além de estufar as bochechas com tainha em conserva e tordos assados, devorar avidamente bolos de queijo em formato de seios e gastar a estrada que ia para a casa de Bilistikhe, sua divina concubina? Ficava relaxando, é claro, usufruindo a pausa dada na interminável guerra, agora finda e encerrada para sempre. Promovia uma festa permanente, com infindáveis banquetes e muita bebida, música e dança, no lugar da interminável guerra, e quase nunca pensava em Berenice Syra. Fora de suas vistas, fora de seus pensamentos, Berenice Syra era alguém do passado. A pessoa de hoje, do momento presente, era a única que lhe importava, e essa pessoa era Bilistikhe, que era também sua nova Afrodite.

No ano que se seguiu à partida de Berenice Syra, ele escolheu Bilistikhe, a primeira de suas concubinas, para ser *Kaneforos*, isto é, portadora do cesto de ouro de Alexandre, e a *Theoi Adelphoi*, isto é, irmã-e-irmão dos deuses, o que era a maior honraria que qualquer mulher na cidade poderia receber. Mais adiante naquele ano, escolheu um jovem chamado Ptolomeu Andrômaco para ser o sacerdote de Alexandre, e corria o boato de que ele era filho de Bilistikhe com Mikros. Se isso era verdade, Sua Majestade concedeu ao filho ilegítimo o mais alto posto em Alexandria. Para alguns, parecia que Mikros iria tornar Ptolomeu Andrômaco seu herdeiro em vez de Ptolomeu Euergetes — como se ele ainda acreditasse que mesmo o filho de uma concubina comum poderia dar um rei melhor do que o filho da mulher em desgraça, Arsínoe Alfa, que, pelo menos, tinha sangue real.

Em Atenas, as *Kanephoroi*, isto é, as portadoras dos cestos, que caminhavam na procissão Panatéica tinham de ser virgens imaculadas de reputação intocada. Bilistikhe dificilmente seria uma virgem imaculada, mas ninguém em Alexandria se preocupou com isso. Alexandria era a maravilhosa e a mais maravilhosa das cidades, onde se gabavam de que *nada ser proibido... Onde se pode fazer de tudo.* Casar com a própria irmã? Sem problemas. Jogar dinheiro fora em absurdas procissões? Esplêndido. Pintar metade da população de ouro da cabeça aos pés? Que delícia! Ficar fora de si de tão bêbado por trinta dias seguidos? Ninguém ligava. Ter uma concubina diferente para cada dia do mês? Paraíso! Era o desejo íntimo de todos os macedônios, de todos os gregos, ser tão livre assim e viver como vivia Ptolomeu. Eles o amavam por ousar desafiar os deuses da Hélade, por ousar pôr de lado as regrinhas antiquadas e obsoletas dos deuses do Olimpo.

A divina Bilistikhe Afrodite entrou na procissão vestida de pouco mais que ouro e pedras preciosas, ainda a mais bela das mulheres em Alexandria, ou quase. Já não era jovem, mas havia sobrevivido. Tinha a própria residência dentro da área do palácio, os próprios cavalos brancos para puxar a carruagem de vime. Os alexandrinos não lhe jogavam pedras, mas pétalas de rosa, enquanto subia a galope a via Canopo, sorrindo e acenando. Não havia ela sido muito bem-sucedida na vida? Talvez Mikros a tornasse sua esposa e rainha, era o que diziam. Mas, em matéria de coroas, os lábios do rei Ptolomeu estavam costurados com linha grossa. *Chega de esposas*, pensava ele. *Já tivemos o bastante do casamento.*

O que, então, os alexandrinos pensavam do culto aos pais de Mikros, Ptolomeu Soter e Berenice Alfa, e do culto de sua esposa morta, Arsínoe Beta, e do culto das amantes como Afrodite? Será que de fato aprovavam esses mortais que brincavam de deuses e deusas? Ou viam nisso uma terrível *húbris*? Forasteiro, Alexandria tinha mais um dia de feriado em honra da procissão do deificado Alexandre; um segundo dia para a procissão dos deuses que eram os pais do rei; um terceiro dia para a procissão da divina Arsínoe Beta; um quarto dia para Bilistikhe Afrodite. Os alexandrinos jamais reclamavam. Os milhares de soldados mercenários não ligavam se Mikros queria ser um deus. Contanto que ele pagasse os soldos, contanto que desse aos mortos na guerra um apropriado funeral grego, com todo o ritual, contanto que continuasse ordenando que lhes servissem tripla ração de vinho em todos os festivais, o poderoso rei poderia seguir adiante fazendo o que bem entendesse.

Claro, o ânimo da população de Alexandria era irritadiço. Eles eram gregos, bastante emocionais, facilmente levados às lágrimas, mas com a mesma facilidade levados à mais hedionda e bestial violência, como você verá, Forasteiro, se tiver a gentileza de continuar lendo, sob o governo do infeliz e muito desafortunado neto deste rei. Se Mikros desse um passo errado, as coisas seriam diferentes — mas, no momento, o precioso momento presente de Mikros, estes eram os mais gloriosos anos de Ptolomeu, e os alexandrinos sorriam diante desse rei. Mikros não era passível de cometer erros. Alexandria sempre desculpava seus infortúnios no campo de batalha, culpando os deuses por isso, não seu magnífico governante.

Ptolomeu não era, de modo algum, impopular. O bom povo de Alexandria estava contente em cultuar sua falecida esposa e irmã. Logo, estariam cultuando Mikros também. Você poderia pensar, Forasteiro, que Ptolomeu Mikros estivesse feliz numa posição tão invejável, tendo conseguido a paz tanto doméstica quanto no estrangeiro e mais riquezas do que qualquer outro homem na terra, mas não era assim. Ele estufava as bochechas com fatias frias de polvo, tentilhões e lagostas, garças, codornas assadas e todas aquelas iguarias luxuosas vindas da Síria, mas nada disso fazia dele um homem feliz. Sua infelicidade era a de um homem que tem tudo. O prazer de ansiar ter algo era uma coisa que não existia para Mikros. Para um rei como esse, todos os dias eram como o melhor dia da vida de um outro homem. Um homem ficaria entediado com um luxo desses depois de trinta anos. Ele tinha filhos, mas depois de vinte anos sem ver o rosto do pai, eles eram como estranhos em relação a ele, e a verdade era que não confiavam nele. O filho que Mikros amava verdadeiramente estava morto. A esposa que amara verdadeiramente, ele fora levado a se voltar contra ela. As concubinas não lhe traziam felicidade, apenas interminável *aphrodisia*. Não, nem todas as riquezas do mundo foram capazes de trazer para esse homem felicidade ou afeição, e a notícia de sua infelicidade já se espalhava, chegando até a Índia.

1.45

Buda

Cerca de vinte anos depois de Arsínoe Beta ter sido embarcada na travessia do Estígio, por volta do ano 35 de Ptolomeu Mikros, três monges budistas entraram pela Porta do Sol, enviados pelo rei Asoka, da Índia, que havia decidido, no seu Terceiro Conselho de Budistas em Pataliputra, para buscar conversões ao budismo.

Asoka escutara que Tulamaya, rei do Egito, era infeliz, que estava cansado de viver. *Talvez*, pensou Asoka, *Tulamaya aprecie saber um pouco sobre Buda, que prometeu aos abatidos pelo pessimismo eterno perdão e, portanto, a felicidade.* Por isso, a missão. Seshat, é claro, não pode aprovar o eterno perdão. Seshat aprova apenas a eterna lembrança. Seshat é aquela que nada esquece. Mas ela não tem nomes budistas. Que eles se chamem Prathama, Dvitiiya, Tritüya Primeiro, Segundo, Terceiro, porque um homem sem nome não tem existência na outra vida.

Os budistas apresentaram seus cumprimentos no palácio, e Mikros deu-lhes as boas-vindas, pois mesmo os gregos que negligenciam seus deuses aferram-se à crença de que todo forasteiro vem em nome de Zeus. Mikros ofereceu-lhes a obrigatória hospitalidade grega — carne e bebida e um lugar para dormir — e disse que ficaria satisfeito de escutar o que tivessem para lhe dizer.

Sua primeira surpresa foi os budistas se recusarem não apenas a comer carne, mas também a beber vinho.

Mikros ficou olhando espantado para os embaixadores, três pequenos monges vestindo túnicas empoeiradas que muito tempo antes talvez tivessem sido vermelhas. Todos eles mantinham as palmas das mãos juntas e curvavam-se para ele. Todos sorriam largamente, mostrando os dentes e olhos cintilantes de felicidade como nada que Mikros tivesse visto até então. Ele ficou olhando fixamente para a cabeça raspada daqueles homens, os bastões toscos, as sandálias surradas, a pequena tigela de madeira para pedir esmolas. Não eram muito diferentes dos sacerdotes do Egito, a não ser pelo papagaio vermelho empoleirado no ombro do líder.

Não trazem nenhuma bagagem?, perguntou Mikros.

Prathama balançou a cabeça, mostrando todos os dentes, olhos cintilantes. *Nenhuma, de espécie alguma*, disse ele, *a não ser o* psittakos. *Ouvimos falar sobre o interesse do Tulamaya em animais selvagens. Trouxemos ao Tulamaya presente,* psittakos.

E como vieram até aqui?, perguntou Mikros, pensando em dar água a seus animais, mas Dvitiiya apontou para os pés.

A pé, disse ele, sorrindo, *da Índia, atravessando por terra.*

Mikros envergou expressão de grande surpresa. Ele já pensara em viver sem cavalos, carruagens, escravos, armas, livros. Mas um tal modo de vida parecia impossível.

Como pode um homem ser feliz, pensou ele, *não tendo nada além de uma túnica e uma tigela?* Ficou olhando, impressionado, para os pés calosos, os rostos vincados de rugas dos homens. Pensou em como deveria ter sido árdua a jornada. Como podiam estar ali, diante dele, sorrindo?

Há alguma coisa que vocês desejem?, perguntou.

Nada, disse Prathama, *exceto que ouça nossa mensagem.*

De fato, o sorriso não abandonava o rosto dos budistas nem por um instante.

Trazemos presente, a felicidade, disse Dvitiiya.

O que é Buda?, perguntou Mikros.

Buda é nosso grande mestre, disse Prathama. *Ensina paz, ensina bondade em relação a todos os seres vivos.*

Mikros, o pacificador, disse: *A paz é algo bom, a bondade para com os animais também.* Mas pensou: *E com o que eles ficam tão felizes?*

Conte-nos sobre o rei Asoka, disse ele.

Asoka grande budista rei da Índia, disse Dvitiiya. E falou sobre Pataliputra, a capital de Asoka, com suas 570 torres e 64 portões, e seu palácio com pilares folheados a ouro, decorado com folhas de parreira de ouro e pássaros de prata, o belo parque com pequenos lagos artificiais para peixes, vasos de ouro de quatro cúbitos de diâmetro, e como, quando Asoka aparecia em público, ia montado num elefante ajaezado em ouro.

Quando Dvitiiya falou da guarda pessoal de Asoka, as amazonas, arqueiras ferozes e musculosas, Mikros viu o rosto da irmã, e a mente se dispersou. Mas quando foram mencionadas as cem concubinas, ele endireitou o corpo e escutou com atenção.

Falem-me mais sobre seu Asoka, disse Mikros. *Ele parece um homem muito semelhante a mim, um rei que ama a luxúria.*

Quando era jovem, disse Prathama, *Asoka foi um grande soldado. Derrotou os Kalingans. Cento e cinqüenta mil homens deportados; cem mil homens mortos. Muitos morreram nessa guerra.*

Ptolomeu vestiu sua expressão de choque. *A guerra é cruel*, disse ele.

Asoka, tomado de dor, disse Dvitiiya, *ficou pensando como obter o perdão. Desejava viver sem violência. O que fez? Decidiu parar de ir à guerra. Recusou-se a continuar a caçar animais selvagens. Parou de comer carne. Gostou tanto dos ensinamentos de Buda que se tornou budista.*

Mikros envergou o rosto de grande surpresa.

Todos os homens de bem deveriam viver como Asoka, disse Dvitiiya. *Até Tulamaya poderia seguir Buda, fazer o que fez Asoka.*

Mikros vestiu o rosto de suave desaprovação. Embora amasse a paz, sabia que o restante do mundo grego jamais deixaria de buscar a guerra. Sorriu só de pensar em incendiar o grande arsenal de máquinas de guerra e arremessadores de projéteis, de derreter todas as espadas do Egito. E deu gargalhadas ao pensar em parar de comer carne de flamingos.

Ele ri tanto, pensou Dvitiiya. *Talvez não seja tão infeliz, afinal de contas.*

Na verdade, não conseguiríamos fazer tais coisas aqui no Egito, disse Mikros. Em seu íntimo, viu o rosto da irmã outra vez. Sim, o vulto de Arsínoe Beta sorria maldoso.

Desistir da guerra seria como transformar todo o nosso exército em eunucos, disse ele. *O Egito estaria escancarado para todos os invasores.*

Ele viu o rosto dos budistas desabar.

A guerra é cruel, disse Mikros, em voz muito baixa, e a seguir elevou-a bastante, *mas necessária.*

Os budistas olharam-no como se não acreditassem nos próprios ouvidos.

*

269

Mikros permitiu que os budistas lhe contassem as três grandes regras que a pessoa deve seguir se quiser alcançar os céus — autocontrole, caridade e consciência. Sim, ele pensou que praticava a caridade, embora apreciasse manter tudo o que tinha para si mesmo. Não tinha nenhum autocontrole em relação às concubinas. Nem sempre se preocupava com suas obrigações.

Maravilhoso é não ter nada, disse Tritiiya. *Maravilhoso é não gastar dinheiro.*

Mas os prazeres de Mikros eram gastar muito e ter muito de todas as coisas. Ele era devotado ao extraordinário, ao excesso mais extremado e à luxúria sem limites. *Faça o que bem entender e coma e beba tanto quanto puder* era seu lema.

O rei jamais deve deixar o súdito esperando, disse Prathama. *O rei deve escutar ao mesmo tempo todos os apelos. A felicidade do rei está na felicidade de seu súdito. O que quer que dê prazer apenas ao rei — não é bom.*

Mas, pensou Mikros, *o que quer dizer* deve? Ele pensou que aquilo que lhe dava prazer, mesmo apenas a ele, era muito bom. Não gostava que lhe dissessem o que devia fazer. E viu de novo o rosto de crocodilo de Arsínoe Beta.

Não há nada que eu possa lhes dar?, disse ele.

Um pouco de pão, disse Prathama, sorrindo, *um pouco de água. Não temos necessidade da rica comida de rei.*

Os budistas esforçaram-se muito, mas Mikros jamais abriria mão de seus prazeres. Nunca pararia de comer carne. Eles achariam mais fácil converter a esfinge que mudar o coração de Tulamaya.

Quando apareceram diante dele pela quarta manhã seguida, Mikros disse: *Nosso meio-irmão, Magas, de Cirene, adoraria escutar tudo o que vocês têm a dizer.* Ofereceu aos budistas camelos, cavalos, asnos.

Preferimos pés, disse Tritiiya, e assim os budistas subiram a pé pela via Canopo e saíram pela Porta da Lua, seguindo a estrada da costa. O sorriso deles nunca desaparecia.

Mikros talvez amasse a paz, mas os alexandrinos estavam mais interessados em violência. Gostavam de comer carne mais que qualquer outra coisa, exceto, quem sabe, peixes. Nos rituais de Dionísio, adoravam rasgar os animais sacrificados, arrancar membro a membro deles e comer a carne ainda crua. Como poderia o rei de um povo desses se tornar budista?

*

A embaixada indiana, na verdade, foi a grande chance de Ptolomeu Mikros mudar e se tornar feliz, mas ele já tinha os templos dos gregos e dos egípcios com que lidar. Como disse a Apolônio: *Ora*, dioiketes, *não temos espaço aqui para um terceiro pacote de deuses*.

As palavras dos budistas caíram em ouvidos mortos. Mikros de fato enviou Dionísio, seu representante, à corte de Pataliputra, com o rei Asoka ainda vivo, mas o mandou lá porque queria os guias e treinadores de elefantes da Índia para as guerras, não porque buscasse mais informações sobre Buda.

O budismo nada trouxe ao Egito então, bem como nada deixou a não ser o *psittakos*, um pássaro que fora ensinado a falar *Darma, Darma, Darma*, mas *Darma* foi uma palavra que Ptolomeu Mikros decidiu que não ouviria. Ficara exausto de tanto escutar os budistas e quando se cansou do papagaio berrador, afastou-o de si. Quando as pessoas que viviam em torno do Jardim de Feras também se cansaram de escutar o papagaio berrar, ele foi servido numa baixela no jantar do tratador de feras.

Por alguns dias, Mikros se lembrou das palavras do primeiro dos monges budistas: *Se os problemas chegam ao seio da família, não se deve culpar outros, mas olhar para o próprio coração, e então seguir o caminho da correção*. Mas ele não enxergava nenhuma discórdia em sua família.

Então ele pensava sobre o segundo monge, que disse: *A família é onde o coração se encontra. Se eles se amam uns aos outros, a casa é bela, como um jardim cheio de flores. Se eles discutem, é como uma tempestade que arranca as flores e as faz cair no chão...*

Mikros não pensava em sua família como uma tempestade violenta. Não demorou a esquecer os budistas e suas sábias palavras — e voltou a ser triste como antes.

É quanto basta sobre Darma. É quanto basta sobre Buda no Egito.

Asoka não mandou uma segunda missão aos Ptolomeu e deixou-os ficar com a barbárie — travando guerras contra os vizinhos, matando-se reciprocamente, abatendo todos os animais à vista, comendo carne dia após dia, o sangue e o molho da carne escorrendo-lhes pelo queixo. Em Alexandria, o sacrifício diário continuou como antes, com o sangue espirrando das gargantas cortadas de muitos touros. Os alexandrinos amavam a violência e assim continuaram a ser. Logo o sangue espirraria até sobre o rico assoalho de mosaico do maravilhoso palácio de mármore de Ptolomeu, uma poça do sangue dos próprios Ptolomeus se alastrando.

1.46

Milagres gregos

Não muito depois da embaixada budista, 72 eruditos hebreus, enviados de Hierosolyma, desembarcaram na ilha Pharos para traduzir as escrituras hebraicas para o grego. Esse grandioso trabalho foi empreendido porque os hebreus que viviam em Alexandria agora falavam grego tão bem que haviam esquecido o hebraico e estavam tendo dificuldades para ler as escrituras na própria língua.

Os hebreus haviam prosperado em Alexandria. Tinham acesso aos ouvidos do rei e se gabavam de que fora o rei Ptolomeu quem havia requerido a tradução, para que ele próprio pudesse ler as escrituras hebraicas. Espalhavam que ele havia feito um donativo para as despesas dos tradutores — papiros, tinta, cerveja, pão e cebolas — enquanto trabalhavam nos cinco livros, do Gênesis, isto é, o *Início*, ao *Arithmoi*, ou seja, os *Números*.

Quando os 72 eruditos baixaram seus instrumentos de escrita de junco no 72º dia, todos ao mesmo tempo, e se viu que todas as 72 versões eram exatamente a mesma, palavra a palavra, idênticas, uma poderosa vitória de Jeová, deus dos hebreus, foi declarada, e excitados gritos de *milagre* se escutaram por toda a cidade.

Quando Mikros foi informado sobre o que eram aqueles gritos, desconfiou. *Ora!*, exclamou, *preferimos pensar que alguém trapaceou*, e os ombros reais começaram a tremer. Mas isso é apenas uma história, talvez, e não deve ser tomada literalmente. A verdade, como sempre, é um pouco diferente. Mikros pelo menos não proibiu o trabalho.

Alguns homens questionaram até o fato de a tradução ser executada na ilha Pharos, uma vez que a suscetibilidade dos judeus havia sido tão perturbada por conta das estátuas nuas gregas espalhadas por toda Alexandria que todo um quarteirão havia sido reservado para a moradia deles e declarado zona livre da nudez grega. A razão disso era que a predileção dos gregos por estátuas nuas quebrava o Segundo dos Dez Mandamentos dos hebreus, que proibia que se esculpisse qualquer imagem — e mais agressiva ainda para eles era a nudez dessas estátuas —, de modo que, por onde quer que os hebreus caminhassem, eles deveriam desviar os olhos ou encontrar alguma rota pela cidade onde não houvesse estátuas — o que era difícil, pois Alexandre, os Ptolomeu e todos os deuses e deusas da Grécia postavam-se em todas as ruas, exibindo a divina nudez para o prazer de toda Alexandria. Nenhum grego levava isso a mal, claro que não, porque era sempre parte do faça-o-que-bem-entender. Os gregos não tinham vergonha da nudez, não tinham medo do corpo humano, mas se compraziam em contemplar a divina beleza do homem, que era a melhor coisa que os deuses gregos haviam criado.

Assim, é claro, os hebreus jamais se aproximavam da ilha Pharos, que pululava de ídolos, tanto gregos quanto egípcios, incluindo aí estátuas seminuas do inimaginavelmente priápico Amon e o fálico e mais fálico de todos, Min de Koptos. Mesmo o local da tradução fora um logro, ou talvez um equívoco. Pelo menos era essa a história desses 72 eruditos, cuja famosa tradução foi chamada de *Septuaginta*, isto é, Setenta (e não 72). Era ainda um outro grande feito que surgiu em Alexandria na Idade de Ouro de Ptolomeu Mikros.

Os hebreus apresentaram uma cópia da sua obra-prima em prosa grega a Sua Majestade, é claro, para a Grande Biblioteca, e Mikros prometeu lê-la. Alguns meses mais tarde, o sumo sacerdote dos hebreus lhe perguntou: *Como vai sua leitura, Megaléios?*

Excelência, disse Mikros, tentando manter o sorriso no rosto, *não conseguimos baixar o seu livro por tanto querer saber como a história ia terminar.*

Qual foi a verdade, no entanto? Ele não conseguiu passar de "Matusalém viveu 960 anos"... e foi quando jogou fora a famosa *Septuaginta*, dizendo: *Os hebreus devem ser mentirosos. Ninguém, a não ser um deus, vive tanto assim.*

Havia dias em que Ptolomeu Mikros se sentia tão velho quanto Matusalém.

Mikros adorava ler, no entanto; era um hábito. Ler não envolvia tomar decisões. Mas quando Apolônio Rádio lhe contou sobre a recente e esplêndida aquisição, um milhão de linhas do *Livro de Zoroastro*, ele não usou o habitual sorriso de faraó e disse sem rodeios que estava cansado de ler.

Até suas concubinas estavam ficando velhas. Na época, mesmo sua adorada Stratonike havia adoecido e fora enterrada pelo próprio Mikros no maior dos túmulos gregos no litoral de Eleusis, a leste de Alexandria, onde por vezes ele se deliciara em levá-la a passeio de carruagem.

E a quem ele espremia agora? Não Bilistikhe Afrodite, cuja divina carne estava murcha sobre os ossos, cujos seios haviam despencado, cuja boca sorridente não mostrava senão dentes enegrecidos. Não, ele já não visitava suas concubinas com tanta freqüência; somente uma vez ao dia, agora, e, em vez disso, ficava sentado por horas nos aposentos privados, contemplando o furioso mar verde-cinzento.

O rei que tinha tudo que a riqueza poderia dar não tinha mais nada o que desejar do mundo. Mas a boca estava inerte, agora, com os cantos repuxados para baixo, com se a vida houvesse perdido o interesse para ele. Estava até perdendo interesse em bolos de queijo com formato de seios. Os poetas gregos ainda o comparavam a um cometa em órbita que projeta chamas. *Ele é o jovem touro*, diziam, *com chifres em riste, irresistível.* Mas Mikros, o cometa, não deixava mais um rastro de centelhas às suas costas. Seu fogo parecia estar morrendo agora.

Ainda assim, não perdera o controle sobre as questões. Por cinco, seis, sete longos anos, jamais deixou de mandar a água do rio para Berenice Syra, na Síria, mesmo não querendo saber o que ela escrevia em suas cartas.

1.47

Antíoco, o deus

As coisas não pareceram tão ruins para Berenice Syra no começo. Seu palácio em Antioquia de Orontes era uma bem guarnecida residência, com colunas coríntias, belos mosaicos de sátiros e deuses marinhos no assoalho, além de todos os confortos de um lar, como cotovias assadas, pombos recheados, baixelas de ouro, escravos eunucos e tudo o mais do gênero. Antíoco Theos, o marido, não era tão velho assim; tinha somente 34 anos quando se casou, cabelos escuros encaracolados, pele morena e olhos como amoras negras. Berenice não desgostava totalmente do novo amigo do pai, a despeito de ele ter chacinado milhares de seus conterrâneos. Antíoco não era grosseiro com ela, mas Berenice Syra logo descobriu que ele gostava muito de beber vinho e que quando bebia não se comportava exatamente como um deus.

Antíoco bebia vinho sem diluí-lo, é claro, mas não parava em duas ou três tigelas, o que poderia constituir moderação. De modo algum. Mesmo no começo do casamento com Berenice, já bebia oito ou nove, e um homem que bebe nove tigelas, segundo dito popular entre os gregos, é propenso a um tipo de violência que envolve varejar cadeiras, algo não muito distante da loucura.

A primeira vez em que a remessa de água de Berenice foi entregue em Antioquia, Antíoco, o deus, mostrou seu mau gênio aos berros: *Que utilidade tem essa água? Por que seu pai não nos manda vinho?*

Berenice Syra não era daquele tipo de esposa grega envergonhada e recatada que não ousa encarar o marido. Ela olhou fixamente para Antíoco Theos e falou com ele em voz firme, dizendo que ele bebia mais do que era recomendado para um homem bom, que poderia lhe fazer bem beber mais água: *Você sabe muito bem o que dizem os gregos, Água é melhor...* disse ela. E, é claro, Antíoco Theos não gostou disso. Nenhum deus gosta de receber ordens. Nem ia ele começar agora a beber água, e talvez isso tenha se somado ao problema que estava se formando para Berenice Syra do momento em que ela pôs suas sandálias de ouro em território inimigo, porque ela não deixava nada sem resposta, e Antíoco também não gostava nada disso. Um deus sempre tem expectativa de ser cultuado, e não de receber gritos da esposa.

Nas cartas para o pai, Berenice Syra fazia crer que tudo ia bem, escrevendo apenas *O calor é insuportável... Estou derretendo... Sinto saudades do inverno frio de Alexandria...*

No entanto Berenice Syra pressentiu que teria problemas, e o começo foi no dia em que descobriu que Antíoco entregara seu poder para dois homens de Chipre, irmãos gêmeos, que mandavam nele da maneira mais rude. Temison era um belo macedônio de força fenomenal, que se inscreveu por conta própria nos jogos públicos chamando a si mesmo de Renascido Heracles. Aristos, o irmão, era sua exata semelhança, um homem com músculos de ferro. Os dois dividiram todos os prêmios de boxe, luta livre e pancrácio em toda a Síria. Antíoco estava tão enfeitiçado por Temison em particular que até permitira que ele se tornasse objeto de culto público.

Berenice ficava intrigada quando via os dois cipriotas desaparecerem no quarto de dormir do marido e escutava a barulheira que faziam do outro lado da porta. Ela não podia deixar de escutar os gritos e gemidos que enchiam o palácio, e isso a deixava espantada, pois soava como se estivessem destruindo toda a mobília, fazendo o que ela não podia imaginar que seria. E então ela via o marido surgir desse encontro violento, o corpo com marcas e ferimentos, manchas azuis e pretas, sangue escorrendo do nariz, cutucando algum dente solto na boca, mas os olhos brilhando como se tivesse acabado de desfrutar o maior dos prazeres.

Berenice Syra não se queixou para o pai sobre a violência do marido. Ela conseguia dar de ombros, assim como Mikros. Reclamava apenas dos insetos que havia no leito, da areia soprada em seus olhos e das nuvens de insetos que a picavam. E o pai respondia mandando-lhe espanta-moscas de ouro.

As coisas não iam tão mal para Berenice Syra, nessa época: ela tinha seu tanto das fabulosas coroas com pedras preciosas sírias; desfrutava todo o luxo imaginável sob a forma de tapetes de pele de leopardo, cadeiras de ébano, marfim e ouro, velozes carruagens e os mais ligeiros cavalos do mundo. Havia dias em que conduzia a carruagem para Dafne ainda no frio do início da manhã — onde se entretinha disparando flechas em todos os animais selvagens que avistava da estrada.

A água do rio de Berenice Syra era entregue regularmente, uma vez ao mês, quando então ela às vezes escrevia ao pai, dizendo: *O inverno está frio... Tenho saudades da ensolarada Mênfis.* Mas até então não tinha muito do que reclamar. Quase chegava a gostar de ser rainha e deusa viva. Quase chegara a se acostumar com os estranhos divertimentos do marido. Fechava os olhos para Temiston e Aristos, que a tratavam com o devido respeito — pois ela mostrou do que era capaz ao derrubar seu médico no chão diante de toda a corte. E talvez tenha sido assim que ela transformou Aristarcos, o homem que deveria ser seu amigo, em seu inimigo — por fazê-lo parecer mais fraco que uma mulher.

Antíoco Theos cumpriu, pelo menos, sua obrigação no leito conjugal com Berenice Syra, pois a barriga dela logo começou a crescer como uma abóbora. Contanto que ele não a ameaçasse com violência, ela se sentia capaz de seguir adiante com a vida de esposa e fazer todos acreditarem que nada estava errado em benefício da preciosa paz de seu pai. No devido tempo, Aristarcos lhe fez o parto de um príncipe enfaixado, que foi, no dia mesmo de seu nascimento, declarado herdeiro do trono do pai — em obediência ao tratado de paz. Antíoco, sóbrio como raramente ficava, disse muitas palavras carinhosas para a mulher e, por alguns momentos, interpretou o papel de pai orgulhoso. Fez que fosse tatuada na coxa do filho a âncora, que era a marca secreta da Casa dos Selêucidas para distingui-lo de crianças de condição menos elevada e para se assegurar de que, caso ele fosse trocado por alguma outra criança ou raptado naquela idade em que todos os bebês se parecem, eles não o perderiam.

O que aconteceu, no entanto, foi que o filho de Berenice Syra jamais encontrou uma identidade própria, pois não viveria muito além do quarto aniversário. Seu nome, sem nenhuma surpresa, foi Antíoco, mas ele não seria lembrado tanto por sua vida, e sim pela maneira como morreu.

Tudo ainda podia ir bem. Berenice dera à luz um herdeiro. Os prognósticos dos oráculos de Apolo em Dafne não faziam seu futuro parecer de todo sem esperança. Mas o nascimento do filho foi o que fez os problemas de Berenice Syra piorarem rapidamente. Tudo poderia ter ido muito bem se não fosse a existência da rejeitada esposa de seu divino marido, Laodike, e seus dois filhos renegados, que da noite para o dia se tornaram ressentidos inimigos de Berenice Syra e de seu filho.

Quando se casou com Berenice Syra, Antíoco Theos havia feito o juramento de descartar a primeira esposa. Dera a Ptolomeu Mikros a palavra de que a manteria afastada, em Sardis, na Frígia, a milhares de estádios de distância, enquanto Berenice Syra viveria e reinaria em Antioquia, na Síria. No entanto, enquanto a política externa ligava Antíoco à adorável Berenice Syra, o coração ligava-o à mais adorável Laodike, que jamais reclamara de seu excesso de bebida, nem da sua adoração pelos musculosos pederastas de Chipre, nem de seu vício em espetáculos de violência doméstica. Mas no quarto ano de seu casamento Berenice Syra já se via com freqüência sozinha, e seus espiões informaram-lhe que o marido estava do outro lado das montanhas Tauros, na cama da esposa banida.

A maioria das esposas gregas, é claro, não esperaria nada diferente. Um tal tratamento era habitual: a esposa vivia na semipenumbra da ala das mulheres e podia se dar por feliz se não recebesse nada pior que desprezo total. Berenice Syra, entretanto, era a filha do faraó, a rica rica rica rainha Berenice, e achava que merecia mais que ser completamente ignorada.

Quando Antíoco Theos oferecia sacrifícios no altar de Temison, o Heracles, o corpulento homem flexionava seus músculos de ferro e o rei o abraçava, beijava-o nos lábios e nos olhos e enfiava a língua na garganta dele. Em retribuição, Temison espremia Antíoco até os ossos de suas costas estalarem. Quando Berenice testemunhou a repugnante performance, ficou mais que apenas um pouco preocupada. E quando Antíoco promoveu uma extravagante procissão pelas ruas de Antioquia em honra do seu Heracles, Berenice ficou alarmada, percebendo, então, pela primeira vez, os uivos dos lobos na neve.

Então, Mania, sua aia, mostrou-lhe uma das octodracmas de ouro recém-cunhadas por Antíoco, que exibia seu Heracles deitado no sofá com uma pele de leão enrolada no corpo, segurando um arco da Cíntia e a clava nos braços, e Berenice Syra enviou Aristarcos, seu médico, direto de volta ao Egito, no camelo mais veloz, com uma carta pedindo ao pai para vir buscá-la e levá-la de volta para casa sem demora, já que para o marido seu maravilhoso homem corpulento parecia significar mais que ela. Berenice Syra escreveu: *Na verdade, o que deveria se esperar é que o rosto da rainha aparecesse nas moedas da Síria, em vez do rosto do parceiro de lutas do marido.*

Mikros escreveu de volta dizendo que não, que se recusava a trazer Berenice Syra para casa, pois quando um homem traz de volta a filha que se casou, isso representa a admissão de fracasso da moça e uma indelével marca de vergonha para o pai. É uma dessas coisas que todos os gregos consideram que absolutamente-jamais-deve-ser-feita, porque uma mulher dessas nunca se casará de novo e se tornará um fardo para o pai pelo resto de seus dias.

Berenice precisou permanecer na Síria, então, e teve de suportar a humilhação de não ocupar o primeiro, mas o quarto lugar nas afeições do marido — depois de Temison, o Hércules; de Aristos, seu irmão, e depois também de Laodike, sua bela e acima de todas belíssima primeira esposa, sendo que os lábios de todos esses, aparentemente, Antíoco preferia beijar em vez dos dela.

Quando Berenice Syra soube que o marido encontrara uma nova cidade na Frígia e a chamara de Temison em homenagem ao seu favorito, ela começou a temer por sua segurança. Mandou Aristarcos para o Egito com uma nova carta para o pai, na qual escreveu: *Suplicamos a Sua Majestade que nos leve de volta para casa, já que não apenas o rei Antíoco deixou de fazer a gentileza de dar nosso nome a uma única cidade que fosse, como não há rua alguma de Antioquia de Oronte que tenha nosso nome... Além do mais, acreditamos que Antíoco esteja vivendo maritalmente com Laodike, a esposa que ele supostamente teria afastado.*

Mas Mikros respondeu dizendo não novamente, que de modo algum a traria de volta para casa, no Egito. A paz com a Síria ainda estava em primeiro lugar. Trazer Berenice Syra de volta equivaleria a declarar guerra à Grande Aliança Síria, equivaleria a retomar a interminável guerra. Ele escreveu: *Você deve ficar onde está. Você é a maravilhosa e permanente cola que mantém nossa gloriosa paz.*

Assim Berenice Syra teve de ficar colada onde estava, sem conseguir se desgrudar, como qualquer desafortunada mosca egípcia pega numa gigantesca arapuca síria. As caravanas de camelos continuaram a trotar através dos desertos, exportando a água do rio Nilo para a Síria, para que Berenice a bebesse e nela se banhasse. Os camelos não retornavam pela estrada militar da Síria sem carga. De modo algum. Voltavam carregados de vinho, de tâmaras, de figos, de confeitos, todos sírios e até de grandes blocos de neve embrulhados em palha, diretamente das montanhas da Síria, para esfriarem o vinho de Mikros. Volta e meia, Gellosyne e Panariste, as aias de Berenice Syra, eram levadas a comentar entre si: *O rei Ptolomeu se preocupa mais com sua barriga que com sua filha.*

1.48

Gota

O 60º aniversário de Ptolomeu Mikros foi celebrado por todo o Egito, com banquetes públicos e danças nas ruas. O rei havia passado a maior parte da vida comendo ou enroscado nos braços de suas muitas e muitas concubinas. E por que não? Por que um homem deveria passar a vida sem prazer? Mas se ele desejava viver bastante, talvez devesse ter levado uma vida diferente. Mikros não era exatamente um rei esbelto e, ultimamente, respirava com tanta força em sua *aphrodisia* que as mulheres achavam que ele estivesse prestes a morrer. Ele havia se depauperado fazendo tudo em excesso. Agora, começava a sofrer de hipocondria, imaginando-se doente quando estava bem e bem quando estava doente.

Os anões escravos do corpo do faraó traziam o espelho de bronze polido que o fazia parecer mais magro do que realmente era — e ele fazia isso a despeito do costume que proíbe um homem grego de se olhar no espelho, porque isso pode lhe trazer má sorte, pois o espelho é para as mulheres, para as prostitutas e para a frouxidão, não para um homem rijo como o poderoso touro.

Mas Ptolomeu Mikros era um frouxo. Fora jovem e frouxo. Agora era velho e frouxo — e tinha, de fato, vivido além da sua sanidade, porque começava a se aferrar à idéia de viver para sempre, gabando-se de que, sozinho, descobrira o segredo da imortalidade.

Sem dúvida, Padibastet havia lhe prometido que um faraó não morre, que vive para sempre, por milhões e milhões de anos, assim como as imperecíveis estrelas. Mas os médicos charlatões gregos lhe disseram outra coisa e lhe vendiam elixires que prometiam que Ptolomeu Mikros não veria a morte terrena.

Arsínoe Filadelfos, a sensata esposa, teria gritado com ele, repreendendo-o: *Enxergue-se, irmão, você é mortal como qualquer outro homem*, mas a sensata e mais que sensata esposa estava morta.

Herófilos lhe teria dito sem rodeios: *Absurdo, Megaléios, tudo isso é absurdo.* Mas, nessa época, até Herófilos havia mudado sua residência para a necrópolis, a leste da cidade, e instalara seu açougue na outra Vida.

Mikros era o faraó, um deus vivo. Ele voaria para o céu carregado por um rodamoinho, na tempestade de areia, sobre as asas de Thoth. Ele próprio se tornaria uma estrela. Mas ser o faraó do Egito para sempre e jamais morrer a morte humana? Os médicos acharam que ele estava um tanto insano por acreditar nisso, embora tivessem plantado eles próprios essas idéias em Mikros. Foi deixado para Erasistratos, o novo médico real, animá-lo, alimentando-o de ambrosia e néctar, iguarias divinas que proporcionariam ao seu corpo o poder de resistir ao tempo e desafiar a morte. Mikros já parecia acabado demais para sua idade. Havia exercitado muito pouco o corpo e tinha se banqueteado demais. *Algum dia, ele vai simplesmente permanecer deitado o tempo todo*, pensava Erasistratos, *como um camelo sobrecarregado de fardos, e nunca mais vai se levantar.* Mesmo os anões do palácio cochichavam: *Logo ele morrerá*, e começaram a roubar algumas de suas jóias de ouro menos valiosas, assim como seus pais haviam roubado o pai dele.

Quando Mikros começou a sentir as terríveis e dolorosas pontadas no seu pé direito, murmurou: *Vai haver uma tempestade...* e deu as ordens habituais a sua guarda pessoal — fechar logo as venezianas, ancorar devidamente os navios na enseada, não permitir dormir sobre os telhados. Mas a tempestade não aconteceu, e a dor no pé passou. Algumas semanas mais tarde, ele despertou com uma terrível dor no pé esquerdo e mandou chamar o grande médico de novo. Erasistratos voltou a atenção para a vermelhidão e o leve inchaço da parte inferior das pernas, então lhe disse: *Majestade, é a gota.*

Mikros concedeu-se então o luxo de uma promessa: *Por Heracles...*

Um ataque de gota não é caso grave, disse Erasistratos, *mas é um aviso para o homem rearrumar a vida. Sua Majestade deve evitar preocupações. Deve praticar exercícios regularmente. Deve evitar friagens.*

Mas Mikros não tinha como parar de se preocupar com o reino. Na sua idade, não podia praticar estafantes exercícios. Sempre se resfriava nos invernos úmidos em Alexandria e fugia para a atmosfera mais seca de Mênfis. E não gostava do homem que lhe dizia *Deve*. Berrou, então, mesmo sendo Erasistratos: *Ninguém diz ao faraó o que ele deve fazer.*

Erasistratos não aprovava medidas drásticas. Não acreditava que sangrias fossem de alguma utilidade. Continuou seus exames, insistindo com Mikros em que ele comesse cachorro assado e bebesse água de repolho. Untou os pés de Sua Majestade com formigas cozidas em óleo de henna, figos, uvas e potentilha em molho de vinho. Só que o pombo assado jamais desapareceu da mesa real. Mikros não conseguia deixar de se empanturrar de flamingo tostado. A cada três dias, ele estufava as bochechas com um par de patas de boi fervidas, um prato que era sinônimo de alta gulodice. Nenhuma das grandes curas gregas para a gota teve o menor efeito, pois Mikros já estava idoso demais e era teimoso em demasia para mudar seu excesso para moderação.

Certa ocasião em que esteve em Mênfis, recuperando-se de um ataque da gota particularmente grave, Mikros olhou pela janela e ficou observando um grupo de egípcios comendo uma refeição modesta de pão e cebolas na margem do rio, rindo muito e se divertindo com a família. Com um profundo suspiro, disse: *Se ao menos eu pudesse ser como eles...*

Mikros queria ser uma pessoa comum, alguém como os demais homens, bem como seu pai havia desejado ser. Queria conhecer o segredo de como ser feliz. Ainda assim, apenas cinco anos antes, havia mandado embora os budistas, que lhe haviam oferecido exatamente isso. Havia dias em que orava a Hades para vir buscá-lo, suplicava para morrer. Talvez, no final das contas, sua vida rica e ociosa tivesse sido cercada de um prazer excessivo que não lhe havia feito bem.

Padibastet tentava animá-lo: *O faraó não deve se preocupar tanto assim... disse ele. Mesmo o faraó tem o direito de se divertir.* E contou-lhe sobre Snofru, o faraó que estava entediado com a vida e cujo vizir então lhe sugerira zarpar com a barcaça pelo rio e trazer para bordo as mais belas mulheres de Mênfis.

O rei Snofru mandou trazer vinte remos de ébano, contou Padibastet, *e vinte belas moças com seios perfeitos para remarem em sua barcaça. Enquanto contemplava aquelas mulheres remando, Snofru se deu conta de que esquecera tudo sobre sua tristeza.*

O rosto velho e enrugado de Mikros reluziu. Quem sabe devesse entregar o coração à alegria uma vez mais? Mandou que lhe trouxessem vinte novas concubinas, tanto gregas quanto egípcias, e ordenou ser transportado rio acima na barcaça real. As concubinas tocavam música nas harpas e cantavam canções para enternecer o coração do faraó, exatamente como as mulheres de Snofru haviam feito. Mas parecia que o coração de Mikros se sentia como uma tocha extinta. Ele não se sentia deliciado. Não estava feliz. Não, o famoso meio sorriso de Mikros não retornaria: a alegria fora embora para sempre.

Cansado de tudo, Mikros de repente sentiu uma premente necessidade de entregar as rédeas do governo a seu herdeiro, Ptolomeu Euergetes. Para Padibastet, ele disse: *Sou faraó há 37 anos. Deixe que o Egito veja um homem forte no trono agora. Deixe que eu abdique, como meu pai fez.* E assim foi combinado. Ptolomeu Soter voltara a marchar com a falange das tropas, retornara à condição de soldado raso. Mikros não fez algo assim tão exigente em termos físicos. Tudo o que ele desejava era beber e comer.

As obrigações como faraó sempre interfeririam com seus prazeres, que já não lhe rendiam satisfação alguma. De acordo com o costume, ele e o filho manteriam as aparências, como se estivessem reinando juntos, mas, na verdade, Mikros já se fartara de ser rei. Ele até se saíra bem, considerando tudo o que suportara até então. Qualquer outro homem teria se deixado esmagar sob o peso daquele fardo, mas Euergetes tomou para si a obrigação de ser rei e manteve-se firme: o novo poderoso touro.

Enquanto as chuvas de inverno castigavam Alexandria, Mikros podia ser ouvido a certa distância murmurando a letra de uma das canções de embriaguez de Teócrito: *Num momento sou um deus, no momento seguinte, um fantasma, sob o sol ou imerso na escuridão*, e era como se as palavras se aplicassem a ele próprio. Pensou a respeito de Sibila, a mulher idosa que pedira a vida eterna, mas se esquecera de pedir eterna juventude, e com isso sentiu um novo tipo de desespero.

Padibastet visitava-o com mais freqüência agora, a fim prepará-lo para voar para os céus dizendo: *Talvez você seja um deus, talvez sempre tenha sido um.*

Mikros respondia: *Este meu nome deve viver para sempre. A eternidade me foi assegurada. Eu não morrerei, eu não terei fim.*

Mas Ptolomeu Mikros não morreria, ainda não. Até o antigo touro Ápis seria carregado para a necrópolis antes de Mikros alçar vôo para as estrelas.

1.49

Os portais do esquecimento

Sim, no ano 35 de Mikros, mesmo a majestade do touro Ápis, nascido da vaca Ta-Renenutet I, tombou morto e voou para o paraíso. O grande oráculo de Mênfis partia. Esse Ápis morreu jovem, no oitavo ano de sua idade, 15 anos antes do previsto, e pareceu a Padibastet um presságio dos grandes infortúnios que estavam por vir, tais como a morte do próprio rei, cujo destino estava inextrincavelmente ligado ao touro sagrado.

Padibastet fez o pedido usual a Sua Majestade de uma doação para custear as colossais despesas de embalsamamento do grande animal. Mikros enviou cem talentos, menos do que o custo de um farol, não tanto quanto seu pródigo banquete qüinqüenal. Não que faltasse dinheiro no tesouro. De modo algum. Transbordava de ouro, como se fosse o corno da fartura de sua irmã. Mikros possuía tanto ouro que não sabia o que fazer com ele. *Mas para que serve o ouro, se um homem não possui nem saúde nem juventude*, pensava ele.

A família do sumo sacerdote — Padibastet, Nefersobek e o jovem Anemhor, além de Harankh, Neferibre e Nefertiti — estava reverenciando o Ápis que tanto amavam. Toda Mênfis acompanhou o cortejo fúnebre e assistiu à abertura dos grandes Portais do Esquecimento e das Lamentações, através dos quais somente o Ápis morto podia passar. Os longos chifres, brilhando, folheados a ouro, destacavam-se das faixas, com o disco do sol dourado e as duas plumas de avestruz fixadas entre eles. Todos os cidadãos de Mênfis acompanharam o Ápis dançando e cantando enquanto atravessavam o rio e seguiam ao longo do caminho sagrado do platô deserto até a morada de descanso do Ápis, as catacumbas de Sarapeion, que eram chamadas de Grande Câmara Mortuária, onde ele foi baixado a um sarcófago gigante de granito preto. Todos os homens haviam raspado a cabeça em sinal de luto. Todas as mulheres haviam estapeado os seios e esfregado lama negra do rio sobre a cabeça.

Padibastet, tão idoso quanto o faraó, mas parecendo ter a metade de sua idade, caminhava devagar, vestindo a pele de leopardo, enquanto os demais sacerdotes dançavam, saltavam, gritavam e cantavam para celebrar o renascimento do Ápis na outra vida. O rosto de Padibastet estava sério e cortado de lágrimas. Mikros, carregado na *skollopendra*, o rosto molhado de água, suor e lágrimas misturados, não tinha certeza se as lágrimas eram pelo Ápis ou por si próprio.

*

Agora, se iniciava a busca por um novo bezerro com 29 marcas de identificação em seu corpo, as quais representavam as estrelas e mostravam quando haveria cheia no Nilo; elas provavam que ele era o bezerro divino, nascido de uma vaca virgem sobre a qual se derramara um jorro de luz para fazê-la conceber.

Padibastet havia aprendido com o pai a arte de ler o futuro por meio do touro. Passada de pai para filho, também, já havia 48 gerações, era a ciência — ou magia — precisa que ajudaria a encontrar o novo Ápis — adivinhando primeiro o distrito, depois a cidade ou vilarejo, e a seguir capacitando-o a concentrar os pensamentos e dirigir-se diretamente para o pasto onde encontraria o tímido bezerro com grandes olhos aquosos, ainda hesitante, de pé sobre as patas, que seria a imagem viva de Ptah, o da bela face, o criador do mundo. Então, o milagre seria declarado, a dança se iniciaria, e o novo Ápis subiria a bordo da barcaça dourada e navegaria rio acima até Mênfis, para ali ser colocado em suas instalações.

A ciência de encontrar o Ápis era muito boa, muito precisa, mas Padibastet não conseguia encontrar o bezerro certo: um inteiramente negro com uma mancha branca na testa, outra em forma de águia no dorso e uma com a forma do escaravelho na língua e uma lua crescente branca no flanco direito. O sacerdote já começava a acreditar que o novo Ápis jamais se revelaria, não haveria ainda nascido, não existia. Havia vasculhado os livros dos rituais. Os filhos e os assistentes haviam procurado em todos os campos secos nos 42 *nomes* do Alto e do Baixo Egito sem sucesso. E era um desastre para as Duas Terras, porque o Ápis era praticamente a coisa mais importante no reino depois do faraó. Padibastet nem queria pensar o que poderia significar se o novo Ápis não se mostrasse, se a imagem viva de Ptah não renascesse. Quando se deitava, exausto, murmurava: *Isso só pode significar a ruína do Egito. As Duas Terras serão totalmente arrasadas...*

Mikros encharcou-se de suor no dia do funeral do Ápis, mas Padibastet queixou-se do frio, assim como o pai, e eles estavam no ápice da estação do calor. Todos os homens no palácio acharam que Mikros parecia tão doente que logo morreria, mas foi Padibastet e não Mikros quem não se levantou da cama. O passamento do velho Ápis havia oprimido seu coração. A busca pelo novo Ápis o havia exaurido. Ele não contaria nada a ninguém, mas: *A doença está dentro de mim!*

Nefersobek, sua esposa, chamou o profeta de Sakhmet, o homem que sabia mais sobre remédios que qualquer outro em Mênfis, além do próprio Padibastet. Ele apalpou o estômago retesado de Padibastet, pressionou a carne por detrás das orelhas, examinou os olhos injetados de sangue.

Para Nefersobek, em voz baixa, disse: *É a morte que penetrou em sua boca e se instalou no interior de sua barriga.*

Em seu sono, naquela noite, Padibastet voou sozinho para as estrelas, e pela manhã os lamentos se espalhavam por toda a cidade por conta da morte do grande homem. Nenhuma palavra de Seshat seria capaz de descrever a tristeza de Nefersobek. A enchente de lágrimas não era de modo algum fingimento. Mas, ao mesmo tempo que gemia, ela estava feliz, uma vez que os egípcios não encaram a morte como uma tragédia. No julgamento, Anúbis e Toth sem dúvida verificariam que o coração de Padibastet era tão leve quanto a pena de Maat, o pai de verdade. Ele estaria na companhia dos deuses, navegando para o paraíso na barcaça de Rá.

Anemhor sacrificou um touro em deferência ao pai e promoveu em homenagem a ele o banquete no túmulo, sua morada da eternidade. Os que pranteavam o falecido comiam bistecas, molhos, gansos assados, bebiam vinho e cerveja, além das frutas mais finas. Beferibre e Nefertiti falaram do pai com afeto, dizendo: *O nome dele jamais deve perecer.*

Akhoapis, o genro, pensava mais na sucessão e perguntava: *Quem vai ser o grande mestre do martelo?*

É costume, disse Nefersobek, *que o filho mais velho suceda ao pai em seu posto, mas não se trata de um direito.* Viram então Anemhor de cabeça baixa, constrangido, como se soubesse o que ia acontecer em relação à sucessão. O jovem Anemhor era quem mais sabia prever o futuro; aquele que podia ler o coração das pessoas como outros homens lêem um livro, e ele sabia que Akhoapis desejava fortemente se tornar o grande mestre do martelo.

Mas Anemhor era o homem de quem falavam: *Ele ama o bem, odeia o mal* e *antes mesmo que a boca fale, ele sabe o que será dito.* Anemhor, de 43 anos, foi o homem que Euergetes, o regente, escolheu para ser o sumo sacerdote de Ptah, o diretor dos profetas de todos os deuses e deusas do Alto e do Baixo Egito.

Herankh, a esposa de Anemhor, e os três filhos, Djedhor, Horemakhet e Horimhotep, regozijaram-se. O tio deles, Neferibre, não sentiu inveja. Até Akhoapis ofereceu a Anemhor os votos mais sinceros e ambos apertaram-se as mãos. Não houve *assassinatos* na ascensão do novo sumo sacerdote de Ptah. Ninguém morreria porque um homem entrava para um novo posto. Os egípcios não eram repletos de ódio, como os Ptolomeu, mas plenos de afeto.

A primeira e mais urgente tarefa do jovem Anemhor era encontrar um novo touro Ápis, o que ele conseguiu buscando no único lugar em que seu pai jamais pensaria em procurar — na própria Mênfis, a menos de dois estádios do local onde o antigo Ápis morrera, no próprio pasto. O bezerro que encontrou ali possuía todos os 29 sinais identificadores, e não haveria como suspeitar de que o jovem Anemhor houvesse trapaceado, colocando ele próprio aquelas marcas no couro com tinta branca, de modo que se safasse da mais grave crise que se abatera sobre o Egito em cem anos. De modo algum. O bezerro era real, genuíno, o bezerro divino, e Mênfis enlouqueceu quando os cem sacerdotes vestidos em túnicas brancas o conduziram em procissão, com sua mãe, a divina vaca, para o estábulo. Sim, o novo Ápis, aquele que tinha a resposta para as perguntas de todos os homens; aquele que tinha o poder para resolver todos os problemas dos homens.

Nos seus primeiros dias, o jovem Anemhor ficou observando o novo Ápis, com o passo hesitante, ir do estábulo da esquerda para o da direita e voltar. Viu-o lamber a narina esquerda com a grande língua cinza. Viu-o piscando e sem piscar, deitando e rolando sobre o dorso. Escutou a música do Ápis quando este mugia e grunhia. A todas essas coisas o jovem Anemhor sabia interpretar, fossem boas ou ruins, presságios de sorte ou azar para o Egito. Era ele o mestre absoluto da adivinhação do futuro por meio do Ápis. O oráculo oficial do Egito. Anemhor passou dias sem-fim com os olhos fixos no touro, observando o comportamento, tentando perceber qual seria a melhor maneira de aconselhar os macedônios sobre as intermináveis dificuldades.

Anemhor foi quem recebeu o primeiro oráculo oficial do novo bezerro. Ele queimou incenso novo no altar. Encheu as lâmpadas com óleo e as acendeu. Posicionou a boca junto à macia orelha negra do deus e perguntou-lhe sobre importantes assuntos: *Quantos anos de vida mais tem o rei Ptolomeu?*

Então, cobriu as orelhas com as mãos e saiu da morada do Ápis, sob a luz do sol, caminhando até ultrapassar o grande muro de tijolos, já fora das muralhas do templo de Ptah, em meio às palmeiras, olhando para a planície arenosa onde os jovens escribas gostavam de chutar a bexiga de um porco de um lado para o outro. Fossem quais fossem as primeiras palavras que Anemhor escutasse quando tirasse as mãos dos ouvidos, essa seria a resposta à sua pergunta.

No momento em que Anemhor baixou as mãos, aconteceu de estarem gritando o placar do jogo, mas ninguém marcara ainda, e, portanto, ele escutou: *Nem um. Nem um.*

Mikros foi erguido na *skollopendra* e carregado até onde iria empossar o jovem Anemhor no seu augusto posto, mas ele mal reparou nesse sumo sacerdote no manto de pintas de leopardo. Seus pensamentos ainda eram sobre a morte, pois parecia que todos à sua volta estavam morrendo, como se todos estivessem fadados a morrer, exceto ele próprio. Justamente nessa época, longe de ansiar por viver para sempre, Mikros pensou que poderia ser bom morrer.

De repente, viver em função do prazer do instante presente já não fazia nenhum sentido para ele, uma vez que todos os seus eram repletos de dor e não lhe traziam nenhum regozijo. Houve muitos desses momentos passageiros em que ele desejaria que o momento eterno não existisse. Tão profunda era sua melancolia que ele pedira até que lhe ensinassem a geografia da outra vida. Sim, e Anemhor teve de sentar-se ao seu lado por horas e horas, tornando os momentos passageiros mais compridos do que nunca.

Nos seus pensamentos mais íntimos, o faraó imaginava o próprio Toth como um homem com cabeça de Íbis, instrumento de escrita de junco, pronto para tomar nota do seu julgamento. Ele via a pena de Maat, a pena da verdade, nos pratos da balança, e o próprio coração sendo pesado em confronto a ela. Via o babuíno de Toth empoleirado no topo da balança, tagarelando. Via os portais flamejantes da outra vida, e toda a sua existência corria acelerada diante dos olhos, como areia escapando por entre os dedos de um homem.

Mikros proferiu a confissão negativa dos mortos, repetindo as palavras do sumo sacerdote: *Não cometi iniqüidades... Não pratiquei falsidades... Não proferi palavras perversas... Não fui um homem de ódio...* Não conseguia pensar que fizera nada de errado.

Ele indagou sobre Arsínoe Alfa, e Anemhor lhe garantiu: *Ela ainda vive, Megaléios, está com ótima saúde*, mas Mikros não pediu para vê-la. De modo algum. A traidora que ficasse onde estava. O venenoso trabalho de Arsínoe Beta, virando o irmão contra a esposa, era uma magia permanente e irreversível.

Quando Euergetes se apresentou, Mikros brandiu o dedo para ele e disse, muito lenta e claramente, como se estivesse de posse de todas as suas faculdades: *De maneira alguma permita que Berenice Syra retorne ao Egito*. Mas Euergetes lembrou ao pai que ele havia conseguido encerrar definitivamente a guerra: *A guerra é impossível, Pappos*, disse ele. *Somos todos amigos no mundo grego, agora.*

Mikros ainda acreditava que fosse verdade.

Anemhor disse-lhe que Berenice Syra agora era mãe de um filho que deveria ser o rei de toda a Ásia, e o coração de Mikros se alegrou ao ouvir isso. Talvez, agora, ele pudesse morrer em paz, no máximo da felicidade possível para um homem que sofria de gota em todos os membros ao mesmo tempo; que berrava até quando os anões do corpo tocavam-lhe o braço. Ele permanecia acordado ao longo das horas de escuridão, ouvindo as criaturas da noite rastejarem pelo quarto folheado a ouro, ansiando por morrer.

Agora as concubinas haviam se mudado para os aposentos dele, com harpas e flautas, liras e címbalos, de modo que Mikros tinha todo o amparo delas junto a si: Bilistikhe, Didyme, Potheine, Mnesis, Myrto, Kleino,

Glauke... entre outras. Todas de cabelos grisalhos e com a pela enrugada rodeavam-no como um bando de abutres aguardando o desfecho. Elas discutiam, é claro, sobre a ordem em que deveriam se sentar, sobre quem deveria ficar perto da cabeça para sussurrar mensagens nos ouvidos dele, sobre tudo abaixo do sol.

Mikros escutava e não escutava, ouvia e não ouvia.

Nosso último desejo, murmurou ele, *é que vocês... todas... simplesmente... sumam daqui!*

Mas as concubinas não se afastavam, nem mesmo quando Ptolomeu Euergetes lhes disse para fazê-lo.

Você ainda não é o faraó, disse-lhe Bilistikhe Afrodite. *Não temos de obedecer-lhe até amanhã...*

Didyme tomou o pulso de Sua Majestade e sentiu o batimento ainda forte, como se fossem formigas-soldado sob a pele, como uma máquina funcionando com perfeição. *O pai deste homem não viveu até os 83 anos?*, murmurou ela. *Ele vai se recuperar, ainda tem muitos anos pela frente.*

O jovem Anemhor, que sabia de tudo, não se deixou enganar. Postou-se junto à cama do faraó, dizendo: *Anúbis vai pegá-lo pelo braço... Uma escadaria estará montada para você, de modo que você suba por ela até os céus...* e a música quase engoliu as palavras.

Mikros havia pedido música. Ele havia lido as obras completas de Filetairos, o poeta cômico, que dissera que os gregos que morressem ao som da música teriam permissão para desfrutar os prazeres da *aphrodisia* na outra vida. Todos os demais deveriam carregar o vaso malvedado e ficar por toda a eternidade tentando enchê-lo de água. Claro, Filetairos estava apenas fazendo deboche. Mas Mikros o levou a sério. Ele não queria passar a eternidade tentando encher o vaso malvedado. Não que ele acreditasse totalmente na versão egípcia para a outra vida. Queria o melhor de ambos os mundos, no caso de os egípcios estarem errados e os gregos, certos. *Ninguém esteve lá embaixo — lá em cima — e retornou para contar como foi*, disse ele. *Nenhum homem pode ter certeza do que tem pela frente.*

Mesmo assim, o jovem Anemhor continuou a proferir as palavras de consolo que o sumo sacerdote de Ptah deve proferir, elevando-as acima da música do rei, de modo que enviasse o faraó em seu caminho para a eternidade adequadamente equipado para a tarefa mais importante, a única razão da sua existência.

Equipe-me então, disse Mikros, *para ter* aphrodisia *por milhões e milhões de anos, isso é tudo o que importa...*

O jovem Anemhor prometeu fixar o talismã no braço direito de Sua Majestade quando este estivesse morto, o talismã que garantia eterna *aphrodisia* na outra vida, e sua voz grave ressoou:

Um homem morto vestirá trajes de linho branco e sandálias... Ele se sentará à margem de um lago no Campo dos Juncos... Ele atravessará as águas numa barca cujos remadores serão os marinheiros de Rá... Ele comerá figos e uvas com os deuses... Viverá somente do pão e da cerveja da eternidade...

Mikros pensou apenas que essa dieta tão frugal na outra vida não combinava com ele, que parecia demais com moderação.

Não haverá nem línguas de flamingos nem tordos recheados na outra vida?, balbuciou.

O jovem Amenhor balançou a cabeça, sorrindo não muito diferente de como sorria o faraó.

E quanto aos nossos pratos prediletos, mocotó de porca e pés de porco cozidos? Terei isso no cardápio no campo da paz?, perguntou Mikros.

Pão eterno que jamais mofa, Majestade, disse Anemhor, *cerveja infindável que jamais azeda...*

Francamente, Excelência, murmurou Mikros, *creio que ficaremos bastante entediados por uma dieta eterna de nada mais que cerveja e pão.*

Então houve um pequeno terremoto entre os lençóis de algodão egípcios que fez a música se interromper, os braços reais se debateram no ar, e Mikros sentou-se no cama, dizendo, bem alto e claro: *Excelência, está querendo me dizer que não há vinho na outra vida?*

Mas antes que o sumo sacerdote pudesse responder, o estertor da morte tomou sua garganta, o último ar exalou-se de seus pulmões, Mikros caiu para trás sobre os travesseiros, fazendo as penas voarem. A boca ficou aberta. Os olhos se fixaram. Houve então um momento de assombrado silêncio, e a seguir as concubinas iniciaram os lúgubres gemidos gregos que significavam que um homem morrera.

1.50

Estrela imperecível

Agora que Mikros partira, os macedônios começaram a chamá-lo de Filadelfos, dando-lhe na morte o título da irmã, e juntos se tornaram os *Theoi Phila-delphoi*, os *deuses-irmão-e-irmã-amantes*. Foi a maior das honrarias ou, como alguns entenderam, a humilhação final.

Os embalsamadores egípcios enfiaram o longo arame pela narina do rei morto, girando-o para romper a matéria cinzenta que preenchia o cérebro, transformando-a num líquido, bem como se sua falecida rainha estivesse re-mexendo alguma poção letal de lagartos. Você talvez fique preocupado com o cérebro dele, Forasteiro, mas se esqueceu de que o homem pensa com o coração, não com o cérebro. Era o coração de Filadelfos que ficava batendo duas vezes mais rápido quando ele estava excitado com as mulheres. Seu cé-rebro jamais bateu rápido sob nenhuma circunstância, e seria inútil para ele na outra vida. Sim, eles fisgaram o cérebro de Filadelfos, puxaram-no pelo nariz, e deram aquele líquido grosso para os cães beberem.

Os embalsamadores fizeram a incisão de praxe na parede do estômago e puxaram suas sanguinolentas entranhas pelo corte. Tiraram a pele da sola dos pés, que raramente haviam tocado a sujeira da terra, já que ele sempre fora carregado no alto, e as substituíram por sandálias de ouro. Oraram aos deuses para assegurar leite para Osíris Ptolomeu, para que com ele ba-nhasse seus pés na outra vida. Deixaram o corpo mergulhado por setenta dias numa banheira de natrão seco, então encheram o peito e a cavidade pélvica com alcatrão. Os cantos vazios, eles rechearam com serragem mis-turada à lama negra do rio. Os testículos foram removidos, e o escroto foi preenchido com serragem.

A seguir, cobriram de ouro, na morte, esse faraó, dando-lhe dedos dou-rados nas mãos e nos pés, pálpebras de ouro, lábios de ouro, mãos de ouro, pés de ouro. Então, considerando que havia ouro de sobra para lhe dar, encheram todos os pedaços que faltavam, de modo que ele ficou todo co-berto de ouro. Chegaram mesmo a lhe dar um falo artificial de ouro e debocharam dizendo que seu membro natural estava gasto demais por excesso de uso; que ele precisaria de uma nova máquina para penetrações se fosse ter *aphrodisia* por toda a eternidade — de modo que essa estrela se tornou imperecível até no seu órgão mais vital.

As unhas foram amarradas com cordas. Puseram-lhe cebolas no lugar dos olhos; elas significavam a vida eterna e que com seu cheiro forte faziam um morto voltar a respirar. Sobre seu corpo, colocaram o escaravelho que carregava as palavras que instariam o coração de Mikros a não se tornar uma testemunha de acusação contra ele no outro mundo, então cruzaram seus braços sobre o peito e o enrolaram em quatro mil cúbitos de bandagens do melhor linho, encharcado de resina de cedro, oitenta cúbitos dos quais desapareceram enfiados no nariz. Entre as bandagens, ocultaram os 134 talismãs que o guardariam e o protegeriam por milhões e milhões de anos.

Entre os joelhos, eles prenderam o papiro em que estava escrito o capítulo de *O livro dos que ressurgirão à luz do dia*, as palavras que um homem precisa conhecer para sua carne não se deteriorar nem se desfazer em pedaços na outra vida.

Na parte externa do sarcófago, gravaram seu rosto em ouro, carne dos deuses, e incrustaram as sobrancelhas em vidro azul. Deram-lhe olhos de bronze e íris e pupilas de obsidiana engastadas em pedra branca. Presentearam esse rei, na morte, com as gordas bochechas que ele tivera em vida e colocaram em sua boca o sereno meio sorriso do faraó que ele mal havia utilizado nos últimos cinco anos.

O jovem Anemhor, que proferiu as palavras rituais, disse: *Que seu coração fique feliz e que seus pés dancem.* Não deu a esse rei o *hipokefalos*, para mantê-lo aquecido. De modo algum. Calorento demais em vida, se não pudesse congelar em Alexandria, deliciaria seu coração congelar-se na outra vida. Mas Anemhor amarrou no braço direito desse que era o amante mais extremado de todos os mortos a conta púrpura de ametista e recitou junto a ela o feitiço que possibilitaria a Filadelfos ter *aphrodisia* para sempre dali em diante, dia após noite, por milhões e milhões de anos. Isso faria seu coração se comprazer. Sem dúvida, não foi sem motivo que chamaram a esse rei de *Erotiko*.

Embora fossem práticas não-helenísticas, Ptolomeu Euergetes sepultou o pai com honras de faraó, segundo a tradição dos egípcios, no mínimo porque desse modo ele não teria de suportar de novo a terrível e mais do que terrível irascibilidade de Arsínoe Beta na outra vida dos gregos.

Seshat disse ao seu Ká: *Dou três milhões de anos de vida e prosperidade, atribuo anos a você aos milhões.*

Seshat disse: *Instituí seu nome como rei para sempre na escrita dos meus dedos. Seus anos são como os anos de Rá.*

No cortejo fúnebre de Filadelfos, gemendo alto e estapeando os seios, arranhando as faces com as unhas, arrancando os cabelos aos chumaços, caminhavam senhoras pintadas, vestidas de negro. Claro, as prostitutas de Filadelfos tinham muito o que prantear: seu mundo dourado estava se despedaçando diante de seus olhos, tudo terminado. A cascata de riquezas que se derramava sobre suas cabeças secara da noite para o dia. Choravam então, pois que utilidade havia em possuir o título de deusa e receber oferendas votivas da cidade inteira, se disso não se ganhava, no final das contas, nem sequer uma dracma com a qual comprar *khol* para pintar os olhos, nem um óbolo sequer para comprar um bocado de pão?

Assim é o destino das prostitutas: tal foi o destino até da divinizada Bilistikhe Afrodite, cujas estátuas na via Canopo foram postas abaixo e cuja condição de deusa foi agora declarada nula e proibida por Ptolomeu Euergetes em seu primeiro ato como rei, uma vez que isso era altamente insultuoso tanto aos deuses da Grécia quanto aos do Egito.

Talvez o único homem no Egito que tenha ficado satisfeito ao saber do passamento de Ptolomeu Filadelfos foi Timócares, desafortunado arquiteto da famosa estátua de pedra de Arsínoe Beta, que havia 24 anos estava fazendo os olhos de ferro de Arsínoe olharem fixamente à frente, que é como deveriam ficar, sem piscar para todo o sempre, mas ela não falava, não chorava nem pronunciava uma palavra sequer sobre a guerra — nem sobre nada mais. Achava-se que uma deusa deveria flutuar acima do chão, mas, embora Timócares tivesse consertado o teto magnético, não conseguia fazer Arsínoe Beta elevar-se nem ao menos um dedo acima do assoalho do Arsinoeion.

Intimamente, Timócares sabia que a estátua jamais levitaria, mas estava com medo de confessá-lo e com isso perder o real patrocínio. Estava tentando ganhar tempo, pensando constantemente em novas desculpas para não ter terminado a estátua. O Arsinoeion, então, erguia-se permanentemente aberto para o céu, a chuva formando poças e os pombos lançando excrementos por todo o santuário.

Timócares já havia feito o melhor que podia. Procurara por todas as partes possíveis quaisquer pedaços maiores de pedra magnética, de modo que concluísse o maior teto magnético na história mundial. A estátua de ferro de Arsínoe Beta seria destinada ao culto e traria consolo aos peregrinos. Realizaria milagres e efetuaria curas de todos os males, mais especialmente de indigestão crônica, dores de estômago, cólicas, prisão de ventre e obstrução nas entranhas. Mas, não, não seria finalizada, não mais. Euergetes cancelou o contrato da estátua magnética, considerando-a um desperdício de dinheiro.

Quando Timócares, o arquiteto, foi informado disso, beijou a esposa e os filhos e atravessou o Hepstadion muito lentamente. Galgou os degraus até o terceiro e mais alto andar do Farol, mais lentamente ainda, e quando não havia mais para onde subir, pulou do parapeito. Havia fracassado em fazer a estátua da falecida rainha, mas conseguira a glória de ser o primeiro arquiteto depois de Dédalos a voar.

Então, o terceiro Ptolomeu, chamado de Euergetes, ou Benfeitor, se preparou para assomar como um rei benfazejo sobre toda a terra. Não houve noite de sorrateiros e ligeiros passos, não houve botas de soldados correndo apressadas, nenhuma noite de sangrentos assassinatos, pois ele se recusara a matar o irmão, Lisímaco, a quem amava, ou qualquer outro integrante da família.

Não posso matar meu próprio irmão, disse ele. *Já tivemos o bastante de assassinatos nesta família. Que a violência termine sob este teto.*

Ptolomeu Euergetes tinha então 39 anos. Há muito já ficara noivo da princesa Berenice Beta, de Cirene, mas ainda não se casara com ela, pois a tradição só permitia ao Faraó se casar quando fosse coroado, de modo que seu herdeiro nascesse em púrpura. E talvez tenha sido mesmo melhor assim, porque os horoscopistas haviam previsto que seu *destino era sem dúvida ser assassinado por seu filho.*

O filho assassino — ou não-assassino — será tratado por Seshat mais adiante. Antes, Forasteiro, você deverá conhecer a esposa assassina, Berenice Beta, sobre quem as informações a respeito de suas habilidades como carniceira a antecederam, voando à frente dela própria, enquanto os quinhentos camelos de corrida carregados de ouro arrastavam-se pelas areias em direção a Alexandria, e essas informações diziam que ela havia praticado um assassinato quando tinha apenas 14 anos; ou seja, a nova rainha do Egito seria tão terrível quanto a anterior.

PARTE DOIS

Assassina do marido
Berenice Beta

2.1

Amazona

Você há de se lembrar, Forasteiro, que a Cirenaica situa-se bem a oeste do Egito, acima da costa norte da África, e que Magas, filho de Berenice Alfa, terceira esposa do Primeiro Ptolomeu, a governava. Magas fora *strategos*, ou seja, governador, depois rei da Cirenaica por cinqüenta anos ao todo, seu poder se estendendo sobre um vasto reino de montanhas e planícies férteis, belos pomares e milharais que iam até a beira do mar, todos os anos produzindo boas colheitas. Cirene era famosa por seus cavalos puros-sangues, por suas carruagens e corridas de carruagens, por suas trufas e por suas lindas mulheres. Magas fora afortunado. Se a mãe não tivesse se tornado a grande esposa do faraó, o destino não teria sido tão generoso para com ele. Se tivesse permanecido no Egito, seria um homem morto no dia em que Filadelfos subiu ao trono, teria sido assassinado, como todos os demais parentes homens de Filadelfos. Magas governava com justiça. Sempre cuidara de fazer o que era certo perante os olhos dos deuses da Grécia, que tanto o haviam favorecido.

Esse rei sempre fora leal ao Egito, sem dúvida, mas a lealdade não durou muito depois do casamento incestuoso de Filadelfos e Arsínoe Beta. O próprio casamento de Magas foi um refinado golpe diplomático, já que sua esposa era a princesa Apama, filha de Antíoco Soter, rei da Síria, que agora era aliado de Magas. Mas o que interessa a Seshat não são os assuntos estrangeiros de Magas, os quais você já conhece, mas os arranjos domésticos.

Apama, é claro, tinha ascendência macedônia, embora também tivesse algum sangue persa. Dera a Magas apenas uma criança, uma filha, e, seja por que razão fosse, não estava disposta a ter mais nenhuma. A filha chamava-se Berenice, em homenagem à sua ilustre avó, e, na falta de filhos homens, Magas ensinou a ela todos os atributos masculinos possíveis, dizendo que ela própria teria de ser o rei da Cirenaica.

Agora, não se confunda, Forasteiro, não misture essas adoráveis senhoras. Para distingui-la de sua avó, Berenice Alfa, Seshat precisará chamar a essa garota de Berenice II, ou seja, Berenice Beta.

Magas se preocupava com a filha, mesmo assim, porque não importava o quanto ela fosse forte, uma mulher governando sozinha não traria estabilidade à África. Precisaria de um homem enérgico para ficar ao seu lado, e o mais perturbador dos problemas era: *Com quem ela poderia se casar? Ah, sim, que homem no mundo seria enérgico o bastante?*

O jovem mais conveniente seria seu primo, Ptolomeu Euergetes, o herdeiro do trono do Egito. Quando chegou o momento apropriado, Magas mandou uma mensagem a Filadelfos, dizendo: *A paz é melhor que a guerra. A amizade é melhor que as brigas.* Ele não se impressionava muito com seu novo aliado, Antíoco Theos, que, pelo que lhe contavam, era uma pessoa bêbada e violenta. Ainda acreditava que o Egito seria o melhor de todos os aliados, de modo que sugeriu que a frieza das relações fosse quebrada por um casamento e que o dote de Berenice Beta não fosse nada menos do que toda Cirenaica.

Como Ptolomeu poderia recusar?

Magas, ansioso por fazer o que seria direito perante os olhos dos deuses, enviou seu embaixador através das areias da Líbia para perguntar a opinião de Zeus-Amon acerca do futuro de sua filha, mas, embora o oráculo tenha dito *Ela conhecerá a violência e morrerá violentamente*, também disse *Ela será duas vezes rainha e será a mãe de reis.*

Apama tinha idéias próprias sobre o casamento egípcio. Falando francamente, não o aprovava, pois pensara em governar a Cirenaica ela própria quando Magas parasse de respirar. Mas se Berenice se casasse com Ptolomeu Euergetes, Apama não conseguiria parte do poder para si. Ela queria que Berenice tivesse um marido a quem pudesse controlar. Esperou para ver o que aconteceria. Magas era velho e estava doente; logo deveria morrer. Ela sabia que o irmão mais velho, tão violento, Antíoco Theos, da Síria, iria querer utilizar a Cirenaica como base militar para invadir o Egito não apenas pelo lado da Síria, mas também pelo oeste. Sabia que, a despeito da alardeada paz da Síria com o Egito, o irmão ainda desejava mais do que qualquer coisa tomar o Egito para si.

Seja como for, Magas prometeu a filha a Ptolomeu Euergetes — que agora já retornara de Meroé. Mas, uma vez que o herdeiro do Egito, segundo o costume, não se casava até se tornar rei, era preciso que se aguardasse indefinidamente enquanto Filadelfos amadurecia e Berenice Beta crescia, e a demora também não fazia mal porque ela não poderia ter, por ocasião de seu noivado, mais de 4 anos.

Como sinal de boa vontade, Ptolomeu Filadelfos mandou para Magas dois pares de raros cabritos monteses núbios, e Magas retribuiu-lhe com duas parelhas dos famosos cavalos brancos da Cirenaica, e assim o noivado foi selado e firmado, quando os embaixadores se encontraram no deserto, a meio caminho entre Alexandria e Cirene, para proferir o juramento de praxe: *Se deixarmos de cumprir este acordo, que nossos descendentes dêem à luz monstros.* Tudo o que se precisava agora era que Filadelfos morresse e que Euergetes e Berenice permanecessem vivos.

Berenice Beta passou dos 8 anos, e os espiões enviaram a Alexandria notícias sobre seu aprendizado guerreiro. Disseram que ela fora colocada no dorso de um cavalo desde muito nova e raramente apeara desde então; que seu grande deleite eram as carruagens de guerra mais rápidas. Ela não demonstrava medo, nem mesmo saltando com o cavalo através de aros em chamas. Ah, sim, Magas a treinara para ser forte, para enrijecer o corpo para as batalhas como as amazonas. Por causa de seus exercícios diários, a menina desenvolvera músculos de garoto, bíceps e tríceps. Cavalgava sua montaria como um homem, de pernas abertas, e sempre rápida, com fúria.

Penetrava galopando no deserto líbio acompanhando a cavalaria do pai para caçar antílopes e hienas. Dizia-se que Berenice Beta era um filho tão bom e daria um rei tão bom, mas tão bom, que a piada que corria pelas tropas era que logo estaria usando lâminas de bronze não apenas para raspar o rosto, mas também o peito.

Quando ainda era muito pequena, Magas lhe ensinou tudo sobre criação de cavalos e lhe permitiu assistir ao momento em que as éguas eram cobertas. Ele a fez prometer jamais permitir a um garanhão montar sua própria mãe e rejeitar essas coisas como antinaturais, uma afronta aos deuses. Também lhe ensinou a rejeitar relações proibidas entre seres humanos, como todos os gregos de princípios, dizendo: *Você não deve permitir absurdos como o casamento entre irmão e irmã quando se tornar rainha do Egito.*

Magas mostrou a Berenice os monstros que haviam nascido da consangüinidade: carneiros de duas cabeças e bezerros cegos. *Há uma maneira certa de fazer as coisas*, disse ele, *e a maneira certa é a maneira grega: o homem com a esposa, não o filho com a mãe, nem irmão com irmã, nada de garotos bonitos nem de concubinas.* Berenice cresceu acreditando em preceitos morais rígidos, assim como o pai acreditava neles.

A Cirenaica prosperava sob o meticuloso governo de Magas. A belicosa Berenice cresceu, e celebrou seu 12º aniversário, quando então carregou a cesta na grande procissão de Apolo. Viajou de barco para a Grécia e disputou corridas de carruagens nos Jogos Nemeanos — e achou que era apropriado para uma mulher, principalmente uma jovem, estalar o chicote e conduzir os cavalos pessoalmente. Somente as mulheres espartanas faziam algo assim, mas Berenice o fez e, assim, ganhou muitos prêmios.

Enquanto a filha se tornava cada vez mais vigorosa, o pai decaía e acabou contraindo uma estranha doença africana que o tornou tão gordo que só conseguia caminhar com dificuldade. Alguns diziam que o nome dessa doença era *banquetes.*

Berenice Beta não sucumbiu à febre dos pântanos, à praga, à varíola ou a qualquer outra enfermidade. Ela sobreviveu. Era a garota que deveria se tornar a rainha de Cirene, se não a rainha do Egito, a garota cujo destino era cometer um assassinato.

2.2

Lamentos

Aproximadamente no ano 35 de Ptolomeu Filadelfos, Magas morreu, e a rainha Apama assumiu o poder em Cirene, como regente de sua filha. Exatamente qual era a idade — muito jovem ainda — de Berenice por ocasião da morte de seu pai ninguém deixou registrado, mas Seshat, deusa da aritmética, acha provável que ela tenha nascido no ano 21, o que a faria ter somente 14 anos quando aconteceram os terríveis episódios que estavam por vir, pouco mais do que uma menina, portanto. Embora tivessem lhe ensinado — diferente da maioria das garotas gregas — a ler e a escrever, ela era jovem demais para conduzir uma guerra e negociações de paz. Tais coisas exigiam um juízo amadurecido. Ela precisaria de ajuda, e Apama a ajudaria até que ela tivesse idade bastante para governar sozinha. Nessa época, Apama teve a idéia de fazê-la se casar com um homem que faria o que ela, Apama, queria.

Isso porque Apama, é claro, era uma selêucida não menos forte que a filha e estava ansiosa para obter o poder. Mesmo assim, não poderia ser chamada de masculina. Suas preocupações eram tipicamente femininas: jóias, tapeçaria, a fiação de tecidos púrpura. Quanto à *aphrodisia*, disso não tivera muito no palácio de Magas, que, seja por que razão fosse, não pensava muito em apertar sua mulher, mas a mantinha mais ou menos do mesmo modo que qualquer outra esposa grega — quase uma prisioneira no *gynaikeion*. Apama ficava debruçada nas janelas e sonhava com os homens que via andando pelas ruas, mas que não poderia ter. Na maior parte do tempo, tudo o que Apama queria, Magas lhe negava, e ela achava a eliminação do seu prazer muito entediante. Ah, sim, tinha lá suas idéias sobre como fazer seu marido tombar morto.

Então, o que aconteceu? Quando Magas, já passando dos 71 anos, respirou o último fôlego, Apama explodiu em gargalhadas, porque finalmente estava livre para fazer o que quisesse. Era uma mulher jovem e achava a obesidade do marido repulsiva. Ah, sim, enquanto as demais mulheres da casa de Magas se lamentavam, esmurravam os seios e rasgavam as faces com as unhas até sangrarem, Apama ria, histérica. A habitualmente magnificente pira funerária grega foi erguida sobre as areias de Cirene e o cadáver do gordo Magas foi envolvido em chamas. A fumaça entrou nos olhos de Berenice, mas ela não choraria de modo algum pelo pai que tanto amava. Apama chorou apenas lágrimas de alegria.

Não havia fantasma sobre o qual se falar porque Magas tinha completado seu inteiro quinhão de anos. Seu espírito não ficou vagando, mas adormeceu com grande facilidade. O que interessa a Seshat é sua feliz — ou infeliz — viúva, a adorável rainha Apama, ainda na flor de sua íntegra beleza, ainda jovem o bastante para atrair um novo marido. Como ela se comportaria? O que faria?

Do ponto de vista egípcio, Apama fez a coisa mais errada possível, já que no próprio dia do funeral do marido, como se embriagada pelo poder real, mandou embaixadores para Alexandria, nos camelos mais rápidos, dizendo: *Fizemos novos arranjos em relação ao casamento de nossa filha. A aliança entre o Egito e Cirene está cancelada. O noivado, portanto está rompido.*

Era como uma declaração de guerra contra o Egito, como se estivesse convidando Ptolomeu Filadelfos a atacar a Cirenaica, mas Apama ouvira dizer que Filadelfos era tímido em assuntos de guerra e não estaria propenso a lutar, a menos que ela o atacasse primeiro.

Apama também enviou embaixadores por embarcações ligeiras, os *trieres*, à corte de Antígono Gônatas, o Rótula, em Pela, na Macedônia, para propor a um outro príncipe que se casasse com sua filha e se tornasse rei em Cirene. O sortudo foi o meio-irmão do Rótula, príncipe Demétrios Kalós (*de-mé-tri-o*), filho de Demétrio Poliquetas, o falecido grande sitiador de cidades com sua terceira esposa, a notoriamente infeliz Ptolomaia, filha de Ptolomeu Soter. Apama havia escutado notícias de que Demétrios Kalós era o homem mais bonito da Grécia, se não do mundo inteiro, e que ela encontraria total facilidade em levá-lo a fazer tudo o que quisesse. Apama instava Demétrios Kalós a partir imediatamente para a África.

2.3

Belo Demétrios

O príncipe Demétrios era chamado de Kalós por conta de sua espantosa beleza, já que *kalos* é a palavra grega para belo, bonito, lindo. Atenas de fato havia investido esse homem de uma beleza sobre-humana. Os cabelos eram como o Sol, um campo de trigo maduro, um jorro de cachos dourados. Os membros pareciam de bronze, como os de uma estátua grega. Ele tinha o torso e os músculos de um atleta olímpico. Os dentes eram como marfim, os olhos eram de um azul perfeito, como centáureas. Basta dizer que ele era mais belo que qualquer homem já visto até então.

Na época, Demétrios Kalós tinha apenas 28 anos e estava bastante satisfeito com o curso de sua vida. Considerava-se um sujeito de sorte porque segundo seu horóscopo, ele morreria em meio à *aphrodisia*, e ele achou que isso significava que não poderia morrer em batalha e que viveria uma vida encantadora, uma vez que morrer nos braços de uma mulher era, segundo o pensamento grego, a melhor das mortes, a mais abençoada que um deus poderia conceder a um homem. Demétrios já fora comandante militar em inúmeras batalhas. Como o pai, esse grande guerreiro não tinha sequer uma cicatriz no corpo, nem ao menos um arranhão. Agora, considerava-se ainda mais afortunado. Tornar-se o rei da Cirenaica parecia mais um presente de Tiche, a deusa da boa fortuna. Não pensava, como o afamado Policrates, que tivera mais do que seu justo quinhão de sorte. De modo algum. Demétrio Kalós tinha pouco tempo disponível para os deuses, mas logo seria ele próprio um deus. Seria mera questão de, como rei de Cirene, decretar a própria divindade e providenciar que fosse cultuado. Nenhum rei, naquele tempo, fez nada menos do que isso, a não ser, talvez, Magas. Ah, sim, Magas foi o único, por modéstia, por medo da punição divina, a considerar mais prudente se manter como mortal.

*

A história de Demétrios Kalós contava que, depois da morte do pai, a mãe enlouqueceu, e ele foi levado para Pela, onde foi criado na corte de seu avô, Antígono Monophtalmos, Caolho, o grande inimigo de Ptolomeu Soter; e a seguir, após a morte do Caolho, por seu sucessor, o meio-irmão, Antígono Rótula.

Rótula promovia o culto a Pan a tal ponto que colocou uma imagem do deus — chifres, patas de bode, flautas de pan — em suas moedas. Se Demétrios Kalós tivesse alguma consideração pelos deuses, teria lembrado que é prudente evitar atiçar Pan na hora mais quente do dia. Mas Demétrios Kalós era um príncipe moderno e se achava acima de um ridículo desses. E apesar de ser bastante hábil num cavalo, brandindo a espada contra os inimigos da Macedônia, não era especialmente conhecido por sua sabedoria no campo de batalha. De fato, era uma cópia quase idêntica do pai, pois não obedecia a regra alguma e não prestava contas a ninguém — *Faça o que bem entender.*

Mas você não deve cometer o equívoco de pensar, Forasteiro, que ele era um sujeito impetuoso. Demétrios Kalós era um homem maduro, no primor da vida, que já tinha uma esposa, Olímpia, de Larissa, que era tão bela quanto o marido. Ele tinha até um filho — o Antígono chamado Doson, que cresceria e se tornaria o rei da Macedônia. Mas não havia como Demétrios levar a esposa e o filho para a África. Mesmo ele reconhecia que isso não seria de modo algum apropriado. *Assim, o que fez com eles?* Forasteiro, ele os abandonou à própria sorte, simplesmente os deixou.

É fácil para você imaginar como Olímpia de Larissa se sentiu quando o marido lhe contou que precisava partir para a África e que iria deixá-la sozinha para criar um garoto sem pai. Ela deve ter se agarrado nele, chorando. Ela deve ter implorado a ele, numa torrente de lágrimas, para que não a abandonasse. Qualquer mulher teria feito isso. Mas quais foram, então, as últimas palavras que ele lhe disse? Ele pediu desculpas, abraçou-a pela última vez, murmurando: *Um homem tem de fazer o que tem de ser feito?* Não, Forasteiro, nada disso. Demétrios Kalós nem mesmo se deu ao incômodo de contar à esposa que estava partindo. Não reservou tempo nem ao menos para dizer *Adeus*. Precisava ir para a África e fez isso de imediato. É o que basta para se avaliar esse fiel marido e devotado pai.

Seshat não encontrou menção a Olímpia de Larissa na história da Macedônia depois disso, nem boa nem ruim. Seshat não escutou nem uma palavra sequer sobre ela ter se casado outra vez. Talvez tenha ficado contente de se livrar de Demétrios. Ou tenha vivido muito mais feliz sem ele. Por outro lado, talvez não, talvez não tenha sido assim. Quem sabe ela tenha enlouquecido. Ou tenha se matado de tanto pesar, e quem poderia condená-la por isso?

Ah, sim, Demétrios Kalós não conseguia parar de rir quando leu a carta de Apama. Pegou um navio emprestado do Rótula e navegou para a África naquele mesmo dia. Umas poucas dúzias de amigos compuseram a tripulação, partindo com ele para se tornarem ministros, generais e almirantes. Os amigos seriam confidentes dos negócios secretos, se exercitariam com ele no *gymnasion* e o ajudariam a beber vinho depois do jantar, além de estarem a postos para o ajudarem a escapar se as coisas, por acaso, dessem errado para ele na África. Não o julgue com muita severidade, Forasteiro. Que jovem não partiria correndo da Macedônia, no primeiro navio, com as velas totalmente enfunadas, e remaria na velocidade necessária para colidir com outro barco em batalha, por todo o trajeto até Cirene, caso fosse convidado para se tornar rei? Logo, ele aprenderia a ser um grande monarca, a fazer as leis, a condenar um homem à morte, a declarar a guerra e a negociar a paz. Como conseguiria qualquer jovem recusar uma oferta dessas? Seshat acredita, Forasteiro, que no lugar de Demétrios Kalós você teria feito a mesma coisa.

Mas Seshat, que conhece todo o passado, também sabe o que está reservado para o futuro de Demétrios Kalós. Seshat diz: *Por que este homem, o mais belo de todos, não permaneceu em seu lar na Grécia? Por que esse aventureiro não ficou no posto que ocupava no exército da Macedônia? Por que ele teve de pensar em pôr os pés nas areias moventes da África, que acabariam por engoli-lo?*

E será que Demétrios Kalós conhecia seu destino? Ele enviou mensageiros para consultarem o famoso oráculo de Apolo, em Delfos, sobre qual seria seu futuro? Claro que não. Costumava torcer o nariz para os oráculos, para os videntes, para a adivinhação a partir do vôo dos pássaros, para a interpretação dos sonhos e toda essa bobagem. Tinha fé apenas em Tiche, deusa da boa fortuna. Não sabia o que estava para acontecer com ele. Mas Seshat sabe. Demétrios Kalós não estava destinado a se igualar a Magas e governar Cirene por cinqüenta anos. Mal duraria cinqüenta dias.

2.4

As flechas de Eros

É muito freqüente que uma expedição fadada ao desastre se inicie cheia de bons augúrios. Quando os *trieres* de Demétrios ancoraram no grande porto de Apolônia, o porto marítimo de Cirene, ele saltou do navio como se fosse um jovem deus e foi surpreendido pelo calor africano, que lhe pareceu uma fornalha. Calçou as botas militares sobre as pedras do cais numa chuva de pétalas e tinha consigo pouco mais de seu, além de sua boa aparência, os talismãs de boa sorte que usava em volta do braço e do pescoço e o amplo manto negro militar bordado com o Sol, a Lua, os signos do zodíaco e todas as estrelas do céu, que Ptolomaia havia confeccionado para o pai e que tantas vezes fora encharcado de lágrimas.

Talvez Demétrios Kalós devesse ter consultado os astrólogos e videntes, no entanto, porque havia mais lágrimas ainda reservadas ao seu ramo da Casa dos Ptolomeu. Fora bastante ruim o que acontecera à mãe, cujo casamento durara somente trinta dias, mas pelo menos Ptolomaia sobrevivera — o destino do filho seria pior que o de um gato esfolado.

Demétrios Kalós foi recebido condignamente pelos ministros da rainha Berenice Beta, e em nenhum momento deixou de fazer cintilar seus olhos e reluzir seus dentes, enquanto os amigos e ele eram transportados para a belíssima e ilustre cidade de Cirene. Todas as mulheres que cruzavam seu caminho apaixonavam-se por Demétrios Kalós de imediato. Todos os homens se maravilhavam com sua sobrenatural beleza, e espalhou-se como fogo no feno a notícia de que o próprio Apolo havia desembarcado em Apolônia, de modo que os camponeses largaram os arados, abandonaram os animais e atravessaram correndo os campos para vê-lo.

Quando Demétrios Kalós entrou com seu passo elegante no palácio, todas aquelas colunas coríntias e o mobiliário de ouro — não encontrou a jovem casadoira que estava esperando, mas uma menina de peito sem saliências e compridos cabelos louros. Além de músculos bastante pronunciados nos antebraços. Ela estava sentada numa cadeira de ouro e ébano, comendo tâmaras e bolos de mel, sendo abanada sob aquele calor tórrido por escravos negros com leques de penas de avestruz, e ele também percebeu que os pés dela não chegavam a tocar o chão e que seu rosto estava bronzeado pelo sol — em vez de pálido como era a tez das outras garotas gregas.

As normas gregas dizem que os seios da garota devem ter três dedos de altura para ela poder se casar. Berenice Beta não estava pronta para o casamento. Era bronzeada como um homem porque passava muito do seu tempo na sela ou treinando com as tropas, mas plana como uma tábua no peito e sem as nádegas cheias de uma mulher madura, que tanto Demétrios apreciava. Ela fez Demétrios Kalós pensar num pacote de frangos assados, galinhas sem peito. Ainda teria de crescer um pouco antes que ele olhasse para ela com algo mais que desdém.

Como todas as demais mulheres em Cirene, naquele dia, no entanto, no momento em que Berenice Beta pôs os olhos em Demétrios Kalós, foi varada pelas flechas de Eros e se apaixonou por ele. Atordoada por seus sentimentos, ao mesmo tempo com calor e com frio e tremendo, ela conseguiu ainda balbuciar algumas palavras de boas-vindas e logo a seguir fugiu para se esconder, deixando o visitante sozinho, passando os olhos pelas escravas, perguntando-se o que ele poderia fazer para ter uma mulher na África. Mas o destino havia lhe reservado uma bela mulher, sem dúvida alguma: Apama.

Onde estava Apama? No início, ocupada, descansando do insuportável calor, depois ocupada se fazendo bonita: pintando o rosto com base branca, avermelhando as faces, modelando os olhos com *khol*, escovando os longos cabelos negros, esfregando o corpo com os mais caros perfumes da Síria, como se estivesse prestes a se casar, ela mesma, com Demétrios Kalós. Já lhe haviam contado sobre sua inacreditável beleza. O mais belo homem do mundo havia acabado de entrar em sua casa. E ela estava perfeitamente ciente de que a filha era jovem demais para se casar com ele. Apama havia traçado seus planos com extremo cuidado. Sabia o que estava fazendo e obrigaria Demétrios Kalós a aguardar até que ela resolvesse aparecer.

Infelizmente, a mãe de Berenice Beta estava precisamente caminhando para o centro do problema, pois quando Apama finalmente fez sua entrada, vestida com trajes de luto, e pôs os olhos naquele homem, seu coração saltou dentro do peito como se estivesse prestes a ter um ataque fatal. Ah, sim, como dizem os gregos, como se fosse um furioso vento, o amor sacudiu seu coração.

À bela Apama, desafortunadamente, haviam sido negados os prazeres de que usualmente desfrutam as mulheres casadas. Por natureza, ela era uma mulher de corpo ardente, já totalmente predisposta a explodir em chamas nos melhores momentos. Agora, finalmente, assim pensou ela, poderia se conceder um pouco de paixão. Apama não fugiu para se esconder como a filha; pelo contrário, tentou envolver Demétrios Kalós numa cortês conversação. Magas já era um homem velho mesmo antes de ela se casar com ele, e um homem pesado, horrendo com sua barriga estufada. Apama nunca tivera um homem jovem como Demétrios Kalós em sua cama. Ela sentiu o coração ribombar dentro do peito ao fazer o convite para o homem mais bonito do mundo: *Senhor, sente-se ao nosso lado... Gostaria de beber uma tigela de vinho?*

Demétrios pouco falou, mas não teve necessidade de dizer coisa alguma. Apama, que nunca fora uma mulher de prender a língua por muito tempo, falou pelos dois. Contou-lhe dos cavalos, das colheitas de milho e de maçãs, sobre a situação dos negócios estrangeiros de Cirene, sobre a força militar do rei Ptolomeu — e assim por diante, e por todo esse tempo a jovem Berenice Beta não esteve à vista. Demétrios bebeu uma segunda tigela de vinho e depois uma terceira, e Apama sorria largamente, pensando na sorte de ter aquele homem como futuro genro. Mas não conseguia desviar

312

os olhos do rosto dele — algo infeliz e extremamente perigoso, algo que nenhuma mulher grega de respeito jamais fez. Os gregos dizem que os olhos são as janelas da alma; que o olho é o caminho que leva aos ferimentos de amor, a porta de entrada da doença de amar, e dizem que o momento mais intenso do amor é quando o olhar de quem ama cai sobre o amado pela primeira vez.

Forasteiro, você não iria acreditar que isso fosse mais do que uma história inventada, mas a plena verdade é que tanto a mãe quanto a filha caíram de amores pelo mesmo homem, no mesmo dia, ambas inflamadas pelas setas de Eros. Mas não havia ninguém para sacudir Apama e dizer: *Cuidado, amiga, não atice as chamas...* A chama do amor já ardia, rugindo como uma pira funerária, e não haveria quem a extinguisse.

Os gregos dizem que *amor é desejo duplicado.* Também dizem que *amor duplicado é loucura.* Apama já amava Demétrios Kalós como uma mulher enlouquecida. Seu coração parecia borbulhar, revirando-se no peito, como um pássaro na brasa. Ah, sim, como um pombo sendo assado num espeto, imobilizado, transpassado, já tostado.

O que Eurípides dizia? *Nem a língua afiada do fogo, nem a flamejante rota das estrelas é mais letal que o dardo de Afrodite, que se projeta ligeiro das mãos de Eros.* E assim foi. Eros disparou muitas outras setas flamejantes naquele dia, já que Demétrios Kalós também se apaixonou, mas não por Berenice, e sim por Apama, a mulher que seria sua sogra.

Naquela noite, Demétrios Kalós não parou nem por um momento de alisar seus talismãs da sorte. Mal proferiu uma palavra e ficou apenas sentado, escutando, ou escutando apenas em parte, a torrente interminável de informações úteis que lhe despejava Apama. Demétrios Kalós jamais tivera de usar muitas palavras. Tudo o que precisava fazer era sorrir e exibir sua beleza. Um homem tão bonito quanto ele não tem nem problemas nem inimigos. Todas as mulheres que encontrou sempre se prontificaram a arregaçar o *peplos* para ele. Todos os homens sempre desejaram ser seus melhores amigos, quando não desempenharem o papel de Ganimedes com seu Zeus. O único problema que Demétrios Kalós sempre teve foi como afugentar as centenas de homens e mulheres que ansiavam por ter para si seu corpo divino.

Não, Demétrios Kalós não tinha inimigos pessoais em todo o mundo de fala grega. Era uma infelicidade, no final das contas, que tivesse vindo para a África, uma vez que estava prestes a fazer o pior inimigo de toda a sua vida.

Quem, então, seria o inimigo de Demétrios Kalós, o homem sem inimigos? Quem, no mundo, poderia deixar de gostar do homem que o mundo inteiro amava por ser a imagem do próprio Apolo?

Forasteiro, era Berenice Beta, a menina destinada a ser sua esposa, cujo destino era cometer um assassinato, embora tivesse somente 14 anos.

2.5

Fogo divino

No seu primeiro dia na África, Demétrios Kalós fez pouco mais que sorrir, beber bastante vinho e vociferar contra o calor. Quando, no devido tempo, arriou adormecido em sua cadeira, bêbado, Apama ordenou aos escravos de pele negra e braços fortes que ele fosse levado para os aposentos que lhe tinha reservado e teve dificuldades de impedir a si mesma de deitar na cama com ele. Ficou horas sem conseguir dormir, pensando: *Mas sou eu a rainha de Cirene. Por que não devo fazer o que bem entender? O que me impede?*

No segundo dia, Demétrios Kalós sorriu, bebeu demais e já se viu casado com Berenice Beta, pois a mãe declarou que, apesar de a noiva ser jovem demais para ele, Demétrios Kalós deveria receber o que lhe fora prometido — o reinado —, a não ser que mudasse de idéia e tomasse o navio de volta para a Macedônia. Isso também porque a única coisa que Demétrios Kalós disse foi: *Odeio esperar...* ou *Não gosto de esperar...* quer fosse esperar pela comida, por seus cavalos ou para que o vinho fosse servido. E também não queria esperar para se tornar rei, a não ser que Apama mudasse suas intenções e voltasse atrás em sua oferta. Já que lhe prometeram o poder, queria exercê-lo logo.

A investidura como rei, então, foi feita literalmente da noite para o dia e não foi baseada nem em nobres palavras proferidas por Demétrio Kalós, nem por conta das sábias opiniões e dos maravilhosos planos a respeito de seu reinado, já que ele praticamente não dissera coisa alguma. Se Demétrios Kalós tinha idéias a respeito de Cirene, guardou-as para si mesmo. Sempre vivera entre as tropas da Macedônia, obedecendo a ordens. Quando não estava lutando em alguma batalha, tentava lidar com suas muitas mulheres. Quando não estava tendo *aphrodisia*, gostava de beber vinho. Quando não estava estufado de comida nem bêbado, dormia. Assim era a vida de Demétrios Kalós — muito simples. Tornaram-no rei não pela maneira como se conduzia, mas porque Apama havia recebido informações sobre sua extraordinária beleza; porque tanto ela quanto Berenice Beta desejavam deleitar os olhos sobre sua pele sem falhas, porque amavam ficar olhando seu divino rosto, e tudo isso era o pior dos equívocos.

Como todos os gregos, Apama acreditava que um belo rosto significava um belo espírito; nada existe no mundo mais elevado do que a beleza, nada no mundo é melhor que um marido belo. Apama não permitiria que seu deus escapasse por entre os dedos. De modo algum. Precisava mantê-lo na África.

Era algo inquestionável, é claro, que Demétrios Kalós não pretendia que nem Apama nem a filha lhe dessem ordens. Poderia ter a mulher que quisesse no mundo. Uma cidade provinciana como Cirene poderia lhe ser conveniente no momento, mas haveria outras mulheres e, talvez, outros reinados para Demétrios Kalós amanhã. Já estava achando a África quente demais para o seu gosto. Metade de uma manhã perseguindo cabras selvagens era o bastante para fazer sua pele descascar e estourar em bolhas. Era um macedônio de pele clara, orgulhoso em excesso de seus cabelos louros, que não admitiria cobrir com o *kausia*, ou seja, o elmo de sol que qualquer homem previdente usaria em tal calor. Já estava pensando que não deveria permanecer muito tempo em Cirene e que teria facilidade em se tornar rei em um lugar mais fresco. Cirene de fato era quente, mas ainda se tornaria muito mais quente do que esse homem seria capaz de imaginar.

*

Ah, sim, Demétrios Kalós, então um homem que ninguém em Cirene conhecia havia mais de algumas horas, tornou-se rei de pronto. Apama estava satisfeita com o que Antígono Gônatas havia escrito para ela acerca de seu meio-irmão, suas proezas militares, o quanto merecia ser um soberano. Apama estava nos seus primeiros dias de gozo do poder, que acabara de receber. Ainda estava, de fato, embriagada com a nova autoridade, encomendando grandes quantidades de jóias e de perfumes da Síria. Logo depois da morte do marido, percorrera o palácio dando ordens, acertando tudo, demitindo os velhos ministros de Magas, designando os próprios homens e devorando tudo o que Magas a havia proibido de comer, vorazmente, como se fosse uma mulher que acabasse de ter sido libertada da prisão. Não teve a preocupação de esperar um instante sequer para ver que espécie de homem era Demétrios Kalós, na realidade. Ah, sim, ninguém na África sabia absolutamente nada a respeito do seu caráter, a não ser supor que, já que seu rosto era belo, sua alma também deveria ser, que porque ele se parecia com um deus, deveria se conduzir como um.

Mas Seshat diz que os deuses gregos sempre maltrataram suas mulheres.

Quando Demétrios Kalós se casou com Berenice Beta, o real diadema de um rei macedônio foi atado em torno de sua cabeça. As tropas ergueram-no em seus pescoços e o carregaram em torno do pátio do palácio, entoando seu nome, ovacionando e aplaudindo, de acordo com o costume macedônio.

No banquete de casamento, os convidados gritaram e assoviaram até assistir Berenice executar as danças de guerra da Cirenaica, as danças dos *homens*, já que fora criada com os homens e para ser masculina. Ela dançou não somente para Demétrios Kalós, o marido, mas também para os soldados, cujo aplauso era frenético, já que amavam a musculosa rainha. Mas Demétrios estava ocupado demais cravando os olhos na sogra para ver sua mulher dançando.

Quanto a Apama, ela dançou as apropriadas danças sírias femininas de casamento, devagar, a princípio, como o vento nas dunas, e a seguir furiosamente, como a tempestade de areia. Ficou girando sem sair do lugar bem diante de Demétrios Kalós, batendo as mãos. Se as danças de Berenice Beta inflamaram os convidados do casamento, a performance da mãe os deixou loucos. Mas a pessoa sobre quem a dança de Apama teve o maior efeito foi Demétrios Kalós, que, fosse por conta do calor africano, ou do vinho forte, ou da música violenta, estava prestes a saltar sobre ela.

Apama estava resoluta acerca de uma coisa sobre esse casamento: insistiu em que, por causa da idade da filha, ela não seria entregue a Demétrios Kalós para que nela ele semeasse filhos legítimos, já que nesse caso ele se remexeria em seu sono e a esmagaria, ou lhe causaria algum dano com seu grande *rhombos*, e ficou combinado que ele deveria esperar para começar a penetrá-la até os seios dela terem três dedos de altura, como as proverbiais duas maçãs maduras da Macedônia.

Tais preocupações eram muito sensatas, e a própria Berenice concordou com o adiamento, uma vez que os tais três dedos eram uma regra grega, e seu pai teria aprovado. Mas essa combinação deixou Demétrios Kalós sem mulher para mantê-lo satisfeito em sua cama, a não ser que fosse em busca de uma concubina na cidade. No entanto Apama achou que, se deixasse as prostitutas botarem as mãos em Demétrios Kalós, ela poderia jamais vê-lo outra vez, e a verdade, é claro, era que ela queria aquele corpo divino todo para si. Pensou ela: *Ter* aphrodisia *com um homem desses deve ser muito parecido com dormir com um deus.*

Ela pensou: *Sim, devo cuidar eu mesma da satisfação de Demétrios Kalós. Quando Berenice tiver idade o bastante, devolvo-o para ela, talvez...*

Assim, o que aconteceu? Como a filha era nova demais para ser penetrada e foi para a cama cedo, Apama entreteve Demétrios Kalós, o novo rei, seu genro, em seus aposentos privados na noite do casamento.

Em vez de beber com os amigos macedônios, ele ficou com Apama, que lhe explicou como eram as leis civis e criminais, as finanças, as taxas de suínos, a falta de chuvas, e os bons vinhos de Cirene. E Berenice Beta, profundamente adormecida, sonhando com cavalos rápidos e belos maridos, nada sabia do que estava acontecendo.

Demétrios Kalós começou a perseguir a rainha Apama sob o calor da metade do dia, quando os leques de penas de avestruz não tinham efeito e até os escravos do palácio se retiravam para aposentos ensombrecidos para dormir até a noite, quando o calor era menos intenso. Era a hora em que Berenice, deitada em sua cama, lia acerca da esperteza de Ulisses, de modo que também sobre isso ela nada sabia.

Apama perguntou o que poderia fazer para deixar Demétrios Kalós mais confortável à noite — se deveria encontrar para ele uma mulher, ou um garoto, ou um animal de qualquer espécie, o que ele preferiria? Demétrios Kalós disse que não gostava de garotos, não, quase nunca. Quanto a animais, ora, não havia sido criado no campo para foder nada senão galinhas, mas sim em Pela, cidade de belas mulheres; e, não, não tinha tempo para nenhum animal, a não ser seu primo Ptolomeu do Egito. Disse que gostava muito de mulheres. Mais do que tudo, gostava de mulheres de pele olivácea, cabelos compridos e brilhantes, seios como melancias e nádegas grandes e carnudas, mulheres maduras, como a própria Apama.

E, assim, Demétrios Kalós começou a tirar a túnica por conta do calor, deitou-se no sofá de ouro de Apama, tomou a sogra nos braços e apertou-a. Ah, sim, ele até tirou os talismãs de boa sorte para beijar Apama, de modo que não estava usando nada, nada mesmo, mas bem que seria melhor para ele ter mantido aqueles talismãs, já que Tiche estava prestes a abandoná-lo.

Era já meio-dia quando Demétrios Kalós foi encontrar-se com a rainha Apama, o momento do dia em que o palácio estava silencioso e que o mais leve som viajava uma longa distância. O meio-dia era a hora mais perigosa para fazer o que Demétrios fazia, e ele ignorava as antigas advertências gregas a respeito de incomodar Pan durante a sesta, e assim foi esse o pior equívoco que cometeu na vida.

2.6

Sussurros

Demétrios Kalós começou beijando Apama, mas logo pegou o hábito de fazer com ela outras coisas que os homens gostam de fazer, as coisas secretas que pertenceriam à filha dela. Os sons que ecoavam pelos corredores do palácio durante o silêncio comprido e tórrido da tarde eram os gemidos do êxtase de Apama, os rugidos leoninos de Demétrios Kalós e o extraordinário barulho produzido pela grande cama de madeira de palmeira folheada a ouro, que pulava, aquele que era o tipo de cama mais moderno, seu enlouquecido e rítmico rangido.

Apama tinha mais ou menos a mesma idade desse jovem. Não achou que deixar o genro montá-la por trás e fazer dela sua prostituta enraiveceria a filha. E Demétrios Kalós não parou para pensar que tal comportamento poderia aborrecer a esposa. O amor é cego, dizem os gregos, e de fato Demétrios e Apama haviam sido cegados por Eros. Não conseguiam pensar em nada que não fosse sua maratona diária de *aphrodisia*.

Quando Berenice Beta foi conversar com o marido sobre que aposentos deveria reservar para ele e o número de guarda-costas que deveria designar para sua proteção pessoal — mas de fato para olhar bem dentro dos olhos azuis dele e se assegurar de que ele não era um fantasma —, Demétrios não quis lhe dar ouvidos. Já havia pego para si os aposentos que queria, e instalara neles seus amigos macedônios, como guarda-costas.

Quando Berenice Beta quis falar com o marido sobre a necessidade de agradar o exército, ordenando a tradicional ração extra de vinho em celebração ao casamento deles e de sua coroação, ele não deixou um instante sequer de sorrir seu devastador sorriso, mas mesmo assim gritou com ela: *Falaremos com você quando nos apetecer.*

Ainda no terceiro dia dele em Cirene, assim diziam, Demétrios Kalós começou a dar ordens a Berenice Beta, como se pretendesse colocá-la em seu lugar, como qualquer outra mulher grega. *Devemos começar*, disse ele, *do modo como pretendemos prosseguir*. Essa garota tão jovem não lhe diria o que ele poderia ou não fazer. Mesmo ela sendo a rainha da Cirenaica, de quem ele recebera o título de rei e o total controle do vasto reino que a ela pertencia.

As tardes de um mês se passaram, e o belo Demétrios parecia mais interessado em exercitar-se sobre o corpo da rainha-mãe que no *gymnasion*. Ele negligenciava suas obrigações de comandante do exército, alegando queimaduras de sol ou o selvagem calor. Quando finalmente se forçou a subir em seu cavalo com a cavalaria, ao alvorecer, disseram que era despótico e que fingia saber mais que seus generais sobre a guerra, quando logo ficou claro que sabia menos. E, não, jamais deu ordens para que os soldados recebessem a tripla ração de vinho. As tropas, então, embora estivessem prontas para amá-lo por sua linda aparência, não o amaram por seu lindo comportamento. Seshat já disse que os soldados não se importam com coisa alguma a não ser com o pagamento de seus soldos, mas os soldados de Berenice Beta haviam recebido a influência da rígida moral de Magas. Os boatos começaram a circular, divulgando que seu comandante era um homem que gostava de fornicar não com a esposa, mas com a sogra. E isso não favoreceu muito Demétrios diante desses homens.

É necessário mais do que boa aparência para se conquistar o coração de um exército. Mesmo o mais empedernido dos mercenários amava Berenice Beta, que sempre se preocupava com o bem-estar deles. Foram os próprios generais, amigos de Berenice Beta, que primeiro começaram a dizer em voz alta que Demétrios Kalós não era uma pessoa apropriada para ser rei. Alguns deles disseram abertamente que ele era tão inútil, preguiçoso e orgulhoso que deveria ser descartado.

Então, alguém escreveu a Berenice Beta uma carta anônima, contando-lhe exatamente o que estava acontecendo entre o marido e a mãe.

2.7

Observando

Claro que Berenice Beta escutava os estranhos barulhos que vinham dos aposentos privados da mãe e andava curiosa por descobrir o que os causava. Da vez seguinte que escutou o rangido rítmico, subiu nos telhados, como se fosse um garoto. Ah, sim, ela agarrou-se nas calhas, deslizou pelos telhados e desceu até o balcão de onde poderia observar o interior do quarto de sua mãe. Ficou na ponta dos pés e olhou por entre as venezianas e — Ah! — um despido Demétrios Kalós, reluzindo de suor, estava montado em sua mãe, bombeando o corpo dela como se fosse um dos garanhões de seu pai, fazendo uma criança na sogra, fazendo com a mãe dela o que deveria fazer com a própria Berenice.

Práticas inaturais, pensou Berenice, *não-helênicas, não-saudáveis, repulsivas, uma ofensa a Apolo e a todos os deuses.*

Ela não conhecia muito as artes de Afrodite, mas sabia o que era permitido e o que não era. Assim como desaprovava que um garanhão cobrisse a mãe, também sabia que devia se opor totalmente a que um marido cobrisse a sogra.

O que faria então? Sem dúvida, sabia que não poderia deixar de agir. Contou a seu amigo, o capitão da guarda do palácio, o que havia visto. No dia seguinte, trouxe-o para ver Demétrios Kalós com suas ocupações vespertinas. Nos poucos dias que se seguiram, o capitão da guarda do palácio trouxe o *nuktistrategos*, o capitão do turno da noite, e o *nuktistrategos* trouxe o *hyponematografos*, e assim por diante, até que todos os oficiais mais velhos de Berenice Beta tivessem assistido ao horror com os próprios olhos, testemunhando o marido corcoveando na cama da mãe de sua esposa.

Os dias se passaram e o rumor correu, até que todos os soldados soubessem o que Demétrios Kalós estava fazendo, e todos o condenavam.

Berenice Beta passava as noites sem conseguir dormir, e não era o espantoso calor que a mantinha acordada, pois estava acostumada com isso, mas o problema do que fazer com Demétrios Kalós. *O que meu pai teria feito com ele?*, pensava ela. *Ele o faria ser despedaçado em público.* Não, Berenice Beta não poderia ignorar tal crime. Demétrios Kalós não podia fazer o que estava fazendo sem receber a punição.

Mesmo tendo decidido punir Demétrio Kalós, Berenice resolveu que o faria segundo as leis do reino. Perguntou ao *dioiketes*, seu amigo: *Qual deveria, hipoteticamente, ser o tratamento apropriado infligido ao marido que tivesse* aphrodisia *com uma mulher que não fosse sua esposa?*

O *dioiketes* sabia o que estava acontecendo e de quem Berenice estava falando. Não tentou convencê-la a não fazer o que era necessário. *Um homem pego em tal ato deve ser mandado para a execução*, disse ele, *ou pode ser morto de imediato, se você assim preferir.*

Se ao menos esse homem jamais tivesse nascido, murmurou ela, *ou morresse sem se casar.*

No entanto, disse o *dioiketes*, *é preferível evitar a vergonha pública. Uma esposa pode decidir lidar com esse crime menos rigorosamente, submetendo o casal culpado ao suplício do rabanete.*

Esse homem não tem nada de aproveitável, a não ser a beleza, disse ela. *Quero beber seu sangue.*

2.8

Coração de ferro

Demétrios Kalós não dava sinais de que iria largar Apama. Com freqüência, passava a noite inteira deitado na cama da rainha-mãe, sem se importar com quem soubesse que estava ali. Era rei agora. Faria as próprias leis, sem dar satisfação a ninguém. Estava começando a gostar da vida em Cirene.

Ficava satisfeito de saber que sempre ganhava as corridas de carruagem. Gostava do Teatro Grego, onde se sentava em lugar de honra, das largas ruas pavimentadas e das colunatas, sempre à sombra, da capital que era mais grega que a Grécia. No frio da manhã, podia matar o tempo nos banhos gregos ou percorrer cinco ou seis circuitos da pista de corrida, de modo que mantivesse sua aparência de deus. A grade regular do plano das ruas, as colunas e os templos gregos, o habitual sacrifício de sangue a Apolo, tudo isso o fazia pensar na Macedônia, em Pela, sua terra natal. Demétrios Kalós não se entediava mais em Cirene. Sentia-se bastante satisfeito com o modo com que sua nova vida estava organizada.

Mas não poderia achar que Berenice Beta estivesse satisfeita. De modo algum. Sua contrariedade estava rapidamente se transformando em afiada raiva. Por um lado, ela gostava que Demétrios Kalós fosse seu marido legítimo, mas achava que um marido deveria se comportar dentro da lei. Sem dúvida, o amava, aquele homem que, a despeito de lhe dar ordens, a fazia sentir-se fraca sempre que sorria. Por outro lado, esse casamento macedônio não era o que ela queria. Ela refletia: *Se Demétrios Kalós continuar como nosso marido, vamos entrar em guerra contra o Egito. Mas se nosso exército lutar sob seu comando, vamos virar geléia.*

Pensava no último desejo do pai: que Cirene fosse reunificada com o Egito e houvesse uma paz duradoura na África, não uma interminável guerra. Ela achava que mesmo que o príncipe Ptolomeu Euergetes não fosse tão bonito quanto Demétrios Kalós, ficaria mais bem servida com o casamento egípcio, no final das contas. Ela indagou ao *dioiketes*, que lhe disse sim, era exatamente como ela pensava, Ptolomeu Euergetes era o que Demétrios Kalós não era — um *kalokathos*, um perfeito cavalheiro, um homem de alta honra. Ela gostava da idéia de reunir o Egito e a Cirenaica sob um único soberano. Ela também gostava da idéia de se tornar uma deusa egípcia, ainda em vida.

Num momento de hesitação, ela jogou os dados para consultar o oráculo de Homero, mas o oráculo instou-a, dizendo: *Seu coração deve se tornar de ferro.*

Berenice falou com seu amigo, o capitão da guarda do palácio, e determinou o dia da operação. Não tinha dúvida alguma. O que decidira fazer era o certo perante os olhos da lei, o que deveria ser feito em termos gregos. Traçou seus planos com cuidado. Quando chegou o dia, afastou as camareiras da mãe, mandando-as a Taukeira procurar gansos selvagens, e deu folga às escravas e servas da mãe. A seguir, a jovem foi cuidar de seus assuntos reais — mandou embaixadores a Cartago e Rhodes, destinou pão aos mais pobres de Euesperides, sentenciou criminosos — todas as obrigações que Demétrios Kalós negligenciava, preferindo ser o furioso jóquei da sogra.

Berenice Beta fez uma pausa em meio à tarefa de colocar o selo real sobre dúzias de cartas e mandou seu capitão providenciar fortes cordas e uma grande rede de pesca. Então, quando sua mãe estava tomando banho na banheira de prata maciça, foi para o quarto dela, sem ser notada. Berenice amarrou a corda na pata de leão da cama de ouro da mãe, amarrou-a com as próprias mãos, cada corda com um laço ou um nó corredio na extremidade, que poderia ser puxado e apertado, e escondeu as cordas debaixo da cama, por sob a colcha de ouro e púrpura. Apama não iria perceber. Estava cega, Eros a cegara. Não via nada além do belo Demétrios, do corpo dele, como o de um deus.

Veio a tarde, a hora de descansar com as venezianas cerradas contra o calor arrasador, quando a cabeça de Demétrios Kalós pende e ele adormece sob o efeito do vinho que bebera no almoço, os excelentes e mais do que magníficos vinhos da Líbia; mas, antes de dormir, ele monta na sogra. Nessa pesada hora, nessa perigosa e cortante hora, quando até as moscas aquietam seu frenético zumbido, Demétrios Kalós está cheio de energia para o seu tipo preferido de exercício. Mas esta é justamente a hora em que Pan vê tudo o que um homem faz que seja contrário à vontade dos deuses e lhe confere o castigo apropriado.

Berenice Beta não conhece a fraqueza depois do almoço porque não tem permissão para beber vinho. É a hora em que deita na cama e lê a história em que Ulisses, seu herói, enfia um espeto em brasa no olho do ciclope, em que ele derrota os inimigos graças à sua maravilhosa esperteza. Mas hoje ela está excitada demais para ler uma palavra sequer. Ela escuta o gotejar da *klepsydra*, seu moderníssimo relógio de água, contando as gotas que caem em ritmo regular. Os olhos se arregalam para as bonecas que não são mulheres de vestidos, mas soldados com armaduras macedônias, homens que vão à guerra, como ela própria. O trabalho de Berenice Beta é o mesmo de Ares, o deus da guerra, e agora ela deve se pôr a trabalhar. Finalmente, baixa o livro, o rolo de papiro.

As camareiras da mãe ainda não haviam retornado da excursão a Taukeira. Os guardas que ela postara fora da porta aguardavam, serviçais que eram seus amigos de confiança, mas não eram amigos de sua mãe nem de Demétrios Kalós. A todo o exército de Cirene ela ordenara que se reunisse, em silêncio, dentro dos limites do palácio. Sem que Demétrios Kalós soubesse, todos os seus amigos macedônios já haviam tido a garganta cortada de orelha a orelha. O capitão da guarda do palácio posicionara-se com a espada já afiada, os homens com ele, em silêncio, no corredor de sua mãe, aguardando. E um deles segurava um rabanete gigante.

Demétrios Kalós, é claro, está em meio à sua corrida de cavalo com Eros — e correndo acelerado. Tirou os talismãs da sorte — os encantamentos contra espadas inesperadas, contra a morte por sangramento, a proteção contra a morte infligida por milhares de golpes... Descuidou-se de sua segurança, está completamente despido, sem armas e desatento, ele próprio também cegado por Eros, cavalgando cada vez mais rápido, abandonado por Tiche.

Berenice Beta desliza da cama de ouro, atravessa a porta que leva aos aposentos da mãe, sente o frio do assoalho de mosaico sob os pés descalços. Seu *peplos* é de puro linho branco, mas não se manterá assim por muito tempo. Ela avista os guardas no final da passagem. Ergue a mão direita, como se dissesse: *Tudo bem, ajam agora, façam o que lhes ordenei.*

Do lado de fora da porta da mãe, Berenice prende a respiração, escutando. Não há nenhum som, a não ser sua mãe — *Ohhh!*...

Ohhh!...Ohhh!...Ohhh!...Ohhh! — seus gemidos de rouxinol, o êxtase da mãe sob o peso morto de Demétrios Kalós, o rei de Cirene, que é marido de Berenice, a menina tão jovem, seu marido legítimo, e o gritante ritmo da rangente cama de ouro.

Berenice, os olhos brilhando com o prenúncio de lágrimas, e a boca, no entanto, torcida, rígida... O coração dispara, e ela se lembra das gentis palavras de seu capitão: *O primeiro assassinato de uma mulher é sempre o mais difícil.*

2.9

Rabanete

Vamos recordar o tratado de Hipócrates, Forasteiro, *Sobre mulheres jovens*, no qual ele escreve que na puberdade uma *parthenos* é especialmente frágil às desilusões e pode se tornar uma assassina ou mesmo pensar em cometer suicídio. Muitas histórias gregas contam a respeito de jovens que cometem sérios erros de julgamento. Não seria surpresa para você, Forasteiro, escutar o que fez Berenice Beta. Ela era uma *parthenos*, sem dúvida, estava justamente no momento da vida em que uma mulher se torna mais capaz de cometer atos temerários.

Lembre-se de poupar nossa mãe... sussurrou ela, e o capitão da guarda assentiu com um gesto de cabeça, exibiu os dentes, ergueu o punho cerrado, enquanto a outra mão segurava com firmeza o cabo da espada.

Berenice faz uma pausa, lutando com a última de suas hesitações, mas, não, seu pai teria ordenado a mesma coisa. Ela deve fazer o que tem de fazer perante os deuses. Seu coração se revira com a repulsa pelo que vai fazer. Mas então escuta a mãe gritar — *Ahhh!... Ahhh!... Ahhh!... Ahhh!* — e se enrijece. Murmura a palavra que vai pôr um fim à paixão ilegal de sua mãe.

Ginestho!, sussurra. *Que seja feito!*

Os guardas emitem o grito de guerra de Cirene e arrombam a porta de Apama, invadem o aposento e escancaram as venezianas, a fim que a luz do sol irrompa no quarto, e grandes redes de mosca são atiradas sobre os culpados, de modo que ficam presos nelas. As cordas são puxadas, os laços se apertam em volta dos braços e pernas deles, e Demétrios Kalós, por cima, se debate. Apama, por baixo, os membros torcidos, presa e imobilizada pela rede de Berenice e pelos giros e torções de Demétrios Kalós, luta freneticamente para se libertar.

Não há pressa, diz Berenice Beta ao seu capitão, sem nenhum nervosismo. *Pode fazer tudo devagar.*

Primeiro, raspam completamente a cabeça dele com lâminas de bronze, e bem devagar, já que este é o castigo adequado ao homem que gosta de fornicar a própria sogra.

Que ele sofra, diz Berenice Beta, *por seu perverso crime. Não deixe que ele receba a dádiva de uma morte rápida.*

Bem devagar, então, raspam-lhe a cabeça, enquanto Apama soluça: *Poupe-nos, filha, não nos exponha à vergonha... Não fizemos mal a ninguém...* Mas Berenice não lhe dá atenção.

Quando está terminado, e Demétrios Kalós já não parece mais do que um escravo, os guardas cuidam de afiar bem as facas, até que Berenice diz: *Vamos retalhá-lo, agora*, e então o sangue espirra de vez do pescoço dele, respingando nos trajes brancos dela, fazendo-a gritar de susto.

Ah, sim, o sangue dele respingou nas paredes brancas, sujou até o teto branco, jorrou nos lençóis de linho branco e no rosto da mãe dela. Mas, não, a mãe não seria morta, já que a punição para matar a mãe é passar o resto da vida aguardando a chegada das Fúrias, as três mulheres com serpentes em lugar de cabelos. Não, Apama teria de ser poupada, e Berenice observa, serena, enquanto ela se encolhe na cama em total desordem, despida, sob a rede, presa pelas cordas, gotejando do sangue de seu amante, gemendo e gemendo.

Cortem-no em pedaços, diz Berenice Beta. E, assim, eles desembainham as espadas e abrem talhos no peito perfeitamente musculoso dele, transformando-o num tabuleiro de xadrez sanguinolento. As grossas coxas, perfeitas como as de uma estátua de um deus grego, expelem um rio de sangue.

Ginesto, grita Berenice Beta, atirando o grande rabanete para o capitão da guarda, que o apanha e enfia o vegetal por entre as belas nádegas de seu marido, metendo-o bem no fundo com um forte chute de sua bota de soldado.

Ginesto, grita ela, e na carne das belas costas de Demétrios Kalós a estrela de oito pontas da Macedônia cintila, vermelha. Ela grita de novo, agarra uma espada e a enfia profundamente por entre as bronzeadas nádegas do marido, de modo que ele berra um longo berro. Berenice retira a espada com uma torrente de sangue. Vezes seguidas, a espada entra e sai e o sangue jorra de dentro dele. Há sangue escorrendo pelas paredes, no assoalho, no rosto dela e em suas mãos. Berenice engole um soluço. Não, ela não sabia até então que era assim a morte.

Apama, empapada de sangue, geme: *Eu imploro por minha vida.* Mas, não, Berenice não irá ferir os seios que a amamentaram, nem o ventre do qual nasceu.

Devemos deixar nossa mãe viver, grita ela, *que ela sofra por aquilo que fez.*

Quando Demétrios Kalós finalmente fica inerte, Berenice faz o que todo assassino grego deve fazer. Fecha os olhos dele, os mais belos olhos azuis do mundo, com o dedo indicador, para que o marido pare de enxergar.

Ela decepa a genitália dele com a faca e a enfia na boca sangrenta, assim como fazem os homens nas batalhas com os inimigos derrotados, pois o castigo por *aphrodisia* proibida é a emasculação.

Ela decepa os belos pés e mãos dele e as belas orelhas.

Amarra essas sanguinolentas extremidades no pescoço do marido e por debaixo de suas axilas, como deve fazer todo assassino.

Do indicador da sua mão direita, sua língua lambe o cintilante sangue. Três vezes ela lambe o sangue e cospe fora a sujeira, seguindo o costume grego, de modo a deter a terrível vingança de um fantasma com pés ligeiros para persegui-la e para impedir que ele a siga para sempre, para deixar o fantasma sem poder fazer coisa alguma. Por último, ela limpa o sangue da espada na cabeça raspada do cadáver.

Assim como na *Odisséia* de Homero os deuses chegaram correndo para ver Áries e Afrodite pegos numa armadilha, também aqui Berenice Beta pune a mãe chamando os cortesãos para ver Apama nua e coberta de sangue, presa no emaranhado de cordas e na rede, berrando, histérica. Os cortesãos também berraram para ela, berros acompanhados de gargalhadas.

Mas o que se passa agora no coração de Berenice Beta? O batimento descompassado no interior de seu peito sem saliências não parou. Ela acha que agora os seus problemas devem ter terminado, mas as flechas de Eros, que ela não compreende, ainda estão fincadas nela, e bem profundamente, e as flechas de Eros, que penetram com tanta presteza, não são fáceis de ser arrancadas. Apenas agora, que ela o matou de verdade, seu amor bate as asas. Berenice Beta acha que será a mãe a sofrer mais, mas está totalmente enganada. Ela acabou de matar o mais belo homem do mundo e vai sofrer ainda mais. Berenice Beta, criada para ser dura, não chora. De modo algum. Sua ferida é por dentro, uma ferida no coração — e que jamais se curará.

Ela acha que o ato assassino está terminado, mas Seshat diz que um assassinato jamais está encerrado. Um assassinato ecoa ao longo de anos e anos. Não foi aqui o fim dos horrores de Berenice Beta, mas o início.

2.10

Banqueteando

O corpo de Demétrios Kalós, ou o que restou dele, foi arrastado pelos guardas e jogado fora, como lixo, fora das muralhas da cidade, onde os cães e os abutres poderiam fazer um banquete sobre a carne sangrenta. Berenice Beta conduzia a carruagem até lá todos os dias para verificar se suas ordens não estavam sendo desobedecidas e se ninguém tinha lançado terra sobre o cadáver, dando-lhe os ritos funerários.

E pensou que tinha visto Demétrios Kalós pela última vez, mas agora começava a entrever seu vulto nos corredores do palácio. Agora, as ondas da maré da culpa a lavavam. Ela sonhava com o mar batendo no litoral de Apolônia, onda após onda, e ela própria sendo tragada pela corrente sanguinolenta, afogando-se no sangue do belo Demétrios. Berenice mal sabia o que era o amor. Somente agora, que havia destruído o objeto de seu amor, ela se dava plenamente conta de seu erro. Não, seu amor por Demétrios Kalós não morrera com ele, mas sim desabrochara para a vida e começara a crescer.

A corajosa Berenice Beta de repente ficou com medo do escuro, vendo o ensangüentado Demétrios em todos os sonhos. Ah, sim, ele surgia deitado sobre ela, pesado, assim como se deitara pesadamente sobre mãe, a língua na sua boca, o *rhombos* enfiando-se no local secreto dela. Ela havia se livrado, sem dúvida, de Demétrios Kalós, mas havia ganhado seu belo fantasma para toda a vida.

Demétrios Kalós ainda não tinha 30 anos quando morreu. Os gregos achavam que o fantasma de um homem que morre antes de chegar a sua hora deve vagar pelo tempo que duraria o termo natural da sua vida. Ah, sim, a menina Berenice Beta seria assombrada por quarenta anos, ao longo de 1.406 noites, até o dia de sua morte. Ela calculou esse número de noites sozinha e ficou se perguntando por que não fizera isso antes.

Com que vigor se lavava. Com que freqüência afundava as mãos na água, tentando limpá-las, mas, não, ela jamais se limparia de fato daquele crime. A mancha de sangue desse assassinato não estava sobre sua carne, mas sobre sua alma.

Berenice Beta enviou embaixadores rapidamente ao Egito para comunicar que seu marido estava morto e que ela, apesar de ter sido casada, ainda era uma *parthenos*, e o noivado rompido poderia ser reatado, se o príncipe Ptolomeu Euergetes assim o quisesse e não tivesse firmado noivado com outra pessoa. Ptolomeu aceitou. Ele concordaria com qualquer coisa para conseguir a paz. E, assim, Berenice Beta preparou-se para aguardar pela morte do homem velho, porque Euergetes não poderia se casar até que fosse faraó.

Ela deveria esperar ainda dois, três, quatro anos, até que Filadelfos voasse para as estrelas. Enquanto isso, governou Cirene sozinha, ao que parece, usando o véu negro do luto pelo marido falecido. E sempre fez o que o pai teria feito, o que era o certo perante os deuses da Grécia.

Mas ela chegou a pensar sobre o que aconteceria, uma vez que Demétrios Kalós estava morto? Talvez, não. Seu noivado anterior — com Ptolomeu Euergetes — fora revalidado e, enquanto esperava pelo novo marido, ela se esforçava por manter o poder como única governante da Cirenaica. Seshat deve supor que os amigos de Demétrios Kalós não foram eliminados com tanta facilidade; que os aliados de Berenice Beta sofreram sérias perdas; que houve uma batalha pela disputa do poder quando Demétrios Kalós morreu.

Seshat ouviu falar num partido republicano que obteve supremacia, uma vez que os cirenaicos que não apreciavam tanto assim Magas e a monarquia convidaram dois filósofos, Ekdelos e Demófanes, homens de Megalópolis, uma cidade no sudeste da Arcádia, para tomarem conta do Estado.

Alguns sustentam que Eskedelos e Demófanes vieram a Cirene *com* Demétrios Kalós. Outros dizem que o povo de Cirene tomou o poder nas próprias mãos e os mandou chamar. Não importa como tenham aparecido por lá, eles defenderam suas idéias de maneira brilhante e reformaram a constituição, não muito diferente de uma equipe de médicos chamada para tratar de um reino enfermo.

Entretanto Seshat realmente não sabe por quanto tempo esses filósofos reinaram em Cirene.

Seshat realmente não sabe o que foi feito de Berenice Beta sob a república.

Nem sabe também como a república, se houve uma, terminou. Seshat não sabe, Forasteiro, não sabe nada e absolutamente nada sobre isso.

Um relato diferente assegura que a cidade de Cirene, por si própria, concordou em se colocar de novo sob o poder ptolomaico, mas que as demais cidades da Líbia se recusaram e se rebelaram. Alguns dizem que os exércitos de Euergetes tiveram de ir à guerra para recuperar o oeste da Cirenaica, e que essa operação lhe tomou ao todo cinco anos, e que tudo isso aconteceu ainda antes que ele ascendesse ao trono do Egito. De todo modo, Euergetes adotou brutais procedimentos para punir os rebeldes. A cidade de Barke foi privada de seu porto e teve o nome mudado para Ptolomaia. Taukeira foi refundada sob o nome de Arsínoe. Eusférides, conquistada pelos mercenários de Euergetes, foi substituída por uma nova cidade, construída na costa, a uma curta distância, ganhando então novo nome: Berenice.

Qual é a verdade de tudo isso, afinal? Será que Berenice Beta sofreu um colapso depois do assassinato que cometeu? Será que caiu seriamente enferma? Terá sido verdade que não conseguia fazer nada além de chorar por meses seguidos, suas força e decisão anuladas por ter destruído o mais belo dos homens? Ela o amava, Forasteiro. Era uma viúva sofrendo.

E isso é tudo o que até mesmo a deusa da história poderá lhe contar, Forasteiro. O resto se perdeu.

De todo modo, a coragem de Berenice Beta granjeou-lhe a imorredoura admiração de seu exército. Todos os homens ficaram espantados com a coragem e a nobreza dessa *parthenos*. Se ela continuasse a ser a rainha da Cirenaica, como antes, seria sem a intervenção materna. Sem dúvida, não se teriam mais notícias da rainha Apama depois disso. Não, nem ao menos uma palavra.

Quando Ptolomeu Filadelfos morreu, Berenice Beta se preparou para ir para o Egito. Antes de abandonar Cirene, doou suas bonecas de barro, suas bonecas masculinas, ao templo da Virgem Ártemis, e lá as pendurou, além de fazer um generoso sacrifício de touros absolutamente negros a Apolo, despedindo-se assim de sua infância um tanto incomum.

Lançou os dados de ouro uma vez mais para perguntar ao oráculo de Homero o que lhe reservava o futuro. Tirou Um-Cinco-Seis. E consultou o verso em seu papiro: *A entrada está repleta de fantasmas, e cheio deles está também o pátio.* Ela poderia ter adivinhado o que seria. Ah, sim, logo haveria tantos fantasmas na cidade de Alexandria que um homem não poderia andar pelas ruas de noite sem levar um encontrão. O coração de Berenice, gélido e enrijecido de tanto horror pelo ato que praticara, apertou-se um pouco mais, se isso ainda era possível.

Na Cirenaica, ainda repetiam o antigo provérbio: *Da Líbia chegam sempre novidades.* A novidade que chegava da Líbia era Berenice Beta, a famosa assassina. Através dos redemoinhos da tempestade de areia, veio ela, galopando pela estrada militar que segue a costa. Nos desertos da África, segundo dizem, os fantasmas sempre virão ao encontro do viajante, para desaparecer no instante seguinte. Sem dúvida, toda vez que Berenice Beta virava a cabeça para olhar para trás, via alguma solitária figura avançando com dificuldade pela areia, seguindo logo atrás da caravana de camelos, a cabeça abaixada, lutando contra o vento, os pés parecendo não tocar o solo, e era Demétrios Kalós, seu bem-amado, cujo lar não era entre os vivos nem entre os mortos, seguindo-a por todo o caminho até o Egito.

A notícia sobre o assassinato cometido por Berenice Beta correu tão depressa que a antecedeu na chegada a Alexandria, onde se dizia que Demétrios Kalós recebera exatamente o que merecia. Os gozadores riam-se afirmando que Berenice Beta lhe dera a melhor das mortes: *O melhor modo de um homem morrer é em meio à* aphrodisia. Não serviria para o corpo perfeito de um homem como aquele envelhecer e tornar-se enrugado. De modo algum. Tendo morrido jovem, Demétrios Kalós seria para sempre o homem mais belo do mundo.

PARTE TRÊS

O Benfeitor Ptolomeu Euergetes

3.1

Trifon

Seshat retorna, então, a Ptolomeu Euergetes, filho de Ptolomeu Filadelfos e de Arsínoe Alfa, em Alexandria, no Egito. É ele o terceiro rei Ptolomeu, aquele que deverá se casar com a assassina. Sem dúvida, ele sabia tudo a respeito das aventuras dela com a espada. Não se perturbou ao tomar conhecimento disso. Pelo contrário, ficou orgulhoso dela. Era o tipo de esposa com que todo faraó sonhava: uma esposa que poderia cuidar de si mesma era uma aquisição de grande valor.

Se Euergetes foi ele próprio a Cirene depois da morte de Demétrios Kalós, Seshat nada sabe a esse respeito. Se isso aconteceu, então Euergetes pode ter conhecido lá sua futura esposa. Pode ter tido então a oportunidade de saber melhor como ela era e teria sabido também no que estava se metendo.

Nenhum príncipe coroado dos Ptolomeu jamais se casou antes de ter ascendido ao trono (a não ser Filadelfos). Você deve estar querendo saber por que era assim, não é, Forasteiro? A vida às vezes era curta demais naquela época e repleta de incertezas, e em nenhum lugar mais curta ela seria, ou mais incerta, do que no seio de uma família grega — ou macedônia — da realeza. Alguma misteriosa praga estrangeira poderia varrer toda uma geração de príncipes gregos da noite para o dia. Por vezes acontecia de a praga ser uma faca afiada que se veria enfiada no pescoço de um homem logo abaixo de seu ouvido. O herdeiro poderia não viver para suceder o pai. E sempre se deveria assegurar a melhor de todas as alianças possíveis, arquitetando o melhor dos casamentos. Ninguém poderia estar certo sobre quem ficaria com o poder depois da morte do velho rei, quando, de acordo com o costume, haveria um banho de sangue entre todos os parentes mais próximos de Sua Majestade. Essa é a verdadeira razão para não haver casamento antes da coroação: nunca sabiam qual filho prevaleceria. O faraó deveria em primeiro lugar garantir para si o trono, antes de começar a pensar em arranjos domésticos. E, é claro, um filho nascido cedo demais poderia já ter idade suficiente para assassinar o próprio pai e tomar para si o reinado.

Ptolomeu Euergetes retardou seu casamento, então, mas logo encerraria o cisma de trinta anos entre o Egito e Cirene, casando-se com Berenice Beta. Ela era totalmente reta e com toda certeza nada parecida com as demais mulheres, mas Euergetes não estava muito incomodado com isso. Não se casara com essa mulher por sua aparência, mas para trazer Cirene de volta para as mãos dos Ptolomeus, e porque ela conhecia bastante sobre o poder real e compreendia o que significava ser um monarca. Ela o ajudaria a carregar o fardo de governar um reino turbulento.

Berenice fez esse seu marido cantar a Canção do Corvo dos gregos no casamento e o fez cantá-la duas vezes. Euergetes não fez objeções. Havia duplicado o tamanho de seu reino, protegido sua fronteira oeste contra invasões e posto as mãos sobre o país mais rico do mundo em milho. Pensava no Egito, onde a fome era uma ameaça constante, e em sua cavalaria, pois os estábulos de Cirene criavam os melhores cavalos do mundo. Dormia com facilidade em sua cama, acreditando-se abençoado pelos deuses, mal sabendo dos problemas que o aguardavam poucos meses à frente.

Somente Anemhor enxergava o amanhã, e ele mantinha silêncio a respeito do que via: sangue e mais sangue. Os Ptolomeus viviam um dia de cada vez, num perpétuo presente. Achavam que trazia má sorte proferir a palavra *amanhã*, por medo de insuflar os deuses a cancelarem o amanhã e os carregarem para o Hades. Talvez estivessem certos de pensar assim. Para os Ptolomeus, o amanhã sempre seria sangrento.

*

O novo marido de Berenice Beta era bastante gentil, mas, soterrado sob obrigações de Estado, já havia assumido as maneiras distantes de um faraó. Não incendiou o coração de Berenice Beta na primeira vez que ela o viu, e talvez tenha sido melhor assim. Ela já tinha chamas suficientes em seu coração.

Quando o jovem Anemhor, o sumo sacerdote de Ptah, se apresentou pela primeira vez para saudar a rainha com seu manto de pele de leopardo, disse a ela: *Do Livro da Sabedoria de Ankhsheshonq: Possa o coração da mulher ser como o coração do seu marido e que eles jamais briguem.* Disse ainda: *Possa Ptah, o Grande, conceder vida, prosperidade, saúde — uma longa vida e uma velhice grandiosa e feliz.* Berenice Beta sorriu o meio sorriso da Senhora das Duas Terras pela primeira vez, mas Anemhor sabia que a velhice era uma coisa da qual nem o marido nem a esposa desfrutariam.

Ela também recebia outro visitante, é claro, com muito mais freqüência que o sumo sacerdote de Ptah — o fantasma de Demétrios Kalós, que a seguia dia após dia. Sempre aparecia para se postar de pé junto à cama dela, nas horas mais quentes da tarde, e de novo durante a noite, um mutilado Demétrios, nu e vertendo sangue, mais belo ainda morto do que em vida. De início o fantasma a fazia tremer e chorar. E como poderia ser diferente? Ela bem que devia ser capaz de fingir que ele não estava ali ou de desviar o olhar, mas na maioria das vezes ficava olhando, na maioria das vezes não conseguia parar de olhar.

Não, seu amor pelo falecido Demétrios Kalós não diminuiu nem um pouco. Quando seu marido vinha penetrá-la, e o rosto dele se colava ao dela, Berenice Beta via apenas o rosto sorridente de Demétrios Kalós. No início, gritava um pouco e batia a porta na cara do marido, pedindo que lhe desse tempo, um pouco de tempo apenas para se compor. Euergetes talvez compreendesse. Não demonstrava raiva. Berenice via o marido morto vagar pela terra todos os dias, mas uma mulher que havia vencido a corrida de carruagem nos Jogos Nemeanos não deveria ter medo de nada. Berenice começou a recuperar a força. Quando o fantasma se aproximava mais que ela podia suportar, ela o xingava no dialeto cirenaico ou pronunciava a palavra que fazia seu leão domesticado avançar. Logo, teria o fantasma sob controle.

*

Por outro lado, sempre sentia um cheiro que não era o de peixe fresco da enseada de Alexandria, nem das frutas frescas do Ágora, nem de esgotos, nem da maresia do Grande Mar, nem ainda o odor das pessoas sujas do povo. Dizem que um cheiro adocicado é um atributo dos deuses, e foi então que ela adquiriu um repentino interesse pela fabricação de perfumes — mas o interesse devia-se ao desejo de suavizar o mau cheiro das Harpias que emanava dela por ter cometido um assassinato.

Ao despejar sobre ela uma dessas poções egípcias sobre as quais se garantia que teriam como efeito fazer cessar seus tormentos, o sumo sacerdote lhe disse: *O demônio noturno não se curvará sobre você*. Mas o demônio noturno sempre se curvava sobre ela... todas as noites.

Berenice Beta não sabia direito o que estava fazendo quando matou o primeiro marido, mas sabia que havia feito o que era certo. Seus olhos eram tristonhos, todo o brilho deles havia desaparecido. Às vezes, sentava-se, parada, olhando para o nada, perdida em meio à sua horrível história, fixada naquele dia em que assassinou o Belo Demétrios. Ela se encolhia toda vez que Ptolomeu Euergetes tocava seu corpo. Lavava as mãos ensangüentadas vezes e vezes seguidas.

Sua Majestade deve parar de remoer pensamentos, disse-lhe Anemhor. *Deve se ocupar com alguma coisa. Sua Majestade não fez nada de errado.*

Lentamente, Berenice Beta recuperou sua coragem. Tentou manter um meio sorriso no rosto. Mas mesmo os artistas que faziam mosaicos fracassavam na tentativa de retratar qualquer coisa além de uma mulher sem encantos, de rosto redondo e olhos espantados; o rosto redondo e triste de uma mulher apaixonada por um fantasma.

A essa altura, Ptolomeu Euergetes tinha cerca de 39 anos, um guerreiro maduro, um general experiente, bem diferente do pai acovardado, que era um erudito. Adorava caçar animais selvagens. Sabia mais do que qualquer homem no Egito sobre elefantes de guerra. Visualize-o, Forasteiro, no dorso de um cavalo, galopando pelo deserto com a cavalaria. Sua esposa o acompanhava. E ele se dava muito bem com a louca mulher cavaleira. Até gostava dela.

Do que mais Euergetes gostava? Gostava de ordem, de fatos, de tomar as medidas das coisas. Gostava de eficiência e de máquinas modernas. E, acima de tudo, gostava da ciência, das ciências exatas. Ele adoraria arquitetar um método preciso para mensurar a passagem do tempo, um calendário que funcionasse direito, já que o incomodava que, no Egito, a colheita não acontecesse no tempo da colheita, que o calendário não estivesse sincronizado com as estações. Acreditava em progresso, em tornar as coisas melhores. Passava horas e horas conversando com os estudiosos do Mouseion. Queria saber tudo a respeito do mundo e queria conquistá-lo para o Egito. Não se interessava apenas por mulheres e em comida, como o pai.

Desde o dia de sua ascensão, o novo rei Ptolomeu assumiu os cinco títulos da monarquia egípcia, como o pai e o avô haviam feito antes dele.

Seu título grego, *Euergetes*, já havia sido útil, Forasteiro. Seshat espera que você não tenha se confundido demais, uma vez que todo homem nessa família tem o mesmo e maravilhoso nome de Ptolomeu, ou seja, Guerreiro. Euergetes era o equivalente em grego para *menches*, em egípcio, que quer dizer eficiente, benfeitor, excelente, que era de fato o tipo de rei que ele foi. *Menches*, por acaso, é também o título de Hapi, o Benfeitor, o deus do Nilo, o deus que faz o rio se elevar. De fato, pela elevação do rio, recebia o rei inteira e direta responsabilidade, como logo descobriria Euergetes. Também acontecia de Dionísio, com o qual o rei era identificado, ser chamado de o deus universalmente benfeitor. Euergetes, então, tomou para si títulos que eram tanto satisfatórios para os gregos quanto para os egípcios, e isso sempre se devia ao excelente trabalho de Sua Excelência, Anemhor, o sábio homem de Mênfis.

Por toda a sua infância, no entanto, Euergetes foi chamado de *Trifon* — um nome grego que significa vida-suave, delicado, aquele a quem é difícil de contentar, mais-do-que-indulgente em coisas divinas, luxurioso, como se esse garoto gostasse de comer mais do que o recomendável para a sua saúde; como se o excesso fosse seu deleite e ele fosse exatamente como o pai. Mas agora Euergetes fez do seu nome uma virtude, e Trifon passou a significar o Magnificente.

Seshat não tem sequer um fiapo de prova de qualquer hábito luxurioso desse Ptolomeu, embora você possa presumir que a prodigalidade de sua corte continuava mais ou menos a mesma. Nenhum Ptolomeu fez qualquer movimento no sentido de introduzir hábitos espartanos em Alexandria. Quanto ao excesso de lidas amorosas, Seshat não escutou nenhuma palavra. Nada assim existiu. Euergetes seria fiel a Berenice Beta, sua esposa. Explicar a você por que assim foi, Forasteiro, é bastante simples. Ela era uma mulher musculosa de extraordinária coragem. Aonde quer que fosse, um leão caminhava, seguindo-a, por vezes preso a uma trela de ouro, por vezes andando livremente. Não se deve esquecer de que ela havia cometido um assassinato. O marido de uma tal mulher não se arriscaria a despertar seu ódio. Mas não cometa o equívoco de acreditar que ele era um moleirão como Filadelfos. Euergetes era capaz — tanto quanto fora o avô, Lisímaco da Trácia — de enfiar a mão pela goela do leão e arrancar-lhe a língua, se fosse atacado. E se a presença de um leão parece bizarra, pelo menos Berenice Beta não se cercava de cobras e de crocodilos.

Euergetes escutara os relatos sobre o intrépido assassinato cometido por sua esposa, a inflexível rigidez. Custaria mais do que a vida desse homem sequer pensar em manter uma concubina no palácio, para o prazer secreto. Não há escândalo sobre o qual comentar a respeito de casos amorosos de Ptolomeu, o Benfeitor, Ptolomeu, o Magnificente. Ele não tinha amantes. Era o mais virtuoso dos reis, o mais sincero, assim como Magas de Cirene e a própria Berenice Beta. Esta é a versão oficial.

Havia apenas um boato a respeito de Euergetes ter se envolvido com uma mulher que não era a sua esposa. Era Oinante de Samos, a aia que tomava conta de seus filhos. Talvez o boato de seu envolvimento com Sua Majestade fosse apenas um deboche, já que Oinante de Samos não era a mais esbelta das mulheres. Talvez fosse verdade. Verdadeiro ou falso, essa Oinante estava destinada a ter um papel significativo na história da Casa dos Ptolomeu. Seshat vai tratar da horrenda Oinante mais tarde. Tente conter a sua impaciência.

3.2

Equilíbrio

Para falar a verdade, até Seshat, a deusa da história, não sabe muito a respeito de Ptolomeu Euergetes, mas vai fazer o melhor que puder. Você deve entendê-lo, Forasteiro, como o mais misterioso dos Ptolomeu. Tinha estranhos surtos de atividade e apatia. Era notável tanto por sua inteligência quanto por sua insignificância. Talvez seja verdade que era sua esposa, Berenice Beta, a Corajosa, que exercia o poder e que foi ela que o tornou grande. Talvez seja verdade que Euergetes foi tão magnificamente preguiçoso quanto seu pai, e era por isso que o chamavam Trifon.

Preguiçoso ou não, não é verdade que, como alguns homens diziam, Ptolomeu Euergetes não tenha feito nada nos primeiros 38 anos de sua vida. Ele caçou elefantes em armadilhas na Trogóditica. Passou vários anos na Etiópia, aprendendo tudo sobre o comércio de mirra, o tráfego de olíbano e despachando elefantes de guerra para Mênfis. Supervisionou a remessa de ouro do país do Sul. Escreveu cartas e as recebeu, em correspondência com Apolônio Ródio, o diretor da Grande Biblioteca, recebendo de Alexandria pacotes de livros gregos. Não lhe faltavam nem conhecimento nem energia. Seria um rei enérgico, um poderoso ouro, de fato, mesmo que sua rainha fosse ainda mais forte que ele.

Ptolomeu Euergetes gostava da aparência de Berenice Beta, e não apenas porque seu dote fora todo o reino da Cirenaica. Ela tinha o rosto redondo, as bochechas um pouco gordas, era um pouco rechonchuda nas nádegas, agora, apesar de seus vigorosos exercícios masculinos — que, sem dúvida, ela continuou fazendo no Egito, cavalgando para exercitar também seus cavalos. Como o pai, adorava comer — carnes assadas, galináceos, tortas de pombos, mas nada em excesso, é claro — e como era diferente da falecida rainha, Arsínoe Beta, que comia menos que um passarinho. Mas como era bom para o Egito ter novamente uma rainha. Vinte a tantos anos haviam se passado sem uma Senhora das Duas Terras.

A assassina sorria um pouco. Como a mãe, não tinha medo de fitar o marido nos olhos, embora seus olhos sempre parecessem perturbados, assustados. Sua preocupação, Forasteiro, é quanto ao coração dela, seus sentimentos. Você quer saber se ela amava ou não. Mas o casamento entre reis diz respeito a poder, e este casamento diz respeito a obter de volta a Cirenaica para o Egito, diz respeito ao Império, não a Eros. Berenice Beta já tivera os dedos queimados por Eros, ah, sim, e suas sobrancelhas haviam sido bem chamuscadas. Alguns difundiam o boato ridículo de que Berenice Beta era muito amada por Ptolomeu Euergetes, chamando esse casamento de um relacionamento feliz, tão feliz quanto pode ser qualquer casamento no qual o marido deve compartilhar a casa com um leão. Ela permitia a essa fera, assim diziam, lamber-lhe as faces, de modo a desfazer as rugas do seu rosto. Assim diziam. Sem dúvida, alguns sustentam que esse leão pertencia a alguma das outras Berenices, mas Seshat jura que se trata desta mesmo, a mais corajosa de todas. Em meio a leões, o acasalamento é uma questão de sobrevivência. Berenice Beta acreditava que entre os seres humanos deveria ser a mesma coisa.

Talvez Euergetes e Berenice tenham se amado, talvez não. O que importa? O que vale é que, não tendo se passado muito tempo, haveriam gerado um novo Ptolomeu, herdeiro do Egito. O que interessava era a dinastia, e não haver guerra em andamento, a prosperidade das Duas Terras, não o amor.

Berenice Beta fez o melhor que pôde da sua nova vida. Os poetas gregos, Homero e Píndaro, dizem que a felicidade conjugal tem a ver com *homosofyrene*, a união de mentes e corações. O mais feliz casal de todos os livros gregos foi Ulisses e Penélope, e isso porque conversavam, um escutava o que o outro dizia. Euergetes e Berenice eram assim, Forasteiro, conversavam muito, como pessoas comuns. Essa esposa não se mantinha num gélido silêncio nem erguia uma barreira de xingamentos todas as vezes, como Arsínoe Beta. Em parte, isso era motivado por aquele leão dela, sobre o qual tinha notável controle. Se Euergetes a desagradava, ela ordenava que o leão fosse lamber um pouco o rosto do marido. Euergetes estava mais acostumado a matar leões que vê-lo estraçalhando carne, ao seu lado, em sua própria mesa. Ele deu de ouvir, então, o estalido das presas do leão no chão de mosaico. Seshat vai repetir: *Ele não era um moleirão, Forasteiro; não era como o pai, mas sim um homem enérgico, hábil no manejo de todas as modernas armas de guerra, como sua esposa.*

Berenice Beta era rainha de Cirene, da metade do reino de Euergetes. Não o deixaria descuidar-se de seu país, mas o manteve em estreita obediência a suas obrigações reais por lá. Ah, sim, e eram muitas as tarefas dele, já que herdara do pai não apenas o Egito, mas a Síria, a Fenícia, Chipre, Líkia, Karla e Kyklades. E nem seu fardo iria diminuir, pois Euergetes se faria senhor das terras entre o Eufrates, da Panfília, Jônia, do Helesponto e da Trácia também. Ele seria o grande conquistador da sua família.

Euergetes logo assumiu as obrigações de monarca. Ordenou a cunhagem das primeira moedas, tetradracmas que o mostravam usando a coroa de pontas, ou radiada, e parecendo muito com o pai e com o avô. Tinha o mesmo rosto pequeno, as mesmas bochechas gordas, não porque fosse aficionado por banquetes, mas porque era a aparência que um rei deveria ter. Ele cavalgava com Berenice Beta e seus cavalarianos todos os dias, galopando ao redor das margens do lago Mareotis, ou, quando estava em Mênfis, em torno das pirâmides, e também penetrando bem longe no deserto. Diferente do pai, não negligenciava o exército, mas tomava-o ao seu cargo. Berenice Beta dividia o fardo com ele, auxiliava-o. Anemhor apreciava isso, porque a balança de Maat, ou seja, a Ordem, era mantida; a balança das Duas Terras. Não haveria caos sob o reinado desse grande rei. Em absoluto.

O novo faraó foi coroado por Anemhor, agora talvez com 40 anos. Seus filhos, Djedhor, com cerca de 20 anos, um sacerdote com importantes encargos no templo, e Horemakhet, com cerca de 15 anos, um sacerdote aprendiz, caminharam ao lado dele na procissão, como seus auxiliares, observando o ritual, recordando como as coisas eram feitas. Se você próprio, Forasteiro, quiser se lembrar como a coroação deve ser feita, recorra ao relato de Thot no livro anterior a este. No Egito, nada muda muito. Toda coroação era mais ou menos igual, à exceção dos personagens envolvidos.

O que foi diferente desta vez foi a sugestão de Anemhor de que Euergetes talvez apreciasse marcar a sua coroação construindo um templo para Osíris em Canopo, a leste de Alexandria. Euergetes apreciou, sim, e o templo foi iniciado imediatamente. Ele concordou ainda em concluir o templo de Ísis em Filai, iniciado por seu pai. Para os gregos, construiu o templo de Sarapis em Canopo, e as muralhas deste tinham cinqüenta cúbitos quadrados. Foi a primeira de suas grandes obras, em agradecimento aos deuses por sua generosidade.

Um dos primeiros atos de Euergetes foi nomear como bibliotecário o famoso Eratóstenes de Cirene, que permaneceria no cargo até o final do reinado. Por favor, não confundir Eratóstenes com Erasistratos, Forasteiro. O primeiro é o famoso erudito, o último, o famoso médico. Eratóstenes era realmente um grande homem. Em sua maravilhosa obra, *Chronographiai*, tentou estabelecer as datas de todos os eventos possíveis, desde o início dos tempos. Seshat diz que tal coisa seria impossível, além dos poderes até da deusa da história, mas Eratóstenes realizou uma corajosa tentativa. Em Alexandria, chamaram-no de *Pentathlos, isto é, todo arredondado*, porque ele escreveu não somente sobre geografia, um tratado sobre a comédia em 12 volumes, mas também trabalhos sobre matemática e astronomia. Eratóstenes foi uma das primeiras glórias do reinado de Euergetes.

Então, Forasteiro, já ia o Benfeitor realizando boas obras em favor do Egito. Seu reinado estava destinado a ser não menos glorioso do que o do pai. Você deveria dar grande valor a isso, uma vez que o reinado do filho dele não seria glorioso. Euergetes foi o último grande Ptolomeu. Quanto aos seguintes — seria como a melhor das tragédias gregas, sempre sangrentas. Mesmo sob o reinado de Euergetes, o sangue começou a imiscuir-se no palácio, sob todas as portas, estendendo-se por sobre o mosaico, lentamente tornando todas as cores em vermelho. Em frente, Forasteiro; vamos juntos atravessar essa maré de sangue.

3.3

Sorte

Arsínoe Beta teve de esperar até morrer por um nome de Hórus. Para Berenice Beta, os sumos sacerdotes concederam logo nomes egípcios, assim como ao faraó. Ela tinha seus nomes de Hórus — filha do mandante, criatura do mandante e um nome de nascença — Berenice, a Benfazeja dos deuses. Ela apareceu logo nas gravações das paredes dos templos, como companhia do marido, como uma sacerdotisa desfrutando o mesmo prestígio, cultuando os deuses do Egito ao lado do marido, e disso praticamente não se escutou outro exemplo em toda a história das Duas Terras. Postou-se ao lado dele mesmo no momento da investidura no poder por Thoth, desfrutando iguais poderes perante os deuses. Agora herdava inclusive o título de sua predecessora, Arsínoe Beta, a faraó-mulher. Havia dobrado o tamanho do império egípcio da noite para o dia. Até envergava o manto cerimonial do faraó. Seshat se pergunta se era verdade que nesse casamento Berenice Beta usava não somente o manto e as coroas do faraó, mas também, como de fato ocorreu, os *anaxurides*, até as calças.

Muito cedo nesse reinado, Euergetes já estava dirigindo a sua carruagem com a rainha, ambos disparando flechas em todos os animais selvagens pelos quais passavam, quando deram com um jovem — alto, com o físico perfeito de um deus grego — correndo ao longo da estrada de Canopo, no meio do nada. Euergetes deteve o carro, surpreso que tivesse corrido até tão longe — pensando que ele deveria estar treinando para corridas de longa distância. Atenion, o embaixador — que estava entre os cortesãos viajando com ele —, disse que conhecia aquele homem e que ele faria Euergetes sorrir, pois era um bom piadista. Sua Majestade chamou o homem para subir em sua carruagem e tomar um assento, que o levariam até Canopo. Mas o corredor recusou, dizendo que precisava continuar a correr, que precisava entrar em forma para ganhar a corrida. Então, Euergetes convidou-o para o jantar, e foi assim que o corredor atravessou as portas do palácio, e foi este o início de muitas coisas que aconteceram em Alexandria, coisas terríveis.

O nome do corredor era Sosibios, filho de Dioskurides, um alexandrino, e ele tinha então cerca de 20 anos. Euergetes encorajava-o em seu treinamento atlético, ria muito com ele e apreciava-lhe a companhia. Ele pensou, assim como a desafortunada mãe de Berenice Beta havia pensado, que porque Sosibios era bonito e divertido, também devia ser uma boa pessoa. Euergetes tornou-se seu patrocinador e custeou sua viagem de navio à Grécia, para concorrer nos Jogos Olímpicos. Logo começou a perguntar a opinião de Sosibios sobre tudo que se relacionasse a esportes em Alexandria.

Sosibios venceu a corrida em Olímpia. E também ganhou o torneio de luta livre nos Jogos Panatenianos. Ganhou prêmios em disputas de boxe nos Jogos do Istmo e nos Jogos Nemeanos, e não havia mais fim para a chuva de premiações que caía sobre ele. A ilha de Delos homenageou-o num decreto. Knidos ergueu-lhe uma estátua. Ele ganhou a admiração de todo o mundo de fala grega, e o olhavam com um assombro sobre-humano, como um ganhador de um prêmio olímpico, já que uma vitória dessas era o mais invejável bafejo da sorte que poderia favorecer um homem. Haviam lhe concedido uma parada na via Canopo, com chuva de pétalas de rosas, assentos gratuitos vitalícios no teatro e almoço de graça todos os dias até sua morte. Diziam que ele corria tão depressa que se tornava invisível; que era capaz de fazer a si mesmo desaparecer. Sosibios acreditava que certamente receberia homenagens e sacrifícios de sangue depois de sua morte e que seria cultuado como um herói.

Mas ele estava errado sobre isso, milhões de vezes errado.

Desde rapaz, Sosibios desfrutou os mais altos favores de Ptolomeu Euergetes e quando completou seu serviço militar, o rei o recebeu no palácio e passou a lhe perguntar sua opinião não somente sobre corridas e lutas, mas sobre todos os demais assuntos. Logo, ele estava percorrendo o mundo como um representante de Sua Majestade, numa posição de alta responsabilidade, usufruindo a confiança total do faraó, apesar de a sabedoria tanto dos gregos quanto dos egípcios instar o rei a não confiar em absolutamente ninguém.

E quanto a Berenice Beta? Você poderia pensar que esses dois grandes condutores de carruagens teriam alguma coisa em comum, algo sobre o que conversar. Assim era. Conversavam sobre carros, eixos, chicotes e cavalos. Efetivamente, Berenice Beta também incentivou Sosibios no início, mas quanto mais via esse jovem, menos gostava dele. Achava que Sosibios mostrava os dentes em demasia. E disseram-lhe que ele havia trapaceado na luta livre. Ela também achava que ele se valia de práticas questionáveis no Hipódromo, sempre ludibriando como podia as regras das corridas de carros.

Você ainda vai escutar mais sobre esse afortunado ou desafortunado homem, Forasteiro. Por enquanto, basta relembrar seu nome agourento. E, não, Euergetes não deveria ter confiado nele. Teria sido melhor para o Egito que Euergetes tivesse sacado uma flecha e a disparado em Sosibios no primeiro instante em que pôs os olhos sobre ele, pois a verdade era que Sosibios não era amigo, mas inimigo de Euergetes.

Foi bem cedo também no reinado de Euergetes que Berenice Beta escutou o chocalhar da caixa de dados e encontrou o marido jogando com seus ministros, enquanto o *dioiketes* lia para ele a lista dos criminosos a serem sentenciados. De acordo com os números que saíssem, Euergetes perdoava o homem ou ordenava sua execução. A punição era determinada pela sorte, independentemente de o homem ser ou não e sem que se refletisse a respeito do caso.

> *Cinco — Decepar o nariz e as orelhas.*
> *Oito — Correntes e açoite.*
> *Nove — Crucificação.*
> *Seis — Que ele viva.*

Vidas dependiam do rolar dos dados de Sua Majestade, mas era assim que os gregos viam o destino dos seres humanos naquela época. Haviam começado a cultuar Tiche, deusa da boa fortuna, em detrimento de outras divindades. O que acontece na vida de um homem com muita freqüência parece não ter relação com quantas ovelhas ele sacrificou para Apolo nem com quantas preces ofereceu a Zeus. Uma criança tinha sorte se sobrevivia ao seu primeiro ano de vida, três vezes mais sorte se vivesse além dos 30 anos. Parecia a muitos homens que o mundo inteiro era comandado pela sorte; como se alguma força externa a eles lançasse dados aleatoriamente. Como um deus caprichoso, Ptolomeu Euergetes divertia-se jogando ele próprio os dados que ditavam a vida dos homens.

Mas quando Berenice Beta atravessou a porta e se deu conta do que o marido estava fazendo, arrancou a lista de nomes do *dioiketes*, gritando: *Como podem fazer uma coisa dessas?* Ela atirou os dados janela afora e obrigou Euergetes a jurar que ia mudar seu comportamento.

Euergetes deu-lhe a palavra. Parou de jogar dados e dedicou a devida atenção a cada caso. Ele considerava muito essa mulher que havia sido educada para ser rainha, pois ela sabia tudo sobre como governar, como lidar com exércitos, armadas e sobre diplomacia estrangeira. Não se recolhia ao silêncio, mas falava o que pensava. Com bastante freqüência era seu marido que não tinha permissão de dizer não a ela. Mas não havia brigas. Ela não tinha o mau gênio de Arsínoe Beta. Não tentava mandar nesse rei. O casamento era uma combinação perfeita, plena de promessas para o futuro, a não ser pelo fato de Berenice Beta ter alguns problemas em deixar o marido tocá-la. Quando o rosto dele chegava junto do dela, Berenice Beta tremia e gritava, já que via não o marido, mas o rosto de Demétrios Kalós. No entanto Euergetes ainda não tivera muitas chances de tocar a esposa, pois mal haviam se passado vinte dias desde as cerimônias de coroação, quando um mensageiro trouxe as notícias de que a outra Berenice, Berenice Syra, a irmã de Euergetes, agora com cerca de 34 anos, estava em grave perigo, e Euergetes partiu do Egito para a Síria.

Quanto a Berenice, Euergetes resmungou alguma coisa ácida contra ela, então. *Talvez ela tenha a gentileza de abrir a sua porta para nós, quando voltarmos*, disse ele. *Talvez algumas noites sozinha a façam apreciar um pouco mais as atenções de seu marido.*

De fato, esse marido recém-casado ficaria distante da esposa por cinco anos.

3.4

Mau-olhado

Ptolomeu Euergetes iniciou seu reino mantendo o envio de água do Nilo para a irmã na Síria. Ele escrevia cartas de tempos em tempos para Berenice Syra, dizendo: *Toda a sua família no Egito a saúda. Se estiver bem, assim está bem... Eu estou bem...* A saúde de Berenice Syra era de fato muito boa, seu filho estava crescendo bem, mas tudo o mais parecia muito longe de estar satisfatório.

Por diversas vezes, ela havia escrito para o pai, dizendo que estava *polukamoros*, muito infeliz. *Meus inimigos estão me acuando*, escreveu ela. Ou, então: *Tenho muito medo da família de meu marido*. Por vezes, ela escreveu: *Creio que estão tentando envenenar minha comida*. Filadelfos não achou que isso fosse possível e ignorou as queixas da filha.

Agora era Euergetes que lhe respondia, um pouco mais atencioso, talvez, do que o pai, dizendo: *Os deuses que vivem vidas tão sem problemas não desejam que você fique tão tensa*. Ele terminava sua carta com: *Que não consiga o mau-olhado tocar você jamais*. Mas até Euergetes teve o cuidado de não se oferecer para trazer a irmã para Alexandria, porque isso significaria o fim da prezada paz e a retomada da amarga guerra.

Por vezes seguidas Panariste, Gellosyne e Mania, as camareiras de Berenice, mandaram chamar Arquelau, um dançarino da corte de Antíoco Theos, para tentar alegrar Berenice Syra, mas, embora fosse o melhor dos dançarinos cômicos, ele não conseguiu sequer fazê-la sorrir. Berenice Syra não tinha razão para rir. Tinha um único desejo, agora: escapar dos selêucidas enquanto ainda era possível. Tinha saudades de sua antiga vida em Alexandria. Você pode muito bem perguntar: se ela estava tão infeliz, por que não fugiu? Não fugiu porque uma mulher, naqueles tempos, era quase uma prisioneira do marido. E porque ela era uma Ptolomeu. Estava dividida entre cumprir sua obrigação — mantendo-se em seu lugar no palácio — e fugir. Ah, sim, ela era como uma refém da paz. Se deixasse Antíoco Theos, isso significaria uma guerra sangrenta. Ela era a cola que impedia que o mundo inteiro desmoronasse. E, afinal de contas, seu filho era o herdeiro da Síria. Ela tinha de ficar onde estava. Como cola, de fato, grudada.

Mal fazia dois meses do reinado de Ptolomeu Euergetes quando chegou um mensageiro de Éfeso anunciando que Antíoco Theos, o marido de Berenice Syra, havia morrido; supostamente de causas naturais. Talvez o beberrão tivesse se embriagado até morrer. Talvez, tivesse morrido, fosse como fosse, durante o verão, num lugar como Éfeso, onde um homem pode sucumbir à febre ou ser picado até a morte pelas moscas. Tinha cerca de 40 anos. Seu filho mais novo, Antíoco, o filho de Berenice Syra, não tinha mais de 4 anos, mas, sob os termos do tratado de paz, era quem deveria se tornar o novo rei da Síria. Entretanto a morte Antíoco Theos, nessa ocasião, era a pior coisa que poderia acontecer, pois o filho de Berenice Syra era jovem demais para ser rei e ela teria de assumir a regência por ele. Enquanto o marido estava vivo, ela não corria grande perigo, de fato. Agora que ele morrera, as coisas eram diferentes.

Um segundo mensageiro relatou a Euergetes que Antíoco Theos não morrera de causas naturais, mas que fora envenenado por sua primeira esposa, Laodike — por raiva, vingando-se de ter sido exilada para que Antíoco Theos se casasse com Berenice, e porque queria que o *seu* filho, Seleucos, e não o filho de Berenice Syra, herdasse o reino.

Um terceiro mensageiro informou que Laodike assassinara Antíoco para que a sucessão de seus filhos não fosse afetada pela inconstância dos humores dele — pois havia dias em que ele esbravejava freneticamente acerca de deixar Temístocles, o Heracles, seu favorito, herdar o trono depois de sua morte, enquanto em outras ocasiões falava com afeto do filho de Berenice Syra como o herdeiro, de acordo com os termos do tratado com Ptolomeu Filadelfos. Talvez a verdade fosse que Laodike achava que o marido havia perdido completamente o juízo e resolvera o assunto enquanto ainda podia. Qualquer que tenha sido a razão, o fato era que Antíoco Theos estava morto e Laodike tomara o poder para si.

Quando o marido tombou morto, ela ficou quieta. Não esmurrou os seios nem fez nada daquelas coisas extravagantes que as mulheres gregas geralmente fazem quando alguém morre. De modo algum. Nada de cinzas jogadas sobre a cabeça, nada de lama esfregada no rosto nem nos braços, nada de gemidos. Então ela mandou chamar Artemon, o sósia do marido, e fez com que ele arrastasse o cadáver de Antíoco para dentro de um armário, vestiu Artemon com a túnica de dormir real e puxou-o para a borda da cama de ouro de seu marido.

A seguir, convocou todos os ministros e oficiais da corte e obrigou Artemon-Antíoco a fazer um pronunciamento: *Nosso filho Seleucos será o único herdeiro do nosso reino*. O falso Antíoco não apenas se parecia com o rei, como também era capaz de imitar o soberano bêbado e sua fala arrastada. Portanto, foi dessa maneira esperta que Laodike fez tudo isso sem que ninguém tivesse a menor idéia de que Artemon não era quem ela dizia ser, nem suspeitasse de que Laodike cometera qualquer traição.

Depois de dispensar os cortesãos, ela fez Artemon arrastar o verdadeiro Antíoco de volta para o leito de ouro, mandou embora o falso e recolheu-se aos seus aposentos para lá passar a noite.

Ao amanhecer, Laodike representou todo o espetáculo de descobrir que seu marido havia parado de respirar. Soluçando com falso pesar, chamou os médicos e, de fato, interpretou muito bem o papel de uma desesperada esposa. Executou os habituais choros e gemidos pelo homem morto, golpeou os seios, despejou lama e excrementos sobre a cabeça e os braços — e fez todos acreditarem que Antíoco Theos, seu amado, havia morrido enquanto dormia. Ela arranhou as faces com as unhas e verteu lágrimas de verdade até que se visse a sós, quando, então, as lágrimas secaram tão repentinamente quanto haviam brotado, bem como os gestos extravagantes.

No mesmo dia ela proclamou seu filho Seleucos, então com cerca de 19 anos, rei da Síria. Esse Seleucos foi chamado de *Kallinikos*, ou seja, gloriosamente vitorioso.

Seleucos Kallinikos pelo menos, era um adulto, mais ou menos capacitado a assumir um reino, o que o filho de Berenice não era. O que Laodike não poderia de modo algum permitir era que Berenice Syra se tornasse regente em nome de seu filho ainda menino.

Berenice Syra daria uma excelente soberana, uma vez que havia sido criada para saber como se deve declarar guerra e como obter a paz, como manter cinqüenta mil mercenários sob controle e como cavalgar em meio a batalhas, assim como qualquer outra filha da Casa de Ptolomeu, pois a esposa que duraria mais em terra estrangeira seria aquela que se mostrasse útil ao marido. Conhecimento sobre as artes da direção dos assuntos de Estado e da guerra eram os melhores meios de uma esposa real sobreviver. Infelizmente, Berenice Syra havia pessoalmente envergado armas contra os sírios, e o povo sírio ainda a via como inimiga.

Sim, de fato, ela lutaria, uma mulher sozinha com seu filho pequeno, contra Seleucos e a mãe, que tinha para apoiá-la todo o poder de um império — e, mesmo assim, ela lutou. E, de fato, o jovem Seleucos Kallinikos iniciou seu reinado como qualquer soberano da época — planejando um assassinato coletivo de toda a sua família, e foi sua mãe, Laodike, que o incitou a fazer isso. *A primeira coisa que você deve fazer*, disse ela, *se quiser manter o reinado, é mandar matar Berenice Syra e o filho.*

Na verdade, não foi preciso repetir isso a Seleucos Kallinikos.

Os relatos diferem sobre o que aconteceu a seguir. Alguns dizem que Berenice Syra foi feita prisioneira pelos partidários de Laodike e encerrada num cárcere. Seus captores prometeram que ela não seria ferida, juraram que não queriam submetê-la a nenhuma violência, e uma guarda de *keltoi*, os gauleses, foi designada para vigiá-la e não permitir que ela escapasse. Mas isso soa muito pouco provável, amistoso demais para ser a conduta adotada por Laodike e os selêucidas.

A versão mais confiável diz que quando Berenice foi informada de que os homens de Laodike haviam sido enviados para assassiná-la, fugiu — sozinha — para a cidadela de Dafne, perto de Antioquia, entricheirando-se lá e se preparando para um longo cerco. Ainda era a rainha da Síria. Tinha centenas de soldados, leais guardas pessoais, agentes, mensageiros, batedores e espiões. Qualquer que tenha sido a verdade, foi nesse momento que, temendo ser morta, ela enviou histéricas mensagens para o Egito — por camelos rápidos, por ligeiros *trieres* ou por ambos —, implorando ao irmão que lhe enviasse ajuda, uma vez que sua cidadela estava cercada por inimigos e ela não poderia se sustentar ali para sempre.

Seguiu-se, é claro, uma demora, enquanto as cartas de Berenice Syra eram entregues e enquanto a frota de Euergetes se preparava para zarpar — e também enquanto suas tropas terrestres marchavam atravessando milhares de estádios de distância, cruzando toda a extensão da Síria até Antioquia. Nesse ínterim, Berenice Syra ficou aguardando, aguardando, bebendo sua água do rio e oferecendo preces para Ísis, Hathor, Apolo, Zeus e todas as divindades de que se lembrasse.

Berenice Syra fez o que pôde. Tinha seu filho, o príncipe Antíoco, proclamado rei de Antioquia. Apesar de ele ser pouco mais que um bebê de colo, envergava na cabeça o diadema real da Síria, as roupas eram da púrpura real e os talismãs pendurados no pescoço para afugentar o mau-olhado eram de ouro maciço. Não lhe serviram muito.

Não, é claro que Berenice Syra não ficou sentada, sem fazer nada. Ela era filha de um faraó. Mandou os navios que tinha no porto de Selência de Piéria à Kilikia, para atacar Laodike. Suas tropas tomaram a cidade de Soloi e sua cidadela e arrebataram o tesouro local de Arizabos, o sátrapa. Esse homem fugiu, atravessando correndo as montanhas Tauros, onde foi capturado e executado. A cabeça dele foi enviada numa sacola para Berenice Syra em Antioquia, com 1.500 talentos de ouro que estavam no tesouro de Soloi. A visão da cabeça decepada de um inimigo nunca causou desmaios em nenhuma filha da Casa de Ptolomeu. Berenice Syra ficou deliciada. Isso a encorajou e o coração do império selêucida, ao redor de Selência de Piéria e Antioquia, manteve-se leal a ela.

Na Síria, Laodike tinha um grande número de soldados, mas dizia-se que Berenice Syra se defendia como uma tigresa acuada, garras à mostra e rosnando. Também tinha por trás de si a ira do Egito, o exército e a frota do irmão — se ao menos eles chegassem logo. Ela orava aos deuses. Sacrificava ovelhas a Apolo e pedia a sacerdotes gregos para examinarem-lhe as entranhas, erguendo o osso da omoplata contra a luz, mas não conseguiu com isso nenhum bom presságio. Quanto aos talismãs em torno

355

do pescoço do filho, eram praticamente inúteis. O mau-olhado já havia se voltado sobre o garoto e sua infeliz mãe.

3.5

Asterização

Já no Egito, Berenice Beta implorou a Euergetes que a levasse para resgatar sua irmã. *Temos muita experiência em guerras*, disse ela. *Teremos prazer em ajudar. Não vencemos a corrida de carros em Neméia?* As lendas contavam que ela tinha entrado pessoalmente em batalha e matado muitos inimigos de Cirene.

Mas Euergetes disse apenas: O *lugar de uma mulher não é no campo de batalha. A esposa deve permanecer em casa.*

Quando então ela trouxe seu leão e disse: *Marido...* Euergetes ergueu sua voz:

Seleucos Kallinikos, disse ele, *é seu primo em primeiro grau. Você não vai para a Síria.*

Talvez, no fundo do coração, ele pensasse que essa filha de Apama da Síria poderia traí-lo; que ela poderia passar para o lado do inimigo. Afinal de contas, Antíoco Theos era tio de Berenice Beta. Naqueles tempos, a guerra era muito um assunto de família.

Você nos ajudará mais, disse Euergetes, *tomando conta do Egito enquanto estivermos fora.* E a fez sua regente durante sua ausência, deixando-lhe conselheiros e funcionários da corte gregos. Ela se provaria tão boa quanto qualquer homem na administração do reino.

Berenice Beta cortou os longos cabelos para ajudar no esforço de guerra, doando-os para que fossem torcidos e se transformassem em cordas para disparar as catapultas, e isso serviu para encorajar outras mulheres. No entanto preservou para diferente propósito uma grande mecha de cabelos.

Em vez de ir para a Síria, conduziu seu carro para cabo Zéfiro, até o templo de Arsínoe-Afrodite, onde pendurou os cabelos e dedicou-os à deusa dourada que certa vez chorara lágrimas de ouro para alertar o Egito sobre a guerra. *Meus cabelos são uma súplica pela vitória*, disse ela a Euergetes, *uma súplica por sua volta em segurança para o Egito.*

No dia para o qual estava marcada a partida de Euergetes de Alexandria, todos os navios estavam na água, as mulheres estavam reunidas no cais para acenar em despedida à frota, os remadores já estavam sentados em seus bancos, com as máquinas de guerra carregadas a bordo — quando chegou a notícia de que os cabelos de Berenice Beta haviam desaparecido do templo. Era um grande mistério e um presságio tão ruim que as tripulações se recusaram a remar, alegando que, no passado, a falta de bons augúrios lhes tinha trazido a derrota. Assim, os navios e homens permanecerem ociosos, prontos para partir, mas sem poderem se mover.

Achem os cabelos de Sua Majestade, gritou Euergetes pelo megafone, *achem-nos. E depressa, qualquer demora pode custar a vida de nossa irmã.*

Os homens arrastaram os navios para as praias e o dia foi gasto na procura de uma mecha de cabelos louros. E embora o faraó tenha aumentado a recompensa de hora em hora para quem retornasse com os cabelos de Berenice, ninguém se apresentou reclamando-a. O céu escureceu-se, as estrelas apareceram e os cabelos sumidos ainda não haviam sido achados, quando então Konon de Samos, o matemático e astrônomo, adiantou-se e pediu para falar com o faraó.

Konon passara metade da vida deitado de costas no telhado do Mouseion, observando as estrelas ascenderem e declinarem nos céus, observando os cometas, os eclipses da Lua e toda sorte de curiosos fenômenos astronômicos. Ninguém no Egito sabia mais sobre o céu noturno que Konon — à exceção do sumo sacerdote de Mênfis.

Por favor, olhe para cima, Megaléios, disse Konon, *erga os olhos para as estrelas.* E ele levou Euergetes para a Janela das Aparições, apontando diretamente para o local, no céu, que estava próximo da Grande Ursa.

Olhe, Megaleios, disse ele, apontando, *pode ver ali uma nova constelação? Os deuses arrebataram os cabelos de Sua Majestade e os levaram para os céus, onde brilharão por toda a eternidade. Acredito que isso seja nada menos do que o plokamos, ou asterização, dos cabelos da rainha Berenice.*

Euergetes deixou escapar um suspiro de reconhecimento, um suspiro de alívio. Chamou todos os seus cortesãos, reuniu-os e apontou para o agrupamento de estrelas que os romanos denominariam de *Coma Berenice* — a *Cabeleira de Berenice*. Talvez, você já tenha ouvido falar dessas estrelas, Forasteiro: estarão no mesmo lugar agora em seu tempo. A constelação é uma bela referência permanente nos céus.

Calimaco, o poeta da corte, começou a escrever num pedaço de papiro. Antes que a corte se recolhesse naquela noite, leu seu novo poema, "A Cabeleira de Berenice", tornando os cabelos, o poema e ele próprio famosos para todo o sempre. Os aplausos para Konon, para Berenice Beta e para o poeta da corte foram calorosos e prolongados.

Ao amanhecer, após os augúrios extraídos das entranhas de um touro negro sacrificado para Poseidon terem sido favoráveis, Euergetes abraçou a esposa, sentiu-a encolher-se quando ela viu o rosto de Demétrios, depois subiu a bordo de sua nave capitânea.

O sumo sacerdote de Ptah despediu-se do rei Ptolomeu, dizendo: *Os chefes de todos os países estrangeiros estão a seus pés... O faraó, como um touro, esmagará seus inimigos. Vai investir sobre as fileiras de seus oponentes, lutando como se fosse com as garras de um falcão... A serpente sobre seu cenho fará tombar seus adversários, lançando seu mortal hálito no rosto de seus inimigos. Ele disse também: Por favor, não esqueça, Megaléios, que, se a enchente do rio estiver baixa, o faraó deverá retornar imediatamente ao Egito.*

E assim a frota navegou para a Síria, remos erguendo-se e baixando como asas de um abutre de madeira ao som do tambor, e os navios seguiram uns atrás dos outros através do cintilante mar, como sempre, com os golfinhos saltando junto deles.

Seshat sabe o que você está pensando, Forasteiro: *Por que deveria Ptolomeu Euergetes desperdiçar dois óbolos que fossem com essa sua irmã maluca, que o fez mandar água para ela de um país distante, requerendo a cada vez uma viagem de dez mil estádios, ida e volta?* Você deve estar se lembrando de que Seshat lhe disse que os membros desta família não se amam. Mas você também deveria lembrar que Euergetes adquiriu qualidades na Etiópia que seus parentes não possuíam. Berenice Syra era a irmã que ele amava, a irmã com quem poderia ter se casado. Seu coração batia forte por ela. Seus sentimentos não eram fingidos. Ela não era apenas uma desculpa para travar uma guerra na qual ele teria de entrar de qualquer maneira.

Enquanto isso, o exército de Ptolomeu, sob o comando de Lisímaco, o irmão mais novo de Euergetes, seu amigo, deixara Mênfis com destino à Síria, marchando para Tjaru na estrada de Hórus, com a intenção de reduzir Seleucos Kallinikos e Laodike, sua mãe, a pó.

Berenice Beta se preparava para governar o Alto e o Baixo Egito. Queimou incenso em honra de Sekhmet, Senhora do Linho Vermelho-Sangue, e diariamente sacrificava um touro a Áries, pelo sucesso do resgate. Não esqueceu Montu, Senhor de Tod, o deus egípcio da guerra, nem Hórus, o Falcão, nem Ápis, o Touro, o qual, no Egito, só é menos importante que o faraó. Mandou embaixadores, novas armas e finos vinhos de Mareotis para o marido. Supervisionou a cunhagem de moedas que pagariam as tropas e se certificou de que fossem rapidamente entregues. Tomou a seu cargo cuidar dos cavalos de guerra, de modo que não faltassem ao marido os meios de vencer as batalhas. Encarregou-se de procurar por elefantes de guerra no país do Sul e supervisionou pessoalmente o treinamento deles, mandando-os depois para a Síria por mar. Esteve sempre ocupada. Não desperdiçava tempo sentada diante do tear. Nunca em sua vida fez tapeçarias, nem costura, nem tecelagem. De modo algum. Fazia o trabalho de homens e era tão boa nisso quanto eles, até melhor, segundo diziam.

Ela se aborreceu quando Euergetes partiu para a Síria? Queria que ele voltasse logo? Não, não queria. Não sentia falta do marido em sua cama. De modo algum. A simples visão da cama ainda a fazia pensar em sangue e gritos. Tinha ataques de pânico nas horas mortas da noite. Mas era forte como nenhuma outra mulher antes dela, a não ser Arsínoe Beta. Lentamente, muito lentamente, conseguiu controlar os sentimentos mais selvagens. A cada dia achava que via um pouco menos o fantasma do homem que havia assassinado. Mas ela ainda não via ninguém em seus sonhos a não ser Demétrios Kalós.

3.6

Neve quente

Enquanto isso, o que acontecia em Dafne? Berenice Syra estava cercada no palácio real, tentando sustentar-se como podia, colhendo presságios do vôo e do grito dos pássaros, roendo as unhas, aguardando. Ainda tinha sua guarda gaulesa, os ferozes mercenários, mas homens como esses eram famosos pela frágil lealdade. Nesse exato lugar, a ninfa Dafne, perseguida por Apolo, foi transformada num loureiro. Berenice Syra não seria agraciada com tal sorte.

Laodike lutava arduamente pelo que queria — o poder supremo na Síria — e de alguma maneira tinha de conseguir que Berenice Syra abandonasse seu refúgio. Laodike era uma mulher esperta. Tinha amigos desejosos por auxiliá-la em sua luta, e, sim, eles a ajudaram, subornando os gauleses para lhes abrirem as portas da segurança de Berenice. Capturaram a ama do jovem príncipe, que entrava a saía da cidadela, amedrontaram-na com facas, então lhe ofereceram dinheiro, mais do que ela havia visto na vida, mais do que ela poderia recusar. Nas horas mortas da madrugada, ela cobriu a cabeça com o manto e tirou o príncipe de seus aposentos para trocar-lhe as fraldas. Contudo continuou a andar, desceu as escadarias, atravessou os pátios, passou pelos guardas, saiu pelos portões com a criança nos braços e não voltou mais.

Pela manhã, Berenice Syra encontrou no quarto da criança um menino que não se parecia com seu filho, e os gritos começaram. Histérica, ela despedaçou as roupas de dormir da criança, procurando pela tatuagem da âncora em sua coxa, o sinal pelo qual ele poderia ser identificado. Mas tal criança não tinha tatuagem alguma. Berenice Syra chamou a ama aos gritos, saiu correndo pelo *gynaikeion*, gritando, pensando no pior, mas a ama havia sumido.

Se o príncipe Antíoco foi raptado, Megaléia, disse Aristarcos, o médico, *deve ter sido trabalho de Laodike*. Berenice estava transtornada demais para se perguntar por que o médico sorria tanto.

Ah, sim, Berenice Syra pensou, que fora a ama que, subornada por Laodike, havia raptado seu filho para matá-lo. Laodike havia feito um movimento ardiloso, supondo, corretamente, que os sentimentos maternos de Berenice a levariam a deixar a cidadela e se mostrar. Estava certa: Berenice saiu da cidadela. O resultado do estratagema de Laodike foi imediato.

Anote isso, Forasteiro: Berenice Syra, a filha de um Ptolomeu, rija como o couro do hipopótamo e, no entanto, dotada de sentimentos maternais, nada menos.

Mas o que aconteceu? Laodike espalhou boatos entre os guardas de Berenice Syra, dizendo que o filho dela estava sendo mantido refém numa certa casa perto do Ágora na cidade de Antioquia. Berenice não era uma prisioneira, nem estava irremediavelmente acuada a ponto de não poder ordenar que lhe trouxessem cavalos para deixar a fortaleza, se assim o desejasse. Ela vestiu a armadura de bronze — perneiras, peitoral e elmo. Pegou as armas, pôs arreios no carro de combate e conduziu-o pessoalmente, lança na mão. Era a filha de Ptolomeu, tão boa quanto um filho, e o carro saiu em disparada pelos portões fortificados em direção à cidade. As três aias foram com ela, cabelos esvoaçando ao vento, e também Aristarcos, o médico, montando um cavalo junto a ela. *Vou lhe mostrar o caminho*, disse ele. *Vou mostrar a Sua Majestade onde fica a casa...* Era justamente o que Laodike queria: que Berenice Syra se mostrasse. Agora, Laodike desfecharia o ataque.

Logo que Berenice Syra alcançou os portões da cidade, Gennaios — o magistrado chefe, aliado de Laodike — desafiou-a e bloqueou a estrada com os guardas. Berenice atirou a lança contra ele, que se desviou agilmente da arma. Então, a jovem mulher apanhou uma grande pedra na estrada, arremessou-a e atingiu Gennaios na cabeça. Ele tombou, e ela avançou com a carruagem a toda velocidade pelas ruas, quase capotando.

Aristarcos apontou a viela, e uma turba de sírios entoando cânticos se agrupou em frente da casa onde se dizia que estava o príncipe Antíoco. Alguns eram hostis a Berenice Syra; outros, seus aliados. Mas quando Berenice Syra se aproximou, eles recuaram. Ela brandiu a espada por sobre a cabeça. *Vim aqui buscar meu filho*, berrou. *Onde está meu filho? Tragam-no para fora.* Ela berrou ordenando que a porta fosse aberta; seus homens arrombaram-na e invadiram o interior da casa.

Estava o príncipe Antíoco, *rei* Antíoco, vivo ou morto? Estava ele ali, ao menos? Ninguém parecia saber. Mas a multidão agora berrava em favor de Berenice, e o furor do povo era tamanho que os magistrados precisariam fazer algo ou teriam uma insurreição nas mãos. Um deles trouxe uma criança para a rua, acompanhado de pompa digna de um rei — cornetas, carregadores de pára-sóis, guardas armados. *Aqui está seu filho, Megaléia*, disse o homem, e Berenice Syra adiantou-se correndo, é claro, mas, para pegar o filho nos braços, teve de depor suas armas, e ao fazer isso ficou vulnerável ao perigo. Os homens de Laodike se aproximaram. Berenice viu Temison, o Hércules, e Aristos, seu irmão, exibindo os dentes, ansiosos por enfiar a faca na filha do maior inimigo da Síria. Berenice Syra poderia ter lutado, mas não sem largar o filho, e suas aias haviam sido separadas dela: não eram tão corajosas quanto sua senhora, de modo que se encolheram num recuo de porta e esconderam o rosto.

As facas faiscaram então, e a despeito da armadura e de seus bravos esforços para se defender com um único braço, Berenice Syra foi ferida, primeiro nos braços, depois no pescoço, depois na barriga. Ah, sim, ela foi retalhada ali mesmo na rua, seu sangue se esvaiu do corpo e ninguém fez nada para salvá-la. Ela, realmente como uma tigresa, lutou para se defender, mas não poderia vencer toda uma multidão hostil armada de facas e espadas. Ela tombou de joelhos, a criança foi arrancada de seus braços e cortada em pedaços diante de seus olhos — e eles davam risadas. Ah, sim, os assassinos de Berenice Syra a deixaram ali mesmo, onde ela tombou, e fugiram correndo.

A última coisa que viu foi o rosto de Aristarcos, seu médico, sorrindo, olhando para ela, no chão: *Adeus, Megaléia*, disse ele, *até a vista na Casa de Hades.*

Ah, sim, Berenice Syra foi levada a acreditar na palavra de seus inimigos de que não seria ferida, mas foi seu médico de confiança, Aristarcos, quem a levou diretamente para as mãos deles.

Panariste, Mania e Gellosyne conseguiram arrastar a rainha até a carruagem e a conduziram de volta à cidadela de Dafne, mas, quando chegaram lá, as sombras já haviam descido sobre os belos olhos de Sua Majestade. Chorando, Panariste e Gellosyne ocultaram o cadáver numa arca de roupas e vestiram Mania como rainha, para tomar-lhe o lugar. Mancharam Mania com tinta vermelha, puseram nela ataduras para fazer parecer que estava ferida e a colocaram na cama de Berenice — tudo para que pensassem que Sua Majestade ainda estava viva. Então, mostraram Mania para o capitão da guarda gaulesa, insistindo em que Sua Majestade não estava morta, mas se recobrando de seus ferimentos. Por uma estranha coincidência, então, essas mulheres fizeram com Berenice Syra exatamente o que Laodike havia feito com o já morto Antíoco Theos. Pode ser que os contadores de histórias tenham nos mentido, Forasteiro. Pode ser que a história seja falsa. Seshat a oferece ao mundo de boa-fé. A deusa da história deve usar a matéria-prima que lhe está disponível. A verdade com freqüência é diferente daquilo que você possa acreditar. Ninguém contesta, no entanto, que Berenice Syra tenha morrido de modo violento.

As aias cheias de expedientes, então, pegaram o selo real de Berenice Syra para mandar, nervosas, mensagens em nome dela para o rei Ptolomeu Euergetes. Trouxeram as pesadas ânforas de água do Nilo para dentro dos aposentos reais, como antes, e Mania as bebia. Recebiam a comida da rainha, e Mania a comia, mantendo sempre a aparência de normalidade. Ordenaram aos guardas que se mantivessem a postos, afirmando sempre que Sua Majestade não estava morta, não, de modo algum, mas que se recuperava bem. Assim confiaram que estivessem salvando suas peles, enquanto esperavam que o faraó as viesse resgatar. Nesse meio-tempo, sendo a estação quente, o cadáver desfigurado de Berenice Syra começou a cheirar mal e a atrair grandes nuvens de moscas.

*

Quando Ptolomeu Euergetes lançou âncora em Selência de Piéria, o porto de Antioquia, os sacerdotes gregos, os magistrados da cidade, funcionários e soldados vieram lhe dar as boas-vindas. As ruas que desciam para o porto estavam ornamentadas de guirlandas de flores e repletas de pessoas saudando-os. Não o vaiaram como a um inimigo, como haviam feito com sua irmã. Mesmo os sátrapas selêucidas e os *strategoi* prestaram seus respeitos: sabiam que Euergetes estriparia a todos e incendiaria a cidade se o recebessem com hostilidade. O povo de Selência permaneceu leal a Berenice Syra, achando que o poder de Ptolomeu do Egito se mostraria maior que o do jovem Kallinikos e de sua mãe.

Naquela noite, Euergetes tomou a estrada para o sul, rumo a Dafne, pensando em visitar a irmã para lhe dar proteção e conversar sobre a melhor maneira de superar os problemas de então. Mas tudo o que encontrou foi o horror fedorento do cadáver dela, ensangüentado, o rosto retalhado a golpes de faca. Foi o bastante para fazer esse duro rei chorar. E ter ânsias de vômito.

A morte de Berenice Syra lançou uma grande sombra sobre a alma de Ptolomeu Euergetes. Ele chorou, furioso, dizendo: *Não temos recursos para nos aventurar numa longa guerra sem tréguas com quem quer que seja,* mas quando Lisímaco e o exército terrestre chegaram, juraram que não voltariam para o Egito de mãos vazias e que deveriam vingar o assassinato de sua irmã.

Os que contam essa história concordam ao menos numa coisa: Berenice Syra pereceu junto ao seu filho. Foi assim que teve início a Terceira Guerra Síria — a Guerra Laodikeana, aquela contra a rainha Laodike. E assim a propalada paz de Ptolomeu Filadelfos, que deveria durar para sempre, dissolveu-se como se fosse nada, embora ainda tão recente — somente cinco ou seis anos, tão permanente quanto a neve num forno de pães.

3.7

Répteis

Antes de tal guerra, os homens comentavam a inclinação pacífica de Ptolomeu Euergetes, ainda o chamando de Trifon e vez por outra cochichando sobre seu hábito de sempre dizer *Mais tarde, mais tarde...* deixando o momento da ação lhe escapar, esquecendo-se de tomar importantes decisões. Até o *dioiketes* dizia: *Aparentemente, receio, ele é alguém que adia tudo, assim como o pai.* Dessa vez, no entanto, Euergetes foi impelido à ação, iniciando o que seria uma campanha punitiva de cinco anos contra a Síria e todo o seu império, de um extremo ao outro, com o propósito de tomá-la.

Você pode bem perguntar, Forasteiro, como um rei que se declarou tão sem dinheiro conseguiu sustentar uma guerra de cinco anos num país distante. Reclamava que não tinha dinheiro para entrar numa guerra assim, a despeito da renda regular de seu pai, num montante de 14.800 talentos de prata. Mas se a renda de Filadelfos fora grande, as despesas também o foram, e sem controle, até o final de seu reinado, pois um homem infeliz sempre gastará grande quantidade de dinheiro. Como, de fato, preocupava-se Euergetes, uma guerra dessas poderia ser financiada? Mas então ele teve a inteligente idéia de estabelecer todo um sistema de imponentes e sonoros títulos da corte — *Amigo do Rei, Melhor Amigo e Companheiro do Rei* — e colocou tais títulos à venda.

Os títulos de Euergetes eram caros, custavam centenas de talentos. Um título da corte era puramente cerimonial, não implicava obrigações a serem mencionadas, mas conferia a qualquer homem que pudesse pagar o preço um lugar proeminente ao lado de Sua Majestade, abanado por leques de plumas de avestruz, e assentos no teatro, além de convites para todos os banquetes reais e um lugar privilegiado sob o dossel real para assistir à Grande Pompa, bem como acesso ilimitado ao ouvido de Sua Majestade — entre outras coisas. Por essas razões, todos os homens de posses desejavam ser

Amigos do Rei, e as vendas aconteceram rapidamente. Desse modo Euergetes formou, muito rapidamente também, uma aristocracia leal — foi assim que conseguiu financiar a dispendiosa campanha militar no estrangeiro sem precisar elevar os impostos domésticos.

Euergetes percorreu a cavalo a Selêucida e a Antioquia, distribuindo ordens, aos berros, onde achava necessário, e muito rapidamente arrematou tais cidades para seu comando e controle. Então, marchou com o exército terrestre rumo ao leste, pela estrada do deserto, penetrando profundamente na Síria, e Lisímaco, seu irmão e amigo, acompanhou-o. Ficaram maravilhados ao observar os lagartos sendo fritados ao sol enquanto atravessavam a grande estrada sob o sol de meio-dia. Ficaram espantados com o calor que permitiria a um homem fritar um ovo de ganso sobre uma pedra, mas mesmo assim prosseguiram.

A notícia enviada a Berenice Beta, no Egito, foi que o marido havia subjugado o Império Selêucida, alcançando a Babilônia, e prosseguira na marcha, entrando na Mesopotâmia, até Selência do Tigre. Um ano se passou, e Euergetes não retornou ao Egito. Dois anos se passaram, e Berenice Beta ainda governava o Egito, praticamente sozinha. Mantinha o fantasma mais ou menos sob controle. Mas, sem dúvida, mantinha o Egito ainda mais sob controle, ao menos até que o rio começasse a provocar problemas superiores aos poderes da rainha.

Era o terceiro ano do rei Ptolomeu Euergetes quando Anemhor lhe enviou a notícia na Síria, dizendo: *Meu Senhor, de Elefantine a Sebennytos, as Duas Terras explodiram em rebeliões contra Sua Majestade. Não sabemos o que pode acontecer em toda a terra. Suplicamos a Sua Majestade que retorne para casa o mais rapidamente possível.* Ah, sim, foi a insuficiente elevação das águas que causou o problema, uma vez que isto significa colheitas escassas, e estas representam fome e fome, significa ódio e turbulências.

Tudo isso foi explicado a Euergetes, mas ele se recusou a retornar. *Temos nossa guerra para vencer*, escreveu. *Temos uma missão aqui e não devemos voltar até que esteja cumprida.*

Mandou então o irmão, Lisímaco, para ajudar Berenice Beta a lidar com os problemas internos e tentar trazer tranqüilidade para o Egito. Lisímaco não se aproveitou da ausência do irmão para tentar tomar o poder no Egito. De modo algum. Manteve-se leal à família real. Esforçou-se ao máximo por manter as Duas Terras em ordem. Mas no ano seguinte o próprio Lisímaco mandou uma mensagem a Euergetes dizendo que o Egito havia sofrido a infelicidade de uma outra elevação muito baixa das águas do rio; que a colheita novamente era escassa, e o povo, tendo pouco o que comer, havia se levantado em armas contra os grandes senhores.

Os egípcios começaram atacando os gregos que moravam no alto Nilo, e os gregos reagiram, de modo que Anemhor disse a seus filhos: *Não caminhem pelas estradas sem um bastão nas mãos.* E instou os escribas dos templos: *Não andem sozinhos à noite.* O sumo sacerdote também não deixava as filhas saírem dos jardins da residência, nem mesmo durante o dia.

Ao montar uma barricada na porta do quarto de dormir, precavendo-se de um ataque dos soldados gregos, que caçavam tudo o que podiam encontrar, até na casa do sumo sacerdote de Ptah em Mênfis, Anemhor disse a Herankh: *Os deuses ficam de guarda à noite contra os répteis da escuridão.*

Euergetes escreveu para Lisímaco: *Por favor, agüente firme, temos assuntos ainda não concluídos de que precisamos cuidar na Babilônia.* Para Anemhor, escreveu: *Quando conquistarmos o leste, retornaremos, mas não antes.*

Prosseguiu assim a conquista do mundo pelo Egito. No sul da Anatólia, as forças de Euergetes tomaram a Kilikia. No leste, ele dominou as regiões superiores ao longo do rio Eufrates, a Mesopotâmia, a Media, Paraitaquene. Ah, sim, e quando atravessou o Eufrates, chamaram-no de *Eufrates*. Subjugou a Babilônia, a Susiana, Persis e todo o território restante, chegando até a Bactria. Dizem que chegou mesmo à Índia — e que teria ido ainda mais longe se não tivesse sido chamado de volta novamente, e com urgência, para o Egito, para lidar com novas revoltas. Caso contrário, teria conquistado todo o império de Seleucos.

Mas Seshat pergunta: *Qual é a verdade sobre tudo isso? Não teriam sido exagerados os relatos das vitórias de Euergetes?* Isso porque alguns sugerem que o rei ergueu sua tenda real, feita de púrpura e ouro, em Ecbatana, e lá permaneceu por todo o tempo, recusando-se a avançar um único estádio a mais que fosse. Dizem que mandou seus mensageiros espalharem notícias e depois aguardou para ver o que acontecia. Os embaixadores estrangeiros vieram vê-lo, é claro, após terem sido informados de que, se não se prostrassem logo perante Sua Majestade, ele avançaria até onde estivessem e incendiaria todas as casas e campos pelo caminho, deixando-os ardendo em seu rastro, bem como Alexandre havia feito.

Ah, sim, enviados das dinastias da Pártia e Báctria, bem como da região do Kush Hindu, se apressaram em vir lhe prestar homenagens, já que nessas regiões remotas a terrível lembrança de Alexandre não havia morrido. Beijaram a poeira diante de seus pés. E ergueram o braço para protegerem os olhos, a fim de evitar serem incinerados pela chama do filho do Sol, Ptolomeu, aquele que viverá para sempre, o bem-amado de Rá.

O êxito de Euergetes foi mais que o suficiente para Seshat, a historiadora, falar em conquista do leste. Mas o fato é que os inimigos vieram a Euergetes mais do que Euergetes foi aos inimigos. Leitor, a verdade de tudo isso foi que o rei Ptolomeu não precisou penetrar tão profundamente assim na Pérsia para obter o que queria — a total rendição de todas as nações. Nem mesmo teve de mostrar o rosto em Sardis, onde Seleucos Kallinikos e a mãe ainda sustentavam o que restava do exército, uma vez que eles também tiveram de se render para as tropas de Ptolomeu.

No Egito, compreendeu-se que Euergetes arrasava tudo em seu caminho, atravessando a Ásia, batalha após batalha, conquistando espetaculares vitórias, matando milhares, dezenas de milhares. A verdade, como sempre, era bem diferente. O avanço de Euergetes foi pacífico, não guerreiro. O exército marchava como uma máquina de funcionamento regular, obedecendo às ordens de comando prontamente. Quando jovens, esses homens haviam sido treinados por Arsínoe Beta, para sua Pompa, a marchar como um corpo único. De tempos em tempos, divertiam-se executando as manobras que Alexandre havia utilizado para amedrontar as tribos dos Bálcãs, a fabulosa demonstração de precisão na marcha e na contramarcha, com a *sarissa*, ora erguida, ora abaixada, atraindo circunstantes, e a seguir avançando sobre eles para assustá-los. Ninguém era ferido nesses espetáculos, mas o que se dizia dessas cenas, antecipando a chegada das tropas, era que o horror estava chegando.

Ah, sim, as guarnições selêucidas ao longo das estradas não opuseram resistência. Foram convencidas, apenas por palavras, a se renderem, de modo que foram derrotadas por nada além do receio de uma carnificina. Euergetes alcançou esse milagre enviando mensageiros à sua frente para anunciar que se a cidade em questão não se rendesse incondicionalmente, seria arrasada e todos os homens, mulheres e crianças em seu interior seriam passadas a fio de espada. Era um truque antigo, que ele aprendera lendo o livro escrito por seu avô, *A história de Alexandre*. Não houve uma mortalha de fumaça estendendo-se de um extremo da Ásia ao outro, nem gemidos, nem lamentações, assim como, até o momento, nenhuma orgia de estupros e pilhagens.

Euergetes, o *kalokagathos*, não imitou Alexandre, queimando todos os vilarejos. Não desempenhou o papel do homem raivoso que sentia urgência em destruir tudo em que pusesse os olhos.

Qualquer que fosse a cidade sobre a qual ele avançasse — Nínive, Ktesifon, Babilônia, Susa, Ecbatana —, as crianças saíam pelos portões levando-lhe seus tesouros, em sinal de rendição. Quase todo o Império Sírio se entregou a Euergetes sem luta, e isso porque Seleucos Kallinikos e a mãe pareciam fracos demais, na ocasião, para lhes opor a devida resistência.

Outros dizem que Euergetes não foi além da Babilônia, onde se instalou, desfrutando belos guisados, bem como fizeram Alexandre e suas tropas, cem anos antes. A Babilônia já era bastante longe, mas não chegava a ser a Índia. Talvez, no final das contas, Euergetes merecesse mesmo o apelido de Trifon.

Ah, sim, esse rei foi magnífico em seus êxitos no exterior, quase tão magnífico quanto o próprio Alexandre, mas não estava dando a devida atenção ao Egito.

*

No quinto ano da ausência de Euergetes, tanto Anemhor quanto Lisímaco enviaram novas mensagens informando sobre os problemas domésticos, dizendo que a elevação do rio estava baixa outra vez — chegava apenas a oito cúbitos, um palmo e cinco dedos de altura — e que a situação estava pior no Egito que qualquer homem conseguia se recordar. Não porque Berenice Beta e Lisímaco não fossem bons administradores. De modo algum. Era um desastre natural, e a reação dos egípcios a isso era sempre a mesma — mostrar sua violência. A *razão* para a deficiência da cheia era a ausência do faraó.

Anemhor escreveu a Sua Majestade: *O faraó é pessoalmente responsável pela baixa elevação do rio. O desastre se abateu sobre nós porque o faraó saiu do Egito. Imploramos ao faraó que retorne.*

Euergetes permaneceu onde estava. Enviou mensageiros para casa com ordens sobre o que precisava ser feito: que as tropas esmagassem os rebeldes; que grãos fossem mandados da Síria, da Fenícia e de Chipre, não importando o que custassem; mas ordenou também a Lisímaco que usasse bem o bastão. A resposta de Euergetes aos problemas era o emprego da força. E aumentar os impostos no Egito para pagar a campanha de guerra, que agora já durava mais do que se poderia imaginar.

As insurreições não diminuíram, mas, ainda assim, Euergetes recusou-se a ir para casa, dizendo apenas: *Quando estivermos fartos da guerra... somente quando obtivermos nossa vitória. Além do mais, nossa esposa não quer nos tocar. Assim, não temos nenhuma boa razão para nos apressarmos a retornar ao Egito.*

Quando chegaram notícias de revoltas mesmo em Cirene, era sinal de que a situação estava ruim, ruim ao extremo, porque Euergetes havia levado para a Síria quase todas as forças armadas egípcias. Pior, os poucos milhares de soldados macedônios que foram deixados para trás tinham dado apoio aos egípcios nativos que reivindicavam um faraó nativo e estavam disseminando o ódio contra Ptolomeu no Alto Egito.

Anemhor enviou uma mensagem a Sua Majestade dizendo: *O Egito já não suporta mais a opressão. Sabedoria de Ani: Observe a festa do deus e repita-a na época devida. Deus se irrita quando você o negligencia.*

Berenice acrescentou sua voz, escrevendo a ele: *O Egito sente a falta de um faraó. Suplicamos a você que volte para casa.* E então: *Não vemos o rosto de nosso marido há cinco anos, ou seja, por 1.825 noites.*

Talvez agora, pensou Euergetes, *essa minha esposa possa estar mais disposta a abrir a porta de seu quarto.*

Agora, pelo menos, ele ordenou às tropas para que marchassem para Mênfis, mas primeiro indicou Antíoco, um de seus amigos, como governador da Kilikia e do oeste e Xantipos para governar o leste, para além do Eufrates. Voltou para casa carregado de butins: cobre em vastas quantidades, espadas, elmos, carruagens, vasos, panteras e leões, riquezas pilhadas sem fim, e 40 mil talentos de prata. Mais notável ainda: em sua carga havia 2.500 vasos sagrados e estátuas de ouro que haviam sido levados como pilhagem por Cambises durante o domínio persa sobre o Egito, aproximadamente trezentos anos antes. Euergetes pretendia devolver tais tesouros aos donos de direito, os templos, num gesto planejado para torná-lo popular. Agora, ele fizera por merecer o título de *Euergetes*, isto é, o *Benfeitor*, tornando-se *o rei que trouxera de volta os deuses.*

Euergetes reconquistara toda a costa da Fenícia, o que significava madeira para navios, mais do que ele era capaz de utilizar, os melhores construtores de navios do mundo, os melhores navegadores do Grande Mar. Também reconquistara Tiro e Sidon. De modo que o Egito controlava os extremos das grandes rotas de camelos que vinham do Petra, ao norte, da Babilônia e de Damasco, a oeste. Isso significava especiarias para as cozinhas do palácio e incenso para os rituais do templo, tantos artigos de luxo que o Egito não imaginava existir.

Tais coisas fizeram Euergetes sorrir um sorriso mais largo do que o habitual meio sorriso do Senhor das Duas Terras. E mal havia sido disparada sequer uma flecha, mas era tão bom quanto uma conquista, só que alcançada sem batalha. Era o maior de todos os triunfos militares já alcançado por um Ptolomeu, uma vez que o melhor tipo de vitória é aquela sem sangue, na qual o inimigo se rende sem que se erga sequer uma espada.

Sua Majestade retornou em paz ao Egito, com sua infantaria e seus carros de combate, trazendo consigo toda a vida, estabilidade e domínio.

Quando Anemhor se encontrou com ele nos portões de Mênfis, ele disse: *Agora que ele está em seu palácio de vida e domínio, como Rá em seu horizonte, os deuses do Egito o saúdam, dizendo — Bem-vindo, nosso filho bem-amado, Ptolomeu, o filho de Rá, bem-amado de Amon, a quem foi dada a vida!*

Euergetes inclinou a cabeça, em agradecimento.

Quanto a Berenice Beta, ela havia se saído condignamente. Não traíra o Egito em favor dos selêucidas. Lisímaco e Anemhor asseguraram ao rei Ptolomeu que a regência temporária de sua esposa não merecia nenhuma crítica e que as revoltas não haviam sido por culpa dela.

Euergetes e Berenice Beta tomaram uma barcaça rio acima para mostrar ao povo que o faraó havia voltado e que o Egito retornaria ao seu estado de tranqüilidade, pois ele estava devolvendo pessoalmente as estátuas roubadas aos templos aos quais pertenciam.

Então, esse rei falou a seus conselheiros:

O que devemos fazer?, perguntou a Anemhor, para agradar aos egípcios.

Anemhor disse o que pensava: *Deus deseja o bom tratamento do povo pobre mais que o respeito ao nobre. Todo homem que sofre uma injustiça, todo aquele que se crê prejudicado — ele deseja que essa voz seja ouvida.* Ele disse: *Sua Majestade deve escutar os egípcios. Precisa ouvir o povo.*

Euergetes instalou-se então no salão de audiências, recebeu seus súditos, escutando-lhes as queixas. Ajudou os egípcios em tudo o que pôde.

Quando Ptolomeu Euergetes voltou para casa, a campanha na Síria prosseguiu sem o faraó. Seleucos Kallinikos enviou navios de guerra contra as cidades da Ásia que se haviam revoltado contra ele, mas os perdeu todos numa súbita tempestade, como se os deuses desejassem se vingar pelo assassinato de Berenice Syra e seu filho. Tiche abandonou Seleucos, deixando-o sem nada do poderoso aparato militar, à exceção do corpo nu, sua vida e uns poucos companheiros, em meio aos destroços do naufrágio de sua frota.

O resultado do naufrágio foi que as cidades que passaram às mãos de Ptolomeu por ódio a Seleucos mostraram uma súbita mudança de posição, como se a destruição da frota fosse o castigo devido aos deuses, e consideraram que ele não merecia mais nenhuma punição. Assim, colocaram-se de volta sob seu comando.

Mas por que isso aconteceu? Quando as notícias sobre o assassinato do filho de Berenice Syra foram divulgadas, a postura do povo sobre o assunto mudou. Já não havia ninguém, a não ser o próprio Seleucos, que pudesse se tornar rei. Assim que Euergetes foi embora com o exército, visando punir o restante do império selêucida, os governantes locais tornaram a apoiar Seleucos. Afinal de contas, Ptolomeu Euergetes era um estrangeiro, um egípcio, originariamente seu inimigo.

Assim, Seleucos se tornou, afinal, capaz de sustentar uma guerra contra as forças de Euergetes, que o derrotaram em batalha, apesar de nem mesmo Seshat saber dizer onde foi travada. Pareceu a muitos que Seleuco havia nascido destinado a ser apenas um joguete da Fortuna, recebendo o poder real apenas para que o tirassem dele. Assim, ele fugiu, temeroso, para Antiokéia, não muito mais assistido que antes do naufrágio.

De Antioquia, Seleucos enviou uma carta ao irmão mais novo, Antíoco, pedindo ajuda e oferecendo-lhe como recompensa a parte da Ásia que fica além do monte Tauros. Antíoco, apesar de ter somente 14 anos, era ávido de poder e agarrou a oportunidade como se fosse um ladrão. Foi assim que granjeou o nome de *Hierax* — Falcão — por conta do modo como agarrava as posses alheias — não tanto como um ser humano, mas mais como uma ave de rapina.

O contra-ataque de Seleucos Kallinikos avançou para o sul até Damasco e Ortósia, na costa da Fenícia, sitiada pelas forças de Ptolomeu. Seleucos Kallinikos recuperou tais cidades. Então, tentou avançar ainda mais para o sul, mas no oitavo ano de Ptolomeu Euergetes, ocorreu a espetacular e desastrosa derrota de Seleucos Kallinicos em algum lugar da Palestina. Seshat nada sabe sobre isso, nem o nome da batalha nem seus detalhes. Alguns afirmam que Seleucos Kallinikos fez uma corajosa tentativa de invadir o próprio Egito, mas foi rapidamente rechaçado. Talvez tenha sido essa a batalha mencionada.

Logo depois, Ptolomeu Euergetes assinou o novo eterno tratado de paz com a Síria, quando os oráculos egípcios e os horoscopistas gregos fizeram todo o possível para interpretar o significado do Eterno. Nesse caso, as previsões estimaram uma duração de vinte anos para a paz. A duradoura paz foi uma soberba realização desse faraó.

Para celebrar o resultado favorável da Terceira Guerra Síria, foram fabricados selos ao estilo grego que exibiam a cabeça de Berenice Beta. Agora, ela era chamada de *Thea Euergetis*, a deusa Euergetes, e mostrada com os cabelos curtos, já que estes estavam pairando entre as estrelas. Euergetes mandou cunhar moedas de ouro e de prata nas quais ele envergava um diadema feito dos raios e chifres de Zeus-Amon. Esse era Euergetes como Hélio, o Deus-Sol, de igual para igual com Rá. Era tanto quanto Zeus-Amon, ou o próprio Amon dos egípcios. Era Poseidon, senhor dos mares. Era Hermes, ou Thot, grande, grande, grande. Infindáveis e divinas honrarias eram derramadas por ele sobre os sumos sacerdotes por suas vitórias. E tudo isso era bom para o Egito, muito bom.

O que, então, todo esse sucesso significou? Euergetes havia triunfado sobre a Síria e os selêucidas, sem dúvida, mas tudo isso no final demonstrou tratar-se de um triunfo temporário. Ele havia carregado consigo tudo o que pudera, mas será que pretendia manter controle para sempre sobre os territórios do leste? Talvez, não.

Não tenho grande desejo de ser rei de terras que pertenceram ao velho Seleucos, disse ele à esposa. *Como poderia eu controlar a Índia, se vivo no Egito? Um governo egípcio no leste não pode durar para sempre. Para governar esses lugares remotos, teríamos de manter imobilizados lá para sempre milhares de soldados.*

Não, Euergetes estava muito mais interessado na costa da Anatólia e na costa da Fenícia, onde sua frota tomou à força todos esses territórios selêucidas do litoral. Possuir terras na Trácia significava mais para Euergetes do que controlar a Babilônia e o leste da Mesopotâmia. Havia reconquistado a Kilikia, a Panfília, a Iônia, a Trácia e o Helesponto, ricas terras de fala grega, onde as populações ao menos poderiam entender o que ele lhes dizia.

O que vou querer com territórios bárbaros?, dizia ele. *Significam mais problemas do que valem em riquezas.* Gradualmente, ele recuaria do leste. Se tiver a extrema gentileza de olhar o mapa, Forasteiro, verá que o império de Euergetes compreendia a totalidade das terras costeiras da parte leste do Grande Mar, da Líbia até a Trácia — com apenas algumas poucas falhas, onde a Trácia fazia fronteira com a Macedônia. Isso significava que tinha completo controle sobre a metade leste do Grande Mar. Ele havia garantido a supremacia militar do Egito pelos próximos quarenta anos.

E quanto a Berenice Syra, que fora a causa da Terceira Guerra Síria? Euergetes a sepultara em solo estrangeiro? Ele a deixara para trás? De modo algum. Euergetes executou os devidos rituais funerários antes de deixar Antioquia, queimando o corpo da irmã sobre uma grandiosa pira funerária, e depois recolheu ossos e cinzas. Carregou consigo os restos mortais da irmã até a Babilônia, para que lhe lembrassem da razão do que fazia. E depois a transportou para casa num jarro de barro do mesmo tipo daqueles em que seu pai mandava para ela, na Síria, água do Nilo, exatamente como os horoscopistas haviam previsto.

As cinzas de Berenice Syra foram então colocadas numa prateleira no túmulo de Alexandre, ao lado dos restos de seus ancestrais. Euergetes derramou as libações funerárias para a irmã, de quem ele tanto gostara, com as próprias mãos. Fez então orações e oferendas a todos os deuses, pedindo a paz, mas especialmente a Serápis. E, acima de tudo, rezava agora por um filho, um herdeiro para o Egito, de modo que a sucessão estivesse assegurada. Essa prece, ao menos, lorde Serápis ficou contente em atender, já que, com o fim da Guerra Laodikeana, o faraó finalmente conseguiu deitar na cama da esposa. Ah, sim, Berenice Beta, menos perturbada agora pelo fantasma, parou de trancar a porta do quarto para impedir a entrada dele. Agora, quando o rosto de Demétrios Kalós chegava perto do seu, ela estremecia, mas não de medo, e sim de prazer.

3.8

Teia de aranha

Quando Ptolomeu Euergetes voltou para casa, descobriu que as despesas da guerra haviam sido tão colossais que a mera venda de títulos não poderia recuperá-las. Todo homem que possuía o bastante para pagar para ser Amigo do Rei já o havia feito. Agora Sua Majestade tinha de aumentar os impostos, de modo que o fardo caiu pesadamente sobre os egípcios, que não recebiam nenhuma vantagem em retribuição. Então, ele tornou as coisas ainda piores, instalando um grande número de prisioneiros de guerra em fazendas do distrito do Lago, transformando-os não em escravos, mas em inquilinos do rei, com muitos privilégios. Os fazendeiros egípcios viram tais imigrantes serem mais bem tratados que eles próprios — e não gostaram nada disso. Começaram então a alimentar pensamentos de se livrarem desse faraó estrangeiro, que cobrava impostos colossais sobre o óleo, as tâmaras, os grãos, o linho; ah, sim, sobre todos os animais dos campos, até o último porco.

Berenice Beta instava o marido a não aumentar, mas a baixar os encargos. *Conquistamos um grande triunfo*, dizia ela. *Seu povo deveria poder se sentir feliz. Você deve fazê-los sorrir. Deixe que paguem menos, reduza os impostos.*

Anemhor dizia o mesmo: *Sua Majestade faz os egípcios trabalharem demais. Eles estão exaustos.* E disse ainda: *Um homem cansado é um homem com raiva.*

Enquanto isso, a intranqüilidade crescia. Gregos ganhavam narizes ensangüentados. Braços e pernas de egípcios eram quebrados. Brigas de murros e selvagens espancamentos eram relatados todos os dias. Mesmo na grega Alexandria havia revoltas contra o preço do pão. Em Mênfis, as residências do governo grego foram incendiadas. Embora houvesse paz no estrangeiro, não havia mais fim para a guerra doméstica.

Mas ninguém diria a Euergetes o que ele deveria fazer. Ele próprio enfurecido, agora, fez o contrário do que Berenice e Anemhor aconselhavam. Ordenou medidas ainda mais opressivas, estritos toques de recolher, multas mais pesadas, sentenças mais rigorosas para quem praticasse a violência. Declarou que as medidas eram temporárias, mas prolongou o uso delas por tanto tempo que a opressão começou a parecer permanente. A nenhum homem era permitido deixar sua casa depois de escurecer. Ao invés de reduzir os impostos, aumentou-os ainda mais, de modo que o Egito inteiro rosnava de ódio.

Quando as notícias deram conta da piora da situação, Euergetes sentou-se com a cabeça entre as mãos em seu palácio em Mênfis, sem saber o que fazer. Quando os fazendeiros marcharam sobre seu palácio em Mênfis e passaram a manhã cantando sob a janela das aparições, Euergetes começou a gritar também — e só para ordenar que chamassem o exército para aplicar-lhes uma surra com bastões.

Diga-lhes que o faraó usará a espada se eles não se dispersarem, gritou, *e todos eles serão retalhados.*

Berenice Beta não gritou. Disse apenas: *Uma demonstração de violência não vai resolver seus problemas. A violência só fará com que o odeiem ainda mais. Escute o que dizem. Preferem morrer a viver sob um tacão desses. Ao invés de sempre aumentar o preço do milho, você deveria baixá-lo, como fizemos em Cirene.* Claro, ela havia aprendido a cometer um assassinato, mas também aprendera o que era a misericórdia e a compaixão. Seu apoio à *Moderação em todas as coisas*, inclusive nos impostos, vinha de seu pai, Magas.

E, assim, Euergetes chamou o *dioiketes* e disse: *Diga-lhes que o preço do milho será cortado pela metade.* O exercício do poder do faraó era simples assim. Os impostos sobre o milho foram reduzidos imediatamente, pois a palavra do faraó é lei. O canto de insultos deu lugar ao canto de *Ptolomaios, Ptolomaioss, Ptolomaios*, a canção de vitória penetrou as janelas do palácio, e a multidão se dispersou em paz.

Euergetes, estimulado por Berenice Beta, esforçou-se ao máximo para alimentar o Egito, embora a barriga do povo continuasse a roncar. Da vez seguinte que os nativos se recusaram a pagar seus impostos, ele os cancelou, a todos, e importou ainda mais milho da Síria, da Fenícia e de Chipre, províncias agora sob seu controle.

A paz finalmente retornou ao Egito. Agora não havia necessidade de Euergetes se manter preparado para a batalha. No grande banquete para celebrar o final da guerra, Euergetes ergueu o escudo, dizendo: *Que as aranhas teçam delicadas teias sobre minha armadura e que o grito de batalha jamais seja escutado novamente.* Os generais e almirantes, os Amigos do Rei, os Companheiros do Rei, os Primeiros Amigos e os Escudos de Prata de seu exército bateram as taças na mesa e o ovacionaram.

Pouco depois, Anemhor se sentiu possibilitado ao escrever ao sumo sacerdote de Amon, em Tebas: *Mais uma vez nossos filhos podem caminhar na estrada sem precisar carregar um sólido bastão. Estamos tranqüilos, aqui, no Baixo Egito. Nosso gado pasta em pântanos de papiros.*

3.9

Cerveja e cebolas

Na vez seguinte em que Anemhor foi ver o faraó, no entanto, ele tinha uma expressão solene. *Sua Majestade tirou muito do Egito*, disse ele. *Não desejará agora dar alguma coisa em retribuição ao seu povo?* Dessa vez, Ptolomeu Euergetes escutou com mais cuidado. Para agradar os nativos, ele concordou em realizar um festival pan-egípcio no dia em que se erguia a estrela de Ísis, no ano-novo: um festival a mais, um feriado a mais, para deixar o Egito feliz. Ele ordenou a distribuição de pão, cerveja e cebolas de graça nas Duas Terras inteiras, não importando o quanto isso custaria ao Tesouro. Seguindo a sugestão de Anemhor, fez oferendas aos animais sagrados da necrópolis de Mênfis, para a manutenção dos íbis e babuínos. Além disso, enviou milhares de gansos e galináceos aos templos.

Fez construir um novo templo para Latópolis, muitas obras menores para o templo de Tebas e ampliações para o grande templo de Min em Koptos, onde sua mãe ainda vivia, aquela outra Arsínoe, Arsínoe Alfa, de quem Ptolomeu Euergetes havia praticamente se esquecido.

Encorajado por tal êxito, Anemhor sugeriu a fundação de um grande templo para Hórus em Apollonopolis. *Para celebrar as grandes vitórias de Sua Majestade*, disse ele. *Deixe-nos fazer as adequadas oferendas de agradecimento a Hórus pela imensa generosidade. Hórus, que nos ajudou a vencer as batalhas.*

Euergetes descartou a idéia prontamente, no entanto: *Não, não*, disse ele, *um grande templo está bastante além de nossos recursos.*

Mas Anemhor estava mais autoconfiante agora, já tendo experimentado lidar com problemas assim, e não desistiu de seu pedido. Na vez seguinte, disse: *É o costume, Megaléios. É o que o deus exige em retribuição por lhe ter concedido vitória.*

Mesmo assim, Euergetes recusou-se a ajudar.

Depois da nona vez em que encaminhou o pedido de fundos, Anemhor elevou a voz e, irritado, deixou contrariado o salão de audiências. Mas retornaria uma décima vez, com estimativas revisadas do projeto.

Não podemos justificar uma despesa dessas, disse Ptolomeu. *O Egito não pode pagar isso. Acreditamos que já estamos fazendo mais que o necessário por seus templos.*

Chamavam Ptolomeu Euergetes de *o* Generoso, o Benevolente, o Gentil, e por vezes era porque isso era verdade; mas, por vezes, era porque ele dava, mas não dava muito. Era, em parte, um título sarcástico. Euergetes tinha lá seus momentos de generosidade, mas acima de tudo era um grande cobrador de impostos.

A paz e a persuasão de Anemhor fizeram Euergetes rever — a longo prazo — sua teimosia contra construir templos, embora olhasse primeiro para suas responsabilidades gregas; caso contrário, teria de enfrentar a raiva do próprio povo. Ele concluiu um templo em estilo grego para Serápis, em Alexandria, uma vez que Filadelfos não conseguira fazer muito mais que erguer o morro artificial no meio de Rakotis. Euergetes construiu o quadri-látero no topo do morro e a colunata interna, os salões de palestras, biblio-tecas e depósitos em torno da extremidade, espalhando colunas coríntias por toda parte. Os assoalhos e as paredes eram de mármore, com orna-mentações em ouro, prata e bronze. No extremo leste, ele ergueu uma es-tátua gigantesca em homenagem a Serápis, adornada com marfim e ouro, os braços estendidos quase tocando as paredes de ambos os lados. Na mão esquerda, ele sustentava um cetro; na direita, uma imagem de Cérbero, o cão de três cabeças do Hades. Ah, sim, porque Serápis, com o rosto azul-escuro, com as gemas preciosas que eram seus olhos, aquele que usava na cabeça não uma coroa, mas uma cesta alta que era a medida para o milho no Egito, era o protetor de Alexandria.

Euergetes aplainou a estrada de carga que subia pela face norte e pela face sul. Consertou o lance de duzentos degraus que levava ao grande pór-tico de entrada, com colunas gregas e um grande frontão grego sobre o qual Serápis estava reclinado, como a entrada do Partenon de Atenas, mas sen-do que, em relação a essa, Serápis era maior, muito maior, e infinitamente mais imponente. Não era obra de um rei que estivesse sem dinheiro.

Para a inauguração do Serapeion, Euergetes conduziu com Berenice o carro através do centro do quarteirão nativo. Nenhuma pedra foi atirada. Não se viu mão alguma erguida, raivosa, contra Suas Majestades. Na ver-dade, não havia necessidade de uma escolta de centenas de soldados, total-mente equipados para batalha, cercando-os.

Todos os dias, antes de amanhecer, o grande templo de Serápis era puri-ficado com fogo, os véus da sagrada imagem de Ísis eram tirados, e ela era exposta aos olhos dos fiéis, vestida com trajes sagrados, ornamentada com penas de abutre e com todas as pedras preciosas possíveis. Os fiéis a olhavam em silêncio assombrado, tendo esperança de testemunhar milagres.

Os sacerdotes de Serápis, usando túnicas de estrelas de sete pontas, es-caravelhos e a lua crescente, executavam o mesmo ritual três vezes ao dia, oferecendo libações, borrifando os fiéis com água fria impregnada do po-der que, emanando de Ísis, concedia a vida. Havia dança e música sagradas, hinos cantados para Ísis quatro vezes ao dia, oferendas de gansos e tudo o mais. Sem dúvida Serápis ajudaria o Egito a vencer seus problemas, reunindo gregos e egípcios no culto a um único deus. Serápis ainda poderia executar o milagre de combinar a paz no exterior com uma duradoura paz doméstica. Ele executou, pelo menos, o milagre de fazer crescer Berenice Beta, com uma criança.

3.10

Hórus chutador

Ao longo de seus nove meses de engordar no ventre, para onde quer que Berenice Beta olhasse, via somente maus presságios: no vôo das árvores, no grito das cegonhas, mas especialmente nos furiosos chutes do infante Hórus dentro de seu ventre intumescido, pois parecia que ele estava dançando antes mesmo de respirar seu primeiro ar — e não era uma dança de alegria.

Quando o novo Ptolomeu nasceu, os horoscopistas gregos repararam que isso se deu sob um planeta malfazejo, e as previsões eram praticamente as piores que se poderiam imaginar, tão ruins que nenhum homem se atrevia a cochichá-las: o filho nascido de Ptolomeu Euergetes e Berenice Beta estava destinado a assassinar os próprios pais.

Ptolomaios Ptolomeu, foi como chamaram esse filho, porque o pai disse: *E que outro nome poderíamos lhe dar?* E imediatamente Euergetes colocou o Egito na estrada para um novo desastre nomeando-o herdeiro do trono. Ah, sim, depois de sofrer tantas incertezas na juventude — primeiro, fora o herdeiro; depois deixara de ser; em seguida, fora o herdeiro de novo —, já nomeava o menino seu sucessor antes mesmo que completasse uma hora de vida, não importando como seria seu caráter nem se seria ou não habilitado a se tornar rei. A posteridade haveria de chamar tal menino de Filopator, amigo do pai. Embora esse título não fosse se fixar a ele até depois de crescido, Seshat tem de chamá-lo de

381

Filopator desde o começo, ou você, Forasteiro, correrá o perigo de confundir todos esses Ptolomeus.

Assim como Aquiles foi banhado no rio Estígio, para que se tornasse invulnerável, também Berenice Beta, embora fosse imune a todo *nonsense* supersticioso, banhou o filho em vinho. Talvez essa precaução realmente o tenha tornado invulnerável ao ataque de outros, mas não o tornaria imune aos ferimentos que ele próprio se infligiria. Banhar a criança em vinho era algo curioso de fazer, algo bem grego, equivalente a se dedicar a criança a Dionísio. Por acaso, Filopator passaria a vida adulta, de fato, nadando em vinho, chafurdando no culto a Dionísio, deus do vinho, deus do frenesi, o deus louco.

Berenice Beta deu a Filopator todos os talismãs gregos que servissem para protegê-lo da má sorte, das doenças e do mau-olhado e pendurou-os em seu pescoço por um cordão. Deu-lhe para dormir uma pele de asno. Inúmeros bebês no Egito morriam antes de completar seu primeiro aniversário. A mãe fez então o que era possível para manter a criança viva, mas os horoscopistas balançavam a cabeça, murmurando palavras sombrias: *Seria melhor se tivesse nascido morto.*

Apesar disso, ainda assim Filopator seria desafortunado. E, conforme se verificou, essas pequenas coisas foram tudo o que Berenice Beta fez pelo filho durante a infância. Não o pôs junto ao seio, mas deixou que uma ama cuidasse dele. Filopator teve permissão para mamar no seio de uma escrava, e há quem diga que com o leite ele absorveu um caráter de escravo. Quando começou a engatinhar — e depois a andar —, Berenice conversava com ele apenas para lhe dizer o que não deveria fazer, somente para encontrar falhas, de modo que Filopator cresceu pensando nela não com carinho e afeto, mas como aquela que lhe dizia *Não*, aquela que o criticava.

Não, essa mãe essencialmente masculina tinha pouco tempo para bebês e nenhum interesse em coisas de mulher. Havia sido criada para ser forte, para ser tão boa — e até melhor — quanto qualquer homem. Estava mais interessada em seus potros que em suas crianças. Tinha tempo para os cavalos, para montar, para qualquer arma egípcia, mas não tinha tempo para se devotar a cuidar de crianças. Era a faraó-mulher, a Grande Senhora das Duas Terras. A ama estava cuidando das crianças de uma rainha.

Ah, sim, a ama-de-leite de Filopator era Oinante de Samos, a bela jovem de cabelos negros e pele morena que por acaso também era a concubina de seu pai. Alguns a chamavam de Horrenda Oinante. Certos ou errados, a verdade é que essa mulher estava destinada a sofrer uma terrível morte, revoltantemente violenta, mas, quando jovem, ela era a Adorável Oinante, que em tudo cedia à criança, mimando-a, o menino que deveria se tornar o Senhor das Duas terras. Fazia o mesmo em relação ao pai.

Teria Oinante enfaixado o príncipe? Ah, sim, claro, porque Berenice a deixava fazer o que bem entendesse, contanto que não tivesse de escutá-lo berrando — o que, naturalmente, era o resultado de bandagens demasiadamente apertadas, com o propósito de alinhar-lhes os membros, seguindo assim o costume grego tão respeitado na época. Filopator, se não nasceu mal-humorado, cresceu irritadiço e rebelde — exibindo, na verdade, justamente as mesmas características de família que Ptolomeu Keranos e Ptolomeu Filho, mas ao menos suas pernas eram retas, boas para dançar. Os companheiros de brincadeiras não eram os filhos dos Melhores Amigos de Sua Majestade, mas os filhos da própria Oinante, que quando crescesse se tornariam inimigos.

Isso porque, é claro, Oinante nunca teria podido se tornar uma ama-de-leite se não tivesse dado à luz alguns filhos seus. Ela tinha duas crianças, escuras como as sombras, escuras como o corvo. Quem era o pai? Ninguém sabia, Forasteiro, nem mesmo Seshat sabe. Ou ninguém revelava. Era um "ninguém", de fato (a não ser, é claro, que fosse o próprio Euergetes...). Mas os filhos de Oinante não estavam destinados a ser ninguém. Agathocles de Samos e a irmã Agathocléia desempenhariam um terrível papel na história da Casa de Ptolomeu. Mas, na época, Oinante de Samos ainda era jovem, mal havia completado 17 anos, e seus filhos eram muito jovens — a crise que estavam fadados a fazer desabar sobre Alexandria e todo o Egito ainda seria gestada por trinta anos.

Agathocles e Agathocléia eram os irmãos adotivos de Ptolomeu Filopator. Oinante e suas crianças eram a sua família real. Euergetes e Berenice Beta estavam sempre ocupados demais com assuntos de Estado para prestar atenção nele. Ah, sim, e pagariam um alto preço por isso, o preço mais alto de todos.

Ptolomeu Filopator freqüentemente é chamado de mau Ptolomeu, Forasteiro, aquele que veio para fazer o mal. No momento, é suficiente que você saiba que ele nasceu, chorou, engatinhou, começou a andar e, antes de saber o próprio nome, uma filha nasceu para Berenice Beta, e a chamaram de Berenice, como a mãe, Berenice Mikra, para que uma não fosse confundida com a outra.

Foi de Euergetes a brilhante idéia de que Ptolomeu Filopator deveria se casar com a própria irmã, segundo o costume egípcio e seguindo o excelente exemplo de Filadelfos e Arsínoe Beta. *Isso fará os egípcios felizes*, disse ele, e desde o início, esse pai, no mínimo, criou o filho para olhar para a irmã como aquela que deveria se tornar sua esposa. Seria conveniente para o próximo Ptolomeu desempenhar o papel de Osíris com a irmã sendo Ísis: e o filho deles seria de fato Hórus. Os gregos alexandrinos já se haviam acostumado a tal extravagância, mas o ancestral horror dos gregos ao incesto ainda se aninhava no coração de Berenice Beta, que tinha calafrios só de escutar o marido mencionar esse assunto com tanto entusiasmo.

Ela disse: *Desaprovamos o incesto. É imundície, algo repugnante.* Contou ao marido a respeito das ovelhas de cinco pernas que vira em Cirene, o resultado de cruzamentos consangüíneos. *Desaprovamos totalmente*, disse ela, *que um irmão se case com a irmã. Como você pode sequer pensar em algo tão monstruoso?*

Mas Euergetes, muito ocupado abanando seu afugentador de moscas de ouro e seu *sappheiros*, fingiu que não a escutava.

Um casamento de irmão com irmã, prosseguiu Berenice Beta, falando mais alto, *seria um atroz insulto aos deuses. Desaprovamos totalmente tal coisa.*

Euergetes deu uma pancada com o afugentador de moscas na mesa folheada a ouro. *Casar com a irmã*, disse ele, também em voz bastante alta, *é um costume em minha família... Por direito, eu próprio deveria ter me casado com minha irmã, Berenice Syra. E se assim tivesse sido, a pobre mulher ainda poderia estar viva. Sou o faraó e não vou discutir. O costume de casar com a irmã agrada aos egípcios.*

Parecia ser sua última palavra sobre o assunto. Tivesse ele odiado Arsínoe Beta ou não, era evidente que havia escutado muito bem toda a insistência dela em relação à pureza do sangue real. E assim, claro, mesmo Berenice Beta, essa mulher forte e guerreira, pressentiu que deveria se calar. Consolou-se com o pensamento de que, pelo menos, o vergonhoso casamento não poderia acontecer senão dali a muitos anos; não havia garantias de que ambas as crianças sobrevivessem até lá. *Não*, pensou ela, *ainda não precisamos atiçar o problema a respeito do casamento de nossos filhos. O casamento pode até não acontecer.* E, assim, o assunto foi deixado de lado.

Na ocasião do nascimento de Ptolomeu Filopator, o sumo sacerdote de Ptah veio trazer os mais sinceros votos e presentes em objetos de ouro, além de mencionar a satisfação pelo nascimento de mais um membro da família. Fez o mesmo quando Berenice Mikra nasceu. Mas dessa vez levou o faraó e a rainha para o terraço depois de escurecer e, apontando para os céus, disse: *Erga os olhos, por gentileza, Megaléios,* disse ele. *Por favor, olhe para cima, Megaléia.*

Os pais vergaram a cabeça para trás, olhos vasculhando o céu noturno, reparando com satisfação que os cabelos de Sua Majestade ainda estavam pendurados lá no alto, cintilando, entre as estrelas.

Quando uma criança nasce, disse Anemhor, *uma nova estrela aparece.* E apontou para a nova estrela que era a estrela de Berenice Mikra, próxima à constelação que eram os cabelos da mãe, que haviam sido roubados pelos deuses, e disse: *Essa estrela é tão brilhante porque é a estrela de uma nova princesa do Egito.*

Ptolomeu e Berenice contemplaram a grande escuridão pontilhada de milhões e milhões de estrelas, pensaram em todas as crianças gregas que correspondiam àquelas estrelas, bem como em todas as crianças egípcias, e sorriram, achando a idéia muito sedutora.

Anemhor não contou o que acontece com as estrelas quando as crianças morrem. *Haverá tempo de sobra,* pensou, *para contar o que acontece quando a criança morre.*

Euergetes ficou muito ligado à idéia de Berenice Mikra se tornar mulher do irmão, achando que seria um arranjo útil para o filho, assim como

Berenice Beta fora útil para ele próprio. Por conta disso, criou-a sabendo cavalgar, conduzir carros, conhecendo a arte de comandar frotas de navios e exércitos de soldados; ela deveria desfrutar a mesma educação rígida que a mãe tivera em Cirene. Evidentemente, a mãe aprovava tudo isso.

Você está certo, marido, disse ela, pensando na tragédia de Berenice Syra. *Berenice Mikra tem de aprender a tomar conta de si. Ela deve ser até melhor que a pobre Berenice Syra.* E ela seria exatamente como a mãe, uma enérgica sobrevivente, sem medo de nada.

Os horoscopistas e videntes gregos — idosos, barbudos, sem tomar banho — entraram arrastando os pés no salão de audiências e sussurraram, no entanto, que o sexto dia do mês não era propício para o nascimento de uma criança e por isso, contrariando as expectativas dos pais, a vida de Berenice Mikra seria curta. Euergetes gritou com eles e mandou-os embora sem lhes pagar nada.

Ainda assim, os pais iniciaram Berenice Mikra desde nova no caminho da força, na orgulhosa tradição de seus ancestrais femininos. Berenice Beta, que não tinha muito tempo para crianças, conseguiu se forçar a amar essa filha, quando ela atingiu idade suficiente para ser erguida para o dorso de um cavalo e aprender a montar. Ah, sim, essa pequena garota seria dura e corajosa, assim como ela própria. Tanto o pai quanto a mãe amavam a filha de temperamento gentil, bem como também a amavam porque ela era — junto a Ptolomeu Filopator — o glorioso futuro da dinastia.

Vamos ficar bem melhor sem sombrias predições para o futuro, disse Euergetes, e Berenice Beta concordou com ele. Tentaram ser pais modernos, ignorando as velhas superstições gregas e ridículos horóscopos — lixo inútil e anticientífico, que servia apenas para despertar gargalhadas. Euergetes preferia as ciências exatas, nada desse falso conhecimento dos signos do zodíaco, no qual os planetas deveriam controlar o destino dos homens, e não os deuses. Tantas e tantas vezes fora demonstrado que os horoscopistas estavam errados e que eram absurdos. No entanto, o que aconteceu foi que dessa vez os horoscopistas estavam certos.

*

Ptolomeu Filopator ensaiava os primeiros passos, começando a perseguir Agathocles pelo *gynaikeion*, e Berenice Mikra estava começando a engatinhar quando uma terceira criança aterrissou aos pés de Berenice Beta, um segundo filho, sobre quem os presságios e as previsões dos horóscopos, dos quais seus pais se recusavam a tomar conhecimento, eram confusas. Por um lado, ele seria bom, corajoso, forte, um ótimo soldado, mas, por outro, se Euergetes mantivesse a tradição da família, seria seu destino jamais alcançar idade avançada. Todos os filhos que nascessem depois do primogênito estavam fadados a morrer no mesmo dia que o pai — e violentamente. Naquele momento, eles varreram tal pensamento dos corações, como se usassem um esfregão, e tentaram pensar em coisas agradáveis.

Não vamos chamá-lo de Ptolomeu..., disse Berenice Beta. *Já temos mais do que o bastante de Ptolomeus na família... Vamos chamá-lo de Magas, em homenagem ao meu amado pai.*

Dessa vez Berenice Beta, como já não era tão freqüente acontecer, foi atendida.

Se o primeiro filho estava destinado a se voltar para o mal, o segundo seria muito melhor, mas tal era o caráter de seu pai, que independentemente das dúzias de vezes que Berenice Beta levantou a questão nos cinco, dez, quinze anos seguintes, ele manteve a palavra a respeito da sucessão, recusando-se a mudar de idéia.

Já tomei minha decisão, disse para a esposa, *e não vou voltar atrás. Não cometeremos o mesmo equívoco que meu pai na questão do herdeiro. O filho mais velho deve ser o faraó. O mais velho.* Por 23 anos, ele se recusou a agir sensatamente e tornar o filho mais novo, o melhor, seu herdeiro.

E talvez isso tenha acontecido em parte pelo fato de os horoscopistas que ele desprezava terem lhe soprado ao ouvido que o destino do novo Magas era se tornar um *loutrodaiktos*, alguém a ser assassinado no banho, como Agamenon. Não, Euergetes recusava-se a lhes dar ouvidos. Talvez fosse o Benfeitor, o Magnânimo, mas era tão teimoso quanto o pai.

Bem no começo da vida de Ptolomeu Filopator, então, as sementes dos problemas estavam plantadas, e haveria problemas, não no estrangeiro, nem no Alto Nilo, mas dentro do palácio, dentro da família. Ah, sim, tão certo quanto o Sol se levanta toda manhã na forma de uma bola alaranjada e é saudado pelo cântico dos macacos de Rá, o sangue iria jorrar.

Cerca de um ano mais tarde Berenice Beta deu à luz outro filho, a quem chamaram de Alexandros. A não ser que algum terrível acidente ou que alguma exótica doença africana liquidasse com os dois irmãos mais velhos, esse garoto jamais se tornaria faraó. Não importaria nem mesmo se lhe dessem o nome de Ptolomeu. Seu único propósito na vida era ser o filho sobressalente, a não ser que algum desastre despencasse sobre os outros. Era um príncipe descartável, assim pensou a mãe, o filho que teria de morrer para que o faraó pudesse viver.

Dois anos mais tarde, nasceu um quarto filho, cujo nome ninguém depois conseguiu se lembrar e sobre quem se aplicavam as mesmas palavras que foram ditas acerca de Alexandros. Ele também deveria morrer. Mas Seshat diz: *Que ele seja chamado de Lagos, um bom nome de família entre os Ptolomeus. Que não seja esquecido, mesmo que este seja o nome errado. Sem um nome, um homem está condenado para todo sempre.*

Muito cedo ainda na vida de Ptolomeu Filopator, Anemhor pediu a seus artesãos egípcios do templo de Ptah para confeccionarem uma jóia, ou melhor, um camafeu, de sardônica, que mostrava o príncipe emergindo de uma flor de lótus. Era o mais belo dos trabalhos egípcios, um presente digno de um faraó, e mostrava o príncipe menino usando o *pschent*, isto é, a dupla coroa do Alto e do Baixo Egito. O cacho de Hórus da infância estava enrolado em sua orelha. O primeiro dedo da mão direita apontava para a boca. Era Ptolomeu Filopator como Harpocrates, o jovem Hórus. Desde o começo, Oinante criou esse filho do rei com muita condescendência e frouxidão. Ele não precisava fazer o que lhe diziam — exceto quando era a mãe quem falava. Oinante fazia tudo o que ele pedia, arranjava-lhe brinquedos mecânicos, filhotes de leopardo, pássaros canoros — tudo o que ele queria, e Euergetes fazia o mesmo. Ninguém dizia não ao garoto que deveria se tornar o faraó — à exceção da mãe. Se ele não desejasse se exercitar no *gymnasion* sob o calor do sol nem praticar a arte do manejo da espada, não era forçado a fazê-lo. Todos os oráculos previam vinte longos anos de paz. Euergetes disse que Filopator deveria aprender sobre as armas somente mais tarde.

Mas, é claro, para que um garoto cresça como um guerreiro, ele deve começar bem cedo. Percebendo isso, Arsínoe Beta fizera o que era certo em relação a Ptolomeu Filho, embora com resultados desastrosos. Euergetes, pensando evitar um tal resultado com Filopator, caiu num erro diferente.

O problema com Filopator era o oposto do que aconteceu com Ptolomeu Filho, que teve de abandonar sua infância sem aprender a obedecer a ordens. Ptolomeu Filopator cresceu com excesso de instrução. Não lhe deixavam nenhuma hora do dia sem ocupações. Ele tinha de ficar sentado junto a Eratóstenes para aprender matemática, geografia e todas as ciências existentes sob o Sol. Euergetes tornou a vida desse menino tão precisa, tão ordenada, que ele ficou propenso a se rebelar contra a ordem.

Magas, por outro lado, foi treinado desde muito jovem para ser um soldado, um general. Sua vida se passaria ou mantendo a paz do pai ou preparando seu exército para a próxima guerra; ele poderia, pelo menos, ver alguma coisa do mundo, fora do Egito, até ter de morrer. A vida de Filopator não seria nada a não ser petições, despachos, papiros, construção de templos, nada a não ser o ritual, e ele ficaria sempre em sua terra, pois era fatal — como havia descoberto Euergetes — para o faraó deixar o Egito. Os dois filhos cresceram, então, muito diferentes um do outro.

Ptolomeu Euergetes gostava de ler os escritos de Heródoto, a quem alguns gostam de chamar de pai da história, apesar de esse ser um dos títulos de Thot. Nas *Histórias*, de Heródoto, Sua Majestade lê: *Como Torná-los Efeminados: primeiro, proíba-os de possuírem armas de guerra; segundo, ordene que usem túnicas por baixo dos mantos e botas de amarrar nos tornozelos; terceiro, ensine-os a tocar a lira, a cantar e a dançar. Então, você os verá se transformarem em mulheres diante de seus olhos, ao invés de se tornarem homens.*

Essas palavras se referiam a populações subjugadas, sobre quem Heródoto escreveu: *Se você fizer essas coisas, não precisará temer que eles se rebelem.* Euergetes sorria ao ler isso. Mas poderia muito bem estar lendo instruções sobre *Como Transformar seu Filho em Filha*. Ah, sim, porque era isso, por assim dizer, que estava acontecendo com Ptolomeu Filopator.

Até o pai pensava: *Como é possível que um filho que receba uma espada de madeira e um escudo de couro se recuse a brincar com eles? Como pode um Ptolomeu tão pouco afeito à guerra ser bom para o Egito?* Mas, pensando melhor, concluía: *Ele vai amadurecer. Vai mudar quando se tornar um homem. Vai aprender a amar a guerra.*

Claro que Filopator quando crescesse amaria as armas — a faca, em particular —, mas não propriamente do jeito que o pai pretendia.

Ah, sim, Ptolomeu Filopator era o espírito belicoso sem gosto pela guerra, nenhum mesmo, e pouco interesse em fazer o que lhe diziam. Euergetes sabia qual fora o resultado de Ptolomeu Filho nunca ter levado a surra que merecia de Filadelfos. Ficou satisfeito de escutar a sugestão do sumo sacerdote: *As orelhas de um garoto estão em suas costas. Ele vai escutar quando levar uma surra.* Quando Filopator se recusava a obedecer ao professor de luta livre, o pai lhe batia. Quando se recusava a decorar as Odes Pítias, de Píndaro, ou a oração fúnebre de Górgias, o pai o surrava. A vara é uma parte importante da educação de qualquer garoto grego — pois de que adianta uma lição em gramática se ele não a escutar? De que vale receber uma aula de estratégia se o jovem se recusa a recordá-la? Euergetes achava que Filadelfos fora um tolo por não surrar Ptolomeu Filho. Não cometeria o mesmo erro. No início, Filopator urrava, mas era surrado com tanta freqüência, que começou quase a apreciar a dor, a sensação de calor, a delícia da dormência que tomava-lhe o corpo quando a vara golpeava-lhe as nádegas.

Aquelas sementes de problemas começaram a brotar, então, e o futuro de Filopator foi determinado para sempre quando ele viu pela primeira vez os Galloi, os eunucos de Cibele, a deusa da Frígia, em trajes amarelos, descendo a via Canopo dançando em meio a um frenesi, batendo seus tambores e címbalos e extraindo sangue de seus braços com lascas de pedras afiadas como lâminas. Sim, de fato, porque Filopator foi dominado pela ânsia de ele também fazer todas essas coisas.

Euergetes advertia o jovem, é claro, como todo pai de Alexandria alertava o filho: *Não se aproxime de meios-homens. Eles são loucos. Vão cortar fora seus testículos...*

A mãe advertia-o também, dizendo: *Afaste-se deles, os Galloi são perigosos.*

Teria sido melhor para Filopator e para o Egito se Euergetes tivesse banido de uma vez o culto a Cibele e expulsado os Galloi de seu império, mas Euergetes não baniu os seguidores da grande mãe porque ele próprio estava obrigado a reverenciar a grande mãe de todas as coisas; pois acreditava em sua grandeza, em sua importância. Não se pode abolir uma deusa, Forasteiro. Não se pode proibir o culto a uma deusa em cuja eficácia você próprio tem uma profunda e inabalável fé.

Mas o que quer que seu pai e sua mãe lhe proibissem de se aproximar — ou de sequer olhar —, Filopator necessitava fazer exatamente o oposto. O culto a Cibele seria parte da rebelião contra aqueles pais bem-intencionados, aqueles intrometidos pais que ele tinha.

Ptolomeu Filopator nasceu em meio ao sangue, como toda criança, mas cresceu amando a visão de sangue, a cor do sangue. Já sabia do tremor divino que o tomava quando o sangue do touro respingava-lhe o rosto durante os sacrifícios gregos. Ele se banharia em sangue. E se lavaria em sangue por toda a vida. Seu fim, como seu começo, seria sangrento.

Já Magas era bastante diferente. Não tinha a estranha obsessão do irmão por derramamento de sangue — exceto, talvez, como parte do seu interesse pela guerra e por toda a matança dos inimigos do Egito. Magas gostava de fazer as coisas do jeito grego, certo e bom, e nisso era muito parecido com o avô cujo nome herdara, o rei de Cirene. Não estava interessado num culto não-grego como o de Cibele. Por alguma razão, tudo deu errado com Ptolomeu Filopator, como se ele tivesse nascido sob a regência de um planeta desafortunado. E tudo deu certo com Magas — pelo menos até o momento. Ele cresceu equilibrado: um guerreiro, mas não belicoso demais. Daria um bom general das tropas do pai. Mas sob o velho estilo de fazer as coisas, não era provável que ele fosse general por muito tempo: o mais provável era que Magas fosse assassinado assim que Filopator subisse ao trono, uma vez que representava uma ameaça à segurança do irmão — e seus pais, é claro, sabiam perfeitamente disso. Na verdade, precisavam se certificar de que isso acontecesse. Era uma tradição da família os filhos mais novos serem assassinados; era como o herdeiro sobrevivia — matando todos os seus parentes homens.

Sem dúvida, você não deve supor, Forasteiro, que os faraós egípcios nativos houvessem feito algo diferente. Comportavam-se exatamente da mesma maneira, mesmo que a história se mantivesse em silêncio a esse respeito. Era esse o modo de agir no mundo inteiro nesses tempos violentos. Mas, não, Euergetes se propôs firmemente a mudar esse procedimento, e também não haveria assassinatos quando Filopator subisse ao trono. Não criara os filhos para se odiarem.

Do mesmo modo, no coração de Berenice Beta crescia cada vez mais forte a crença de que Magas seria um rei melhor para o Egito (e para Cirene), um rei muito melhor que Filopator. Mas a palavra do marido sobre sucessão parecia estar gravada em pedra. O coração de Berenice Beta estava tomado pelo desejo fixo de se ater aos velhos costumes. Ela pensava em como evitar que Filopator se tornasse rei. Em prosseguir nos assassinatos. Pensava em matar não Magas, mas Filopator, e se certificar de vez de que o melhor de seus filhos herdasse o trono. Ah, sim, as sementes de uma terrível tragédia estavam proliferando rapidamente e já se abrindo em brotos magníficos, que seriam galhos fortes e grandes.

3.11

Crianças escravas

Oficialmente, nunca houve senão rumores de que Euergetes fosse infiel à sua enérgica esposa. Ele oferecia um reluzente exemplo de virtude conjugal entre os reis da Casa dos Ptolomeu. Não se escutou sequer um pio sobre uma concubina, nem ao menos um sussurro sobre um garoto bonito. Mas basta você olhar para essas campanhas de cinco anos na Síria para ver o absurdo de tudo isso; bem sabemos, Forasteiro, que Berenice Beta não o acompanhou à Síria. Como poderia qualquer homem se conter por cinco anos, sem *aphrodisia*, e por todo esse tempo permanecer fiel à esposa, que estava em casa, no Egito? É claro que Euergetes teve outras mulheres. Seshat se lembra da verdade: quem lhe provia conforto era a bela Oinante de Samos, a grande ama real, cujos seios eram redondos, como grande maçãs maduras, bons para serem sugados por crianças. Talvez ela até estivesse com Euergetes na Síria, na Babilônia, em Ecbatana. Talvez ele a tenha pegado na Kilikia — seria uma das prostitutas dos soldados? A história, Forasteiro, é uma questão de reunir fragmentos, de ler as entrelinhas.

Como tudo o mais, havia dois lados nas histórias sobre Oinante. Segundo uns, ela era uma garota escrava, tirada da sarjeta. Segundo outros, era bem-nascida, fora raptada por piratas e vendida como escrava. Verdadeiro ou falso, isso pouco importa. O que interessa é onde Oinante terminou: no palácio, nos braços do faraó, onde se sairia bem, muitíssimo bem, e também causaria grandes problemas. No começo, tocava a flauta para Sua Majestade, mas também era boa na corneta e uma ótima tocadora de sambuca e tambor. Ela começou, então, amainando os ouvidos dele. E depois se viu dando de mamar a seus filhos. Daí começou a massagear as costas dele com dedos ligeiros, essa grega de Samos cuja beleza superava a da rainha Berenice Beta, e assim uma coisa levou à outra, até que Sua Majestade descobriu que Oinante era muitíssimo versada nas artes de Afrodite.

Oinante era a grande paixão de Euergetes, assim diziam. Fez com o rei coisas que Berenice Beta nunca sonhou em fazer, assim comentavam, coisas que somente as prostitutas faziam. Oinante não era altiva. Não exigia que só se dirigissem a ela chamando-a de *Megaléia*. Não era seguida aonde quer que fosse por um leão. Não era assombrada pelo fantasma sangrento do mais belo homem do mundo. Seu espírito não se vergava à lembrança de um assassinato sangrento. Os olhos não eram tristes, mas cintilavam repletos de alegria, plenos de ardis. Ah, sim, ardis, muito disso havia. Não, Oinante não havia praticado nenhum assassinato. Ainda não.

Ptolomeu Euergetes respirava sem atropelos, estava em paz. Tinha os cinco filhos, o herdeiro para o trono e três sobressalentes, a não ser que Hades resolvesse levar Filopator prematuramente. Tudo parecia ir tão bem na vida de Ptolomeu Euergetes, o Benfeitor, o Magnânimo, que à noite, ele buscava não os rijos músculos e a cama de ouro da esposa, mas a carne farta e macia e o colchão de penas de pombo de Oinante de Samos.

Oinante, a ama-de-leite, a garota da flauta, a concubina do rei, saíra-se extraordinariamente bem, não é? Mas e quanto aos seus dois filhos, tão jovens, Agathocles e Agathocléia? O que seria deles na corte do rei Ptolomeu? Oinante preocupava-se com a sorte deles, mas haviam tido o melhor dos começos, crescendo sob o mesmo teto que a realeza — o príncipe Ptolomeu Filopator e a irmã, a princesa Berenice Mikra, aqueles que seriam marido e mulher, o príncipe Magas, o príncipe Alexandros e o príncipe Lagos — todos brincando como se fossem sátiros e mênades. É uma cena atraente, todas essas crianças tão felizes, juntas, brincando, correndo pelo palácio despidas, já que estava quente demais para que usassem roupas; sim, despidas, sem nem ao menos os talismãs que deveriam afugentar os espíritos malignos. Seria melhor que mantivessem com elas aqueles talismãs, já que estavam cercadas pelo mal.

Foi o próprio Aristóteles que disse: *As crianças devem ter o menor contato possível com os escravos, sob o risco de elas próprias se tornarem escravas.* Nem Euergetes nem Berenice Beta pareciam, nem por um instante, refletir sobre tais palavras. Não, estavam ocupados demais cuidando do Egito para cuidar também de suas crianças. Ninguém no palácio pensava em impedir Ptolomeu Filopator de brincar com as crianças de Oinante. Você pode argumentar que Oinante não era propriamente uma escrava e que sua prole não era de filhos de escravos. Você pode até desejar censurar a própria Seshat por ter pensamentos arrogantes, mas continue a ler e verá que Seshat está certa, um milhão de vezes certa. Ela é a Senhora da Casa dos Livros, a cronógrafa e a cronóloga. Nunca se esqueça disso, Forasteiro.

Aos 4, 5 e 6 anos de idade, Ptolomeu Filopator, Berenice Mikra, Magas, Alexandros, Lagos, Agathocles e Agathocléia, brincando e brigando juntos, eram uma só família feliz sob o olhar vigilante de Oinante, mas o que eles fariam no futuro seria pior, muito pior, que o dano causado por discussões de crianças.

Há quem diga que as crianças que mamam dos mesmos seios desenvolvem uma proximidade que durará por toda a vida delas. Talvez seja por isso que Ptolomeu Filopator, Agathocles e Agathocléia de Samos tenham ficado tão próximos. No começo, eram risadas e muita alegria. Mas eles cresceram próximos demais. Quando já eram adultos, as risadas cessariam e a alegria terminariam em tragédia, uma tragédia grega tão assustadora quanto qualquer coisa que se tivesse escutado no mundo até então.

Embora tão jovens, as sedutoras e belas crianças de Oinante, mesmo com 6 ou 7 anos, não ficavam ociosas. Ócio era para os reis, para os príncipes como Ptolomeu Filopator. Agathocles e Agathocléia tinham de trabalhar para sobreviver. Na verdade Agathocles de Samos começou sua vida de trabalho muito novo, como aprendiz do homem que estrangulava os cães abandonados que perambulavam pelo palácio: cães velhos, cães loucos e os que jamais paravam de latir. Desde muito jovem, ele se tornou Agathocles, o estrangulador de cães; Agathocles, o estrangulador.

Agathocles já desde muito novo começou a cometer crimes contra Anúbis, o grande deus, e você pode apreciar pensar que, no final das contas, Anúbis tirou a mais doce vingança contra Agathocles por conta desses crimes de criança. Sem dúvida, no começo Agathocles chorava com ódio de si mesmo pelo que precisava fazer, mas aprendeu rápido a sufocar os ternos sentimentos. Aprendeu a não se importar em matar. Esse garoto não seria um moleirão como Ptolomeu Filopator, mas duro, o mais duro dos duros.

A sorridente Oinante lhe diria: *Um menino bonito que sabe usar suas mãos sempre será útil a alguém. Um menino assim poderá fazer de tudo. Ele terá certeza de ganhar para si uma pilha de decadracmas por toda a sua vida.* Ela o estimulava a prosseguir, sempre e sempre, nessa estranha carreira; instava nele o amor pelo dinheiro; incentivava-o mesmo a roubar o que pudesse; encorajava-o a pensar que nada era impossível.

E quanto a Agathocléia? Enquanto ela esperava que seus seios crescessem até quatro ou cinco dedos de altura, de modo a poder ganhar bem a vida com o belo corpo e se tornar, talvez, uma concubina do rei, tornou-se aprendiz dos acrobatas do palácio. Aprendeu a dar piruetas e a andar na corda bamba, a saltar de um cavalo a galope para outro, a engolir espadas, a encantar cobras, a jogar com bastões em chamas. Depois, dominou a arte de engolir fogo e exalava grandes nuvens de chamas pela boca. Aprendeu a manter os lábios sempre úmidos de saliva. Sabia exatamente quando inspirar e quando expirar, bem como quando segurar a respiração. Tinha o cuidado de nunca inspirar, nunca entrar em pânico. Com muita rapidez, ela aperfeiçoou a arte de expelir as melhores e as mais lindas chamas.

Todos os engolidores de fogo têm como expectativa se queimarem em algum momento — é o grande risco dessa curiosa profissão. Com freqüência, Agathocléia sofria de azias. No início, muitas vezes, ela engolia, o fluido inflamável por acidente, e precisava beber alguns litros de leite. Por toda a sua vida, arrotaria vapores inflamáveis. Mas tudo pode ser útil para uma mulher — ou quase tudo. De mais a mais, ela era tão hábil que jamais queimou os lábios. Nunca chegou a queimar nem ao menos um dedo. Quando ainda era bastante jovem, a menina Agathocléia foi declarada a melhor engolidora de fogo de todo o Egito.

Agathocléia, que brincava com fogo desde muito pequena, era tão dura quanto o irmão, se é que não mais.

Muito orgulhosa, Oinante lhe disse: *Uma menina com tais habilidades nunca terá falta de homens ricos para lhe cobrir de dinheiro.* Oinante era rica. Arsínoe Beta fora muito parecida com Sekhmet, a leoa, que expele fogo contra os inimigos. Mas a pequena Aghatocléia, *literalmente*, respirava fogo. No começo, não tinha inimigos para queimar. De modo algum. Alexandria amava Agathocléia, então. Ela faria inimigos mais tarde.

Grave os nomes dessas inteligentes crianças, Forasteiro, por favor. A história delas vai provocar muitos calafrios em sua espinha. Toda palavra aqui é verdade, não uma *história*, mas a *História*. E por isso é tão terrível. Agathocles e Agathocléia, que amavam brincar com o fogo e jamais queimavam os dedos, eram mais um casal de grande mariposas, cujo destino era revoar para dentro das chamas de uma lamparina de óleo e serem consumidas pelo fogo.

Seshat prossegue a contagem dos dias. O tempo voa como as asas do falcão, muito rápido. Na Grande Pompa realizada no ano em que Ptolomeu Filopator tinha 8 ou 9 anos, a procissão habitual tomou conta de Alexandria, como se a cidade estivesse presa a um feitiço, da aurora até o escurecer. Se você tiver a gentileza de voltar as páginas, Forasteiro, e passar os olhos sobre os relatos de Seshat a respeito da fabulosa primeira procissão, vai ter uma idéia de como era a Pompa no reinado de Ptolomeu Euergetes — isso equivale a dizer que era praticamente a mesma coisa, mas ainda mais maravilhosa, ainda mais extravagante; o excesso nos gregos era irrefreável e os gastos, mais arruinadores do que nunca. Mas os Ptolomeus não poderiam abrir mão da Pompa mesmo que o quisessem. De modo algum. Anunciar o final da Pompa equivaleria a despertar a comoção, insurreições, a revolução, seria como pedir pelo fim do microcosmo que era Alexandria.

Liderando essa Pompa estava a própria Oinante, a grande senhora gorda de Alexandria, soprando sua corneta de ouro, fazendo exatamente o que Aglaïs fez na Grande Pompa de Ptolomeu Filadelfos. Oinante havia engordado. Banqueteava-se com fartura, graças ao rei Ptolomeu, havia anos. Era a grande ama real (aposentada) do infante Hórus, mas ainda a grande concubina do rei. Oinante gritava e gargalhava como a gralha. Seus seios haviam estado na boca de Hórus por mil dias, e ela praticamente não pedira nada por isso. Naquele dia, o que ela pedira fora um lugar para ela e seus filhos na grande procissão.

Na frente da Pompa seguia a procissão da estrela da manhã Ósforos, personificada por um menino nu com asas de ouro, que sustentava uma tocha acesa para simbolizar a luz da estrela, tinha rosto e tronco de ouro, braços e penas de ouro, lábios de ouro e nádegas de ouro. Os cabelos dourados estavam feitos em pontas como as pontas da estrela que personificava, e ele ia montado no dorso de um grande cavalo branco com arreios de ouro. Esse garoto nu e de ouro era Agathocles de Samos, que havia caído nas graças por ser belo e por ser o filho de sua mãe.

Naquele dia, o jovem Ptolomeu Filopator foi ferido pelas flechas de Eros e sentiu-se já um pouco apaixonado por aquele garoto de ouro que acompanhava os galantes costumes gregos. Filopator dificilmente passaria um dia do resto da vida sem que tivesse Agathocles de Samos ao seu lado — ou em sua cama — sorrindo. Sem dúvida, foi como se Agathocles de Samos não tivesse as nádegas nem o *rhombos* pintados de dourado, mas de ouro maciço, e não temporária, mas permanentemente, uma vez que por conta dessas duas partes da sua anatomia ele granjearia poder e fenomenal riqueza — assim como a ruína.

No centro da mesma procissão seguia Agathocléia, vestida com túnicas douradas, como uma das *Nikai*, ou vitórias aladas. Também estava pintada de dourado da cabeça aos pés e não parava de sorrir, pois estava montada no dorso de um grande cavalo branco, e ficou acenando com tochas em chamas praticamente da aurora ao entardecer. E, sem dúvida, era como se a *bolba* e as nádegas dessa pequena menina fossem feitas de ouro, pois precisamente as mesmas palavras aplicadas ao irmão serviriam para ela. Ptolomeu Filopator também se sentiu um pouco apaixonado por Agathocléia. Ela também passaria a maior parte da vida na cama de Filopator, sorrindo, rindo, servindo-se de tudo o que era dele. Mas tais coisas repousam ainda no futuro. Por enquanto, a única pessoa com quem Filopator se importava era a própria irmã, Berenice Mikra, aquela que deveria ser sua esposa, que estava sentada ao seu lado, com os pais, numa cadeira de ouro, no Estádio, assistindo à procissão.

Euergetes achava que nada havia de tão mal assim em que esses rudes diabretes estivessem na Pompa, mas o mal estava feito: as crianças de Oinante haviam usurpado o lugar das crianças reais na procissão, e isso era uma assustadora antecipação do futuro. Por causa disso, as expectativas dessa família de escravos dourados elevaram-se um pouco acima do que seria o nível apropriado de suas vidas. A participação deles na Pompa seria cada vez maior, de modo que Oinante começou a pensar que não havia limite para as honras de que suas crianças poderiam desfrutar. Altos postos do governo poderiam lhes ser concedidos quando crescessem, ou satrapias em terras estrangeiras, ou talvez pudessem mesmo entrar para a realeza. Oinante instava os filhos adiante, exigia que avançassem cada vez mais, sugerindo-lhes toda espécie de comportamentos escandalosos.

A verdade, Forasteiro, é que Oinante de Samos, berrando às gargalhadas na cabeceira da Pompa de Ptolomeu Euergetes, achava que havia lhe sido reservada a melhor das sortes no Egito. No entanto, estava equivocada. Os gregos acreditam que sorte demais não faz bem aos mortais, pelo contrário, é exatamente a garantia de atrair a mais terrível das vinganças dos deuses. Mas os alexandrinos haviam parado de seguir muitos dos antigos costumes gregos. Haviam deixado de prestar homenagens aos deuses do Olimpo, pois a maioria deles preferia pôr as esperanças em Tiche, deusa da boa fortuna, e Dionísio, deus do vinho. Mas Oinante havia provocado os deuses, atraído a fúria deles — e seria punida.

Agathocles e Agathocléia: não esqueça os nomes deles, Forasteiro. São essas as presunçosas crianças douradas que por pouco não partirão em pedaços a Casa de Ptolomeu. Já haviam tomado o lugar da família real na procissão. Isso porque Ptolomeu Filopator, que poderia ser Ósforos, teve de ficar sentado de fora e assistir à procissão com os pais, os irmãos e a irmã, e ficou irritado, querendo participar da procissão como os amigos, com um pouco de inveja dos garotos plebeus que eram os jovens sátiros. Filopator era o herdeiro de todo aquele ouro, mas naquele dia não conseguiu ser pintado de dourado. Não, os trajes que teve de vestir não eram nada mais exóticos do que a túnica de estilo grego e o *kausia*, isto é, o elmo de feltro contra o sol da Macedônia, e ele se ressentia disso.

Filopator ficou emburrado o dia inteiro. Seu rosto, mesmo nas estátuas, teria essa aparência, emburrada, amuada, um tanto cruel. Sua expressão seria sempre a de uma criança mimada.

A maioria da família de Ptolomeu Euergetes, no entanto, parecia estar feliz naquele dia, a não ser, talvez, por um ou outro fantasma que perambulasse por ali. Ainda permaneceriam assim por algum tempo, embora não fosse destino deles ser felizes para sempre. De modo algum. Não, a verdadeira infelicidade viria mais tarde, uma inelutável infelicidade, como as grandes ondas cinzentas que estouravam nas praias de Alexandria no inverno, aterrorizantes, incessantes. Mas neste momento Alexandria estava razoavelmente tranqüila, e o Egito, em paz, tanto no exterior quanto internamente, e assim permanecera, em paz, por mais oito mil gloriosos dias.

3.12

Datas

Muito serenas, de fato, estavam as Duas Terras sobre a grande paz de Ptolomeu Euergetes, e a paz era tanta que parecia um bom momento para noivados na família de Anemhor. Horemakhet, seu filho, que acabara de completar 20 anos, entrou em acordo com o futuro sogro e casou-se com a bela Nefertiti, que tinha 15 anos. Ela já havia, fazia tempo, feito suas preces a Hathor, o Dourado, pedindo o que toda garota egípcia pede: *Felicidade e um bom marido.* Hathor agora tinha a satisfação de lhe conceder ambos os pedidos. Ah, sim, a família do sumo sacerdote era genuinamente feliz, muito diferente da do rei Ptolomeu.

Horemakhet murmurou a letra dos hinos de casamento egípcios nos ouvidos da esposa, sua amada:

> *Não tenho medo das profundezas*
> *Nem medo do crocodilo.*
> *O rio é como terra seca para mim.*
> *O amor me dá força,*
> *O amor é meu feitiço.*
> *Contemplo os anseios do meu coração:*
> *Ela surge diante de mim...*

Ptolomeu Euergetes jamais disse coisas como essas para sua esposa. Nunca conversou com Berenice Beta sobre amor. Para os gregos, o amor era loucura, e o que aconteceu com Demétrios Kalós não o provava? Apaixonar-se era insanidade, algo que deveria ser tão evitado quanto a febre dos pântanos. Mas os egípcios pensavam diferente: amar era o que mais interessava; o amor era mais importante que qualquer outra coisa nas Duas Terras — amor aos deuses, ao faraó, amor do marido por sua esposa, dos pais por suas crianças. Os egípcios odeiam a guerra, como se a essência do caráter nacional fosse não odiar a ninguém. Sem dúvida, o amor é a coisa mais importante no Egito.

Ah, sim, o amor. E não demorou muito para Nefertiti trazer ao mundo um filho, a quem chamaram de Pasherenptah.

No festival de ano-novo, era costume o faraó dar presentes aos funcionários mais altos. Dessa vez, Euergetes deu a Anemhor, como sumo sacerdote, um escaravelho de ouro com cerca de um cúbito de comprimento e incrustado de pedras preciosas.

Horemakhet sorriu, deliciado. *É um presente dos deuses que meu pai seja amigo de Sua Majestade*, disse ele. Por sua vez, Anemhor deu a cada membro da família um escaravelho feito de alabastro, pequeno o bastante para caber na palma da mão, com *Boa sorte* e *Feliz ano-novo* gravado, em hieróglifo, nas costas. Os escaravelhos de Anemhor eram do mais bem feito artesanato, mas não tinham grande valor. Ele possuía grandes riquezas, extensas terras, como sumo sacerdote de Mênfis, e ouro em abundância sob a forma de braceletes e colares de uso oficial, mas não tinha ânsia de possuir todo o ouro que pudesse, como os gregos. Um sacerdote egípcio não tem necessidade de riqueza para si, mas se contenta com pouco. Diferente dos gregos, não precisa de ouro para ser feliz; já é feliz.

Embora possa parecer que foi ontem que a outra Nefertiti, filha de Padibastet, se casou com o sumo sacerdote de Latópolis, a verdade é que ela partira da casa do pai havia muitos anos. Dera à luz seus filhos, criara-os e os vira entrar também para o serviço do templo. Agora, Nefertiti estava morta, deixando o marido, Akhoapis, tomado de dor, a cabeça entre os joelhos. Os membros dessa família não consideravam o amor algo horroroso, como os gregos. Mas talvez não seja justo Seshat estar escrevendo tais coisas. Isso não é inteiramente verdade, pois no palácio de Berenice Beta o amor não estava totalmente em falta.

Como todos os gregos, eles amavam os filhos, embora tentassem não fazer muita festa para eles. Mas pais gregos não tinham necessidade de conter seu amor no que dizia respeito à filha. Berenice Mikra, sua única filha, recebia a maior parte do afeto dos pais. Eles brincavam, realizando jogos em volta do palácio e cantavam juntos canções gregas. Riam e contavam piadas.

Eles a beijavam e a abraçavam. Claro que sim. Só porque eram rei e rainha do Alto e do Baixo Egito, isso não significava que Euergetes e Berenice Beta deixassem de ser humanos — embora, é claro, também fossem deuses, deuses vivos, e às vezes se mostrassem um tanto *distantes*. E também um tanto rudes, ou mesmo cruéis, em relação a Filopator, mesmo que não fossem intencionalmente cruéis — uma vez que as surras aplicadas pelo pai não cessaram e Berenice Beta também não deixou de dizer *Pare com essa dança ridícula* para o filho mais velho, nem *Não olhe para os meios-homens, você deve desviar o rosto*. Mas com Berenice Mikra eles eram muito mais amorosos, bastante espontâneos, bem humanos. Na verdade, absolutamente humanos.

Quando Ptolomeu Euergetes anunciou que haveria um sínodo de todos os sacerdotes do Egito em Canopo, Anemhor, sumo sacerdote de Ptah, subiu a bordo da enorme barcaça, *Brilhando em Mênfis*, e rumou para lá. Os três filhos — Djedhor, Horemakhet e Horimhotep, todos eles sacerdotes juniores — embarcaram com ele.

No novo templo de Osíris em Canopo, fundado pelo próprio Euergetes, que estava já havia dez anos em construção, mas quase concluído, milhares de sacerdotes se reuniram, vindo até de Filai. Sentaram-se no chão do grande pátio, vestidos em túnicas de linho branco. Falaram de muitas coisas, mas o que primeiro precisava ser discutido era a mudança do calendário egípcio, que estava em total desordem. A desorganização perturbava Euergetes, amante da precisão, e ele pensou em prestar um favor ao Egito substituindo o caos do sistema de datas por uma ordem grega, nova e perfeita.

Caos, disse Euergetes a Anemhor. *Sei que isso o Egito detesta*.

E assim foi. Anemhor, dirigindo o sínodo, propôs uma mudança simples, dizendo: *O ano egípcio está com seis horas a menos do que deveria. Assim, o calendário se atrasa em dez dias a cada quarenta anos. Nossos amigos da Macedônia nos mostraram como alterar o calendário de modo que os festivais de inverno não caiam mais no verão e que os festivais de verão não aconteçam no meio do inverno.*

Você pode comprovar o lastimável estado das datas no Egito com um simples exemplo: sob o velho sistema, o festival da colheita dos egípcios acontecia corretamente, no tempo da colheita, apenas uma vez a cada 1.500 anos. Seshat jura, Forasteiro, essa é a mais pura verdade. O próprio Anemhor declarou: *É tempo de mudar, mesmo nesta terra onde nada muda. E, por mim, apóio a proposta.*

O novo sistema era perfeito. Os eruditos de Euergetes prometiam que com o novo calendário grego, o festival da colheita coincidiria com a colheita todos os anos, isso enquanto houvesse uma colheita para ser feita e celebrada, ou seja, para sempre. O novo calendário, assim garantia o grande Eratóstenes, seria correto e funcional, mas até Eratóstenes alertava que não poderia ter êxito sem a cooperação dos sacerdotes e escribas do Egito, que deveriam empregá-lo todos os dias. Ah, sim, a única desvantagem consistia em que o sistema era grego, imaginado por eruditos do Mouseion, e como a nova idéia era grega, os escribas e sacerdotes egípcios a odiaram, disseram que não a usariam e a descartaram.

Para tentar fazer com que os sumos sacerdotes concordassem com a mudança, Euergetes navegou em sua barcaça de ouro ao longo do canal Canopo e prestigiou o sínodo com sua real presença. Berenice Beta e Berenice Mikra viajaram com ele. Sua Majestade fora escutar e retornou diversas vezes. Quando estava presente, os sacerdotes gregos falavam em grego e mostravam-se muito serenos, dando a impressão de que poderiam aceitar as mudanças. Mas logo que o faraó ia embora, tornavam a falar em egípcio, discordavam da mudança e se mostravam raivosos.

Em dado momento, o sumo sacerdote de Amon em Tebas, levantou-se e disse: *O Egito não tem necessidade de mudar seu calendário. Não importa nem um pouco que o festival da colheita jamais caia na época da colheita. No Egito, tudo deve continuar como sempre foi. Nós, egípcios, gostamos das coisas como elas são. O calendário que usamos foi inventado pelo próprio Thot. Se Thot cometeu erros, são erros sagrados. Não queremos ser vistos como aqueles que corrigem os deuses, ou eles nos punirão por isso. Odiamos esse novo calendário. Gostaríamos que o rei Ptolomeu parasse de interferir.* Então, elevou sua voz e disse: *Gostaríamos muito que esse rei navegasse de volta para Rakotis... De fato, Tebas gostaria muito que os Ptolomeus retornassem para a Macedônia e jamais voltassem para cá.* Todos os sacerdotes do sul agitaram suas agendas de papiros acima da cabeça e ovacionaram, enquanto os do norte, os menfitas, ficaram imóveis, contrariados.

Quando Euergetes foi a Canopo e afirmou que permaneceria ali até que os sacerdotes concordassem em alterar o calendário, eles sentiram que teriam de aceitar as reformas ou jamais veriam de novo suas esposas e seus filhos. Horemakhet estava particularmente ansioso a respeito de sua esposa, com urgência de voltar a Mênfis e para junto de Nefertiti e de seu filho tão pequeno.

O calendário egípcio tinha 12 meses de trinta dias, terminando com cinco epagômenos, ou seja, dias intermediários, que eram os aniversários de Osíris, Ísis, Hórus, Seth e Neft. Tudo o que os gregos estavam propondo era acrescentar um dia ao ano, um epagômeno a mais, isto é, mais um dia de festival — o que, em seu tempo, Forasteiro, seria chamado de dia bissexto — a cada quatro anos. Quando o sínodo finalmente concordou com a mudança, houve aplausos. Euergetes exibiu os dentes e aconteceu uma comemoração no Mouseion.

Os escribas então deixaram de utilizar o velho calendário egípcio, substituindo-o pelo macedônio. A princípio, passaram a anotar apenas o mês macedônio. Mas depois de trinta dias começaram a anotar também o mês egípcio depois dele. Quando a ordem veio diretamente do rei Ptolomeu, instando-os com as palavras: *Por favor, continuem usando o novo calendário*, eles o ignoraram. Ah, sim, os escribas voltaram a usar o velho sistema egípcio, e o tempo da semeadura e da colheita veio e passou, como sempre acontecera — todo misturado, todo errado.

Os egípcios se deleitaram em ignorar o ano bissexto por exatamente 267 anos, quando então um novo calendário foi imposto ao Egito por um homem que Seshat não se obrigará a mencionar, e que viera de Roma. E, sem que se perguntasse aos sacerdotes do Egito se gostavam ou não da idéia, eles precisaram obedecer às suas ordens, ou seriam punidos com pancadas nas solas de ambos os pés.

3.13

Berenice Mikra

Berenice Mikra, estando na ocasião do sínodo algo adoentada, ia a Canopo e voltava na barcaça real, junto a Euergetes, buscando cura para sua saúde. Como dissera o pai: *Será uma boa oportunidade para os egípcios conhecerem nossa família. Mesmo que os sacerdotes egípcios não possam ser induzidos a amar a monarquia grega, poderiam começar a amar sua linda filha.*

A melhor coisa que resultou do sínodo de Canopo foi o grande afeto que brotou entre Berenice Mikra e os sacerdotes egípcios. Ptolomeu estava certo: eles ficaram seduzidos por sua filha, ainda tão jovem. Praticaram o grego com ela e a fizeram sorrir com seus presentes — bonecas egípcias de barro com braços e pernas móveis, presos com arames, com as quais queriam demonstrar a verdade: os egípcios eram um povo gentil e generoso. Quando Berenice Mikra voltou com o pai para seu lar em Alexandria, pela primeira vez lhe disseram: *Volte logo... A maioria de nós quer vê-la novamente em Canopo...*

No banquete marcado para celebrar o acordo sobre o novo calendário, o sumo sacerdote de Ptah agradeceu ao faraó por sua generosidade em relação aos templos egípcios. Ele louvou a Sua Majestade por sua constante preocupação quanto ao bem-estar do Ápis, pelos falcões de Apolonópolis, os leões de Leontópolis, os crocodilos de Crocodilópolis, os gatos sagrados de Bubastis, os Íbis de Hermópolis — e todos os demais. Por sugestão de Anemhor, os sacerdotes concederam a Euergetes e Berenice Beta o título de *Theoi Euergetai*, ou seja, *deuses benfeitores*.

Quando Anemhor disse: *A generosidade do rei Ptolomeu tem sido maior que a de qualquer outro faraó que possamos lembrar, desde Ramsés... e por isso deve haver paz nas Duas Terras*, houve um prolongado aplauso, até por parte dos sacerdotes de Tebas.

Quando ele disse *O faraó é o pai de seu povo, sempre benevolente, olhando por ele como um pastor olha por suas ovelhas*, os sacerdotes do

Egito — independentemente do que pensassem consigo mesmos — se levantaram e ovacionaram.

No entanto uma sombra atravessou todos esses procedimentos quando a saúde de Berenice Mikra piorou e o pai dela teve um sonho no qual escutou as palavras do poeta Menader: *Ela a quem amam os deuses morrerá ainda jovem.*

No começo, os médicos todos disseram: *É a febre de sempre, o desarranjo estomacal, e logo passará.* Os pais não ficaram demasiadamente preocupados, mas mandaram Berenice Mikra passar a noite no Asklepieion, confiando-a aos cuidados do deus grego da saúde, que era um médico tão bom que conseguia até trazer os mortos de volta à vida. No entanto levar qualquer paciente ao Asklepieion era um mau sinal, pois os enfermos só iam para lá quando já não havia outro remédio que não tivessem tentado. Embora Asclépios fosse um grande deus, era também esperto o bastante para jamais prometer cura a ninguém.

Os sagrados cães de Asclépios vieram depressa lamber as mãos e as faces de Berenice Mikra, com as caudas balançando, uma vez que as línguas dos cães são um excelente remédio. As serpentes sagradas de Asclépios foram trazidas para lamber as orelhas dela com sua língua cintilante, e a fizeram gritar de cócegas. Ela não teve medo. Fora criada para não ter medo de nada.

Quando Anemhor disse que o melhor modo de curar Berenice Mikra seria a mãe comer um rato e mandar os ossos serem colocados numa sacola de lona amarrada com sete nós, a qual seria pendurada no pescoço da filha como um talismã, Euergetes concordou, mas Berenice, não. *A rainha do Egito e Cirene*, disse ela, zangada, *não tem o hábito de comer ratos.* E, assim, Berenice Mikra continuou na mesma, muito febril e sem conseguir comer coisa alguma.

Como último recurso, Euergetes, com Berenice Mikra nos braços, subiu os degraus do Sarapeion em Canopo, que fora fundado por ele próprio. O local agora estava quase completamente concluído e já se tornara um famoso oráculo, para onde afluía a peregrinação de enfermos. Euergetes deixou a filha lá com sacerdotes gregos para passar a noite, na esperança de um milagre. Mas Anemhor não tinha tanta certeza de que Sarapis fosse capaz de curar alguém. *Será que Sua Majestade já se esqueceu,* alertou ele, *de que esse deus é falso, que foi inventado pelo seu avô?*

Pela manhã, quando a recuperação de Berenice Mikra deveria ser proclamada por trombetas, a única coisa que se proclamou foi que ela falecera durante a noite, e toda Canopo chorou, pois ela tinha apenas 6 anos.

Depois do escurecer, Anemhor foi ver o faraó e disse-lhe: *Quando sua filha nasceu, uma nova estrela apareceu no céu. Depois da morte da criança a quem a estrela pertence, a estrela cai. É isso o que são as estrelas cadentes.*

Euergetes e Berenice choraram fartamente.

Olhem para cima, Majestades, disse ele. *Podem enxergar a estrela que é a Pequena Berenice caindo através da noite de seu falecimento?*

E, sim, mesmo com as lágrimas lhes obstruindo a visão, eles viram a estrela caindo.

Há muitas estrelas, Majestades, disse Anemhor. *Sempre haverá muitas novas estrelas.*

E os pais, então, pela primeira vez pensaram numa nova estrela, uma nova filha para substituir a pequena estrela que haviam perdido.

Deixaram o corpo de Berenice Mikra no templo de Osíris em Canopo, atendendo a um especial pedido de Anemhor, que implorou que não a levassem de volta para Alexandria, que não a queimassem, mas que a enfaixassem, segundo os costumes egípcios.

E apesar de Berenice Mikra ser uma filha da Macedônia, de fala grega, Euergetes permitiu que os egípcios mumificassem seu corpo e dourassem-lhe rosto e pés. Na mão esquerda, colocaram um buquê de flores vermelhas. O interior da tampa do sarcófago foi pintado de azul, como o céu, com estrelas douradas como a estrela cadente que ela própria fora.

No funeral de Berenice Mikra estiveram presentes todos os sumos sacerdotes do Egito, com mantos de pele de leopardo, e todos os profetas, aqueles que entram no local mais sagrado para vestir os deuses, aqueles que usam as asas do falcão, os sagrados escribas e outros sacerdotes, todos eles, a cabeça raspada, trajando linho branco, aos milhares.

Os sacerdotes enviaram, para ser sepultado junto a ela, um crocodilo de madeira, com uma cauda que balançava, e um hipopótamo de madeira, com mandíbulas que se mexiam, brinquedos que fariam Berenice Mikra rir na outra vida dos egípcios e prolongariam seu sorriso de prazer por milhões e milhões de anos.

Com a continuação do sínodo de Canopo, o sumo sacerdote de Mênfis proferiu um discurso afirmando que a divindade do rei do Egito não era obtida apenas por seus grandes feitos, como no caso do *Basileus* dos gregos, mas que era uma qualidade natural da Casa de Ptolomeu, agora que esta era a família real, e a assembléia inteira de sacerdotes do Alto e do Baixo Egito bateu suas sandálias no chão, aprovando. Quando Anemhor disse que gostaria de elevar Berenice Mikra de imediato à condição de deusa no panteão egípcio, assim como acontecera com Arsínoe Beta, o sínodo também aprovou.

Anemhor então sugeriu que como Berenice Mikra havia partido para o mundo eterno antes que se pudesse prever, quando ainda era uma donzela, a ela deveria ser concedida a honra de uma procissão de barcos e uma festa em todos os templos do Egito. E isso poderia acontecer, assim ele disse, no mês de Tybi, que era o de seu passamento, e uma estátua dela, feita de ouro, incrustada de pedras preciosas, deveria ser colocada no interior de todos os templos, com a inscrição: *Berenice Mikra, Senhora das Virgens*. Ela usaria uma touca feita de duas espigas de milho e uma coroa com uma áspide — isto é, uma serpente — entre elas. A estátua seria carregada à frente de todas as procissões em honra dos deuses, e o pão doado às esposas dos sacerdotes do Egito na época do festival teria um formato especial, sendo então chamado de *Pão de Berenice*.

Os sacerdotes concordaram com tudo isso e então aprovaram em votação que ela fosse igualada a Tefnut, tornando-se filha de Rá. Ah, sim, a própria Tefnut, deusa do orvalho, aquela com a cabeça de leoa, e isso se encaixava muito bem com essa menina tão forte.

Não, o nome de Berenice Mikra jamais seria esquecido.

E então discutiu-se que, bem como declarar Ptolomeu e Berenice Beta como deuses egípcios, o sínodo de Canopo também deveria conferir honras divinas à filha deles. A pequena Berenice Mikra perdeu a vida e a chance de se casar com o irmão, mas se tornou imortal.

Quanto a Anemhor e os demais sacerdotes, eles esperavam que, ao tornar Berenice Mikra uma deusa, pudessem aproximar mais os gregos do modo de pensar dos egípcios. Mesmo Tebas foi convencida a aceitar isso.

Tais gestos, tão gentis e de fato extraordinários, foram de certa maneira um consolo para os pais desolados. Sua dor pública também beneficiou um pouco sua imagem, pois mostrou que os gregos não eram totalmente privados de sentimentos humanos, mas que eram, inclusive, capazes de derramar lágrimas, ocasionalmente, como qualquer outra pessoa, algo de que até então alguns egípcios duvidavam.

Toda Alexandria se pôs de joelhos pela princesa morta, mas quem mais sofreu foi Ptolomeu Filopator, o irmão de 8 anos. Ele gostava muito da irmã que deveria fazer o papel de Ísis para seu Osíris, Hera para seu Zeus. Ele chorava de soluçar ao ver seu rosto frio, morto. Insistiu em ser levado a Canopo, para verter com as próprias mãos as libações de leite, mel e vinho não-diluído sobre o túmulo, no terceiro, nono e décimo quarto dias depois do falecimento dela, a despeito do fato de os ritos gregos serem totalmente inapropriados.

Quanto a Ptolomeu Euergetes, em meio a seu pranto, disse: *Nenhum homem está agora, ou jamais estará, sem seu quinhão de dor*. Ah, sim, Seshat sabe disso, haverá ainda muito sofrimento para ele, muitos problemas mais. E assim Berenice Mikra foi a única criança de Euergetes a ter morte natural, a morrer de doença; os demais tiveram mortes não-naturais e bastante violentas.

3.14

Esquecendo

Depois que os próprios deuses se recusaram a salvar a vida de sua filha, Ptolomeu Euergetes pediu a Anemhor um conselho egípcio sobre o que fazer, como consertar o que estava errado.

Anemhor instou-o: *Tente ser menos grego, Megaléios, menos estrangeiro. Sua Majestade é o faraó do Egito. Devia pensar mais em agradar aos deuses do Egito. Devia tentar ser mais egípcio. Devia esquecer os deuses da Grécia, que o desapontaram tão seriamente.*

Euergetes não encarou o homem, mas ficou de olhos baixos, fixos no mosaico de caçadores nos pântanos, galináceos, patos, crocodilos.

Sua Majestade não devia esquecer os egípcios, disse Anemhor. *Devia manter o equilíbrio das Duas Terras.*

O sumo sacerdote de Mênfis falou com bastante franqueza. Os espiões gregos que mantinham sob vigilância os focos de problemas, que contavam o que viam a respeito dos egípcios, qual era o estado de ânimo deles, o que acontecia rio acima, disseram a mesma coisa — alertaram-no de que não devia ser visto como uma pessoa inativa.

Anemhor já não era jovem, não tinha mais boa saúde. O sínodo de Canopo o havia fatigado. Reservadamente, contou aos filhos que estava cansado de brigar com o rei Ptolomeu para fazê-lo construir o que qualquer faraó nativo teria construído sem uma palavra de queixa, e que nada mais era do aquilo que os deuses mereciam por sua imensa generosidade para com ele. Mas ele também se abateu por uma tragédia pessoal porque Herankh, sua esposa, sua bem-amada, voou para o céu.

Anemhor ressentiu-se muito da perda da pessoa que tanto amava. Herankh era velha, 57 anos, perfeita tocadora de sistro de Sekhmet, a grande, a leoa-deusa de Mênfis. Ele sentia falta da música que ela tocava. Sentia falta de ouvi-la cantando. A cada seis meses depois de seu passamento, ele era subjugado pela dor nos encontros dos sacerdotes de Mênfis. Em meio aos rituais do templo, ele se esquecia das palavras sagradas, perdido em pensamentos acerca de sua esposa caminhando na outra vida de mãos dadas com Anúbis e impossibilitada de ir em frente. Decidiu então pôr um fim em sua carreira como sumo sacerdote de Ptah e devotar o resto da vida na terra aos livros divinos. Disse então a Euergetes: *Preciso me aposentar e dar lugar para meu filho, se Sua Majestade me permitir.*

Para os colegas sacerdotes, disse: *Meu filho Djedhor deve ter mais êxito que eu em persuadir o rei Ptolomeu a construir templos para o Egito.*

O jovem Anemhor tinha 65 anos quando se retirou de suas tarefas. Só manteve um cargo oficial para si, o de escriba das rações de Ápis, o Touro Sagrado, que prezava tanto quanto a própria vida.

Assim, Djedhor assumiu em lugar do pai o posto de grande chefe do martelo, aquele que deveria levar conforto ao rei Ptolomeu e à rainha Berenice Beta pela perda da filha — e ele fez o melhor que pôde. Mas e quanto a Ptolomeu Filopator? Ele havia conseguido esquecer Berenice Mikra? Não, não havia.

Quando Berenice Beta o encontrou ainda chorando, ralhou com ele, dizendo: *Heracles jamais chorou. Berenice Mikra era sua irmã. Pensar em se casar com ela é uma enorme ofensa contra os deuses do Olimpo.* Ah, sim, ela era bastante fria com o filho, nunca carinhosa. Não lhe ofereceu consolo por sua dor. Não o apertou contra os seios nem acariciou-lhe os cabelos. Não segurou na mão dele, nem lhe disse que o amava, como qualquer mãe egípcia diria. Os egípcios não consideram as lágrimas algo ruim, mas Berenice Beta engoliu a própria dor, pensando, de fato: *Heracles jamais chorou.* Os últimos vestígios dos sentimentos maternos ela amainou galopando velozmente em seu cavalo no deserto.

Filopator, vendo-a se afastar, murmurou: *Tomara que ela nunca retorne.*

Oinante de Samos era praticamente a mãe dos filhos de Euergetes. No frio da manhã, caminhava com eles pelas praias de Alexandria, acompanhada a distância pelos guardas de sempre, homens armados como se estivessem indo para a guerra. Os meninos mais novos esparramavam água, empurravam uns aos outros na areia, corriam rindo, mergulhando nas ondas e nadando como se fossem focas. Filopator não fazia nada disso. Não corria. Nunca. Quando tentava nadar, engolia água e afundava como uma pedra. Não sorria nem uma vez sequer desde a morte de Berenice Mikra. Só conseguia pensar na irmã morta e fixar os olhos nas próprias sandálias.

Logo você vai esquecer isso, disse Oinante, abraçando-o apertado junto aos vastos seios e rindo. *Anime-se, sorria, você é o homem mais rico do mundo. Esqueça sua irmã. Ela se foi para o Hades, o lugar de onde não se volta.*

Mas Filopator gritou: *Não vou esquecer Berenice Mikra. Nunca!*

E a verdade, sem dúvida, é que sua irmã estava caminhando pelas estradas e pelas passagens menos conhecidas da outra vida egípcia de mãos dadas com o crocodilo. Ela não descera para os subterrâneos, mas revoara para o céu nas asas de Thot. Era Tefnut, a pequena leoa, navegando pelos céus na barcaça de Rá.

Para Ptolomeu Filopator, nenhuma mulher jamais tomaria o lugar de Berenice Mikra, que estava destinada a ser sua rainha, sua Senhora das Duas Terras, sua Senhora da Felicidade, ela, cuja voz deleita o rei.

Alguns acham que a perda da irmã foi a razão para o tanto que Filopator bebia, a explicação de seu estranho comportamento pelo resto da vida. Talvez estejam certos. Mas há quem sempre esteja procurando as causas para tudo. Filopator cresceu desse jeito porque os deuses quiseram assim. Seu destino era simplesmente ser diferente dos demais garotos, e isso é tudo.

E, sem dúvida, ele seria diferente.

3.15

Estrangulador de cachorros

Em quem então fixaria Filopator seu amor no lugar da irmã? Porque ele amava, embora o amor fosse loucura para os gregos. Ah, sim, diziam que Ptolomeu Filopator estava louco, embora o melhor de sua loucura ainda repouse adiante de nós, no futuro. Por enquanto, seus olhos faíscam sobre Agathocléia, de cabelos escuros e pele morena, tão diferente da loura Berenice, mas mais ou menos da mesma idade.

Talvez ele chegue a amar Agathocléia, pensava Oinante. E seu coração saltava só de pensar nisso.

Ah, sim, sem dúvida ele amaria a ambos, e os amaria com uma paixão louca, e isso era uma sorte muito além dos mais ousados sonhos de Oinante. Filopator já estava meio apaixonado por aqueles diabretes do palácio, tão diferentes dos Ptolomeu, com olhos azuis e cabelos loiros. Eles é que teriam de preencher o lugar deixado pela irmã morta.

Ah, sim, Oinante orava às deusas para que o príncipe Ptolomeu amasse seus filhos. Ela os estimulava a persistir na busca por uma carreira vitoriosa e lhes dizia para fazer tudo o que fosse preciso para agradar a Filopator.

Até se ele algum dia for perverso com você, disse ela a Agathocles, *você deve reagir sendo gentil para com ele. Lembre-se de que ele será o faraó. Um dia você poderá se vingar usando a coroa dele sobre a sua cabeça.* E mesmo então, com somente 9 anos, Agathocles arregalava os olhos, pensando no assunto.

Enquanto Filopator passava dia após dia com seus tutores, submetendo-se à tortura de aprender de cor as obras completas de Homero, mas, no fundo, mostrando-se muito bom nisso, Agathocles ocupava-se em seu trabalho de estrangular cachorros e afogar filhotes. Ele mergulhava na enseada, aprendeu a ser tão ágil na água quanto os peixes, a se mover tão depressa quanto uma enguia e a se fazer praticamente invisível. Exercitava-se no *gymnasion* com o amigo Magas, o filho do rei, fazendo de seu corpo uma estátua grega viva. Filopator nunca aparecia por lá, nunca e começou a engordar. Filopator não nadava nem mergulhava, não corria, não saltava. Não fazia nada, a não ser ler *A Ilíada* e *A Odisséia*, perdendo-se no mundo irreal dos livros, sonhando com o que não existia, o excitante mundo dos deuses e heróis.

Aos 10 anos, Agathocles foi promovido de estrangulador de cachorros a castrador de cavalos. Aos 12 anos, participou da Pompa de novo, graças à influência da mãe e porque estava mais bonito que nunca. Aos 14 anos, Euergetes admitiu esse jovem no palácio para ser seu copeiro, o rapaz despido que, de acordo com o costume grego, servia o vinho nos festins de Sua Majestade, quando então tinha o *rhombos* beliscado e o traseiro apalpado por todos os homens; ah, sim, o garoto cujas róseas nádegas, quando todos os homens ficavam bêbados, se tornavam sua diversão. Talvez Agathocles fosse o *eromenos* do próprio Euergetes, para satisfação de sua orgulhosa mãe. Sem dúvida, Agathocles ficava à disposição do chamado de qualquer cortesão, e você pode adivinhar que ele, independentemente de ser um costume grego, não gostava disso.

O que o compensava pela humilhação? A idéia de ganhar dinheiro e o fato de que recebia autorização para brincar de jogo dos ossos com o herdeiro do trono. Talvez o fato de os ossos do jogo serem de ouro, de o urinol de Filopator também ser de ouro e de ele poder comer tâmaras servidas em uma baixela de ouro, tudo isso fizesse Agathocles tão amigo do príncipe e o fizesse acreditar que não apenas os ossos, mas todos os pertences de Filopator eram seus. Ah, sim, era essa a grande recompensa de Agathocles por ser amigo do menino que seria faraó. Oinante, sua mãe, continuava estimulando-o, dizendo-lhe o quanto era bom ter como amigo um príncipe, que fizesse não importa o que Agathocles lhe pedisse.

Ah, sim, mesmo nessa idade de 13 ou 14 anos, tal menino era agarrado pelos Amigos do Rei, que tinham poder sobre seu corpo, mas, por sua vez, Agathocles exercia o poder sobre um outro. Um menino que é maltratado freqüentemente tratará outros da mesma maneira.

Se Agathocles dissesse: *Ptolomeu, lamba meus sapatos*, Filopator ajoelhava-se e obedecia.

Se Agathocles dissesse: *Faça-se de cachorro*, Filopator ficava de quatro, latindo.

Se Agathocles dissesse: *Lamba minha bunda,* Filopator ficava contente em atendê-lo, fazendo Agathocles gritar de prazer. E havia coisas piores, coisas das quais Seshat não vai falar.

Ah, sim, Agathocles já tinha o futuro faraó do Egito completamente a seus pés. Agathocles era mais que seu herói.

Mesmo assim, o horóscopo de Agathocles de Samos disse que ele devia completar sua jornada na vida *depressa*. Ele sabia sorrir e seduzir, bem como sabia vender favores por um punhado de tetradracmas. Sabia como agradar a um homem fazendo tudo o que ele desejasse e como tirar o dinheiro de um homem de modo que este não se desse conta de como havia sumido. Garotos com mais brios pediam cavalos ou cães de caça. Agathocles pedia ouro, mas conseguia o cavalo e também o cão de caça. Ele ganhou a reputação de honesto ao mesmo tempo que mentia e roubava. Era o menino mais bonito de Alexandria, mas aprendera os truques de um ladrão com a mãe. O melhor de tudo: sabia como conseguir o que quisesse de Ptolomeu

Filopator. Esse foi o começo da ganância de Agathocles de Samos... daquilo que estava fadado a destruí-lo.

Enquanto isso, depois de Filopator finalmente ter sido forçado, por meio de muitas surras, a fazer melhor suas lições, Euergetes o entregou a um tutor mais ilustre — Eratóstenes de Cirene, que viera de Atenas para Alexandria para ser o diretor do Mouseion e chefe da Biblioteca como sucessor de Apolônio Ródio.

Pode-se dizer que Berenice Beta ficou, pelo menos, satisfeita com a indicação de um conterrâneo para tutorar seu filho. E Eratóstenes recebia como pagamento oitenta talentos, o mesmo que o grande Stratos de Lampasakos ganhara para tutorar Ptolomeu Filadelfos? Talvez. Custasse o que custasse, a educação de Ptolomeu Filopator valia a despesa. Ele terminaria sendo o melhor dos estudiosos de Homero no Mouseion. Homero tornou-se um dos deuses desse príncipe, com um templo próprio, abaixo apenas de Agathocles de Samos.

Diziam que Eratóstenes tinha um conhecimento tão vasto quanto Aristóteles. Havia escrito livros de poesia, crítica histórica, cronologias, filosofia, tinha obras sobre matemática, um tratado sobre a comédia e um ultrajante livro sobre geografia que dizia que o mundo não era achatado, mas redondo, de modo que não ensinou apenas ao filho muitas e muitas coisas, mas também ao pai.

Como poderia o mundo não ser achatado?, perguntou Euergetes. *Como seria possível que fosse redondo?*

Eu poderia prová-lo a Sua Majestade, disse Eratóstenes, *se o senhor me desse um navio. Iria mostrar que um homem que navegasse rumo oeste, a partir dos pilares de Heracles, poderia, no final, se os deuses o protegessem, ancorar seu navio nos litorais da Índia...*

Euergetes olhou para ele como se acreditasse em algo totalmente diferente. *Achamos isso um absurdo, Eratóstenes*, disse ele, balançando a cabeça.

Todos os mares do mundo estão interligados, afirmou Eratóstenes. *Acredito que é possível navegar direto contornando a África.*

Euergetes soergueu as sobrancelhas. *Bem, precisamos mandar alguém fazer isso*, disse, e deu ordens para os navios se aprontarem imediatamente.

Eratóstenes, na ocasião, tinha entre 35 e 40 anos. Ficaria em Alexandria por vinte anos, até que Filopator fosse um homem adulto e não precisasse mais de aulas. Mas que influência teve o tutor sobre seu hostil e emburrado aluno? Será que tornou Filopator melhor ou pior?

Seshat jura: *Eratóstenes não foi o homem que o levou à loucura.* Eratóstenes foi aquele que clamou pelo lado melhor da natureza de seu aluno, foi a influência civilizadora.

Seshat pergunta: *Mas então o que aconteceu na infância de Ptolomeu Filopator que o instigou a assassinar a mãe?* E, como muitos dizem, também o pai?

Não foi a própria Berenice Beta, que tanto adorava mandar no marido? Não foi ela própria que acabou enraivecendo Filopator, sempre o forçando a fazer o que ele não queria?

A maioria das mães gregas se afastava dos filhos quando estes chegavam à idade de 7 anos, quando, então, eles passavam a ser criados pelos homens. Mas não foi isso que Berenice Beta fez. Ela gostava de saber o que estava acontecendo em Alexandria e no Egito e de controlar tudo. Não se restringia aos aposentos femininos, mas andava por todo o palácio vendo tudo o que exigia sua atenção, assim como costumava, quando criança, caminhar por Cirene. Percorria a cidade conduzindo sua carruagem, fazendo correções em tudo. Via o que o faraó não via. Tinha prazer em interferir. Assim, por que deveria conter o ímpeto de tentar controlar também o comportamento do filho? Ah, sim, especialmente o filho mais velho, do qual tanto dependia. Berenice Beta queria que o filho imperfeito se tornasse perfeito como fora o pai, Magas e como era o filho, que tinha o mesmo nome. Filopator deveria se tornar perfeito, acreditava ela, ou não haveria de ser o faraó.

Você acharia, Forasteiro, que ela talvez tivesse encontrado alguma maneira de mudar o caráter desse menino, desviando-lhe os pensamentos para atividades mais edificantes que a dança, tais como arremesso de dardo ou a disputa de corridas de carros. Você talvez acreditasse que ela exigiria dele que fosse corajoso e forte. Mas, não, Filopator não estava interessado em fazer força. O máximo que faria seria aprender a montar cavalos. De fato. O único exercício físico que atraía Filopator era dançar feito os eunucos.

Você talvez queira pensar que a mãe dele o apoiaria, ao invés de tentar destruí-lo, mas Berenice Beta não era como as outras mães. Ela via o fantasma de Demétrios Kalós com menos freqüência nessa época, mas ainda era uma mulher atormentada, ressentida. Ainda tinha uma enorme raiva de si mesma por ter assassinado o homem mais bonito do mundo e descontava a raiva no filho menos do que perfeito, o filho não tão bonito.

Não, nem mesmo a mãe mais autoritária do mundo, nem mesmo o melhor dos tutores, nem todo dinheiro existente poderiam mudar o caráter de Filopator, nem sua frouxidão, nem seu interesse por se vestir com roupas de mulher, nem seu desejo de mutilar o próprio corpo como os sacerdotes eunucos de Cibele — um desejo que, por mais estranho que pareça, Agathocles de Samos não compartilhava com ele.

O caráter de um homem não é fixado desde o começo, não está gravado em seu destino, como se fosse numa rocha? A tragédia que estava aguardando a hora para acontecer foi determinada pelos deuses no seu nascimento, e Berenice Beta não poderia sequer ter um fiapo de esperança de mudar isso.

3.16

Belo Pilon

Antigamente, Ptolomeu Euergetes tinha três Berenices em sua vida. Havia perdido duas delas — a única irmã e a única filha. Quando sua esposa caiu doente, preocupou-se com a possibilidade de perder essa terceira Berenice, a excelente e mais do que excelente esposa, que fazia metade do seu trabalho, de modo que lhe permitia tempo de sobra para os banquetes e a bebida, sempre, é claro, com moderação.

Teria ele feito alguma coisa para enraivecer os deuses?, perguntou a Djedhor. *O que podemos fazer para compensá-los?*

A resposta de Djedhor, evidentemente, foi a de sempre.

Quanto Sua Majestade construiu para os deuses do Egito?, indagou ele.

Euergetes disse: *Construímos o templo de Osíris em Canopo. É um belo templo. Isso não bastou para eles?*

Um belo templo, sem dúvida, respondeu Djedhor, *mas Sua Majestade iniciou esse templo há mais de dez anos. Os deuses exigem oferendas constantes, oferendas mais regulares.*

Não erguemos um altar de arenito em algum lugar perto de Tebas?, perguntou Euergetes, embora tivesse esquecido o nome do lugar.

Djedhor curvou para baixo os cantos da boca. *A primeira tarefa de um faraó*, disse ele, *é mostrar gratidão aos divinos soberanos do universo. Um altar de arenito dificilmente bastaria para contentar dois mil deuses... Sua Majestade deve construir mais, deve mostrar gratidão aos deuses. Que tal uma muralha para cercar o templo de Montu em Tebas, para começar? Que tal um novo templo para Khnum?*

E assim prosseguia a batalha de vontades, o sumo sacerdote encorajando, o faraó resistindo.

Até Dositeos, o *Hypomnematographos*, o chanceler grego, instava Euergetes a construir para o Egito, dizendo: *Mostre-lhes que um rei estrangeiro é tão bom quanto um nativo.*

Muito bem, disse Euergetes, afinal, *que ele tenha sua muralha em Tebas.* E assim começou a construção da muralha: num quadrilátero com três cúbitos de comprimento e trezentos cúbitos de largura, uma muralha de tijolos de argila em torno do vasto templo de Montu, Senhor de Tod.

Então, ele construiu um pequeno templo para Pi-Khnum, o deus com cabeça de carneiro, perto de Latópolis, ao sul de Tebas. Djedhor disse que os deuses ainda não estavam satisfeitos. Dessa vez, levantou a voz e disse: *Knhum dificilmente notará um templo tão pequeno.*

Assim, Euergetes começou a erguer um santuário no lado sul do grande templo de Montu, deus da guerra, com seu aspecto de falcão, que marcava o limite de Tebas.

Os deuses estão satisfeitos agora?, perguntou ele a Djedhor.

Djedhor retorceu os lábios. Tudo o que disse foi: *Um pouco; só um pouco.*

Quando Berenice Beta viu a obra, disse: *Poderíamos pagar um santuário maior*, e assim Euergetes ficou envergonhado de sua avareza.

Justificou-se dizendo: *Em tempos de paz, não precisamos nos exceder para agradar a um deus da guerra*. Mas pagou um gigantesco *propileu*, um portão monumental, para o templo de Montu, ao norte de Tebas, que se ergueria a uma altura de oito ou nove homens e duraria para sempre. (Em seus dias, Forasteiro, vão chamá-lo de Bab el-Abd, o Portão dos Escravos, e você vai encontrá-lo num lugar chamado Karnak, e todos os visitantes passarão por ele sem lhe dar mais que uma olhada, a não ser você mesmo. Pare um instante ali, Forasteiro, e maravilhe-se. Lembre-se de Ptolomeu Euergetes, o Benfeitor, que pagou a conta por ele.)

Está bom agora?, perguntou Euergetes a Djedhor. *Está satisfeito?*

Está muito bom, disse Djedhor, *mas, no Egito, a dualidade é tão importante, o equilíbrio é tão necessário, que só isso agrada aos deuses. Por justiça, devemos construir um segundo portão, do outro lado do recinto de Amon-Rá...*

E assim, no lado sudoeste do recinto de Amon, Euergetes concordou em construir um portão ainda maior, da altura de dez ou doze homens, contendo uma cornija com um disco solar alado, o qual ficou conhecido como o Grande Portão de Ptolomeu Euergetes. Flanqueado por esfinges, era o maior propileu já construído no Egito e ficava no lado oposto à entrada do templo de Khonsu. Nos entalhes, Euergetes e Berenice Beta eram exibidos recebendo os símbolos do reinado perpétuo de Khonsu, o Falcão, o deus lunar, o juiz e o que realiza curas, a quem os gregos veneravam como sendo igual a Heracles. Aqui estava Ptolomeu fazendo oferendas para Osíris, Ísis e Khonsu e matando os inimigos. No friso superior, os deuses do Egito eram mostrados adorando o deus lunar, com os parentes e antepassados de Sua Majestade. O portão era para ser o assento da justiça, onde os juramentos eram proferidos e os juízes sacerdotais distribuíam sentenças.

O novo portão agrada a Sua Excelência?, perguntou Euergetes quando a construção foi concluída e ele subiu o rio para a inauguração. Em meio ao barulho das trombetas, dos tambores e dos cânticos dos sacerdotes, Djedhor disse: *Meu coração está feliz, o portão de Sua Majestade é mais belo que qualquer outra coisa.*

O portão também duraria para sempre — mais que o Colosso de Rhodes, mais do que o Farol de Alexandria. O portão de Euergetes ainda estará de pé no seu tempo, Forasteiro, e será chamado de Bab el-Amara, o Portão da Lua. Seshat diz para si mesma: *Um desperdício de esforço é construir obras baratas. Há pouco sentido em erguer o que logo tombará.*

Filadelfos fora um grande construtor, no final das contas, mas, na verdade, não construiu muitos templos. Não houve nenhum monumento verdadeiramente esplêndido erguido pelo pai de Euergetes fora de Alexandria. Euergetes se sairia melhor. Agora, ganhara gosto pelas construções — o grande prazer de Seshat, Senhora dos Construtores e descobriu que não desejava parar.

Concluiu o templo de Ísis em Isisópolis, no Delta, que havia sido iniciado por seu pai. Concluiu o templo de Ísis em Filai, sobre o qual o sumo sacerdote de Ísis declarou que duraria mais de dois mil anos. Forasteiro, esse templo também durará para sempre, mesmo que não exatamente no mesmo lugar.

Perto de Elefantine, na fronteira núbia, ele iniciou um pequeno templo dedicado a Ísis, com o costumeiro salão com muitos pilares e enormes pilonos, em arenito amarelo. Por toda parte havia entalhes de Ptolomeu Euergetes, o Benfeitor, vestido como faraó.

No portal, um entalhe de Euergetes de pé diante de Thot, o Íbis. Ao seu lado, estava entalhada Berenice Beta, a grande esposa real. A faraó-mulher, que usava a mesma dupla coroa do rei. Nenhuma rainha do Egito havia sido mostrada desse modo desde os dias do criminoso Akhenaton e a bela Nefertiti, mil anos antes. Mesmo nos entalhes que mostravam Sua Majestade matando inimigos, Berenice Beta estava com ele, espada erguida, agarrando a inimiga pelos cabelos em meio ao ato de cortar-lhe a cabeça. Era uma pose guerreira na qual o faraó, e não sua esposa, era usualmente mostrado. Berenice Beta ficava satisfeita de ver essas coisas todas: ela própria as exigira.

Seshat vai repetir: Berenice Beta era aquela com a espada e que tinha um leão como mascote. Usava até as coroas do marido e trajes reais. Não era Berenice Beta quem detinha o poder, a guerreira, acima de tudo uma guerreira? Ela não ficava calada, não se esquivava de dar voz aos pensamentos, como outras mulheres. Havia cometido um assassinato. Havia provado sua dureza. Era somente aquilo que o pai a criara para ser: tão boa quanto um homem, exatamente tão boa quanto um rei.

Euergetes navegou rio acima, passando bastante de Tebas, para a cerimônia de lançamento das fundações desse novo templo. Com ele seguiam muitos estudiosos do Mouseion, dentre os quais Eratóstenes, o geógrafo, que passava o tempo todo fazendo perguntas. A ele foi relatada a maior curiosidade da região, o poço no qual os raios do sol caíam perpendicularmente ao meio-dia do solstício de verão, iluminando a água do fundo, sem deixar nenhum vestígio de sombra. Eratóstenes percebeu de pronto que se tratava de algo de fundamental importância científica e ficou ansioso por ver o poço. Sendo a época do ano próxima ao solstício de verão, equipou-se de mulas e foi visitá-lo, verificando que o que havia sido dito era absolutamente verdade. Como os raios do sol caíam perpendicularmente naquele dia, Eratóstenes pôde calcular que Elefantine se situava um pouco ao norte do Trópico de Câncer e teve mais convicção ainda da sua crença de que o mundo não era achatado, mas sim redondo.

Euergetes, o cientista, como sempre afeito a tentar comprovar as descobertas, enviou os medidores para calcular a distância de Alexandria a Elefantine, e descobriu-se que era de um milhão e duzentos mil passos, ou cinco mil estádios, exatamente. Cinqüenta vezes esse número lhe daria a resposta do quanto media a circunferência da Terra.

No final, Eratóstenes demonstrou que Sua Majestade tinha razão: *Megaléios*, disse ele, *não há possibilidade de seus navios despencarem pela borda do mundo.*

E assim foi. O número de Eratóstenes, 250 mil estádios, em geral era aceito como correto, conforme estava escrito em seu tratado *Sobre a medida da Terra*, e se manteria sem contestação por milhares de anos. Nem todos os homens concordavam com ele, é claro, nem todas as mulheres também. Seshat, por exemplo, sabe perfeitamente que o mundo é tão achatado como um bolo de mel. Seshat gostaria de garantir e garantir novamente a você, Forasteiro, que o mundo é achatado, achatado, achatado. Você não deve se iludir com os truques desses gregos, amantes de uma bizarra ficção. O que foi que Thot, o marido irmão de Seshat disse? Ah, sim: *Não há mentiroso como um mentiroso grego*. O mundo é achatado, Forasteiro, pode confiar nisso. Mas a crença em tal esfericidade permaneceria por milhares de anos.

Os templos de Euergetes também durariam por milhares de anos. Seus donativos resultaram num enorme programa de construções. Já não havia avareza, mas a maior generosidade imaginável. Seshat, Senhora dos Construtores, honrou o nome de Ptolomeu Euergetes. Ela sorri satisfeita ao pensar em suas grandes obras. Construir templos para os deuses, esse é o único propósito do faraó.

3.17

Apolonópolis

Depois de muitos pedidos de Mênfis, Euergetes concordou em financiar até o grande templo de Hórus em Apolonópolis, no Alto Egito, para substituir o antigo templo que havia desabado por causa de um terremoto. Seria o mais grandioso prédio construído por sua dinastia, uma poderosa fortaleza contra o caos.

O coração de Djedhor começou a bater como o do antílope ao saber da novidade, e ele esqueceu, em meio à excitação, da regra sacerdotal de jamais mostrar todos os dentes. *O povo vai se alegrar quando vir esse magnífico templo*, disse ele. *Os grandes deuses estão repletos de contentamento e com o coração tomado pelo prazer. Vão conceder milhões de anos de uma vida plena a Sua Majestade.*

No devido tempo, Euergetes navegou até Apolonópolis, em meio a uma grande pompa, para realizar a cerimônia de lançamento das fundações. Ao seu lado, Djedhor, contornando todas as dificuldades, atuando como intérprete. Para onde quer que fosse a barcaça real, iam também Berenice Beta, os quatro filhos e os respectivos tutores, pingando de suor sob o calor, ainda lutando com a estrada real rumo à geometria. Até Oinante e seus filhos embarcaram com eles. E mesmo Sosibios foi junto, reunindo informações sobre o que se poderia cobrar de impostos no Alto Egito.

Filopator, avistando os destroços de uma barcaça gigante adernada no rio em Tebas, perguntou ao sumo sacerdote o que era aquilo:

Essa é a barcaça do faraó Sesotris, disse-lhe Djedhor, *feita de madeira de cedro, com 280 cúbitos de comprimento. No passado, tinha o casco folheado a ouro e o interior em prata, de modo que brilhava como a própria barcaça de Rá.*

Vou construir uma maior e melhor, disse Filopator, *quando eu for faraó.* E assim o sonho nasceu — construir o maior barco do mundo, o sonho de grandeza.

Filopator maravilhava-se ao ver tantas serpentes e crocodilos, tantas palmeiras, tantos jumentos. Os homens reclamariam de sua ociosidade, das oportunidades que desperdiçou na vida, mas ele jamais negligenciaria os templos egípcios. Amava a estranha atmosfera, o tamanho espantoso. Desde jovem aprendeu o que precisava fazer para agradar aos deuses. Filopator amava o Alto Egito. Amava, de fato, todo o Egito. Era um grande amante. E nesse aspecto seu amor não era pervertido.

Para onde quer que Euergetes navegasse com a barcaça real, o povo estava de pé, parado nas margens do rio, acenando e sorrindo, entoando a canção de boas-vindas ao faraó. A paz no exterior parecia combinada, enfim, à paz doméstica. Parecia a Djedhor que Ptah de Mênfis havia realizado um prodigioso milagre.

No 17º dia de Epeif, no décimo ano de seu reinado, em Apolonópolis, a meio caminho entre Tebas e Elefantine, Ptolomeu Euergetes realizou o ritual em honra a Hórus no santuário do novo templo. Depois das horas de escuridão, a própria Seshat, Senhora dos Construtores, supervisionou a escavação das fundações na areia. Ajudada por Sua Majestade, ela demarcou a planta do vasto terreno, esticando a corda entre dois postes. A colocação dos quatro cantos extremos ela determinou pela posição das estrelas, olhando em direção ao sul, para Órion, e ao norte, para a Grande Ursa, a fim de se orientar. A seguir, Euergetes torceu o pescoço de um ganso com as próprias mãos, para o sacrifício, e o enterrou nas fundações.

Em seguida, viria a escavação dos buracos, quando Euergetes então recuou, braços dobrados, sorrindo seu meio sorriso, esperando que alguém assumisse a tarefa com a espátula. Mas o sumo sacerdote de Hórus lhe disse: *Com todo respeito, Megaléios, mas ninguém pode executar isso, a não ser Sua Majestade.*

Euergetes pegou a ferramenta de ouro nas mãos. Realmente, esse homem mal sabia para que servia uma espátula. Ele moldou com as próprias mãos quatro tijolos de argila do barro úmido misturado a palha, para serem as pedras de fundação dos quatro cantos do templo, e preencheu o espaço à volta deles com areia, de modo que recriasse o solo virgem sobre qual todo edifício sagrado deveria ser construído.

Enquanto os sacerdotes de Hórus entoavam cânticos, ele baixou cerâmicas, prata, ouro, cobre, ferro, pedras e faianças para dentro dos buracos, e placas de ouro com o nome de Ptolomeu inscritas, modelos de ferramentas e oferendas a Hórus, o Falcão.

Sete dias e noites foram utilizados em rituais, preces, incenso, canto.

Euergetes pensava quando chegaria o tempo em que ele em pessoa consagraria esse templo, batendo à porta por 12 vezes com a clava de pedra. Esperava ansiosamente o momento de se pôr diante do altar do deus, olho no olho com o falcão de ouro. Ele teria a satisfação de executar o ritual matinal para Hórus, que era ele próprio.

Mas se ele realmente imaginou que iria pessoalmente dedicar esse templo a Hórus, ficou desapontado. Não viveria para ver o templo ser concluído. Ah, sim, Forasteiro, Seshat, a Construtora, pode dizer a você que os pedreiros ainda estariam colocando uma pedra sobre a outra, ainda fazendo os adornos do templo em Apolonópolis, ao tempo do Décimo segundo ano de Ptolomeu — 322 mil dias mais tarde. Grave as palavras de Seshat, Forasteiro: *Mesmo 180 anos depois, ainda seria um Ptolomeu a ocupar o posto de faraó.*

Excelência, disse Euergetes, *mesmo o grande Farol demorou a meu pai e a meu avô vinte anos para serem construídos. Será que os construtores não podem trabalhar mais rápido?*

Um templo é diferente, disse Djedhor. *Um templo leva muitos e muitos anos para ser construído. Somente os hieróglifos levarão três gerações de artesões para serem entalhados, mas jamais desaparecerão. Sua Majestade pode ficar satisfeito em saber que a casa de Hórus de Behdet, em Apolonópolis, ficará de pé para sempre — diferente do Farol de seu avô.*

Euergetes olhou para ele de boca aberta. Ele não tinha idéia de que o maior monumento de Alexandria estava fadado a desabar. Mas Djedhor estava certo. Mesmo o imponente Farol um dia desapareceria, no mar.

O consolo de Sua Majestade deve estar na eternidade, disse o sumo sacerdote de Hórus. *Nunca este templo conhecerá a terra sobre a Terra. Ele durará eternamente.*

E ele estava certo. Um milhão de vezes certo.

Forasteiro, você talvez saiba que o templo de Hórus permanece de pé no lugar que os homens do seu tempo chamam de Edfu, com o teto e os entalhes praticamente intactos. Você pode ir até lá e verificar pessoalmente a vastidão das muralhas. Você pode mesmo apreciar cometer o sacrilégio de entrar no santuário, algo que ninguém, a não ser o rei e o sumo sacerdote estavam autorizados a fazer na Antigüidade. Vá até lá, Forasteiro. Contemple a obra imortal do rei Ptolomeu Euergetes. Pronuncie o nome do homem que custeou esse imponente e mais que imponente templo, fazendo com que seu Ká ainda viva na outra vida. E enquanto estiver por lá, não esqueça Seshat, padroeira dos arquitetos, Senhora dos Construtores, uma vez que sem a gentil atenção dela não haveria nada neste lugar a não ser o deserto arenoso.

Veja só, Forasteiro, Djedhor era mais jovem que Anemhor, mas melhor na tarefa de fazer o faraó cumprir sua obrigação em relação aos deuses, realizando construções. Também o convenceu a construir em Panópolis outro grande templo, agora em honra de Min, o itifálico, o maior dos itifálicos, o grande deus da fertilidade, a quem os gregos associam a Pan. Euergetes ergueu esse templo-casa, e assim promoveu o equilíbrio com o templo de Hórus em Apolonópolis, um grande templo de cada lado de Tebas, um no norte da cidade, outro ao sul, os dois igualmente grandes. Nas Duas Terras, *equilíbrio* é tudo. É provável que tenha sido o filho de

Euergetes, Filopator, aquele que se fascinava tanto com a grandiosidade, quem construiu o *pronaos* (Forasteiro: trata-se de um salão com colunas do templo, aberto na frente), que superou todos os demais *pronai* no Egito em tamanho — com quarenta amplas colunas e uma enorme laje de pedra no teto, 160 cúbitos de largura, sessenta cúbitos de profundidade e vinte cúbitos de altura —, mas o principal templo-casa era o magnificente e mais do que magnificente prédio construído por Ptolomeu Euergetes. No grande pilono duplo foram entalhadas as costumeiras imagens gigantes do faraó massacrando os inimigos. Ou pelo menos da esposa do faraó. Mas desse imponente templo de Min em Panópolis, ou Akhmin, no entanto, nem uma única pedra restará sobre outra no seu tempo, Forasteiro, não, nem uma única pedra.

3.18

O *admirável Sosibios*

Ah, sim, até Sosibios veria os edifícios em Apolonópolis inaugurados, Sosibios, o corredor. Mas ele, particularmente, não estava muito interessado em assentar uma pedra sobre a outra. Estava mais dedicado a construir a própria glória. O corredor estava agora com 40 anos e fora ministro do rei por quase vinte. Como sacerdote de Alexandre, marchava à frente da procissão solene que seguia até o túmulo, no aniversário de Alexandre e na celebração do dia de sua morte. No aniversário de fundação da ilustre e mais do que ilustre cidade de Alexandria, foi Sosibios quem teve a honra de verter a libação de leite, mel e vinho não-diluído. Ele era também sacerdote dos deuses Irmão-e-Irmã, outro posto de alta dignidade em Alexandria.

Sosibios não havia esquecido o dia em que subiu a via Canopo como herói, com a multidão gritando *kallinike*, ou seja, bela vitória. Sosibios, dos pés alados, naquele dia se sentiu como se estivesse de fato voando. Ah, sim, ele teve um breve gosto de glória, noutra ocasião em que conheceu a aclamação da multidão, e sentiu-se mais do que exaltado em seus sonhos de grandeza, porque então lhe foi permitido usar o título de *paradoxos*, ou seja, admirável, que era dado a atletas que se destacavam, assim como a músicos, artistas e heróis de todos os tipos.

Esse herói dos Jogos Gregos ainda mantinha o físico atlético, ainda era tratado com reverência, quase como um deus. Para Euergetes, toda palavra desse homem expressava a perfeição. Sosibios salvaria o Egito. Mas também se esforçaria ao máximo por destruir a Casa de Ptolomeu.

E como isso aconteceu? Tente controlar a impaciência, Forasteiro. No momento, que seja o bastante para você saber que Sosibios conduziu Agathocles de Samos para sua maléfica carreira de modo tão diligente quanto Oinante o fez. Foi Sosibios que habilitou Agathocles a subir no mundo que era Alexandria. Sem Sosibios sempre sorridente sobre si, Agathocles não seria nada mais que um garoto-cachorro, nada mais que o rapaz nu que enchia o copo de Sua Majestade com vinho, no *Symposion*, nada mais que o Ganimedes de Ptolomeu Euergetes. No entanto, sem dúvida, logo que os pêlos escuros surgiram no queixo de Agathocles, assim como em seu baixo-ventre, ele precisou encontrar outra ocupação.

Mas o destino tinha de fato algo mais alto guardado para Agathocles do que ser um mero Ganimedes. Seu futuro já estava interligado ao de Ptolomeu Filopator — e fatalmente interligado. Você talvez pense que era Filopator quem dizia a Agathocles o que fazer, mas, com muita freqüência, acontecia o contrário. Visualize uma teia de aranha, Forasteiro, com uma mosca presa nela. Pense em Agathocles de Samos como a aranha, puxando os fios diáfanos para ficarem cada vez mais apertados, controlando a posição da mosca. Pense em Ptolomeu Filopator como a mosca, a vítima se debatendo, aquela que seria morta.

3.19

Arsínoe Gama

Com a morte de Berenice Mikra, Sua Majestade estava preocupado com o fato de que Ptolomeu Filopator ficara agora sem irmã com quem se casar. *Que mulher*, perguntou ele a Berenice Beta, *meu filho e herdeiro tomará como esposa? Devemos arranjar seu noivado enquanto ainda é novo para assegurar a melhor aliança possível.*

Berenice Beta manteve a boca fechada, sabendo que o marido não precisava da sua resposta, mas que, na verdade, estava apenas pensando alto.

Com qual reino o Egito deveria fazer uma aliança?, indagou Euergetes. *Se Filopator se casar com uma garota de fora da família, o sangue puro dos Ptolomeu será diluído. E realmente não podemos deixar que isso aconteça, não é?*

Ela voltou-se para ele, surpresa. Fosse como fosse, não havia uma parenta com quem ele pudesse se casar.

Sim, acho que a única coisa a se fazer, disse Euergetes, *é você ter uma outra filha.*

Berenice Beta soltou um suspiro. Por ela, aliás, Ptolomeu Filopator jamais seria faraó. *Marido*, disse ela, *não tenho desejo de me submeter ao tormento de um parto pela sexta vez. Pensei que estivesse livre de escutar de novo essa conversa imunda sobre um irmão se casando com uma irmã. Você sabe que desaprovo totalmente isso. E se a nova criança for mais um menino? Como vai ser então, Megaléios?*

Dessa vez, Euergetes nada tinha a replicar. Mas há coisas que um homem pode fazer para ajudar a que nasça uma menina: preces aos deuses, generosas oferendas, sacrifícios suplementares de touros totalmente negros. E, é claro, amarrar um cordão ao redor do testículo direito em vez do esquerdo. Isso era o que funcionava melhor.

É um bocado raro para um grego rezar para ter uma filha, mas jamais uma filha foi mais desejada — ao menos pelo pai — que esta. Euergetes bebeu poções, sacrificou touros, amarrou o cordão. Por alguma benesse dos deuses, conseguiu que seu pedido fosse atendido.

É má sorte dar a uma nova criança o nome de sua irmã morta, marido, advertiu Berenice Beta. *Vamos chamá-la de Arsínoe. Talvez se torne uma rainha tão magnífica quanto a imortal Arsínoe Beta.*

E assim foi. Desde o começo chamaram a criança de Arsínoe Gama, a terceira Arsínoe.

A terceira vez, sussurrou consigo mesmo Berenice Beta, *é a vez da sorte...* esperando que a nova Arsínoe tivesse sorte o bastante para sobreviver aos desarranjos estomacais que com tanta freqüência atormentam os gregos no Egito, o tipo de enfermidade que havia levado Berenice Mikra. Ela rezou para que a nova filha tivesse sorte suficiente para sobreviver ao casamento com alguém tão estranho quanto Ptolomeu Filopator, pois o marido não lhe deu ouvidos e decretou o noivado antes que ela completasse três dias de idade — e se recusou até o dia de sua morte a voltar atrás acerca disso.

Berenice Beta dirigiu muitas orações aos deuses, muitas orações a Tiche, mas a verdade é que Arsínoe Gama não teria muita sorte na vida. Não era sorte alguma ficar noiva do irmão mais velho. Não teve sorte nenhuma mesmo. Seu horóscopo, que os pais haviam mandado fazer por mera curiosidade, não porque acreditassem nem um pouco na sua acuidade, e apenas para darem uma espiada no que tinham pela frente, não era nem bom nem mau: dizia apenas que ela não viveria para completar 29 anos de idade. Quanto ao seu fim, o oráculo de Zeus-Amon não revelou coisa alguma, a não ser que teria a ver com fogo.

Berenice Beta não deu de mamar a essa criança, mas tomou muito cuidado com a saúde da filha, certificando-se de que tudo fosse feito para evitar os extremos de quente e frio. Ela disse: *Arsínoe Gama não deve ter o mesmo destino de Berenice Mikra.* Prendeu ao corpo da filha todos os talismãs que prometessem protegê-la contra sezões e as epidemias da febre dos pântanos, a morte por picada de cobra ou do ferrão de um escorpião, por doenças como varíola e problemas estomacais. *Ela deve ser a rainha do Egito, a Senhora das Duas Terras, a maior e a mais feliz das rainhas*, disse a mãe.

Ah, sim, o plano já determinado, não importando o quanto Berenice Beta o desaprovasse, era que assim que lhe crescessem os seios até três dedos de altura, e assim que ela tivesse idade suficiente para dar à luz uma criança, Arsínoe Gama se casaria com o irmão, Filopator, o futuro faraó, e assim se manteria a dinastia viva.

Do mesmo modo, o destino havia feito planos para essa menina. Para começar, Arsínoe Gama não tinha o mesmo encanto e a mesma meiguice de Berenice Mikra, e por muito tempo Filopator não suportaria nem sequer olhar para o rostinho púrpura desse bebê que não parava de berrar.

Ah, sim, desde o início, Ptolomeu Filopator, então com 9 anos, antipatizou com a nova irmã. Não lhe agradava pensar que fosse se casar com esse pequeno pombo depenado guinchante.

Djedhor, o sumo sacerdote de Ptah, antevendo a confusão, disse a ele, sorrindo: *Você olhará com prazer para Arsínoe Gama quando ela tiver mais idade...*

Mas Filopator balançou a cabeça e se afastou do sumo sacerdote, raivoso. *Tomara que ela morra ainda criança*, gritou ele, *como a irmã*.

E assim ficou o amor fraternal entre esses dois. E desse modo foi o afeto entre eles. Mas é assim que as coisas prosseguirão.

A única coisa boa no horóscopo de Arsínoe Gama era que ela não seria atormentada por fantasmas. Diferente da mãe, e de tantas outras mulheres na família, Arsínoe Gama não estava destinada a cometer assassinatos. Teria que lidar com algo ainda pior que fantasmas — por toda a sua vida, seria perseguida por um marido que não a queria — e que seria o mesmo que um morto-vivo.

Berenice Beta desdenhou do relato do oráculo que predisse que Arsínoe Gama não viveria até a velhice. *Ora,* disse ela, *não temos tempo a perder com absurdas previsões do futuro.* Fosse qual fosse o destino da filha, era algo para dali a muito anos. Pelo menos, Arsínoe Gama viveria o bastante para se tornar mãe. Berenice Mikra tivera de morrer.

Nesse meio-tempo, todos prosseguiam sua existência nesse eterno momento presente: o próprio Euergetes continuava a ser o faraó, *o que viverá para sempre*, medindo coisas, preciso como nunca. Berenice Beta continuava montando cavalos, incentivando a cavalaria e acertando o que estava errado. Magas, o filho predileto, a cada dia tornava-se mais o guerreiro. A nova filha, Arsínoe Gama, engatinhou, ficou de pé, andou, correu. E Filopator continuou a crescer, cada dia um pouco mais velho, como uma planta se alastrando, tão selvagem que ninguém conseguia contê-la. Ah, sim, porque mesmo com 9 anos, ele imitava a dança frenética dos sacerdotes de Cibele, os eunucos, cujos testículos haviam sido arrancados — até que a mãe gritasse: *Pare esse rodopio absurdo. Pare!*

Ah, sim, Berenice alimentava em seu coração um novo plano: que a nova Arsínoe se casasse não com Filopator, mas com Magas. Independentemente da exigência de Euergetes em relação ao fim dos atos de violência, ela precisaria cometer outro assassinato. E não do marido, dessa vez, mas do filho. De fato, três dos seus filhos tinham de morrer.

3.20

Livros imundos

Rio acima, em Mênfis, Euergetes era um rei egípcio, que ostentava a dupla coroa das Duas Terras, tentava pensar como um egípcio se esforçava o quanto podia para lembrar os nomes dos deuses egípcios e atender às suas infindáveis exigências. Mas em Alexandria, ele assumia o papel de soberano grego, que pensava como um grego e usava na cabeça a tira de algodão branco que era o diadema real entre os gregos.

Assim, como esse grande rei grego preencheu seus vinte anos de paz, além de se ocupar em construir para os deuses? No início, ele mal sabia o que fazer com seus dias, já não tendo que se preocupar com assuntos estrangeiros e com o paradeiro de seu exército de sessenta mil homens, mas seus pensamentos se voltaram, afinal, para o Mouseion, a Biblioteca, o ensino grego — ciência, as últimas invenções, maravilhosas máquinas modernas.

Ah, sim, durante a paz, o Mouseion floresceu, porque Euergetes visitava os estudiosos com freqüência e fazia generosos donativos para a pesquisa científica.

Ele conversava com Dositeos, de Pelúsia, o matemático, que mantinha um diálogo com o grande Arquimedes, da Sicília. Dia após dia, Dositeos anotava suas reflexões sobre as mudanças climáticas; noite após noite, fazia cuidadosas observações sobre o tempo, quando as estrelas fixas apareciam.

Ele conversava com Spairos sobre estoicismo, embora, na realidade, nenhum dos Ptolomeu tenha tido tempo para filósofos. Por um lado, a filosofia não gerava nenhuma renda para o Tesouro; por outro, eles haviam se proposto, desde o começo, a seguir a escola cirenaica, desfrutando a sensação do momento presente.

Euergetes também estimulava Antígono, de Karistos, que escreveu uma série dos Livros das Maravilhas. E Apolônio, de Perge, o grande matemático e geômetra. E havia ainda Filo, de Bizâncio, o brilhante mecânico, é claro, que escreveu sobre as catapultas de guerra, as operações de cerco e máquinas automáticas, além de um tratado sobre as Sete Maravilhas do Mundo, uma das quais, naturalmente, seria o Farol de Alexandria.

Havia outros semelhantes, Forasteiro, muitos deles, mas há outros livros que você poderia ler sobre o Mouseion e sobre o conhecimento alexandrino. Não há nenhum livro confiável sobre os Ptolomeus que não o de Seshat. Euergetes é a principal preocupação de Seshat aqui. E a construção. E, é claro, os livros. Não devemos nos esquecer de falar sobre a paixão de Euergetes pelos livros, que era tão grande que ele fundou uma segunda biblioteca, no Serapeion — a contraparte grega para as bibliotecas dos templos egípcios, como se pretendesse mostrar que os gregos eram praticamente tão bons quanto os egípcios. Não é verdade, Forasteiro, claro que não, mas era o que Euergetes pensava, e se você também é um grego, ou um helenófilo, pode ser que se delicie pensando o mesmo. Mas Seshat afirma que os egípcios são mais interessantes, menos violentos e mais reverentes aos seus deuses. Além disso, seus livros são repletos de ilustrações.

Seja como for, o rei reuniu muitos livros para a sua Grande Biblioteca, e o fez de modo singular, pois ordenou que todos os rolos descarregados nas docas de Alexandria fossem confiscados em nome de Ptolomeu Euergetes e providenciou cópias, feitas às pressas, de todos, a maioria por aprendizes de escribas. A Grande Biblioteca guardou os originais e devolveu as cópias, de maneira que os proprietários tiveram de se conformar com palavras deixadas de fora, linhas duplicadas, capítulos faltando, nomes soletrados erradamente e, por vezes, total ilegibilidade. Diferente da madrasta, Euergetes tinha mesmo senso de humor. Ele achou que esse novo modo de montar uma biblioteca era bastante divertido. Seshat também sorri quando lembra isso, uma vez que mesmo uma biblioteca montada desonestamente é melhor que nenhuma. A Senhora da Casa dos Livros só pode aplaudir tal empreendimento. Ah, sim, esse faraó faria o que bem entendesse. Se sua esposa soubesse disso nessa época, não tentaria detê-lo.

Ptolomeu Euergetes estava obcecado pela mania de colecionar livros antigos, e seu subterfúgio literário seguinte consistiu em pedir emprestado a Atenas os preciosos textos oficiais dos grandes dramaturgos: Ésquilo, Sófocles e Eurípedes. Euergetes escreveu uma carta muito sedutora e amigável a Atenas, contando que, por acaso, acalentava em seu coração o desejo de corrigir os textos desses autores em sua biblioteca, confrontando-os com os originais, lado a lado.

Atenas emprestaria os textos a Alexandria?, perguntou ele.

Os atenienses levaram um longo tempo para responder a essa carta. Tinham grandes desconfianças sobre esse rei ardiloso. Disseram que só poderiam concordar em emprestar textos tão valiosos se Euergetes pagasse um depósito de cinqüenta talentos — uma enorme soma de dinheiro — como garantia de que retornariam intactos. Euergetes, é claro, prometeu devolvê-los sem danos, sem anotações rabiscadas em suas margens, sem manchas de vinho sobre eles, sem terem sido mastigados pelos macacos do palácio. De modo algum. Disse que estava muito feliz em fazer o depósito e jurou por Zeus, Pan e todos os deuses cumprir os termos e as condições do empréstimo. Atenas chegou mesmo a consultar o oráculo de Delfos para determinar qual seria o mês mais auspicioso, os dias mais tranqüilos para a navegação. No final das contas, viajando sob a gentil proteção de Zeus, como foi o caso, garantida pelo supremo sacrifício de um touro ao mar, a preciosa carga foi para a enseada de Eunostos, a enseada do Feliz Retorno.

Assim que Euergetes colocou as mãos nesses prezadíssimos manuscritos, o coração foi tomado pelo incontido desejo de ficar com eles e deixar que se perdesse o depósito. E assim, claro, tal vergonhosa recordação é para a Senhora dos Livros um comportamento tão condenável, mas o fato é que o nobre rei devolveu as cópias, ajustadamente gastas, com orelhas-de-burro e manchadas com graxa de calçados para parecerem velhas, como se fossem os originais.

Atenas jamais notará a diferença, disse, rindo. E todos os estudiosos do Mouseion riram com ele. Claro, a Grande Biblioteca de Ptolomeu Euergetes era verdadeiramente uma das maiores glórias de Alexandria.

Uma glória ainda maior foi mandada para Euergetes do exterior, na forma de um generoso presente vindo da Sicília. O famoso Arquimedes havia construído um enorme carregador de grãos para Hieron, de Siracusa, 255 cúbitos de comprimento, o *Syrakosia*, com debulhadores gêmeos em que se usou madeira para navios o bastante para se construírem sessenta embarcações comuns, e que requeria mil remadores para movimentá-lo. Tinha um deque para esportes, um deque-jardim, uma piscina de mármore, assoalhos de mosaico que narravam a história inteira da *Ilíada* e um tanque de vinte mil galões de água potável. A bordo, havia catapultas gigantes, desenhadas pelo próprio Arquimedes, e gruas para disparar pedras e agarrar navios inimigos. E muitas outras coisas. Mas Hieron havia se superestimado. Esse colossal navio era dispendioso demais para ser colocado para navegar. E mesmo que pudesse pagar para lançá-lo ao mar, o único porto no Grande Mar, vasto o bastante para acomodá-lo era o de Alexandria. Assim, Hieron raspou *Syrakosia* e pintou *Alexandris* no casco lateral desse vaso monstruoso, encheu-o com 18 toneladas de milho siciliano e todas as demais mercadorias de qualidade produzidas na Sicília e mandou-o como presente de aniversário para Ptolomeu Euergetes, que na ocasião estava atormentado por uma quebra na safra de grãos.

O navio é grande demais para um mero tirano, escreveu Hieron, *mas, pode muito bem ser apropriado para um homem que é um deus vivo. Ptolomeu Euergetes é o único homem no mundo capaz de manter uma embarcação tão grande.*

Quando Euergetes viu o navio, disse apenas: *Mas o que vou fazer com isso?* Não ia se lançar ao mar para guerrear em meio a uma paz que já durava vinte anos. Apenas uma vez tentou navegar com o navio rio acima, quando, então, o maravilhoso vaso encalhou num banco de lama. O *Alexandris* terminou na doca seca de Mênfis, adernado para estibordo, onde inspiraria o monstruoso navio do próximo rei Ptolomeu. Isso porque, de fato, o jovem Filopator gabou-se outra vez: *Somos capazes de construir um navio maior do que esse* — e jurou fazê-lo. *Meu navio não vai encalhar*, disse ele, *e será bastante útil.* Euergetes ficou satisfeito de escutá-lo dizer isso. *Finalmente*, disse para Berenice Beta, *um sinal de espírito nesse menino letárgico. Talvez a construção de monstruosos navios de guerra façam dele um homem.*

Euergetes não estava muito preocupado com a carência de desenvolvimento de habilidades militares do filho. Já Berenice Beta pensava nele como algo pouco melhor que um monstro. *Um filho que gosta de dançar*, disse ela ao marido, *não seria uma maldição determinada pelos deuses, uma grande desgraça? Magas não dança. Ele seria um ótimo rei para o Egito.*

E novamente gritou com Filopator: *Pare com isso, pare com esse rodopio assustador. Dançar é para os* Kinaidoi. Mas Filopator não queria parar.

Euergetes tranqüilizou a esposa, dizendo: *Filopator vai mudar. Quando for adulto, vai se comportar normalmente; seu temperamento vai se acalmar. Garanto a você que ele será um bom faraó.*

Euergetes preferia enxergar apenas o lado bom de Filopator. Não iria mudar de idéia a respeito de quem herdaria o trono. De modo algum. Mas Berenice Beta enxergava ambos os lados de Filopator, e o lado ruim do garoto a incomodava demais. *Não acho que um menino que goste de vestir roupas de mulher seja apropriado para ser rei do Egito*, disse ela, com bastante firmeza.

Euergetes deu de ombros. *Isso não é nada demais*, disse. *Você sabe muito bem que o próprio Dionísio é meio homem, meio mulher. Dionísio é Osíris. Osíris é Euergetes. Eu próprio sou Dionísio. Filopator será Dionísio. Vestir roupas de mulher é o que Filopator faz para homenagear o deus do vinho.*

Não posso condenar um comportamento desses. Eu próprio deveria vestir roupas de mulher.

Mesmo assim, Berenice ostentou seu rosto de tempestade. *Antinatural,* disse ela, *vergonhoso, repulsivo... e profundamente não-helênico...*

Mesmo assim, Euergetes conversou com o admirável Sosibios, o sábio, sobre seu filho e herdeiro.

Ele respeita você, Sosibios, disse. *Não respeita seus pais.*

Sosibios inclinou a cabeça. *Sua Majestade sempre nos envaidece,* disse ele.

Será nossa satisfação que você supervisione nosso reino, disse Euergetes, *quando voarmos para o céu, quando nos tornarmos uma das estrelas.*

Sosibios assegurou a Sua Majestade que ele faria o que fosse preciso pelo filho que não demonstrava entusiasmo pela guerra, nem o menor interesse em defender as fronteiras do Egito, mas que devia ser o faraó, por ser o filho mais velho, porque seu pai assim havia decretado.

Sosibios disse: *Nada há com que se preocupar. Ele vai se sair bem. É um bom rapaz. Gosta de ler Homero. Quer ajudar o povo egípcio. Aprecia a idéia de construir. Tem muitas qualidades. Ama o Egito. O que mais se pode pedir?*

Reservadamente, Berenice Beta ainda resmungava: *Magas seria um faraó muito melhor. Magas será um comandante militar muito melhor. Filopator jamais vai entender a guerra.*

Euergetes gritou com ela apesar da presença do leão da esposa.

Claro, disse Berenice, arriscando a sorte mais uma vez, *que devemos fazer do melhor filho o rei, claro que é nossa tarefa dar ao Egito o melhor de todos os soberanos...*

Euergetes gritou novamente. *Passamos a maior parte de nossa juventude banidos por causa das tolices de nosso pai. Estou determinado a sustentar o costume de que o filho mais velho seja o herdeiro. O nosso primogênito é Ptolomeu Filopator.*

Não, Euergetes não mudaria de idéia. A teimosia, aliás, talvez fosse a mais séria falha no caráter perfeito desse monarca.

Berenice Beta aprendeu, afinal, a segurar a língua sobre a sucessão, mas fazia planos consigo mesma. Secretamente ela jurou contrariar os desejos do marido quando o momento chegasse. *Quando meu marido estiver morto*, pensava, *as coisas serão diferentes.*

Djedhor também teve de aprender a segurar a língua. Podia enxergar — tão bem quanto Berenice — como seria o futuro se tivessem Filopator como rei do Egito: um desastre do começo ao fim; um caos total.

Sosibios só confidenciava o que pensava para o jovem Agathocles de Samos: *Melhor será Sosibios no trono do Egito que qualquer dos filhos de Ptolomeu Euergetes, ou todos eles juntos,* dizia. *E se não for Sosibios, quem sabe Agathocles?* E enfiava a mão sob a túnica de Agathocles de Samos e apertava-lhe as nádegas. Agathocles de Samos ria com ele, sonhando o impossível, e apertava o traseiro de Sosibios. Tais eram, Forasteiro, as curiosas práticas dos gregos.

3.21

Terremoto

No ano 19 de Euergetes, o desastre se abateu não sobre o Egito, mas sobre seus vizinhos, pois uma grande onda chegou explodindo contra as praias de Alexandria no meio da madrugada, destroçando todos os navios no cais e enchendo o grande salão de audiências no térreo do palácio. Uma tal violência do mar só poderia significar uma coisa e foi seguida, não muito depois, pelas notícias do forte tremor de um terremoto que fez desabar o Colosso de Rhodes.

Ah, sim, a mais bela cidade no mundo (depois de Alexandria) estava em ruínas, suas inexpugnáveis muralhas reduzidas a escombros. O mensageiro que trouxe a notícia trouxe também o pedido ao rei Ptolomeu para que ajudasse os amigos de Rhodes, onde ainda queimavam incenso e ofereciam sacrifícios de sangue no templo de seu avô, Ptolomeu Soter, e ainda guardavam o Egito e a Casa Real de Ptolomeu em altíssima conta — a despeito de terem se recusado a auxiliá-lo na batalha contra Antígono Rótula.

Euergetes pensou no Colosso, supostamente à prova de terremotos e permitiu-se sorrir, murmurando: *Meu pai previu a queda dessa estátua...* Olhou pela janela das aparições para o Farol, o grande orgulho da Casa de Ptolomeu, que se erguia firmemente sobre as rochas, e seu sorriso se alargou. Não importa o que dissesse o sumo sacerdote, não acreditava que o Farol pudesse desabar.

Euergetes andou para um lado e para o outro pelo assoalho de mosaico: *Temos de mandar alguma coisa para eles,* disse, *em nome dos velhos tempos. Não podemos ver Rhodes reduzida a poeira, presa fácil dos piratas, aberta a invasões. Rhodes precisa ser reconstruída.*

Dositeos, o *Hyomnematographos,* fechou a cara só de pensar no dinheiro desperdiçado com os rodianos, um povo lascivo, muito afeito a bebidas fortes, que recentemente havia se negado a apoiar os aliados do Egito. *Ouvi dizer que Seleucos Kallinikos enviou ajuda vultosa,* disse ele, *e dez grandes navios de guerra. Talvez o Egito não necessite mandar coisa nenhuma...*

Anote isso, Hypomnematographos, disse Euergetes, muito secamente. *Quarenta mil cúbitos de tábuas de madeira cortadas e aplainadas, para começar... Três mil talentos de moedas de bronze para os reparos do Colosso... Mais mil para recuperar o Ptolemaieion...*

Dositeos balbuciou: *Megaléios, o Egito não pode agüentar... O Tesouro não está em condições...*

Mas Euergetes insistiu: *Estamos em condições. Temos de estar em condições.*

E por quê? Porque o resto do mundo agora se mostrava amigo de Rhodes; porque a pequena ilha era um lugar estratégico no comércio de todo o Grande Mar.

Se Ptolomeu brigar com Rhodes, disse Euergetes, *vai estar brigando também com todos os vizinhos. Se o comércio com Rhodes sofrer uma quebra, não haverá mercadorias de luxo em Alexandria, nada de especiarias, nada de incenso para se queimar para os deuses. Já aconteceu no passado, meu amigo.*

E assim, Euergetes enviou essa ajuda para Rhodes, fossem eles amigos ou não de Ptolomeu, como um gesto de boa vontade, murmurando, enquanto Dositeos tomava notas:

Trezentos talentos de prata...
Um milhão de artabas de milho...
Madeira de navio para dez trieres e dez pentereis...
Três mil peças de tecido para velas...
Três mil talentos de cobre para os reparos do Colossos...
Cem construtores e trezentos e cinqüenta artesãos...

E assim por diante. Seshat, Senhora dos Construtores, tem prazer em reparar no envio de construtores. Não esqueça, Forasteiro, que Euergetes era o Benfeitor. Não obteve esse augusto e mais que augusto título por nada.

Rhodes, no tempo devido, pôde retornar à sua antiga glória. Tudo o que havia tombado foi reerguido como era antes — a não ser a grande estátua de bronze de Hélios, o Deus-Sol, que foi deixada caída sobre seu rosto na enseada. Hélios havia desapontado Rhodes. Não fora um grande protetor contra o mal. Ah, sim, os rodianos deixaram o Colosso onde tombou, como uma lembrança de que nem sempre os deuses auxiliam os mortais, não importando o quanto de dinheiro se desperdice com eles em incenso e oferendas queimados.

Diz-se que os rodianos perderam completamente a fé nas divindades na noite do terremoto, embora alguns afirmem que o desastre foi uma punição divina, por se admitir estrangeiros nos mistérios gregos. Depois do episódio, os rodianos passaram a direcionar as energias para áreas mais confiáveis — superstição, astrologia, magia — e mantiveram um olhar vigilante para, vez por outra, ver se havia novos deuses para tomarem o lugar dos deuses da Grécia.

Mas e quanto a Ptolomeu Euergetes? O que ele realmente pensava sobre os deuses? Quais eram seus reais pensamentos? Forasteiro, ele sempre teve o cuidado de repetir as palavras sábias de Bias de Priene: *Sobre os deuses, diga sempre que existem.* Prestava devoção da boca para fora. Postava-se pacientemente em meio a todos os que rezavam com mais propriedade. E respeitosamente deixava que lavassem seu rosto em sangue durante os sacrifícios gregos. *Se os deuses mantêm somente algumas das pessoas felizes*, disse ele, *devemos continuar cultuando-os.*

E quando Djedhor veio conversar com ele sobre os deuses do Egito, Euergetes escutou-o mais meticulosamente que nunca. Enviava as apropriadas oferendas a Mênfis, agora: cem gansos, cem medidas de cerveja, porque, acima de tudo no Egito, era Djedhor que deveria ser mantido sorrindo.

Acontece que mandar esses grandes presentes para Rhodes foi praticamente o último ato de Ptolomeu. Quanto a Djedhor, ele não era o mais alegre dos homens nessa época, pois vivia sob a nuvem negra da doença, e não havia nada que nem mesmo os deuses do Egito pudessem fazer para ajudá-lo.

3.22

Djedhor

A despeito da enfermidade, Djedhor insistia em executar o ritual de toda manhã em honra de Ptah, pois nada no Egito era mais importante; era esse ritual que mantinha feliz o deus criador. Djedhor banhava-se nas gélidas águas do lago Sagrado de Ptah em Mênfis três vezes ao dia — ao amanhecer, ao meio-dia e ao entardecer —, e isso todos os dias, ao longo de 28 anos, desde que ele fora feito sacerdote júnior, aos 15 anos. Isso equivale a dizer que havia mergulhado o corpo nessas águas não menos do que 10.220 vezes. Djedhor realmente era um dos mais puros entre os puros.

Mas um homem pode acabar se banhando em demasia, não acha, Forasteiro? Ele pode acabar ficando tempo demais imerso na água fria, sonhando de olhos abertos com o grande deus, Ptah, o da bela face. Mesmo no calor do Egito, não é difícil pegar um resfriado. Talvez Djedhor tenha sido zeloso em excesso. Era um homem doente, mas mesmo assim não dispensava a purificação. Nem privaria o deus de suas atenções pessoais enquanto pudesse se manter de pé. Não devia se banhar, mas se banhou. Sabia muito bem que havia chegado ao último dia de sua vida. Mesmo assim, não negligenciaria os deuses.

Embora suas mãos tremessem, Djedhor insistiu em entrar na procissão. Atravessou as portas duplas do templo, no final da longa fila de sacerdotes, inalando o forte cheiro adocicado do incenso, entoando os hinos a Ptah pela última vez. Quando alcançaram o santuário, Djedhor entrou, cerrou as portas duplas atrás de si e ficou a sós com o deus.

Djedhor quebrou o selo de argila do altar, os dedos tremendo, os dentes batendo. Puxou o fecho e abriu as portas douradas. Prostrou-se sobre o assoalho diante do rosto dourado e cintilante do criador do mundo, mal conseguindo descer o corpo. Vestiu o deus da maneira habitual — de branco, para protegê-lo contra os inimigos; de azul, para ocultar seu rosto; de vermelho, para protegê-lo; de verde, para garantir a sua saúde física. Colocou o desjejum de pão e cerveja, cebolas e carne de pombo, do deus diante dele, as mãos agora tremendo tão violentamente que derramou um pouco da cerveja. Para concluir o ritual, passou o dedo mindinho da mão direita no ungüento. Em seguida, encolheu-se e percebeu a dor lá no fundo do peito, uma dor aguda, como se um grande peso estivesse pressionando-lhe o coração. Seus membros ficaram pesados, mais do que os sentira em toda a sua vida. Ele tocou a testa do deus com o ungüento. Normalmente, o deus não se mexia nesse momento. No entanto, desta vez Djedhor o viu inclinar a cabeça e os lábios dourados de Ptah, Senhor da Verdade, falaram com ele sobre a outra vida, e ele viu que os grandes deuses o cercaram: Thot, Bastet, Osíris, Hórus, Sobek... Então, ele viu Anúbis, o chacal. Sabia o que estava acontecendo. Chegara a hora de iniciar a jornada para o Campo dos Juncos. Ah, sim, Anúbis deu um tapinha em seu ombro, rosnando gentilmente, pegou-o pela mão e conduziu-o consigo para a escuridão... e depois para a luz.

Djedhor havia entrado no santuário com o sino, como de hábito, preso à corda em torno da cintura. Enquanto os que estavam do lado de fora escutassem o sino tilintando, significaria que Djedhor estava se movimentando, que tudo estava bem com ele. Mas agora seus irmãos, Horemakhet e Horimhotep, pressionaram as orelhas contra as portas fechadas do santuário, esforçando-se por escutar, mas não ouviram nada, pois o sino havia cessado de tilintar, o que deveria significar que Djedhor estava com problemas.

O silêncio no santuário de Ptah prosseguia, mas a porta só poderia ser arrombada depois de dois dias de silêncio. Afinal, os irmãos fenderam a porta de cedro coberto de bronze e ouro com um machado. Através da brecha, viram Djedhor caído, seu rosto colado ao altar, imóvel, as túnicas e o manto de leopardo em desalinho. Nervosos, puxaram Djedhor para fora pela corda e o viraram. Sua boca estava aberta. Seus olhos haviam cessado de brilhar.

No ano 23 de Ptolomeu Euergetes morreu Djedhor, sumo sacerdote de Mênfis, na idade de 43 anos, com seu velho pai ainda vivo. Ptolomeu balançou a cabeça e disse: *Na paz, filhos enterram seus pais; em guerra, pais enterram os seus filhos*, como se a ordem natural das coisas tivesse virado de cabeça para baixo.

Quando Sua Majestade perguntou ao jovem Anemhor se ele gostaria de voltar a ser o sumo sacerdote de Mênfis, ele disse: *Sou um velho, Majestade, minha memória é ruim. Estou feliz em minha aposentadoria.* Vivia ele na casa dos filhos, e não havia raiva entre eles. Cuidavam dele, zelavam por seu conforto, davam-lhe todo tipo de boas comidas e pediam-lhe conselho em todos os assuntos relacionados ao templo. Repare, Forasteiro, que os egípcios cuidavam dos velhos; seus filhos os amavam. Os filhos dessa família não desejavam *matar* o pai. Não havia ódio nessa casa, não existia discussão. Como era diferente do Palácio de Ptolomeu, onde nunca havia velhos de quem se cuidar, *nunca*, por causa do assassinato e das outras formas violentas de morte.

Já que Djedhor não havia deixado filho para sucedê-lo, o irmão mais novo teria de tomar-lhe o lugar. Horemakhet foi então indicado sumo sacerdote e, embora nunca tivesse esperado ser alçado a esse alto posto, uma vez que ninguém achava que Djedhor pudesse morrer tão cedo, estava pronto. Afinal de contas, isso havia sido previsto desde o seu nascimento. Ah, sim, naquela ocasião, Horemakhet, aos 37 anos, foi ungido sumo sacerdo-

442

te pelo faraó, e a ele deram os anéis de electro. Ele permaneceria no posto até o final do reinado de Euergetes.

O velho pai, o jovem Anemhor, não seria carregado para a necrópole pelos próximos 17 anos. Recusou todas as honras e tarefas extras, exceto uma: profeta de Arsínoe Filadelfos, por conta de sua grande devoção à memória dela. Não tinha nada a ver com o fato de que este posto era o mais lucrativo. De modo algum. O dinheiro nada tinha a ver com isso. Ele também manteve o cargo de escriba das rações do Ápis, o touro sagrado, a quem amava tanto quanto a Ptah. Todos os dias Anemhor andava, em seu passo lento, até o estábulo desse deus bondoso, o grande vidente de tudo o que estava por vir, dava-lhe comida e queimava incenso diante dele. Sussurrava em seus ouvidos e acariciava-lhe o flanco. Todos os dias o Ápis fixava os olhos em Anemhor sem piscar, como o grande deus que ele era, assentindo com um movimento de cabeça ou lambendo uma narina com a grande língua cinzenta, inescrutável ao extremo, mas perfeitamente compreensível para alguém tão entendido quanto Anemhor.

Quanto tempo mais, quantos anos mais o Egito deverá sofrer o jugo estrangeiro?, perguntava Anemhor, como se estivesse exausto não apenas do antigo cargo, mas também da Casa de Ptolomeu, e preocupado com o futuro. Ele tapou os ouvidos com as mãos e saiu do estábulo para a luz. Caminhou, cambaleante, até a planície arenosa, bordejada de palmeiras, onde os jovens escribas brincavam de chutar a bexiga de porco, como sempre. Quando tirou as mãos dos ouvidos, escutou-os gritando: *Cento e noventa*.

3.23

Sanguessuga

Ptolomeu Euergetes, agora com 60 anos, também se preocupava com o que aconteceria com o Egito depois de sua morte. *O que será que vai fazer nosso filho Filopator ao Egito*, perguntou a Sosibios, *quando se tornar faraó?* Isso porque ainda não havia mudado de idéia quanto a quem seria seu herdeiro.

No início, respondeu Sosibios, *praticará atos tresloucados. No entanto, com um conselheiro sábio, Sua Majestade pode ter a certeza de que ele se ajeitará.*

O conselheiro sábio, evidentemente, era ele próprio.

Euergetes ainda hesitava. *Receamos que nem tudo corra bem com ele*, disse.

Majestade, os ministros de Filopator vão cuidar direito do Egito...

O primeiro-ministro também seria ele próprio.

Ah, sim, o admirável Sosibios, esse homem gigantesco, peito largo, agora barbado, como Sarapis, de olhar sereno, fala educada e sábio conselheiro, era um conforto para Euergetes nos últimos meses da sua vida. Por todos esses anos, ele havia desfrutado da absoluta confiança de Sua Majestade, e ainda assim, por debaixo do véu de lealdade, ele era falso, oportunista, interessado apenas no que podia obter para si mesmo. Berenice Beta pressentia isso, mesmo sem nenhuma prova, e teve o bom senso de se manter calada a respeito de seus receios. A intuição feminina dizia-lhe que Sosibios não era um homem honesto. Mas Euergetes, na verdade, não suspeitava que houvesse algo de errado.

Sosibios passara a usar as túnicas púrpura do herói desde que fora vitorioso na luta livre masculina nos Jogos Panatenianos. Agora, sendo um homem rico, vencia corridas de carruagens nos Jogos Nemeanos e Istimianos, na Grécia, e foi o primeiro egípcio grego a vencer a dupla disputa, pelo que o rei Ptolomeu derramara sobre ele grandes honras e recompensas em abundância, chegando mesmo a lhe conceder a Ordem Egípcia da Mosca de Ouro, que representava coragem em batalha.

Para os gregos, o corpo perfeito era o de um atleta. A beleza terrena perfeita expressava a beleza perfeita divina. Sosibios era o mais belo grego de sua época. Ainda acreditava que quando chegasse o momento de descer ao Hades, os alexandrinos o homenageariam com um templo de herói. *Honrarias em vida são estimadas*, pensava ele, *mas melhor ainda é ter o nome homenageado depois.*

Não era, entretanto, o destino de Sosibios ter seu nome homenageado depois. Seu nome seria lembrado, sem dúvida, mas pelas razões erradas.

Euergetes derramou o ouro do louvor sobre Sosibios vezes sem conta por seu êxito no esporte: um trípode de ouro, quatro cavalos brancos de Cirene, o carro de ouro que ele havia conduzido durante a procissão da vitória e o lote de mulheres solteiras de Alexandria. Sosibios levava muito a sério sua ambição de se tornar rei. Achava-se melhor que qualquer dos filhos de Sua Majestade.

Euergetes acreditava que Sosibios fosse o homem certo para o cargo de primeiro-ministro do filho. Filopator gostava bastante de Sosibios, que fazia de tudo para diverti-lo, mas apenas porque manter o bom humor de Filopator era um meio de botar as mãos no poder. Ao mesmo tempo que era um herói, no entanto, Sosibios também inspirava medo. Todos os homens em Alexandria haviam visto o lutador Sosibios quebrar os dedos dos oponentes e se afastar dando risadas, até lembrar que era um ministro do rei. Homens crescidos tremiam quando ficavam diante desse homem, temido por sua língua afiada, por seu poder de fazê-los desaparecer sem deixar traço. Mas Euergetes via apenas o lado bom, o atleta Olímpico, o ministro que arrecadava tanto em impostos que o tesouro real transbordava de ouro. De fato, Euergetes nada sabia sobre o lado ruim de Sosibios, filho de Dioskurides.

Euergetes parecia ter esquecido aquelas sábias palavras que diziam que um rei não devia confiar nem mesmo em seus ministros mais próximos. Talvez tivesse esquecido que ser um rei é ser um homem sem amigos; que um rei não deve confiar em ninguém. Seu filho Filopator esqueceria isso também, pois confiava em Sosibios e também em Agathocles de Samos, que havia se tornado o risonho auxiliar político de Sosibios, exatamente o homem que cuidava dos desaparecimentos que seu senhor ordenava, dos quais Euergetes nada sabia.

Na sétima Grande Pompa de Ptolomeu Euergetes, Sosibios teve a honra de representar Eniautos, a personificação do ano. Foi ele quem carregou o grande corno da fartura, um dos emblemas da Casa de Ptolomeu. Tinha o rosto, os braços, as pernas e os pés pintados de dourado: Sosibios acenava e arreganhava os dentes, como se soubesse o que aconteceria no ano seguinte, enquanto o resto de Alexandria, não.

Horemakhet, o novo sumo sacerdote de Mênfis, foi de barco para Alexandria para assistir à procissão, que seria a última Pompa de Ptolomeu Euergetes. Viu então Sosibios, folheado a ouro como um gigante dourado, e pensou nos ritos funerários egípcios, em que o rosto do morto, os dedos dos pés e das mãos eram folheados a ouro e, por vezes, se a família podia pagar o custo, o corpo inteiro, de modo que os mortos reluzissem na outra vida.

Quando viu Agathocles de Samos, agora com 24 anos, folheado a ouro e brilhando da cabeça aos pés, montado no dorso de um elefante e vestindo apenas um par de botas de caça e uma coroa de folhas de parreira, Horemakhet balançou a cabeça sem acreditar. Ele pensou: *Ouro é a carne dos deuses. Folhear a ouro é para os mortos. Dourar o rosto dos vivos é mau, extremamente mau.* Ele pensou em homens mortos caminhando. Pensou em Sosibios e em Agathocles como grandes moscas de ouro, moscas sugadoras de sangue, sugando o sangue vital do Egito.

3.24

Dourado Agathocles

A essa altura, Agathocles de Samos já não tinha mais idade para personificar Ósforos. Era algo maior que uma mera estrela. O peito era largo, saliente, e musculoso como o de um atleta. A pele dourada reluzia ao sol. Ele era Dionísio, deus do vinho, deus do frenesi, aquele que ria. Nessa procissão, vinha montado num elefante, rindo sozinho, como se ele também soubesse de alguma coisa que ninguém mais sabia.

Sua irmã Agathocléia, segundo a opinião geral agora a mulher mais bonita de Alexandria, também desfilava na Pompa, como Penteris, o Festival Qüinqüenal personificado. Não era mais a garota esguia que fora, mas naquele tempo ser um pouco pesada era bonito. Tanto Euergetes quanto Filopator gostavam de mulheres pesadas. Comer e ser gordo era a moda: ser magro era para os pobres, para os escravos.

Oinante havia engordado muito durante seus vinte anos de banquetes, mas ainda era a Senhora Pintada de Dourado. A velha Oinante liderava a Pompa de novo, remexendo-se, gritando e às gargalhadas, sua grande barriga dourada balançando. A cada cinco passos, ela fazia uma pausa e soprava um toque longo de sua trombeta de ouro, quando então Alexandria rugia, ovacionando. Entre um sopro e outro, ela acenava, lançava olhares libidinosos, contorcia-se, e então Alexandria assoviava e lhe atirava flores.

Horemakhet enxergava o futuro com grande clareza mesmo então: Oinante subindo a via Canopo sem receber nenhum aplauso feliz, nenhuma ovação e nada de flores, mas com a multidão rugindo a pedir seu sangue.

Oinante não podia ver o futuro. Vivia um dia de cada vez, pelo prazer do momento presente, como seus amos, os Ptolomeu. No momento, portanto, continuava a gargalhar.

Seu filho, Agathocles de Samos, enforcador de cachorros e castrador de cavalos, o desejado amante de muitos homens, ria por muitas razões, mas a primeira era por ter Sosibios como patrão e o príncipe Ptolomeu como amigo íntimo. De todos os atrativos físicos de um jovem, não havia nenhum outro pelo qual os gregos mais se encantavam que os olhos. Os olhos de Agathocles eram negros como azeitonas e reluzentes como chamas negras, e seu fogo negro já havia chamuscado Ptolomeu Filopator. Agathocles ajudava Sosibios em seu cargo, levava mensagens aos torturadores, aos eruditos do Mouseion, mensagens para e de Sua Majestade. Agathocles era muito útil a Sosibios e muito confiável, sendo bem recompensado por seus serviços.

Como a abelha, Agathocles de Samos revoava de flor em flor, de homem em homem, oferecendo seu corpo para fazer coisas das quais Seshat não pode falar e tomando para si tudo o que pudesse pegar. Por vezes, essa grande abelha grega fazia uso do ferrão. Tendo Sosibios como patrão, um belo rapaz como Agathocles podia obter praticamente qualquer coisa em que lhe importasse pensar. E no que ele pensava? Poder. Riquezas. Mulheres.

E um fim na obrigação de beijar Ptolomeu Filopator e todos os outros homens da corte que desejassem apalpar-lhe o traseiro dourado. Logo, pensava ele, poria um fim nessa história de ter de aplicar sua língua dourada em todos os lugares onde os homens lhe ordenassem.

Ainda se passariam muitos anos antes que Agathocles pudesse pôr um fim nisso tudo. Mas a estrela da manhã que era Agathocles de Samos estava ascendendo. Agathocles disparara como se fosse uma estrela cadente, atravessando ligeiro o céu noturno, deixando atrás de si um faiscante rastro dourado. Ele próprio era uma das estrelas de ouro disparadas do falo de Osíris na Pompa. Agathocles era quase o próprio Sol, fascinando, queimando, e Ptolomeu Filopator era a escuridão que ele iluminava. Ah, sim, Forasteiro, você sabe que Filopator deveria ser o Sol e Agathocles, a escuridão: as coisas já haviam virado ao contrário. O itifálico Agathocles não pensava que pudesse despencar — nem sequer sonhava com essa possibilidade. Vivia o dia presente, e cada um era mais lucrativo que o anterior. Pensava que seus dias dourados durariam para sempre.

Agathocles de Samos, o jovem nu, quer estivesse correndo por aí brilhando de óleo no corpo, ou amarelo da areia do *gymnasion* com seu amigo Magas, ou desfilando na Pompa, dourado dos pés à cabeça, ou servindo o vinho nos banquetes de Euergetes, ou deitado na cama de seu amigo Ptolomeu Filopator, era como se fosse o próprio Eros em carne e osso.

Ptolomeu Filopator, o príncipe coroado, praticamente as últimas palavras que seu pai lhe disse foram da sabedoria grega de Sólon: *Não se apresse em fazer amigos, não se precipite em dispensar os que tiver feito.* Mas Filopator mal escutou. Nunca achou os conselhos do pai muito sábios.

Horemakhet também proferiu uma advertência: *Não faça de Agathocles seu-alguém-muito-íntimo.* Filopator riu, debochando dele. Não fizera de Agathocles seu amigo de um dia para o outro. *Conheço Agathocles*, disse ele, *desde que me entendo por gente. Não tenho a intenção de afastá-lo.* Nem por seu lado estava Agathocles inclinado a abandonar o amigo real. De modo algum. Filopator era a renda de Agathocles, sua estrada para a riqueza e o poder.

O que Menader, o grego, diz? *Todos nós, de tempos em tempos, larga-mos a nossa bebida, os nossos prazeres de todos os dias, e procuramos al-guém para compartilhar o que mais nos importa na vida. Todo homem tem certeza de haver encontrado um maravilhoso tesouro quando ganha algo semelhante a um amigo.*

Em relação a Agathocles, o dourado e musculoso rapaz, Filopator achava que nele havia encontrado um maravilhoso tesouro. Estimava Agathocles mais que todo o ouro do Egito. Desafortunadamente, esse maravilhoso ami-go de toda uma vida tinha apenas a aparência de ser seu amigo e era mais o lobo que bajula a ovelha que quer comer no jantar.

3.25

Festim de moscas

Foi mais à frente naquele ano dessa última Pompa, ano 25, que Sosibios foi acordar Sua Majestade certa manhã, levando os despachos que chegavam da Síria. Esse confiável ministro passou pelos guardas, como de hábito, entrou nos aposentos do rei sem ser anunciado e imediatamente achou que algo estava errado. O zumbido das moscas, talvez. O gotejar de algum lí-quido no assoalho, talvez.

Megaléios?, disse ele, esperando que Sua Majestade se mexesse na cama.

Nenhum movimento por sob os lençóis. Nenhum resmungo. Nenhum barulho, a não ser o das moscas.

Megaléios, está na hora... começou ele a dizer.

Nenhuma resposta. E ainda nenhum movimento, a não ser alguma coi-sa pingando que não era a *klepsydra*.

Sosibios avançou um passo em direção à cama e contornou-a. Sua Ma-jestade não ressonava nem se remexia sob os lençóis. Os olhos reais esta-vam abertos. Uma mosca passeava sobre seu lábio inferior, entrando a seguir em sua boca. Não havia nem sinal de pulso, nenhum batimento do coração. Sosibios sorriu para si mesmo, virou-se, ficou imóvel, pensando, escutando os pássaros, o vento agitando as palmeiras, os macacos tagarelando a distância, as ondas batendo na praia.

Ele ficou no quarto tempo suficiente para ter assassinado Sua Majestade, mas Seshat não deve denunciá-lo por isso. De modo algum. Ptolomeu Euergetes morreu de causas naturais, não de comida envenenada, nem de estrangulamento, nem por ter sido sufocado com os próprios travesseiros. Sosibios estava acima de qualquer suspeita; era o primeiro entre os ministros do rei.

Ele mandou os anões do quarto de dormir voltarem da porta — anões portando linho, água, o desjejum de pão e mel — com um sinal que os dispensou, enquanto pensava no que deveria fazer.

Sua Majestade vai dormir até mais tarde, disse Sosibios. Ah, sim, até mais tarde do que nunca.

Havia acabado de amanhecer, e o primeiro pensamento de Sosibios foi a respeito de Magas e dos dois outros irmãos. Magas já estaria no *gymnasion*, exercitando o corpo; os demais, sem dúvida, ainda dormindo. E então pensou em Ptolomeu Filopator, o homem que deveria se tornar o faraó, e se permitiu uma rápida risada, uma risada de deboche.

Causas naturais, assim disseram, essa foi a razão da morte de Ptolomeu Euergetes, mas como ele morreu de repente, e de uma enfermidade da qual ninguém sabia o nome, o boato ligeiro correu por toda parte, dizendo que a enfermidade fora assassinato e que o culpado teria sido seu filho, Ptolomeu Filopator.

Não é assunto insignificante, murmuravam os gregos, *assassinar um rei*. Muitos deles acusavam Filopator de ser o suspeito principal, o assassino do pai, mas era fácil jogar a culpa naquele que era fraco. Espalhar o boato sempre poderia acobertar um outro homem mais forte. É tarde demais para abrir o caso de alguém que morreu dois mil anos atrás, Forasteiro. Talvez Filopator seja culpado. Mas e se o próprio Sosibios o matou? Vamos considerar esse pensamento. Não é possível. Sosibios era aquele em quem se confiava. Seshat inscreve o nome de Ptolomeu Euergetes para toda a eternidade. Ela escreve o nome dele sobre as folhas da sagrada árvore Persea. Fossem quais fossem as circunstâncias da sua morte, é tarde demais para se descobrir a verdade.

Está satisfeito agora, Forasteiro? Acha que a deusa da história o desapontou? Seshat ri. Até Thot, que se gaba de saber tudo no mundo, desconhece a causa da morte de Alexandre. Trata-se de um grande paradoxo, Forasteiro, ou não? Que mesmo o primeiro dos historiadores, inclusive o deus e a deusa da história, o divino cronólogo e a divina cronóloga, não tenham a solução para tal mistério. Mas como pode você esperar outra coisa? Thot é quem escuta, é quem sabe, é quem anuncia o amanhã, é ele quem enxerga o futuro sem cometer erros. Mas não observa a Babilônia. Nem mesmo os deuses da escrita podem se manter a par de tudo o que acontece no mundo.

A história é feita de fragmentos, como pedaços de um mosaico. *Tessarae*, é como os romanos os chamam, pequenos cubos com seis faces, sendo que apenas uma delas é colorida. A maior parte da história apresenta somente uma face, mas toda história tem seu lado obscuro, sombrio, os minúsculos detalhes que todos já esqueceram, que fazem você acreditar que lhe estão contando a verdade. Há sempre mais para ser descoberto do que o olho enxerga. Por vezes, os pedaços da história se encaixam, fazem sentido. Por vezes, não. Desta vez, não. Euergertes morreu, e Filopator pode ou não tê-lo assassinado. É tudo o que se pode dizer. Vamos adiante, Forasteiro, para o próximo reinado, na esperança de encontrar as respostas para outros problemas.

Ah, sim, vamos a Ptolomeu Filopator, cujo título significa *amigo do pai*, o filho, o herdeiro, o novo faraó, então com 23 anos e toda a sua miserável vida pela frente.

Agora os malvados se sucederão uns aos outros como um céu repleto de nuvens negras. Agora a loucura começa de verdade, bem como o sangue. Se você não consegue pensar em sangue, Forasteiro, deve parar de ler imediatamente, pois de agora em diante vai nadar em sangue. Agora você deverá penetrar com Seshat na mais profunda escuridão. Mas a escuridão não é total: uma vez ou outra pode ser que você queira moldar os lábios num sorriso. Há um pouco de luz, como os raios de sol filtrados pelas ripas de madeira de uma persiana. Adiante, Forasteiro, adiante. Seshat vai segurar sua mão. A senhora vestida com pele de leopardo vai cuidar bem de você.

Embora fosse um homem idoso, Sosibios percebeu qual era o estado de coisas em Alexandria com bastante clareza. Magas era o ídolo dos soldados, e Filopator, não. Magas havia criado músculos no corpo, enquanto Filopator, dobras de gordura. Magas tinha a pele semelhante a bronze polido, tudo isso fruto de exercício regular a céu aberto, enquanto Filopator era pálido como uma garota, de tanto permanecer enclausurado lendo Homero e se escondendo do sol.

Sosibios nunca controlaria Magas, mas sabia que poderia controlar Filopator. Era uma escolha simples, por qualquer ângulo que se olhasse, e bem o que Euergetes havia planejado. Magas era o homem que deveria sofrer um acidente.

Magas tinha cerca de 21 anos. Não pensava em usurpar o lugar do irmão. O pai havia criado os filhos sem ódio entre eles. Não era senão leal a Filopator. E, ainda assim, Magas, um jovem de ótimo caráter e amado por seus camaradas, precisava morrer. Tinha de morrer não por algo que tivesse feito, mas por medo do que poderia fazer.

Sosibios mandou chamar Ptolomeu Filopator e, quando este chegou, disse-lhe: *Sua Majestade está morto*. Filopator voltou-se para o corpo, olhando-o fixamente, com curiosidade. Pegou a *nekhakha*, o báculo de ouro, junto à cama e cutucou com ele a bochecha do pai. A seguir, usou o mangual de ouro e *sapheiros* para também cutucar o rosto do cadáver. Já o rosto de Filopator estava sem expressão. Ele estava parado, imóvel. Encolheu os ombros, remexeu os lábios, torceu os pulsos e bocejou. Não mostrava nenhum sinal de pesar. Ele virou a mesa que estava ao lado da cama e a fez tombar com estrondo no chão de mosaico. Então, em meio à bagunça, pegou o *khepresh* e o pôs sobre a cabeça, a parte de trás para a frente, de modo que caiu sobre seus olhos. Deu alguns passos, uma ou duas vezes em volta do quarto, depois se deteve.

O que deve ser feito?, disse, enfim.

Você é o faraó, disse Sosibios, paciente. *Você sabe o que deve ser feito.*

Filopator olhou para ele interrogativamente.

Sua Majestade deve se livrar de seu tio Lisímaco, disse Sosibios. *Isso se Sua Majestade pretende sobreviver.* Ah, sim, o tio Lisímaco, a quem se deixara vivo, no começo do reinado prévio, por conta da afeição do irmão por ele, teria de morrer desta vez. Não se daria continuidade ao absurdo da política de não-violência de Euergetes. Havia assassinatos a cometer.

Filopator não disse coisa alguma. Desviou os olhos, topou os ouvidos com as mãos e voltou-se de costas apoiado no calcanhar, muito lentamente, perdido em seus pensamentos. *Nosso tio Lisímaco, nosso amigo*, pensou ele. *Mas que mal ele nos fez?*

O príncipe Alexandros também deve ser morto, Megaléios, disse Sosibios. Filopator ficou em silêncio.

O príncipe Magas e o príncipe Lagos também serão uma ameaça à segurança de Sua Majestade, disse Sosibios, *não importa o que pensasse o pai.*

Temos areia em nossos ouvidos, disse Filopator. *Não escutamos nada.*

Recordou então as últimas palavras do pai: *Nem pense em matar Magas e os demais... Não podemos ter mais assassinatos nesta Casa. Não somos bárbaros. Não devemos nos comportar como bárbaros.*

Três irmãos, pensou ele, *os irmãos que nos empurravam na areia, na praia. Eles nunca fizeram nada pior que isso.* Não os odiava tanto assim, na verdade. Os que sorriam. Mas não falou uma palavra sequer para impedir Sosibios de fazer o que deveria ser feito.

Assim como Seth matou seu irmão Osíris, disse Sosibios, *Sua Majestade precisa matar os irmãos a mais, ou vai perder o trono para qualquer um deles que se mostrar o mais forte.*

Silêncio. Filopator ao mesmo tempo queria e não queria cometer os assassinatos.

Essa demora pode durar o dia inteiro, pensou Sosibios. Pensou em todo um novo reinado perseguido por tal indecisão.

Precisamos agir rapidamente, Megaléios, disse Sosibios, muito sombrio.

Silêncio. Filopator girou nos calcanhares novamente, pensando no pai morto. O pai que o surrava, que lhe dava conselhos inúteis, que raramente conversava com ele e que mesmo assim queria que ele se tornasse rei.

Silêncio significa concordância, concluiu Sosibios; portanto, mandou chamar Teodotos, o etoliano, o sátrapa da Koile-Síria, no momento em Alexandria, e deu-lhe as ordens: fechar o *gymnasion*, dizendo *Caldeira defeituosa* ou qualquer outra justificativa que conseguisse inventar. Preparou para Teodotos uma mensagem para ser entregue a Agathocles. E ordenou para que Berenice Beta fosse impedida de deixar os aposentos.

Pense nisso, Forasteiro, no quanto Berenice Beta devia parecer ameaçadora naquele dia. Se ela conseguisse proclamar Magas rei, teria matado Sosibios e Filopator, Alexandros e Lagos, todos *naquele dia, em menos de uma hora.* De modo que Magas pudesse viver, reinar e estar seguro no trono.

Agora, Forasteiro, você pode enxergar as linhas desenhadas para a batalha: Sosibios e Filopator contra Magas e Berenice Beta — uma batalha entre mãe e filho, irmão e irmão, Ísis e Hórus, Hórus e Seth, como se tudo que fosse acontecer significasse apenas um lúgubre reflexo invertido das histórias dos deuses. Se Berenice Beta tivesse alimentado maior interesse nos deuses do Egito, poderia estar amedrontada, pois Hórus, o filho, cortou a cabeça de Ísis, sua mãe. Ah, sim, agora o Hórus vivo, o falcão vivo que era Filopator, enfrentaria em batalha a mãe, a mulher que era Ísis, grande na magia, e o falcão tentaria furar-lhe os olhos, guinchando, berrando, e enfiar as garras em sua divina carne. Ele precisaria realmente se tornar Hórus, o Falcão, aquele que ataca em silêncio, sem aviso, com espantosa rapidez.

Teodotos subia a via Canopo em direção ao *gymnasion*, dando-se tempo à vontade, pensando em Magas. Havia gostado de Magas. Todos os homens gostavam de Magas. Em dado momento, virou o cavalo e começou a galopar de volta ao palácio. Então, parou, virou de novo e prosseguiu. Não, precisava obedecer às ordens de Sosibios. Do contrário, ele é que seria morto.

Encontrou Magas correndo pelo *gymnasion*, praticando corrida a pé com os amigos. Agathocles, amigo de Magas, por acaso estava lá, Agathocles, que havia sido criado com Magas e com os outros príncipes e que levava tudo muito a sério quando o assunto era correr. Teodotos caminhou em direção a Agathocles atravessando a areia e sussurrou-lhe a mensagem de Sosibios. A seguir mandou os outros corredores embora, alegando cumprir ordens de Sua Majestade e dizendo: *Revolta em Kilikia. Precisam de vocês no acampamento*. Mas deixou Magas e Agathocles ainda correndo. Teodotos dispensou os guardas, dizendo que eram necessários no Mouseion. Os atendentes do banho, os revolvedores de areia, os encarregados das roupas, os que abriam as portas, a todos Teodotos dispensou, dizendo: *Nada de atletismo hoje, festival egípcio*. E ninguém mais foi deixado no *gymnasion* além de Teodotos, Magas e Agathocles. Teodotos vigiaria a porta pessoalmente. Agathocles se encarregaria do trabalho interno.

Teodotos sentou-se para esperar até Magas ter terminado de correr, até Agathocles poder levar Magas para a casa de banho sem despertar suspeitas. Ah, sim, Agathocles, em quem Magas confiava, a quem conhecia desde sua mais tenra infância. Agathocles, o irmão adotivo. Theodotos ficou assistindo, depois de se assegurar, em primeiro lugar, de que a fornalha para ferver a água do banho estava no máximo. Porque era certo que Magas, depois de seu exercício, entraria no banho.

Quando ele entrou, Magas perguntou a Teodotos: *Onde está todo mundo?*

Dia de festa em homenagem a Fetket, mordomo dos deuses, respondeu Teodotos. *Foram todos assistir ao sacrifício...*

Mas, na verdade, o sacrifício seria no *gymnasion*. Seriam as moscas de Alexandria que teriam um banquete de graça naquele dia.

3.26

Água quente

Magas saltou para o banho escaldante sem experimentar a temperatura — e pereceu. Essa foi a história oficial. A outra versão diz que a água fervendo foi derramada sobre Magas e que foi Teodotos quem fez isso — Teodotos, o sátrapa da Síria vazia, aquele que cuidou dos serviços extraordinários exigidos pelo palácio naquele dia, resolvendo todos os problemas. E houve problemas, pois Magas não morreu silenciosamente, mas berrando por ajuda, de modo que seus amigos — que haviam deixado o *gymnasion,* mas estavam parados do lado de fora — entraram correndo para salvá-lo. Foi Teodotos, parado do lado de fora da porta trancada da sala de banhos, que os rechaçou com as mãos nuas, lutando contra eles e matando a todos, tendo escapado com vida por pouco e recebido depois os devidos agradecimentos por seu feito. Teodotos foi o homem que se certificou de que a ordem fosse cumprida, que se assegurou de que Magas fosse morto.

Quem, então, estava dentro da câmara cheia de vapor com as trancas corridas através da porta de bronze, derramando água escaldante sobre Magas na banheira e mantendo a cabeça dele debaixo d'água até que ele estivesse morto? Agathocles de Samos foi quem fez o trabalho sujo. Agathocles, o zelador do banho, Agathocles, o Ganimedes, o grande amigo de Magas.

Ah, sim, Agathocles, o homem forte tão experiente no uso da forquilha que poderia manter a cabeça de um homem debaixo d'água até que ele parasse de se debater; até que as bolhas de sua respiração deixassem de provocar a menor onda na superfície da água.

Agathocles abriu a porta da casa de banho e saiu. Saudou Teodotos — que estava ofegante, manchado de sangue, cercado de cadáveres — com o habitual sorriso amigável, em nada demonstrando que havia acabado de afogar um homem que poderia se tornar o faraó.

Sempre se diz de Agathocles de Samos: *Um cão faminto vai comer bocados de imundície.* Ele ainda era o belo menino faminto por ouro e inteiramente sem escrúpulos, que faria qualquer coisa por dinheiro e cujos charmoso sorriso e perfeitas maneiras não permitiam a homem algum suspeitar nele uma traição. Não, um jovem tão bonito não poderia ser culpado de assassinato, muito menos de quatro mortes. Lagos, Alexandros, tio Lisímaco, e Magas, todos morreram naquela manhã, de modo que Ptolomeu Filopator pôde se sentar sem contestação no trono e se sentir seguro contra todas as ameaças. Ah, sim, mas qual seria a inteira verdade? Que Sosibios e Agathocles eram ameaça maior a Filopator que todos aqueles parentes mortos juntos. Sosibios e Agathocles deveriam ser aqueles a serem mortos naquele dia, mas viveram e deram risadas.

*

Quando Sosibios recebeu de Teodotos a notícia de que este havia cuidado de todos os parentes, mandou chamar Berenice Beta e levou-a para ver o corpo do marido. Berenice ficou olhando, parada. Não chorou, não soltou uivos. Não riu, histérica, não teve o tradicional ataque de pesar e guinchos. Simplesmente disse: *Onde está o príncipe Magas? Mande Magas até nós, por favor.*

Então, Sosibios providenciou para que Filopator fosse proclamado rei do Egito. Ah, sim, e os Escudos de Prata o carregaram sobre os ombros, ao redor do pátio do palácio, ovacionando e entoando repetidamente seu nome. Filopator debatia-se, com medo de cair, e implorava para que o descessem.

Claro que Berenice Beta declarou-se imediatamente co-regente, pois considerava o filho de 23 anos totalmente incapaz de governar sozinho, e talvez tivesse razão. *Ficaremos muito satisfeitos de ajudar você, meu caro rapaz*, disse ela, em meio à comemoração. O que equivale a dizer que ela não queria que ele governasse sozinho e não o deixaria fazê-lo.

Filopator não sorriu o sorriso do faraó ainda, mas franziu o cenho para ela.

Berenice Beta ainda era a rainha de Cirene de pleno direito, ainda era a faraó-mulher, a Hórus-mulher. Mesmo na hostil Tebas, chamavam-na simplesmente de *A Soberana* e a representavam vestindo os trajes cerimoniais do rei. (Sim, Forasteiro, a mãe vestia-se como homem; o filho, como mulher.) Berenice Beta não queria desistir dessas coisas para se tornar a grande vaca branca de Nekher. Queria manter o poder, e não entregá-lo a quem quer que fosse. De Sosibios, ainda desconfiava que desejasse tomar o reino para si próprio. E estava certa nessa suspeita. Sosibios já detinha poder em demasia.

E Filopator? O que pensava Filopator? Sozinho com Sosibios, conversando sobre o que deveria ser feito e o que não deveria, Filopator liberou a raiva contra a mãe: *Por que não devo governar sozinho? Por que ela não me deixa em paz?*

Sosibios lhe dizia palavras de incentivo: *Você deve governar sozinho, Megaléios.*

Por que minha mãe tem de interferir?, gritou Filopator.

Ela não deve interferir, disse Sosibios. *Temos de nos assegurar de que ela não fará isso.*

Agora que não podia mais governar por intermédio de Euergetes, Berenice Beta acreditava que poderia dominar e subjugar Filopator, dizendo-lhe o que fazer, mantendo-o na linha, esse filho que, em toda a vida, jamais aceitara fazer o que lhe diziam. Claro que ela chamou os embalsamadores egípcios para cuidar do cadáver, mas durante o resto da manhã enviou despachos, conversou com o sumo sacerdote de Mênfis, insistiu na construção em Apolonópolis, como se Euergetes nunca tivesse morrido. O mundo de Berenice Beta não poderia parar por causa da morte do marido. Ela continuou cuidando dos assuntos de governo, como se o soberano de metade do mundo estivesse sentado no salão ao lado, ainda vivo, e não atraindo todas as moscas do Egito.

Ela não golpeou os seios nem esfregou poeira e cinzas nos cabelos. Já havia muito tinha se enrijecido para enfrentar esse dia. Ah, sim, o dia em que deveria matar três de seus filhos para Magas se tornar o faraó.

Berenice Beta mandou novamente chamarem Magas. Ficou pensando no que deveria lhe dizer. Tinha de convencê-lo a matar o irmão, todos os seus irmãos, e tomar o trono para si. Magas se recusaria, é claro. Diria: *Não sou um assassino, não vou matar meu irmão. Meu pai não desejaria isso.* Mas, não, ela o persuadiria. Ela o obrigaria a fazer isso. Sem dúvida, uma mulher que havia matado o próprio marido não se esquivaria de matar os próprios filhos.

A idéia não a perturbava. Havia se preparado para esse dia por toda a vida de casada. Nessa família, Forasteiro, a maioria não ama, simplesmente engole os próprios sentimentos. Eles acreditam que são deuses, deuses ainda em vida. E, de fato, mal chegam a ser humanos.

Sem dúvida, Berenice agiu rápido naquele dia, mas era uma velha. Sosibios havia agido mais rápido. O cadáver de Magas já estava flutuando na banheira, o rosto virado para baixo. *Afogado*, foi o que disseram quando o acharam, *explosão de tubulações, caldeira com defeito*. Alexandros, Lagos, tio Lisímaco, seus corpos já estavam sobre as areias fora das muralhas da cidade, nos depósitos de lixo que ficavam depois da necrópole a oeste, onde ninguém, a não ser os pastores, ia, e os corvos já bicavam seus olhos e os cães do faraó, de pêlo escurecido pelo sol, já mastigavam suas carnes, balançando a cauda.

3.27

A tigela de cicuta

No culto grego a Berenice Beta, estabelecido depois que ela foi morta por Ptolomeu Filopator, ela era chamada de Deusa Benevolente. A verdade é que essa Berenice Beta não era e nunca foi benevolente em relação ao filho e co-regente, mas sim encontrava falhas em tudo o que ele fazia.

Não tinha o menor prazer em encontrar Filopator inconsciente depois de beber vinho demais. Não sentia o menor orgulho em encontrá-lo vestido com roupas de mulher, com jóias de mulher, com sapatos de mulher, com os cabelos amarrados com fitas vermelhas, mesmo sendo isso parte do culto a Dionísio. Quanto às tentativas de Filopator de dançar como os sacerdotes eunucos, isso deixava Berenice sem fala de tanta fúria só de vê-lo assim.

Quando ela brandia o dedo contra ele, dizendo: *Moderação em todas as coisas, mas especialmente moderação quanto ao culto de Cibele...* Filopator atirava um rolo de papiro em cima dela.

Quando ela dizia: *Acha que é adequado para um faraó vestir-se com roupas de mulher?,* Filopator lançava contra ela uma taça de ouro.

Quando Berenice não parava de criticá-lo, ele jogava em sua mãe coisas ainda mais pesadas, que produziam um estrondo ainda mais satisfatório ao se espatifarem no assoalho de mosaico. Berenice não se importava. Por vezes, esticava a mão, agarrava o que quer que ele atirasse contra ela e o lançava de volta em Filopator. Diferente do filho, ela não errava o alvo.

Berenice Beta já tinha 50 anos. Seus cabelos já não eram louro-dourados, mas brancos. Ela ainda tinha o rosto redondo, o corpo arredondado, e ainda adorava comer. As manchas senis se espalharam pela pele de suas mãos, as quais haviam retalhado Demétrios Kalós, mas que ainda dirigiam sua carruagem a uma velocidade propensa a acidentes.

Berenice estava sempre em alerta contra venenos, facas e assassinos. Mas não era tão rápida quanto Sosibios. Esse homem com tanto poder não suportaria a interferência da velha rainha. Sosibios, o atleta, sempre fora notório por sua velocidade. É muito adequado, sorria Sosibios consigo mesmo, muito adequado mesmo, que essa assassina seja assassinada. Sosibios se movia depressa, rápido como a cobra egípcia, para dar o bote.

Mas mesmo Sosibios, um mero servidor civil, por mais poderoso que pudesse ser, teria o cuidado de não tocar num fio sequer dos cabelos de um membro da família real sem que o rei o autorizasse. *Gostaria de fazer isso você próprio?*, perguntou ele a Filopator, atirando-lhe a faca. Filopator deixou-a retinir no assoalho aos seus pés. Abriu a boca para falar, mas as palavras não saíram, como se algum feitiço lhe houvesse prendido a língua.

Há boatos que contam que Filopator estrangulou a mãe com as próprias cortinas contra insetos dela; que ele a atacou na cama, pessoalmente, bem como ela havia atacado Demétrios Kalós, de modo que ela morreu da mesma maneira que o homem que havia assassinado — o sangue da mãe tingindo de vermelho o puro branco da túnica do filho.

Há comentários que dizem que ele decepou-lhe as mãos e os pés e pendurou-os no pescoço dela com uma corda; que ele lambeu o sangue dela três vezes, com a língua, e depois cuspiu-o no rosto da mãe.

Há os que afirmam que os assassinos de Berenice Beta tiveram medo de sua coragem, medo de que frustrasse a conspiração.

Há boatos segundo os quais Filopator entregou Berenice Beta a Sosibios, para que ele cuidasse dela como bem entendesse, de modo que a culpa pelo sangue da mãe não caísse sobre ele. Ah, sim, a Sosibios, que a atirou na prisão; que lhe mandou o veneno; e ela não gritou nem se debateu, mas bebeu-o sem engasgar como se adivinhasse o que aconteceria ao Egito se Sosibios se mantivesse no poder.

Há rumores que dizem que Filopator era tão fraco que não pôde impedir que matassem a mãe; que ele não se importava em nada com a mulher que lhe dera a vida — que ele não pôde encontrar em si nada que o levasse a, em troca, lhe conceder a vida também.

Esses que inventam discursos para colocar na boca dos que estão morrendo, os mortos cujas últimas palavras são perdidas, a fizeram dizer para si mesma: *Isso não é doloroso para mim... Vivi tantos sofrimentos que me alivio com a morte. Que ganho teria em continuar viva?* E assim ela bebeu toda a tigela de cicuta, e o calor se espalhou por suas veias, coagulando-lhe o sangue.

Para a assassina ser ela própria assassinada não seria uma vingança dos deuses? Sosibios sorriu ao pensar que a primeira pessoa a cumprimentá-la na chegada ao Hades seria o próprio Demétrios Kalós, aquele a quem ela amara, a quem assassinara. Foi também o que pensou Berenice Beta. Seu último pensamento, enquanto sorvia a tigela de cicuta, foi para Demétrios Kalós. Talvez tenha sido o veneno, coagulando-lhe o sangue, que a fez arrepiar, ou talvez tenha sido o pensamento de que logo se encontraria com Demétrios Kalós na outra vida, porque se encontrar com ele de novo era a única coisa que ela ainda poderia desejar.

Alguns aventam que, qualquer que tenha sido o tipo de morte violenta e inatural de Berenice Beta, ela a mereceu, que assassinato gera assassinato e que seu fim foi o que se poderia esperar.

3.28

Histeria

Quando Sosibios lhe mostrou o cadáver de sua mãe, Ptolomeu Filopator soltou uma gargalhada de descrença — e continuou gritando e gargalhando, anunciando que o palácio e o reino eram dele, somente dele. Agora que estava livre da mãe, podia fazer o que bem quisesse. Passaria o resto da vida gargalhando.

Mandou chamar sua banda, que veio correndo, tocando música selvagem e bárbara. Mandou chamar os amigos, os *Galloi*, os sacerdotes eunucos de Cibele, que dançaram por todo o pátio do palácio, batendo tambores. Mandou chamar Geloiastai, o piadista, os companheiros de bebida, que ficaram apostando corrida, soltando guinchos e gargalhadas por entre os aposentos de colunatas de mármore de Filopator.

Mandou chamar também Agathocles de Samos e Agathocléia, que não correram nem dançaram, mas vieram andando devagar, sem comentar o que havia acontecido, pois já haviam varrido tudo aquilo do coração, mas falando sobre o que iriam fazer, discutindo todos os planos de um glorioso futuro.

Que Ptolomeu aguarde por seu prazer, disse Agathocles. *Se vamos nos tornar rei e rainha do Egito, é melhor já começar a agir como pretendemos*, e ele enfiou sua língua na garganta da irmã, empurrou-a contra uma das grandes colunas coríntias e passou um longo tempo beijando-a. Ela não o afastou, repugnada, mas retribuiu ao beijo do irmão. Foi assim que esses servos começaram a imitar o comportamento de seus senhores.

Ptolomeu Filopator, rei do Alto e do Baixo Egito, pediu seu *peplos* amarelo-açafrão, as sandálias com brocados de ouro, os véus diáfanos, as cintas femininas de ouro cravejadas com todas as gemas mais caras. Ele ordenou que Agathocles pintasse seu rosto com base de chumbo branca e as bochechas de vermelho e amarrasse nele o *strophion*, com seios postiços. Mandou Agathocles esfregar seus membros com linimento de bosta de asno misturado com mel e sal marinho, que fez seu corpo mais flexível para a dança.

Vamos seguir Dionísio, gritou ele. *Vamos dançar com os Galloi... Vamos homenagear Cibele, a grande deusa.*

Agora não havia ninguém para lhe dizer que parasse, ninguém para teimar com ele que se aquietasse, a não ser a irmã, Arsínoe Gama, que estava com medo de se aproximar. Filopator estava livre, cintilando de desejo e brilhando com os ungüentos, dançando com Agathocles de Samos, que estava nu. Ele saltou e rodopiou até entrar em transe. Ainda estava rodopiando quando o sol nasceu.

*

Filopator não mandou chamar Sosibios naquela noite, mas Sosibios veio olhar, mesmo assim, veio observar o novo faraó, ver como ele se comportava agora que era o Senhor das Duas Terras. Quando já havia visto o bastante, atravessou devagar os corredores de mármore, de volta ao escritório, de volta ao trabalho, embora já passasse da meia-noite. Continuou examinando as cartas dos embaixadores, as contas do palácio, os despachos militares, papiros tirados da mesa da rainha falecida. Ah, sim, seria Sosibios agora quem governaria o Egito, e por conta própria, sem a interferência de ninguém. Sosibios sabia como lidar com revoltas, insurreições, vizinhos difíceis. Acima de tudo, sabia como agir com Filopator, um rei difícil — que deveria ser deixado à vontade para se entregar aos seus impulsos esquisitos, a sua louca dança.

Ver o rei do Egito vestido de mulher não perturbava Sosibios. De modo algum. Sosibios achava o estranho comportamento de Sua Majestade mais do que satisfatório, porque significava que Sosibios poderia tomar conta do reino e comandá-lo com as próprias mãos. Desde o primeiro dia do reinado, Sosibios começou a fixar o selo de Sua Majestade, ele próprio, no final dos *prostagmata*, uma vez que as mãos de Filopator com freqüência tremiam. Na maior parte do tempo, estava bêbado demais, mesmo tendo apenas 23 anos, para assinar o próprio nome.

Logo, pensou Sosibios, *teremos de matar Filopator e tornar Sosibios rei do Egito*.

E, enquanto isso, Agathocles pensava: *Logo teremos de matar Sosibios...*

3.29

As Fúrias

Quando Sosibios anunciou a morte de Berenice Beta, ocorreram os usuais gemidos de lamentação das mulheres, embora não pudessem se comparar à lamentação por Arsínoe Beta. Filopator deu ao pai e à mãe o apropriado funeral grego considerado decente — a pira na praia, a muralha de chamas, as cinzas no túmulo de Alexandre. Ou a adequada mumificação e o correto enfaixamento egípcio, o que quer que fosse isso. Seshat nunca mente a você, Forasteiro. Ela não sabe dizer como Suas Majestades falecidas foram tratadas na morte. Mas, sem dúvida, pode dizer que Filopator reconstruiu o túmulo de Alexandre, tornando-o ainda maior — e pode ser que tenha feito isso para que lá coubessem os sarcófagos dos pais.

Ele não se esquivou de seus deveres em relação aos ritos funerários. Chegou mesmo a honrar a memória da mãe designando uma sacerdotisa especial, a *Athlophoros*, ou portadora do prêmio, para Berenice Euergetes. Mas como não iria, mesmo assim, ser perseguido pelo espírito? Ela havia morrido vinte anos antes do tempo. Filopator, portanto, seria assombrado por ela durante todo o curso natural de sua vida: por 1.300 noites. Ninguém deveria se surpreender ao saber que o rei era atormentado por horrores e que dormia mal à noite.

Os gregos começaram a dizer: *Berenice jaz brutalmente assassinada por seu mais próximo aparentado*. Quer o filho tenha cometido esse ato com as próprias mãos ou não, isso não importa. *Um matricida deve pagar por seu crime no Hades*. Dizem que pensar em assassinato é tão ruim quanto cometê-lo. O homem que teve o pensamento de assassinar Berenice Beta foi Ptolomeu Filopator. Ele era o homem que poderia ter impedido o crime, mas não moveu um músculo para salvar a vida da mãe. Ele a queria morta. Deu gargalhadas ao ver seu rosto gelado e rígido. Talvez fosse castigado por esse crime no Hades, mas sem dúvida também seria castigado por isso em vida, ah, sim, tornando-se um homem atormentado, maluco de tanto sentimento de culpa. E já via, pelo canto do olho, a mulher que o perseguiria pelo resto da vida, a mulher de olhos injetados de sangue que não tinha cabelos na cabeça, mas dúzias de serpentes se retorcendo.

3.30

Fragmentos

Mais do que isso, Forasteiro, Seshat não pode contar a você. Ptolomeu Euergetes não era Alexandre. Não se fazia acompanhar por um historiador para todo lugar que fosse. Sabemos pouco sobre o seu reinado. Estes fragmentos terão de bastar.

PARTE QUATRO

*Amigo do pai
Ptolomeu Filopator*

4.1

Hipopótamo

Ptolomeu Filopator, sua boca é pequena. Seus cabelos são louros, encaracolados, seu nariz é arrebitado, suas bochechas, carnudas. Mesmo os olhos em suas estátuas têm uma aparência cruel. Ele é o malvado, Forasteiro, muito malvado. De Filopator costuma se dizer que foi o pior dos Ptolomeus, um rei inútil, indigno, um tirano sanguinário, responsável por crimes hediondos. Mas durante os vinte dias de ritos e procissões que celebraram sua coroação, o sumo sacerdote de Ptah cumulou-o, sem prurido, dos títulos do faraó:

Jovem Hórus, O Poderoso, A Quem Seu Pai Designou como Rei, Senhor das Coroas das Serpentes, Aquele Cujo Poder é Grandioso, Cujo Coração é Pio perante os Deuses, Que é o Protetor dos Homens, Superior a Todos os Seus Inimigos, Que Faz o Egito Feliz, Que Concede Radiância aos Templos, Que Firmemente Defende as Leis que Foram Proclamadas por Thot, o Grande, Grande, Grande, Senhor dos Banquetes de Trinta Anos, Semelhante a Ptah, o Grandioso, Um Rei Igual ao Sol, Rebento dos Deuses Benfeitores, Aquele que Goza da Aprovação de Ptah, a Quem o Sol Concedeu a Vitória, Imagem Vivente de Amon, Bem-Amado de Ísis, O Que Viverá para Sempre.

Títulos mais do que suficientes, assim você poderia pensar, Forasteiro. Mas você deve lembrar: é o cargo de faraó que está sendo reverenciado, não o homem que o ocupa. Ensinamento de Merikare: *Um rei que possui um séquito não pode agir como um estúpido. Ele é sábio desde o nascimento, e deus o distinguirá acima de milhões de homens.* Ptolomeu Filopator era o deus perfeito, aquele que não era passível de cometer erros. Viva! Prosperidade! Saúde para Sua Majestade!

O homem que queima incenso diante dos touros sagrados e constrói templos para Hatos e Maat não carece de méritos. Somente os deuses são perfeitos, e o faraó é o deus perfeito sobre a terra, *netjer nefer*, como os egípcios o chamam. Fossem quais fossem seus hábitos privados, era ele que deva evitar a catástrofe universal que aconteceria se fossem transgredidos os preceitos de Maat; ele evitaria o retorno da criação ao caos. O reino de Filopator seria mais que caótico, mas contanto que esse rei rendesse homenagem aos deuses e lhes construísse residências — e lhes enviasse cem pombos, cinqüenta gansos, cinqüenta galináceos, ou o que quer que desejassem — e isso diariamente e para todos os templos do Alto e do Baixo Egito, estaria mantendo o equilíbrio. Enviaria oferendas de gatos mumificados para Bastet, íbis e babuínos mumificados para Thot, falcões mumificados para Hórus, e assim por diante, dia após dia, por seiscentos dias, sem uma falha sequer. Ele seria um bom rei egípcio, o rei mais egípcio que a Casa dos Ptolomeus havia produzido até então, *netjer nefer* realmente.

Os alexandrinos, muito bons em cunhar apelidos sarcásticos, o chamavam de Filopator, *aquele que foi amigo do Pai*, porque acreditavam que ele havia assassinado o pai. Talvez o tenha feito. Certo ou errado, o apelido se pegaria a ele por toda a vida.

Como faraó, ele era Osíris, e Osíris era Dionísio. *Chamem-me de Dionísio*, disse ele, porque ele era Dionísio e tinha uma relação especial com o grande deus do frenesi, aquele que vestia o *peplos*, a roupa feminina. Essa era a primeira das razões para suas vestimentas, para o excesso de bebida: cultuar o deus do vinho.

Quanto ao nome por ascender ao trono, era este maior que o de qualquer outro faraó antes dele: Neterumenxuaenptahsetepenrauserkaamen, requerendo do seu humilde servo escrever 31 hieróglifos, como se esse rei fosse mais merecedor de honrarias que aqueles que o precederam, e não menos. Seshat não vai atormentá-lo, Forasteiro, tentando fazê-lo pronunciar esse título corretamente. Filopator estava encantado com a quantidade de títulos que recebera e por esse seu impronunciável nome. Tinha prazer em se fazer de difícil, em fazer tudo diferente de todos os demais. Nisso, pelo menos, ele era um sucesso.

O sumo sacerdote de Tebas acreditava que esse novo Ptolomeu não era Hórus, o Falcão, mas o Hipopótamo, a besta que era a imagem de Seth, aquele que traz a desordem. Mas Horemakhet, sumo sacerdote de Mênfis, via nele apenas o Senhor das Duas Terras, o rei do Alto e do Baixo Egito. Para ele, Filopator não era um monstro, mas o bem-amado de Ptah.

Quando Horemakhet dava a Filopator um conselho grego, dizendo: *Sabedoria de Khilon, de Esparta: Seja senhor de sua própria casa*, era para alertá-lo sobre o que estava por vir. Mas Filopator prosseguia no caminho que havia escolhido, como se fosse um homem surdo, escutando muito pouco do que todos diziam a respeito de Agathocles de Samos, o homem em relação a quem deveria tomar mais cuidado.

De tempos em tempos, após o jantar de Sua Majestade, quando queria impressionar os embaixadores estrangeiros, Agathocles e Agathocléia faziam malabarismos com os bastões de fogo e expeliam fogo pela boca. Quando Horemakhet viu isso, teve uma visão do futuro: primeiro como um estopim aceso, a dinastia pegando fogo diante de seus olhos. Você talvez possa pensar que Horemakhet faria algo para salvar um homem que se viu preso numa casa incendiada. Mas Horemakhet pensou: *Não se deve interferir no destino de um homem. É preciso deixar a tragédia seguir seu curso.*

4.2

Besouros

Ah, sim, o perigo se adensa em torno do reino do Egito, tanto o externo quanto o interno, perigo que os Ptolomeus mantiveram afastado graças à sua energia à sua sabedoria — ou, pelo menos, por meio de bons conselhos. Já no ano da morte de Euergetes, Antíoco Megas, o novo rei da Síria, sucessor de Seleucos Kallinikos, pensava em esmagar Filopator como um inseto sob os calcanhares ou botas, conduzindo seu exército para perto das fortalezas da fronteira que eram a grande defesa egípcia da Koile-Síria. Logo estaria mobilizando todas as suas tropas.

Os inimigos estrangeiros de Filopator eram ambos jovens: Antíoco Megas tinha 18 anos e Felipe V, da Macedônia, somente 17. Ambos os reis estavam tomados do fogo interior dos jovens, ardendo por subjugar o vizinho, um homem que não parecia um poderoso touro, mas que, segundo se dizia, era fraco, se não louco, cujo reinado parecia fácil de ser arrebatado.

Mas, de fato, no início do reinado de Filopator, o Egito ainda era forte, com todo o seu grande império intacto — Koile-Síria, Cirene e Chipre. A armada do Egito ainda controlava o Helesponto, partes da Trácia e muitas ilhas no mar Egeu. Tudo o que Antíoco Megas havia herdado era um reino desintegrado e arruinado. Nos vinte anos seguintes, as posições seriam trocadas: o império de Antíoco se tornaria protegido, forte, poderoso, e o Egito seria levado quase ao colapso. Mas Antíoco e Felipe estavam certos ao acreditar no que acreditavam: Ptolomeu Filopator importava-se pouco com o fogo da conquista e nada em relação às chamas da batalha. A única chama que lhe interessava era a de Eros, aquela expelida por Agathocles e Agathocléia, e ele já havia sido chamuscado por ela. A casa de Filopator arderia em fogo lento por 16 anos, antes que as chamas finalmente a consumissem. Apenas um homem mantinha a brasa sob controle, o traiçoeiro Sosibios, que também alimentava anseios de esmagar Ptolomeu Filopator sob seu calcanhar, como se fosse um besouro, como o escaravelho que era Rá e Hélio, mas que também representava o Egito. Antíoco não era o único a querer tomar o Egito para si.

Forasteiro, não há dúvidas de que Sosibios era um grande homem. Tudo correria bem em relação aos planos de se tornar o Senhor das Duas Terras se ele já não fosse tão idoso quando Filopator se tornou rei. Porque Sosibios estava começando a perder as energias e ficava contente de deixar mesmo o jovem Agathocles de Samos carregar nos ombros alguns dos fardos de governar o Egito — até Agathocles, o musculoso rapaz dourado, que tinha energia de sobra ainda, energia até demais.

Agathocles sempre fora o favorito de Filopator, mas agora seu amo era rei. Não deixe que Seshat oculte a verdade: Agathocles dormia todas as noites no quarto de Sua Majestade, na cama de Sua Majestade, com cachorros e macacos, e a irmã Agathocléia fazia o mesmo. Pelo menos Filopator não levava cobras para a cama. Nem havia crocodilos no quarto de dormir. De modo algum. Apenas Agathocles e Agathocléia, que às vezes passavam o dia inteiro deitados na cama com Sua Majestade, fazendo-lhe cócegas com penas de avestruz para mantê-lo rindo, gritando para todo funcionário que batesse à porta para que fosse embora.

Mesmo nessa época, se Agathocles dissesse a Sua Majestade: *Ptolemaios, seja uma galinha,* Filopator andaria desajeitado pelo quarto, cacarejando, batendo as asas ao tentar voar. Mas ria muito ao fazer isso. Como o avô, ele tinha a capacidade de rir de si mesmo. Era o grande gargalhador, igual a Dionísio. Mais que todos, Agathocles e Agathocléia o faziam rir. Eles riam não dele, mas com ele, e o início do reinado não era sinistro, nem perto disso. Mesmo assim, era deles o ouvido do rei. E também tinham outras partes do corpo de Sua Majestade sob controle. Na maioria das vezes, ele seguia os conselhos desses dois, não importa o que lhe dissessem.

Que Agathocles, o favorito, fosse promovido às mais altas honrarias e ajudasse a governar o Egito era muito natural. Sosibios deixou a seu cargo o recolhimento de impostos do Alto Nilo, os soldos do exército, a contabilidade do Mouseion. Agathocles tinha muitos talentos. Conjuntamente, Sosibios e Agathocles conduziam a administração do palácio, deixando Filopator entretido em sua interminável dança.

Agora, entretanto, mais homens do que nunca desapareciam sem deixar vestígios — aqueles que eram inimigos de Sosibios. Tantos sumiram que o povo de Alexandria começou a comentar que *O homem assassinado é afortunado... Um homem morto é um homem de sorte...* Ninguém suspeitava que Agathocles pudesse estar fazendo nada de mau até então. De modo algum. Todos os homens acreditavam que, por causa do belo rosto e do belíssimo corpo, sua alma devia ser igual. Mas qual era a verdade? Sua alma era negra como o corvo; sua alma era feia.

4.3

Eunucos

A primeira coisa que Ptolomeu Euergetes fazia todos os dias era se sentar com Sosibios para tratar de negócios, responder às cartas das cortes estrangeiras, despachos do front, escutar petições. Quando estava em Mênfis, ele executaria, sempre e pessoalmente, o ritual do templo. O dia de Filopator começava não com trabalho, mas com prazer, quando os *Galloi* entravam remexendo-se no salão de audiências com tambores e címbalos para prestar homenagem a Cibele com música e dança. Ah, sim, Filopator deixava para Sosibios os negócios de Estado.

Mas você não sabe quem é Cibele, sabe, Forasteiro? Ela era a Grande Mãe de todas as coisas, a mãe de toda a vida. Imagine então uma linda mulher, com um ventre grotescamente volumoso, com seios fartos, envergando uma coroa em forma de torre — como as muralhas da cidade de Alexandria — na cabeça; a deusa que promovia a fertilidade da terra. Sua história é a seguinte: Átis, seu jovem amante, a traiu com uma ninfa, e Cibele vingou-se induzindo-o a um frenesi durante o qual ele cortou os próprios testículos com uma faca e morreu sob um pinheiro. Cibele o trouxe de volta à vida como seu divino consorte, mas assegurando-se de que ele lhe seria perpetuamente fiel.

Alexandre nunca ligou muito para cultos frígios. Nem o fizeram Ptolomeu Soter e Ptolomeu Filadelfos, nem também Ptolomeu Euergetes. Esses homens não estavam interessados em automutilação, não eram propensos a decepar os próprios testículos. Pelo contrário, os primeiros dois Ptolomeus eram tão dedicados ao amor que eram chamados *triorkhis*, os de três testículos.

O culto a Cibele era estrangeiro, estranho tanto aos gregos quanto aos egípcios, mas Filopator era um devoto da deusa. Quando era ainda bem jovem, foi fisgado pelo canto hipnótico dos *Galloi*, o pulsar dos tambores, as cornetas, a flauta e os címbalos, a premência dos ritmos, a maravilhosa cacofonia. Viu um bando de pedintes dançando enquanto desciam a via

Canopo, com vestes da cor do açafrão e pesadas jóias, carregando estátuas de prata da deusa nos ombros. Escutou-os entoando as profecias sobre o futuro. Viu a multidão atirando moedas para eles, derramando uma chuva de rosas brancas sobre os eunucos. Gostava de escutar o estalar dos açoites de couro, amava ver os hematomas púrpura, os lívidos ferimentos dos meios-homens enquanto dançavam para um lado e para o outro no Metroon, quer dizer, no templo da Grande Mãe, a deusa da natureza, da vida animal, da vida em si. Como um peixe fisgado na linha, Filopator estava preso já na idade de somente 8 ou 9 anos. Ainda se sentia excitado quando via os *Galloi* dançando enquanto percorriam a via Canopo. Ainda sentia vontade de se juntar a eles.

No começo, Filopator ficara fascinado porque os ritos de Cibele eram estritamente proibidos a ele. Estando os pais mortos, poderia fazer o que bem entendesse. Um dos primeiros atos de seu reinado foi mandar chamar o Arquegalos, o eunuco que era sumo sacerdote de Cibele e torná-lo seu amigo. Ah, sim. E pediu que lhe ensinassem tudo que um acólito de Cibele deveria saber.

Sem dúvida, o Arquegalos ensinou-lhe muitas coisas maravilhosas. Nunca antes teve um discípulo tão entusiasmado.

A castração, explicou o Arquegalos, *nada mais é do que ceifar as espigas do milho. A flagelação é meramente a reencenação do ato de ferir anualmente a terra para ará-la. O ritual do banho de Cibele significa simplesmente que a terra precisa ser aguada. Não há nada estranho no culto a Cibele, nada há de sinistro nos Galloi.*

Eu adoraria ser um Galloi, disse Filopator. *Adoraria ser eu também um dos eunucos.*

Megaléios, murmurou o Arquegalos, *seria uma tamanha honra para nós...*

O que o palácio pensava dos novos amigos de Ptolomeu, os travestis, os loucos dançarinos, os castrados? O culto não era de modo algum uma novidade em Alexandria, nada afrontoso demais, segundo os padrões alexandrinos. Sosibios, que jamais se chocava com coisa alguma, dava de ombros. Mas Arsínoe Gama, agora com 11 anos, sentia um forte desejo de rir toda vez que via homens vestidos de amarelo rodopiando pelos pátios do palácio, homens que descoloriam os cabelos como as mulheres, usavam fitas e pintavam o rosto com base branca — ela gritava e dava gargalhadas quando os via.

Ah, sim, de fato, e quanto à irmã, sua esquecida irmã? Ela ficava no *gynaikeion* com as aias, aguardando: aguardando até ter idade suficiente para se casar, com a esperança de que o marido não fosse seu próprio irmão. Seus dias eram preenchidos com costura e montaria, porque, afinal, era filha de sua mãe, e também, de tempos em tempos, exercitava-se com armas, pois, como ela mesma dizia: *Nunca se sabe quando vamos precisar nos defender ou lutar pelo Egito.* Preferia tapeçaria a catapultas, tecer tecidos púrpura a caçar antílopes, mas era suficientemente boa na sela de um cavalo. Ela *poderia* fazer as coisas masculinas, mas preferia não fazê-las. De tempos em tempos, Arsínoe Gama elevava preces a Hathor, a divina vaca dourada, pedindo, como todas as garotas egípcias, por *felicidade e um bom marido*. Diferente de Nefertiti, esposa de Horemakhet, não teria felicidade na vida... nenhuma. Uma vez que o destino lhe havia reservado um marido que, assim sabia Arsínoe Gama, já havia se tornado mau.

Filopator realmente disse a Sosibios: *Não podemos nos livrar da irmã também? Não há nenhum propósito para o qual ela sirva aqui, a não ser nos recordar de nossa mãe. Ela não diz nada, exceto que desaprova o que fazemos. Vamos matar também a irmã.*

Mas, não, Sosibios não o permitiria. *A irmã*, disse ele, *é com quem você vai se casar, Megaléios. Não há outra mulher viva na sua Casa.*

Quando Horemakhet recebeu a notícia de que Filopator queria se juntar aos *Galloi*, os castrados, balançou a cabeça, juntou as mãos por debaixo de seu manto de pele de leopardo e foi conversar com ele para tentar convencê-lo a tomar juízo. *Nunca foi um costume do faraó comportar-se dessa maneira*, disse ele, e instou Sua Majestade a usar de bom senso e abandonar tal indecência. Mas Filopator às vezes conseguia ser tão teimoso quanto o pai e o avô.

Excelência, disse ele, *não me importo com o que ninguém pense. Vou fazer o que bem entender.*

A dança foi apenas o começo da história. Logo que o sol levantava, Filopator engolia seu primeiro gole do forte vinho fermentado pelos *Galloi* a partir das sementes de pinhões e daí em diante, permanecia bêbado pelo resto do dia. E por que não ficar bêbado? Ficar bêbado era ficar feliz.

Sosibios não se incomodava com isso, pois assim Sua Majestade não cumpria suas obrigações. E se Filopator perdesse o controle do poder, isso significava que Sosibios poderia exercê-lo. Cada vez mais Sosibios tomava conta de tudo, de modo que tinha satisfação em deixar Filopator fazer o que bem quisesse.

Mas o que Filopator realmente queria era se juntar ao êxtase da auto-laceração, brandir o açoite com nós, os *astragalai*, ou nós de patas de ovelhas. Queria cortar os braços e espalhar o próprio sangue como se fosse uma oferenda aos deuses que protegiam Alexandria em tempos de guerra.

Para fazer tais coisas, disse-lhe o Arquegalos, na voz em falsete dos eunucos, *Sua Majestade deve se tornar um iniciado. Primeiro, deve aprender tudo a respeito da deusa e todas as regras. Deve estar certo de que é o que deseja. Uma vez eunuco*, disse ele sorrindo, melancolicamente, *para sempre eunuco.*

Mesmo Filopator doando cinqüenta talentos para o tesouro do templo, o Arquegalos disse a mesma coisa: *Sua Majestade deve esperar.*

Enquanto isso, Filopator tinha de se contentar em ser não mais que o patrono do Grande Festival de Primavera de Cibele, quando estimulava todos os alexandrinos a seguir seu exemplo e cultuar a deusa. No primeiro dia do festival, um pinheiro deveria ser cortado, pois essa árvore era a grande divindade dos *Galloi*. Filopator mandou trazer um pinheiro da Síria e instalou-o no Metroon. A tarefa de carregar a árvore cabia a uma guilda de carregadores de árvores, e Filopator não teve permissão para ajudar, apenas para assistir. Eles enfaixaram o tronco da árvore como se fosse um cadáver e a decoraram com coroas de violetas, a flor que derramava o sangue de Átis.

Mesmo doando cem talentos para o templo, ele só teve permissão para assistir.

No terceiro dia Dia do Sangue, o Arquegalos soltou um berro, cortou os pulsos e encheu uma tigela com seu sangue, que presenteou como oferenda à deusa. Os *Galloi* começaram a rodopiar em sua dança até que se tornaram insensíveis à dor, depois lanharam as faces com cacos de cerâmica e cortaram os braços com facas, espalhando sangue no altar e no sagrado pinheiro. Também eles ofereceram tigelas de seu sangue à Grande Mãe.

No dia em que os noviços deceparam seus testículos com uma pedra afiada feito lâmina e lançaram a carne sanguinolenta sobre a estátua de prata de Cibele, Filopator viu os pedaços sangrentos serem embrulhados e sepultados na câmara subterrânea dedicada à deusa, uma cerimônia que trazia Átis de volta à vida e acelerava a ressurreição da natureza na estação da primavera.

Filopator se fez acompanhar de Agathocles e Agathocléia e misturou-se às multidões quando os tambores e os címbalos se tornaram mais violentos, mais bárbaros. Ele assistiu à loucura contaminar um homem após o outro, escutou a voz da deusa dentro da cabeça, chamando-o. Assistiu aos iniciados, um por um, despirem as roupas, correrem à frente, agarrarem uma das espadas sagradas e, então, com um gesto grandioso, cortarem os testículos.

Os *Galloi*, ao verem Sua Majestade, começaram a entoar *Ptolemaios*, encorajando-o a também correr à frente. Para Ptolomeu, era como se a própria voz da deusa o estivesse chamando por seu nome, e ele sentiu a paixão elevando-se no peito. Viu homem após homem pegar a faca, emitir o estridente berro dos eunucos pela primeira vez e, a seguir, sair correndo nu pelas ruas, agarrando nas mãos as partes mutiladas. Ah, sim, Filopator viu um deles correr para a casa que resolvera homenagear, quando então atirou seu sanguinolento punhado de carne crua por uma janela aberta. Esse estranho comportamento era uma grande honra para a residência escolhida, que agora deveria pagar pelos trajes de *Galloi* do castrado — a túnica amarela, os calçados amarelos, os anéis de ouro, os colares e pesadas jóias, o uniforme de vestes femininas que deveria usar pelo resto da vida em honra da deusa.

Filopator esqueceu as meticulosas regras de Arquegalos e saltou à frente ele também, o coração pulsando forte, ansiando por se tornar um eunuco. A multidão rugia, encorajando-o.

Deixe que ele o faça, murmurou Agathocles. *Que os deuses o ajudem.*

Filopator despiu o manto púrpura e jogou-o para o alto. Rasgou sua túnica dourada e lançou-a para o lado.

Agathocles ficou ali parado, sorrindo, assistindo, torcendo para que ele não se detivesse. Agathocléia segurava o hálito de chamas e cobriu a boca com a mão porque Filopator já estava totalmente despido, berrando os gritos rituais, correndo à frente, as mãos esticadas para alcançar a faca.

Agathocles não mexeu sequer um músculo, nem por um instante deixou de sorrir, desfrutando o prazer do momento presente, pensando: *Se ele não tiver herdeiro, então Agathocles pode se tornar rei...* Deixou Filopator agarrar a faca grande e sanguinolenta, escutando-o uivar o uivo dos eunucos. Mas então Agathocles pensou nas palavras de Sosibios, a terrível advertência de Sosibios. Agathocles teve de cumprir sua obrigação.

Mergulhou na multidão, e, abrindo caminho à força, alcançou o altar coberto de sangue, arrancou a faca das mãos de Sua Majestade e derrubou-o no chão.

Ah, sim, Filopator realmente gritava, berrava, então, e Agathocles subiu sobre seu peito e manteve os braços dele no chão, sentando-se a seguir sobre suas pernas. A multidão os cercava, balançando a cabeça em desaprovação, berrando, lamentando que ele tivesse sido impedido de homenagear a deusa. Enquanto Agathocles o afastava dali para acalmá-lo, Filopator começou a chorar.

Na casa de quem Ptolomeu Filopator planejava atirar suas partes privadas? Ora, na casa de Oinante, sua ama-de-leite, a mãe de seu amado Agathocles — um jovem que não planejava, como se vê, pegar aquela faca e se tornar um *hemianthropos*, um meio-homem, não ele. De modo algum. Agathocles de Samos alimentava idéias de fundar uma grande dinastia, toda sua. Estava interessado em manter os testículos bem no lugar, não em jogá-los fora. Na verdade, Agathocles não tinha interesse em praticar nenhuma violência contra si mesmo, somente contra os outros.

E assim o surto momentâneo passou.

Esse culto bárbaro em honra de Cibele repugnava à maioria dos macedônios, um povo sobejamente conhecido por seu bom gosto e sentimento de humanidade. Na sua maioria, esse bom povo preferia os ritos mais suaves de Adônis. Cibele atraía os mais rudes, como os romanos, os bárbaros e os semi-enlouquecidos, como era o caso do próprio Filopator. Não, os ritos de Cibele não eram repulsivos ao faraó. De modo algum. Por ele tudo que os *Galloi* faziam era maravilhoso. Ele era o mais devoto dos acólitos, mas o Arquegalos recebia ordens de Sosibios sobre o que deveria ou não fazer.

Independentemente da quantia de dinheiro que ele doasse ao culto, o *Arquegalos* sempre dizia: *Vossa Majestade deve submeter-se à preparação adequada antes de ser iniciado*. Ele balançava o dedo e dizia: *Sua Majestade não pode cortar os testículos sem receber permissão para isso*.

Filopator deu ao Arquegalos 150 talentos, uma enorme soma de dinheiro. *Quem sabe você deixa agora eu me juntar aos demais no festival?*, disse o faraó.

Sua Majestade pode assistir, disse o Arquegalos.

É evidente que não conseguiriam mantê-lo afastado. Ao final do Dia do Sangue, os *Galloi* queimavam a efígie de Átis num túmulo e jejuavam, imitando o pesar de Cibele pela morte de Átis, e Filopator recebia permissão de gemer e de jejuar com eles. Mais tarde, naquela noite, a tristeza dos *Galloi* se transformava em alegria. Acendiam tochas. Destampavam o túmulo. Átis, morto, havia retornado à vida. Agora, o sumo sacerdote de Cibele tocava os lábios dos fiéis com um ungüento perfumado, ungia-lhes a garganta e sussurrava: *Coragem... o deus está salvo... você também se salvará...* Ele ungiu a garganta de Filopator, e o calafrio de êxtase religioso percorreu o corpo de Sua Majestade, o tremor dos fanáticos, o divino estremecimento dos convertidos.

Ao amanhecer, despertou entre eles um selvagem frêmito de alegria, já que agora todos os homens poderiam fazer o que quisessem, e Filopator — sob a vigilância, é claro, de Agathocles e Agathocléia — juntou-se aos convivas, descendo em sua dança a via Canopo. Nenhuma honraria era alta demais ou sagrada demais para que o mais humilde dos cidadãos deixasse de tentar fazer acreditar que a possuía. Agathocles andava para todos os lados vestido de faraó, usando até a *khepresh*, a coroa da guerra, e Horemakhet, enterrando a cabeça em Mênfis, sem ver nada do que acontecia, nada percebeu dos maus augúrios até que fosse tarde demais. Sosibios não se importava que Agathocles tomasse gosto por se fazer de faraó e por estalar seu chicote. Ele ria ao ver isso. Quanto a Filopator, vestiu a túnica simples de Agathocles e tomou gosto por se fazer de homem comum. A ordem das coisas estava de cabeça para baixo, e isso foi o início das maiores dificuldades que a Casa de Ptolomeu já conheceu.

O Festival de Cibele terminou no sexto dia, com o banho ritual da estátua de prata da deusa, que foi transportada num carro puxado por touros até as praias a leste do palácio. Na frente, caminhavam os integrantes da corte de Filopator, pois o faraó ordenou que assim o fizessem, e seguiam descalços, e ainda havia música alta, cornetas, gaitas, tambores e címbalos. O Arquegalos, vestindo túnicas púrpura, lavou o carro e a estátua no mar, e no retorno ao Metroon, as mulheres de Alexandria atiravam flores de primavera. Era um dia dedicado ao riso, à felicidade. Os *Galloi* que haviam se chicoteado em meio ao frenesi esqueciam-se agora dos hematomas. O banho de sangue fora esquecido. Talvez mesmo os novos eunucos esquecessem que haviam perdido os testículos e estivessem satisfeitos com o trabalho. Filopator, o Grande Gargalhador, gargalhava, estava feliz, a despeito de não terem permitido que se mutilasse. Desta vez, havia saído inteiro, mas achava que seria bom se tornar um servo de Cibele e dedicar à deusa o tambor e a urna com seus testículos; seria muito bom se tornar um dos castrados.

Da próxima vez, dissera ele a Agathocles, *juro que vou até o fim.*

Filopator não se importava nem um pouco com a sucessão. Era jovem. Não morreria tão cedo. A irmã, com seios ainda com menos de três dedos de altura, era nova demais para se tornar sua esposa. Ele tinha Agathocles de Samos e Agathocléia para sua *aphrodisia*. Estava muito feliz em continuar dançando com os eunucos.

Não, o Arquegalos não permitiria que Filopator se mutilasse, e isso se devia, é claro, às estritas ordens de Sosibios, que dissera: *Deixe que Sua Majestade fira a si mesmo, e o culto de Cibele será banido do Egito para sempre, e o Arquegalos será um homem morto.*

Para Filopator, então, o Arquegalos teimava em dizer: *Somente os iniciados podem oferecer seu sangue à deusa. Somente os iniciados podem bran-*

dir o açoite e usar a faca. Até ser banhado no sangue do touro, Filopator não recebia permissão para fazer nada mais danoso que bater os címbalos e se juntar à dança. Mas seu ardor não diminuía. Ah, sim, esse rei tinha em alta consideração a Grande Mãe e o banho de sangue.

4.4

Fantasmas

Ptolomeu Filopator tentava não pensar no que fora feito, no que *ele* havia feito à mãe, Berenice Beta. Mas sabia, como todo grego sabe que, se a deusa Atenas deixa um matricida escapar, uma era sem lei logo se seguirá, deixando as Fúrias sem outra escolha que não soltar a onda de sangue que sugará a Casa de Ptolomeu para o esquecimento eterno.

Havia dias em que tentava afugentar os maus pensamentos trazendo à mente *A Ilíada*, de Homero. Ou então conseguia borrar a imagem do rosto de sua mãe conversando com Aristarcos de Samos sobre se a Terra orbitava o Sol ou se era o Sol que orbitava a Terra. Independentemente do que fizesse, no entanto, as ondas de remorso pela mãe, pelo tio, pelos três irmãos, até mesmo por seu pai, estouravam sobre ele como um mar de sangue. Filopator era quem dormia mal à noite, pensando: *Culpado, culpado, culpado.* Sua família inteira havia se ido, e a culpa toda era de Ptolomeu por não ter feito coisa alguma para deter os assassinatos; por simplesmente ter deixado que acontecessem. Alguns dizem que foram as Fúrias, as mulheres com serpentes no lugar dos cabelos, que o levaram à loucura e que sua frenética dança foi somente o primeiro sinal disso.

Sem dúvida, havia noites em que Filopator dormia bem. Tinha então o corpo quente, musculoso e moreno de Agathocles de Samos e a pele sedosa de Agathocléia de Samos só para ele. Havia noites em que ambos dormiam naquela cama com os braços em volta do pescoço de Filopator, como um polvo de 12 membros, apertando-o. Na maioria das vezes, ele estava bêbado demais para perceber os vestígios de nafta nos lábios de Agathocléia. Se acontecesse de ele acordar berrando, ambos acalmariam seus nervos, o ajudariam a dormir de novo. Mas Berenice Beta estava vindo. O fantasma dela não poderia ignorar o que Filopator tinha feito. Ele ainda escutaria os pesados passos das Fúrias nas escadas particulares. As Fúrias o perseguiriam por conta do seu crime, ele tinha certeza disso.

Nas leis egípcias você vai encontrar registrada a punição adequada para o filho que mata a mãe, pois tirar pela violência a vida de quem dá ao homem a vida é o mais medonho crime conhecido. As leis dizem que o matricida deve ter cortados do seu corpo ainda vivo pedaços do tamanho de um dedo com um junco afiado. Então, deve ser deitado numa cama de espinhos e queimado vivo.

Entretanto, cortaram a carne de Filopator, atiraram-no numa cama de espinhos e o queimaram vivo? Não, é claro que não, porque as leis do Egito também prescrevem: *O faraó está acima da lei. O faraó não comete erros.* Não, não o cortaram, ele cortaria a si mesmo.

Ah, sim, chamaram a esse rei de mau filho, o pior de sua linhagem. O que Seshat já lhe disse, Forasteiro, pode parecer ruim o bastante, mas nem mesmo Filopator conseguiria dançar o tempo todo. Não conseguiria permanecer bêbado por todos os dias do ano, poderia? Seshat vai repetir: *Filopator ansiava por ferir somente a si mesmo, não aos outros.* Nenhum construtor pode ser chamado de mau, e Filopator não era de todo mau.

Ele começou bem, tendo o nome entalhado nos templos até dos desertos do Alto Egito, no lugar que os gregos chamavam de Pselkhis, acima da primeira catarata do rio. Construiu um templo para Hathor Dourado em Qis, próximo a Licópolis, onde Hathor era igual à Afrodite Ourania dos gregos. Filopator amava Afrodite, aquela que presidia sua *aphrodisia*, mas também aprendera a amar Hathor, o Corvo, a deusa em cujo úbere mamara o faraó. Construiu um grande templo de Ísis e Sarapis em Alexandria, pois era o bemamado de Ísis. Gastou grandes somas de dinheiro na construção de templos. Esse grande rei não negligenciou os deuses do Egito.

Seshat gosta de Filopator. Seshat *ama* Filopator porque ele era um construtor, como ela própria. Sosíbios nunca teria construído templos egípcios, se dependesse dele. Nem os templos seriam erguidos somente com a força de vontade do sumo sacerdote de Mênfis. Tais obras não teriam sido realizadas sem a concordância direta de Filopator. Afinal de contas, ele não entregou a outros toda a sua autoridade.

E não pense em reclamar, Forasteiro, acerca da conversa de Seshat sobre tijolos de barro, pilonos e pátios de templos. O maior interesse de Seshat, Senhora dos Construtores, são os templos do Egito. Se a construção não interessa a você em nada, Forasteiro, pode nos deixar. Seshat sabe que você tem coisas melhores a fazer. Vá arar o campo. Ordenhar as vacas. Pare de ler agora mesmo e você jamais saberá o que aconteceu com essas perversas e mais que perversas crias de Oinante de Samos, Agathocles e Agathocléia, essas crianças crescidas que não haviam aprendido a diferença entre o certo e o errado, que não deram atenção aos deuses da Grécia, não, nem aos deuses do Egito.

Seja sábio, ó Prudente. Poupe as lágrimas para mais tarde.

Não, Filopator não dançava por dias e noites inteiras. De modo algum. Nem ficava o dia inteiro bêbado. Fazia muitas outras coisas, tais como comparecer pessoalmente à inauguração da quilha de seu grande navio, o *tesserakonteres*, ou quarenta-reme, que superava em tamanho mesmo o *Alexandris*, enviado de presente ao Egito por Hieron, de Siracusa. O *tesserakonteres* tinha bancos duplos, com dois cascos reunidos lado a lado, 280 cúbitos de comprimento, 53 cúbitos de altura, com um total de 850 tripulantes. Havia quem dissesse que era uma impossibilidade. Até Seshat, a deusa da aritmética, diz que um navio com tantos homens assim a bordo teria de afundar. Havia quem dissesse que o *tesserakonteres* — não totalmente diferente de seu proprietário — não servia para nada, exceto para ostentação; que era grande demais para se navegar com ele para onde quer que fosse, nada mais que um *navio de festas*, para dança, banquetes e bebida em excesso. Mas, não, era um navio de guerra, com dupla proa, dupla popa, projetado para batalhas no mar, para esmagar inimigos. O *tesserakonteres* foi de fato um vaso legendário, destinado a exibir ao mundo a grandeza do Egito e a de Sua Majestade.

Filopator trouxe um engenheiro naval lá da Fenícia para deixar o vaso gigante pronto para ser lançado, e o navio foi arrastado para o mar pela tração combinada de 55 navios de cinco bancos. No início, Filopator não se esquivou das obrigações militares; pelo contrário, deixou o Egito preparado para a guerra.

Projetos tão grandiosos eram benéficos. Davam a Filopator alguma coisa para pensar que não fosse a mãe. Afastaram seus pensamentos do assassinato, até que Cleomenes o fez pensar nisso outra vez.

Forasteiro, você não precisa saber muito sobre Cleomenes, o antigo rei de Esparta, que viveu no exílio em Alexandria. Você pode encontrar a história dele no livro de outra mulher. Mas precisa saber o que aconteceu depois de sua morte. Cleomenes havia tentado incitar uma insurreição em Alexandria, convocando o povo para que se levantasse e derrubasse o tirano Filopator do trono. Sua tentativa fracassou, esmagada de pronto por Sosibios, que acalentava idéias de promover a própria revolução, e então Cleomenes se suicidou. Sosibios, pela traição, pendurou o corpo de Cleomenes, crucificou-o, dizem alguns, para servir de exemplo àqueles que pudessem pensar em se rebelar contra Sua Majestade. Sem dúvida, Cleomenes mereceu a sorte que teve. Observe, no entanto, o comportamento de Filopator quando uma enorme serpente se enroscou em torno da cabeça de Cleomenes, no local onde ele estava pendurado, à vista do público, deteriorando-se ao sol. A serpente protegeu o rosto dele de modo que os corvos não lhe pudessem bicar os olhos.

Filopator foi informado, ao verificar ficou aterrorizado, estremecendo dos pés à cabeça. Achou que a cobra era um sinal de vingança dos deuses, prestes a cair sobre sua cabeça por ter assassinado a mãe e os irmãos. Chamou Andreas, seu excelente e mais do que excelente médico, e pediu uma poção para dormir, disse que continuava vendo fantasmas, reclamou de sentir pânico à noite.

Foi Andreas que insistiu com Filopator para que ele ignorasse os fantasmas, que os esquecesse. Chegou mesmo a escrever um *Tratado contra cren-*

ças supersticiosas, expressamente para o rei Ptolomeu, para tentar acalmar sua natureza supersticiosa e apaziguar seus medos irracionais. O tratado era impregnado de uma extraordinária lógica, explicando que os fantasmas não eram mais do que a corporificação dos remorsos de um homem. Andreas instava a todos os homens de bom senso a reconhecer a verdade: os espíritos malignos eram apenas parte da própria imaginação.

Filopator leu com interesse o tratado. Escutou o que Andreas disse, tentou enxergar a lógica daquilo, mas realmente não era um homem racional. Fosse o fantasma de sua mãe real ou não, o tratado não fez Filopator parar de vê-lo — e quando o via, seu corpo tremia, os pêlos da nuca se arrepiavam. Não imaginava esses sinais físicos, pelo contrário, jurava que eram verdadeiros. Portanto, o fantasma da mãe tinha de ser real.

Arsínoe Gama, a irmã, nessa ocasião também estava sendo perturbada pela morte dos pais, com medo do escuro, sujeita a estranhas visões das deusas em seu sono. Nos sonhos, ela via horrores que a faziam berrar, mas nada que pudesse ser chamado de fantasma. Andreas disse a Filopator: *Seria bom para a irmã de Sua Majestade se casar; muito bom.* Mas o problema era que Arsínoe Gama estava prometida para o próprio Filopator, que não queria se casar com ninguém. Além disso, ela mal tinha completado 12 anos e ainda estava esperando que seus seios desabrochassem.

Filopator ainda não gostava da irmã, que havia herdado, mesmo tão jovem, o desdém de sua mãe por ele vestir roupas de mulher, a desaprovação da mãe quanto a concubinas, a aversão em relação a bebidas em excesso, a irritação quanto à preguiça de Filopator. Arsínoe Gama detestava o risonho Agathocles de Samos, detestava sua gorda irmã Agathocléia, os dois que tanto riam, detestava Oinante, sua grotescamente obesa mãe, a velha ama-de-leite a quem Filopator dava tudo o que lhe ela pedia — enquanto fazia a própria irmã implorar pelo que queria.

Arsínoe Gama já havia afirmado que não desejava se casar com o irmão. Havia prometido a Berenice Beta que nunca seria esposa dele. Mas mesmo que tivesse idade o bastante, com quem poderia se casar se não com o irmão? E quem governaria o Egito se Filopator se recusasse a se casar e nunca se tornasse pai de um filho? Agathocles de Samos? Justamente nessa época, Antíoco Megas, da Síria, preparava a maior batalha já travada na história do mundo, ansiando por ser o próximo Senhor das Duas Terras.

4.5

As presas da guerra

De fato, Antíoco Megas, justamente nessa ocasião, voltava os olhos famintos para o Egito. Faltava-lhe experiência na guerra, mas não um ardente ímpeto. Ele queimava de ódio, da convicção de restituir à Casa de Seleucos suas antigas terras.

Claro, Antíoco Megas sofrera muitos golpes no começo de seu reinado. Um de seus parentes, Akaios, dera o bote e fizera de si mesmo o soberano da Anatólia. Nas satrapias do leste, um certo Molon levantara uma revolta, reunindo as terras do leste da Síria, chegando até a Babilônia e se declarado rei de toda a região. Antíoco já havia despachado seus generais para leste e oeste, a fim de aniquilar esses usurpadores. Agora, voltava sua atenção para o homem chamado de rei do Sul, Ptolomeu Filopator, o qual, segundo relatório dos espiões, seria derrotado agora com mais facilidade do que nunca. Os espiões de Antíoco sorrateiramente se deslocaram para o sul, levantando informações quanto à melhor maneira de derrotar os invasores egípcios que ilegalmente haviam ocupado a fortaleza de Antíoco no vale do Becá.

Quando Sosibios transmitiu a Filopator as notícias sobre a atividade na Síria, ele riu. *A guerra nada tem a ver comigo*, disse ele. *Sosibios vencerá as batalhas por mim. Sosibios vai rechaçar nossos inimigos.*

Mas Sosibios pensava diferente. *Ptolomeu Filopator vai se encarregar dessa guerra*, disse ele. *Ele partirá imediatamente para a Síria. Vai se manter sóbrio e começar a pensar no que faz.* Filopator não gostou disso, é claro. Levantou-se, posicionou os braços na altura dos ombros e começou a girar o corpo e a murmurar como os *Galloi*. Seus pés começaram a parecer uma mancha e ele começou a rodopiar. E, como de costume, Sosibios não obteve resposta alguma de Sua Majestade.

A grande paz de Ptolomeu Euergetes havia durado vinte anos. A questão síria havia estado adormecida por 7.300 dias, exceto nos pensamentos de Seshat. Agora, a questão despertava outra vez, exigindo uma resposta.

Por vinte anos, Ptolomeu Euergetes havia proporcionado à Síria boas razões para queixas, insuflando rebeliões na Anatólia e na Jônia, mas a Síria não tomara qualquer atitude a respeito por causa do tratado de paz. Agora, as coisas pareciam diferentes. A Síria havia recuperado sua força. E agora Ptolomeu Filopator — ou Sosibios — praticamente convidava Antíoco a atacá-los, permitindo que o exército do Egito se tivesse habituado à preguiça, à falta de treinamento e à indisciplina. Antíoco aceitava esse gentil convite, enviando mensageiros a Ptolomeu, dizendo: *Cuidado, pois de agora em diante o trataremos como nosso inimigo.*

Enfim, as hostilidades foram retomadas.

Ah, sim, ainda no ano primeiro do Filho do Sol, Ptolomeu Filopator, Antíoco Megas atacou o porto marítimo de Selência de Piéria, que havia sido ocupado pelo Egito desde o assassinato de Berenice Syra, vinte anos antes. Mas como os Selêucidas eram inúteis para a construção de máquinas de sítio, faltando-lhes a técnica para construírem os melhores engenhos, e não possuíam um mecânico sequer do calibre de Ktesibios, Antíoco depositou confiança, não na artilharia, mas na traição. Ofereceu subornos de um talento aos funcionários de Ptolomeu, os quais, segundo escutara, estavam contrariados: homens que reprovavam o que escutavam sobre a dança afeminada do novo rei, homens atraídos pelo desejo de riquezas.

Os funcionários de Filopator abriram os portões de Selência à noite, de modo que as tropas de Antíoco puderam entrar sem problemas, e a cidade caiu nas mãos dos selêucidas enquanto todos os habitantes ainda dormiam. Leontios, o comandante da guarnição, não se atreveu a prolongar a resistência e se rendeu prontamente.

Teodotos, o etoliano, sátrapa da Koile-Síria, liderou os desertores. Desprezava Filopator não somente por causa dos trajes amarelos, mas também em virtude do sórdido episódio do assassinato de Magas, durante o qual ele quase perdeu a própria vida e pelo qual não recebeu qualquer recompensa. Todo o problema foi que o sátrapa da Koile-Síria, Teodotos, era perigoso. Sosibios não deixaria homem algum subir tanto na carreira. Assim que Teodotos começou a dar mostras de que poderia ameaçar o poder de Sosibios, alguém que eventualmente lideraria uma rebelião, foi descartado. Teodotos ludibriou os cortesãos de Alexandria, os homens das facas — Agathocles de Samos e seus amigos —, aqueles que nem sempre dormiam nas próprias camas à noite, mas sim perambulavam pela cidade, assassinando os inimigos de Sosibios. Teodotos havia abandonado Sosibios, Filopator e o Egito, antes que fosse ele próprio assassinado, antes que dissessem a seu respeito: *Está morto, tem sorte.*

Teodotos, então, por iniciativa própria, fez contato com Antíoco da Síria, se ofereceu para lhe entregar as cidades da Síria vazia, aquelas que ele próprio havia atacado. Antíoco ficou encantado. Recebeu muito bem o traidor, como se fossem velhos amigos.

Naquele verão, Antíoco voltou sua fúria contra o Egito novamente, fazendo com que dez mil soldados descessem a estrada litorânea até Gaza em marcha forçada. Recebeu de Teodotos as chaves de Tiro e Ptolemais e tomou essas cidades sem luta, aproveitando para apropriar-se dos quarenta navios de guerra de Filopator, que encontrou ancorados nos portos. Antíoco encontrou a estrada deserta à sua frente, totalmente aberta para ele até Mênfis. Era jovem, faltava-lhe experiência de guerra, de modo que não teve a idéia de valer-se da oportunidade enquanto podia e marchar de fato até Mênfis, e foi uma sorte para Filopator que esse jovem tenha tomado a decisão errada. Não, Antíoco não se dirigiu à Pelúsia, mas deteve-se para montar cerco à Koile-Síria, e essa parada desperdiçou toda a temporada de campanhas daquele ano. Por que fez isso? Havia tido notícias das medidas defensivas de Sosibios e ele ficou com medo de ser rechaçado. Pensou que seria mais importante ganhar antes o controle da Palestina. Não obteve o apoio que esperava ali e achou que deveria sitiar Dora, Sidon e outras cidades sob o domínio de Ptolomeu, mas teve de enfrentar longa demora, porque elas se recusaram a se render, o que o segurou por meses, no fim das contas. Até então, Antíoco não tivera nada do êxito que imaginara. Nenhuma das cidades da Palestina caíra em suas mãos.

Assim, Antíoco concordou com um cessar-fogo de 120 dias e desperdiçou o inverno trancado com embaixadores de Sosibios, em conversações de paz. Então, na primavera, quando terminou o cessar-fogo, Antíoco desfechou uma nova campanha, reduzindo a nada, próximo de Beritos, a nova força egípcia que Sosibios havia embarcado para Sidon com o objetivo de esmagá-lo. Com a retaguarda assegurada, Antíoco mandou suas tropas marcharem atravessando a Galiléia, a Samaria e o rio Jordão e retomou de Ptolomeu as cidades de Filadélfia e Amonitis. Mas Antíoco não conseguiu reconquistar os territórios que compunham a Síria vazia.

A grande questão — quem deteria a posse da Fenícia e da Palestina — não ficou resolvida. A batalha de todas as batalhas ainda não havia sido travada, mas estava cada vez mais próxima. Seshat, deusa da história, ela que conta os anos, que conta as batalhas, ela que mantém os registros dos egípcios mortos, a chamou de a Quarta Guerra Síria.

O que aconteceu foi que Antíoco Megas retardou o ataque, não invadiu o Egito. Durante todo o inverno, ele se internou em abrigos de inverno em Ptolomais, senhor de nada na Koile-Síria a não ser das ondas que estouravam nas praias.

Sosibios iniciou novas conversações de paz, tentando impedir o avanço de Antíoco. Levou os sírios a acreditarem que estavam numa situação que os obrigava a aceitar quaisquer que fossem os termos que ele expusesse. Antíoco retornou à Seleiquéia e as conversações se arrastaram por todo o inverno.

Sosibios demonstrou toda a sua inteligência nessa ocasião. Despachou falsas informações por meio dos espiões de Antíoco para dizer que Filopator era um completo incapaz, que todas as tropas estavam prestes a se amotinar por falta de vigor e por muita ociosidade — bem semelhante a seu senhor —, muita bebida, obesidade, por dormirem durante o dia, e ainda que nenhum dos homens afiava a espada em preparação para a luta. Como resultado, Antíoco relaxou e distribuiu dupla ração de vinho para as tropas ao longo de meses e meses.

No entanto Sosibios, o senhor das inverdades, não havia espalhado nada senão mentiras. As tropas egípcias não estavam nem bêbadas, nem obesas, nem ociosas, nem mal preparadas, e Sosibios se empenhava em obter reforços de vulto. Chegou mesmo a engajar egípcios nativos como hoplitas, submetendo-os a um rigoroso programa de treinamento. A falange da infantaria egípcia logo somava vinte mil homens, entre fazendeiros, camponeses, homens notoriamente avessos à guerra. Mas Sosibios os armara igual aos macedônios, com espadas, espadas curtas, adagas, escudos, perneiras, peitorais, elmos. Ensinou-os como brandir a *sarissa*, ou seja, a lança da Macedônia, marchando transformados num só corpo, obedecendo à palavra de comando. Centenas de egípcios nativos abandonaram suas mulas e camelos e se alistaram na cavalaria, sendo treinados na montaria por Policrates, de Argos, um dos risonhos amigos de Agathocles.

O plano de Sosibios era ótimo e resolveria a crise imediata. Em Alexandria, o inverno transcorreu em meio a uma febre de atividade militar. Oficiais macedônios dirigiam o treinamento de recrutas egípcios. As fábricas de armas trabalhavam além do período normal para preparar equipamento suficiente para uma prolongada campanha. A corte do faraó mudou-se para a habitual residência de inverno, em Mênfis — através da qual passava a principal estrada que ia da Síria a Alexandria —, e mesmo Sua Majestade desempenhou seu papel, entretendo ali os embaixadores de Antíoco, trazendo-os para fora de Alexandria de barco e dizendo: *Alexandria é tão fria no inverno... Cai chuva forte em Alexandria... Por que não ficarmos na ensolarada Mênfis?...* de modo que eles não vissem o que estava acontecendo. Repare, Forasteiro, que Filopator cumpria sua obrigação, até certo ponto. As ruas de Mênfis não ressoavam sob as botas dos soldados. A cidade não traía qualquer sinal de que o Egito estivesse freneticamente se preparando para a guerra.

Agathocles era tão esperto, sórdido e cruel quanto Sosibios, mas começou a beber tanto quanto Filopator. Um homem que governa um reino precisa pensar com clareza, não pode embebedar-se. Mas Agathocles agora estava encarregado de muitos assuntos de importância, e o poder tornou-o um pouco descuidado, já que deixou para a mãe e a irmã a tarefa de cuidar dos compromissos militares, e elas distribuíram as patentes mais altas entre os amigos e conhecidos. Foi o próprio Agathocles, no entanto, quem convocou os veteranos que haviam se aposentado e ido para fazendas no distrito do Lago, homens que pensavam que haviam pendurado os escudos e espadas para sempre, mas agora marchavam para cima e para baixo da via Canopo todas as manhãs, em filas de dez, transformados na Falange do Lago. Ah, sim, Agathocles, que jamais havia erguido uma espada em batalha, cavalgava para cima e para baixo também, gritando ordens, como se tivesse estado no exército por toda a sua vida. Agathocles, muito bom em fingir ser o que não era, havia aprendido rápido.

Na primavera, as conversações de paz foram suspensas, como Sosibios pretendia — já que estava apenas ganhando tempo —, e Antíoco marchou para o sul, achando que agora seria bastante fácil se apoderar do valioso território da Koile-Síria, tomá-lo do frágil controle de Ptolomeu Filopator.

Sosibios ainda não estava totalmente preparado para a guerra, mas mesmo assim riu sozinho. *Devemos permitir que Antíoco vença por enquanto; vamos deixar que pense que está se saindo bem*, disse ele, *e, então, vamos destroçá-lo*. Filotera, Damasco, Pela, Dion — as cidades de Decápolis — todas caíram diante de Antíoco. O exército sírio arrasou as fortalezas de Filopator no monte Tabor, tomando também as cidades de Filistia, incluindo aí Gaza, naquele inverno. Ao final da campanha, o exército egípcio fora expulso da Palestina, e Antíoco abrigou-se de novo em Ptolomais para ali passar o inverno, deliciando-se ao pensar que sua campanha estava quase concluída, achando que a vitória estava logo à frente, de modo que deixou seus homens beberem demais e treinarem de menos para a batalha.

Naquele ano, Hanibal, de Cartago, iniciou a Segunda Guerra Púnica, atacando a cidade romana de Saguntum, na Hispânia. Mas na disputa entre Hanibal e Roma, Sosibios e Filopator recorreram de novo ao *Amicitia* de Arsínoe Beta, como a razão pela qual o Egito deveria permanecer neutro.

Filopator dava ouvidos a Sosibios — às vezes — quando este o advertia sobre a guerra. Havia dias em que emitia sábios juízos e sensatas sugestões sobre o que deveria ser feito. Mas era bem típico dele levantar-se em meio ao Conselho de Guerra, esticar os braços e começar a rodopiar. De tempos em tempos, quando Filopator abandonava intempestivamente o salão do conselho, Sosibios dizia desse inútil rei, aos berros: *Como posso governar um país tendo um homem como esse à cabeça do reino... Tenho de matá-lo!*

4.6

O banho de sangue

Embora Ptolomeu Filopator freqüentemente dançasse com os *Galloi* e chamasse a si próprio de Gallos, ainda não podia se reunir à refeição sacramental, pois ainda não lhe haviam permitido submeter-se ao *taurobolion*, ou seja, o banho de sangue de touro. O Arquegalos não o deixava comer do tambor nem beber do címbalo porque ele não era um dos *Galloi*, não era um dos *melissai*, as abelhas, como eram chamados por causa da maneira como zumbiam durante a dança.

Separar os testículos, explicava o Archigallos, *não é obrigatório. Sua Majestade pode dançar pela Kanopic Street com os mendigos da Mãe. Mas a castração é o sacrifício final, ao qual não se deve submeter sem uma preparação cautelosa — pois uma vez que um homem diz adeus às suas partes, ele não pode voltar atrás. A castração deve esperar.*

Mas Philopatos disse, *Sinceramente, Archigallos, eu tenho certeza.*

Enquanto Sosibios estava ocupado colocando o Egito em estado de guerra, Philopator — sem contar a Sosibios ou qualquer outra pessoa — jogou um manto sobre corpo e esgueirou-se para fora do palácio depois de escurecer. Conseguiu manter as restrições alimentares dando a desculpa de que não estava com fome. Alcançou o Metroon seguindo pelas ruelas e purificou-se em um ritual na banheira sagrada. Todo Gallos na cidade estava ali para assistir ao rei do Alto e do Baixo Egito descer até o fosso subterrâneo e agachar-se sob uma grade, ofegante pela tensão, usando nada mais que uma coroa de folhas de carvalho douradas. Pela primeira vez na vida ele não estava rindo. Ele ouvia os gritos estridentes dos eunucos e os urros do touro negro. Ele olhou para cima e viu as guirlandas de flores penduradas no pescoço do touro, os chifres adornados reluzindo sob a luz da tocha, a besta que o livraria da sujeira do assassinato da mãe.

Os sacerdotes de Kybele arrastaram o touro até a grade, amarrando-o sobre ela. Philopator sentiu o bafo quente do touro no rosto, o cheiro adocicado do animal, a força, estendeu o braço trêmulo para tocar-lhe o casco. Ele via o reflexo da lâmina enquanto o Archigallos, entoando as palavras do ritual, cortava a garganta do touro. Em seguida o sangue escorreu em uma torrente sobre o rosto erguido de Philopator, transformando os cabelos amarelos em vermelho, enchendo a boca sedenta, escorrendo sobre o corpo num fluxo de mais de 100 quartilhos. Philopator estremeceu, aterrorizado e extasiado ao mesmo tempo. Ele viu a luz brilhando através da vermelhidão, viu o rosto da deusa, jurou que a viu, a salvadora que o purificou. As mãos do *Galloi* se estenderam para receber o novo companheiro e erguê-lo do fosso, e Philopator emergiu com um cego, escarlate da cabeça aos pés, sob aplausos e gritos pungentes.

Você deve entender, estranho, que o *taurobolion*, ou banho de sangue, era um tipo de apólice contra tudo de ruim que pode acontecer com um homem desde a derrota em uma batalha no exterior até a revolução em casa, ou receber a visita de fantasmas à noite. Philopator ascendeu a um patamar superior, renasceu para a vida eterna. Os sentimentos de culpa foram levados pelo sangue do touro. Agora ele esqueceria o assassinato da mãe e os outros, estava certo disso.

O renascido Filopator sustentou-se por muitos dias com nada além de leite, como uma criança recém-nascida. Sóbrio, era um homem diferente, conversava seriamente com Sosibios a respeito da guerra, expressando com serenidade os pensamentos sobre as taxas dos suínos, proferindo sensatas palavras a respeito de crime e punição. Mas o vaso de ouro contendo os testículos de touro, ele o mantinha junto de si dia e noite, como uma lembrança de que era um sincero devoto de Cibele. Filopator estava livre, imerso no estranho e cálido brilho que era a santidade do iniciado. Tinha a tatuagem dos tambores e lírios queimando em sua carne como agulhas em brasa, como prova de sua adesão. Seu entusiasmo pela Grande Mãe não conhecia limites. Agora, ele freqüentemente se vestia como Átis, com um capuz frígio, túnica e calças, segurando um bastão de pastor. Aprendera a tocar as flautas de Pã. E começara a beber de novo. Não conseguia largar de vez os refinados vinhos gregos de Mareotis, mas por vezes nada bebia, exceto o fortíssimo vinho de pinha dos *Galloi*. Quanto à comida, nada além da carne dos sacrifícios passava por seus lábios, e alguns poucos vegetais e frutas. Os novos amigos vinham diariamente se reclinar nos sofás de Filopator, onde devoravam a carne de Filopator de uma mesa coberta por um couro de touro e bebiam o vinho de Filopator em taças de ouro. A pedido dele, dirigiam-se à Ptolomeu Filopator, o faraó do Egito, aquele que envergava com orgulho a túnica amarela e as sandálias amarelas dos *Galloi*, como a *irmã*.

No banquete, quando Ptolomeu Filopator dançava em êxtase e sozinho a dança do Gallos, os aplausos eram calorosos, e os sacerdotes de Cibele lhe pediam, aos gritos, para dançar de novo. *Ele é nosso maior e único benfeitor*, murmurava o Arquegalos. *É prudente dizer-lhe que dança bem.*

Não, o corpo de Filopator não exibia a mesma perfeição grega do de Agathocles de Samos. Músculos gregos — bíceps, tríceps, peitorais, curvas ilíacas —, Filopator não os tinha. A barriga não era rija e plana, como a de Agathocles, mas balançava quando ele dançava. Com freqüência tinha de parar o rodopio para recuperar o fôlego. Era Agathocles que dizia a verdade quando comentava com a irmã: *Sua Majestade parece uma galinha quando dança.*

Sóbrio, Filopator podia desempenhar o papel de Senhor das Duas Terras, o severo faraó, a perfeição. Bêbado, imitava muito bem as maneiras de um louco. Uivando, em êxtase, zumbindo e rodopiando na dança do Gallos, ele conseguia esquecer que era rei, podia afugentar as responsabilidades e ser ele mesmo. Flagelava o corpo usando o açoite com nós de patas de ovelhas e cravava os dentes na carne de seus braços até o sangue escorrer-lhe pelo queixo. Quando os açoites lanhavam suas costas, tirando sangue, ele apreciava o contato morno, o arrepio na pele, e ficava tão bêbado que mal conseguia sentir dor. Manchas lívidas agora cobriam-lhe as costas. Derramava o próprio sangue para pagar pelo assassinato da mãe, sangue para o fantasma dela. Remorso pela morte da mãe, no entanto, não é purgado com tanta facilidade.

*

Sosibios, fingindo consternação ao ver os ferimentos de seu senhor, disse-lhe: *Megaléios, deve recordar que, se o senhor se transformar por completo num Gallos, a Casa de Ptolomeu está acabada...*

Filopator ria. A voz ainda era grossa, mas ele ansiava pelo dia em que se transformaria num som estridente, de modo que ele pudesse cantar os hinos a Cibele no coro dos eunucos. Talvez, pensava Sosibios, o rei não tenha intenção sincera de fazer o sacrifício final, mas pense apenas em se divertir e em assustar os guardiães. Mesmo assim, ordenou a Agathocles que mantivesse estreita vigilância sobre ele e que lhe fornecesse relatórios diários sobre tudo o que Filopator dissesse e fizesse. De algum modo, Agathocles conseguia evitar que Filopator pegasse a afiada faca e tornasse a si mesmo um eunuco. Sua Majestade mantinha-se inteiro, pelo menos por enquanto. Seja como for, o agravamento da Guerra Síria agora lhe dava algo para pensar que não nos próprios testículos.

4.7

Ráfia

Não, Ptolomeu Filopator não se dava conta da dor dos ferimentos que se infligia. Adorava ver sangue, contanto que mantivesse o sangue sob controle. Já o pensamento de montar o cavalo e entrar em batalha o apetecia muito menos. Como todos os gregos, ele temia as trevas do Hades.

Sosibios, no entanto, mantinha-se firme. *O devido lugar de Sua Majestade*, disse ele, *é à frente do seu exército, espada erguida, massacrando os inimigos, não em casa, dançando. Você irá para o campo de batalha conosco, Megaléios... Cuide para que sua armadura esteja em condições para a luta.* E acrescentava: *Também deveria cortar os cabelos... As pessoas estão dizendo que o rei do Egito parece mais uma menina...*

Filopator tentou se esquivar de suas obrigações, dizendo: *Se o faraó deixar o Egito, o rio não subirá, haverá fome e...*

Sosibios interrompeu-o. *Não estou escutando uma única palavra sequer*, disse, levantando a voz. *Você irá conosco.*

Para Horemakhet, Filopator disse: *Realmente, Excelência, não temos nenhum interesse na guerra. Não queremos mesmo lutar.*

Mas o sumo sacerdote de Mênfis pensava o mesmo que Sosibios. *Ninguém no Egito fica feliz ao pensar na guerra*, disse ele. *Os egípcios são um povo gentil, amante da paz. Mas confiamos no rei Ptolomeu para lutar nossas guerras por nós. Todos os sacerdotes do Egito ficarão satisfeitos caso Sua Majestade vá para a guerra. As tropas precisam ver a figura do faraó no campo de batalha, mesmo que ele não faça nada.*

Arsínoe Gama não compartilhava da timidez do irmão. De modo algum. Implorava que a deixassem ver a guerra, seguindo a orientação de Platão, mas Sosibios lhe disse: *O lugar da mulher é em casa, não na falange.*

E Filopator fez cáusticas observações: *A lida da guerra, minha criança, não é província para uma jovem menina. Os deuses fizeram a mulher para o fuso e a roca, não para a espada e o escudo. Seja como for, você é pequena demais para isso.*

Ela chorou em seu quarto, então, furiosa, e no caos da Muralha de Metal rumando para a Síria, foi esquecida. Mas disse para as aias: *Quatorze anos não é pouco para ir à guerra. Aos 14 anos, minha mãe cometeu um assassinato...*

Na primavera do quarto ano, Sosibios encorajou-se a mobilizar a ira do Egito e deixou Mênfis em meio a uma nuvem de poeira, à frente de um grande exército. Filopator seguia montado ao seu lado, envergando peitoral, perneiras e elmo, todos em ouro, de modo que brilhava como o Filho do Sol que ele era; e assim fazia para estimular as tropas com sua presença. Não pensava nas palavras de seu amado Homero: *Ele cavalgou para a batalha vestindo ouro, pobre idiota, como uma garota.* De modo algum. Se Filopator não podia fazer o que gostava e permanecer em casa, pelo menos iria se vestir como gostava. Pelo menos os homens o veriam.

Na estrada que saía do Egito havia três mil guardas reais, dois mil peltastas, oito mil mercenários gregos, três mil cavalarianos das forças regulares, dois mil cavalarianos mercenários — cavaleiros — arqueiros e lançadores de dardos — três mil cretenses, três mil líbios com armaduras macedônias e seis mil gauleses e trácios — ou seja, 25 mil homens na infantaria e cinco mil na cavalaria. Na segunda poderosa falange de Sosibios, havia 25 mil macedônios e vinte mil nativos egípcios, perfazendo um total de setenta mil soldados a pé e cinco mil a cavalo. E mais 73 elefantes de guerra.

Aí está, Forasteiro, o início da última grande batalha, já que na poeira levantada por 140 mil pés, vinte mil patas, mais os animais de carga, cavalos, mulas, burros, carros e carroças, o exército agora saía em marcha de Tjaru, que era o verdadeiro ponto de partida para todas as campanhas sírias, uma jornada de 96 estádios rumo oeste de Ráfia, através do deserto sem água chamado Sinai, seguindo um curso intermediário para evitar as traiçoeiras areias movediças.

Todos os homens usavam um talismã para trazer boa sorte e afugentar escorpiões e serpentes. Varavam as areias até a fronteira do Egito, a leste de Belém e Psinufer, entoando canções de marcha, todos usando no rosto a loção de caracóis esmagados e incenso de olíbano contra as queimaduras do sol, todos prontos para dar a vida pelo rei Ptolomeu, até os egípcios. À frente da coluna estavam Sosibios e Agathocles, que riam e faziam piadas. Junto a eles, no carro, ia Filopator, usando os trajes de viagem do faraó e o elmo-coroa de couro azul de guerra, ele muito sério, sem risos. Também usava o melhor dos talismãs gregos — o pé direito de um lagarto para lhe trazer boa sorte e uma bela vitória. Seu amigo Andreas, o médico, o acompanhava para tratar de seus ferimentos, caso ele fosse atingido, porque ele tinha muito medo de morrer. Andreas não tinha tal medo. Seu horóscopo, feito em seu nascimento, predissera que ele deveria morrer no campo de batalha. Por isso ele havia se tornado médico — para ludibriar o destino. Pensou que assim não teria de lutar e, portanto, não morreria. Mas Seshat diz: *O que está escrito no nascimento de um homem é o que acontecerá. Homem nenhum pode alterar seu destino.*

Até Horemakhet foi para a guerra, equipado para derrotar o inimigo com sua magia.

Em Rinocolura, eles haviam erguido as tendas de couro e acendido as fogueiras para cozinhar as rações, quando uma desafiadora figura emergiu das carroças de bagagem, onde havia se escondido, viajando entre as prostitutas dos soldados, o rosto escondido sob uma touca escarlate: a princesa Arsínoe Gama, vestida ela também com uma armadura de ouro, reluzindo sob os últimos raios do sol.

Filopator gritou insultos contra ela, e Arsínoe Gama respondeu-lhe também com gritos, mas era tarde demais para mandá-la de volta para casa.

Vim ajudar você, irmão, disse ela. *Já esqueceu o que Platão disse? As crianças devem ver a guerra.*

Filopator cuspiu na terra para expressar seu desprezo, mas Arsínoe Gama agora estava a cavalo, as pernas abertas abraçando a sela como um homem, junto ao irmão, e num cavalo branco, que ela havia exigido, já que cavalos brancos são reservados aos deuses. Filopator a ignorava, dizendo: *Inútil, inútil. O que uma menina de 15 anos pode fazer numa batalha?* Mas a primeira coisa que deve ser dita sobre a irmã real de não mais de 15 anos, que mal deixara de ser uma criança, é que ela foi absolutamente maravilhosa.

Quando chegaram perto de Ráfia, Ptolomeu — ou Sosibios — mandou arautos a Antíoco com a mensagem de que tinha a intenção de enfrentá-lo em batalha perto de Ráfia em seis dias, na sétima hora, e pedia a Antíoco para, mui graciosamente, estar presente, acompanhado pela ralé que constituía seu exército, quando então a Muralha de Metal teria o prazer de colocá-lo de quatro, como o cão que ele era, e esfregar seu rosto na areia. Isso porque as regras da guerra prescrevem que nenhum rei pode entrar em batalha sem ter antes declarado guerra e combinado o lugar e a hora do confronto. Um rei grego deve obedecer às leis gregas, as regras do combate, como se as batalhas não fossem mais que um jogo de damas, que deve ser lutado com lealdade, ao modo grego, sem trapaças e sem truques sujos, entre dois lados perfeitamente combinados, e somente assim os deuses concederiam uma grande vitória ao exército que mais lhes agradasse.

Sosibios, o primeiro-ministro de Filopator, não tinha mais experiência em organizar uma batalha com setenta mil soldados que seu senhor. Até então, havia se saído bem, muito bem, aliás, no que se referia a arregimentar e treinar tropas tão vastas, mas aqui em Ráfia, mesmo Sosibios hesitou um pouco. Ele era, por formação, um atleta, não um soldado. Seu único campo de batalha fora a pista de corrida. Agora, deveria comandar a maior força militar que o Egito já reunira.

A visão dos 68 mil soldados de Antíoco e de seus 102 elefantes de guerra era o suficiente para causar hesitação em qualquer homem. Claro, Sosibios havia passado pelo treinamento militar quando jovem, marchando na falange de Euergetes por um ano ou dois, mas isso fora durante a paz dos vinte anos: nunca tinha visto um combate real em tempo de guerra. Depois de Tjaru, Sosibios e Agathocles pararam de fazer piadas e começaram a pensar no que os aguardava: sangue, muito sangue.

Talvez você pensasse que os generais deles sabiam o que estavam fazendo. Alguns, sim. O *stratego* da cavalaria, por exemplo, era um homem de grande experiência, mas quanto aos demais, bem, não eram muito experientes. E isso porque Filopator havia cedido sua autoridade a Agathocles e Agathocléia, que haviam jogado dados e tirado a sorte em canudos para designar o alto-comando militar, deixando mesmo a mãe, a já aposentada grande ama-de-leite do rei, sortear nomes num elmo, como se somente Tiche, a deusa da boa fortuna, devesse decidir quem mereceria ser promovido. Muitos dos altos postos haviam sido preenchidos apenas alguns dias antes. Os antigos generais de Euergetes — que haviam sido vitoriosos na Síria, que haviam comandando o exército na Guerra Laodikeana — havia muito tinham se aposentado. Os mais jovens, Agathocles havia dispensado, assassinado ou jogado na prisão, sempre às gargalhadas, dizendo: *Velho é mau, novo é bom.*

Quem então eram esses novos comandantes do exército? Amigos de Agathocles, amigos de Agathocléia: palhaços e malabaristas, acrobatas e artistas da corda bamba, escravos do palácio e prostitutos, companheiros de copo. Ah, sim, e o que sabiam de guerra esses homens que eram escravos até recentemente e que agora assumiam os augustos títulos militares que no passado estavam na posse de condes e de príncipes do Egito? Não muito. Pior, não oravam a nenhum deus da guerra, nem mesmo a Atenas, e confiavam somente em Tiche, a deusa da fortuna, e na própria imbecilidade, na habilidade de fazer as pessoas rirem. Mas Seshat diz que uma batalha é coisa mais séria que fazer piadas, um assunto mais difícil que fazer malabarismos com quatro limões.

Ah, sim, o necessário conhecimento de um amo é saber lidar com escravos, é saber controlá-los, mas Ptolomeu Filopator havia deixado seus escravos o controlarem.

A planície deserta de Ráfia, na fronteira do Egito com a Palestina, é um lugar quente nos meses de verão, muitíssimo quente, aliás, e o vento que sopra do mar por aqui chega misturado com areia e farelo de pedra. Não havia sequer uma árvore, nem ao menos uma rocha com uma sombra para dar abrigo contra o calor feroz, mas havia sol de sobra para os egípcios deixarem que a luz faiscasse ao refletir sobre seus escudos polidos com o objetivo de desnortear os exércitos da Síria.

Antíoco estava acampado na antiga cidade filistina de Gaza, a dez estádios de distância do inimigo, e quando recebeu a notícia da chegada do rei Ptolomeu, sorriu perversamente. Logo conduzia suas tropas até a borda do deserto, de modo que estacionassem a apenas cinco estádios dos egípcios, ah, sim, e de modo que pudessem rosnar insultos e abalar o moral do inimigo. Pequenos embates aconteceram entre os homens enviados para procurar água. Alguns poucos projéteis foram disparados. Rochas foram arremessadas. Mas os dois grandes inimigos permaneceram imobilizados em suas posições por cinco longos e suarentos dias, aguardando, entoando insultos, enquanto se preparavam para a luta. Ah, sim, e metade dos abutres da Síria e todos os corvos empoleiraram-se nas carroças de carga ou ficaram dando voltas no alto, soltando gritos, impacientes pelo começo do banquete.

Quando a escuridão desceu, Horemakhet rezou as preces da véspera da batalha, dirigidas a Montu, deus da guerra, grande em poder, cujo coração se alegra quando assiste ao conflito, aquele que é como fogo na palha. Disse ele a Sua Majestade: *Os membros dos sírios tremem, o pavor que têm ao Senhor os subjuga. Sua espada será poderosa ao dizimar os asiáticos; eles serão feitos em pedaços.* Mas ele viu muito bem que eram os membros de Filopator que tremiam.

Os capitães dirigiram as apropriadas orações à deusa Atenas, pedindo que seus espíritos fossem tornado sagazes agora, súbita e finalmente encontrando nos eternos deuses gregos algum conforto, como se eles pudessem, afinal de contas, ajudar um homem a escapar da morte e do horror da guerra e evitar que descesse ao Hades com cinqüenta anos de antecedência.

A suntuosa tenda púrpura e dourada de Ptolomeu Filopator, grande em força, poderoso em terror, foi erguida na planície, mas ele se recolheu tarde, perturbado demais para conseguir dormir, bebendo vinho de pinha com Sosibios e Agathocles, que agora não gargalhavam nem sorriam — não, em absoluto.

E estariam os novos generais mergulhados em discussões sobre estratégia, sobre o terreno, sobre tática? Não, Forasteiro, estavam mergulhados em vinho, embebedando-se, por conta do enorme terror em relação à morte. Poucos entre eles haviam sido testados em batalha até então, e, além do mais, independentemente de quão bem um homem tenha sido treinado, nada faz com que os rebites de sua armadura estremeçam e chocalhem tanto quanto a primeira vez que ele se depara com a possibilidade de se tornar pasto de abutres. Não, os generais estavam bebendo. Mas era assim que corriam as coisas antes de cada batalha. Também nas tendas sírias. Nenhum homem tem má vontade para dar um copo ou dois a um soldado na noite que pode ser a sua última na terra. Beber acalma os temores de um homem. A ração extra de vinho na manhã da batalha talvez tenha sido a única coisa que fez a falange avançar. Nenhum homem sóbrio poderia ter nada a ver com a loucura desta guerra.

No acampamento de Antíoco, um homem em particular nutria um ódio especial contra Ptolomeu Filopator: Teodotos, o etoliano, agora sob pagamento de Antíoco. Teodotos não estava bebendo naquela noite, nem conseguia dormir. Atravessava furtivamente as linhas egípcias, o rosto pintado de negro, esquivando-se dos guardas, arrastando-se em direção à tenda real.

Andreas, o médico, recolheu-se cedo, pois num campo de batalha um cirurgião militar sempre terá um dia ocupado. Por anos e anos havia cuidado das mordidas de insetos de seu amo, as febres recorrentes e os tremores das mãos por causa da bebedeira. Todas as noites ele havia dormido no quarto contíguo ao de Sua Majestade com uma corda amarrada ao pulso, para o caso de o rei precisar de suas atenções profissionais. Agora, Andreas dormia na tenda do rei, enquanto Filopator estava sentado do lado de fora, apalpando seus talismãs da sorte, observando o vôo das moscas, escutando o rugido de setenta mil macedônios que bebiam e as ondas de gargalhadas e insultos que lhe chegavam, flutuando na brisa, do acampamento sírio.

Ah, sim, era Andreas que deveria fechar os cortes de espadas, enfiar as entranhas do rei de volta em sua barriga ou costurar seus membros lacerados, caso fosse ferido. Seus nervos eram como ferro, e ele estava pronto para cumprir seu dever como médico. Fez seu sacrifício para Asclépio e Higéia. Dormiu muito bem. Era o próprio Filopator que sentia ímpetos de fugir de Ráfia, não os egípcios e seu médico o ajudaria a escapar se as coisas corressem mal para ele. O médico de um rei era muito mais que um mero homem da medicina: deveria experimentar a comida do amo, para prevenir o envenenamento, e dispunha de seus truques para aproveitar tudo o que o inimigo lhe deixasse. Contando os homens acocorados com tripas soltas, ele podia avaliar o estado de nervos do inimigo. O médico, que não entrava de jeito nenhum na luta, era um dos homens mais úteis no campo de batalha. Andreas era, pelo menos, melhor que Aristarcos, o médico de Berenice Syra. Era um homem confiável, se é que um rei poderia confiar em quem quer que fosse.

Nas horas mortas da noite, Teodotos, o Etoliano, o vira-casaca, o indigno, arrastando-se no chão, passou pelos entontecidos guardas do acampamento egípcio. Sabia quais eram os hábitos de sono de Filopator. Sabia que o filho do sol levantava-se com o sol, nunca antes. Dirigiu-se diretamente para a tenda de Sua Majestade, abriu com a faca uma fenda na parte de trás e passou para dentro, apurando os ouvidos. Foi então para junto da figura que ressonava sobre um leito dobrável, encostou-lhe a faca no pescoço, pouco abaixo da orelha, e, sim, o sangue quente de Sua Majestade jorrou em seu rosto. Teodotos escapuliu de volta para o acampamento sírio, sem ser percebido.

Naquela noite, Filopator sonhou o sonho de estar bebendo sangue e acordou com o próprio grito. Puxou a corda para chamar Andreas, mas

Andreas não veio correndo, não berrou, como de costume: *Um instante, Megaléios...* Filopator puxou ainda mais forte a corda e escutou algo pesado caindo no chão no compartimento contíguo da tenda. Zangado, Filopator saltou da cama de campanha no escuro, berrando. Tateou para encontrar o caminho ao longo da corda e encontrou Andreas dormindo no chão. Sacudiu-o, então, dizendo: *Acorde. Por que não me atendeu?* Mas percebeu que sua mão ficara pegajosa, que Andreas ainda não respondia, nem se mexia, e então Filopator berrou chamando os guardas e pedindo luz.

Ah, sim, quando a luz chegou, Filopator berrou ainda mais, pois tinha as mãos cobertas com o sangue de Andreas. Fora a garganta do médico que Teodotos havia cortado, não a de Sua Majestade real, na véspera da batalha de Ráfia, na madrugada que antecedia o embate.

Filopator uivava: *Mau augúrio... Terrível presságio...* e as lágrimas jorravam.

Andreas havia produzido importantes pesquisas médicas. Seu trabalho *Sobre mordidas de cobras* era valorizadíssimo pelos gregos no Egito. Inventara um dispositivo para tratar de braços e pernas quebrados. Havia criado uma pomada para os olhos que ajudava muito quando metade do deserto se intrometia sob as pálpebras de Sua Majestade. Andreas era realmente o primeiro dos médicos e faria muita falta.

Filopator, com a face lavada de lágrimas, dava passos a esmo, dizendo: *Vamos ser derrotados, derrotados, derrotados,* ou seja, ao invés de estimular o moral de seus generais, fazia com que ficassem ainda mais nervosos.

Ao alvorecer, Horemakhet procurou Ptolomeu. Vestia o manto de pele de leopardo cheio de pintas, e seus braços estavam cobertos dos pulsos aos ombros com todos os feitiços para a vitória. Sekhmet e Montu, os deuses da guerra, estavam com ele. Lançou-se ao chão de bruços perante Sua Majestade, dizendo: *O faraó será como o fogo varrendo os lugares secos. Vai retirar a respiração das narinas dos homens. Atenção, deposite toda a sua confiança em Montu, o Guerreiro, o deus cujo pão são corações, cuja água é sangue, e tudo correrá bem para o senhor.*

Mas os pensamentos de Filopator estavam distantes. *E quanto ao sonho de beber sangue?,* perguntou ele. *O que isso significa?*

O sumo sacerdote garantiu-lhe: *Um sonho egípcio, Majestade, bom sonho. Significa o extermínio dos inimigos.*

Filopator observava as tropas de Antíoco Megas, 68 mil soldados, seis mil cavalos, 102 elefantes indianos, todos alinhados, aguardando em silêncio. Antíoco havia convocado todos os efetivos militares da Ásia para lutar ao seu lado: medas e kissianos, kadussianos e karmanianos. Havia reunido dez mil nabatianos e árabes. Havia arqueiros e arremessadores de funda persas e agrinianos. Tinha Temison, o Heracles de Antíoco Theos, agora com certa idade, como um de seus comandantes. Teodotos, o etoliano, o desertor, o assassino, estava encarregado de dez mil homens. Os 68 mil permaneciam sob o sol, ora em silêncio, ora, ao receberem a ordem, berrando insultos imundos contra Ptolomeu Filopator. Sobre seus belos vestidos amarelos, seus adoráveis prostitutos, seus soldados efeminados.

Antíoco, diante da fileira, galopava para cima e para baixo, gritando para encorajar as tropas, com uma dúzia de intérpretes berrando a tradução de suas palavras. Ah, sim, Antíoco gritou o que queria transmitir: *Quinhentos anos atrás, neste mesmo lugar, Sargon, rei da Assíria, enfrentou o Egito e os aliados do Sul e esmagou o rosto deles na poeira. Derrotou-os totalmente. Sei que o Egito será derrotado de novo.* E as hostes sírias rugiram outra vez contra o rei do Sul, batendo as espadas contra os escudos, ritmadamente, ansiosos, com pressa de iniciar logo aquela que seria a última das últimas, a derradeira das batalhas da história do mundo.

Agora a uma distância que não chegava a três estádios, Ptolomeu Filopator montava um cavalo branco com pele de leopardo cobrindo a sela. Usava o elmo de cabeça de leão, ouro com plumagens vermelhas, exatamente igual ao de Alexandre. Mas ele não era Alexandre. Não era destemido. Não sabia bem o que estava fazendo. Suas mãos tremiam. Somado ao tremor da bebedeira, havia o tremor do medo.

O vento quente soprava contra os olhos de Filopator, entrava pelas narinas, nas orelhas, entre os dentes, por baixo do peitoral de ouro. O suor escorria sobre seus olhos. Agora não havia volta nem rota de fuga — e não haveria um Andreas para ajudá-lo a escapar se tudo desse errado. Filopator deveria ir em frente e começou a falar num amplificador de voz de ouro, de modo que seus 75 mil homens pudessem escutá-lo, ouvir os últimos conselhos sábios e o resoluto encorajamento: *Homens da Macedônia... Homens do Egito... Imploro a vocês...* começou ele, mas o vento soprou para longe o sussurro. A areia desceu por sua garganta, fazendo-o engasgar. Seus olhos se encheram de lágrimas ao pensar em Andreas, assassinado por engano, confundido com ele. A serpente sobre sua *khepresh*, a coroa da guerra, era uma chama viva que incineraria os inimigos e os transformaria em cinzas, mas nesse momento eram os lábios de Sua Majestade que se esticavam até virarem uma linha rija. Havia tirado a *kepresh* de couro e o substituíra por ouro, pondo de lado a *ouraios*, a serpente, que era a sua proteção.

Filopator recebera o treinamento básico nas armas de todos os jovens — ou algo parecido. Os velhos generais de seu pai haviam tentado lhe ensinar os rudimentos da estratégia e da tática, mas a nada ele escutara ou de nada se lembrava bem. Olhou à sua volta, esperando que algum outro homem desse as ordens. Até o admirável Sosibios parecia não saber o que devia ser feito enquanto aguardava o sinal, exceto cerrar a boca para não engolir a areia que revoava em torno. Quanto a Agathocles, que sabia ainda menos, estava acocorado na retaguarda da falange, cagando-se todo de tanto pavor. Os abutres circundavam a planície, gritando, e seus guinchos pareciam-se muito com risadas.

Em seu grande cavalo branco, ao lado de Filopator, estava sua irmã, Arsínoe Gama, envergando uma armadura completa da cavalaria macedônia, com peitoral de ouro, perneiras de ouro e um elmo com plumagens brancas, o elmo de ouro do pai. Em seu pensamento corriam sarcásticas palavras sobre o irmão: *A guerra não é para uma mera garota, a guerra é assunto para homens...* Mas no silêncio que antecede a batalha, viu Filopator tremer, e a ira aflorou em seus seios, que já não eram achatados como o peito de um garoto. Ela viu o irmão de pé junto ao cavalo, o rosto apertado contra o flanco do animal. Ela viu o corpo dele sacudir e que havia sujado suas roupas de baixo antes mesmo de a batalha começar. Os gregos precisavam ser atiçados, instados a rasgar a carne dos inimigos com o inclemente bronze pela visão de seu oficial comandante liderando-os à frente de todos, como fazia Alexandre. Mas Filopator não dizia coisa alguma, não fazia nada, a não ser ficar de olhos cravados no chão enquanto aquele líquido amarronzado escorria-lhe pelas coxas.

Suas palavras de desprezo haviam despertado a ira da irmã. Ela ia mostrar a ele que uma princesa macedônia não suja as pernas como um covarde. Arsínoe Gama era uma mulher, mas tivera exatamente as mesmas lições sobre como vencer uma batalha que o irmão. Diferente dele, lembrava muito bem o que devia fazer. A guerra não produzia nela nenhuma excitação especial; gostava mais de pensar em coisas de mulher e foram as papoulas e as anêmonas o que mais atraiu sua atenção no silêncio antes do embate, os lagartos ligeiros, o falcão que voava em círculos, e que era Montu, deus egípcio da guerra, e Hórus, e ainda as azuladas colinas a distância. Mas ela escutara o rumor das botas militares, o nervoso riso que percorria as linhas egípcias. Viu os abutres empoleirados sobre as carroças de carga, impacientes, e escutou o cacarejar dos abutres acima dela, a rouca gargalhada de milhões de corvos. Pensou então em Nekhbet, a deusa abutre, que se sentava sobre o cenho do faraó, seu protetor. Embora não fosse belicosa, Arsínoe Gama tomou do irmão o amplificador de voz e começou a berrar ordens.

Não, Arsínoe Gama não tremeu. Pensou no grande exemplo de sua tia Arsínoe Beta. Lembrou o rosto da mãe, Berenice Beta, feroz, olhos faiscando, ensinando-lhe as leis da guerra. Ela sabia o que precisava ser dito às tropas no último instante antes do ataque. Começou a gritar em grego. E gritou algumas palavras também na língua egípcia. Não importava o que os homens escutavam ou compreendiam: todos podiam ver Arsínoe Gama, altiva, montada em seu cavalo. E podiam adivinhar, pela maneira como ela erguia a cabeça bem no alto, apenas pelo modo como ela brandia a espada, o que ela estava dizendo. Enquanto estavam ali, parados, em silêncio, esperando, viram-na atirar de lado o elmo e galopar ao longo das linhas, encorajando as tropas, os cabelos louros esvoaçando livres para trás, e muitos milagres, então, se sucederam. Os macedônios viram a princesa Arsínoe Gama, filha do velho rei Ptolomeu Euergetes, e pensaram em Alexandre e nas famosas vitórias de Issos e Gaugamela. Pensaram em Olímpia, mãe de

Alexandre, em Arsínoe Beta e na longa tradição de rainhas macedônias lutando suas batalhas. E se encheram de coragem, então. Os egípcios, não afeitos à guerra, viram a filha do faraó, a princesa real, e pensaram nas grandes vitórias egípcias de Megiddo e Kadesh. Pensaram nos faraós nativos, Nektanebo, Ramsés, Tuthmosis, e se tomaram de brios.

Arsínoe Gama não se abalou com a areia que revoava e o calor sufocante. Gritou as ordens para os generais, enquanto o irmão tossia, engasgado, e enquanto Sosibios, o velho, só fazia olhar para todos os lados, perguntando-se como poderia salvar a própria pele.

Foi a irmã que acendeu o fogo dos homens, Arsínoe Gama, cujos olhos claros como os olhos de Ísis, Senhora da Chama, estariam sobre eles para vê-los lutar por ela, gritando: *Homens do Egito, afundem os calcanhares no chão, mordam os lábios e fiquem firmes... Cubram-nos de poeira... Transformem-nos em carne picada... Mirem as coxas deles... Não temam coisa alguma... Eu suplico a vocês por Zeus e Pã e por todos os deuses: sejam firmes!* Os homens rugiam em resposta. E quando não rugiam tão alto quanto ela achava que deviam, ela gritava ainda mais alto: *Prometo a todos os homens duas minas de ouro se a vitória for nossa.*

A planície arenosa da Ráfia era o local perfeito para uma batalha — plano, sem obstáculos, o tipo de lugar que Epaminondas chamava de assoalho de dança da guerra. Então, Arsínoe Gama fez soarem as trombetas. A seguir, ordenou o assustador avanço em marcha lenta, o movimento à frente com passos medidos, muito parecido com os de uma dança, batendo com força os pés no chão, de modo regular, ritmado, e assim a ordem e a disciplina da falange era um assombro de se contemplar. Sosibios havia treinado bem o exército. Forasteiro, nada tão bem-feito se vira num exército egípcio em toda a história das Duas Terras. A velha Muralha de Metal foi reforjada, restaurada. Cegando o inimigo, ofuscando os olhos dele, e o que aconteceu foi uma espécie de milagre dos deuses.

Milagre, de fato, já que Horemakhet invadiu o estômago dos inimigos como se fosse uma mosca. Ele virou o rosto dos sírios para trás e enfiou os pés nas costas deles. Retirou dos homens de Antíoco toda a força que tinham, ah, sim, e tudo o que havia em suas entranhas. Penetrou nas orelhas dos elefantes de guerra sírios como se fosse vespas e os picou até que enlouquecessem. Quando o berro se elevou — *Pelo Egito: Vitória!... Ptolomeu: Vitória!... Amon: Vitória!...* —, os elefantes de Filopator saltaram adiante, bramindo. Em torres empoleiradas em seus dorsos, estavam arqueiros, arremessadores de dardos e lanças, despejando sobre eles uma tempestade de flechas. Os elefantes usavam toda a sua força, colidindo cabeça com cabeça, presas entrelaçadas, empurrando, cada qual tentando derrubar o oponente, até que o mais forte empurrava para o lado as presas do outro, fazendo-o tombar, e enfiava as presas no franco dele. Os elefantes de Ptolomeu, da África, assim disseram, negaram-se ao combate, incapazes de suportar o cheiro e o furioso balido dos elefantes indianos de Antíoco, que eram maiores, mais fortes, de modo que muitos deles se voltaram e fugiram correndo da luta, rompendo as linhas egípcias e ameaçando espalhar o caos. Mas, não, a falange estava preparada para tais eventualidades. Arsínoe Gama berrou a ordem ela mesma, e a falange, treinada para se movimentar a uma única palavra de comando, afastou-se para o lado, e os elefantes passaram acelerados pela brecha, sem ferir ninguém.

A falange baixou as *sarissas* e iniciou a carga. As flechas voaram como se fossem uma chuva negra e as reluzentes espadas se enegreceram de sangue.

Então, o grito de batalha elevou-se, o *Alalalalai*, as mandíbulas da guerra se escancararam, berrando. O rumor do avanço dos egípcios foi como o de pássaros selvagens, como o clamor de garças assustadas erguendo-se para o céu, e a carga dos cavalos e dos elefantes foi de encontro à cavalaria síria comandada pelo próprio Antíoco, na direita, que rompeu e dispersou a ala esquerda da cavalaria de Ptolomeu, de modo que o rei do Egito foi rechaçado e forçado a uma fuga assustada para a retaguarda.

Filopator sentia na cabeça uma estranha tontura. Estava parcialmente cego pela poeira e areia que se levantavam. Seu coração batia desordenadamente. Tinha a sorte de o cavalo saber o que devia fazer.

Antíoco da Síria poderia ter obtido uma grande vitória, mas por um traço de temeridade do seu caráter, já que, embora bravo, era jovem e lhe faltava a experiência necessária para uma batalha como essa, no êxtase da excitação e da perseguição, não atentou para o restante do campo, avançou demais e desapareceu de vista. Ah, sim, o comandante e inimigo desapareceu numa nuvem de poeira, graças à magia de Horemakhet.

Na outra ala, os cavalos ptolomaicos fizeram a cavalaria síria recuar. Filopator, com inesperada presença de espírito, destacou-se de sua falange, para onde havia recuado em busca de segurança, e galopou em seu cavalo diretamente para o caos, no centro das fileiras inimigas. Exibiu-se assim a ambos os exércitos, comandando pessoalmente um contra-ataque com a cavalaria pesada do seu centro, espalhando o medo por entre os inimigos e elevando o ânimo das próprias tropas.

Berenice Beta não havia permitido que o filho crescesse sem aprender a cavalgar. Mesmo assim, o grande cavalo branco dele sabia muito bem para onde deveria galopar, sem que Ptolomeu precisasse fazer mais do que enfiar os calcanhares em seu flanco. O animal não sentia o menor medo em meio à batalha, contrário de seu cavaleiro, que, carregado pelo rompante do cavalo, agitava a espada no ar, agarrando-se nele para salvar a vida e gritando pedidos de ajuda.

De fato, os deuses salvaram a honra do rei, fazendo parecer que ele havia assumido o risco e o sacrifício, como se soubesse o que estava fazendo, comandando à frente da tropa, como Alexandre fazia, e incitando seus homens. Mas foi a visão de Arsínoe Gama, montando junto da cavalaria, brandindo a espada, que realmente fez os egípcios lutarem. Ah, sim, Arsínoe Gama, que havia aprendido a enfiar a espada na barriga de um homem, não tinha medo de nada. Era a filha de Berenice Beta, tão boa quanto um filho, assim como sua mãe queria que fosse. Lá estava ela, mirando a espada no rosto, na garganta, nas entranhas. Lá estava ela, puxando a espada de dentes despedaçados, urrando pelo Egito e pela vitória, fazendo o sangue voar.

Ficou para as falanges do centro decidirem o resultado, dois corpos maciços de homens se dilacerando mútua e freneticamente. Sosibios havia tido o cuidado de organizar os macedônios de modo que os veteranos, nas fileiras da frente, liderassem o avanço, e aqueles na retaguarda empurrassem, impedindo que os egípcios fugissem, mesmo que quisessem. Os egípcios realmente lutaram como Sekhmet, a leoa, pois quando as espadas se partiram, eles usaram os dentes, matando os sírios a dentadas. E talvez, no final das contas, não tenha sido tanto por causa do treinamento de Sosibios que eles lutaram como bestas selvagens, mas sim motivados pela idéia das duas *minas* de ouro que cada homem receberia em caso de vitória.

Os egípcios treinados e aquartelados em Alexandria por 18 meses agüentaram bem, mas os selêucidas, enrijecidos nas batalhas, mas também esgotados por elas, emitiram como se fossem um só e alto gemido. O moral deles esvaiu-se, o exército inteiro de Antíoco voltou as costas e fugiu. Onde estava o rei? A dúzias de estádios de distância. Quando por fim percebeu que a nuvem de poeira amarelada que se elevava não era causada pela falange em combate, mas pelas próprias tropas em retirada, ele tentou voltar atrás, mas era tarde demais: o grito de vitória já se elevava dos lábios dos egípcios. Antíocos Megas não pôde fazer nada, exceto dar o sinal de que reconhecia a derrota.

Nos tempos de Ramsés, todos os guerreiros egípcios que matavam um inimigo decepavam-lhe a mão e, se a vítima fosse um asiático, o *rhombos*. Nada muda no Egito: mesmo na Batalha de Ráfia, com a mais moderna tecnologia sendo utilizada, esses troféus sangrentos ainda foram entregues aos arautos reais para que fossem empilhados junto às armas capturadas e contabilizadas pelos escribas de Horemakhet, com a ajuda de Seshat, a deusa da aritmética.

Ah, sim, Seshat é aquela que conta e que jamais pára de contar. Seshat contabilizou os inimigos mortos, por suas mãos decepadas e pelos *faloi* cortados, em 10.300. Seshat é aquela que mantém os anais da guerra, que registra a tempestade de lanças, a gritaria de antes e as canções de depois, a condição do ar por conta do fedor de carne deteriorando-se, os abutres vorazes, o mar de areia sangrenta, o lúgubre tapete de cadáveres emaranhados. Quatrocentos prisioneiros eles conduziram amarrados e fizeram com que desfilassem diante do faraó. Os egípcios e os macedônios pilharam os inimigos mortos de suas brilhantes armaduras, maravilhando-se com a nuvem de moscas, o tumulto de zumbidos. Ao anoitecer, as fogueiras dos soldados foram acesas e então a canção da vitória ressoou pela planície. Dos vilarejos distantes vieram os gritos das crianças, os latidos dos cachorros, os gemidos de luto. As retorcidas figuras dos mortos tombados na areia sangrenta foram deixadas sem cuidados a não ser dos pássaros. O fedor da morte e dos excrementos pairava sobre o campo de batalha, e os abutres e corvos rasgavam a carne crua.

E o que foi feito do corajoso Agathocles e da belicosa Agathocléia nessa batalha? Teriam sido mortos, tombando com honra pelo Egito? Teriam sido retalhados pelas espadas sírias? Não. Esses bravos soldados não sofreram sequer um arranhão. Sem dúvida Agathocles agora possuía seus rápidos cavalos e ligeiros carros de combate, mas era um rapaz doméstico, apenas um sátiro comum que havia se saído bem, e não um guerreiro de espécie alguma. Sem dúvida, praticava luta livre e boxe no *gymnasion,* mas jamais se submetera a treinamento militar completo. Era um copeiro, nem mesmo um carregador de lança. Nunca havia assistido a uma batalha até esse dia em que deveria comandá-la. Não, ele ficou paralisado de tanto medo, reluzindo com o suor do terror, as pernas imundas. Nenhum homem relatou qualquer ato de bravura de Agathocles de Samos nessa batalha. Corriam boatos de que ele havia se escondido. Quanto a Agathocléia, ela se enfiou sob um cobertor no vagão de carga com as prostitutas dos soldados, sem conseguir sequer olhar para o que estava acontecendo.

Filopator não deu muito crédito à irmã pela vitória e gabou-se fartamente dos próprios feitos, dizendo: *Fiz os asiáticos fugirem correndo como cães.*

E disse: *Foi com a ajuda dos deuses que derrotei Antíoco. Foi o talismã do lagarto que concedeu nossa vitória.*

E disse: *Você se exibiu bastante, irmã. Poderia ter sido morta, entrando assim na batalha sem um elmo.* E reclamou: *Poderíamos ter vencido a batalha sem que isso nos custasse duas minas de ouro para cada soldado. Por sua causa, tivemos a mais dispendiosa das guerras, e isso arruinou as finanças do Egito.*

E disse ainda: *A vitória foi minha. Sem mim, vocês teriam conhecido apenas a mais vergonhosa das derrotas.*

E teve a elegância também de dizer: *Irmã, você é tão dura quanto as entranhas da Íbis.*

Já você, pensou ela, *é mole como uma água-viva*. Mas mordeu a língua para não dizer o que tinha em mente.

Coube a Horemakhet prestar a essa garota o devido reconhecimento: *O fogo rugiu em chamas atrás deles*, disse ele. *Vou fazer com que seu nome seja lembrado no futuro por toda a eternidade.*

Então, Horemakhet dirigiu-se de volta ao Egito, e Sosibios ordenou a Arsínoe Gama que o acompanhasse. Filopator teria ficado contente de ir com eles também. Disse: *Temos nossa barriga repleta de guerra. Vamos para casa.* Mas Sosibios forçou-o a continuar, avançando bastante sobre a Síria, para inspecionar os territórios que agora eram seus, propriedade de direito do Egito.

Na despedida, disse Horemakhet: *Sois o baluarte, protegendo o Egito, grande é vosso poder, Ó rei vitorioso...* Mas suas palavras poderiam muito bem ter sido dirigidas a Arsínoe Gama. A coragem dela em Ráfia era o que se poderia esperar de uma *parthenos* de sua idade. Seu destemor não foi diferente do de Berenice Beta ao assassinar Demétrios Kalós. Tal mãe, tal filha, assim dizem.

Seshat jura: *É necessário uma mulher para se vencer uma batalha.*

4.8

Hierosólima

Ah, sim, Ptolomeu Filopator foi em frente, penetrando ainda mais na Síria, realizando sua viagem triunfal. Pilhou as cidades de Gaza, Ascalon, Azotos, Joppa e, quando chegou a Hierosólima, deliciou o sumo sacerdote local fazendo sacrifícios ao mais alto deus dos hebreus, além de admirar a beleza e a ordem de seu magnífico templo — ou seja, a magnificência de seu exterior. Mas então foi tomado pelo desejo — mesmo pela ânsia — de ver o interior do mais sagrado dos sagrados.

O sacerdote-chefe dos hebreus mostrou a Filopator a placa na entrada que dizia: *Nenhum estrangeiro pode ultrapassar a balaustrada e a murada em torno do santuário. Independentemente de quem seja pego lá dentro será o responsável pela própria morte.*

Claro, Filopator sabia que o que queria fazer não era permitido, mas disse: *Ninguém proíbe o faraó do Egito de fazer coisa alguma.*

O mais sagrado dos sagrados é uma câmara escura totalmente vazia, disse o sacerdote-chefe. *Não há nada ali para Sua Majestade ver.*

Não acredito em você, disse Filopator. *Creio que está repleto de tesouros e quero ver por mim mesmo.*

Os sacerdotes-chefes hebreus balançaram a cabeça, torceram as mãos e disseram, um depois do outro: *Está escrito. Mesmo o rei dos egípcios não deve entrar aqui. O lugar não pode ser conhecido, não pode ser violado, não pode ser visto.*

Sou o conquistador, replicou Filopator. *Vou fazer o que bem entender.* E avançou, arreganhando os dentes, a espada na mão, como se estivesse disposto a cortar em pedaços qualquer homem que ficasse em seu caminho. O que esperava ver? Ouro, que tomaria para si? Jóias que poderia usar? Forasteiro, o homem sabia que nada havia ali dentro. Queria entrar no santuário simplesmente porque era proibido.

Ele viu o grande altar e a treliça dourada com a videira dourada crescendo nela. Viu a cortina de brocados com a imagem do universo que pendia sobre a porta do lugar sagrado. Mas foi tudo o que viu, pois, embora estivesse a apenas uma dúzia de passos da porta, jamais a alcançou.

Os hebreus contam que quando Filopator estava prestes a forçar sua entrada, a multidão emitiu um prolongado e veemente uivo, uma vez que preferiam morrer a ver o mais sagrado dos sagrados profanado, e pareceu que até as muralhas e o piso gritaram em fúria. E então foi como se o mais alto deus hebreu descesse a poderosa mão sobre Sua Majestade, pois as pernas dele cederam, o corpo arqueou e estremeceu, sacudindo-se para a frente e para trás como se fosse o junco sob o vento, e a língua se enrolou para trás, entrando na garganta, a boca começou a espumar, retorcendo-se, sem fala — e o uivo da multidão deu lugar a um frêmito de comemoração.

Se de fato os hebreus dizem a verdade, devemos presumir, Forasteiro, que alguma espécie de ataque epilético se abateu sobre Ptolomeu Filopator, como o ataque que derrubou Filipos Arridaios. Ou talvez Seshat deva supor que esse colapso foi causado pelo excesso de vinho de pinha, por conta da excitação da vitória. Andreas poderia ter previsto um surto desses e tomado providências para evitá-lo, mas Andreas estava morto. Não importa o que o tenha abatido, o que interessa é que Filopator não chegou a ver o interior do mais sagrado dos sagrados de Hierosólima naquele dia, nem em dia nenhum, já que Sosibios mandou que o erguessem e o carregassem dali para a cama, e ele jamais se atreveu a voltar lá, pois temia que aquilo acontecesse de novo.

Quando Filopator recobrou a fala e melhorou um pouco, Sosibios foi falar com ele. *Sua Majestade tem 27 anos*, disse, gravemente. *Não tem mulher nem herdeiros. Se tivesse morrido em Ráfia, a Casa de Ptolomeu teria terminado. E quem seria então o faraó do Egito? É chegado o tempo de se casar com sua irmã e ter filhos.*

Filopator, tão notório por ser tão teimoso quanto seu pai e seu avô antes dele, deu de ombros. *Vamos nos casar quando estivermos prontos para isso*, disse ele, emburrado. *No nosso tempo para fazer as coisas; não quando Sosibios nos disser para fazê-las.*

Durante o resto de sua viagem, Filopator fez o suficiente para cuidar da restauração do poder do Egito nas cidades da Síria e da Fenícia. Por noventa dias, a Síria aclamou sua carruagem por onde quer que ele passasse, atirou flores em seus bravos soldados, e não aconteceu de ser novamente derrubado pela mão de deus algum.

Quanto a Antíoco Megas, ele finalmente conseguiu reagrupar seus homens, mas estava tão abalado e suas tropas, tão desmoralizadas, que pediu para negociar a paz o mais rápido possível. Filopator enviou Sosibios a Antioquia para conversar sobre os detalhes e registrá-los no papiro. Ou talvez seja mais verídico dizer que Sosibios enviou a si mesmo. Antíoco foi retirado de cena, não teve nem mesmo de pagar uma indenização. Recebeu ordem de evacuar a Koile-Síria até bem para o norte, junto ao monte Líbano. Conseguiu manter a cidade de Seleukéia do Oronte, mas foi forçado a entregá-la ao Egito com todas as demais conquistas.

Embaixadores partiram de navio de Alexandria com a missão de espalhar pelo mundo a notícia da vitória do rei Ptolomeu Filopator, chegando até as ilhas da Grécia, que estavam dentro de seus domínios. Por todo o império, houve festas, regozijo e procissões nas ruas, pois com menos de uma hora de trabalho, o rei do Egito havia tomado de volta a Koile-Síria inteira.

Alguns cochichavam que fora aquela a única hora de trabalho que esse rei teve em toda a vida.

Cento e vinte dias depois de Ráfia, Filopator voltou para o Egito coberto de glória, com o exército cantando por toda a estrada. Entrou em Mênfis com a carruagem de electro vestindo o *khepresh* e até permitindo à irmã que cavalgasse junto dele, a risonha irmã, acenando.

Filopator celebrou a vitória com uma parada de grandiosa magnificência em Alexandria, fazendo seus setenta mil soldados (descontando os mortos) descerem em marcha pela via Canopo sob uma chuva de pétalas de rosas, os elefantes marchando com eles; sendo que os veteranos e feridos foram carregados em carrinhos de mão e carroças.

Ao final, sacrificaram quatro elefantes a Hélios, o Deus-Sol, que é o mesmo que Rá. Ergueu estátuas de bronze dos elefantes sacrificados em Alexandria, de modo que essa excepcional oferenda seria recordada para sempre. Foi cruel, Forasteiro, e Seshat não aprova isso. Foi o adeus a quatro elefantes que haviam prestado bons serviços em batalha e poderiam tê-lo feito de novo. O pai dele não teria feito tal coisa. Nem Filadelfos, nem Arsínoe Beta, nem Ptolomeu Soter. Nem mesmo Alexandre. Os deuses não apreciaram esse atroz sacrifício de animais tão belos. E o que ele fez com esse esplêndido holocausto? Os alexandrinos não comiam elefante assado, por ser uma carne grudenta, muito grudenta, embora a língua seja uma espécie de iguaria. Ele os queimou até não restar nada, exceto os enormes ossos. Seshat chora ao pensar nisso.

Uma versão diferente conta que Filopator planejou massacrar todos os judeus de Alexandria, vingando-se assim por não lhe terem permitido pôr os pés no mais sagrado dos sagrados em Hierosólima. Providenciou para que os elefantes de guerra fossem seus agentes de destruição, mas com os hebreus alinhados em fileiras, os elefantes se voltaram atacando as tropas reais, e os hebreus celebraram sua milagrosa salvação com uma festa que se repetiria anualmente. Verdadeiro ou falso, talvez a história seja uma razão melhor para o sacrifício de quatro elefantes. Seja qual for a verdade, os elefantes se recusaram a morrer sem um frêmito enorme de bramidos, e o fedor do sacrifício pairou na cidade por muitos dias.

Filopator não demorou a recompensar as tropas, mas foi a irmã quem pagou as duas *minas* de ouro a todos os homens. Ah, sim, e o irmão a fez sacar dos próprios fundos, dizendo: *Você prometeu a eles duas minas de ouro. Tem de manter a palavra.*

Se 75 mil homens retornaram de Ráfia, quanto essa promessa impetuosa custou à irmã? Seshat, deusa da aritmética, diz que setenta mil pés e cinco mil cavalos a duas *minas* a cabeça perfazem 150 *minas*, ou trinta milhões de dracmas. Sessenta *minas* dão um talento. Arsínoe Gama distribuiu 2.500 talentos, ou trezentas mil peças de ouro, uma soma que teria construído o Farol três vezes. Não é de admirar que Filopator tenha ficado zangado com a irmã. Mas o resultado foi que Arsínoe Gama tornou todos os soldados ricos por metade de um ano, o que fez dela uma princesa muito popular a partir de então. Filopator jamais a deixou esquecer essa temerária extravagância, mas sem aquela gorjeta em ouro para todos os homens, o Egito poderia ter sido derrotado.

Filopator decretou que o aniversário da batalha seria celebrado todos os anos até que não houvesse mais anos, e os cinco dias que se seguiam ao aniversário se tornaram um festival de desenfreadas dança e bebedeira. A vitória em Ráfia deveria marcar o início de uma nova e gloriosa era para o Egito, mas a glória, na verdade, não duraria muito. Foi o final da glória dos Ptolomeu, antes do seu começo: nada do que aconteceu depois se equipararia.

Filopator foi na sua grande barcaça até Elefantine para celebrar a vitória, levando a irmã junto; os dois brigando por todo o caminho rio acima. Ele executou o ritual nos templos e foi bem recebido pelos sacerdotes e escribas de Tebas. Achou que as Duas Terras estavam contentes. Ele próprio sorriu bastante, e embora seus — ou os de Sosibios — impostos sobre todos os artigos essenciais, das tâmaras aos porcos, estivessem altos demais, não viu sinal de insatisfação.

A guerra está encerrada, disse ele a Horemakhet. *Temos paz, tanta paz que nosso navio de guerra não será mais necessário*. Ele olhava para a barcaça real, achando-a pequena demais. Pensou novamente em seu juramento de superar tudo o que o pai fizera. E assim, lançou a quilha de seu Thalamegos, um barco dos prazeres, ou um palácio flutuante no estilo egípcio.

A grande barcaça de ouro do faraó não era, de jeito algum, uma novidade. Snofru teve, dois mil anos antes, sua grande barcaça no rio, *Adoração das Duas Terras*, com cem cúbitos de comprimento. Amenhotep III teve seu grande barco dos prazeres, *Brilhando com a Verdade*. A barcaça de Sesostris, de 280 cúbitos, era apenas tão comprida quanto o grande navio de guerra de Filopator, que meramente copiou a idéia, fazendo crer que a tinha inventado. Seja como for, seu barco dos prazeres tinha duzentos cúbitos de comprimento e trinta cúbitos de largura e erguia-se quarenta cúbitos acima da água — até a altura de dez ou doze homens. Tinha salões, aposentos de dormir, colunatas. Tudo em madeira de lei, marfim e bronze folheado a ouro. O salão de jantar, no estilo egípcio, tinha colunas com faixas pretas e brancas e capitéis em formato de botões de rosas decorados com flores de lótus. O Thalamegos era para navegar no rio, não no mar. Não tinha catapultas nem espaço para tropas, não era destinado à guerra, mas à paz: totalmente inadequado para a guerra, pode-se dizer, como o próprio Ptolomeu.

Filopator achava que tinha conquistado a paz, mas era previdente o bastante para não desatar o amuleto de lagarto que lhe havia concedido a vitória, já que, de fato, a guerra não estava encerrada. A Batalha de Ráfia fora apenas o começo das atividades militares de Antíoco Megas. O rei recobrou-se rapidamente de sua esmagadora derrota: a guerra de Filopator com a Síria ainda se arrastaria por seis anos.

Filopator tornou-se ainda mais intratável, dizendo que se sentia à vontade apenas atrás de portas fechadas, junto à amante ou ao prostituto, ou quando estava com os homens de letras, poetas, gramáticos, filósofos, aqueles com os quais passava suas horas ainda sóbrio — com os que o bajulavam. Confiava em Agathocles de Samos, em Agathocléia, em Oinante, e em ninguém mais, e isso talvez porque esses três faziam de tudo dentro do seu conhecimento para manter o tédio afastado dele, encontrando para ele todo novo e refinado prazer, sem jamais perder de vista o fato de que o grande prazer dele eram eles próprios.

Ódio vivia disfarçado em amor. Já então Oinante e seus filhos serviam-se à vontade dos pertences de ouro de Ptolomeu e riam-se às suas costas por ele nunca perceber nada faltando.

Filopator não deveria ter confiado em Agathocles e Agathocléia para nada: nenhum dos dois tinha, de modo algum, qualquer jeito para exercer a autoridade. Também não eram tão leais que ele devesse se permitir ficar falando descontroladamente sobre todos os seus segredos diante deles, como fazia, nem sábios o bastante para que ele lhes fosse pedir opiniões sobre assuntos de Estado. E não tinham tanta preocupação assim a respeito do seu bem-estar para que ele os deixasse atuar como provadores da sua comida. Agathocles e Agathocléia, orientados pela mãe, estavam cogitando misturar, eles próprios, veneno no prato do rei; eram eles e não outros que conspiravam para destruir o reinado do rei Ptolomeu Filopator e reduzir sua Casa a escombros.

4.9

Kakogamia

Sosibios perturbava Filopator insistindo para que ele se casasse com a irmã assim que a campanha da Síria estivesse concluída. Disse sem rodeios a Filopator: *Megaléios, se você tivesse morrido na sua tenda em Ráfia no lugar de Andreas não haveria nenhum Ptolomeu para sucedê-lo... Se você morrer amanhã, ainda não haverá nenhum Ptolomeu vivo para tomar seu lugar.*

Nunca mencione a morte, disse Filopator. *Nunca fale no amanhã.* Mas ele sabia o que Sosibios lhe diria a seguir.

Mas o que aconteceria então?, disse Sosibios. *O Egito teria um faraó nativo, os gregos seriam expulsos. Você quer o sumo sacerdote de Tebas como rei no seu lugar? Quer ver Horemakhet usando a* khepresh?

Rosto impassível, Filopator fungou, deu de ombros, jogou um vaso pesado no chão e começou sua dança rodopiante sapateando entre os cacos.

Você precisa se casar com sua irmã, disse Sosibios. *Ela é uma bela jovem, uma mulher de espírito forte. Vai ser uma excelente ajuda para Sua Majestate.*

Filopator parou de rodopiar e ostentou sua expressão de raiva. *Não vou me casar com ela*, disse ele. *Prefiro me casar com Agathocléia. Prefiro me casar com a velha Oinante do que com minha irmã.*

Sua Majestade não pode se casar com seus próprios servos, disse Sosibios, gelidamente.

Filopator acelerou o rodopio, às gargalhadas. *Eu sou o faraó. Vou fazer o que bem entender.*

Zeus cortejou Hera por trezentos anos, disse Sosibios, *mas Sua Majestade não vai viver tanto tempo assim... Insistimos na urgência de Sua Majestade se casar com sua irmã logo que possível... Será muito melhor casar com ela... Muito melhor manter o sangue dos Ptolomeu puro e não-diluído.*

Sosibios era bom em levar um homem a fazer o que queria que fosse feito. E Sosibios continuou a falar.

Não acha, Megaléios, disse ele, *que tem para com sua irmã um débito de gratidão por ajudá-lo a vencer a Batalha de Ráfia?*

Filopator cuspiu no chão em sinal de desprezo. *Não, não acho*, disse. *O débito é dela, trinta milhões de dracmas de débito.* Ele começou a emitir o zumbido que acompanhava a dança do Gallos e saiu rodopiando do salão.

De sua parte, Arsínoe Gama também não queria se casar com Filopator. *Não posso me casar com um matricida*, disse para si mesma. *Não posso me casar com um homem que matou o próprio pai.* No entanto não expressava seus pensamentos para o irmão, com medo de também ser assassinada. Tais coisas, tão terríveis que nem se podia falar sobre elas, eram engolidas. Ela implorou a Sosibios: *Deixe que eu me case com um príncipe estrangeiro, de modo a poder partir de Alexandria e escapar desse meu irmão tão estranho...*

Mas, não, Sosibios não lhe dava ouvidos. *Pense, Basilissa, em todas as esposas e rainhas assassinadas em terras estrangeiras*, entoava ele lugubremente. *Lembre-se do que aconteceu à sua tia-avó Teoxena na Sicília.*

Como Arsínoe Gama não respondesse, ele elevava a voz: *Já se esqueceu do que aconteceu à sua tia-avó Ptolemais? Quer sofrer o mesmo destino de Berenice Syra?*

Silêncio da filha real.

Todas essas infelizes mulheres, ronronou Sosibios... *Para elas teria sido muito melhor ter ficado em casa e se casado com os irmãos. Seria melhor terem ficado em casa e continuado vivas.*

Melhor seria se eu tivesse sido mandada embora, disse ela. *Poderia ter sido melhor e não pior. Melhor seria para Arsínoe Gama se ela jamais tivesse nascido...*

Então, até mesmo Horemakhet tentou persuadi-la, dizendo: *Nenhuma outra mulher no mundo a quem se chamasse para ser a Senhora das Duas Terras recusaria. Case-se com seu irmão, Basilissa, mantenha o sangue dos Ptolomeu puro... é o melhor a se fazer.*

Mas ela replicava, às lágrimas: *Excelência, para os gregos, um casamento desses é repulsivo. Faz muito tempo, jurei à minha mãe que jamais me casaria com meu próprio irmão.*

Então, alguma coisa causou uma mudança no coração de Filopator, e realmente Arsínoe Gama já não teve escolha, exceto concordar em se casar com ele. Ela devia obedecer ao irmão em tudo. Seria impensável para uma garota grega recusar o casamento decidido por sua família. Discordar de Filopator seria uma traição. Se ele queria se casar com ela, era o que ela precisava fazer, independentemente de seus pensamentos íntimos. E apesar de sua mãe ter desaprovado, o casamento entre irmão e irmã era o que seu pai queria. *Talvez, no final das contas*, pensou ela, *ser a rainha do Egito não seja tão ruim. Pelo menos, não vou me casar com um dos inimigos de meu irmão...*

Verdade, mas acontece que ela era a maior de todas as inimigas do irmão.

Mas o que teria provocado a mudança no coração de Sua Majestade? Muito simples. Agathocles de Samos. *Ptolemaios*, disse ele, *case-se com sua irmã. Você não terá de abrir mão de Agathocléia nem de mim. Nós quatro dividiremos a mesma cama...* Filopator faria qualquer coisa que o mais belo dos homens lhe ordenasse. Agathocles tinha controle sobre esse rei como se o tivesse dominado com a mais poderosa das mágicas. Talvez, de fato, fosse essa a verdade sobre eles: Agathocles e Agathocléia o haviam enfeitiçado.

O casamento de Ptolomeu Filopator com sua irmã aconteceu não muito depois da Batalha de Ráfia. Arsínoe Gama usou as jóias de família: o diadema grego de folhas de ouro, os brincos gregos com Eros e Afrodite, a guirlanda dourada, as tornozeleiras com cabeça de cobra. Os braceletes de cobra subiam até em cima por seus magros braços, alternando-se com quase todos os talismãs da sorte de ouro do mundo. Ela agora era igual a Agathe Tiche, a deusa da boa fortuna, mas, sem dúvida, era o que precisava mesmo ser. Esta rainha precisaria muito de boa sorte e, não, não teria nenhuma, no final da história, nenhuma.

Arsínoe Gama deslumbrou a todos com sua beleza, foi o que disseram, e não foi mera cortesia. Ela chocalhava enquanto andava, cintilava ao se sentar, sem véu, sorrindo um meio sorriso nervoso, vestindo o *peplos* vermelho da deusa. Era magra, embora não tanto quanto Arsínoe Beta, mas bastante magra, e todos os homens em Alexandria sabiam que Filopator preferia mulheres gordas, como Agathocléia.

Filopator, totalmente rijo, morto de vergonha, vestia a túnica açafrão dos *Galloi* para o seu casamento. Usava os cabelos compridos arrumados exatamente como os da irmã, com fitas vermelhas, e todos os presentes tiveram de fingir que não havia nada de extraordinário nisso. Ah, sim, então os pés dançantes começaram a pisotear o assoalho de mosaico. Até no dia de seu casamento Filopator escancarou as portas de bronze do salão de audiência com um altíssimo grito de contentamento, e então os eunucos de Cibele entraram em bando, centenas deles, com tambores e címbalos, flautas e trombetas, todos trajando vestidos amarelo-açafrão.

Um Agathocles de Samos quase despido dançou a indecente dança grega que inclui golpear as nádegas com os calcanhares. Uma escassamente vestida Agathocléia exalou nuvens de chamas — a enciumada Agathocléia, que gostaria de ter se casado ela própria com Sua Majestade. E Oinante de

Samos, vestindo pouco mais do que um véu amarelo, dançou a violenta e indecente dança grega na qual cruzava os pés como pinças, fazendo Filopator berrar, deliciado.

Arsínoe Gama ficou o tempo inteiro olhando para o teto, pensando na vergonha trazida para sua Casa, tão nobre no passado, pensando na promessa quebrada que fizera à mãe. Ela tremia só de pensar no que o irmão faria naquela noite com ela, o crime que seria uma rude afronta aos deuses da Hélade, praticamente a pior coisa no mundo que um grego poderia fazer, à exceção de matar a própria mãe — o que Filopator já havia feito.

Sófocles, o grego, foi quem disse: *Todas as garotas têm medo do casamento, é o que se espera delas*. E assim era nesse casamento: Arsínoe Gama estava com medo, muito medo, porque se esperava dela que servisse ao marido e que dissesse: *Tudo está bem, tudo está bom*, quando estava mais do que claro que isso não era verdade.

Horemakhet disse naqueles dias as palavras usuais a Suas Majestades: *Possa o coração da esposa ser o coração do marido, que eles possam viver livres de discussões...* Mas Horemakhet percebeu que mesmo no dia do casamento esse marido e essa esposa mal tinham forças para se encarar. Seus corações eram muito diferentes. Não pensavam igual sobre nenhum assunto e brigariam sempre.

Possa Osíris conceder a ambos longa vida, prosperidade e saúde, disse Horemakhet, *e uma velhice de muitas alegrias*, mas sabia que não haveria uma vida longa para nenhum dos dois e nem uma velhice de grandes alegrias, assim como não houvera para os pais deles.

Não, Arsínoe Gama não estava feliz com o casamento. Estava se casando com *medo* e durante toda a cerimônia só pensou numa única coisa: que estava se casando com o irmão, que daria à luz monstros. Ela fez um juramento em seu coração ali mesmo, naquele momento: *Nunca terei filhos com meu irmão*.

Filopator de fato tomou a iniciativa adequada no sentido de fazer o que um marido deveria fazer no dia de seu casamento. Gritou ordenando que a música e a dança parassem e berrou: *Agora, devo beijar minha esposa, minha amada, muito amada esposa*. Lançou os braços em torno do pescoço da irmã e enfiou a língua por entre os dentes dela. Mas Arsínoe Gama guinchou: *Ai! Ai! Ai! Ai!*, e ergueu a mão para detê-lo, esbofeteando-lhe o rosto. *Ai, não faça isso, irmão, É horrível. Você fede a vinho*, disse ela, empurrando-o para longe.

Ah, sim, ela disse: *Não... Não...* como fizera a mãe, com a voz da mãe. E, sim, Filopator afastou-se dela, como se tivesse sido picado por marimbondos.

Nossa irmã não nos ama, gritou ele, estridente. *Vamos então abraçar Agathocléia, no lugar dela.* E a seguir: *Nossa irmã nos odeia, então vamos beijar Agathocles.* E ainda: *Oinante é a única que me ama, vou beijar os lábios dela...* Desse modo, Arsínoe Gama nada pôde fazer a não ser assistir e sentir ainda mais repulsa.

Agathocléia e Agathocles ficaram bastante felizes de beijar Sua Majestade. Mas será que o amavam? Não, a afeição deles por Filopator era falsa. Amavam-se um ao outro, irmão e irmã, no estilo egípcio, mas não a Sua Majestade.

Música, berrou Filopator, *dancem, divirtam-se.* E a cacofonia começou outra vez, mais alta que antes. E assim continuaria, o comportamento ultrajante, a dança frenética, tudo muito próximo da loucura, mas nenhum sinal de amor genuíno pelo resto desse reinado.

Naquela noite, quando a embriaguez era maior do que ela poderia suportar e a dança já lhe causava uma repulsa mais intensa do que nunca, Arsínoe Gama desculpou-se e disse ao irmão-marido que precisava se recolher à sua cama. Sem dúvida, então, Filopator fez menção de abraçar a esposa, beijando-a de novo nas faces e na boca, dessa vez com o lascivo contato dos lábios até aquele momento reservado para a boca chamejante de Agathocléia e as ardentes nádegas de Agathocles de Samos, tentando a seguir beijá-la nos braços, mas a esposa fugiu dele, gemendo: *Ai! Ai! Ai!... Não consigo suportar isso, irmão; por favor me deixe em paz...*

A selvagem risada de Filopator seguiu-a pelos corredores.

Marido, berrou ele, *me chame de marido, não de irmão.*

O marido recém-casado não se apresentou para a semeadura naquela noite, preferindo ficar acordado, bebendo com Agathocles e Agathocléia sentados em seu colo, os braços deles envolvendo o pescoço de Filopator, e os *Galloi* e os *Geloiastai*, os eunucos e os fazedores de piadas, dançando ao redor deles até que o sol alaranjado ergueu-se sobre Alexandria como uma bola de fogo expelida pela boca de Agathocléia.

Filopator também não se apresentou para a semeadura na noite seguinte nem em outra noite qualquer naquele mês, deixando de fato a irmã-esposa sozinha. Alguns chamavam isso de *kakogamia*, um casamento com mau, com péssimo início, já que a esposa não se aproximava do marido nem o marido se aproximava da esposa.

Já quanto a Arsínoe Gama, todos os oráculos haviam previsto que o casamento duraria somente 12 anos, e ela encontrou nisso algum consolo. *Doze dias*, murmurou ela, *casada com meu monstruoso irmão já seria tempo demais. Em 12 anos, com alguma pequena ajuda dos deuses, talvez eu esteja morta e seja uma das pessoas que têm essa sorte.*

Ah, sim, ainda se passariam 4.080 dias até que ela estivesse livre dele, fosse morrendo ela própria ou ele, ou por divórcio, ou por força de qualquer horror que as Parcas lhes houvessem reservado.

Já caminhamos muito, não acha, Forasteiro, desde o amaldiçoado casamento de Ptolomeu Filadelfos e Arsínoe Beta? Porque agora ninguém reclamou do casamento de Ptolomeu Filopator e de Arsínoe Gama — exceto, é claro, eles mesmos, a esposa e o marido.

Quanto à possibilidade de eles produzirem herdeiros para o Egito, Sosibios, em desespero, gargalhava, pensando no assunto. *Como algo assim pode acontecer, se ambos os lados se recusam a ir para a cama um do outro?* Não haveria herdeiro, Forasteiro, por anos e anos. Já sete anos teriam se passado quando a barriga dessa rainha começasse a crescer com o próximo Hórus. Ninguém conseguiria fazer Arsínoe Gama entrar no quarto do irmão. Nem mesmo Agathocles conseguiria persuadir Sua Majestade a ir para a cama de sua irmã. Nem, em verdade, queria que ele fizesse isso. Agathocles preferia ele próprio estar na cama de Sua Majestade, uma vez que estar na cama dele significava ter acesso a suas riquezas, receber tudo o que pedia e controlar totalmente o Senhor das Duas Terras.

Ah, sim, Filopator gostava de beijar as nádegas de Agathocles de Samos mais que os lábios frios da irmã. Preferia apertar a rechonchuda Agathocléia à esquálida Arsínoe. Sua ojeriza em relação à irmã era equivalente à que ela sentia em relação a ele.

Horemakhet receava pelo que poderia acontecer ao Egito se Filopator morresse sem deixar um herdeiro: ou Sosibios tomaria o trono, ou Agathocles; ou então aconteceria uma revolução, à qual resultaria num rei nativo no trono das Duas Terras. Um rei egípcio poderia ser uma coisa muito boa, mas os macedônios é que sabiam como lutar contra os inimigos do Egito. Por sete longos anos, Horemakhet insistiu com o rei para que este cumprisse sua obrigação como faraó — e desse ao Egito um herdeiro para o trono.

Assim, com muita freqüência, lhe perguntava: *Se Sua Majestade morrer sem um herdeiro, quem será o rei do Egito?*

E sempre Filopator respondia: *Excelência, o futuro pode cuidar de si mesmo.*

Certa ocasião, até respondeu: *Com freqüência, no passado, o mais belo jovem era escolhido como rei... Por que não deixar Agathocles de Samos ser rei? Ele seria um belo faraó.* E deliciou-se com a expressão de horror que percorreu o rosto do homem.

Horemakhet, em desespero, disse: *Sabedoria do Livro de Ankhsheshonq: Aquele que tem medo de dormir com a esposa não terá filhos...*

O casamento foi um equívoco, disse Filopator. *Agathocles me convenceu, mas eu não queria.*

A infeliz garota, Arsínoe Gama, havia sido forçada a se tornar esposa de seu irmão simplesmente para que um herdeiro legítimo de sangue real fosse concebido por ela. Mas a barriga de Arsínoe Gama continuava vazia. O leite não brotava de seus seios. Nenhuma risada feliz de crianças era ouvida nos aposentos das mulheres.

Para que, então, poderia você perguntar, servia o casamento de Arsínoe Gama, se não para semear filhos legítimos? Era bom para o Egito e para a Casa de Ptolomeu porque esse irmão e essa irmã dividiam o trono como os *Theoi Philopatores*, os deuses-pais-amorosos. Por insistência de Horemakeht e Sosibios, juntos, eles executavam todas as tarefas públicas de um rei e uma rainha do Egito — rituais do templo, lançar fundações dos templos, receber embaixadores estrangeiros — e assim mantinham a aparência do bom relacionamento entre eles, sorrindo o meio sorriso em público, enquanto na vida particular mal se falavam, a não ser para trocar furiosos insultos.

Chamavam Arsínoe Gama de filha real, irmã real, grande esposa real, Grande Senhora das Duas Terras. Por mais que desprezasse o marido em particular, pela efeminação, pelos modos devassos, por deixá-la abandonada, em público fazia tudo o que uma rainha deveria fazer, e o Egito a amava. Ela dividia o fardo de reinar, ouvindo petições, lendo documentos de estado. Era isso que uma esposa de rei deveria fazer: ajudar Sua Majestade. Não se recolhia, cerzindo e tecendo, mas supervisionava os estábulos reais, a biblioteca, o Mouseion. Tinha sua frota de navios mercantes navegando no rio. E tudo fazia não pelo irmão, mas em homenagem a seus pais. Era tão popular quanto o havia sido Arsínoe Beta. Filopator não fazia por menos. Era o rei que havia triunfado em Ráfia. Claro que não era passível de cometer erros. Ninguém arremessava pedras contra os gregos, então. Mesmo em Mênfis, não atiravam se não flores sobre o salvador do Egito. Mas em sua vida privada, o irmão ignorava a irmã tanto quanto podia.

O casamento desses irmãos era um enigma ou não? Talvez possamos encontrar uma pista para decifrá-lo pelo presente que esse relutante marido deu à sua mais do que contrariada esposa. Porque ele lhe deu um presente vivo, os serviços de Agathocléia, sua concubina, aquela que gostava de expelir chamas, para trabalhar parte do dia como sua *paratiltria*, a mulher que arranca pêlos do corpo da ama, lhe prepara o banho e lhe escova os cabelos. De quem foi a idéia? Não de Filopator. De modo algum. Ele gostava de ter Agathocléia sempre ao seu lado. Não, foi idéia de Sosibios e de Agathocles, dos dois juntos, e com um propósito cruel.

Agathocléia sorria e era prestativa. Chamava Arsínoe Gama de *Tati*, como as demais aias, e se fazia não apenas de sua serva, mas de amiga. Arsínoe Gama agora convivia mais com Agathocléia que com qualquer outra pessoa. De tempos em tempos, ela desapareceria para atender às necessidades do faraó, mas sempre retornava com algo delicioso para Arsínoe Gama comer, ou alguma peça nova de tecido púrpura. Arsínoe Gama, então, começou a ver Agathocléia de Samos com outros olhos e, desgraçadamente, começou a confiar nela e a lhe revelar seus pensamentos secretos.

Desgraçadamente?

Sim, Forasteiro, porque Agathocléia seria aquela que a mataria.

4.10

Parasitas

Agathocles de Samos e Agathocléia mantinham seu lugar na afeição de Sua Majestade. Algumas vezes o forçavam a fazer coisas que talvez ele não fizesse em outras circunstâncias — tais como ceder Agathocléia para ser a camareira da esposa, marcar sua iniciação no culto de Dionísio e permitir que fizessem uma tatuagem de uma folha de parreira na sua perna direita, pouco acima do tornozelo. Ele tinha orgulho de ser um iniciado, tinha fascínio por sua tatuagem de parreira. A sugestão fora de Agathocles.

Horemakhet desaprovou, é claro, dizendo: *O faraó não desfigura seu corpo com símbolos de deuses estrangeiros*, mas devia ter poupado seu fôlego. Filopator até que respeitava Horemakhet, mas respeitava Agathocles mais ainda e, como uma demonstração de desafio, mandou fazer tatuagens que subiam por toda a perna.

Agathocles de Samos crescia cada vez mais em importância. Estava com seu senhor noite e dia, era seu auxiliar em tudo. Também mandou tatuar o corpo com folhas de parreira, o mesmo que o amo, e nos mesmos lugares — acima do tornozelo, subindo pela coxa, nas nádegas. Senhor e servo proliferavam em folhagens juntos, um copiando o outro: Agathocles, o espelho de Filopator, Filopator, o espelho de Agathocles. Todos os dias e todas as noites eram dedicados ao culto de Dionísio, como deus do vinho. Agathocles bebia seis, sete, oito tigelas. Bebia tanto quanto nenhum grego jamais bebera; bebia tanto quanto Heracles. E Filopator o acompanhava, tigela a tigela, tentando superá-lo na bebedeira.

Agathocles sempre esteve entre os favoritos do rei — isso porque havia outros —, mas à medida que os anos passavam, tornara-se o único favorito. Agathocles livrou-se dos demais. Um deles afogou-se num acidente. Outro levou uma queda numa escadaria de mármore. Um terceiro embarcou numa espécie de desatenção culinária, comendo acônito pensando que fosse raiz-forte.

Agathocles continuava a crescer — e se assegurava que permanecesse assim. No ano após Ráfia, obteve o sacerdócio de epônimo do Estado, o cargo dado a todo homem por quem Sua Majestade nutrisse a mais alta estima. Ah, sim, foi Agathocles de Samos, ele, de pele cor de oliva brilhante e reluzentes olhos negros que jamais deixavam de sorrir, como se ele achasse que não havia limites para o que pudesse conseguir. E então Filopator o fez sacerdote de Alexandre. Talvez Agathocles merecesse isso. Mesmo assim, havia homens que olhavam com asco para um cortesão que havia chegado onde ele chegara sendo um prostituto e um *knaidos*, um garoto que vendia o corpo para os homens fazerem dele o que bem quisessem. Um homem desses causava grande preocupação aos gregos, pois se ele não se importava em vender o próprio corpo, talvez não se importasse também em vender o próprio país. Para os nobres, a *kalokagathos*, a virtude da alma e a beleza do corpo seguem de mãos dadas: um belo rosto deve significar um espírito nobre. Mas Agathocles não era nobre. Ele tinha beleza física, mas um escravo libertado não poderia esperar se comportar nobremente. E havia quem percebesse problemas naquela relação, porque, embora Agathocles fosse sacerdote de Alexandre e um ministro da coroa, Filopator não deixara de tratá-lo como servo.

Agathocles, dizia ele, *traga vinho*, e Agathocles trazia.

Agathocles, dizia ele, *vá buscar o flamingo*... e o sacerdote de Alexandre tinha de servir a Sua Majestade e levar embora o prato vazio quando ele acabava de comer.

Agathocles suportava tudo porque suportava qualquer coisa — pensando no que ganharia depois —, mas não gostava daquilo, claro que não, mesmo que, em troca, com freqüência conseguisse que Filopator fizesse exatamente o que ele mandava.

*

Assim, as honrarias iam para Agathocles e, ao mesmo tempo, o tratamento de subalterno. O mesmo se aplicava a Arsínoe Gama. Honrarias não lhe faltavam de todo. Quando Filopator ergueu o famoso Homereion, o templo para homenagear o poeta Homero, mostrou o Tempo e o Mundo sentados atrás do grande homem, e o Tempo tinha o rosto de Filopator, enquanto o Mundo tinha o rosto de sua irmã — assegurando a Homero, assim, sua imortalidade, mesmo acima da deles próprios. Pelo menos, os rostos de Agathocles e Agathocléia não haviam sido cunhados em moedas. Filopator não estava tão entregue à própria loucura para permitir algo assim. Não, era o rosto de Arsínoe Gama que aparecia em suas tetradracmas e octodracmas, usando os cabelos em cachos encaracolados, com o véu grego próprio. A irmã tinha seu quinhão de glória pública. O lado privado da situação não era tão glorioso. Ela era chamada de bela de rosto, grandiosa no palácio, a Senhora da Felicidade, mas, na verdade, era a Agathocléia de Samos que deviam ser aplicados tais títulos. Claro, Arsínoe Gama usava a touca da rainha com duas plumas de avestruz e os chifres de vaca, além do disco solar no alto; claro, ela era cultuada como a décima musa, mas a expressão de seu rosto era constantemente de tristeza. Mesmo nas moedas, parecia infeliz.

No grande palácio de mármore de Ptolomeu Filopator, ainda existia a câmara, junto às cozinhas, onde garças e cisnes eram mantidos no escuro, as pálpebras costuradas com fio de papiro, sendo engordados para a mesa real. Arsínoe Gama era mantida na semi-escuridão de *gynaikeion* de modo bem parecido, e as pálpebras até poderiam ter sido costuradas, considerando o que lhe permitiam ver. Na verdade, Filopator não a tratava tão bem quanto os galináceos, pois Arsínoe Gama não estava sendo engordada, mas deliberadamente levada a emagrecer. Era como se alguém quisesse que essa esposa sumisse, como se alguém não a quisesse e a preferisse morta. Realmente, não estava distante o dia em que Arsínoe Gama voaria para o céu e se tornaria uma estrela.

Mas quem então desejava a morte da atraente Arsínoe Gama? Quem era o seu grande inimigo, se não o próprio marido? Agathocléia, a *paratiltria*, era sua inimiga. Achava que, caso se livrasse de Arsínoe Gama, ela poderia se tornar a Senhora das Duas Terras no lugar da irmã-esposa do faraó.

Quando conduzia a carruagem de palha, Agathocléia acenava para a multidão na via Canopo como se fosse a própria rainha, não apenas a concubina de Sua Majestade. Os guardas do palácio saudavam-na com respeito, sabendo que era ela quem poderia lhes conceder promoções e mesmo fazer deles generais. Agathocléia já desempenhava um grande papel na administração do Egito, pois tinha poder, e poder de sobra, sobre o faraó.

Embora tivesse alcançado tal grandeza, gostava de se entreter com o fogo. De tempos em tempos, escrevia o nome de Arsínoe Gama numa tira de papiro, punha fogo nele e o via queimar, rindo. Ela ainda conseguia expelir chamas como a serpente *ouraios*. Uma vez engolidora de fogo, para sempre engolidora de fogo, é o que diziam. Seus beijos ainda passavam o inconfundível vestígio de nafta. Agathocléia expelia chamas. Sua amizade era exatamente mesmo tipo de amizade que o irmão nutria por Filopator: absolutamente falsa.

As moedas de Filopator eram as mesmas do pai, com a águia pousada no relâmpago e o verso mostrando-o como Dionísio, deus do frenesi, usando o diadema entrelaçado de folhas de parreira. Sobre o ombro, estava o *thyrsos*, ou seja, o bastão de Dionísio. *Chamem-me Dionísio*, disse ele. *Eu sou Dionísio, o décimo terceiro deus.*

Filopator gostava de jogar as moedas para o alto. Nos dias em que a tetradracma caía com o lado da águia virado para cima, ele usava a coroa *pschent*, o saiote *chendjyt*, o colar de abutre, agarrava-se ao cajado e ao mangual e cumpria alguns compromissos como faraó. Nos dias em que ela caía com o verso voltado para cima, ele fazia o papel de Dionísio e bebia fartamente. À noite, levava o *komos* de cortesãos para os jardins do palácio, dançando em torno das palmeiras, cada qual agarrado na ponta do manto do homem à sua frente. Com freqüência, tombava, incapacitado, de tanto vinho que ingerira. Sosibios dirigia o Egito: Ptolomeu Filopator mal conseguia dirigir a si mesmo.

As folhas de parreira continuaram subindo por seus braços e pernas, devagar mas sem parar, e a seguir atravessaram o corpo inteiro. Assim como a parreira, o parasita subiria se enroscando por um tronco de árvore, sufocando-o. Agathocles e Agathocléia se enroscavam também, cada vez mais apertado, em torno da árvore que era Ptolomeu Filopator.

4.11

A leveza das penas

Ninguém jamais estrangulou o sumo sacerdote de Ptah em Mênfis, não em 18 gerações. Mas mal tendo passado cinco anos no novo reinado, o jovem Anemhor, o velho sacerdote de Ptah que havia se aposentado, pai de Horemakhet, recolheu-se ao seu leito e não se levantou mais. Nefertiti, a nora, foi quem cuidou dele. Trazia-lhe tudo de melhor para comer, coisas que poderiam ajudá-lo a se restabelecer, mas Anemhor recusava-se a comer. Em seus lábios, do alvorecer ao pôr-do-sol, estava a prece para que Rá fizesse seu coração leve na Balança.

Pai, seu coração vai flutuar, dizia Horemakhet. *Já é hoje mais leve do que a pena de Maat*.

O jovem Anemhor estava velho, com 72 anos, um mês e 23 dias de idade. Sua esposa, Herankh, já estava no Campo dos Juncos havia seis anos, esperando por ele. Anemhor achava que era hora de se reunir a ela.

Suas últimas palavras foram: *Possam os céus chover mirra fresca, possa das alturas gotejar incenso*.

Então, cerrou os olhos e dormiu o sono do bronze.

Horemakhet embalsamou o pai de acordo com os costumes egípcios. Depositou o corpo enfaixado em três sarcófagos de madeira folheada a ouro, um dentro do outro, e sepultou Anemhor, com os demais sumos sacerdotes de Ptah, num platô do deserto diante de Mênfis. Na lateral do sarcófago do velho estavam pintados, como de costume, o par de olhos, de modo que os mortos pudessem ver o que acontecia no mundo que haviam deixado para trás.

Durante a procissão à necrópole, foi a esposa de Horemakhet, Nefertiti, a bela, sua nora, que o pranteou, as lágrimas escorrendo pelas faces, esfregando sem cessar poeira nos cabelos.

Foi o filho, Horemakhet, que realizou a cerimônia da Abertura da Boca para reviver o corpo do falecido, de modo que seu espírito nele pudesse habitar de novo. O caixão ficou colocado de pé, apoiado sobre os pés. Horemakhet queimou incenso. Ele entoou as palavras rituais. Despejou água sobre o sarcófago. Tocou os olhos pintados, as orelhas, o nariz e a boca com a enxó, de modo que o pai passasse, ao outro mundo, respirando, e também escutando e vendo, e que o corpo do falecido fosse restaurado.

Depois disso tudo, Horemakhet caminhou em passos lentos atravessando o templo do grande Ptah. Seus olhos detiveram-se por instantes nos pilonos, nas portas de cedro maciço com a superfície coberta de ouro, a floresta de colunas brilhantemente pintadas, o templo de Hathor, o Palácio de Meeneptah. O coração de Horemakhet sentia orgulho do pai, da longa vida que ele dedicara ao serviço de Path, do faraó, das Duas Terras. Agora seu pai havia partido e chegara a vez de Horemakhet ser o senhor do templo sem a sabedoria do homem idoso para orientá-lo. Mas sua vida continuava a mesma: dedicada à sua missão. Por seu cargo de Senhor dos Segredos, não existia nada que este homem não soubesse. Era ele o mágico, aquele que enfeitiça os céus, a terra, as montanhas, as águas. Entendia a linguagem dos pássaros e das cobras, até o rosnado dos crocodilos. Se dissesse: *Ah, todos vocês, deuses e deusas, virem seu rosto para mim...* se ele proferisse as palavras dotadas de poder, os deuses e deusas talvez até lhe obedecessem.

Horemakhet já fizera chover, até bem para o sul, em Elefantine. Fora o mágico de Imhotep, aquele que vem em paz, o deus que comanda o sono, o intérprete dos sonhos. Nada havia que desconhecesse a respeito do mundo do sono. Seu olhar era firme. Os olhos não piscavam. Ele tinha acesso direto aos deuses. Dizia a si mesmo: *Domino todas as artes da magia, nada do que é afeito a isso me é estranho*, mas não se tratava de jactância. Os homens diziam a respeito desse homem: *Mesmo antes de a língua proferir a pergunta, Horemakhet já sabe a resposta.*

A coisa mais importante que sabia sobre o futuro era que à frente havia muita intranqüilidade à espera: violentas revoltas, sangrentas revoluções. Ah, sim, sangue e mais sangue.

4.12

Poderoso touro

Como Hórus, o faraó havia triunfado sobre os inimigos. Havia entrado em Mênfis montado em seu cavalo e vestindo o completo traje macedônio para a guerra, mas com a coroa *khepresh* na cabeça. Sua imagem havia sido entalhada na pedra, juntamente com o rei da Síria, Antíoco Megas, ajoelhado diante dele; às suas costas estavam de pé a irmã, Arsínoe Gama, vestida como Ísis, com os demais grandes deuses do Egito assistindo à cena. Nunca antes um rei macedônio havia sido representado dessa maneira pelos sacerdotes do Egito. Filopator era o faraó legítimo, e os sumos sacerdotes o tratavam como faraó, curvando-se sete vezes diante dele, beijando a poeira diante de seus pés, porque ele era um deus, um deus vivo, e não havia ninguém como ele em todo o Egito. Sua vida privada, embora tão degradante, não afetava sua condição divina. Em público, Filopator fazia o que se exigia de um faraó e não se permitia a risadas.

Mas também porque era o faraó, os sacerdotes precisavam lhe dirigir seus pedidos de praxe.

Então, Horemakhet lhe disse: *Poderia Sua Majestade ter a satisfação de demonstrar sua gratidão aos deuses fazendo algum donativo aos templos?*

Filopator aceitou erguer a arquitrave de granito vermelho do portão leste do templo de Ptah em Mênfis, e os pedreiros se puseram a trabalhar. Era uma bela arquitrave, mas algo pequena; não o bastante, e já era tarde demais. A verdade era que as revoltas começaram assim que Filopator subiu ao trono. Agora haviam se reiniciado, e piores, com pedras sendo jogadas, espancamentos e brigas acontecendo entre macedônios e egípcios e as casas de estilo grego sendo incendiadas. O sangue jorrava onde quer que os soldados de Filopator sentassem suas botas, um banquete para as moscas.

Rio acima, em Tebas, os sacerdotes se deliciavam, uma vez que as previsões dos horoscopistas indicavam 32 anos de rebeliões, e a sensação na parte sul do país era de que Ptolomeu não sobreviveria a isso e logo estaria convocando seu navio para levá-lo embora para a Macedônia. Tebas esperava ansiosamente por ter um faraó de tez escura pela primeira vez em mais de cem anos.

Ora, o que dera errado? Depois da Batalha de Ráfia, os vinte mil soldados nativos egípcios marcharam para casa, satisfeitos com o triunfo, mas também carregando um estranho descontentamento. Haviam posto em fuga os 68 mil soldados sírios. Até então, sob os Ptolomeus, os egípcios haviam se resignado com o seu destino, mais ou menos felizes, pelo menos enquanto fossem deixados em paz. Agora haviam começado a ter esperanças de mudar tudo. Sob Filopator, o preço dos alimentos disparou. O galopante preço dos grãos tornou o pão cada vez mais caro. E agora Filopator — ou Sosibios — aumentara de novo os impostos para pagar pelas guerras sírias. Ah, sim, os nativos começaram a achar que poderiam enfrentar esses macedônios e fazer com eles o mesmo que haviam feito com Antíoco da Síria, esfregar-lhe o rosto na poeira — e expulsá-los, a todos, do Egito. Haviam visto os macedônios se apavorarem na falange, as armaduras chocalharem, as pernas ficarem cagadas. Os egípcios já não temiam aqueles que falavam grego. Não muito diferente de Agathocles e Agathocléia, começaram a acreditar que eram melhores que seus amos.

Sosibios tomou conhecimento disso, é claro, porque Sosibios tomava conhecimento de tudo. Os espiões — as infames orelhas de Sosibios — estavam em todos os vilarejos, escutando. Mas, na época, parecia que tudo o que o seu governo fizesse era com a intenção de enraivecer o povo e fazer com que todos se levantassem em protestos. Até parecia que Sosibios, já envelhecendo, estava perdendo o juízo, pois era como se estivesse tomando sempre as decisões erradas. Ou era o jovem Agathocles de Samos, a quem

Sosibios havia delegado tantas de suas atribuições? Ah, sim, Agathocles, seu braço direito, a quem se dera poder em demasia e que deixara este poder lhe subir à cabeça.

Durante a crise, Filopator parou de beber vinho. Chegou mesmo a parar de dançar a dança do Gallos, por algum tempo — algo que nunca se vira.

O que podemos fazer?, perguntou o recém-sóbrio Filopator, agora sem sorrir, ao sumo sacerdote de Ptah, preocupado com o bem-estar do Egito.

Sabedoria de Merikare, disse Horemakhet. *Não aja com perversidade em relação ao país do sul; seja leniente.* Ele apoiou Filopator. Não trairia esse rei. Com lágrimas nos olhos, disse a ele: *Veja, não vou abandoná-lo, Megaléios.*

Mas Horemakhet também não rompeu relações com Tebas, e se manteve, sim, buscando a melhor maneira de restaurar o equilíbrio de Maat, o equilíbrio da ordem. Por conselho de Horemakhet, esse rei estrangeiro tentou fazer os egípcios aderirem ao seu trono iniciando um vultoso programa de construções e restaurações dos templos; fazendo tudo o que um faraó nativo faria em circunstâncias idênticas.

Ordenou que continuassem os trabalhos do grande templo de Hórus em Apolonópolis.

Começou a finalização do templo de Elefantine, fundado por seu pai.

Foi um bravo esforço, mas mesmo um templo completamente novo não faria muita diferença em tempo de revolução. As rebeliões continuaram no mesmo ritmo, sem grandes batalhas nem cercos prolongados, somente lutas entre grupos de rebeldes de um lado e, do outro, soldados macedônios e funcionários do governo. Tijolos eram arremessados. Havia berros nas ruas, multidões furiosas, muitos problemas. Enquanto o poder de Sosibios e Agathocles crescia, a capacidade de Filopator de impor controle se enfraquecia. E Sosibios desconhecia tudo a respeito de governar por meio de atos gentis. Filopator fazia o melhor que podia, mas Sosibios e Agathocles eram mais fortes que ele. A leniência de Sua Majestade era sobrepujada em muito pela crueldade de seus ministros. Quando ele sugeriu que se seguisse a estratégia de sua mãe, dizendo: *Por que não reduzir os impostos?*, Sosibios e Agathocles, juntos, berraram com ele, repelindo-o. Ah, sim, o faraó fazia o que eles mandavam — e ficou calado como um cão chutado.

Horemakhet, quando conversava com o rei Ptolomeu, não sabia mais o que fazer nem o que dizer, a não ser condenar a violência. *Não tenho nada a ver com essa revolução*, dizia. Quando Filopator lhe perguntou, como se para testá-lo: *Mas você não gostaria de ver um faraó egípcio no trono de novo?*, o sumo sacerdote respondeu: *Não, não, nada sei sobre isso. Nem sequer sonharíamos em apoiar Tebas contra Sua Majestade.*

Mas Sosibios disse a Agathocles: *Como é possível que Horemakhet nada saiba? Ele é o homem que sabe tudo.* Disse: *Como é possível que o sumo sacerdote de Mênfis não esteja apoiando a revolução egípcia?* Ah, sim, Sosibios fez tudo o que pôde, daí para frente, para esmagar o poder de Mênfis, para romper o domínio dos sacerdotes egípcios sobre o povo. Reduziu as doações governamentais para os tesouros dos templos, eliminou toda a boa vontade e criou todas as dificuldades que pôde para Horemakhet. Era como se Horemakhet tivesse ambas as mãos atadas às costas, ah, sim, como um prisioneiro de guerra.

E, sim, Horemakhet permaneceu fiel a Ptolomeu por todo o tempo. Sua firme lealdade ao homem que não havia pedido para ser faraó, mas tivera o trono atirado sobre si, e que, no fundo, nutria grande amor pelas Duas Terras, não era falsa. Horemakhet veio a confiar no Risonho, que não tinha como escapar da própria loucura, mas que não fingia ser o que não era; que fazia o melhor que podia, mesmo que o seu melhor não fosse tão formidável.

Horemakhet não confiava em Sosibios, que jamais sorria, cuja resposta para a violência era agir violentamente. *Ódio não pode ser curado com ódio*, dizia-lhe Horemakhet, *somente com amor.* Mas Sosibios não parecia capaz de entender tais coisas. Jamais parava de odiar. Mandou dezenas de milhares de soldados rio acima, e foi como abanar chamas, já que eles tinham ordens de não fazer prisioneiros, mas sim de matar todos os homens que agissem com violência.

O sumo sacerdote fez o melhor que pôde para promover a paz. Chegou mesmo a dizer a Sosibios: *Não faça contra um homem aquilo que desagradaria a você se lhe fizessem, pois ele fará o mesmo contra você.*

Sosibios o ignorava. Com freqüência ignorava também Filopator. Aborrecia-se com a embriaguez de Filopator, sua letargia. *Sua Majestade não viverá muito procedendo assim*, dizia a Agathocles. *Vai acabar morrendo de tanto beber. E o mesmo acontecerá a você.*

Agathocles sorria e, como de costume, falava pouco. Atos, e não palavras, assim era Agathocles. E continuava a beber. *Homenagem a Dionísio*, ria, *Homenagem a Hathor*. E Filopator fazia e dizia o mesmo, imitando Agathocles, obedecendo a Agathocles, aquele que liderava, o que tomava as decisões.

Sosibios não apreciava as orgias em homenagem a Dionísio, a gritaria, a cantoria, a dança e a bebedeira que preenchiam os dias e as noites de Filopator, aos quais Sosibios precisava se reunir, caso aparecesse, gostasse ou não daquilo, e participar da dança.

Dança, disse Sosibios, *não é para os homens de verdade como Sosibios, é para os meios-homens.*

Dança também não era para os sumos sacerdotes do Egito. O *dioiketes* era quem precisava dançar. Com freqüência passava o dia inteiro dançando com Sua Majestade, tentando fazê-lo escrever seu nome em algum pedaço de papiro.

E Ptolomeu Filopator, Senhor das Duas Terras, perdido em seu transe rodopiante, sonhando com os mistérios de Cibele e Átis, cortando os braços e recolhendo o sangue numa taça de ouro que oferecia aos deuses, continuava a dançar. O sangue real com freqüência respingava no assoalho de mosaico, seguindo-o como um rastro pelos corredores de mármore do palácio. Não demoraria muito até que seu sangue jorrasse como uma torrente, como o sangue do touro no *taurobolion*. O Poderoso Touro estava ficando cada vez mais fraco. E Antíoco da Síria tornara-se forte de novo.

4.13

Prazer

Por quatro anos depois da Batalha de Ráfia Antíoco Megas concentrou seus esforços em resolver problemas internos. Logo tornaria a deitar os olhos sobre o Egito, todos sabiam disso, mas no momento ele estava com as mãos cheias. Filopator não se preocupava. Sosibios se preocupava por ele. Mas Sosibios pensava: *Contanto que deixe o Egito em paz, Antíoco pode fazer o que bem entender.*

Sem oposição, Antíoco ficava mais e mais destemido. Havia adquirido a experiência necessária para comandar um grande exército. Agora, o príncipe de Mauria, Sofagasenos — nas fronteiras da Índia —, reconhecia a supremacia do Império Sírio. Mesmo o rei Parta, Arsakes, reconhecia que Antíoco era *Megas de fato, grande, o maior rei de todo o mundo.*

E por que toda essa indiferença em Alexandria pelo que acontecia? Sosibios envelhecia e delegava cada vez mais do seu poder a Agathocles. Sosibios estava começando a se cansar de governar. Toda a sua energia desperdiçada sufocando as revoltas domésticas. O exterior, considerando essas circunstâncias, que se resolvesse sozinho.

Houve nove anos de guerras intermitentes. Mas agora a guerra havia cessado. Antíoco estava preocupado com outras regiões. Horemakhet consultava o oráculo de Ápis, que lhe prometera nove anos de paz, e assim seria, até a próxima guerra com a Síria. A previsão do Ápis, de fato, era a mais maravilhosa possível: 3.285 dias de paz. Também previa que Filopator não viveria para ver o seu final. Esta notícia, Horemakhet guardou-a para si. E assim Sua Majestade dedicou seus dias inteiramente ao prazer.

O prazer de Arsínoe Gama continuava, como sempre, elusivo. *Seu* estado de espírito estava contaminado pela preocupação — a de que o Egito não tivesse um herdeiro para o trono; a de que era ainda seu dever gerá-lo; a de que a Casa de Ptolomeu estivesse se encaminhando para a extinção.

Todas as noites, Agathocles e Agathocléia dormiam na grande cama de ouro com Ptolomeu Filopator: a pessoa que não se deitava entre aqueles lençóis de púrpura e ouro era sua esposa-irmã.

Horemakhet, desesperado, implorou a Filopator para pensar no Egito sem um faraó, dizendo: *Um homem que não teve filhos é como um homem que jamais existiu. Seu nome não será lembrado.*

Filopator deixava o aposento dançando e dando gargalhadas.

4.14

Bezerro

Dois, quatro anos se passaram desde que Ptolomeu se casara com a irmã, e nenhum filho — nem ao menos um que fosse monstruoso — caiu nas mãos da velha Oinante, a grande parteira real, que ficava sentada ociosa no berçário vazio, comendo tâmaras, bebericando o fino vinho do faraó, rindo, sua barriga cada vez crescendo mais em vez do ventre da rainha.

Sorria, gritava Oinante, *você é a rainha do Egito*. Mas, não, Arsínoe Gama não sorria. Oinante não a divertia.

Ah, sim, Arsínoe Gama, sua barriga continuava tão achatada como sempre fora, e os seios continuavam vazios de leite, de modo que ela começou a pensar que jamais daria à luz o Ptolomeu que seria o novo Senhor das Duas Terras. Não ter filhos a perturbava, pois isso significava, necessariamente, o fim dos Ptolomeu, o término irremediável da linhagem. Ela começou a pensar que mesmo um monstro nascido de incestuosa *aphrodisia* seria melhor que herdeiro nenhum.

Quando Arsínoe Gama finalmente conversou sobre esse assunto com o irmão, ele respondeu apenas: *Eurípedes já dizia: aquele que bebe muito sofrerá menos.*

*

Mais ou menos por essa época, quando ela devia estar com 19 ou 20 anos, a corte se mudou para Mênfis para passar o inverno, e Arsínoe Gama, por curiosidade, foi visitar o Ápis, pensando em perguntar-lhe qual seria seu futuro, tão ruim ou pior que o presente, e era a primeira vez que ia ali com o propósito de conseguir uma resposta do oráculo. Foi a pé até o estábulo, sozinha, bem cedo, logo que o sol se ergueu, antes que as multidões chegassem. O escravo do Ápis ainda dormia, de modo que ela teve de acordá-lo, o garoto que tomava conta do touro à noite, dormindo junto a ele. Ela seguiu as instruções de Horemakhet, acendeu luminárias, queimou incenso. Colocou dinheiro no altar à direita da estátua do deus. Aproximou-se do touro preto-e-branco e mandou que o escravo o cutucasse com um bastão para fazê-lo se mexer. Ela acariciou o nariz do animal, alisou-lhe os longos chifres através da janela. E olhou fixamente nos negros olhos do deus, que jamais piscavam. O Ápis era velho, tinha 18 anos e mal podia se manter de pé, mas era a imagem viva de Ptah, o criador do mundo. Num sussurro, ela fez a pergunta naquela grande orelha negra, então tapou seus ouvidos e se dirigiu para a planície arenosa do lado de fora da câmara restrita de Ptah, onde destapou os ouvidos e apurou a audição.

Era cedo demais para os meninos estarem jogando. Os macacos de Thoth ainda não estavam tagarelando em adoração a Rá. Ela não escutou nem mesmo o zurrar de algum jumento. Na realidade, tudo o que escutou foi o vento cortando por entre as palmeiras, e pensou que essa devia ser a sua resposta. Ou seu futuro não lhe reservava nada, absolutamente nada, estava vazio como uma folha de papiro em branco, ou seria repleto de suspiros de pesar. Então, a distância, escutou o choro de uma criança, e soube o que o futuro lhe traria. Sim, era um recém-nascido chorando, e isso a reanimou imensamente.

No oitavo ano de Ptolomeu Filopator, esse mesmo touro Ápis tombou para o lado e morreu. A majestade desse nobre deus, o Bá vivo de Ptah, bezerro da vaca Tá-Amen, revoou para o céu. Horemakhet fez o pedido habitual de donativos para lidar com as pesadas despesas do embalsamamento. Esperava ter dificuldades, mas Filopator concedeu tudo de imediato, sem reclamar, oferecendo o dobro da soma que lhe foi solicitada.

Horemakhet alertou Sua Majestade: *Se o senhor não for ao funeral, pode esperar por problemas antes mesmo que o sol se ponha...* Mas Filopator já havia firmado no coração a decisão de comparecer. Costumava rebelar-se em relação a muitas ordens dos pais, mas nunca se rebelara contra nada a respeito do Ápis. Como todos os demais membros da família, ele amava o Ápis, que conhecia o futuro. Os restos mortais do Ápis, eles o transporta-ram para o Sarapeion de Mênfis, acompanhado dos adequados ritos fune-rários, que duraram 29 dias completos. Filopator caminhou com os próprios pés, seguindo a múmia do touro, vestindo os trajes do faraó, reverente perante o grande deus. As lágrimas rolavam por seu rosto.

Assim que o Ápis morreu, renasceu como um jovem bezerro, e os sacer-dotes, guiados pelo sumo sacerdote de Ptah, precisariam revirar todas as fazendas do Egito para encontrá-lo. Passaram os olhos por todos os reba-nhos de bovinos, procuraram em todos os campos nas Duas Terras pelo bezerro recém-nascido com as 29 marcas de identificação que provavam que ele era o divino touro.

Dessa vez, encontraram-no sem dificuldade, quando a tristeza pela per-da do velho touro deu lugar ao regozijo, e o divino bezerro foi instalado em Mênfis, onde viveria com a mãe, cercado pelos mugidos de seu harém de belas esposas de olhos negros e compridos cílios também negros, cujas belas carnes o Ápis farejava o dia inteiro, sorrindo o meio sorriso que era muito semelhante ao sorriso do faraó.

No Egito, os touros geravam bezerros, o falcão e o íbis conseguiam sem problemas pôr seus ovos, as cabras pariam seus cabritos. Todos os animais geravam filhotes: todos os seres viventes se reproduziam — exceto Ptolomeu Filopator.

Aconteceu no décimo ano, seis anos depois da Batalha de Ráfia, de os ro-manos mandarem um embaixador a Alexandria para pedir milho, dizendo que grassava a fome na Itália, onde os campos haviam sido devastados pe-las chamas ateadas pelas tropas de Hanibal, além de destruídos pelo inter-minável trânsito das botas dos soldados.

Que segredos dos egípcios contaram os embaixadores em sua volta ao Senado? Isso porque sempre havia um propósito oculto por trás da visita de um embaixador, além da mera obtenção de grãos ou o que quer que fosse. Contaram em Roma que os boatos eram verdadeiros: o rei Ptolomeu preferia o prazer às suas obrigações, gostava de vinho mais que da guerra e parecia não se preocupar acerca do futuro de sua gloriosa dinastia, pois, embora tivesse uma esposa — que era a própria irmã — não tinha filho que o sucedesse. Era um rei sem herdeiro, um rei que trajava o vestido amarelo, um homem adulto que tinha uma esposa, mas se recusava a se tornar pai. Era a piada corrente de todo o mundo grego — o rei que queria decepar suas partes e jogá-las fora. Agora, era também a piada corrente em Roma.

Sosibios havia tolerado as loucuras de Filopator por tempo demais. Dessa vez, quando Filopator tentou ignorar o que ele lhe dizia e começou a rodopiar com o corpo, Sosibios perdeu a paciência.

Pare com essa dança idiota, gritou ele. *Sente-se e me ouça.*

Filopator fez beiço, amuado, mas, chocado por Sosibios ter gritado com ele, sentou-se na sua cadeira de ouro.

Temos espiões em Roma, disse Sosibios, *e eles nos contam o que os romanos andam dizendo. Quer saber o que eles estão dizendo?*

Filopator esticou ainda mais o lábio inferior e deu de ombros.

Vou dizer a você, falou Sosibios, *quer você queira ou não saber. Os romanos estão dizendo que o rei do Egito não se importa minimamente se a sua família se extinguir ou não. Contaram-me que Roma está planejando tomar o Egito.*

Filopator remexeu a boca, franzindo o cenho, mas não disse uma palavra sequer.

Sosibios continuou gritando por algum tempo ainda, e Filopator não retomou sua dança no salão. Parecia que a idéia de perder o Egito para os romanos penetrou nele, incitando-o a fazer o que deveria ter feito seis anos antes, porque, como se sob o efeito de alguma mágica poderosa, Filopator e Arsínoe Gama foram prontamente curados de sua aversão física mútua.

Quais foram então as miraculosas palavras de Sosibios que curaram Sua Majestade de sua fobia de oito anos em relação à irmã? Ele disse: *Quando Sua Majestade conseguir gerar um filho, então poderá fazer o que quiser com suas partes íntimas, mas deve saber que o Arquegalos está sob a ameaça de execução se deixar o faraó decepar seus testículos antes de se tornar pai.*

Filopator ficou sentado imóvel, pensando. No final, disse: *Poderei então fazer o que realmente quero e me tornar um Gallos completo?*

Se esse é o desejo de Sua Majestade, disse Sosibios, muito secamente.

E cortar fora meus testículos?, perguntou Filopator, quase sem poder acreditar no que estava escutando.

Megaléios, disse Sosibios, muito devagar, *você pode fazer o que bem entender com suas partes privadas depois de haver gerado um filho homem em sua irmã para a Casa de Ptolomeu.*

Quais foram os exatos detalhes de quando Ptolomeu foi para a cama de ouro com a irmã, ou se ela é que foi para a dele, Seshat os desconhece. O que ela efetivamente sabe é que depois da consagração do novo Ápis e da embaixada proveniente de Roma, a já famosa barriga achatada de Arsínoe Gama não permaneceu tão achatada.

4.15

Bem-amado de Khonsu

Ah, sim, a barriga de Arsínoe Gama inchou como um melão, e não era uma gravidez fantasma, mas verdadeira, e o sorriso da irmã também era verdadeiro. O futuro pai continuava bastante nervoso, e assim tinha sido, com intervalos, desde a morte da mãe. Os ruídos depois que escurecia o faziam tremer tanto que ele deixava as luminárias acesas por toda a noite, com medo de fantasmas. Durante o dia, observava com o cenho carregado o vôo dos pássaros, sempre mandando chamar o vidente dos pássaros para perguntar o que significava. O íbis postado na beirada de sua janela, um bando de pombos empoleirados no topo do Farol, codornas reunidas no pátio do palácio — a respeito de tudo ele perguntava o significado. Agathocles subornava o vidente dos pássaros para sempre dizer a Sua Majestade algo ruim.

No teatro, Filopator tinha de tomar cuidado com as peças às quais assistia. Por vezes, era pego desavisado, como na noite em que os atores representaram *Eumênides* de Ésquilo. E — ai! — quando as Fúrias, as três mulheres com as serpentes no lugar de cabelos, serpentes de verdade, neste teatro, é claro, fizeram sua entrada em cena, aos uivos, ameaçando carregar Orestes para o mundo dos mortos como punição pelo horrendo crime de ter assassinado a própria mãe — ai!...ai!... — Filopator sentou-se na beirada de sua poltrona, tremendo todo ao escutar as palavras:

Lá você verá outros mortais que pecaram contra os deuses, ou um convidado, ou que assassinaram seus pais, cada qual recebendo o apropriado castigo por seu crime... Hades, sob a terra, é aquele que pune os homens, que enxerga tudo o que acontece e nada perdoa...

Ah, sim, Filopator desmaiou de novo e teve de ser carregado para sua cama. Ficou doente por trinta dias, quando então os médicos gregos admitiram a derrota e mandaram chamar o sumo sacerdote de Mênfis, dizendo: *Não se trata de uma enfermidade grega. Acreditamos que Sua Majestade esteja possuído por algum demônio egípcio.*

Horemakhet veio para Alexandria, vestindo suas pintas de leopardo e com um rosto severo, e passou horas conversando com o doente, olhando diretamente nos perturbados olhos dele, pensando: *Qual deus há de curar um homem que não está doente do corpo, mas da alma?*

No final, disse: *Khonsu freqüentemente é chamado de o maior entre os maiores deuses. Sua fama como deus da cura vem da capacidade de afugentar demônios. Se algum deus pode ajudar Sua Majestade, é Khonsu, o Falcão. Se ele concordar em dormir no templo de Khonsu, em Tebas, pode ser que encontre a cura para sua enfermidade.*

E, de fato, Filopator navegou rio acima, até Tebas, ao norte, procurando recuperar a saúde. Conheceu por lá o sacerdote dos babuínos vivos, que deveria cuidar de atender suas necessidades, já que deveria passar a noite no templo de Khonsu, deus da verdade, deus de cabeça de falcão, aquele que faz os destinos, aquele que fornece profecias, aquele que quebra feitiços. Ah, sim, Khonsu, que é só um com Thoth, como senhor do tempo, e só um com os deuses da escrita, um deus lunar, cujo animal sagrado é o babuíno.

O sacerdote dos babuínos vivos mostrou a Filopator uma pequena câmara escura junto ao santuário, como se fosse uma cela de prisão, com uma cama, mas sem nada mais. *Tudo vai ficar bem, Megaléios*, disse ele, *beba a poção para dormir*. A princípio, Filopator ficou acordado, escutando a distante cantoria dos sacerdotes, sentindo o cheiro do incenso, olhos fixos na escuridão, achando que via coisas se movendo, escutando ruídos misteriosos, perturbado com a estranheza daquele lugar.

Bebeu a poção, é claro, mas dormiu? Ficou acordado a noite inteira? Não saberia dizer. Tudo o que sabia era que nas horas mortas viu o rosto do falcão, Khonsu, Senhor da Alegria, ele que possui absoluto poder sobre os maus espíritos, na forma de falcão dourado: Khonsu, coroado com o disco solar com o crescente lunar no topo, assomando sobre ele no escuro. Filopator escutou o rumor da batida das pesadas asas, sentiu as pontas delas esfregarem seu rosto. *Eu sou Khonsu*, escutou, *aquele que queima corações, que mora nos corações. Sou Khonsu, que rechaça aqueles que se opõem a ele, o deus do amor, o grande curandeiro*.

Algo aconteceu naquela noite, e o próprio Filopator não saberia dizer o que foi. Talvez tenha se defrontado face a face com seu demônio. Talvez, pela primeira vez, tenha rejeitado suas habituais sete, oito, nove tigelas de vinho, e dormiu bem, tomou juízo, percebeu que seus temores eram infundados. Talvez tenha se dado conta de que Andreas estava certo — que o fantasma da mãe era algo da sua imaginação — e assim encontrou a paz.

Não importa o que tenha acontecido, Filopator reuniu-se à procissão de sacerdotes cantantes ao alvorecer, com a luz filtrando-se através do telhado do templo e a fumaça do incenso no nariz. Ele executou pessoalmente o ritual em honra de Khonsu. Sozinho no santuário, rompeu o selo de argila do altar de madeira folheado a ouro. Puxou as trancas. Abriu as portas duplas e ficou face a face com o deus, os faiscantes olhos de obsidiana cravados nele, contemplou o corpo de gemas preciosas, sentiu o calafrio descer-lhe a espinha. Ele abraçou o deus, vestiu-o com roupas novas, presenteou-o com um desjejum, fez tudo de acordo com o livro dos ritos, até o final de varrer suas pegadas com a vassoura. Depois disso, saiu de lá com uma expressão de deslumbramento no rosto e conversou com o sumo sacerdote de Khonsu, afirmando que o espírito maligno havia reconhecido a supremacia de Khonsu, que se sentia bem, que seu coração não estava mais transstornado, que os demônios o haviam largado. Filopator derramou lágrimas de alegria.

Khonsu, o curandeiro, disse o sumo sacerdote, *aquele que realiza milagres e afugenta os demônios da escuridão, salvou-o.* Talvez a verdade seja que, pela primeira vez em anos, ele despertou não sob a influência do vinho de pinha, sem, portanto, uma ressaca, sem ver hieróglifos, sem o tremor dos bêbados e o vômito dos aterrorizados.

Tebas decretou feriado por causa disso. Em meio ao júbilo dos sacerdotes — porque o milagre da cura de Khonsu certamente traria muitos benefícios para o templo —, Filopator perguntou: *O que posso fazer por Khonsu para demonstrar minha gratidão?*

E o sumo sacerdote disse: *O deus apreciaria se Sua Majestade mandasse construir um novo recinto com um altar dedicado a Khonsu-Neferhotep — a nobre criança que nasce de uma flor de lótus.* Filopator concordou em construir o que lhe pediam, e este seria um lindo monumento, excelente, belo e eterno.

Ele homenageou esse grande deus não somente no sul, mas também no norte, construindo em Tanis, no Delta, um templo para Khonsu e sua mãe, Mut, o Abutre, que era somente uma e única junto à mãe simbólica do faraó, a deusa que usava a touca do abutre, exatamente como sua mãe de verdade. Pelo resto da vida, Filopator chamou a si mesmo não apenas de Dionísio e Gallos, e todos aqueles muitos títulos, mas também, agora, muito especialmente, de o *Bem-amado de Khonsu, que protege Sua Majestade e afugenta os espíritos malignos.* Em seu antebraço, ele passou a usar o talismã de Khonsu, que era a garantia de manter os demônios longe para sempre.

Os problemas de Filopator voltariam, vez ou outra, é claro. Você pode chamá-los de Fúrias, ou de consciência, ou de uma monumental ressaca; ou do que quiser: esse rei jamais teve paz de fato depois da morte da mãe. Mas agora que era o bem-amado de Khonsu, sabia o que devia ser feito. Quando fazia oferendas a Khonsu, sentia-se melhor, ficava menos perturbado. Quando bebia a poção de Khonsu, dormia profundamente. Quando fazia preces a Khonsu, o Falcão, era um pouco menos perturbado pelo fantasma da mãe.

547

Qual era a verdade disso tudo? Será que sofria de alucinações, e a causa era o excesso de vinho, as sete ou oito tigelas de vinho não-diluído que bebia todas as noites? Será que ele via coisas que não existiam e tudo isso era resultado da carne em demasia, do excesso de comida, de todos os excessos? O homem era atormentado pela culpa, estava louco de tanta culpa? Talvez a verdade seja que ele jamais conseguiu recuperar a saúde. Sem dúvida, Sosibios e Agathocles achariam muito conveniente que ele nunca se restabelecesse de todo.

O Alto Egito parecia suficientemente amistoso então, mas naquele mesmo ano, apesar disso, as revoltas entre os nativos explodiram de novo. O povo mais pobre, trabalhadores e camponeses, cometeu muitas selvagerias, e os soldados enviados por Filopator — ou por Sosibios e Agathocles em nome do rei — para sufocá-los cometeram também, em retaliação, outros tantos atos de crueldade. Nem Sosibios, nem Agathocles nem nenhum dos seus amigos que governavam sem sair de Alexandria tentavam entender os egípcios. Filopator entendia que estes abominavam a violência, que tudo o que queriam era amar o faraó, o pai do seu povo. Mas era como se as orelhas de Sosibios estivessem tão entupidas de areia que ele não conseguisse escutar uma única palavra sequer, e assim a violência só fazia recrudescer.

Policrates de Argos, um dos risonhos, amigo de Agathocles de Samos, foi o homem enviado rio acima para reprimir a rebelião. Realizou o trabalho multiplicando espancamentos, amputações de mãos, a decapitações, de modo que os egípcios passaram a odiar os gregos ainda mais.

Já ao norte, Arsínoe Gama mandava Agathocléia abaná-la com um leque de penas de avestruz enquanto sentia os gentis chutes do pequeno Hórus dentro da barriga, e o sumo sacerdote de Mênfis surpreendeu-se tendo a impensável idéia de que um novo Hórus, um novo soberano, com novos ministros, poderia ser um ótimo para o Egito.

Agora pelo menos Arsínoe Gama encontrara alguma coisa em sua vida para amar: seu filho. Os pais dessa garota haviam reprimido seu amor por ela, pensando em poupar lágrimas se ela morresse ainda nova. Achavam que haviam amado em demasia Berenice Mikra, tanto que haviam tentado os deuses a tomá-la deles. Ah, sim, haviam amado Arsínoe Gama menos, mantendo-a a certa distância. Talvez, por causa disso Arsínoe Gama não os houvesse amado tanto. De todo modo, houvera uma ausência de afeto em sua vida até então. Ela não havia amado Filopator. Seus três outros irmãos, não tivera tempo de conhecê-los de fato, e logo eles morriam, assassinados no mesmo dia. Em tais coisas, essa jovem tentava não pensar. Talvez as aias fossem as únicas pessoas no mundo que a amavam. Teriam oportunidade de provar o amor delas, mais tarde.

Mas ninguém consegue deixar de todo de amar, consegue, Forasteiro? Agora, Arsínoe Gama tinha uma criança sua na barriga, e ela despejou todo o amor sobre esse Hórus ainda não nascido, o menino que deveria ser o próximo Senhor das Duas Terras. Cantava canções para ele, melodias gregas sobre as colinas da Macedônia. Ela mesma o amamentaria e lhe daria banho. Jurou que faria tudo que uma mãe deveria fazer por seu filho. E, não, não teria uma ama, não precisaria de uma. Ela mesmo cuidaria dele. Não se repetiria de modo algum aquela coisa terrível que acontecera com o filho de Berenice Syra. Arsínoe Gama jurou que jamais deixaria a criança fora de suas vistas.

Pelo menos ela derramou o amor sobre seu filho — e faria tudo isso até que conviesse a Filopator e Agathocléia tomá-lo dela.

4.16

Luz divina

Aquele tão longamente esperado filho de Ptolomeu Filopator e Arsínoe Gama nasceu no 13º dia de Mesori, no ano 12 do reinado de seu pai. Ele respirou, berrou, e deram-lhe o nome de *Ptolemaios*, Ptolomeu, é claro, e o pai não o rejeitou, mas cuidou dele, porque estava deliciado. Esse menino era Ptolomeu, filho de Ptolomeu, filho de Ptolomeu, filho de Ptolomeu, filho de Ptolomeu. Em benefício de sua saúde, Forasteiro, Seshat deverá chamá-lo por seu título faraônico que lhe foi dado anos depois. Ele era Ptolomeu *Epifanes* (*e-pi-fâ-nez*), um título que significa Deus se fez manifesto, ou a manifestação da luz divina. Era o quinto rei Ptolomeu e seria um rei muito melhor que o pai.

Você talvez suponha que tudo o que estava errado na Casa de Ptolomeu seria acertado com o nascimento desse menino. Quem dera essa história fosse tão fácil, mas não foi assim. Não, os problemas se agravaram, e os filhos de Oinante eram a causa disso. Porque a quem deveria ser dado o trabalho de ser a ama-de-leite desse novo Ptolomeu — a ama de quem Arsínoe Gama não precisava e que não queria — se não *Agathocléia de Samos*. Ah, sim, Agathocléia, dos lábios com sabor de nafta, aquela cujo prazer era exalar fogo, a chamejante, aquela a quem Filopator amava. E só pôde ser assim porque Agathocléia, por acaso ou por ardil, nessa mesma época havia se tornado mãe de uma filha. Sem dúvida, ela teria muitas dificuldades de seguir a profissão de ama-de-leite se não tivesse ela própria uma criança para sugar-lhe o seio. Mas se você quer saber quem era o pai da filha de Agathocléia, vai ter de dar um palpite qualquer, Forasteiro, porque Seshat desconhece isso, e meu irmão, Thot, diz que não há nenhum sentido em especular a esse respeito.

Mas de fato Seshat sempre apreciou especular, lendo por entre os fragmentos para ver se conseguia juntá-los. É disso que se trata a história, não acha? Ah, sim, sobre não perder o ontem, mas sim agarrar-se a ele. Poderia o pai ter sido o próprio Filopator? Se foi assim, nenhum homem até hoje sequer sussurrou algo a esse respeito. Mas por que não? Sem dúvida, era costume egípcio que uma serva da casa desse à luz o filho de seu amo se a mulher dele fosse estéril. Pode ser que tenha sido o súbito surgimento dessa bastarda que fez Arsínoe Gama saltar nos braços do marido para produzir um herdeiro legítimo — senão o horror de todos os horrores aconteceria, e o filho da engolidora de fogo tomaria o trono.

E se o pai fosse Agathocles, o próprio irmão dela? Ninguém jamais sugeriu tal coisa, Forasteiro, pois seria um pensamento imundo e repugnante para se ter, mas Seshat acha que não é improvável. Sem dúvida, na vida de Agathocléia, não escutamos falar de nenhum outro homem que não seu irmão e Sua Majestade. Qual é a verdade? Será que Agathocles também fornicou com a irmã, imitando o procedimento do amo? Será que eles se permitiram uma incestuosa *aphrodisia*, assim como Filopator e Arsínoe Gama? Talvez você tivesse desejos semelhantes, Forasteiro, durante os tempos pagãos de Alexandria, a cidade onde nada do que um homem conseguisse imaginar fazer lhe seria proibido. Da filha de Agathocléia, entretanto, Seshat nada mais sabe. Talvez a tenham banido, desapontados com o fato de ela não ser um menino, seguindo assim um assíduo costume grego. Se ela morreu ainda criança, como tantas outras nesses tempos, seria o que de melhor poderia acontecer a ela. Seshat, que conhece todo o passado, também sabe o que está para vir. Seria melhor para essa criança se ela jamais tivesse nascido. E as mesmas palavras se aplicam à própria Agathocléia, ah, sim, e também a seu irmão.

Quando Epifanes nasceu, Filopator não foi grosseiro com a esposa. Estava feliz de ser pai de um menino, mas a gentileza entre esses irmãos nunca durava muitos dias. As hostilidades logo foram reiniciadas e, como sempre foi uma coisa pequena que despertou a guerra entre eles. Antes de Ptolomeu Epifanes completar 6 dias, seu pai o proclamou co-governante e insistiu em mandar tatuar na coxa do filho a folha de parreira de Dionísio, desejando assim lhe apor alguma marca de identificação, como a tatuagem selêucida, com medo de que fosse seqüestrado por inimigos, como o filho de Berenice Syra.

Desaprovamos tatuagens, disse Arsínoe Gama.

Somente uma folha de parreira?, suplicou o irmão. *Somente uma minúscula folhinha?*

Estou dizendo a você, irmão, disse Arsínoe Gama, com mais confiança em si mesma agora que havia cumprido sua obrigação para com a dinastia, *que desaprovo Dionísio... Desaprovo desfigurar o corpo de uma criança dessa maneira...*

Filopator berrou com ela, então. *Você desaprova tudo, irmã. É tão ruim quanto a sua mãe. Não dou a mínima se você desaprova ou aprova. Sou o faraó do Egito e vou fazer o que bem entender.*

Arsínoe Gama gritou de volta com ele. Ah, sim, deu voz ao seu horror, dizendo: *Desaprovo totalmente a constante homenagem de meu irmão a Dionísio.*

Ela havia suportado muitos anos de provocações. Havia sofrido bastante. Mas perdeu o controle e a calma, então, e se deixou levar a ponto de golpear o irmão com os punhos, dando-lhe uma surra. Ah, sim, era algo que Arsínoe Beta jamais havia feito com Filadelfos, mas Filopator talvez merecesse aquilo. Arsínoe Gama bateu nele, tanto e tanto, até tê-lo acuado num canto, gritando, pedindo-lhe que parasse.

Enquanto os pais se insultavam mutuamente, Agathocléia carregou Epifanes para ser tatuado, e a mãe não pôs os olhos nele por meses. De modo algum, pois Filopator realmente o manteve como refém, a fim de obrigar Arsínoe Gama a fazer o que ele quisesse e para puni-la. Ah, sim, ela havia cometido o grave erro de agir com violência física. Seu irmão mal dava atenção a qualquer de seus desejos agora.

Na verdade, a tatuagem pouco importava. O sangue dos Ptolomeu era o mais importante. Não interessava, no final das contas, que o herdeiro se esgueirasse para o mundo com os pés tortos, com dedos interligados ou mesmo com uma cauda; o que importava eram os olhos algo esbugalhados, a tez pálida, os lábios estufados, com jeito de amuados, os cabelos louros. O que interessava era que o herdeiro se parecesse com um Ptolomeu, e Epifanes de fato se parecia com um. E, aliás, a despeito de seus pais serem irmão e irmã, ele não mostrava nenhuma deformidade visível. Não havia nada de anormal no físico dessa criança, independentemente do que fosse.

Houve quem visse Agathocléia ninando esse novo príncipe no colo, tão feliz em pô-lo ao seio que se poderia pensar que era a mãe, que Filopator o fizera passar por filho de sua irmã; que Agathocléia não dera à luz nenhuma menina, mas esse filho. Mas, verdadeiro ou falso, mesmo a deusa da história está sem poder dar uma resposta. Você terá de se conformar em ficar com uma pergunta insolúvel, Forasteiro.

Para todos os efeitos, Agathocléia continuou a se fazer agradável para Filopator, mas a utilidade de Arsínoe Gama cessou de todo. Ela era de novo aquela que tudo desaprovava, um obstáculo no caminho do marido, a mulher que reclamava, assim como Berenice Beta, a que não parava de reclamar, a irmã que havia batido no faraó, deixando-o todo marcado no rosto, e isso o faraó não perdoara e nunca perdoaria. Nos melhores momentos, a irmã era ignorada. Então sofreria por conta do que havia feito. Tudo que quisesse — dinheiro, pensões para manter as aias, guardas para a sua porta, comida e bebida — Filopator a fazia implorar, dizendo: *Você ainda nos deve as duas minas de ouro de Ráfia...* Ah, sim, Agathocléia de Samos andava para todos os lados coberta de jóias e de ouro, parecendo a rainha do Egito, mas a verdadeira Grande Esposa Real raramente punha o pé fora do *gynaikeion* e se vestia com as roupas que suas aias jogavam fora. Quando Arsínoe Gama implorava por dinheiro, comida e tudo o mais, o irmão muitas vezes apreciava não lhe dar coisa alguma.

Seshat não encontra, daqui para frente, nenhuma influência de Arsínoe Gama nos negócios de Estado. Ela nada tinha em comum com a poderosa Arsínoe Beta, exceto o nome. Era, sem dúvida, uma mulher de grande força de caráter, mas não poderia esperar se equiparar ao poder combinado de Sosibios e Agathocles. Por vezes, Agathocléia levava Ptolomeu Epifanes para ver a mãe, mas muito raramente, e o mantinha sempre ao lado do pai. Com grande freqüência, também, todos eles se deitavam juntos na grande cama de ouro — Filopator, Agathocléia, Agathocles e Ptolomeu Epifanes. O menino crescia, 1 ano, 2 anos, e mal via o rosto da mãe. Agathocléia era muito mais a rainha de Filopator agora, bem como a mãe de Epifanes. Arsínoe Gama tinha poucos atributos, a não ser a touca do abutre com a protetora serpente *ouraios* sobre a fronte. De muito isso lhe servia.

Contam uma única história sobre a rainha nessa época. Ela estava caminhando nos pátios do palácio com Eratóstenes e suas aias quando viu um homem carregando uma pilha tão alta de um material verde que não conseguia enxergar para onde estava indo e deu um encontrão em Sua Majestade. Então, jogou-se ao chão aos pés dela se desculpando, dizendo que aquele material verde era a decoração para o festival.

E que festival é esse?, perguntou Arsínoe Gama.

Ora, Megaléia, disse ele, *o Festim das Jarras, quando o rei e todos os homens de Alexandria se embriagam até não se agüentarem mais por três dias e noites.*

Eratóstenes relatou o que foi dito a seguir: *Sua Majestade voltou os olhos sobre nós e irrompeu em amargas palavras acerca da vergonha que pesava sobre a casa de seu pai e a degradação da dignidade real.*

Arsínoe Gama, aquela que desaprovava tudo, não tomou parte desse festival, nem de nenhum outro, nem da Pompa, nem dos Jogos, nem dos festivais em honra dos deuses. A única vantagem de que desfrutava essa mulher era não ser perturbada por fantasmas. Mas convivia com outros muito piores. Convivia à sombra de demônios risonhos que controlavam o marido, além de terem levado embora seu filho. Arsínoe Gama tinha poucos motivos para rir.

Não, Filopator era aquele que vivia rindo, o grande risonho. E ria-se mais, e mais intensamente por ter descoberto que, cultuando Khonsu, podia manter os demônios pessoais a distância. Navegou até Tebas, mais uma vez, para visitar o novo templo, dedicado a Hathor, ou a Afrodite Ourania, outra das mães simbólicas do faraó — e a Maat, a deusa da verdade e corporificação da ordem cósmica.

Iniciado depois da Batalha de Ráfia, esse templo situava-se na margem oeste do rio, com a muralha dos fundos dando para as altas colinas marrons que se tornavam rosadas ao pôr-do-sol, não longe de Ramesseion. A câmara principal era dedicada a Hathor, a vaca divina, que amamentava os mortos na outra vida.

Tudo aqui é para agradar à mãe do faraó, disse Filopator, *a dama do céu, a dama do oeste, a deusa da destruição*.

Filopator não teve problemas para entrar nos lugares sagrados ali. Observou os três altares nos fundos do templo, deliciado, a princípio. O altar na ala direita era dedicado ao deus solar, Amon-Rá-Osíris. O altar do meio, à própria Hathor, deusa do prazer e do amor. E o da esquerda a Amon-Sokar-Osíris, representando o mundo dos mortos. Exatamente aqui os sacerdotes haviam ordenado que se entalhasse a *psychotastis*, ou a cena do julgamento, que mostrava a pesagem do coração em contrapeso à pena de Maat, a pena da retidão e da verdade. O próprio Filopator aparecia nessas cenas, junto a Arsínoe Gama, de pé diante de Osíris, este sentado, todos pintados nas cores mais brilhantes. Aqui, também, estava Thot com cabeça de Íbis, escriba dos deuses, pronto para anotar as sentenças, enquanto Anúbis e Hórus pesavam o coração de Sua Majestade na balança. Na cena seguinte, Filopator, morto, era mostrado sendo conduzido ao salão de Maat para se defrontar com os 46 assessores. Aguardando para escutar o veredicto, estava Ammut, devorador dos mortos, um monstro-fêmea, parte crocodilo, parte hipopótamo, parte leão, sentado sobre as patas traseiras, pronto para devorar o homem morto, mesmo que fosse Sua Majestade, se ele fosse condenado pelos juízes.

Como qualquer outro homem, Filopator teria de repetir as palavras:

Saudações, ó aquele cujas passadas são compridas, que vem direto de Heliópolis, eu não cometi iniqüidades. Saudações, ó aquele que está abraçado pelas chamas, que vem direto de Kher-aha, eu não roubei com o uso da violência. Saudações, ó aquele do divino nariz, eu não cometi nenhuma violência...

Ele teria de dizer: *Não matei nenhuma mulher, nenhum homem. Não logrei ninguém. Não proferi falsidades. Não ataquei homem nenhum. Não cometi nenhum pecado contra a pureza. Não fui um homem de ódio. Não me fiz de surdo às palavras do certo e da verdade.*

O sumo sacerdote de Amon, de Tebas, assegurou-se de que Filopator visse os entalhes e entendesse o seu significado. Explicou então à Sua Majestade, no grego mais cuidadoso, todos os aspectos do julgamento. O dia estava quente. As cenas bailavam diante dos olhos de Filopator, de modo que ele viu os deuses se moverem, assentindo com a cabeça. Thot apontou o dedo, como se o estivesse acusando. Ah, sim, provavelmente esse decaído e desgraçado faraó, que se permitia vícios com homens e mulheres, seus favoritos, viria a ter problemas na outra vida. Ele estremeceu ao ver o que estava escrito nas paredes, abalou-se quando lhe lembraram do julgamento. Resolveu emendar-se, beber menos, dar mais atenção aos deuses. Fez o que pôde para garantir a sua passagem para a outra vida — mas o vergonhoso tratamento que dava à irmã não mudou.

No ano 14, Ptolomeu Filopator pagou a conta de muitos talentos pela decoração do templo de Hórus em Apolonópolis, agora quase concluída. Os entalhes nas paredes mostravam Sua Majestade atuando como sumo sacerdote, abrindo a porta do altar, postando-se reverentemente diante de Hórus, o Falcão, oferecendo incenso aos pais deificados e diante do sagrado barco de Hathor, Senhora da Embriaguez.

Hathor foi mostrado abraçando Ptolomeu Filopator. Ela usava a touca de abutre e os chifres da vaca, e os hieróglifos entalhados junto à sua imagem diziam: *Rei Filopator, Bem-amado de Hathor, a Grande Senhora da Tentura.*

O braço esquerdo de Hathor estava enroscado no pescoço do faraó. O direito estava por baixo do braço direito dele. Ela juntava as mãos, do pulso até os dedos, postando-se como mãe do faraó, Hathor a vaca, aquela que amamenta os reis, acolhendo Filopator no divino amor da vaca.

Ptolomeu Filopator, que, assim se supunha, era um matricida, um patricida, exibia-se nessas poses de piedade filial, de amor à divina mãe. Mas será que sentia remorso? Forasteiro, se você tivesse feito o que fez Filopator, não sentiria uma pontada de arrependimento? Você não acha que o coração de um homem que matou a própria mãe deve pesar dentro do peito como se fosse um grande obelisco de granito vermelho, e isso para o resto da vida?

O último entalhe de Apolonópolis feito durante o reino de Filopator mostrava-o fazendo oferendas a Hórus, Hathor e Harsomtous. Atrás dele estavam Ptolomeu Euergetes, Ptolomeu Filadelfos, Ptolomeu Soter — seu pai, avô, bisavô, com suas rainhas. Tudo como deveria ser, exceto que Euergetes não fora colocado com Berenice Beta, mas com Arsínoe Beta. Será que os entalhadores cometeram algum erro? Ou será que Filopator, cansado de ver o rosto da mãe reluzindo sobre ele nas muralhas dos templos, havia ordenado que assim fosse feito? Segundo a crença dos egípcios, os entalhes podem se tornar reais, por mágica, eles podem *ganhar vida*. Se uma coruja hieroglifada poderia ser posta para voar, escapando das paredes do templo, também assim poderia acontecer com a imagem de Berenice Beta, e esta voltar à vida. Teria ele então dado a ordem: *Não mostrem mais o rosto dela?*

Filopator esforçou-se ao máximo por serenar o fantasma da mãe. Fez dela uma deusa. Mas o senso de responsabilidade lutava contra seu terror. Sabia muito bem quem seria a primeira pessoa que deveria encontrar no Hades — e só de pensar nisso começava a suar em abundância: ela própria, a Grande Recriminadora.

4.17

Horwennefer

Posteriormente naquele ano, um mensageiro de pele absolutamente negra trouxe a Ptolomeu Filopator a notícia de que Arkamani, rei de Meroé, estava morto. Ele era o pai do Arkamani enviado a Alexandria em troca de Ptolomeu Euergetes, de modo que o garoto que recebera educação grega era agora rei de Meroé.

Que idade tem o novo rei?, perguntou Filopator, recordando as histórias de seu pai.

Cinco vezes dez, disse o mensageiro, mostrando os dedos.

Transmita-lhe nossas saudações, disse Filopator. *Que ele mantenha o tratado de paz.*

No início, Arkamani ficou satisfeito em cooperar com Filopator na construção do templo de Arensnufis, o deus-leão da Núbia, em Filai, que tinha os nomes e os rostos de ambos. Alexandria e Meroé, cada qual por seu lado, concordaram em pagar metade das despesas, e foi um bom começo; ótimo para consolidar as relações pacíficas entre o norte e o sul.

Acontece que naquela ocasião Arkamani não estava em posição de mover uma guerra contra ninguém. Já tinha problemas de sobra. Em primeiro lugar, precisava se livrar dos poderosos sacerdotes que haviam dominado a corte de seu pai, o que ele fez, aliás, ordenando a morte de todos os sacerdotes do templo de Amon em Meroé, decapitando-os com as próprias mãos. Daí para frente, começou a governar o reino como bem entendia. Seria um benfeitor de outros templos de Filai. Apenas quando tivesse posto em ordem o próprio reino poderia pensar em se vingar do Egito.

Filopator não precisava ter se preocupado em acelerar as obras públicas que realizava em Apolonópolis. Não precisava ter se incomodado em mandar fazer portas de cedro e de bronze para os templos, pois uma violenta rebelião estourou antes que elas pudessem ser afixadas. No ano 15, os homens da Núbia, comandados por um certo Horwennefer, tomavam esse mesmo templo, a poderosa fortaleza dos Ptolomeu contra o caos, marcharam rumo ao norte e invadiram o distrito próximo a Tebas, tornando-o um Estado independente, com ele próprio como soberano. Em tudo o que fez, Horwennefer foi apoiado pelo sumo sacerdote de Amon, e mesmo os sacerdotes e escribas de Fali aderiram a ele. Mas se você está pensando, Forasteiro, que Horemakhet agiu o mais depressa que pôde para se juntar a essa revolução, está enganado. Ele permaneceu leal a Ptolomeu Filopator durante todo o episódio — e com ele toda Mênfis. Filopator não era nem a metade tão ruim quanto era pintado. Se fosse tão ruim, tão pervertido, tão inútil, o sumo sacerdote de Ptah o teria abandonado.

Os gregos, incapazes de pronunciar o nome de Horwennefer, chamavam-no de Haronnofris ou Hurgornafor. Para toda a posteridade, ele seria conhecido como Harmais, ou Horemhab, ou Horos Onnofris. No decorrer do seu reinado ilegal, Horwennefer trocou seu nome para Ankhwennefer, que os gregos mudaram para Chaonnofris. As pessoas sempre entendiam errado o nome desse homem. Mas Seshat garante a você, Forasteiro, todos esses são um mesmo homem, Horwennefer. Horemakhet o chamava de outro nome, ainda, o Inimigo dos Deuses.

Esse Horwennefer a seguir expulsou os gregos de Tebas, e seu exército de núbios, homens tão negros quanto o solo do Egito, ocupou a cidade em seu nome, quando, então, o sumo sacerdote de Tebas teve o prazer de coroar o usurpador como faraó no próprio templo de Amon. Ah, sim, os tebanos chamaram-no de *Horwennefer, o que viverá para sempre, bem-amado de Ísis, bem-amado de Amonrasonter, o Grande Deus*. Não chamavam Horwennefer de *bem-amado de Ptah*. De modo algum. Ele nada tinha a ver com Ptah nem com Mênfis.

Chegara agora a vez de Horemakhet perder o sono, preocupado com a violência que alcançaria o norte de Mênfis. Dia e noite, ele se preocupava com o bem-estar do Egito, porque a revolta significava que não haveria mais comércio com a Núbia, que nenhuma mercadoria valiosa seria trazida nem do Alto Egito nem das terras do sul: nenhum ouro, nenhum marfim, nenhum incenso, nenhuma pena de avestruz, nenhuma pele de leopardo, nada mais de especiarias. O Tesouro de Filopator sofreria os efeitos disso, e se o Tesouro sofresse, a construção dos templos também sofreria. Se a construção dos templos sofresse, então os deuses não ficariam contentes. Se os deuses não ficassem felizes, o rio não se elevaria. Horemakhet sabia que se isso acontecesse, o Baixo Egito certamente se levantaria em revoltas também.

Sosibios enviou dez mil soldados para as tropas do Alto Egito em nome de Filopator para derrubar o rei Núbio e esmagar a revolução. Mas Horwennefer estava preparado. Já havia escondido seus arqueiros nos touceiros de junco e nos campos de milho de ambos os lados do rio, de modo que ninguém sabia de onde viria a próxima flecha, e nenhum homem ousou pôr o pé para fora do navio, com medo de ser abatido. O próprio rio sempre fora a auto-estrada do Egito, mas agora os gregos achavam perigoso até navegar por ele, pois os remadores se tornaram alvos sentados para os arqueiros e arremessadores de funda de Horwennefer. O exército de Filopator, que havia derrotado Antíoco em Ráfia somente 11 anos antes, não era poderoso o bastante para expulsar Horwenneffer do Alto Egito. E assim os navios de Filopator foram forçados a inverter o rumo e voltar para Mênfis.

Os oráculos previram que os macedônios recuperariam o controle de Tebas, mas não antes da morte de Filopator. A sombria previsão de Zeus-Amon foi: *Horwennefer vai manter seu domínio sobre o Alto Egito por vinte anos.*

Por causa dessa violentíssima e tão sangrenta revolução, todas as construções de templos patrocinadas por Filopator no Alto Egito foram interrompidas. *Não construiremos templos para rebeldes*, disse ele. *Não pagaremos para que nem sequer uma pedra seja assentada sobre outra pedra.* No entanto, mesmo que ele se oferecesse para construir setenta grandes templos no Alto Egito, Horwennefer teria cuspido sobre sua generosidade.

O Alto Egito, então, quase todo ele, ficou sob o domínio desse rei núbio, e parecia não haver nada que nem mesmo Horemakhet pudesse fazer, a não ser enfiar cravos em imagens de cera do inimigo e despedaçar potes com o nome de Horwennefer escrito neles ou tentar fingir que a revolta jamais acontecera.

Os boatos persistiam. O rei núbio dominava Abidos, assim diziam, ao norte de Tebas, e infligira uma humilhante derrota ao exército de Filopator. Horwennefer foi coroado rei, assim diziam, em Licópolis, a cidade do lobo.

Ah, sim, e parecia um augúrio, uma lúgubre advertência. Como se a escuridão estivesse despencando sobre Ptolomeu Filopator; como se os lobos o cercassem mais de perto: lobos com o rosto de Sosibios, de Agathocles, de Agathocléia, de Oinante e, agora, de Horwennefer — todos rosnando e de dentes arreganhados com a intenção de retalhar sua carne.

Então, até o novo rei de Meroé entrou em ação, aquele segundo Arkamani, que fora amigo de Filadelfos. Arkamani percebeu que a influência do rei Ptolomeu já não alcançava o sul mais distante e agarrou a oportunidade para estender sua autoridade para dentro do norte da baixa Núbia. Ele anexou a grande cidade fronteiriça de Elefantine ao seu reinado. Chegou mesmo a encontrar tempo e dinheiro em meio à sangrenta revolução para dar prosseguimento à obra de Filopator no templo de Arensnufis, em Filai, e no Templo de Thot, em Pselkis, como se não estivessem promovendo a guerra, mas a paz. Em todos os lugares que encontrava entalhados os 31 nomes do trono de Filopator em hieróglifos, raspava a pedra para limpá-la e mandava que fosse entalhada novamente com o nome de Arkamani. Pôs a própria imagem nas paredes no lugar da imagem de Filopator, usando a dupla coroa das Duas Terras, a Senhora dos Encantamentos e a Senhora do Medo, e Filopator sentiu apreensão quando ouviu a notícia.

Esse rei núbio era um construtor, como Seshat. Estava do lado dos deuses egípcios: fez o que um faraó deve fazer. Construir templos era o que os deuses esperavam em retribuição às graças que concediam. Até o sumo sacerdote de Ísis em Filai, um lugar que por gerações recebera bem os faraós macedônios, auxiliou o usurpador e cuspiu sobre o nome de Ptolomeu. Ah, sim. Arkamani disse consigo mesmo: *Talvez os gregos em Alexandria devessem ter sido mais amistosos conosco quando éramos jovens. Talvez eles devessem ter debochado um pouco menos por nossa espantosa negritude. Talvez devessem ter pensado melhor antes de nos ter comparado com macacos.*

Não, todo o trabalho no templo de Hórus, em Apolonópolis, foi interrompido no último ano de Ptolomeu Filopator, quando os pedreiros jogaram ao chão suas ferramentas e fugiram. As gigantescas portas duplas de cedro e bronze que haviam sido fabricadas para a entrada do primeiro pilono ficariam tombadas sobre a areia, esperando para serem afixadas, por 7.307 dias e noites.

O que Horemakhet realmente pensava disso tudo? Será que ele, bem no íntimo, não louvava a excelente e mais que excelente revolta de Horwennefer como algo que deveria dar prazer aos deuses do Egito, incluindo Ptah de Mênfis? Será que ele, privadamente, não sorria para Arkamani de Meroé, sabendo muito bem que ele daria um faraó muito melhor que Filopator? Não estaria Horemakhet trabalhando em sigilo para entregar o Baixo Egito para Horwennefer, trabalhando para pôr fim à Casa de Ptolomeu? Não, Forasteiro, absolutamente nada disso aconteceu. Horemakhet era leal ao ungido, o bem-amado de Ptah e Khonsu. Claro, lia as cartas do sumo sacerdote de Tebas, que insistia para que ele se juntasse à rebelião e abandonasse os estrangeiros, mas sua lealdade era sólida como pedra, como o grande e ainda não concluído obelisco de Elefantine, inarredável.

Tebas escreveu: *Filopator é como Seth, como Tifon, a corporificação do caos, um bêbado incurável. Quando quer beber vinho, nada o detém.*

Era verdade que Filopator se embriagava com freqüência, mas Horemakhet mandou de volta sua mensagem, dizendo: *A própria Hathor, Senhora da Embriaguez, gosta de tomar uma taça de boza e um copo de vinho vez por outra. Ficar bêbado não significa ser mau. Quando um homem está bêbado, seu coração está feliz.*

Tebas escreveu: *Filopator é o estrangeiro, o inimigo da luz. Você deve condená-lo como uma força do mal, aquele que não nos serve de absolutamente nada de útil. Você deve ajudar-nos a expulsá-lo do Egito de uma vez por todas.*

Mas Mênfis escreveu de volta: *Não lutaremos ao lado do sumo sacerdote de Amon, de Tebas, contra Sua Majestade.*

Tebas escreveu: *Não é verdade que Filopator matou o pai, como Seth matou o pai, Osíris?*

Mênfis escreveu: *Se por vezes Filopator se parece com Seth, é porque os deuses o fazem agir assim; portanto, isso tem um propósito. Os homens não devem interferir em seu destino.*

Remakhet, o mágico, conhecia o futuro bem o bastante. Nenhum homem em todo o Egito dominava com maior maestria a adivinhação. Ele enxergara o futuro numa tigela de óleo. Contemplara as chamas, o sangue respingando, a multidão tomada pela violência, o jovem à beira das lágrimas. Vira os que estavam por cima sendo derrubados. Sua última mensagem ao sumo sacerdote de Amon em Tebas sobre esse assunto foi curta: *Tenha paciência. Muito em breve os deuses haverão de cuidar de Ptolomeu Filopator.*

Ah, sim, enquanto Horemakhet argumentava com Tebas e Arkamani, juntamente com Horwennefer, rumava para o norte com a intenção de tomar Mênfis também, Filopator retornou à sua dança, aos seus rodopios sem sair do lugar, e mais uma vez começou a pensar em se unir ao coro dos eunucos.

4.18

Facas

Ptolomeu Filopator estava com 38 anos. Ainda bebia vinho no desjejum, no almoço e no jantar; muito possivelmente bem mais vinho do que poderia fazer bem a um homem. Talvez ele bebesse até morrer. Mas que melhor homenagem a Dionísio poderia ser feita? No momento, no entanto, ele vivia cada dia apenas para beber. E ainda participava de festins em excesso. Ainda se vestia como um Átis e dançava como os sacerdotes eunucos, e sua agilidade em rodopiar na dança do Gallos estava mais aprimorada que nunca, não especialmente boa, mas, mesmo assim, muito apreciada. Filopator, pelo menos, parecia um homem feliz.

Na época, Arsínoe Gama começou a tentar fazer valer seus diretos, para afastar o filho Epifanes do pai. Tentou mantê-lo junto a ela no *gynaikeion*, longe de Filopator e de seus repelentes e mais do que repelentes amigos. Orava a todos os deuses para que o filho não crescesse idêntico ao pai (não se preocupe, Forasteiro, isso não aconteceu). Mas o pai o tomou de volta e tentou mantê-lo afastado de Arsínoe Gama tanto quanto pôde, temendo que ele crescesse cheio de críticas, idêntico à mãe.

Agathocléia foi a mulher que criou esse menino, que teve o seio em sua boca todos os dias, que o amamentou e o carregou nos braços. Mas Filopator não era um pai distante e desatencioso. Deixava Epifanes montar-lhe nos ombros, fazendo-o gritar de contentamento. E mantinha-se sóbrio o bastante para lhe contar histórias sobre Dionísio e Cibele. Ensinou o filho a confiar em Agathocles de Samos e a tê-lo como amigo, bem como a gostar da gorda Agathocléia, a bela ama, considerando-a a mulher mais maravilhosa do mundo. O admirável Sosibios, agora de barbas brancas, era como o avô desse menino. A obesa Oinante, era como sua avó. Esses cortesãos eram a família de Epifanes, e Arsínoe Gama não fazia parte dela. A rainha raramente era vista em público, tão magra, agora, assim debochavam, que era como se tivesse desaparecido. Não teve voz nenhuma sobre a criação de seu filho. Não se encaixava nessa feliz família que venerava o deus do vinho e do frenesi acima de todos os demais.

De tempos em tempos, a despeito da perigosa situação mais acima no Alto Nilo, Filopator ordenaria que o embarcassem no Thalamegos, saindo então do palácio de Mênfis. Parava na cidade de Arsínoe, antigamente conhecida como Crocodilópolis, para invocar Sobek, o deus crocodilo. Filopator divertia-se alimentando os crocodilos sagrados, que eram tão domesticados que abriam as bocarras para que o tratador enfiasse nelas seu braço e catasse os pedaços de carne que ficavam presos — ou lhes passasse uma grande escova, fazendo o trabalho do pequeno pássaro que limpa os dentes dos crocodilos, perfumando sua boca de modo que o hálito do deus fosse cheiroso.

Os egípcios atribuíam ao crocodilo o dom da profecia, e Filopator gostava de indagar de Sobek sobre o que o futuro lhe reservava, sobre o término de seus problemas, o nascimento de outros filhos, ou o que quer que fosse. Na ocasião dessa visita, no ano 16, Filopator colocou o dedo na boca e assoviou, chamando os crocodilos até ele, como sempre. Mas, contrariando o hábito, eles não chegaram flutuando até onde estava o faraó, olhos reluzindo, sorridentes. Três vezes Filopator assoviou chamando o deus da morte — que deve ser tanto temido quanto reverenciado —, mas os crocodilos o ignoraram. Sobek aparentemente não queria comer da mão de Sua Majestade naquele dia; não queria abocanhar a carne de porco dada pelo Filho do Sol.

Filopator, o grande risonho, teve ímpetos de rir de nervoso. Nunca se ouviu que o Boca-Quente ignorasse o faraó, e ele ficou imóvel na beira do lago Sagrado, com os sacerdotes do crocodilo, sem saber se deveria insistir em seu chamado ou desistir de cortejar o rosto do medo.

Por que Sobek não atende aos chamados de Sua Majestade?, perguntou Filopator.

O sumo sacerdote de Crocodilópolis-Arsínoe abriu os braços. *É um mistério, Megaléios*, disse ele. *Talvez não esteja com fome hoje.* Mas Filopator sabia muito bem que os crocodilos sempre têm fome. E o sumo sacerdote de Sobek sabia muito bem o que significava quando um crocodilo se recusava a comer. Porque o crocodilo, a partir de seu enorme conhecimento, sabe quando está próxima a morte do faraó, e foi por isso que se recusou a comer a carne dada por ele. Ah, sim, o crocodilo, que deveria conduzir Filopator pela mão para a outra vida e mostrar-lhe as estradas e os caminhos do paraíso, sabia que Filopator logo seria um homem morto.

4.19

Sangue jorrando

Em seus últimos dias, quando Filopator gritava *Vamos dançar*, a corte precisava dançar, todos os homens, exatamente no mesmo rodopio ensandecido da dança do Gallos, imitando Sua Majestade. Talvez você pense que não haja mal nenhum em dançar, Forasteiro. Mas Filopator era capaz de manter seu rodopio por horas, e a nenhum homem era permitido parar antes de Sua Majestade. Imagine, então, o salão de audiências repleto de cortesãos em rodopio e vestidos como Átis, com as calças e o capuz frígios vermelhos, encorajando Sua Majestade, que gritava instruções como se fosse um diretor de corpo de dança, ao mesmo tempo não parava de rodopiar, como um fuso de fiar humano.

Se o impulso o tomava, Filopator era capaz de gritar: *Vamos todos ser mulheres.* Ah, sim, e os Primeiros Amigos do Rei, os Amigos do Rei, os Companheiros do Rei, todos os cortesãos de Alexandria, teriam de pôr de lado seu *khlamys* masculino, isto é, o manto e a túnica grega, e vestir o traje amarelo-açafrão do Gallos, usando ainda as jóias da esposa, fixando as fitas de sua mulher nos cabelos, maquiando o rosto de base branca e passando ruge nas bochechas. Ah, sim, homens adultos, o *dioiketes*, os ministros das Finanças e da Guerra, os generais, almirantes e governadores militares, o *hypomnematographos* e o *nuktistrategos*, todos deveriam demonstrar que estavam se divertindo bastante ali e rodopiar como eunucos.

O faraó diz: sorria, sorria, sorria, gritava Filopator. *O faraó diz: sejam felizes. O faraó diz: dancem para Cibele...* E eles eram obrigados a sorrir, a ser felizes e dançar. Mesmo os barbudos eruditos do Mouseion deviam usar o vestido amarelo e girar na dança do Gallos.

Certa vez Arsínoe Gama assistiu à desavergonhada exibição por entre uma fresta das portas do salão de audiências, quando o *nuktistrategos* murmurou para ela: *Ninguém no Egito tem menos autoridade do que o rei — ele abriu mão de todo o seu poder e entregou-o a Agathocles e Sosibios, ou então foram eles que o roubaram de Filopator.*

Arsínoe Gama começou a chorar. *De vergonha*, disse ela, e fugiu dali, soluçante. Mas o que poderia fazer? Não tinha o poder de demitir um ministro da coroa, a não ser que se tornasse regente do jovem Epifanes — e para isso acontecer, Filopator tinha de estar morto. Enquanto o marido vivesse, ela era impotente. Muito embora a própria mãe tivesse assassinado o primeiro marido, muito embora o irmão tivesse matado um tio e três dos próprios irmãos, Arsínoe Gama não era capaz de matar Ptolomeu Filopator. *Assassinato é perversão*, dizia para si mesma. *É totalmente contra os princípios do meu pai.*

Deliciava a Agathocles e a seus risonhos amigos terem o controle do Baixo Egito nas mãos. Parecia bom para eles deixar Filopator buscar sem cessar seus prazeres, e bom para ele permanecer confinado ao palácio meses

565

a fio. O povo de Alexandria se habituou a não ver o faraó cuidar de suas obrigações, não receber os embaixadores no porto, não inspecionar a frota, não passar as tropas em revista, não descer nem subir a cavalo a via Canopo sob uma chuva de flores e não atirar, em retribuição, tetradracmas de ouro. Agora, Sosibios ou Agathocles faziam essas coisas em nome do faraó, embora não saíssem por aí atirando dinheiro.

Já mais para o final, Filopator não conseguia se pôr de pé sem cair, e Sosibios e Agathocles haviam tomado providências para tanto, de modo que tivessem total controle sobre ele. Se a fala de Filopator estivesse engrolada, Sosibios o proibia de aparecer em público. Um homem que não é capaz de ficar de pé sozinho não pode andar pelo palácio vendo que abusos estão sendo cometidos em seu nome pelos pretensos *amigos*.

Quando Sosibios anunciava: *O rei está bêbado* ou, *Sua Majestade está de ressaca*, e presidia ele próprio o Conselho de Estado, ninguém questionava se dizia a verdade. Sabiam o que estava acontecendo. Todos os ministros haviam sido indicados por Sosibios ou por seu amigo Agathocles. Esses dois começaram a manter Sua Majestade confinado nos cômodos mais internos de seus aposentos agora, dizendo-lhe que estava doente quando não estava, dando-lhe poções que o faziam se sentir fraco. Até que, afinal, o fizeram parar de obrigar a corte a trajar vestidos amarelos e a dançar. A seguir, dispensaram o exército de anões e servos do corpo, e ele teve de se contentar com Agathocles, Agathocléia e a velha ama, Oinante. Eles dividiam entre si as tarefas de dar banho, cuidar, tratar — ou não tratavam, então — desse monarca fantasma. Contavam-lhe mentiras sobre a revolução. Começaram a trancá-lo nos seus aposentos, dizendo: *É para a sua própria segurança, Megaléios.*

Arsínoe Gama nada sabia sobre isso, pois Agathocléia a tratava exatamente da mesma maneira, mantendo-a trancada e dizendo: *É para não permitir que os revolucionários entrem, Basilissa.*

De tempos em tempos, quando ela ia escovar os cabelos de Arsínoe Gama, dizia também: *Sua Majestade parece tão doente!*

E Arsínoe Gama respondia: *Não estou doente. Nunca estive doente em toda a minha vida.*

Sua Majestade parece bastante doente, insistia Agathocléia, mostrando-lhe o rosto dela num espelho distorcido. E trazia-lhe algum remédio imundo para beber, que então a fazia se sentir realmente mal.

Por que queriam tanto manter o rei escondido? Para que pudessem pôr as mãos no ouro de seu Tesouro e sobre os impostos extorquidos no Baixo Egito. Por que queriam que a rainha estivesse doente? Para que pudessem mantê-la restrita a seus aposentos sem ver que agora Agathocles fazia tudo o que lhe desse satisfação e nada que desse satisfação ao povo de Alexandria. Ah, sim, era para que pudessem roubar de Filopator tudo que era seu — o poder, a saúde, até o reinado — para eles próprios.

Como então acabou morrendo esse rei que ninguém queria? Sempre se disse que ele morreu de causas naturais, que não foi assassinado, mas Seshat não tem tanta certeza disso. Teriam sido os danos do vinho que o teriam levado em idade tão prematura? Ou será que lhe deram veneno? O assassinato poderia ser executado sem problemas pelo sempre risonho Agathocles. Assassinar cinqüenta pessoas num único dia não perturbava seu coração nem por um momento. Ele havia sido encarregado de todas as ordens de desaparecimento por Sosibios, centenas de mortes, e jamais o sorriso se apagou de seus lábios.

No último dia de sua vida, Ptolomeu Filopator estava sozinho em seus aposentos com Agathocles de Samos. Ele dançava, como sempre, a dança do Gallos. Estava pesado, já não tão capacitado a uma atividade tão violenta. Enquanto rodopiava, estranhas visões dos deuses revoavam por seus olhos — Cibele em seu trono, Átis ao seu lado, Khonsu, o Violento, Anúbis, o Grande Cão, Ptah, o da Bela Face, Hórus, o Falcão, Sekhmet, a Leoa... Filopator girava, lutando por manter o fôlego, então tombou no chão. Era como a dança em êxtase sempre terminava ultimamente, em exaustão e desfalecimento. *Logo*, pensou Agathocles, *ele vai se pôr de pé e começar a dançar outra vez*. Mas Filopator não se ergueu. Dançava até morrer.

Foi Agathocles quem deu ao rei a faca e deixou que ele cometesse o ato por conta própria. Em sua última hora, sozinho na privacidade do quarto, em êxtase, rodopiando sem parar, Filopator teve, afinal, a faca em mãos e a lâmina relampejou. Despiu o vestido cor de açafrão, a túnica de Gallos, enquanto os pés se moviam mais depressa do que nunca. Então, fez uma pausa. Correu a faca através de sua virilha, subiu a mão esquerda em novo golpe: surgiram sangrentos seus testículos projetando-se do rodopio borrado. O grito de Filopator ressoou então, estridente e agudo, o grito fino de um eunuco, como a ululação das mulheres de luto, como o uivo de um cão. O sangue do rei jorrou sobre o mosaico de golfinhos e monstros do mar. Tendo sacrificado sua masculinidade, ele agora usaria roupas de mulher para sempre, sua homenagem final à grande mãe.

Sosibios dera sua permissão, mas os sumos sacerdotes do Egito nunca tolerariam um faraó eunuco. Ou Filopator permanecia inteiro ou devia dar lugar a um novo rei, um rei melhor e mais completo, tal como Sosibios, tal como Agathocles. Filopator morreu porque cortou fora suas partes pudendas. Sangrou até morrer.

Mas Thot diz que é inútil especular. O que queremos são os fatos. Nós dois, meu marido e eu, Thot e Seshat, deixamos escapar a verdade disso tudo. Ah, sim, o modo exato como morreu o rei, Forasteiro, é uma das coisas que o mundo esqueceu totalmente. Quer tenha bebido até morrer ou tenha sido assassinado, quer tenha morrido de febre ou de veneno, ou de uma septicemia a partir dos ferimentos que infligiu a si mesmo, Seshat não sabe. Filopator morreu. Isso não basta para você, Forasteiro? Não importa como foi. O que interessa é que a porta foi aberta por Seshat para esse grande construtor; Seshat, que deixa os mortos entrarem na outra vida. Belas trilhas lhe foram reveladas por Wepwawet, o Chacal, aquele que abre os caminhos. Sobek o conduziu pela mão pelas estradas secundárias da outra vida até o Campo dos Juncos. Filopator voou para o céu, e aqueles que sabiam disso levaram seu selo real para selar todos os documentos oficiais, como se ele ainda estivesse vivo.

Temos de manter isso em segredo, disse Agathocles para sua irmã, *ninguém pode saber...*

Por que temos de mudar seja o que for?, replicou Agathocléia. *Podemos fingir que somos o rei para sempre.* Eles eram bons em manter segredos, aqueles três, Agathocles, Agathocléia e Sosibios. Guardaram o segredo da morte de Ptolomeu Filopator por todos os dias de um ano inteiro.

Ah, sim, permaneceram fingindo que ele vivia, falsificando sua assinatura nos papiros que levavam ao tesouro, de modo a poderem roubar vastas riquezas, mantendo o segredo sobre a morte do faraó até para a rainha. Por acaso, fizeram exatamente o que Laodike fizera em relação a Antíoco Theos, exatamente o que as aias fizeram com o corpo de Berenice Syra.

Você sente o fedor de um rato, Forasteiro? Você acha que estamos contando nada mais que historinhas para você? Relaxe, Prudente, coloque toda a sua confiança em Seshat, a cronógrafa, aquela que diz a verdade.

Agathocles e a irmã compraram uma nova casa na cidade, exatamente nessa época, uma casa que valia por um palácio, e compraram dúzias de escravos núbios para servi-los. Agathocléia se mostrava em público ostentando mais jóias que Sua Majestade, e Oinante passeava pela cidade em uma carruagem de vime, sorrindo, sorrindo e acenando, como se fosse a rainha.

Não teria sido difícil adivinhar o que estava acontecendo, mas o caso é que ninguém adivinhou.

Não, nem mesmo o sumo sacerdote de Mênfis, que sabia de tudo, adivinhou que o rei estava morto. Ele estava ocupado em Mênfis, lidando com a ameaça de Horwennefer. Enviou mensagens a Alexandria sobre o problema no sul, mas foi Sosibios quem lhe escreveu a resposta, não Filopator. Não, Horemakhet passava os dias tentando impedir que a revolução de Horwennefer se espalhasse para o norte, lutando contra o inimigo do Sol. Horemakhet estava lutando uma batalha própria. Não conhecia a verdade, que o Sol estava em total eclipse.

Agathocles seria o novo Sol, brilhando em glória. Assumiria muito bem o lugar de Filopator — por algum tempo —, e ele e Sosibios iniciaram então o período mais perverso de suas carreiras.

Ah, sim, porque precisaram cortar em pedaços o rei morto, trazer as partes do cadáver para o pátio dos fundos do palácio e cozinhar a carne real, para se verem livres do corpo, em plena luz do dia. Se alguém reparou no fedor de carne humana sendo cozida, o mau cheiro de uma pira funerária, teve juízo suficiente para não fazer perguntas. Do mesmo modo que quatro ou cinco abutres podem reduzir o cadáver de um cão a nada em um quarto de uma hora, devorando até os ossos, assim também Agathocles fez desaparecer o cadáver de Filopator, reduzindo-o a nada. E então, como um abutre, esses dois procuraram pelo homem morto seguinte.

Por trezentos dias ao todo, Sosibios e Agathocles mantiveram em segredo a morte de Sua Majestade. Mas não poderiam ter esperança de esconder isso da irmã do faraó para sempre. De algum modo Arsínoe Gama escapou de Agathocléia, sua carcereira, e saiu pelo palácio perguntando: *O que eles fizeram com meu filho Epifanes? Onde está aquele inútil do meu marido, o rei?*

De algum modo, então, Arsínoe Gama descobriu que Ptolomeu Filopator estava desaparecido, havia morrido. Não derramou lágrimas por conta disso. De modo algum. Não sentiu nenhuma consternação sequer. No entanto a mesma coragem que ela havia mostrado em Ráfia retornou. Sentiu-se na obrigação de tomar o controle da situação. Estava determinada a fazer o melhor pelo Egito mais uma vez. E pensou: *O caos vai terminar, rapidamente a ordem será restabelecida.*

Dirigiu-se a Sosibios e disse: *Devemos agora nos tornar regente e guardiã de nosso filho, até que ele tenha idade suficiente para assumir sozinho o fardo do trono.* Mas essa era a única coisa que Sosibios não poderia permitir que acontecesse. Não deixaria nunca que Arsínoe Gama governasse o Egito. Não houve anúncio da morte de Filopator, nenhuma proclamação do novo rei. O segredo permaneceu segredo, e Arsínoe Gama também desapareceu. Sosibios disse a suas aias que ela havia partido para Kos, para tratar da saúde.

Ah, sim, Sosibios já havia tomado outras providências em relação à rainha.

4.20

Fumaça negra

Quando a façanha estava concluída, Agathocléia tentou se isentar, denunciando Deinon. *Foi Deinon que forneceu a nafta, o líquido inflamável*, disse ela. Suspeito que *Deinon foi o homem que pôs fogo no combustível. Vi com meus próprios olhos Deinon reunindo os ingredientes para a fogueira... Se pelo menos eu o tivesse detido... Não sou eu a culpada. Nada tive a ver com a morte da rainha.*

Agathocléia, rainha das mentiras, fora fartamente treinada por Oinante. Suas mãos estavam limpas. *Sou inocente. Não vi fumaça alguma, nem sei de fogo nenhum.*

Não, Deinon, um servo cumprindo ordens, levaria a culpa.

Mas foi Filamon quem sussurrou os bons votos no ouvido Agathocléia, dizendo: *O primeiro assassinato de uma mulher é sempre o melhor. Você nunca esquece seu primeiro assassinato.*

Filamon não tinha livre acesso à rainha. Claro que não. Homem nenhum podia pôr os pés no umbral dos aposentos das mulheres. Se a rainha tinha de morrer, isso teria de ser feito por outra mulher. Filamon foi o homem que organizou o crime, o homem que ficou vigiando e que saiu disso tudo sem nenhum castigo — ou pelo menos foi isso que ele achou.

Segundo a história oficial, Arsínoe Gama pereceu num incêndio iniciado propositalmente em seus aposentos — ou perto deles. Você poderia pensar, Forasteiro, que se foi um incêndio sério o bastante para fritar uma mulher, de modo que nada sobrou dela, alguém devia ter visto as chamas e sentido o cheiro de fumaça, ou ouvido seus gritos pedindo ajuda; que a morte dela seria do conhecimento de todos. Você também poderia pensar que, se houve fogo, alguém no palácio deveria ter corrido para tentar salvá-la. Ela tinha guardas em sua porta dia e noite. Onde estavam eles? Você poderia perguntar onde estava o famoso engenho de apagar incêndios de Ktesibios na ocasião. Por outro lado, mesmo um idiota sabe que não apenas o palácio, mas a cidade de Alexandria inteira foi construída com mármore de Paros, que o palácio do rei Ptolomeu era o prédio mais à prova de fogo do mundo. Para um prédio como esse pegar fogo seria necessário um milagre tão prodigioso quanto uma estátua derramar lágrimas de sangue ou os deuses roubarem os cabelos de uma mulher e levá-los para as estrelas — mas ninguém soube de nada a esse respeito.

E, ainda assim, a simples presença de Agathocléia significaria que algum tipo de óleo inflamável também estaria por perto. Seria muito fácil para Agathocléia, a engolidora de fogo, espalhar nafta pelos aposentos da rainha.

Dizia-se que Arsínoe Gama retornava para seus aposentos, depois de escurecer, pois ela não era de modo algum uma prisioneira, mas tinha liberdade para andar por todo lugar. Ela destrancou as portas duplas. Foi ela que acendeu as luminárias, como sempre, ela própria, pois as aias lhe haviam sido tomadas, e foi quando o lugar inteiro, que havia sido empapado de óleo inflamável em sua ausência, explodiu em chamas. Agathocléia encarregou-se de trancar as portas com a ama lá dentro, e Arsínoe Gama morreu queimada.

Qual é a verdade? Será que Agathocléia iniciou o incêndio? Será que Arsínoe Gama queimou a si mesma, imolando-se. Ela tinha boas razões para estar infeliz, boas o bastante para se matar, exceto pelo fato de os gregos acharem que o suicídio é um ato de covardia, e Arsínoe Gama estava entre as mais bravas mulheres do mundo — tenha a gentileza, Forasteiro, de recordar a atuação dela em Ráfia. O que quer que tenha acontecido, você terá de se contentar em saber que Arsínoe Gama morreu, que houve rumores sobre um incêndio e que Agathocléia foi envolvida nesses rumores, conseguindo evitar de levar a culpa — é só no momento.

Ah, sim, a rainha, Arsínoe Filopator, a bem-amada de Ísis, a grande em felicidade, a Senhora das Duas Terras, voou para o céu, e não havia Ptolomeu sobrando para governar o Egito, a não ser Epifanes, um menino de 5 anos na época. Se seu tio-avô Lisímaco, ou o tio Magas, ou o tio Alexandros ou o tio Lagos tivessem sido poupados da morte, algum deles poderia assumir o trono no lugar do menino, mas estavam mortos já fazia tempo, assassinados pelo próprio Filopator. Assim, não havia membro algum da família que agora pudesse se tornar o regente desse menino tão novo. Quem então governaria o Egito até que Epifanes se tornasse adulto?

Agathocles seria o regente. Era esse o grande plano. Agathocles seria o soberano do Alto e do Baixo Egito. O risonho Agathocles.

Agathocléia, a ama, continuaria cuidando do jovem Ptolomeu Epifanes como se nada de mais tivesse acontecido. Seu primeiro assassinato não a perturbou nem um pouco. Onde houvesse chamas, ela bateria palmas, deliciada, ao vê-las. Para Agathocléia, quanto maior era o fogo, maior era o prazer. A piromania de Agathocléia, afinal de contas, já vinha de muito tempo.

Agathocles fez de Filamon o libiarca, ou seja, o governador da Líbia, imediatamente depois, mas correu o boato de que, posteriormente, esse alto posto fora a recompensa por ele ter feito Arsínoe Gama desaparecer, ah, sim, como num truque de mágica, fazendo a rainha sumir numa nuvem de fumaça.

Seshat fala de Agathocles e Agathocléia, mas o que foi feito de Sosibios, filho de Dioskourides, nesse drama todo? Sumiu, Forasteiro, sumiu. A mais estranha de todas as coisas que aconteceram nessa época foi que entre a morte do rei e a da rainha e o término do luto por eles, o próprio admirável Sosibios desapareceu.

O que aconteceu com Sosibios? Houve boatos dizendo que ele morreu justamente nessa ocasião, e de morte natural, de uma febre. Se ele morreu de fato desse modo, foi absolutamente conveniente. Tivesse continuado vivo, teria mesmo de morrer muito em breve.

Outros aventaram que ele previu o que iria acontecer e apressou-se, rápido como o escorpião, em desaparecer do Egito. Sosibios, o dos pés alados, voou. Salvara o Egito do caos. Um homem que pode salvar o Egito pode muito bem salvar a si mesmo. Surgiria de repente em outra cidade, com nome diferente. Era esperto o bastante para trocar de pele, como a serpente, e se fazer renascer.

Outros boatos dizem que Agathocles assassinou Sosibios antes de Sosibios assassinar Agathocles, de modo que pudesse tomar o Egito para si e ficar com o poder.

Foi fácil. Como Agathocles disse à irmã: *Se Agathocles se livrar de Sosibios, poderá fazer o que bem entender. Se não remover Sosibios, terá de continuar fazendo o que lhe mandam. Se conseguirmos nos livrar de Sosibios... estaremos livres.*

Bem, então, por Zeus, vamos matá-lo... disse Agathocléia. E talvez o tenham feito.

Sosibios estava velho. Homens velhos morrem, e Sosibios morreu, mas Agathocles talvez o tenha ajudado a seguir para a outra vida. Vamos colocar palavras na boca do velho. Vamos deixar que suas últimas palavras de aconselhamento a Agathocles sejam as sábias palavras de Antíoco: *Quando as coisas forem bem, rejubile-se... e quando não forem, cabeça em pé! Observe qual padrão governa o homem.*

Em breve, de fato, Agathocles descobriria qual padrão governa o homem, e não é a sorte de nenhum homem prosperar sempre.

Sosibios gostava de dizer: *A serpente sibilante é mais eficiente que o asno que zurra.* Ele próprio era uma serpente. Agora deixara o Egito para os asnos, e o asno-chefe era Agathocles.

E, mesmo assim, esse homem dormia bem. Ainda sonhava ser o faraó. Mas o predador terá sonhos mais brutais que os de glória. Quando Agathocles sonhou que tinha dentes de vidro, seu intérprete lhe disse: *Isso significa morte súbita, porque dentes de vidro não podem mastigar a comida.* Agathocles riu-se dele. A morte era uma possibilidade remota. Impossível. Ele sabia que era um homem de sorte e que logo se tornaria imortal, o queridinho de Tiche. Mas um homem também pode ter sorte em demasia, não pode, Forasteiro?

Então, Agathocléia sonhou não que estava engolindo fogo, mas que tinha dentes como se fossem velas, e todos eles acesos, e isso significava a mesma coisa: morte súbita.

Foi assim que começou: o terrível final. Seshat alerta: *Você pode não se divertir ao ler o que aconteceu, mas se trata da verdade.*

4.21

Especiarias

Com Filopator e Arsínoe Gama mortos, e Sosibios, bem a tempo, também morto — ou removido do caminho —, Agathocles de Samos tomou o governo de Alexandria e do Baixo Egito em suas — de fato não muito capazes — mãos, e pela primeira vez não havia ninguém para lhe dar ordens, ninguém. Como ele se conduziria agora que mandava em si mesmo? De fato, Forasteiro, não muito bem, porque era um escravo a ocupar o lugar do seu amo e agora começava a mostrar-se como era de fato. Era bastante bom na arte das crueldades, muito agressivo, muito perverso, mas talvez não fosse bom o bastante na arte de governar para perdurar.

Ah, sim, Agathocles ficou adiando o anúncio da morte do rei, pensando no que deveria fazer, servindo-se à vontade do dinheiro, mas acabou adiando mais do que era prudente fazer. Se desse a notícia, teria de apresentar o corpo para provar que era verdadeira, mas o corpo havia se deteriorado tanto que ele acabara se livrando dele. O primeiro grande problema, então, foi que ele deveria anunciar a morte, mas lhe faltava o corpo; na verdade, faltavam-lhe dois corpos, e esse foi seu primeiro grande erro.

O que ele faria agora? Discutiu com Agathocléia como deveria proceder por dias e dias, mas esse homem sem muita instrução, a quem faltava o apropriado treinamento tanto para a guerra quanto para o governo, se viu, de repente, sem saber para onde ir. Fosse como fosse, precisava dar a notícia de que o rei e a rainha estavam mortos, precisava encontrar as palavras para declarar a si mesmo o guardião do jovem Ptolomeu Epifanes.

Na falta de idéia melhor, Agathocles ordenou a montagem de uma plataforma no maior dos pátios do palácio e convocou uma reunião com os soldados da guarda pessoal macedônia e os que tomavam conta do palácio, os oficiais mais graduados da infantaria e da cavalaria. Houve muita gritaria e briga entre eles, mas quando todos os homens já estavam reunidos, Agathocles se apresentou bem asseado, limpo, quase nobre, a maioria das suas tatuagens de folhas de parreira encobertas por sua longa túnica branca. Ostentava o habitual sorriso fixo e nas mãos sustentava o diadema real, a tira de tecido branco que gostaria de atar em torno da própria cabeça, torcendo-a nervosamente entre os dedos. Ele subiu na plataforma e preparou-se para falar. À sua direita, estava Sosibios, filho de Sosibios, parecendo pouco à vontade, sem sorrir, porque sabia que essa multidão ia criar muitos problemas para Agathocles. Junto a Sosibios, estava o menino Ptolomeu Epifanes, que tinha os cabelos compridos, no estilo grego, e vestia uma túnica de estilo grego. Em seus braços, carregava um filhote de leão, e Sosibios, embora preocupado, curvou-se para dar coragem à criança com palavras amigáveis.

Agora, Forasteiro, não cometa o erro de pensar que esse era o velho ministro Sosibios. O velho Sosibios teve sorte suficiente para escapar à parte seguinte dessa história, o lado sangrento. Esse homem era Sosibios, o jovem, seu filho, o Somatofilarca, ou guarda-costas do rei, que detinha o posto de zelador do selo real, embora não fosse tão jovem assim, porque, afinal de contas, já tinha pelo menos 40 anos.

O jovem Sosibios era diferente do pai, pois era um homem bom, honesto, digno, que não inspirava terror. Você pode até perguntar, Forasteiro, o que esse paradigma de virtude fazia de pé junto ao desonesto e desonrado Agathocles, parecendo apoiá-lo e aprovar o que ele fazia, e porque teria qualquer coisa a ver com Agathocles. Mas a resposta é que Agathocles o havia escolhido, o havia indicado para o posto, achando que cairia bem ter um caráter nobre a seu lado, e Sosibios, o jovem, não poderia recusar tal deferência sem que Agathocles ordenasse sua imediata execução por deslealdade. Sosibios, o jovem, estava naquela plataforma porque precisava estar: suas qualidades eram bem conhecidas. Nenhuma palavra foi sequer cochichada contra ele. Ele sobreviveria aos acontecimentos terríveis que estavam por vir com sua boa reputação intacta.

Agathocles ergueu o braço pedindo silêncio, sempre risonho, e demorou um bom tempo até que o silêncio dominasse, pois os soldados não eram exatamente amigos de Agathocles, mas o odiavam visceralmente por vários motivos, tais como atraso no pagamento dos soldos, comida abaixo dos padrões nos acampamentos e a maneira pela qual mudava suas ordens sobre o que deveriam ou não fazer, já se comportando como um verdadeiro tirano. E, é claro, porque Agathocles havia galgado extraordinárias alturas, tão alta posição, simplesmente por ser o parceiro de cama de Sua Majestade. Era bonito, sem dúvida, mais que qualquer outro homem na cidade, mas certamente não era popular.

Afinal, Agathocles começou a falar. *Macedônios*, disse ele, *povo de Alexandria, escutei boatos e vim aqui para esclarecer tudo. Tenho de lhes dizer*, e fez uma pausa, então, para acariciar os olhos, *que o que se comenta é verdadeiro. É muito triste para mim ter de lhes dizer que Sua Majestade faleceu.*

Sem dúvida, agora Agathocles conquistara a atenção da multidão, e havia silêncio total no pátio, embora não um silêncio de espanto. Filopator era bastante popular, pois fora generoso em relação à Pompa e com rações extras de vinho para a soldadesca, mas, em verdade, as tropas nunca apreciaram muito o faraó dançarino. Gostavam dele o suficiente, como as pessoas gostam do inofensivo louco que paga uma rodada de bebida de vez em quando.

Instamos todos vocês, disse Agathocles, se perguntando onde estava o lamento, *à demonstração de pesar pela perda do rei, como é apropriado aos gregos.* Alguns poucos homens resmungaram, duas ou três servas soltaram gemidos e rasgaram as roupas, exibindo um espetáculo de dor pouco sentida. Então Agathocles ergueu o braço novamente.

Tenho de dizer-lhes que Sua Majestade a rainha também morreu, falou ele, conseguindo fazer a voz entrecortar-se, como se fosse de emoção. Um rumor percorreu a multidão. As mulheres emitiram o adequado gemido grego, dessa vez sem que precisassem ser estimuladas a isso. Alguém gritou: *Onde está o corpo?* Um outro: *Traga-a aqui para fora. O que você fez com ela?*

Quando a multidão se acalmou um pouco, Agathocles disse: *Eu, neste instante, proclamo o príncipe Ptolomeu o novo rei.* Ele atou o diadema real dos macedônios na cabeça de Epifanes, de modo que a multidão teve de parar de se agitar e começou a aplaudir e a cantar a canção da aclamação do rei enquanto os Escudos de Prata carregavam Epifanes nos ombros e o conduziam numa volta pelo pátio, ovacionando, assoviando, repetindo seu nome — tudo de acordo com o tradicional costume macedônio. Mas, depois que isso estava terminado, desceram Epifanes na plataforma, com Agathocles, e os gritos foram reassumidos, ainda mais hostis: *Onde está a rainha? Traga o corpo aqui para fora...*

Agathocles berrou: *Tenho aqui as últimas vontades e o testamento do falecido rei, e isto é o que diz...* Ele desenrolou o papiro e começou a ler, um pouco devagar, como se não estivesse acostumado a ler, mas logo as primeiras palavras eram:

Nós daqui para a frente indicamos Agathocles de Samos guardião de nosso filho...

A gritaria imediatamente se tornou pior do que nunca, mas Agathocles prosseguiu na leitura, sem dar atenção:

Pedimos aos oficiais para se manterem em ordem e sustentarem o menino em seu trono...

Mas o murmúrio começou a correr, e a seguir a gritaria: *Esse testamento é uma farsa. O velho Sosíbios o escreveu... Mentiras!... Nem o rei nem a rainha estão mortos... Onde você os escondeu?*

Acreditem-me, gritou Agathocles, *aqui estão os ossos.* E ele acenou o braço, convocando seus escravos, que entraram carregando duas grandes urnas gregas de prata.

Nessa urna, disse Agathocles apontando, *estão os ossos do rei... Nessa outra... os da rainha.*

De fato, uma delas continha os ossos de Filopator, o que restara deles, mas quando a multidão exigiu aos berros que ele despejasse o conteúdo na mesa, para provar que estava dizendo a verdade, Agathocles balançou a cabeça e se recusou a fazê-lo. Então, um dos guardas, que se postara por trás dele, avançou sorrateiramente, tirou a tampa da urna que conteria os restos mortais de Arsínoe Gama e virou-a de cabeça para baixo sobre a mesa. O que caiu de dentro da urna? Uma avalanche de poeira seca de cor estranha, pois não era cinzenta, como cinzas, mas brilhantemente alaranjada. O guarda agarrou um punhado daquela coisa, levou ao nariz, cheirou e então soltou um grande rugido: *Isto não é a rainha. Não é nada senão uma jarra de especiarias.* Então o clamor contra Agathocles se tornou nada mais que vaias, gritos e o coro: *Men-ti-ro-so...men-ti-ro-so...men-ti-ro-so. .men-ti-ro-so.*

Quando mesmo as mulheres na multidão não paravam mais de gritar *Como morreu a rainha? O que você fez com o corpo dela?*, Agathocles teve de dizer alguma coisa. Ergueu o braço, então: *Aconteceu um incêndio...* falou vagamente, olhos fixos em suas sandálias, *um incêndio no palácio... A rainha pereceu, nada sobrou das chamas...*

Ninguém queria escutar detalhes sobre a morte de Filopator, mas as pessoas estavam muito, muitíssimo interessadas em saber como se dera o passamento da bela e mais do que bela Arsínoe Gama, que era muito estimada por sua generosidade para com o povo de Alexandria. Os insultos e humilhações infligidos a ela pelo irmão, ao longo de toda a vida da jovem, eram de conhecimento público, e quando souberam como havia sido trágica sua morte, os gemidos de lamentação por ela começaram a se espalhar pela cidade.

O que de fato acontecera com Arsínoe Gama lentamente se tornou claro: Agathocles devia tê-la matado e se desfeito do corpo às escondidas. Os boatos começaram a circular: o corpo da rainha fora atirado ao mar; ele o havia servido aos crocodilos. Ah, sim, foi a ausência do cadáver que causou a pior angústia, pois, se nada dela restara para queimar ou enterrar, não poderia haver um funeral piedoso, nenhuma festa pública à custa da realeza. Foi o pensamento de todos os homens, mulheres e crianças de Alexandria terem sido lesados no banquete gratuito de carne assada que causou os levantes naquela noite.

Você pode até pensar, Forasteiro, que não teria ficado acima e além da inteligência de Agathocles encontrar um cadáver, qualquer cadáver velho, e dizer: *Alas, aí está a pobre Arsínoe Gama*, de modo que deixasse tudo certo, mas você não deve esquecer que esse homem era totalmente despreparado para exercer uma posição de grande autoridade. Chegou onde chegou por causa de sua beleza divina, não por conta de sua excelência de raciocínio. Agathocles era bom de sorrir, bom em tudo que dizia respeito a prazeres da carne, bom para obedecer ordens, mas não estava acostumado a lidar com crises — e não estava habituado, acima de tudo, a pensar por conta própria, de modo que a hostilidade o perturbou. A maior parte de sua vida fora dedicada ao momento presente, assim como a do rei Ptolomeu, sem pensar muito no amanhã, alcançando o que conseguiu por conta de uma esperteza natural. Mas, naquele dia, parece que sua sagacidade o havia abandonado.

Agathocles, é claro, não era mais o belo Ganimedes que fora, mas ainda era um homem no primor da idade, ainda tão belo que se poderia pensar que Alexandria o amaria, independente do que fizesse. Mas, não, toda Alexandria agora conhecia sua crueldade. Ele tinha seus bajuladores, os sicofantas, assim como ele próprio havia sido um bajulador e um sicofanta, mas mesmo seus amigos, os pretensos amigos, começaram a perceber que aquele tirano não poderia se agarrar ao poder por muito tempo, de modo que se prepararam para passar para os planos de emergência, já calculando como o desertariam quando Agathocles, o regente, queimasse os próprios dedos, pois qualquer homem era capaz de enxergar que ele e a irmã estavam brincando com fogo — uma chama grande demais para ser mantida sob controle.

Ptolomeu Epifanes, o rei-menino, Agathocles deixou sob os ternos cuidados de Agathocléia e Oinante, instando-as, reservadamente: *Levem-no... Cuidem dele... Não o deixem morrer...*

E assim Agathocles se garantiu. Querendo muito encontrar alguém para ser punido pela morte da rainha, disse: *Tenho agora provas confiáveis de que quando o papiro vindo do velho Sosibios acerca da morte de Arsínoe Gama passou pelas mãos de Deinon, ele os leu, mas não fez nada para impedir o assassinato...*

Agathocles enxugou as lágrimas fingidas.

Deinon poderia ter contado a alguém com autoridade sobre o que estava acontecendo, disse ele. *Poderia facilmente ter detido os conspiradores e salvado a vida da rainha, mas optou por se juntar à traição. Deinon deve ser castigado por essa morte...*

Depois da morte da rainha, disse ele, esfregando os olhos, *escutei que esse Deinon estava tomado de remorso; que andava por aí dizendo que estava envergonhado do que fizera. Deinon é o culpado.*

E assim, com os guardas sendo enviados para prender Deinon, a reunião se desfez. Embora Sosibios e Agathocles estivessem por trás do assassinato, e depois Filamon e Agathocléia, foi Deinon quem acabou castigado por esse crime. Seu corpo foi pendurado na Ágora, para que os corvos se banqueteassem com sua carne ainda viva.

Em seguida, pensando em angariar a apreciação pública e adquirir plenos poderes, Agathocles ordenou que o soldo de sessenta dias fosse pago em triplo para todos os militares, fossem soldados ou marinheiros, todos os oitenta mil. O soldo de um soldado, na ocasião, era de quatro óbolos por dia. Pagamento em triplo significava 12 óbolos, num total de 96 mil óbolos, a seis óbolos por dracma, somando 16 mil dracmas em sessenta dias, divididos por seis mil para nos dar o total em talentos... Forasteiro, Agathocles distribuiu um suborno de 160 mil talentos para pagar por sua popularidade entre as tropas. Mas todo o dinheiro do Egito não teria comprado popularidade para Agathocles. Ele continuou sendo tão odiado quanto antes.

Repare, entretanto, Forasteiro, que Agathocles já se utiliza à vontade da bolsa real. Não haveria limites para seus gastos. Pela primeira vez não havia homem algum para lhe mandar parar. E agora ele achava que silenciaria toda a oposição afastando todos os homens de destaque do Egito.

Mandou Ptolemaios, filho de Agesarkos, para Roma como seu embaixador.

Mandou Tlepolemos para Pelúsia, a fortaleza de fronteira nas terras pantanosas a leste do rio, para ser *stratego*, isto é, governador militar local.

Pelops, filho de Pelops, anteriormente libiarca e *strategos* de Chipre, foi mandado para a Ásia, para pedir que Antíoco Megas mantivesse o tratado de paz que firmara com o falecido pai do jovem rei e permanecesse amigo do Egito.

Ptolemaios, outro filho do velho Sosibios, foi enviado ao rei Felipe V da Macedônia, para acertar o casamento que Filopator havia proposto entre Epifanes e sua filha, ainda pequena, e pedir ajuda. Prudentemente, Felipe quis ganhar tempo e disse que ia pensar.

Skopas, o eólio, foi para a Grécia com uma vasta soma de dinheiro, a fim de contratar mais milhares de soldados. Ah, sim, Agathocles pensava em usar essas novas tropas em qualquer guerra que pudesse irromper, mandar as forças já existentes para os fortes de fronteira e acampamentos estrangeiros, o mais distante possível de Alexandria, e preencher os lugares das tropas domésticas e da guarda do palácio com os novos mercenários. As novas tropas, assim pensava ele, de nada saberiam sobre o que acontecera no passado, de modo que haveria menos chances de que pegassem em armas contra ele. Ah, sim, ele tinha certeza de que confiariam em Agathocles como se fosse um novo começo, o glorioso futuro, e que obedeceriam a suas ordens sem sequer um murmúrio de queixa.

No início de sua regência, então, Agathocles ainda mostrou alguns sinais de eficiência, mas foram esses os últimos sinais de seu vigor, e não o começo de uma era de maravilhas. O povo foi encorajado a pensar que tudo ia melhorar agora que Agathocles estava no poder, como se ele pudesse varrer a velha desordem. Mas Agathocles não estava pensando no bem-estar de seus súditos. Pensava apenas em se ver livre de seus inimigos, os homens que o odiavam por sua crueldade no passado. Não, ele estava somente fazendo o que todo novo soberano faz — eliminar qualquer ameaça à sua estabilidade. Na verdade, não pretendia se tornar um soberano benevolente. Nada iria melhorar sob o poder de Agathocles; pelo contrário, tudo pioraria.

O velho Sosibios conhecia esse jovem dourado melhor do que a si mesmo. Sabia que Agathocles enlouqueceria, como aconteceu com Filopator, uma vez que pusesse as mãos no tesouro real. Agathocles destruiria a si mesmo, Sosibios tinha certeza disso. Em Agathocles de Samos você pode ver um tirano ordinário já pronto, Forasteiro, um homem que ordenava que aqueles que trabalhavam com os açoites fizessem hora extra.

Quando Agathocles acreditou que seus subornos haviam tirado o gume do ódio que as tropas sentiam por ele, as fez proferir o juramento que sempre se realizou nas proclamações de um novo rei, mas a ninguém foi pedido que jurasse fidelidade ao jovem Ptolomeu Epifanes. Tiveram de jurar fidelidade a Agathocles, o regente... a ele mesmo.

Então ele retomou seu costumeiro modo de fazer as coisas. Deu ao amigo Nikostratros o augusto cargo de Epistolografos, responsável por toda a correspondência oficial. Aristomenes, o arcaniano, um homem capaz e virtuoso com consideráveis habilidades políticas, foi feito Somatofilarca, ou guarda-costas real. Ele se mostraria um dos mais leais. De resto, Agathocles preencheu os cargos de Amigos do Rei com os próprios amigos — mordomos e cozinheiros, auxiliares de estrebaria e dançarinas eróticas, palhaços e ilusionistas, escravos e servos do palácio —, homens que no passado lhe haviam prestado favores, a maioria tendo se distinguido apenas pela quantidade de dinheiro que eram capazes de gastar e por quanto vinho podiam fazer descer pela garganta. Agathocles inventou novos títulos para a corte, tais como Amigo de Agathocles e Companheiro de Agathocles, e não os vendeu pelo maior lance, mas os distribuiu de graça, pensando que o resultado seria angariar lealdade daqueles a quem favorecia. Esses palhaços comeram a comida de Agathocles, beberam o vinho de Agathocles, tudo em excesso, todos os homens usando à vontade o palácio dourado de Agathocles, promovendo uma festa incessante.

Já o próprio Agathocles, o regente, se ainda não era o mandatário inconteste do Egito, pelo menos já dispunha do próprio corpo de guarda-costas, de escravos do corpo, anões do palácio, abanadores de leques na mão direita e na mão esquerda e de seu próprio par de gêmeos idênticos para cuidar de suas unhas dos pés e das mãos, como se já fosse o faraó. O poder lhe subiu à cabeça e o embriagou, porque agora ele se portava como rei e como uma réplica perfeita de Ptolomeu Filopator — mesmo com o manto púrpura e a coroa de folhas de parreira de ouro.

Tinha seu jovem parasita, isto é, seu piadista, Filon, que — assim como o famoso Sotades — jamais parava de gargalhar e cuja tarefa era garantir que Agathocles risse mesmo quando não sentisse vontade. Tinha o próprio belo copeiro despido para servir-lhe o vinho. Tinha pratos, taças e garfos de ouro, bem como peças e ossos de ouro para jogar, o urinol de ouro... enfim, tudo o que fora de Filopator e por direito devia pertencer agora ao jovem Epifanes, ele tratava como se fosse sua propriedade particular. Usava à vontade a carruagem de electro e os cavalos brancos, como se fosse um deus, deixando apenas de usar a dupla coroa das Duas Terras, pois achava que poderia esperar para usar essa jóia até ser entronado em Mênfis — *um evento que tinha certeza de que logo aconteceria*. Quando recebia os visitantes no salão de audiências, os fazia deitar de bruços e beijar o solo entre seus pés. Os únicos hábitos que não copiou do rei morto foram o de dançar e o de se vestir como mulher, assim como as tentativas de decepar os testículos. De modo algum. Agathocles estava absolutamente decidido a se manter acoplado àquela parte da sua anatomia.

E por quê? Porque ele próprio estava pensando em se casar com a irmã e fundar uma dinastia que seriam os faraós do Egito até o final dos tempos — e também porque passava a maior parte dos dias e noites fornicando. Ah, sim, ele fez Agathocléia pintar seu corpo inteiro com tinta dourada, como se estivesse na Grande Pompa, anos atrás. Nenhuma mulher estava a salvo dos avanços luxuriosos desse sátiro de ouro, nem jovens virgens, nem recém-casadas, nem mesmo velhas avós, há muito passadas da flor da idade. Agathocles de ouro, como se fosse Priapo feito de carne e osso, só estalava os dedos e apontava para aquela que ele queria que fosse a próxima, qualquer que fosse a mulher que despertasse seu capricho. Não hesitava em executar sua *aphrodisia* em público, diante da platéia formada pelos obscenos cortesãos, que ficavam gritando e aplaudindo. Não se importava com quem o estivesse assistindo bancar o garanhão, gostava de exibir seu dourado dote. Bebia em profusão, fingindo ser Dionísio, e era cercado de muito incentivo e risadas. Se tudo continuasse como estava, esse asno logo seria, como o grande Ramsés, literalmente pai de toda uma nação.

Quanto a Agathocléia, também ela própria toda pintada de ouro e vestida com pouco mais do que a touca do abutre e as sandálias de ouro de Arsínoe Filopator, reunia-se à festa, oferecendo o corpo a todos os convivas. Despejava vinho na garganta desde de manhã até a noite, exatamente como o irmão. A velha Oinante fazia o mesmo. Ptolomeu Epifanes, de 5 anos, perambulava pelo palácio agarrado ao seu filhote de leão, perguntando: *Sabe onde está minha mãe? O que eles fizeram com meu pai?* Mas eram perguntas às quais ninguém respondia.

Agathocles vivia então em permanente orgia, e talvez tenha sido o fato de descobrir finalmente que agora era livre que o tenha levado a se comportar desse modo, bem como quem sabe, como realmente aconteceu, o desejo de ir à forra por ter sido tão maltratado por Euergetes e seus cortesãos quando era o jovem Ganimedes, o copeiro. Porque se você maltrata um menino quando ele é muito jovem, é muito provável que ele vá tratar os outros do mesmo modo quando crescer. Quem, de fato, poderia recriminá-lo por isso?

O palácio, nesse período, amou a regência de Agathocles de Samos, adorou-a; a música e a dança, a bebida e o sexo nunca cessavam, e isso dia e noite por 12 meses. Já a cidade de Alexandria não amava o que estava acontecendo. De modo algum. Alexandria já odiava Agathocles. Sem dúvida, no início pareceu que ele conseguiria se tornar uma espécie de campeão do povo, tendo inclusive promovido seus amigos sem berço para altos cargos, e também parecia que ele poderia mesmo defender os direitos dos homens mais modestos. Mas, não, nem de longe. Agathocles exercia o poder exatamente como Sosibios, sem pensar minimamente no povo pobre. Não aprendeu nada com os erros de Sosibios, mas os repetiu. Ah, sim, o escravo sempre ama imitar seu senhor. Mas quanto às obrigações, Agathocles mal admitia pensar nelas: estava mais interessado em seus prazeres. E, assim, a velha raiva começou a borbulhar, e Alexandria passou a odiar ainda mais Agathocles, como se ele fosse o próprio Hades.

No entanto o que faria Alexandria acerca dessa tirania? Ninguém tinha esquecido os problemas que Agathocles e o velho Sosibios haviam trazido ao Egito com o aumento de impostos muito além do que qualquer homem suportava pagar, causando muita tensão e privações. Todos se lembravam da iniqüidade de se convocar novamente os veteranos e mandá-los marchar para a guerra em Ráfia. Mas como ninguém se apresentava para assumir a liderança da luta contra esse novo tirano, parecia mais prudente ficar calado. Ah, sim, os protestos foram morrendo, tornaram-se cochichos, pois Agathocles começou a brandir o açoite — e não, como Filopator, contra si próprio, mas contra o povo de Alexandria. Ele flagelava os infratores em público na Ágora. Utilizou-se fartamente dos espancamentos de solas dos pés, da tortura do esticamento sobre uma armação e de inúmeras outras atrocidades. Nesse meio-tempo, Alexandria aguardava para ver que novo líder poderia se levantar e salvá-los — algum corajoso gênio militar, assim esperavam, que pudesse enfrentar esse usurpador, o qual já parecia muito pior que Horwennefer no sul, alguém para pisotear seu belo rosto com botas de soldados.

Na época, havia somente uma pessoa que parecia capaz de levar a melhor sobre Agathocles, e era Tlepolemos, o homem forte que ele despachara para as fronteiras do Egito, pensando em se livrar dele. Não era segredo que Agathocles e Tlepolemos gostariam de estrangular um ao outro. Afinal, depois de muitos apelos desesperados, Tlepolemos concordou em se tornar o líder da oposição a Agathocles e à sua cruel regência.

4.22

Tlepolemos

Tlepolemos tinha origem e sua família havia chegado ao Egito através da Líkia. Era um ótimo soldado, provado no calor da refrega, embora também gostasse de se exibir no disparo de flechas, e no *gymnasion*, na luta livre e ao arremessar o dardo mais longe do que qualquer homem acreditava que fosse possível, além de vencer todas as corridas que disputava. O que mais gostava era passar a manhã praticando boxe e luta de espada com os jovens. Depois do exercício, gostava de beber com amigos, e o restante do dia seria desperdiçado em bebedeiras, se não em estupor alcoólico. Tlepolemos não era perfeito, portanto, mas apenas os deuses são perfeitos. Era melhor, talvez, para beber vinho do que para governar uma cidadela, mas tinha qualidades, assim como alguns defeitos. Prestaria ao Egito um grande serviço. Sem dúvida era melhor que Agathocles de Samos.

Enquanto Filopator estava vivo, Tlepolemos havia mantido seu nariz fora dos assuntos públicos, mas quando a morte do rei foi anunciada, Agathocles mandou chamá-lo e o manteve ocupado, acalmando o povo, e é claro que ele precisou cumprir ordens. Caso contrário, seria açoitado como qualquer outro. Então ele começou a parecer cada vez mais popular que Agathocles, mais eficiente, mais como alguém que poderia se opor a ele, e foi então que Agathocles o designou como governador militar do distrito de Pelúsia, onde não poderia causar problemas. Tlepolemos fazia tudo o que Agathocles lhe ordenava, pelo menos de início, achando que sua regência seria apenas temporária, que logo ele entregaria o poder a algum tipo de conselho que se encarregaria da guarda do menino e do governo do Egito. Mas quando se deu conta de que Agathocles rapidamente estava se livrando de todos os homens que poderiam ocupar um cargo como esse e que tudo indicava que ele tomaria nas mãos as rédeas do governo, passando a agir sem prestar contas a ninguém, sem conselho nenhum, como um tirano comum, Tlepolemos mudou seu coração muito depressa.

Sabia o perigo que estava correndo, por conta de sua longa inimizade com Agathocles, e estava plenamente ciente de que, se batessem à sua porta no meio da noite, isso significaria que seria levado prisioneiro e encarcerado, se não lhe cravassem logo uma faca nas costelas.

Tlepolemos percebia que precisava agir com presteza e reuniu forças em torno de si. Uma vez que as próprias tropas, assim como aquelas estacionadas em Alexandria, lhe enviavam mensagens de apoio, instando-o a derrubar Agathocles, ainda achava ser possível que fosse nomeado guardião do jovem rei e que lhe pedissem para governar pessoalmente o Egito.

Agathocles continuava despachando ordens, tentando fazer Tlepolemos afastar-se ainda mais, cada vez mais para longe no deserto, ou mesmo para Chipre, porque sabia que era o homem que talvez tivesse a possibilidade de derrubá-lo. Mas Tlepolemos respondeu que estava bastante contente onde já estava e se recusou a obedecer.

Escreveu, então, a Agathocles: *Prefiro retornar ao meu antigo cargo, como nuktistrategos na cidade, a ficar isolado em Chipre.*

Assim, as relações entre os dois pioraram, pois se havia algo que Agathocles nunca poderia permitir seria a volta de Tlepolemos a Alexandria.

Faça o que estou pedindo, escreveu Agathocles, *e poderá permanecer onde está. Mas se voltar para Alexandria, mandarei prendê-lo.*

Tlepolemos deu gargalhadas ao ler tais ameaças.

Como Tlepolemos cuidou da necessidade de restabelecer a ordem e esfregar a cara de Agathocles no chão? Primeiro, precisava garantir apoios, de modo que foi procurar os comandantes, taxiarcas e oficiais inferiores em Pelúsia, assegurando-se de que estavam firmemente ao seu lado, entretendo-os todas as noites com pródigos banquetes. Quando o vinho já estava correndo, Tlepolemos se punha de pé, erguia a taça e dizia: *Senhores, proponho um brinde: aos meninos que rabiscam desaforos indecentes contra Agathocles em todas as paredes de Alexandria.*

As tropas riam-se e gritavam: *Aos meninos...* Depois bebiam e batiam as taças na mesa.

Então, Tlepolemos dizia: *Proponho outro brinde: a Oinante, a tocadora de sambuca, e A Agathocléia de Samos, duas das melhores prostitutas do mundo...*

As tropas gritavam: *Às melhores prostitutas...* E viravam as taças, brindando.

Então, Tlepolemos dizia: *Gostaria de propor mais um brinde. Lembram-se do belo garoto que, já crescido, ficava andando nu em meio aos banquetes de Ptolomeu Euergetes, com todos os homens dando apertões em suas nádegas, enquanto o rei só fazia observar tudo e sorrir? Ah, sim, o garoto bonito que estava tão ávido de agradar a todos os homens nos reservados onde se bebia quando era copeiro... Vamos beber a Agathocles, o mais bem fodido prostituto de todo o Egito, o rabo mais arrombado do mundo.*

As tropas rugiam: *rabo arrombado.* E bebiam mais, ainda ovacionando Tlepolemos, sempre dando gargalhadas e berrando. E como os homens contavam tudo isso a seus amigos, os espiões escutavam, e a notícia do que estava acontecendo acabou chegando aos ouvidos do próprio Agathocles.

Ele enviou para Tlepolemos uma nova mensagem, dizendo: *Se puser os pés na cidade, vai virar desjejum dos corvos.*

A guerra foi declarada quando Agathocles acusou publicamente Tlepolemos de convidar Antíoco Megas para tomar o reino do Egito. Não era verdade, mas Agathocles sempre foi bom em mentir. Ele planejou despertar a fúria dos alexandrinos contra Tlepolemos com tais afirmações, mas tudo o que conseguiu foi pôr os alexandrinos em fúria contra si próprio. Os protestos repetidos em voz baixa contra Agathocles aumentaram de volume. *Melhor um soldado como Tlepolemos,* diziam, *melhor um homem de verdade no poder no Egito que um* knaidos *de um rei.* Tlepolemos era o homem certo para derrubar Agathocles, o único homem, e os alexandrinos estavam deliciados de ver a disputa ficar cada vez mais acirrada.

4.23

Cachorros fugitivos

As coisas começaram a ficar realmente graves quando Agathocles convocou uma segunda assembléia com as tropas de Alexandria e apareceu de novo sobre a plataforma com Agathocléia e o jovem Ptolomeu Epifanes. Vez por outra, Agathocles erguia a mão para enxugar as lágrimas, chorando desolado, como um mulher descascando cebolas. Isso porque ele de fato segurava metade de uma cebola na mão. Mas como dizem os egípcios: *Um olho chora, o outro sorri.*

De início, Agathocles fez com que acreditassem que não poderia dizer o que queria porque as lágrimas o faziam engasgar. Depois de enxugar os olhos muitas vezes na barra do manto, pegou Epifanes nos braços e fez um discurso.

Soldados da Macedônia, disse ele. Em seu leito de morte, Ptolomeu Filopator confiou este menino a minha irmã Agathocléia, para ser criado por ela. Mas somente o amor dela não pode garantir a segurança do jovem Ptolomeu Epifanes. Quero que me ajudem a lutar as batalhas de Sua Majestade em seu nome. Tlepolemos é nosso inimigo. Ele almeja se tornar rei. Sempre acreditei que Tlepolemos alimentasse tais ambições, mas agora tenho provas de que ele deseja tomar o reino do Egito. Fiquei sabendo que ele já marcou o dia em que arrebatará o diadema da cabeça de quem o usa por direito, nosso rei Ptolomeu, aqui, e o atará na própria cabeça. Mas não precisam confiar na minha palavra sobre a coroação de Tlepolemos. Tenho comigo uma testemunha confiável que chegou diretamente do acampamento do usurpador.

Ele então convocou um jovem para dar um passo à frente.

Conte ao povo, Kritolaos, disse ele. Diga o que viu em Pelúsia.

Vi com meus próprios olhos os altares sendo erguidos, afirmou esse Kritolaos, e touros tendo os chifres folheados a ouro para o sacrifício. Tudo estava sendo preparado para a coroação de Tlepolemos.

Os macedônios não deram ouvidos às mentiras e vaiaram, assoviaram e debocharam tanto que mais tarde Agathocles diria que mal sabia como havia conseguido fugir da assembléia sem ser feito em pedaços, e que as tropas pareciam a ponto de abandoná-lo e passar para o lado de Tlepolemos.

O principal fator que encorajou as tropas a mudar de lado e se vingar de Agathocles foi o fato de Tlepolemos ter tomado pessoalmente o controle do suprimento de comida que chegava rio acima até Alexandria, vindo do Sul — pelo menos daquela parte do Sul que ainda não estava nas mãos de Horwennefer. Isso equivalia a dizer que se Tlepolemos não derrubasse Agathocles logo, não haveria nada para se comer em Alexandria, exceto peixe.

Então Agathocles indignou Alexandria em geral, e Tlepolemus, em particular, mandando seus guardas ao templo de Demeter, onde vivia a sogra de Tlepolemos, Danaé, como uma espécie de sacerdotisa de meio expediente, com ordens para que a prendessem. Eles a arrastaram, seu rosto sem véu e exposto à visão pública, ao longo de toda via Canopo e a atiraram na prisão. Por que Agathocles prendeu uma senhora idosa que nada tinha feito de errado? Para demonstrar hostilidade a Tlepolemos. Essa agressão deixou o povo tão irritado que as pessoas pararam de se limitar a comentar seus problemas em voz baixa e a portas fechadas e foram para as ruas protestar, entoando insultos contra Agathocles. Demonstraram sua profunda aversão pelo tirano rabiscando slogans obscenos por toda a cidade durante a noite, de modo que, se até então Agathocles não sabia como Alexandria se sentia sobre sua esplêndida nova desordem, isso não poderia estar mais evidente para ele agora.

Não, Agathocles não podia deixar de ver o que estava acontecendo, e isso o deixou bastante nervoso. Pensou em fugir da cidade, mas para onde? Alexandria era seu lar. Nunca pusera o pé em Samos, a ilha grega que lhe dera o nome. A não ser por sua viagem de pesadelo a Ráfia, nunca estivera fora do Egito. Era um homem que vivia um dia de cada vez, como Ptolomeu Filopator. Nunca pensava muito à frente e não fizera planos inteligentes para uma fuga apressada. Não dispunha de navio ligeiro, não tinha cavalos rápidos, nem mesmo um asno de prontidão, esperando por ele para transportá-lo à segurança se as coisas se tornassem demasiadamente hostis. Mesmo que tivesse tudo preparado, ninguém o ajudaria, assim pensava, a não ser a irmã. Não, precisava permanecer onde estava e lutar. Recrutou mais agentes para trabalharem disfarçados e formulou uma lista de pessoas que deveriam ser assassinadas, muito parecido com o que todo Ptolomeu fazia no início de seu reinado, exceto pelo fato de a lista do rei se restringir à sua própria família. A grande depuração de inimigos de Agathocles começou com a detenção e o encarceramento de qualquer um que fosse suspeito de deslealdade — centenas de homens desapareceram, e espalhou-se a impressão de que Agathocles iria matar a todos.

Ficando mais desconfiado a cada hora, Agathocles chegou mesmo a acusar um de seus guarda-costas próximos, Moiragenes, de trabalhar para Tlepolemos e transmitir a ele todos os seus segredos. Ah, sim, e a maneira como Agathocles tratou o homem comprovou justamente aquilo que os alexandrinos receavam, pois Nikostratos, o secretário de Estado, arrancou Moiragenes da cama no meio da noite, levou-o à força até uma parte remota do palácio para ser interrogado e fez uso de todo tipo de esmagamento e esticamento para fazê-lo confessar.

No entanto, apesar de todo o esmagamento e esticamento, Moiragenes negou as acusações, uma vez que era inocente. No final, Nikostratos o entregou aos soldados para torturas mais severas. Despido de seu manto, das botas, de sua túnica e mesmo das roupas de baixo, ele foi colocado numa moldura de madeira, preparado, assim, para o tipo de flagelação que mata qualquer homem. Foi amarrado nu, enquanto os soldados, às gargalhadas, estalavam os açoites, e brandiam junto ao seu rosto as pinças com as quais tencionavam arrancar-lhe as unhas. Mas em meio a tudo isso, um servo correu até Nikostratos, cochichou algo em seu ouvido e saiu correndo de novo. Nikostratos saiu atrás dele sem dizer uma só palavra, dando palmadinhas na coxa, como se tivesse recebido más notícias.

Moiragenes agora se encontrava numa curiosa situação, preparado para ser esfolado vivo e conformado em comer seu jantar naquela noite com Hades, mas, sem Nikostratos para dar a ordem, seu martírio não poderia começar. Os torturadores ficaram parados, trocando olhares, se perguntando o que poderia ter acontecido, mas aguardando Nikostratos voltar a qualquer momento. Como ele não apareceu depois de uma hora ou duas, foram aos poucos indo embora, até que Moiragenes foi deixado praticamente sozinho, ainda amarrado à moldura de madeira.

A vítima, no entanto, conseguiu se soltar e atravessou correndo, ainda completamente nu, os pátios do palácio, saiu pelos portões, passou pelos guardas e, sempre correndo, alcançou a tenda onde seus amigos, os guardas macedônios, já estavam comendo o desjejum. Ele irrompeu na tenda e tombou no chão, ofegante. Tremendo de tanta agitação, pediu em meio aos soluços: *Imploro que me salvem. Imploro a vocês, salvem o rei desse tirano, Agathocles... mas, acima de tudo, imploro que salvem a si mesmos... vocês podem ser os próximos da lista a serem torturados se não fizerem alguma coisa imediatamente, enquanto todos os homens estão ávidos por se vingarem de Agathocles... Vocês logo estarão mortos se não agirem...*

Os guardas agiram, de fato: a revolução era um pensamento que vinha crescendo aos poucos dentro deles e lhes faltava apenas um homem de coragem para acender a centelha. Foi Moiragenes quem, afinal, trouxe o fogo. Emprestaram-lhe um manto e uma espada, então visitaram as demais tendas macedônias e, em seguida, dos mercenários, reunindo adeptos em quantidade por onde passavam. E então o movimento começou a se espalhar, efetivamente, como um feroz incêndio. Ah, sim, naquele dia os soldados macedônios iam abandonando Agathocles de Samos aos milhares e se declarando ao lado de Tlepolemos.

Levou apenas quatro horas para esses homens de diferentes nacionalidades, tanto soldados quanto mercenários, concordarem em derrubar o pretenso governo de Agathocles. A sorte também estava do lado deles, uma vez que ficaram sabendo que o próprio Tlepolemos estava a caminho de Alexandria. Quando os espiões contaram que Tlepolemos já estava na cidade, Agathocles, ficou tão acovardado que nem sequer se preocupou em dar ordens de emergência. Praticamente todos os seus homens haviam desertado. Não havia muito sentido em dar ordens se não havia ninguém para enviá-las. Ele, como de costume, embriagou-se.

Agathocles afundou em sua cadeira de ouro e bebeu as costumeiras cinco, seis, sete tigelas de vinho, mas sua postura era outra. O sorriso fixo sumira. Filon, o parasita, fez suas melhores piadas, como sempre, mas não havia nenhum alarido de conversas no banquete, pois todos os amigos de

Agathocles o haviam abandonado. Não havia alimentos apropriados para serem comidos, pois os cozinheiros tinham fugido. Ah, sim, até os palhaços e malabaristas se transferiram para o acampamento de Tlepolemos. Somente a gorda Agathocléia permaneceu ao lado de Agathocles, recostada no sofá de ouro, enfiando figos na boca como um autômato, olhar fixo à frente, comendo, comendo, comendo, sem dizer sequer uma palavra ao irmão, tamanha a preocupação sobre o que fazer. Agathocles também olhava para a porta fixamente, como se acreditasse que ela estava prestes a ser escancarada, assim como acreditava que estava prestes a ser preso. Filon bebia por dez homens e estava muito bêbado, de fato, quando rolou para o chão, rindo das próprias piadas, mas Agathocles tinha o rosto inerte, sem sorrir em nenhum momento, encarando o vazio. Movia-se apenas para encher a taça de vinho e esvaziá-la com um comprido gole. Bebeu, bebeu de novo, arrotou, caiu em estupor. Enquanto roncava, a revolução se espalhava.

4.24

Oinante

Numa outra parte do palácio, a velha Oinante, mãe de Agathocles, agora com cerca de 65 anos, cabelos brancos e grotescamente gorda, espiava de suas janelas, trêmula de medo. Havia passado o dia como de hábito — supostamente encarregada de cuidar do rei, mas na verdade deixando-o fazer o que bem quisesse —, estufando as bochechas com uvas e amoras, bebendo sem parar, como se pretendesse esgotar a adega de Sua Majestade. Podia escutar a multidão hostil entoando o nome de seu filho. Havia escutado os boatos e percebia que o fim chegava à Casa de Agathocles antes mesmo de esta ter se iniciado. A situação em Alexandria parecia fora da capacidade de controle de qualquer homem, quanto mais de seu filho. Oinante considerou que, mesmo que o filho fosse derrubado do trono e perdesse a vida, ela deveria fazer alguma coisa para se salvar. Havia anos desfrutava privilégios ombro a ombro com os deuses-vivos. Mas agora que sua família parecia ter caído em desgraça, entrou em pânico.

Oinante deu a Epifanes uma mensagem para ser entregue a Agathocléia. Em seguida vestiu-se com trajes de escrava e saiu para as ruas escuras, a pé, correndo, pensando em pedir abrigo no santuário de Thesmoforeion, que se erguia no lado leste de Alexandria, um pouco já fora das muralhas da cidade e não muito distante da área do palácio. Uma mulher grega não deve correr por aí, e Oinante não corria desde a época em que disputava as corridas de garotas na ilha de Samos, cinqüenta anos antes. Desde que se tornara a grande ama real de Ptolomeu Filopator, mal precisara andar — a não ser na Pompa —, pois era carregada numa liteira. Assim, quando alcançou Thesmoforeion, estava empapada de suor, e resfolegando como se fosse morrer.

O templo de Demeter Thesmoforus estava aberto para o festival anual da fertilidade, uma vez que era época do plantio. Os homens eram proibidos de entrar ali. Oinante estaria a salvo. Chorando de alívio, caiu de joelhos e, agitando bastante os braços, orou à deusa Demeter, cujos cabelos eram como o milho maduro, e Kore, sua filha, pedindo ajuda. Então se sentou junto ao altar, tentando recuperar o fôlego. As mulheres que trabalhavam no festival gostaram de ver a mãe do odiado Agathocles tão aflita e a ignoraram, mas algumas mulheres da nobreza, ainda não cientes do que estava acontecendo na cidade, se aproximaram para confortá-la e perguntaram qual era o problema.

Oinante estava mais do que furiosa, quase rosnando: *Não se aproximem de mim, bestas selvagens. Sei muito bem o quanto me odeiam. Sei que estão rezando à deusa para que as piores desgraças caiam sobre minha família, mas confio nos desígnios dos céus. Tenho fé de que ainda vou forçar vocês a comerem a carne de seus próprios filhos.*

Ela berrou com as atendentes do templo, que mantinham a ordem do festival com seus bastões: *Afastem essas mulheres, enxotem-nas... Batam nelas se não forem embora...* E as atendentes tiveram de obedecer, pois do contrário enfrentariam as conseqüências de afrontar a mãe do regente, de modo que distribuíram bastonadas. As mulheres nobres correram então, guinchando, indignadas, mas enquanto corriam ergueram as mãos à deusa e oraram: *Que Oinante seja ela própria castigada com a praga que rogou sobre nós.* E gritaram: *Que isso aconteça a você, velha medonha. Que você tenha de comer a carne de seus próprios filhos.*

Oinante desdenhou delas com um gesto e descarregou uma torrente de insultos, depois se preparou para passar a noite ali. Ela mergulhou as mãos na água das ninfas, resmungando maldições. Um pingo daquela água deveria ser o bastante para tornar qualquer mulher direita, limpa e pura, mas, como dizem: *Nem mesmo todo o oceano com suas correntezas pode limpar uma mulher pervertida.* A gorda Oinante — a mulher que estimulou seus filhos a tomar do falecido rei tudo o que ele possuía, o ouro, o reino, a vida, e que incentivou a filha a assassinar a rainha — sentou-se ali mesmo onde estava, por enquanto, a salvo.

4.25

Os seios de Agathocléia

Foi a raiva dos homens de Alexandria que iniciou a revolução, mas agora a fúria das mulheres contra o assassinato de Arsínoe Gama também estava em ponto de fervura, e elas odiavam Agathocles mais do que nunca. Pela segunda vez apenas, em 74 anos, o Farol foi deixado apagado, pois mesmo os homens encarregados de acendê-lo haviam descido para se juntar ao protesto. Os últimos alexandrinos que apoiavam Agathocles haviam se dispersado, tentando se esconder, mas agora a caçada estava em curso, com Alexandria em pé de guerra a noite inteira, tomada de berros brutais e pelo rumor de passadas apressadas, seguidas então de um estranho silêncio, tendo ao fundo o alarido da massa.

Os espaços abertos em torno do palácio, o Stadion e o Agora, estavam ocupados por multidões de pessoas do povo — comerciantes, atendentes de lojas, fabricantes de salsichas, vendedores de cebolas, peixeiros, comerciantes de escravos, escravos, mulheres, até atores do Grande Teatro de Dionísio — todos gritando em fúria contra Agathocles.

Quando a notícia do levante chegou a Agathocles, ele ainda estava deitado no sofá, estuporado, sonhando o sonho do cachorro de pintas, que significava que algo terrível lhe aconteceria. Filon o acordou para lhe entregar a mensagem de Agathocléia, que dizia: *Irmão, nossa sorte está se esvaindo. Não tenho dúvida de que eles vão saquear o palácio esta noite. Temos de nos mudar para o esconderijo. O tempo é escasso. Por favor, venha imediatamente...*

Agathocles, por fim, se reanimou, levantou-se, mas caiu de novo, bêbado demais para ficar de pé. Grunhindo, mandou Filon atrás de seus parentes, os inúteis a quem havia entregado lucrativos cargos, escravos que agora viviam como a realeza. Sem ajuda, vestiu um manto velho, enfiou na cabeça um chapéu de aba larga, cobrindo o rosto, e saiu em busca de Ptolomeu Epifanes e Agathocléia.

Agathocles ainda estava bêbado, cambaleava, mas conseguiu escurecer o rosto de Epifanes com carvões tirados do braseiro e encontrou para ele uma túnica de escravo e um manto velho. Já que Epifanes se recusava a largar seu filhote de leão, o animal teve de ir junto.

Esconda-o sob o seu manto, disse Agathocles, engrolando as palavras. *Cubra-o.*

E, segurando o jovem Rei pela mão, saiu com ele a pé, acompanhado de sua desbaratada escolta — Agathocléia, as outras irmãs, os parentes, os filhos deles e um punhado de guarda-costas, os últimos ainda leais.

O que está acontecendo?, perguntou Epifanes. *Por que tenho de me vestir com essas horríveis roupas velhas?*

É só uma brincadeira, respondeu Agathocles. *Estamos fazendo um jogo.*

Ah, sim, pensou ele, *um jogo como é a vida, que se pode perder ou ganhar, e Agathocles parece estar perdendo agora.*

Por que não vamos a cavalo?, perguntou Epifanes.

Agathocles não respondeu, pensando no que fazer, caminhando cada vez mais rápido e não muito em linha reta, de modo que Epifanes tinha de correr para acompanhá-lo.

Aonde estamos indo?, perguntou Epifanes.

Ao teatro, disse Agathocles.

Ver que peça?, perguntou o rei.

Você saberá, respondeu Agathocles, *quando chegarmos lá.*

Ah, sim, pensou ele, *A trágica morte de Agathocles, é o mais provável.* Mas estavam mesmo indo para o teatro, o grande Teatro de Dionísio, de onde se via a grande enseada perto do palácio. Quando Epifanes reclamou que já não agüentava mais andar, Agathocles ergueu-o e carregou-o nas costas. Esse homem não era totalmente privado de ternura, Forasteiro, não inteiramente tão perverso quanto Seshat pode ter feito você pensar. Ele carregou o jovem rei até a Syrinx, o Palaistra, a escola de luta livre, que ligava o palácio ao teatro. A razão de ir para lá era que se tratava de um bom esconderijo, pois tinha uma saída secreta através da qual poderiam escapar, se necessário, ou, na verdade, se possível. Arsínoe Beta o havia construído anos antes, e era uma construção sólida, com portas maciças, de modo que sua família pudesse se refugiar ali no caso de haver uma rebelião civil ou outros problemas. Agora os problemas estavam de fato acontecendo.

Agathocléia tinha a chave e os deixou entrar, e então Agathocles fez deslizar as pesadas trancas e colocou uma barra na primeira das duas portas. Ficaram embarricados atrás da terceira porta. Agathocles, que vivia sempre no momento presente e havia bebido demais, não planejara nada direito. Não trouxera luz, não havia nada para o rei ou qualquer um comer ou beber, nenhuma cadeira para se sentar, e a noite estava gélida. Sentaram-se nas pedras nuas, em silêncio, tremendo de frio. Então, Agathocles vomitou pelo chão todo.

Epifanes disse: *Quero ir para casa. Não estou gostando deste jogo. Estou com fome. Leve-me de volta ao palácio imediatamente. Este lugar fede.*

Agathocles e Agathocléia não lhe deram atenção.

Posso mandar executar você por isso, disse Epifanes.

Agathocles não disse coisa alguma, apenas pensou: *Não há dúvida de que eu já serei mesmo executado.*

A galeria, no entanto, era um lugar excelente para servir de abrigo, uma vez que as portas eram pesadas e com treliças, através das quais Agathocles talvez pudesse negociar a liberdade de seu refém real — e ninguém mais conseguiria entrar sem usar um machado.

Agathocles pelo menos se lembrara de levar consigo material para escrever, de modo que pudesse mandar uma mensagem. Sentou-se na semi-escuridão, ouvindo os gritos distantes e o mar batendo nas muralhas em torno da enseada, e escreveu uma carta:

Por meio desta, renuncio ao posto de regente, escreveu ele. *Abandono todos os meus poderes, honrarias e rendas. Peço apenas por minha pobre vida e por comida o bastante para me alimentar, de modo que possa retornar à minha original obscuridade, na qual não poderei no futuro fazer mal a ninguém, mesmo que queira...*

Enquanto isso, os alexandrinos enchiam as ruas aos milhares, de modo que não apenas a via Canopo, mas todos os telhados adjacentes e escadarias estavam apinhados de gente, tantas quanto nos dias da Pompa — homens, mulheres e até crianças, pois já era um hábito que as crianças desempenhassem um papel tão importante nas revoltas quanto os adultos, e elas eram treinadas desde pequenas para arremessar pedras e telhas — portanto, a profusão de sons desconexos prosseguiu por toda a noite.

Ao amanhecer, Oinante ainda estava sentada em Thesmoforeion. Agathocles, Agathocléia e Ptolomeu Epifanes, assim como seus parentes, ainda estavam tremendo de frio na galeria. Era difícil entender o que as multidões gritavam, mas *Tragam o rei até nós* parecia ser o que mais pediam. As tropas de Tlepolemos já estavam prontas para entrar em ação. Primeiro, controlaram o Portão das Audiências; depois, invadiram o próprio palácio, sem saquear nem queimar, sem tocar em nada, na verdade, mas procurando pelo regente. A questão deles não era com o monarca — Ptolomeu Filopator havia sido bom para a cidade —, mas com Agathocles. Era ele, Agathocles, que não havia sido bom para Alexandria. Ah, sim, e não demorou muito para os soldados perceberem onde ele estava escondido, pois contornaram a galeria e arrancaram a primeira porta de seus gonzos quase imediatamente. Então se postaram diante da segunda porta e gritaram, exigindo que Epifanes lhes fosse entregue.

Agathocles agora pensava menos em como se agarrar ao poder que em como salvar o próprio lombo. Pediu a um dos guarda-costas que levasse sua carta aos macedônios, a admissão de derrota. O homem se recusou.

598

Todos os guarda-costas de Agathocles, um por um, recusaram-se a levá-la, dizendo: *Não me atrevo... Vão me matar imediatamente... Não, meu senhor, isso não vale minha vida...* Entretanto, vezes seguidas Agathocles disse por entre os dentes: *Você vai fazer o que estou mandando... Ordeno a você que leve esta mensagem... Se você não obedecer, vai morrer imediatamente...* Todos eles balançaram a cabeça e baixaram os olhos para o chão. Agathocles estava perdendo não apenas Alexandria, mas também a autoridade.

No final, Aristomenes se apresentou como voluntário para levar a carta. Esse homem se apressara bastante em prestar homenagem a Agathocles no seu momento de sucesso. Fora o primeiro em Alexandria a presenteá-lo com uma coroa de folhas de parreira de ouro, uma grande honraria entre os gregos, em geral prestada apenas a reis. Fora também o primeiro a ousar usar o anel com o retrato de Agathocles entalhado. Sua mulher dera à luz uma filha, que ele chamara de Agathocléia. Aristomenes, portanto, era um leal — embora mal-orientado — aliado e, talvez, afinal de contas, a verdade fosse que, se Agathocles inspirou uma tal lealdade, não poderia ser nem a metade tão perverso quanto Seshat disse que ele era. Nenhum homem, talvez, seja inteiramente mau. Há algo de bom em todo mundo, Forasteiro, mesmo no homem que comete assassinato e não pode se impedir de sorrir depois. A massa de Alexandria, no entanto, havia decidido que Agathocles era inteiramente mau e que era preciso se livrar dele o mais depressa possível.

Aristomenes esgueirou-se pela portinhola secreta até a tropa macedônia levando a carta e explicou quais eram as exigências de seu amo em troca da libertação do refém. Os macedônios, é claro, puxaram a espada e caíram em cima de Aristomenes, berrando: *É um homem de Agathocles, dêem a ele a morte que merece.* Mas muitos outros homens seguraram as mãos daqueles, berrando: *Deixem-no em paz. Ele não fez nada de mau. Deixem-no viver. Deixem-no falar.*

Aristomenes disse o que tinha para dizer e levou a mensagem dos macedônios em resposta a Agathocles para a galeria. As ordens dos macedônios eram simples: *Saia com a criança... Se ousar aparecer sem a criança, vai dormir esta noite com Hades.*

Aristomenes fez uma volta em vez de seguir direto, olhando o tempo todo para trás, a fim de verificar se estava sendo seguido, e era claro que estava. Os macedônios entraram na galeria atrás dele e então começaram a arrombar a segunda porta. Agathocles e sua gente, alarmados pelo ímpeto violento dos soldados, saltaram de pé, implorando: *Suplico que poupem a minha vida... De fato, não fizemos nada de errado...* e as mulheres começaram a gemer, como se alguém já tivesse morrido.

Durante todo esse tempo, Epifanes esteve sentado num canto, no chão, agarrado com seu filhote de leão. De tempos em tempos, deixava o animal no chão e cobria o rosto com as mãos, ou as orelhas, querendo deixar de ver e de ouvir — e certamente incapaz de compreender o que estava acontecendo.

Estou com fome, disse ele. *Esta galeria fede. Tirem-me daqui.*

Ninguém lhe deu atenção.

Então Agathocles enfiou as mãos por entre a treliça da porta, dizendo: *Estávamos apenas obedecendo às ordens do velho Sosibios. O culpado é ele. Sou inocente. Vocês têm de nos deixar viver...* Teve sorte de não cortarem suas mãos ali mesmo, já que só dizia mentiras. Agathocles sabia muito bem o que estava fazendo. Não era inocente, mas culpado de múltiplas atrocidades.

Se por acaso você for uma mulher, Forasteiro, sabe que há momentos em que os seios atrapalham, são um grande inconveniente para você. Por vezes, como a própria Seshat, você deve ter desejado se livrar deles, cortá-los fora, ficar livre deles como a Amazona, tudo para melhor vergar para trás o arco na batalha. Naquela noite, Agathocléia deve ter dado graças por ser uma mulher e por ter amamentado. Naquele exato momento, sem saber o que mais poderia fazer, ela abriu seu *peplos* e meteu as ferramentas de seu ofício através da porta, de modo que eles se enfiaram pela treliça, precipitando-se para o lado de fora da galeria. Ela golpeou a madeira com os punhos, enquanto gritava e soluçava: *Estes são os seios que deram de mamar a Sua Majestade. Sou a grande ama real do rei. Não fiz nada de errado. Imploro a vocês que me deixem sair em paz.*

Sabia muito bem, é claro, da conhecida história de Fryne e Hipereides, na qual Fryne, acusada de crimes monstruosos, rasgou o vestido diante dos juízes e exibiu, nus, os reluzentes charmes de seu busto, o que bastou para se recusarem a condená-la à morte, em honra de sua extraordinária beleza.

Agathocléia sabia que Menelau havia perdoado Helena de Tróia e esquecera o adultério ao ver-lhe os seios despidos, as rosadas maçãs de seu busto.

Agora, por sua vez, a gorda Agathocléia gemia, desesperada, exibindo os seios: *Imploro a vocês que não firam a grande ama do faraó*, soluçou. *Imploro que nos deixem ir embora*. Foi uma bela interpretação — e funcionou.

Ah, sim, Agathocléia pensou que seus seios haviam lhe salvado a vida. Mas a verdade é que os macedônios se afastaram porque se distraíram com a execução de um dos auxiliares de confiança de Agathocles ali perto, querendo se juntar aos que o espancariam até a morte e depois cortariam sua cabeça e tudo mais, e por alguma razão não retornaram.

Durante todo aquele dia Agathocles e Agathocléia discutiram violentamente, muito violentamente, sem chegar a um acordo sobre o que fazer.

Irmã, disse Agathocles, *estamos perdidos. Temos de nos render... Nossa sorte se esgotou.*

Não, irmão, disse Agathocléia, *vamos esperar. Os deuses não deixarão de realizar um milagre para nos salvar.*

Agathocles riu, amargurado: *Irmã, os deuses há muito nos abandonaram. Deuses só existem nessa sua louca imaginação de mulher.*

Pelo menos, concordaram que não havia sentido em continuar brigando e decidiram entregar o menino rei às tropas macedônias de Tlepolemos. Quando não havia ninguém à vista, e sem dizer uma palavra de explicação nem de despedida, enfiaram Epifanes pela portinhola. Dois dos guarda-costas também foram empurrados para fora, para tomar conta dele, e então eles bateram a porta e a trancaram.

Epifanes disse: *O que está acontecendo? Aonde estamos indo agora?* Mas os guarda-costas não tinham respostas para a pergunta.

Agathocles e Agathocléia apuraram os ouvidos, tentando ouvir o som de botas militares chegando, mas só conseguiram ouvir as batidas da água no cais e as ondas estourando na praia. Então, esgueiraram-se pela secreta porta de trás da galeria, ainda seguidos por seus parentes. (E, sim, teria sido melhor para eles que houvessem pulado no mar e se afogado ali mesmo e sem hesitar.) Quando apareceram fora das muralhas do palácio, em Capo

Lokias, junto ao litoral, viram Ptolomeu Epifanes caminhando ao longe, um menino pequeno usando um manto imundo, que poderia ser qualquer pessoa. Quando o sol já descia, viram os guarda-costas que o levavam embora, cada qual segurando uma de suas mãos. O céu sobre Alexandria estava vermelho como sangue, como se fosse um aviso.

4.26

O *Stadion*

Os macedônios montaram Ptolomeu Epifanes no dorso de um grande cavalo branco e o conduziram pela via Canopo sob a noite cada vez mais avançada, com o menino sem saber o que lhe acontecia. Não corria perigo. Todos em Alexandria conheciam aquele rosto pálido, triangular, aqueles olhos levemente esbugalhados, os inconfundíveis cachos amarelos de um Ptolomeu, e, a despeito do estranho comportamento de seu pai, a família real permanecia muito prezada pelos alexandrinos. Mais uma vez, veja bem, Forasteiro, Ptolomeu Filopator não era inteiramente mau. Seshat defende sua reputação tão manchada. Em toda parte a multidão detinha os gritos furiosos contra Agathocles e a irmã e abria caminho para dar passagem a Sua Majestade, rompendo de imediato em caloroso aplauso.

O cavalo virou para o sul, entrou no bairro nativo, Rakhotis, passou pelo grande templo de Sarapis, em sua colina artificial, e saiu pelo portão da cidade para o Stadion. A entrada de Epifanes ali foi saudada por tumultuada ovação, por aplausos frenéticos e pela cantoria de *Pto-le-mai-os, Pto-le-mai-os, Pto-le-mai-os, mai-os, mai-os*. Os soldados o apearam do cavalo, e Sosibios, filho de Sosibios, o bom Sosibios — o guardião do selo real, tão devotado ao rei — sentou-o no trono. A princípio, parecia que esse Ptolomeu seria popular.

Epifanes passou o olhar em volta. O Stadion estava absolutamente lotado; havia cerca de vinte mil pessoas ali. Tochas faiscavam por toda parte. Uma fogueira fora acesa no meio da pista de corrida. Ele não tinha medo de multidões — já estivera antes no Stadion —, mas jamais vira uma fúria como aquela e nunca esqueceria os uivos semi-enlouquecidos de seus súditos. Os habitantes de Alexandria estavam transtornados de tanta raiva pelo fato de os culpados pela morte da mãe de Epifanes não terem sido trazidos à justiça. Continuavam a gritar *Agathocles... Agathocléia...* em estrofes e antiestrofes bem como *Entreguem-nos os dois... Nós os castigaremos...* Mas ficaram o dia inteiro cantando em vão.

O jovem Sosibios, percebendo que não havia qualquer esperança de acalmar aquele povo e que o menino estava começando a ficar assustado, prestes a cair no choro, por se achar em meio a estranhos, ergueu um megafone e pediu silêncio. Então disse: *Homens e mulheres de Alexandria, vou fazer uma pergunta ao rei, e a pergunta é: Sua Majestade vai castigar esses malvados, aqueles que praticaram o mal contra sua mãe?*

A multidão rugiu: *Agathocles... Agathocléia... Agathocles... Agathocléia...*

Sosibios ergueu o braço pedindo silêncio, e o *Shhh!...Shhh!...* ecoou por todo o Stadion.

Ptolomeu Epifanes fungou. Seu lábio tremeu. O povo fez silêncio, escutando. Não, ele não iria chorar. Heracles jamais chorou. Epifanes abriu a boca num bocejo. Então, assentiu com um gesto de cabeça.

Houve uma ensurdecedora explosão de berros, então a cantoria recomeçou com toda a força. A maior parte da multidão permaneceu sentada nos assentos, aguardando o espetáculo. Outros se levantaram para ver melhor o que estava acontecendo. Onde quer que houvesse tábuas de madeira sob os pés, eles os batiam violentamente. Todos que tinham uma vara ou uma arma qualquer golpeavam com ela o que houvesse por perto, produzindo grande barulho.

Homens e mulheres de Alexandria, disse Sosibios, filho de Sosibios no megafone, *o rei está exausto... Já passa da sua hora de dormir... Se vocês concordarem, vou levá-lo para um lugar onde poderá passar a noite em segurança. Depois traremos Agathocles e sua irmã para cá.* A multidão berrou em concordância, mais alto que nunca. E Sosibios, filho de Sosibios, conduziu Ptolomeu Epifanes gentilmente para fora dali, afastando-o do alarido e da cena que se seguiria, que só poderia ser de grande violência, uma cena de horror

603

O povo de Alexandria sempre fora bastante volátil, sempre ficava tão excitado com as corridas de carruagens que rasgava suas roupas e as jogava sobre os competidores. O Stadion era, por tradição, o lugar onde os alexandrinos manifestavam sua raiva. E agora a raiva deles estava fervendo mais que nunca.

Mas onde estavam Agathocles e Agathocléia? Por algum milagre, de fato, haviam conseguido escapar da galeria sem serem vistos. Então avançaram calmamente, atravessando a multidão, os rostos enegrecidos, irreconhecíveis, dirigindo-se à casa deles na cidade — a coisa mais estúpida que poderiam ter feito. Se ao menos tivessem tido a inteligência de ir direto para os navios e fugir de vez do Egito, porque logo um enorme número de soldados — alguns agindo por conta própria, sem ordens de Tlepolemos, outros forçados pela multidão — se pôs a caçá-los. Ah sim, a famosa turba de Alexandria começava a tomar a lei nas próprias mãos.

O que então Agathocles e Agathocléia achavam que estavam fazendo? Recordaram a história de como Arsínoe Beta conseguiu salvaguardar seu tesouro em meio à crise de Cassandréia e pensaram em fazer a mesma coisa. No entanto não possuíam exatamente as mesmas qualidades de organização da grande dama. Estavam guardando freneticamente seus pertences em caixas, pensando — tarde demais — em fugir da cidade. Não tiveram juízo bastante para deixar para trás suas riquezas e salvar a vida. Claro que não. Sem riquezas, voltariam a ser nada. Preferiam morrer a perder suas jóias, o ouro, os ornamentos refinados e todas as pedras preciosas. Precisavam levar todas essas coisas com eles para onde quer que planejassem ir, e foram seus bens, a parafernália da realeza que pesou em sua fuga e desperdiçou seu precioso tempo, que permitiu que fossem capturados. Ah, sim, porque logo a porta de Agathocles e Agathocléia foi derrubada, em meio a um rugido tumultuado, e eles foram atirados na rua, completamente despidos, com os braços amarrados às costas, como prisioneiros de guerra, e correntes de ferro em volta do pescoço e dos tornozelos.

4.27

Sparagmos

Enquanto a multidão no Stadion gritava exigindo Agathocles e sua irmã e aguardava, paciente e impaciente, que fossem trazidos, Filon, o jovem parasita de Agathocles, seu piadista, que estava presente no último festim de seus amos, entrou cambaleante na arena, embriagado demais para perceber o perigo que estava correndo ou mesmo para saber o que dizia. Quando viu o quanto as pessoas estavam agitadas, começou a gargalhar e a gritar, dizendo: *O que os está comendo, então?* Empurrou o homem mais próximo a ele e disse: *Se Agathocles aparecer aqui, vai se arrepender.*

O homem empurrou-o de volta e disse: *Eles vão comer VOCÊ*, e começou a berrar: *Este é um homem de Agathocles... Ele merece ter as tripas arrancadas.* Logo outras pessoas agarraram Filon e o derrubaram, e quando ele tentou se levantar e se defender, o homem junto a ele arrancou-lhe o manto das costas. Outros o empurraram de novo para o chão, gritando: *Esse aí é um dos amigos de Agathocles, ele merece a morte*, e enfiaram suas lanças no corpo dele, perfurando-o vezes seguidas. Filon ainda respirava e ainda ria quando o arremessaram no meio do Stadion e ele caiu na areia. Filon vivera pelo riso e morrera rindo. Foi a primeira vez naquela noite que os alexandrinos provaram o gosto de sangue.

A multidão que viu Agathocles de Samos ser arrastado — acorrentado, descendo a via Canopo amarrado à ponta de uma corda, tropeçando, tentando se equilibrar de pé, tombando e a seguir se levantando de novo — estava, em sua maioria, em silêncio: alguns silvaram para ele, outros jogaram pedras. Agathocles não vestia nada, exceto as tatuagens de folhas de parreira que cobriam seu corpo. Nessa sua última procissão não estava pintado de tinta dourada, e o forçaram a andar. Ao atravessar o bairro nativo, as pessoas atiraram o que tinham em suas carroças puxadas a burro, todos os tipos de imundície, entoando insultos, exigindo seu sangue.

Agathocles entrou no Stadion sob silvos e vaias de todos os lados. Então, os rosnados e os assovios reiniciaram. Mas Agathocles era um homem de sorte. Logo que apareceu, os homens de Tlepolemos correram para ele e enfiaram as adagas em sua barriga. Foi mais um ato de misericórdia que de ódio, salvando-o de um destino pior, como seria o de sua irmã. Agathocles caiu de joelhos, agarrando a barriga enquanto seu negro sangue vital escorria de dentro dele.

A seguir, foi trazida Agathocléia, montada no dorso de um cavalo, porque suas pernas haviam sucumbido. Era seguida por seus parentes, todos acorrentados juntos, todos os inúteis que ela havia tornado generais, almirantes, aias, e o grito era: *Matem-na... Matem todos... Matem, matem, matem...*

Enquanto os captores de Agathocléia discutiam de que maneira ela merecia ser morta, a multidão berrava: *Arranquem os olhos dela... Cortem sua língua... Enforquem-na... e Retalhem-na...* Quando arrancaram Agathocléia do cavalo, ela recuperou as forças, conseguiu se soltar e ajoelhou-se na areia junto ao irmão, as lágrimas escorrendo dos olhos. Deve ter escutado suas últimas palavras antes de morrer, recolhido o último suspiro, do irmão que fora muito mais seu marido, e a multidão se conteve, esforçando-se por escutar quais seriam as últimas palavras que seu bravo tirano pronunciaria nos instantes finais.

Os olhos de Agathocles estavam se embaçando, mas ela beijou seus lábios perfeitamente cinzelados. Beijou-lhe a testa que sangrava. Beijou-lhe os sangrentos ferimentos.

Vamos voar... para o céu... nas asas de Thot... Agathocléia, disse ele.

Estamos terminados, irmão... disse ela, soluçando e apertando a sangrenta mão dele.

Vamos nos... reencontrar... no Campo... dos Juncos... depois de tudo, disse ele.

Agathocléia acariciou sua face sangrenta.

Eu... imploro a você... irmã, tentou dizer ele...

Não tente falar, irmão, disse Agathocléia.

Não... eu lhe imploro... deixe os cães... e... os... pássaros... comerem... mas então o próprio Tlepolemos veio até eles, os olhos irados, empurrou

Agathocléia de lado e enfiou a faca na garganta de Agathocles até o cabo. Ah, sim, o sangue jorrou de sua boca, seus olhos ficaram fixos, sem enxergar, e seu corpo amoleceu.

Por último chegou Oinante. Não se atreveram a retalhar a velha no Thesmofereion, temendo que um ato desses fizesse os deuses mandarem uma maldição contra a cidade como castigo pela violação do lugar sagrado. Não, cuidariam dela com toda a propriedade no Stadion, em público, e iriam fazê-la esperar, fazê-la sofrer. Arrastaram-na do seu lugar no santuário, rasgaram-lhe as roupas e conduziram-na no lombo de um cavalo, com a multidão que a via passar rugindo contra ela, exigindo seu sangue. Oinante gritava com voz estridente suas preces de desespero para Artêmis, para Demeter, para Apolo, para Zeus, o Salvador. Mas Zeus parecia não estar com pressa de salvá-la. Permitiu que a medonha Oinante tivesse um destino horrível. No início ela gritava como se fosse uma ave de rapina, mas depois ficou em silêncio, tremendo de pavor, certa agora de que os deuses haviam parado de ouvi-la.

Alguns dizem que Agathocléia e Oinante foram crucificadas pelo assassinato de Arsínoe Gama, mas, não, o destino dessas mulheres foi pior que a crucificação, muito pior. Ah, sim, porque o bom povo de Alexandria começou a surrar Agathocléia com as mãos, e mordê-la com os dentes, e furá-la com facas de cozinha, e cortar tiras de sua carne, e arrancar-lhe os olhos com as unhas, e continuaram despedaçando o seu corpo, arrancando membro a membro, como uma criança arranca as asas de uma mariposa. Ah, sim, como a mariposa, é uma boa comparação. Agathocles e Agathocléia haviam voado próximos demais à chama.

Se você tiver essa extrema gentileza, Forasteiro, pense num tempo em que teria comido uma galinha assada com as mãos nuas. Você precisaria arrancar a perna do corpo, precisaria destacar as asas do peito. A carne suculenta resiste, depois se solta da articulação com um ruído abafado de sugação, não é assim? Foi isso que o bom povo de Alexandria fez com Agathocléia e com Oinante, a mãe, e todos os seus parentes. Despedaçaram-nos, arrancaram suas pernas e braços, crus, ainda vivos.

As últimas palavras da bela Agathocléia nada mais foram que gritos. Nem sua divina aparência, nem seus belos seios a salvaram dessa vez. O jovem Ptolomeu Epifanes nunca recompensaria a grande ama real pelo bom leite. Ela não receberia agradecimentos dele pelos adoráveis seios. Ele não pensaria em Agathocléia em sua idade madura como uma bondosa lembrança. Os famosos seios de Agathocléia viraram carne para cachorros famintos.

Tal foi o fim de uma mulher que se deliciou por assassinar a rainha do Egito, a Senhora das Duas Terras, a rainha da felicidade.

Apesar de todos os gritos de Oinante, protestando que seus seios haviam estado na boca do falecido rei por mil dias e noites, o povo tentou arrancar as pernas da velha do mesmo modo como uma criança às vezes arranca as patas de um nojento inseto. Mas Oinante era forte, tinha cartilagens rijas, não era tão fácil fazê-la em pedaços. Ah, sim, eles foram forçados a fazer um cabo-de-guerra com seu corpo e depois amarraram cordas em seus braços e pernas e literalmente a fizeram em pedaços. Então se lançaram sobre ela com dentes, *como se a velha Oinante fosse uma bisteca malpassada*. Esses antigos servos, que haviam roubado de seus senhores até o último jarro de azeitonas em conserva, aprenderam o quanto a fúria dos alexandrinos, uma vez despertada, era terrível.

Seshat assegura a você que todas as palavras aqui são verdadeiras. Mas, VEJA! Como isso foi tão semelhante ao *sparagmos*, o velho ritual do *Fazer em Pedaços*, no qual os devotos de Dionísio rasgam carne crua em tiras e a devoram, com o sangue ainda quente escorrendo de seus queixos. E será que os alexandrinos *comeram* a carne de Agathocles e de Agathocléia, a carne crua, seguindo o costume dionisíaco do *sparagmos*? E não foi um desejo expresso pela velha Oinante que as mulheres no Thesmoforeion *provassem da carne dos próprios filhos*? Como essas mulheres poderiam deixar de, em retaliação, lhe desejar também o pior? Ah, sim, então a carne dos próprios filhos de Oinanthe foi enfiada em sua boca, e sua própria carne, na boca daquelas mulheres, que a comeram crua, sim, de fato, como se suas horrendas palavras houvessem profetizado seu fim. Acima de todo o tumulto de gritos da multidão naquela noite, elevaram-se, então, os berros moribundos de Oinante, a grande mãe, que viu os próprios filhos serem retalhados diante de seus olhos e foi forçada a comer a carne deles, seus gemidos terríveis abafando todos os demais sons no Stadion, como os melhores cantores no Teatro de Dionísio, mais agudos, é verdade, do que a nota mais alta de sua própria sambuca, até que foram interrompidos por Tlepolemos, por um último golpe de sua faca enfiando-se na garganta dela, de modo que o resto foi nada, exceto um gorgolejar.

Ah, sim, não devemos nos esquecer, Forasteiro, de que Dionísio não era o somente o portador da bênção, o deus do vinho e da alegria, mas também o deus do frenesi. Ele também foi o deus perseguido, que sofre e morre, bem como Ptolomeu Filopator foi perseguido, sofreu e morreu. Filopator que era o próprio Dionísio. Todos os que Dionísio ama, todos os que o servem necessariamente compartilham de seu destino trágico, de sua morte dramática. Agathocles também havia se colocado no papel de Dionísio, despido a não ser por um par de botas de caça. Agathocles e Agathocléia, que fizeram parte do séquito embriagado de Dionísio, também deveriam morrer.

Os cabelos de um homem que teve morte violenta são um ingrediente de muitos feitiços gregos.

Os dentes caninos de corpos insepultos servem como um talismã útil contra dor de dentes.

As costas da mão esquerda de um homem morto deverá curar todas as infecções da garganta e todas as modalidades de lesões de escrófula.

Claro, atiraram a genitália decepada de Agathocles, o castrador de cavalos e enforcador de cachorros, aos cães, que a devoraram, e você, Forasteiro, pode ver tal coisa como uma vingança de Anúbis, se quiser, mas não restou muito de Agathocles de Samos para os cães quando o povo de Alexandria terminou com ele.

E foi dessa maneira desventurada que o sedutor Agathocles, que chegou a *dioiketes*, isto é, a primeiro-ministro do Egito, que foi Ganimedes, o copeiro do faraó, encontrou a morte. Ele era apenas um pouco mais velho que o falecido rei Ptolomeu Filopator, cerca de 39 anos, e não deixou prole.

4.28

O *libiarca*

Quanto a Filamon, o libiarca, o homem encarregado do assassinato da rainha, ele deveria ter ficado onde estava, na Líbia. Talvez tenha pensado em aderir a Tlepolemos e ajudar a derrubar Agathocles. Talvez simplesmente tenha achado a Líbia quente demais. Qualquer que tenha sido a razão, ele retornou a Alexandria bem nessa época, e isso foi um erro grave, já que uma dúzia de belas e jovens aias de Arsínoe Gama, sua falecida companheira tão próxima, escutaram a respeito e se reuniram, dizendo: *Como podemos deixar o assassinato de Sua Majestade ficar impune? Como podemos ficar paradas, costurando, enquanto o homem que matou a bela Arsínoe vive e respira?*

Nas horas mortas da noite, essas bem-nascidas e nobres aias foram à casa de Filamon com machados e derrubaram a porta. Essas aristocratas, bem-treinadas nas artes da autodefesa, arrancaram Filamon da cama e o atiraram na rua, onde se lançaram sobre ele, cortando-o em pedaços, transformando-o em ração para cães. Seu jovem filho, estrangularam-no com as mãos nuas. Essas belas e excepcionalmente belas mulheres macedônias, cujas vidas até então haviam sido devotadas a nada mais violento que tocar a lira e fiar tecidos púrpura, agora arrastavam a esposa de Filamon, nua e berrando, para o Ágora, onde a surraram com bastões até a morte.

4.29

Harpocrates

Do caos surgiu uma nova ordem. No final, Horemakhet, sumo sacerdote de Ptah, chegou a Alexandria para cumprir sua tarefa perante o rei, lamentando toda a violência e o sangue derramado.

Por que demorou tanto a vir?, perguntou-lhe Epifanes. *Onde andou o senhor, Excelência?*

Mas Horemakhet disse apenas: *Estou aqui agora, Megaléios, e tudo ficará bem agora com Sua Majestade.* Embora nem tudo estivesse tão bem assim, já que o Alto Egito ainda estava sob o controle de Horwennefer.

Esse Ptolomeu era o quinto. Horemakhet cuidou para que lhe fosse dado um título grego, Epifanes, que significa manifestação divina. Referia-se a duas estrelas, ou cometas, que apareceram mais ou menos nessa época. Epifanes era o novo cometa, que deixaria um novo rastro de centelhas através dos céus. Horemakhet deu-lhe um segundo título, para garantir, *Eucaristos*, que significa abençoado. Estes títulos que escapavam com tanta facilidade da língua dos gregos eram boas traduções gregas dos hieróglifos, pois o equivalente em egípcio de Epifanes é *aquele que surge*, e Eucaristos significa *o generoso* e *senhor das belezas* ou, ainda, *aquele cujo dom é a beleza*. Os títulos de Epifanes soavam muito bem aos ouvidos egípcios. E soavam bem aos gregos também, porque, por acaso, Dionísio também era o deus da epifania, o deus do surgimento. Tal foi a excelente e mais que excelente obra de Horemakhet.

Quanto a esse insano Dionísio, você talvez ache que os macedônios tiveram juízo o bastante para abandonar sem demora o culto a esse deus, à vista dos brutais acontecimentos no Stadion. Mas, não, não o fizeram, é claro. Os homens não conseguem simplesmente se decidir a abolir um deus apenas porque não apreciam seu caráter. O culto a Dionísio não era algo que se podia descartar por um impulso. De modo algum. Mesmo no final da linhagem dos Ptolomeu, seis gerações mais tarde, Dionísio ainda desfrutaria seu zeloso culto, uma vez que a verdade é que adoravam cultuá-lo: amavam Dionísio mais que a qualquer outro deus — ele era o deus da *bebida*. Os macedônios não conseguiam deixá-lo, assim como não conseguiam abandonar o vinho. Forasteiro, o mundo ainda estará cultuando esse sedutor e prazeroso deus em seus dias e rasgando em pedaços o mundo sob sua violenta influência, embora, sem dúvida, já então terão praticamente esquecido seu nome, assim como sem dúvida terão esquecido o nome de Seshat.

Horemakhet tinha esperança em Ptolomeu Epifanes, grandes esperanças. Era ele o primeiro Ptolomeu nascido de um casamento entre irmão e irmã, e isso fazia a família real macedônia parecer mais um reflexo dos deuses egípcios, Ísis e Osíris, o irmão e a irmã cujo filho era Hórus. Epifanes *era* o Hórus, e isso era bom.

O jovem Ptolomeu Epifanes acompanhou o cortejo fúnebre do pai. Carregava a urna grega de prata que continha as cinzas dele. Não hesitava nos passos. Não chorava. Horemakhet lhe havia ensinado a morder os lábios e a não pensar no que estava acontecendo. Não foi difícil. Na época, Epifanes não tinha muita compreensão do que era a morte. Para ele tratava-se de comer o pudim de ervilhas, a iguaria funerária dos gregos, ¡elo pai morto. E pelo menos — finalmente — os alexandrinos ganharam seu banquete funerário de carne assada e estavam um pouco mais felizes que antes. Quanto a Arsínoe Gama, Epifanes carregou a urna de prata vazia até o túmulo de Alexandre com o nome da rainha inscrito nela, como preparação para o dia em que os seus restos mortais pudessem ser encontrados.

Os egípcios proclamaram Epifanes rei do Alto e do Baixo Egito em Mênfis e em Alexandria aos 5 anos, mas não poderiam coroá-lo até a Cerimônia de Chegada à Idade, cerca de nove anos mais tarde, quando estaria com 14 anos.

Quando chegasse a hora de lhe encontrar uma esposa, não haveria irmã com quem casá-lo, e talvez fosse melhor assim. Horemakhet havia planejado para ele um casamento estrangeiro, com Cleópatra, filha de Antíoco Megas, da Síria, e ela seria a primeira de sete Cleópatras na Casa de Ptolomeu. Talvez você já tenha escutado esse nome.

Horemakhet pensava no dia em que coroaria Ptolomeu Epifanes com a dupla coroa do Egito. Ele sustentaria as asas do falcão sobre a cabeça. E teria pendente a asa do abutre sobre o cenho. Como se numa antecipação, convenceu Epifanes a raspar a cabeça, já então deixando apenas o cacho de Hórus, como um verdadeiro faraó egípcio nativo.

Dali para frente, Ptolomeu Epifanes, então com 6 anos, *era* Harpocrates, o Hórus-Criança, com o dedo enfiado na boca, e tudo isso combinava bem, muitíssimo bem. *Talvez*, pensou Horemakhet, o *Egito pudesse encontrar em si como amar esse faraó, que era uma criança, mesmo não tendo chegado de fato a amar o pai dele.*

Até então, longe de a Casa de Ptolomeu desfrutar uma chuva de ouro concedida por Zeus, parecia que Zeus havia *urinado* sobre os descendentes de Ptolomeu Soter. Agora, no entanto, tinham a oportunidade de ouro de um novo recomeço. Ah, sim, Horemakhet, o grandioso, aquele que conhecia os mistérios, que proclamava o que havia sido esquecido, que se lembrava tanto do momento fugaz quanto do final dos tempos e podia relatar o que acontece durante as horas de trevas, tinha enormes esperanças em relação ao novo Hórus.

4.30

A Senhora dos Hieróglifos

Seshat gostaria de falar dos romanos agora. Daria equilíbrio ao seu livro se houvesse romanos no meio e romanos no final. Porque tanto Agathocles de Samos como o povo de Alexandria haviam mandado delegações para Roma, requerendo que protegessem o órfão Ptolomeu Epifanes e resguardassem seu reino. A razão para isso era opor-se ao pacto firmado entre o rei Felipe V da Macedônia e Antíoco Megas, rei da Síria, que haviam combinado dividir o Egito entre si.

Os romanos receberam bem a delegação. Esperavam por uma oportunidade para entrar em guerra contra o rei Felipe. E mais ainda para tomar o Egito para si próprios. Embaixadores foram diligentemente enviados para a Síria e para a Macedônia com o objetivo de dizer a Antíoco e Felipe para que mantivessem as malignas mãos afastadas das Duas Terras, assim como Marcus Aemilius Lepidus foi diligentemente enviado para administrar a Alexandria e todo o Egito como guardião de Ptolomeu Epifanes.

Sabemos bastante acerca desse Marcus Aemilius Lepidus, Forasteiro, o mais jovem dos três *legati*. Tinha cerca de 29 anos quando pôs as botas sobre o solo egípcio, repleto de uma orgulhosa auto-suficiência, por ser o mais belo homem romano de seus dias. Já era um senador, no começo de uma brilhante carreira que o faria duas vezes cônsul de Roma, Censor, *Pontifex Maximus* e *Prínceps Senatus*. Era o homem que construiria a famosa via Aemilia, que ia de Placentia a Ariminum. A versão oficial foi que ele fora enviado para informar Ptolomeu Epifanes sobre a vitória de Roma sobre Cartago e para lhe prestar os agradecimentos de Roma por ter se mantido leal num momento de dificuldades, uma vez que todos os demais aliados de Roma a haviam abandonado.

Sabemos exatamente quem veio para o Egito com Marcus Aemilius Lepidus: Gaius Claudius Nero e Publius Sempronius Tuditanus, dois distintos senadores, bons em exibirem sorrisos, homens duros, com um aperto de mãos como se fosse garras de aço, mas não tão bons em sorrirem com os olhos.

Sabemos também que Marcus Aemilius Lepidus foi indicado *Tutor Regis*, isto é, guardião do rei. Alguns chegaram mesmo a dizer que foi o próprio Ptolomeu Filopator, em suas últimas palavras, que pediu que se colocasse seu filho sob a guarda de Roma e de Marcus Aemilius Lepidus, como uma coisa muitíssimo melhor que se sua irmã, que desaprovava tudo o que ele fazia, colocasse as mãos na regência.

Há somente uma coisa errada com este límpido final do livro de Seshat, Forasteiro, e é isso: uma delegação romana pode até ter visitado o Egito por essa época, mas você não encontrará nenhum homem honesto que aceite que Marcus Aemilius Lepidus tenha sido também o guardião, ou tutor, de Ptolomeu Epifanes. Simplesmente isso não aconteceu. Todos os estudiosos em cronologia concordam que o Egito não ficou sob a proteção romana nessa época, mas que permaneceu independente. Seshat, a divina cronóloga e cronógrafa, concorda com eles. Trata-se de uma dessas histórias tolas, evidentemente falsificadas, que deveriam ter sido riscadas das páginas da história. Nem pense em acreditar nela.

Ah, sim, nunca somos cuidadosos o bastante com o passado, Forasteiro. Mas você pode ter certeza de que Seshat é a mais cuidadosa, aquela que contabiliza os dias, que jura dizer a verdade. Você não tem idéia de como é difícil ser a deusa da história e sempre contar a história autêntica a partir de fiapos de vestígios, se tanto, para nos basear, e nunca mostrar desânimo, sempre tendo de mostrar-se bela, *sempre precisando contar a verdade*. É como estar morta, exceto que nunca se morre, que se vive para sempre, no meu caso. Seshat não faz negócios com a mentira. Mesmo para os gregos, contar mentiras sobre os mortos é um dos mais graves crimes que se pode cometer.

No Egito, há homens que surgirão da tempestade de areia e dirão coisas sem sentido como: *O homem teme o tempo, mas o tempo teme as pirâmides.* Mas eu digo a você: *O tempo deveria temer Seshat, a Genuína, que já era antiga eras antes de Khufu — ou Quéops — sonhar em construir sua absurda pirâmide.* Você deveria entender, Forasteiro, que foi a própria Seshat quem desenhou a planta-baixa desse portentoso monumento. É por isso que você, mesmo aí em seus dias, ainda pode se maravilhar, Forasteiro, com a acuidade da orientação piramidal: é a dádiva da deusa Seshat, Senhora dos Construtores, que lá estava esticando o fio, quando nada existia, no lugar que você teima em chamar de Gizé, a não ser a areia soprada pelo vento.

As pirâmides não são a única coisa a ser vista no Egito, Forasteiro. Quando a tempestade de areia passar, olhe à sua volta. Não deixe de visitar os templos construídos por Ptolomeu. Pronuncie o nome dele, por favor, e pode, de fato, ser Ptolomeu, *aquele da vida eterna.* Mas pense também nos deuses que inspiraram a obra, tais como Thot, tais como Seshat. O homem deve temer Thot, que registra o veredicto, não o tempo. O homem deve temer Seshat, Senhora dos Hieróglifos, que é mais velha do que o tempo, Seshat, que controla o dia da sua morte. Ah, sim, temam Seshat, que estava presente no início, que estará presente no final, sempre contando os dias, sempre anotando tudo para você. Nisso, você pode confiar, meu Amigo.

Glossário

Afrodite: Na mitologia grega antiga, deusa do amor, da beleza, da fertilidade; os gregos a cultuavam como a mesma entidade que Hathor, deusa egípcia; em Roma, ganhou o nome de Vênus.

Agathos Daimon: Grego, o Bom Espírito, a divinizada serpente do lar de Alexandria, que transmite sorte; às vezes personificada como Thermouthis.

Ágora: Grego, mercado público.

Amictia: Latim, amizade, aliança.

Ammut: Egípcio, um monstro composto de parte hipopótamo, parte crocodilo, parte leão; devorador dos mortos.

Amon: Senhor dos Tronos das Duas Terras, supremo deus dos egípcios.

Amonrasonter: Grego, nome para Amon (como rei dos Deuses), que nos tempos ptolomaicos equivalia diretamente a Zeus.

Anúbis: Egípcio, deus dos Mortos, representado como um chacal ou um homem com cabeça de chacal.

Ápis: Egípcio, o touro sagrado de Mênfis; a imagem viva de Ptah; conhecido pelos gregos como Ápis ou Epafos, e pelos egípcios como Hap.

Apolo: Grego, deus da música, da profecia, da cura, da medicina, e do arco-e-flecha.

Apolonópolis: cidade entre Luxor e Aswan, ainda dominada por seu templo; a moderna Edfu.

Arensnufis: Deus de Meroé, representado na forma humana com uma coroa emplumada.

Ares: Deus grego da guerra; Marte, para os romanos.

Arquegalo: Grego, sacerdote-chefe de Cibele.

Ártemis: Deusa grega da fertilidade, protetora das mulheres durante o parto, a caçadora virgem, filha de Zeus.

Asclépios: Deus grego da Saúde; em Roma: Esculápio.

Ataraxia: Grego, serenidade, impassibilidade, equilíbrio espiritual.

Atenas, Atená: Deusa grega da guerra, virgem patrona das artes e dos ofícios; personificação da sabedoria; em Roma, Minerva.

Átis: Uma deidade frígia, o jovem amante de Cibele, e protótipo de seus devotos eunucos, os *Galloi*.

Aton: Deus grego do Sol e criador do Universo; Senhor de Heliópolis.

Bá: Egípcio, a parte espiritual da pessoa que sobrevive à sua morte, preserva sua individualidade e é capaz de vagar pelo mundo. O Bá é com freqüência representado como um pássaro com uma cabeça humana.

Basileus: Grego, título grosseiramente equivalente a *rei*.

Basilissa: Grego, título grosseiramente equivalente a *rainha*.

Chendjyt: Egípcio, a tanga plissada do faraó.

Cibele: Deusa frígia da fertilidade, a Grande Mãe, associada ao seu amante, Átis.

Cúbito: Medida grega equivalente a algo entre 45 e 50 centímetros.

Decadracma: Moeda grega de dez dracmas.

Demeter: deusa grega do milho; com Zeus, teve a filha Perséfone. Eram conhecidas como "as Duas Deusas". Seu festival mais importante era a Thesmoforia.

Dexiosis: Grego, aperto de mão.

Dioiketes: Grego, administrador-chefe de Ptolomeu, no Egito; Primeiro-Ministro, Vizir e Ministro das Finanças.

Dionísio: Deus grego das vinhas e do vinho; deus do frenesi; em Roma: Baco.

Dodedracma: Grego, moeda de doze dracmas.

Dracma: Moeda grega equivalente a seis óbolos; 6 mil dracmas fazem um *talento*. Também uma medida de peso: 1 dracma = 4,36 gramas.

Epifanes: Grego, título significando Deus Manifesto, ou Manifestação da Luz Divina.

Eros: deus grego do amor e da fertilidade; filho de Afrodite. Cupido.

Estádio: Grego, equivalente a cerca de 183 metros; também é o nome da pista de corrida grega e a corrida a pé, que percorria uma extensão do Stadion (Estádio).

Euergetes: Grego, título significando Benfeitor.

Falange: Grego, a formação de infantaria pesada na batalha, consistindo em 4.096 homens.

Farol: Grego: o grande Farol de Alexandria, cuja construção foi iniciada por Ptolomeu Soter.

Festival de Sed (ou Heb-Sed): Egípcio, ritual de renovação e regeneração, celebrado pelo faraó depois de trinta anos de reinado.

Filadelfos: Grego, título que significa Amante da Irmã, Amante do Irmão.

Filopator: Grego: título que significa Amigo do Pai.

Fúrias, ou Erínias, ou Eumênides: Entidades gregas, *As Benevolentes*: aquelas que vingam os crimes, especialmente os que são cometidos contra parentes. São representadas como mulheres aladas, às vezes com serpentes à sua volta.

Gallos, Galloi: Grego, sacerdotes eunucos de Cibele.

Geb: Egípcio, deus da terra; filho de Shu e Tefnut; pai de Ísis, Seth e Nephthys.

Geloistai: Grego; os Cômicos, Piadistas, membros do clube de bebedores fundado por Ptolomeu IV.

Gymnasion: Grego, lugar de exercício para os homens, projetado para habilitar os *epheboi* ao serviço militar. O *gymnasion* de Alexandria era situado no centro da cidade, perto do *agora*.

Gynaikeion: Grego: ala feminina da casa, onde os homens maiores de 7 anos eram proibidos de entrar.

Hades: Deus grego, irmão de Zeus, deus do mundo subterrâneo, que reinava sobre os mortos com sua mulher, Perséfone. Em Roma: Plutão.

Hapi: Egípcio, deus do Nilo.

Harpias: Grego: *as que agarram*, personificando a força demoníaca das tempestades; representadas como grandes pássaros com rosto de mulher.

Harpocrates: Egípcios, o Hórus-Criança, com freqüência representado usando o cacho lateral da infância e chupando os dedos.

Harsomtous: Egípcio, uma forma do Hórus-Criança representado como tocador de sistro, também chamado Ihy.

Hathor: Vaca-deusa dos egípcios. É a mãe simbólica do faraó.

Heb-Sed: *ver* Festival de Sed.

Hemiobol: Grego, moeda de meio óbolo.

Heptastadion: Grego, a ponte de sete *estádios* de cumprimento ligando o Farol de Alexandria à ilha de Pharos.

Hera: Deusa grega, esposa de Zeus, rainha dos deuses, deusa do casamento. Em Roma: Juno.

Hermes: Deus grego da fertilidade e da boa sorte, o arauto dos deuses, que conduz a alma dos mortos para o mundo subterrâneo. Patrono dos comerciantes e dos ladrões, da oratória, da literatura e do atletismo. Hermes é representado com as sandálias aladas, chapéu alado e o bastão (*kerukeion*) de arauto. Os gregos o entendem como Thot.

Hierosolyma: Grego, nome de Jerusalém.

Higéia: Grego, personificação da saúde, filha de Asclépios.

Hipódromo: Grego, pista de corridas de cavalos.

Hipomnematografos: Grego, escritor de memorandos.

Hoplita: Grego, soldado com armadura pesada.

Hórus: Deus egípcio, o deus falcão, Senhor dos Céus, símbolo da divindade da realeza no Egito. O faraó é Hórus-Vivo.

Hypokefalos (Em latim: *hypocephallus*): Amuleto egípcio na forma de um disco de papiro com gesso, cuja finalidade é aquecer a cabeça dos mortos na outra vida.

Imhotep: Egípcio, deificado arquiteto da primeira pirâmide, considerado o deus da sabedoria, escrita e da medicina, ligado ao culto de Ptah. Os gregos o fizeram igual a Asclépios.

Ísis: Deusa egípcia. Mais Inteligente do que Um Milhão de Deuses. Deusa de imenso poder e magia, mãe simbólica do faraó; mãe também de Hórus e esposa de Osíris. É chamada de Língua Sagaz, Grande na Magia, Senhora de Muitos Nomes.

Ká: Egípcio, a força vital, ou *duplo*, de cada indivíduo, que continua a viver depois da morte; o ingrediente essencial que faz de uma pessoa viva diferente de uma morta.

Kalokaghatos: Grego, um perfeito cavalheiro, um caráter perfeito.

Kaneforos: Grego, o carregador da cesta.

Khepresh: Egípcio, o elmo de guerra de couro azul, ou a Coroa de Guerra do Faraó, como um capelo.

Khlamys: Grego, a capa militar do soldado macedônio.

Khnum: Egípcio, deus-carneiro, que criou a vida no disco de fabricação de cerâmica.

Khonsu: Egípcio, deus-lua, ligado a Tebas, filho de Amon e Mut, representado como uma figura mumificada, freqüentemente com cabeça de falcão.

Klepsydra: Grego, relógio de água.

Knaidos: Grego, prostituto, amante de um pederasta.

Koile-Síria: Região síria da Palestina — O Buraco (ou Vale) da Síria, assim chamada para distingui-la da Síria entre os rios Tigre e Eufrates, a Mesopotâmia.

Maat: Deusa egípcia, personificação de todos os elementos da harmonia cósmica, conforme cunhados pelo deus-criador no princípio dos tempos — Verdade, Justiça, Moral, Integridade. É representada como uma mulher usando uma pena de avestruz que se ergue de sua cabeça — a Pena da retidão e da Verdade.

Maenade: Grego, *mulher louca. Mênade*, a devota de Dionísio, deus do frenesi.

Megaléios: Grego, Rei, Majestade.

Mênfis: Cidade anteriormente chamada de *Ineb-hedj*, ou Menufér, a cidade de Menes, o primeiro faraó; às vezes também chamada de Muralhas Brancas. Os gregos lhe deram o nome de Mênfis.

Meroé: Capital de Kush, ou Núbia, situada na margem leste do Nilo, entre a Quinta e a Sexta Catarata.

Metroon: Grego, santuário da deusa Cibele, *A Grande Mãe*.

Mikros: Grego: pequeno.

Min: Deus egípcio da fertilidade, de Koptos. O Pan dos gregos.

Mina: Medida grega equivalente a pouco menos de meio quilo de prata, ou 100 dracmas.

Montu: Egípcio, o deus da guerra de cabeça de falcão.

Mouseion: Grego, Templos das Musas ou museu.

Musas: Grego, as nove filhas de Zeus e Mnemósina, tradicionalmente nomeadas como: Calíope (poesia épica), Clio (História), Euterpe (música de flauta), Melpômene (tragédia), Terpsícore (dança), Érato (música de lira), Polímnia (canção sacra), Urânia (astronomia), Thalia (comédia).

Mut: Egípcios, a deusa-abutre de Tebas, esposa de Amon e mãe de Khonsu; geralmente representada como uma mulher trajando um vestido vermelho com estampas de penas e com uma touca de abutre; também mostrada como uma leoa.

Nauarkhos: Grego, almirante, comandante da armada.

Nekbeth: Deusa-abutre do Alto Egito.

Nike: Deusa grega da Vitória.

Nome: Grego, termo usado para se referir às 42 tradicionais províncias do Egito.

Nuktistrategos: Grego, capitão do turno de vigília da noite.

Óbolo: Grego, um sexto de uma dracma.

Octodracma: Moeda grega de oito dracmas.

Oneiroscopista: Grego, intérprete dos sonhos.

Osíris: Deus egípcio dos mortos. Marido de Ísis, o Grande Deus, o Poderoso.

Ouraios: Grego, forma de *Latina uraeus* Ver *Wadjet*. *Uraeus*.

Pan: deus grego dos rebanhos, das manadas e da fertilidade; patrono dos pastores e tratadores de gado; o Min dos egípcios.

Panacea: Grego: *Aquela Que Tudo Cura*, filha de Asclépios.

Paratiltria: Grego, escrava que depila sua ama.

Parcas: Grego, o trio de deusas (Cloto, Laquésis e Atrópos) que comandam o destino dos seres humanos.

Parthenos: Grego: virgem.

Peltasta: Grego, soldado de infantaria leve.

Penteres, pentereis: Grego, galera a remo, uma *cinco*, equivalente à qüinquerreme

Peplos: traje feminino.

Pilono: Palavra de origem grega, entrada do templo egípcio.

Pneforos: Egípcio, o deus-crocodilo.

Pompa: Grego: a grande parada iniciada por Ptolomeu Filadelfos.

Posêidon: Grego: deus dos Terremotos e das Águas, depois Deus do Mar e associado a cavalos; irmão de Zeus e Hades; em Roma, Netuno.

Príapo: Grego, deus da fertilidade, dito filho de Afrodite e Dionísio.

Pronaos: Grego, salão com colunas e uma fachada aberta ou semi-aberta na frente do templo.

Propilono: Grego, entrada do templo.

Prostagma: Grego: ordem, decreto.

Pschent: a dupla coroa do Alto Egito (branca) e do Baixo Egito (vermelha).

Psittakos: Grego, papagaio.

Ptah: Deus-criador egípcio, de Mênfis. Para os gregos: Hefaistos. Em Roma: Vulcano.

Punt: O país do sul, talvez a moderna Somália.

Ra: Deus-sol, o Criador, dos egípcios, em Heliópolis; representado como o falcão com o disco solar na cabeça. Os gregos o entendiam como Hélios.

Rhombos: Grego, a roda mágica, o pênis.

Sappheiros: Grego: a pedra preciosa azul conhecida como lápis-lazúli.

Sarapis: Deus que combina características gregas e egípcias. De Zeus e Hélios, ele ganha seus atributos de realeza e deus-sol; de Dionísio, a natureza fértil; de Hades e Asclépios, sua conexão com a vida após a morte e a cura.

Sarissa: Grego: a lança dos macedônios, com 12 ou 14 cúbitos de comprimento.

Sátiro: Grego: espírito semi-animal das florestas e montanhas, servo de Dionísio. Sátiros têm um corpo humano, mas pernas de bode. São luxuriosos e gostam de perseguir as ninfas.

Sátrapa: Antiga palavra persa que significa governador de província.

Sekhmet: Deusa leoa egípcia de Mênfis; esposa de Ptah e mãe de Nefertum.

Seshat: Egípcio, deusa da escrita e das medidas; irmã e esposa de Thot.

Seth: Deus egípcio dos desertos; a encarnação da desordem; irmão de Ísis.

Sistro: Chocalho sagrado usado nos templos egípcios para afugentar o mal.

Skollopendra: Grego, literalmente: milípede (muitos pés), a liteira do faraó, carregado sobre os ombros de vinte homens, com um homem na frente guiando — portanto, 42 pernas, igual ao número de *nomes*, os distritos egípcios.

Smaragdos: Grego, esmeralda.

Sobek: O deus-crocodilo egípcio. Os gregos o identificavam com seu próprio deus Hélios.

Soter: Grego, salvador, Aquele que Afasta o Perigo; um título de Zeus, também atribuído a Ptolomeu I.

Sparagamos: Grego, ritual de despedaçar, partir em pedaços, executado como parte do culto a Dionísio.

Strategos: Grego, general, e também um governador militar.

Strophion: Grego, faixa usada em torno dos seios pelas mulheres.

Symposium: Grego, festa para beber; em latim: *simposium*.

Talento: Unidade de peso grega, equivalente a seis minas ou seis mil dracmas, ou 36 mil óbolos. Um talento pesa algo em torno de 38 quilos de prata ou de ouro.

Taurobolion: Grego, sacrifício do touro em honra de Cibele.

Taxiarca: Grego, comandante das taxas — um corpo, ou esquadrão, de 128 homens.

Tebas, Egito: Para os egípcios, era a cidade de Waset, ou Cidade do Sul; para os gregos, era Dióspolis — cidades dos deuses — a Tebas das Cem Portas. Modernamente, Luxor ou Karnak.

Tefnu: Egípcio, deusa, personificação da umidade; filha de Rá; com freqüência mostrada na forma de uma leoa.

Thalamegosd: Grego, a barcaça do estado.

Thermosforia: Grego, festival das mulheres em homenagem a Demeter.

Thesmoforeion: Grego, o templo de Demeter de Thesmeforos.

Thot: Deus egípcio da sabedoria, da escrita e do aprendizado, representado como um homem com cabeça de Íbis ou um babuíno; irmão e esposo de Seshat.

Tiche: Deusa grega da Boa Sorte. Em Roma: Fortuna.

Trieres, (pl. *triereis*): Navio a remo de guerra dos gregos. Trirreme.

Wadjet: A deusa-cobra egípcia. O *ouraios* ou *uraeus*, cobra que é símbolo da soberania do faraó, que a usa em sua testa — a Wadjet se levantando em sua ira, lançando jatos de chamas em defesa do monarca. Wadjet, ou Udjat, é a deusa tutora do Baixo Egito. Sua contraparte no sul é Nekhbet, o abutre.

Zeus: Deus dos deuses gregos, rei dos deuses, pai dos deuses e dos homens. Supremo soberano.

Zeus-Amon: Grego, famoso oráculo no deserto da Líbia; atualmente Siwa.

Medidas e Moedas Gregas

MEDIDAS GREGAS

4 dedos = 1 *palaste* ou palma da mão
12 dedos = 1 *spithame*, ou palmo com os dedos estendidos
16 dedos = 1 *pous* (pé) ou 4 palmas da mão
18 dedos = 1 *pygme*, cúbito curto, a distância entre o cotovelo
e os nós dos dedos.
40 dedos = 1 *bema*, passo.
96 dedos = 1 *orgya*, a extensão dos braços estendidos, ou 1 braça.
1600 dedos de largura ou 100 pés gregos = 1 *plethron*.
9 600 dedos de largura ou 600 pés gregos = 1 *stadion*, estádio.
288 000 dedos de largura ou 30 estádios = 1 *parasang*.

MOEDAS GREGAS

6 óbolos = 1 dracma.
100 dracmas = 1 *mina* (pouco menos de 453 gramas de prata).
60 minae = 1 talento ou 6 mil dracmas, ou 36 mil óbolos.

Um soldado comum grego ganha quatro óbolos por dia.
A uma dracma por homem ao dia, um talento pagaria a população de um
trieres por um mês.
Um escultor no auge de sua carreira poderia ganhar duas dracmas ao dia.
A melhor das garotas tocadoras de flauta pode cobrar duas dracmas por uma
noite de entretenimento e prazeres sexuais.
Pode-se comprar um bom escravo com duzentas dracmas.
Duzentas dracmas eram também um resgate padrão para um prisioneiro de
guerra.

Uma concubina de uma mina poderia custar 100 dracmas ou 600 óbolos por vez — o soldo de 150 dias de um soldado raso.

Uma prostituta de um óbolo poderia então ser paga com ¼ do soldo diário de um soldado comum.

Strato de Lampsakos recebeu como pagamento 80 talentos para dar instrução ao jovem Ptolomeu Mikros. Essa soma representa o soldo de 1.972 anos de um soldado comum.

Já o Grande Farol de Alexandria custou 800 talentos, quantia equivalente ao soldo de 19.726 anos de um soldado comum.

Custaria a um soldado comum 9.000 dias, ou cerca de 25 anos, para ganhar um talento. No entanto, Alexandre distribuiu talentos aos seus soldados veteranos como gorjeta ou bônus.

Este livro foi composto na tipologia Classical Garamond
em corpo 10,5/15, e impresso em papel off-white $80g/m^2$ no
Sistema Cameron da Divisão Gráfica
da Distribuidora Record.

Seja um Leitor Preferencial Record
e receba informações sobre nossos lançamentos.
Escreva para
RP Record
Caixa Postal 23.052
Rio de Janeiro, RJ – CEP 20922-970
dando seu nome e endereço
e tenha acesso a nossas ofertas especiais.

Válido somente no Brasil.

Ou visite a nossa *home page*:
http://www.record.com.br